Assaf Gavron

Auf fremdem Land

Assaf Gavron

Auf fremdem Land

Roman

Aus dem Hebräischen
von Barbara Linner

Luchterhand

Die Originalausgabe erschien 2012 unter dem Titel
Hagiv'a bei Alijat hagag/Jediot sfarim, Tel Aviv.

MIX
Papier aus verantwortungsvollen Quellen
FSC® C014496

Verlagsgruppe Random House FSC® N001967
Das für dieses Buch verwendete FSC®-zertifizierte Papier
EOS liefert Salzer Papier, St. Pölten, Austria.

1. Auflage

Satz: Uhl + Massopust, Aalen
Druck und Einband: GGP Media GmbH, Pößneck
Printed in Germany
ISBN: 978-3-630-87419-7

www.luchterhand-literaturverlag.de
Bitte besuchen Sie auch unseren LiteraturBlog www.transatlantik.de
facebook.com/luchterhandverlag
twitter.com/LuchterhandLit

Für Hila, Gali und Maya

Inhaltsverzeichnis

Heiße Tage 141

Aasgeier 323

Zurück zur Basis 429

Die Felder

Prolog

Am Anfang waren die Felder. In jenen Tagen lebte Otniel Asis in Ma'aleh Chermesch, hielt sich zu seinem Vergnügen eine Ziege und baute Rucola und Cherrytomaten im Garten seines Hauses an. Die Ziege war für die Kinder bestimmt, der Rucola und die Cherrytomaten für den Salat seiner Frau Rachel. Und Otniel sah, dass es gut war. Er verabscheute seine Arbeit als Buchhalter und suchte sich ein kleines Stück Land auf dem Gelände der Siedlung, um dort seinen Anpflanzungen nachzugehen. Das Feld jedoch grenzte an Weingärten, aus deren Trauben der Winzer nicht nur Wein für seine Boutique erzeugte und das Restaurant Goldapfel in Tel Aviv und andere Edelrestaurants belieferte, angeblich exportierte er auch ins Dordognetal und sogar bis nach Paris. Der Winzer machte ein scheeles Gesicht und behauptete, er habe vom Gemeinderat die Zusage erhalten, zusätzliche Weinstöcke auf der Feldparzelle, die Otniel gefunden hatte, zu pflanzen, denn die Erde dort, zusammen mit dem kalten Winter und den milden Sommernächten ein einzigartiges *terroir,* verleihe den Reben eine außergewöhnliche Qualität und dem Wein Körper und ein nussiges Aroma.

Otniel wich dem Winzer und begab sich auf Streifzüge in der Umgebung, denn er hegte eine innige Liebe zu dem Land, er liebte es, der Einsamkeit zu frönen, er liebte es, zu beten und zu wandern. Da er seine Arbeit aufgegeben hatte, ließ er sich den Bart und das Haar wachsen und trug nur noch blaue Landarbeiterkleidung. Er wanderte durch Wadis und Schluchten, auf benachbarte Hügelkuppen und gelangte auf einer der Anhöhen irgendwann zu einem großzügigen, ebenen Areal, das weder allzu felsig noch mit den Olivenbäumen des Nachbardorfes Charmisch besetzt war, und da sagte er sich: Hier will ich meine Felder anlegen.

Er führte Versuche durch: Gurken und Tomaten, Petersilie und Koriander, Zucchini und Auberginen, Radieschen und sogar grünen Salat. Doch die Pflanzen ließen die Köpfe hängen in der Sonne des Sommers, erstarrten gefroren in der Kälte des Winters oder fielen Mäusen und Eidechsen zum Opfer, bis sich Otniel auf Spargel im Freiland und Pilze im Gewächshaus verlegte und, natürlich, auch den Rucola und die Cherrytomaten anbaute, die seine Frau Rachel und Gittit und Debora, seine Töchter, wie Knabberzeug verzehrten.

Er ersuchte den Gemeinderat um die Erlaubnis, an diesem Ort landwirtschaftlichen Anbau zu betreiben und einen Container – Büro und Lager – aufzustellen. Und da die Militärverwaltung eine Genehmigung auf politischer Ebene verlangte, ausgenommen es handele sich um einen mandatarischen Plan, sprach Otniel Asis: »Mandatarisch, aber sicher, was immer ihr sagt, Juden.« Und erhielt die Genehmigungen ohne das Wissen der politischen Ebene.

Er übersiedelte die Ziege, nahm eine kleine Anleihe auf, um fünf weitere zu erstehen, und begann, ihre gute Milch zu melken und sie in kleinen Krügen nach Hause zu tragen, führte mit Rachels Hilfe allerlei Versuche durch, von Buttermilch bis Käselaibchen. Es blähten sich Otniels Nüstern, und er sagte sich: Eines Tages werde ich hier eine kleine, fortschrittliche Molkerei errichten, und ich werde hier auch Weinstöcke pflanzen und eine bessere Winzerei auf die Beine stellen als mein ehemaliger Nachbar, auf dass er sehe, was das ist, er und seine Dordogne!

Die Siedlungssektion der zionistischen Organisation bewilligte einen Generator mit 20 Kilowatt, und danach bat Otniel, eine Hütte für einen Wächter aufstellen zu dürfen, da die Ismaeliten aus dem Dorf Charmisch die Früchte seines Feldes stahlen. Einige Male hielt Otniel mit seiner Pistole, Typ Desert Eagle VII, selbst Wache, doch die meiste Zeit stand die Hütte verwaist, da die Ernte nur das eine Mal gestohlen wurde, woraufhin er mit einigen Siedlergefährten in das Dorf hineingefahren war, ein bisschen randaliert und in die Luft geschossen und jeden gewarnt hatte, der es noch einmal wagen würde.

Einer dieser Siedler war Uzi Schimoni, ein massiger Jude mit großem Bart, ein getreulich Erez-Israel verbundener Mann, der viele Jahre zuvor mit Otniel in einer Jerusalemer Jeschiva für junge Männer neben dem Rabbinatszentrum studiert hatte, bevor Otniel von der üblichen Bahn abwich und zum Militär ging, zu einer Kommandoeinheit der kämpfenden Truppe. Schimoni redete auf Otniel ein, schlug ihm vor, eine Ansiedlung an dem Ort zu errichten. Dagegen verwahrte sich Otniel, da ihm nur erlaubt worden war, landwirtschaftlichen Anbau zu betreiben und eine Wächterhütte aufzustellen.

Worauf Schimoni zu ihm sagte: »Sorg dich nicht darum«, und Otniel sagte: »Woher wirst du das Geld für Häuser, Baugeräte und Beförderung beschaffen?«, und Schimoni darauf sagte: »Ich habe eine Spende von einem guten Juden aufgetan, der in Miami sitzt.«

Zu ebenjener Zeit plante Otniel, ein festes Haus in Ma'aleh Chermesch zu erbauen, doch er verfing sich in einem wild wuchernden argumentatorischen Dickicht mit dem Bauingenieur des Gemeinderats, einem zanksüchtigen Nachbarn und einem korrupten Immobilienanwalt. Schließlich und endlich sagte er zu seiner Frau Rachel: »Zum Teufel mit allen.« Er war der zermürbenden Bürokratie und der schläfrig bequemen Bürgerlichkeit Ma'aleh Cherweschs überdrüssig und auch des täglichen Marsches zu seinem Stück Land, zwei Kilometer hin und zwei zurück. Er liebte den Hügel, die Winde und die urtümliche Landschaft, und er sehnte sich nach der Pionieratmosphäre seiner Jugendtage: die Ausfälle nach Hebron und Kirjat Arba, der Abstieg nach Jamit vor der dramatischen Evakuierung, die Schabbats in Siedlungen, die unter dem arabischen Terror während der ersten Intifada litten, die stürmischen Demonstrationen gegen Oslo, bei denen sie mit Prügeln von der Sondereinheit bedacht wurden und mit Wasserwerfern von der Polizei. So nahm er Uzi Schimonis Vorschlag an, und dieser beschaffte von irgendwoher zwei 22-Quadratmeter-Wohnwagen. Otniel baute einen Wohnwagen mit Hilfe eines geübten Schweißers mit dem Büro- und Lagercontainer und der Wächterhütte zusammen und zog mit Rachel und den Kindern dort ein, und Schimoni ließ sich mit seiner Familie in dem zweiten Wohnwagen häuslich nieder, und gemeinsam wurden die beiden beim Registeramt in Jerusalem vorstellig und gründeten eine Gesellschaft mit dem Namen »Kooperativer Landwirtschaftsverband Chermesch«.

Damit war eine Bresche in den Hügel geschlagen. Wie Giora, Regimentskommandeur des Sektors und Otniels Kamerad aus der Fallschirmspringereinheit, später feststellen sollte, wurde er dieses Durchbruchs nicht gewahr. Die Bresche wurde an einer Trasse geschlagen, die man von der Straße nach Ma'aleh Chermesch 2 aus nicht sah, am Abhang des tief eingeschnittenen Wadis, Nachal Chermesch, und hügelaufwärts. Ein Weilchen später jedoch, nach einem Telefongespräch mit einem Freund im Ministerium für Infrastruktur, stellte die Abteilung für öffentliche Arbeiten vor Ort ein Sicherungsgeländer auf, denn der Weg verlief über steiles und lebensgefährliches Gelände.

Der Regimentskommandeur berichtete, dass er in einer Winternacht eine Meldung über Funk erhielt, dass fünf asbestgefertigte 24-Quadratmeter-Wohnwagen auf dem Grund nächst dem Landwirtschaftsanwesen Asis aufgestellt worden seien. Als er auf dem Gelände eintraf, fand er Last- und Wohnwagen vor. Laut seinen Worten blockierten die Siedler sein Panzerfahrzeug. Der Gemeinderatsvorsitzende wurde geholt, es kam zu verbalen Ausfällen, und Flüche ergossen sich über das Haupt des Regimentskommandeurs, der die Zivilverwaltung kontaktierte und fragte, was zu tun sei. Ihm wurde gesagt, dass keine Genehmigung zur Aufstellung der Wohnwagen vorliege. Es gebe jedoch auch keine Genehmigung, sie von dem Gelände zu entfernen. Die Soldaten luden die Bewohner auf die Militärfahrzeuge und transportierten sie ab – somit wurde in den Aufzeichnungen der Armee und des

Sicherheitsministeriums vermerkt, dass der Siedlungsstützpunkt geräumt worden sei.

Am nächsten Tag kehrten die Siedler zurück, und der Regimentskommandeur des Sektors wandte sich der Erledigung dringenderer Angelegenheiten zu.

So setzte sich der Stützpunkt auf dem Hügel fest.

Die fünf Wohnwagen hatte die öffentliche Wohnbaugesellschaft Amidar vermietet, mit Genehmigung des Ministeriums für Wohnraumbeschaffung, die dem Vorsitzenden des Gemeinderats dank seiner Beziehungen zu dem Assistenten des Ministers erteilt wurde. Die Kälte an diesem Ort war grimmig, nichtsdestotrotz gab es Mücken. Die Bauten waren windschief, doch die Siedler dichteten die Fenster mit Netzen ab und setzten Holztüren ein, ebneten Zufahrtswege mit einem Kleinbagger und pflasterten Pfade, bestimmten ein Gebäude zur Synagoge. (Eine Synagoge in Jerusalem, die ihre Einrichtung erneuerte, stiftete ihre gebrauchten Möbel, einschließlich eines Thoraschreins in gutem Zustand. Einer der Männer brachte eine Thorarolle, erzählte aber nicht, woher.) In den Nächten, nach dem harten Tagwerk, hielten sie Wache, denn die Araber aus dem Nachbardorf beäugten ihre Taten mit Misstrauen. Wasser und Strom waren noch nicht regulär angeschlossen, die Bewohner beschieden sich mit einer rostigen Wasserrinne und mit Petroleumlampen. Eine Berghyäne tat sich bisweilen an Essen und Kleidern gütlich. Auch Felskaninchen und Ratten kamen liebend gerne zu Besuch.

Zwei Familien gingen wieder in den ersten Wochen. Die Familien Asis und Schimoni hielten durch, und der dritte Überdauernde war Chilik Jisraeli, Student der Politikwissenschaft in seinen Endzwanzigern, dessen mageres Gesicht eine dünngerahmte Brille und ein Schnurrbart zierten. Chilik war in Ma'aleh Chermesch aufgewachsen, doch verabscheute er dessen Bürgerlichkeit, träumte vom Pionierleben und der Erlösung des Landes und zog mit seiner Frau und seinen beiden Söhnen im Kleinkindalter in einen der Wohnwagen. An einem Ort jedoch, an dem es zwei Juden gibt, gibt es drei Meinungen, und an einem Ort, an dem es drei Juden gibt – da sei Gott davor. Chilik stellte Schimoni die Frage nach der versprochenen Spende des Reichen aus Miami, denn es schien zwar, als ließe Schimoni Gelder in Bau und Erschließung fließen, doch es war unklar, wie viel genau, wer was und weshalb erhielt. Da wandte sich Uzi Schimoni an Otniel und beklagte sich über »diesen dreisten Jungen, den ich hierher eingeladen habe und der es wagt, mir Fragen zu stellen«. Otniel nickte, aber als er nach Hause zurückkehrte und mit Rachel darüber sprach, begriff er, dass die Fragen des Jungen angebracht waren. Er ging zu Schimoni zurück und versuchte, Antworten zu erhalten. Wie viel Geld gab es? War es möglich, einen stärkeren Generator zu beschaffen? Vielleicht einen Sicherheitszaun zu errichten? Eine Nachtbeleuchtung zu installieren? Schimoni knurrte, er würde sich »um alles kümmern, keine Sorge«. Otniel begann, sich Sorgen zu machen.

Eines Tages teilte Schimoni Otniel und Chilik mit, aus seinem Auto heraus, dass zwei neue Familien in den nächsten Tagen in die leeren Wohnwagen einziehen würden. Der überraschte Chilik gab zurück: »Wer sind diese Familien? Und wer hat entschieden, sie aufzunehmen, nach welchen Kriterien?«

Schimoni durchbohrte ihn mit seinem Blick, streichelte seinen mächtigen Bart und sagte: »Junge, wenn du mit diesen Fragen weitermachst, wirst du dich draußen wiederfinden.«

Von diesem Augenblick an befanden sich Otniel und Chilik im selben Lager. Als sie nachzuforschen versuchten, erkannten sie, dass bei der Geschichte mit den Finanzmitteln aus Miami viel mehr im Dunkeln lag als vermutet, und ein schwerwiegender Verdacht, was den unlauteren Umgang Uzis mit der Verbandskasse anging, war nicht mehr von der Hand zu weisen. Otniel kochte vor Wut. Er hatte in seinem Leben schon Korruption zur Genüge angetroffen, aber auf Kosten der Besiedlung des Landes Israel? Gab es keine Grenze? Er konfrontierte Uzi nicht direkt. Stattdessen begann er, an den Fäden zu ziehen. Schimoni hatte ziemlich gute Beziehungen, doch auch Otniel kannte Leute im Gemeinderat, hatte einen guten Draht zum Vorsitzenden und zum Gemeindesekretär von Ma'aleh Chermesch. Schimoni wurde ganz langsam und allmählich aus den Dunstkreisen der Macht verdrängt.

Eines Morgens fuhr Otniel in seinem Renault Express zum Siedlungsstützpunkt hinauf. Mitten auf dem Weg lagerte Schimonis Hund, kratzte sich hinter dem Ohr.

»Warum? Warum er? Was kann er dafür?«, rief Schimoni aus, der mit allen Mitgliedern seines Haushalts herausstürzte, als er den Notschrei des Tieres vernahm.

»Er ist mir unter die Räder gesprungen, ich konnte nicht mehr bremsen«, sagte Otniel, noch schockiert von dem, was er getan hatte.

»Lüg nicht! Du hast ihn absichtlich überfahren! Er hat dir nichts getan!«

Uzis Töchter schluchzten. Uzi sah sie an, Schmerz lag in seinem Blick, und dann wandte er sich zornig wieder an Otniel. »Nie hätte ich geglaubt, dass es so weit mit euch kommt, Otniel. Kennt ihr keine Grenzen?«

Bei Otniel wich der Schock zunehmendem Zorn, je mehr ihn Schimoni beschuldigte. Er starrte ihn an und sagte schließlich: »Was ist mit dem Verband, Uzi? Was passiert mit der Kasse?«

Schimoni gab keine Antwort. Er zog die Pistole heraus, lud sie und setzte dem Leiden des Hundes mit einem einzigen Schuss ein Ende.

»Kommt«, sagte er zu seiner Familie und wandte sich zurück zum Wohnwagen. Am nächsten Tag fuhr er mit Sack und Pack zu einem Hügel in Samaria. Er nannte Chilik und Otniel »noch schlimmer als Korach, der zänkische Ketzer«.

Zwei Familien blieben also übrig, vereint in ihrer Liebe zum Land und ihrer Auffassung über den Charakter des Ortes und seine Führung, nur an Mitteln fehlte es. Ganz langsam besserte sich ihr Geschick. Da an jedem Ort, wo es einen Israeli gibt, diesem Schutz gewährt wird und innerhalb eines gewissen Radius um sein Gelände herum Arabern der Zutritt verboten wird, trafen Soldaten der israelischen Verteidigungsarmee ein, um die Familien Asis und Jisraeli und die drei leeren Wohnwagen zu bewachen, und zu ihrem Arsenal gehörten eine Hütte, ein Wasserturm und ein Generator, dessen Leistung die des kleinen Generators der Siedlungssektion um ein Vielfaches überstieg. Als Otniel eines Tages seinen Freund Giora, den Regimentskommandeur, um eine kleine Gefälligkeit bat, nämlich Strom von dem Generator und Wasser aus dem Wasserturm für die Wohnwagen, sagte Giora augenzwinkernd: »*Sure*, warum nicht?«

In der Siedlungssektion der zionistischen Organisation liebte man die Idee des Landbaubetriebs – wie kann man auch gegen frischen Spargel, Pilze und erlesenen Ziegenkäse sein, und überhaupt, gegen wahres Pioniertum wie von ehedem? Die Angestellten der Abteilung genehmigten im Nachhinein die Erweiterung von Ma'aleh Chermesch 3 und schlossen auch die Landwirtschaft in das Abkommen über die Siedlungsstützpunkte mit ein – worin es unter dem Namen »Kleinviehbetrieb Chermesch Süd« auftaucht – im Gegenzug dafür sollte ein Wohnwagen geräumt werden, was am Ende doch nicht geschah, da eine neue Familie eintraf (obgleich auch sie nach einigen Wochen wieder fortzog).

Der Beschluss bot Amidar die Möglichkeit, weitere Wohnwagen hinzuschaffen.

Und der Postbehörde, an dem Ort einen Sammelbriefkasten einzurichten.

Und dem Ministerium für Infrastruktur, die Abteilung für öffentliche Arbeiten anzuweisen, ein wenig Asphalt aufzubringen, aber bitte an Tagen, an denen die Aufsichtsbeamten der Verwaltung nicht durch die Gegend liefen.

Und dem Landwirtschaftsministerium, Otniel den Status eines Bauern zu bestätigen und gewisse Quoten fließenden Wassers zuzugestehen.

Und dem stellvertretenden Ministerialdirektor der Hauptbuchhaltung im Finanzministerium, eine affiliierte Bank anzuweisen, den Wohnraumbeschaffungssektionen vor Ort Kredite zu geben, die mit der automatischen Genehmigung vom Ministerium für Wohnraumbeschaffung einhergingen, Infrastrukturarbeiten auszuführen, was wiederum den araberfreien Radius vergrößerte.

Und Amana, der Siedlungsbewegung von Gusch Emunim, Stielaugen zu machen, Initiativen ins Leben zu rufen und Kriterien für die Bearbeitung von Grund und Boden festzulegen.

Sogar ein Mähdrescher traf eines Tages ein, die Spende einer Organisation deutscher Christen, die ein Gesamt-Erez-Israel unterstützten.

Infolge eines Luftbildaufklärungsflugs einer der linken Organisationen kam es zu Telefonanrufen vom Sicherheits-, vom Innen- und vom Wohnraumbeschaffungs- und Bauministerium sowie vom Regierungsoberhaupt – wer hatte die Entscheidung getroffen, eine neue Siedlung in Israel zu errichten? Wem gehörte das Land, und welcher Art waren die Rechte an Grund und Boden? War es staatlicher Boden, ausgewiesener Staatsgrundbesitz, sogenanntes Dispositionsland der staatlichen Grundstücksverwaltung? Privatgrund, der aus sicherheitsrelevanten Gründen beansprucht worden war? Privates Land, das von Palästinensern erworben worden war? Privater Boden von Palästinensern, der nicht erworben worden war? Und falls er im Privatbesitz von Palästinensern war – landwirtschaftlich bearbeitet oder nicht? Reguliertes, registriertes, mandatarisches Land? Wer hatte eine Genehmigung erteilt? War ein formelles Planungsverfahren durchgeführt worden, waren Flächennutzungspläne von Architekten bei den Planungskommissionen eingereicht worden, und falls ja – waren sie genehmigt worden? Was war der Verwaltungsbezirk der neuen Siedlung? Was sagten die zuständigen Stellen? Was meinte der Generaltreuhänder? Wie äußerte sich der Koordinator? Und die Armee vor Ort, was war ihre Meinung? Und hatte man mit dem Büro des Generals gesprochen?

Fragen über Fragen!

Es wurde allen höflich erklärt, dass es sich nur um einen landwirtschaftlichen Anbaubetrieb handele, der sich im Zuständigkeitsbereich des Verwaltungsbezirks Ma'aleh Chermesch befände, zumindest größtenteils; auf alle Fälle die Fläche der bestehenden Siedlung, die keine Genehmigung von Seiten der Regierung wie bei einer offiziell deklarierten Errichtung einer neuen Siedlung erfordere, und dass nichts zu befürchten sei. Man könne meinen, es sei Wunder was passiert. Otniel Asis wolle Pilze, Spargel und Rucola anbauen, die ebendiese Linken selber für den Salat schnitten und zum Lachs bei ihren Tel Aviver Abendessen blanchierten, also bitte. Nichtsdestotrotz, der Siedlungsstützpunkt war im Bericht der Stützpunktkontrollen von Schalom Achschav (Peace Now) vermerkt worden und erschien sogar im interaktiven Forum der Webseite der *Ha'arez*. Die Aufsichtsbehörde der Zivilverwaltung rückte an und verfügte eine Einstellung der Arbeiten für die Wohnbauten der Familien.

Was zu einer Flut von Anrufen seitens Interessenten führte, die mitmachen wollten.

Und zur Genehmigung des Assistenten des Sicherheitsministers in Sachen Siedlungsangelegenheiten, zwei weitere Wohnwagen von Amidar in das Gebiet transportieren und dort aufstellen zu dürfen.

Und zur Unterstützung seitens der Administration für Bauen in ländlicher Region im Wohnraumbeschaffungs- und Bauministerium.

Und zur Zuweisung eines Etats von der Kommunalverwaltung.

Und es kamen weitere Familien, junge Paare und Junggesellen – wer Erez-Israel liebte, wer Stille und Natur liebte, wer geringe Ausgaben liebte. Es wurde nichts verborgen – das Protokoll einer Sitzung zur Verteilung des Grund und Bodens wurde in der Synagoge vor aller Augen aufgehängt (!), doch offiziell deklariert wurde nichts. Bisweilen waren Evakuierungsdrohungen zu vernehmen, oder es wurde ein mahnender Finger geschwenkt, nu-nu-nu, Babys wurden auf dem Hügel geboren, und so erblühte das Pioniertum unserer Tage, und Ma'aleh Chermesch 3 wuchs und gedieh.

Drei kamen zur Mittagszeit

Vier Jahre später …

Die Karawane

Ein Hügel. Helle, stille Erde, nahezu kahl: gelbbraun gesprenkelte Felsen, vereinzelte Olivenbäume, lichtgrüne, samtige Fleckendecke nach dem Regen. In der Mitte zerschnitten von einer einspurigen Straße, schmal und voller Schlaglöcher. Ein Wohnwagen, auf dem Rücken eines großen Lastwagens, schaukelte langsam auf der Serpentinenstraße auf und ab. Ein gelbes palästinensisches Taxi mit grüner Nummer kroch ungeduldig hinter ihm her. Nach dem Taxi holperte ein alter, weiß-staubiger Renault Express, auf dessen Heckscheibe Aufkleber verkündeten: »Mein Golani vertreibt keinen Juden!«, »Hebron seit ewig und für immer«, »Oslo-Verbrecher vor Gericht«. Er wurde von Otniel Asis gefahren: bärtig, mit Kipa, staubig wie sein Wagen. Im Kindersitz auf der Rückbank saß sein jüngster Sohn, der dreijährige Schuv-El, und weinte bitterlich, da ihm sein Bamba-Riegel in einer scharfen Kurve aus der Hand gefallen war und weder er noch sein Vater die Möglichkeit hatten, ihn vom Boden des Autos aufzulesen. An einer der Schläfenlocken des Jungen klebten gelbe Krümel. Das vierte Fahrzeug in der Zufallskarawane, die sich ad hoc an jenem Tag auf der erbärmlichen Straße in den judäischen Hügeln zusammengefunden hatte, war ein Militärjeep, Modell David, in dem der Kommandeur des Sektors, Hauptmann Omer, zusammen mit seiner Mannschaft saß.

Es begann ein steiler Anstieg. Der Lastwagen schaltete einen Gang niedriger, der Motor heulte auf und schleppte ihn mit der

Langsamkeit der Ziegenherde voran, die gleichmütig neben der Straße einherzuckelte. Der Taxifahrer murmelte auf Arabisch, hupte und scherte zu einem gefährlichen Überholmanöver aus. Sekunden nach dessen Vollendung hatte ein Reifen einen Platten – ein dumpfer Schlag, das Geräusch schleifenden Gummis, der Wagen hopste, der Fahrer fluchte. Das Taxi blieb auf der Stelle stehen und blockierte die Fahrbahn. Ihm entstieg Jeff McKinley, Korrespondent der *Washington Post* in Jerusalem, der auf dem Weg zu einem Interview mit einem hochkarätigen Minister der Regierung Israels in dessen Haus in der Siedlung war, die sechs Kilometer entfernt von der Stelle lag, an der sie notgedrungen angehalten hatten. McKinley blickte auf seine Uhr und wischte sich einen Schweißtropfen von seiner breiten Stirn. Am Abend zuvor hatte ihm sein Vater vom Schnee erzählt, der in Washington gefallen war, und hier schwitzte er bereits im Februar. Noch zehn Minuten bis zu dem Termin im Hause des Ministers. Er hatte keine Zeit zu warten, bis der platte Reifen repariert war. McKinley reichte dem Fahrer einen Fünfzigschekelschein und begann, zu dem Anhalterstand zu marschieren, den er ein paar Dutzend Meter weiter vorn erspäht hatte.

Als ob ihm der Schweiß, der Zeitdruck und sein schwerer Atem nicht genügt hätten, der ihn wieder einmal an seine verminderte körperliche Tauglichkeit und die ignorierten Diätempfehlungen erinnerte – am Anhalterstand wartete bereits jemand, der Erste in der Reihe für ein Taxi oder eine Mitfahrgelegenheit, mit einem teuren Anzug bekleidet, die Arme über der Brust verschränkt, einen großen Koffer neben sich, ein strahlendes Lächeln auf den Lippen sowie hebräische Worte, die McKinley nicht verstand.

Noch bevor McKinley den Anhalterstand erreichte, umfuhr der Lastwagen samt Wohnwagenfracht das reifenplatte Taxi, und dahinter der staubige Renault Express und der Militärjeep. Der Renault blinkte und hielt an.

»Schalom, Juden!«, rief Otniel Asis.

»Wo fährst du hin?«, fragte ihn der Mann mit dem Koffer.

»Ma'aleh Chermesch 3«, antwortete Otniel Asis und warf einen Blick auf den blauen Anzug und dann in die Augen des Mannes, die ihm müde erschienen.

»Im Ernst? Hab ich ein Glück, Bruder«, erwiderte der Mann und hievte seinen schweren Koffer vom gebleichten Asphalt hoch.

»Tu mir einen Gefallen, mein Lieber«, bat der Fahrer, »hilf dem Jungen – ihm ist ein Bamba-Riegel auf den Boden gefallen.« Dann wandte Otniel seinen Kopf dem Amerikaner zu. »Was ist mit dir, guter Mann?«, fragte er.

McKinley fragte: *»Can you get me anywhere near Yeshua, where Minister Kaufman lives?«*

»What?«, entgegnete Otniel.

»Settlement?«, versuchte McKinley zu vereinfachen, nachdem die Wiederholung des ersten Satzes nichts half.

»Settlement, settlement, yes!«, antwortete Otniel lächelnd. *»Please, please.«* McKinley kannte die Gegend nicht gut genug, um zu wissen, dass diese Hügel nicht nur Ma'aleh Chermesch und dessen Tochtersiedlungen 2 und 3 beherbergten, sondern auch Giv'at Ester und seine Ausläufer, Sadeh Gavriel und Jeschua, die Siedlung »Yeshua«, in der der Minister lebte. Er zwängte sich auf den Rücksitz neben das Kind.

Die Karawane bog ab: ein Laster samt Wohnwagen, ein Kommandeur mit seiner Mannschaft im Jeep und ein staubiger Kleinlieferwagen mit einem Siedler, seinem Kind und zwei Anhaltern – ein Amerikaner und ein Israeli. Diese Straße war noch schmaler als die vorige, und steiler, und so waren die kleineren Fahrzeuge wieder dazu verurteilt, in dem Schritttempo, das ihnen der große Lastwagen aufzwang, hinterherzukriechen. Die grüngrauen Augen Hauptmann Omers waren wie festgeschweißt an der Rückseite des Wohnwagens und spiegelten die Befürchtung wider, dass sich die mobile Behausung vom Lastwagen, der sie trug, löste und die Autos hinter ihm zermalmte. Er schaute auf seine Uhr und wandte den Blick zum Seitenspiegel.

»Sag mal, kenn ich dich nicht von irgendwoher?«, fragte Otniel den Hebräisch sprechenden Mitfahrer. Der Mann betrachtete lange den massigen Schädel des Fahrers mit der breitflächigen Kipa darauf.

»Weiß nicht… mein Bruder wohnt bei euch. Aber wir sehen uns überhaupt nicht ähnlich«, antwortete er dann. Otniel warf noch einen Blick auf den schwarzhaarigen Mann und richtete seine Augen dann wieder auf die Straße. Der Anhalter kam ihm zu Hilfe: »Gabi Kupfer, kennst du den?«

Der Fahrer runzelte die Stirn. »So was gibt es nicht bei uns. Wir haben einen Gavriel. Gavriel Nechuschtan. Ein Goldjunge, ein echter Königssohn. Arbeitet bei mir auf dem Hof.«

»Nechuschtan?«, fragte Roni Kupfer nach. Diesmal war es an ihm, die Stirn zu runzeln.

Der amerikanische Korrespondent spähte ungeduldig auf seine Uhr.

Nach der Kriechfahrt hügelaufwärts wurde das Tor der Einfriedung von Ma'aleh Chermesch sichtbar. Die drei Fahrzeuge zogen weiter ihre Bahn, bogen am Platz rechts ab und fuhren durch die solide Ansiedlung mit ihren Steinhäusern, gepflasterten Straßen und dem kleinen Gewerbegebiet: Winzerei, Pferdehof, Schreinerei. Sie setzten ihre Fahrt über einen öden Hügel fort, bis die Wohnwagen der Tochtersiedlung Ma'aleh Chermesch 2 auftauchten, wo die Asphaltstraße endete, in einer Sandstraße steil zum Wadi abstürzte und dieses querte, um auf der anderen Seite wieder anzusteigen.

»Papa, fertig!«, verkündete Schuv-El Asis, der den Bamba-Riegel aufgegessen hatte. Im Raum des Wagens verbreitete sich ein süßlicher Gestank.

»Hast du groß gemacht, mein Liebling?«, fragte der Vater seinen Sohn.

»Allah, hab Erbarmen«, flüsterte Roni Kupfer gepresst, »was ist das für ein Ort?«

Jeff McKinley versuchte, den Brechreiz hinunterzuwürgen, der in ihm hochstieg.

Gelblicher Staub wehte von den Reifen der Fahrzeuge in den spröden Himmel auf, und ein paar Kurven später wurde ein Wasserturm sichtbar, auf den ein grobschlächtiger Davidstern gepinselt war, gleich dahinter ein militärischer Wachturm und zuletzt die elf Wohnwagen des Siedlungsstützpunkts, verstreut um eine ringförmig angelegte Straße. Am Torkontrollposten stand der Soldat Joni mit umgehängter Waffe, eine Hand am Kolben, und empfing die Eintreffenden mit Ray-Ban-Sonnenbrille und einem knabenhaften Lächeln.

Eine wilde Landschaft bot sich dem Blick der Ankömmlinge dar: die Wüste Judäa in ihrer vollen Pracht und Herrlichkeit und ihre dürren Hügel, das Tote Meer zu ihren Füßen verborgen, dahinter ragten am Horizont die Berge von Moab und Edom empor. Das näher gelegene Gelände war schütter mit Dörfern und Siedlungen gesprenkelt, weiter entfernt die gelbe Kuppe des Herodiums und die Häuser einer großen palästinensischen Stadt, die zum Teil in eine riesige graue Betonmauer eingewickelt waren wie ein Geschenk, das sich nicht auspacken lässt.

Ein großes, provisorisches Schild erhob sich hinter dem Eingangstor, auf dem in etwas kindlichen Buchstaben in Hebräisch und Englisch die Worte prangten: »Willkommen in Ma'aleh Chermesch 3«.

Die Einweihung

Als der Renault Express von Otniel Asis sein Ziel erreicht hatte, fragte Jeff McKinley in Englisch, wo das Haus von Minister Kaufman sei. Otniel signalisierte ihm mit seinem Finger, er solle einen Moment warten, und schrie in Richtung des Hauses: »Rachel! Hol alle Kinder und kommt zur Einweihungszeremonie!« Dann sagte er zu McKinley: *»You come with uns – we have American guy.«*

So schritt Jeff McKinley mit Otniel und Rachel Asis und ihren sechs Kindern zur neuen Spielplatzanlage von Ma'aleh Chermesch 3, wo bereits ein Gewimmel von Würdenträgern und Bewohnern herrschte, und dort fand sich auch der versprochene Amerikaner, Josh, der McKinley erklärte, dass Minister Kaufman in der Siedlung Jeschua wohne, direkt hier gegenüber, auf der anderen Seite des Wadis. Man könne seine Villa sehen, die mit den Dachziegeln, er deutete dorthin, weniger als einen Kilometer Luftlinie von ihnen entfernt, allerdings etliche, nicht zu vernachlässigende Kilometer Serpentinenfahrt. McKinley sah auf seine Uhr und begriff, wie sehr er sich verspäten würde. Er zog das Mobiltelefon aus der Tasche und rief den Assistenten des Ministers an, erklärte den Irrtum und bat um eine zeitliche Verschiebung, was jedoch auf Ablehnung stieß, da der Minister in circa einer Stunde in Jerusalem zu sein hatte und es absolut nicht mochte, wenn man bei ihm zu spät kam. McKinley entschuldigte sich aus tiefster Seele. Nachdem er das Gespräch beendet hatte, hob er den Blick und ließ ihn über das Publikum gleiten, bis er überraschend einen hochgewachsenen Mann mit einem imposanten Bauch und dichten, sorgfältig gekämmten Augenbrauen entdeckte und zu Josh sagte: »Sagen Sie, ist das nicht Sheldon Mamelstein?«

Die Spielplatzanlage wirkte, als wäre sie von der Hand eines riesenformatigen Monty-Python-Gottes dort abgeworfen worden oder wie ein Körperteil eines gepflegten, wohlhabenden New Yorkers, verpflanzt in den Leib eines hilflosen Wanderbeduinen: ein grünes Rasengeviert in der Größe eines Baseballplatzes, ein Gespann Holzschaukeln, die mit effektiver, geölter Geräuschlosigkeit hin- und herschwangen, eine ausgedehnte Rutschbahninstallation und drei Wippgeräte, eines in Gestalt eines Seehunds, das zweite ein Truthahn und das dritte – das vielleicht noch am besten in die Landschaft passte – ein Kamel.

Wochenlang war an der Anlage des Spielplatzes im Zentrum von Ma'aleh Chermesch 3 gearbeitet worden – die vorbereitenden Erdarbeiten, das Auslegen der Fertigrasenschichten, das Montieren der Installationen, sogar Abfallbehälter und eine Anzeigentafel wurden aufgestellt, wie es dem neuen sozialen Aktivitätszentrum der Gemeinde gebührte –, und an diesem Tag fanden die Mühen ihren krönenden Abschluss in der offiziellen Einweihungszeremonie, in Gegenwart des Stifters, Herrn Sheldon Mamelsteins aus New York, des Besiedlungssympathisanten und Knessetabgeordneten Uriel Zur sowie lokaler Honoratioren.

Ein frischer Wind pfiff ins Mikrophon, hinein in zwei große Lautsprecher und wieder hinaus in die kühl klare Luft der Spielplatzanlage. Dort anwesend waren die meisten Bewohner der Siedlung und ihre Gäste, an die vierzig Personen, und die Kinder rannten zwischen den Geräten umher, bis sie von ihren Eltern eingesammelt, in Kinderwagen oder aufs Gras gesetzt wurden.

»Vor wenigen Jahren, noch nicht mal fünf«, hob der Abgeordnete Zur an, »gab es nichts hier außer Felsen, Füchsen und Dornensträuchern.« Neben ihm auf dem Podium stand der wohltätige Stifter, Sheldon Mamelstein, der seinen Kopf leicht gesenkt Josh zugeneigt hatte, einem rothaarigen und rotbärtigen ehemaligen Brooklyner, der für ihn simultan übersetzte.

»Doch hier sind wir, im Monat Schvat des Jahres 5769, und staunen angesichts eures Werkes: Mit eurer inspirierenden Hingabe, der harten, guten Handarbeit, den Werten pionierhafter Besiedelung und eurem kompromisslosen Glauben an die Heiligkeit des Landes habt ihr, teure Einwohner von Ma'aleh Chermesch 3, eine Siedlung zu Ruhm und Zier erbaut …«

Der Abgeordnete Zur legte eine Atempause ein. Der Wind pfiff ins Mikrophon, sein Hall brach sich am Hügel. Sheldon Mamelstein hob den Kopf und streichelte seinen Hals. Die schwangeren Frauen und das Jungvolk verlagerten ihr Gewicht von einem Bein aufs andere. Kinder fragten, ob sie schon an den Geräten spielen könnten. Eltern antworteten, bald. Und Hauptmann Omer dachte, wieso denn Schvat 5769, warum kann man nicht Februar 2009 sagen?

Nach Zur sprachen noch einige Funktionäre ein paar Dankesworte mehr, und als Letzter ergriff der Stifter Mamelstein das Mikrophon, und Josh übersetzte seine Worte in rudimentäres, von seinem Akzent verzerrtes Hebräisch. Bescheidener Applaus klang auf.

Mamelstein hatte die Ehre, die Enthüllung des Schildes vorzunehmen, auf dem sein Name und das Datum eingraviert waren.

Er übersah galant den Fehler in der Namensschreibung – ein irregeleitetes h nach dem s in seinem Familiennamen, wie üblich in Israel – und ließ sich vor dem Schild mit dem Abgeordneten, den Siedlungsbewohnern und ein paar Kindern fotografieren. Die Einweihungszeremonie hatte ihr Ende gefunden. Die Kinder stürzten sich fröhlich auf die neuen Geräte. Die Eltern schrien: »Vorsicht!« Frauen redeten über Schwangerschaften, empfahlen einen Wein für feiertags zum Kidduschsegen und tauschten sich über den letzten Stand der aktuellen Lage in der Schule der Muttersiedlung aus. Väter plauderten über Chiliks Doktorarbeit, den Volvo S80 des Knessetabgeordneten und den Austausch eines Zylinderkopfs zum halben Preis bei Farid im arabischen Nachbardorf Charmisch. In einigen Augenblicken würden sie sich langsam auf den Weg zu den Nachmittags- und Abendgebeten im Synagogencaravan unten an dem runden Platz machen, in dessen Mitte ein Unbekannter ein Kreisverkehrsschild aufgestellt hatte. Der Knessetabgeordnete Zur unterhielt sich mit Sheldon Mamelstein und versuchte mit ihm einen Termin zu vereinbaren. Otniel schlug den Würdenträgern eine Führung durch den Stützpunkt vor. Der Abgeordnete warf einen Blick auf seine Uhr, sagte »O weh, o weh« und stöpselte sich einen Blue-Tooth-Kopfhörer ins Ohr, begab sich eilends ans Händeschütteln und Abschiedswinken und stieg hastig in seinen Wagen. Nachdem aller Blicke dem davonrollenden Volvo S80 gefolgt waren, erhob sich plötzlich ein gewaltiger Lärm auf der anderen Seite, dem Abhang unterhalb. Zu ihrer Überraschung entdeckten die Siedler dort einen riesigen Lastwagen, von dem unter großem Geschrei und abgezirkelten Rangierbewegungen ein neuer Wohnwagen abgeladen wurde, und alle fragten sich, wie der Lastwagen dorthin gelangt war, wem der Wohnwagen gehörte und warum er heute hier angekommen war, doch bevor jemand den Fahrer des Lastwagens fragen konnte, hatte der kehrtgemacht und war davongefahren.

Die Führung

Otniel Asis, der am längsten ansässige Bewohner des Stützpunkts, der noch immer sein Arbeitshemd und die Arbeitsschuhe vom Morgen trug, führte die Besichtigungsrunde zusammen mit Chilik Jisraeli an, der sich herausgeputzt hatte, mit gekämmten Haaren und durchgeknöpftem Karohemd; mit von der Partie war auch noch Nathan Eliav, der Sekretär der Muttersiedlung Ma'aleh Chermesch. Der rothaarige Josh übersetzte für den amerikanischen Millionär und seine Begleiter. Neben ihnen ging der Kommandeur des Sektors, Hauptmann Omer, der gekommen war, um mit Nathan und Otniel »etwas Wichtiges« zu besprechen, und Otniel hatte ihm versichert, dass er sich sofort nach der Führung, die er dem ehrenwerten Gast aus Amerika versprochen habe, freimachen würde. An diese Gefolgschaft heftete sich McKinley von der *Washington Post*. Niemand interessierte sich für ihn. Die Siedlungsbewohner nahmen an, er sei einer der Begleiter Mamelsteins, und Mamelsteins Leute vermuteten, er sei vom Ort. Hinter ihnen her trödelten ein paar gelangweilte Kinder.

Die Delegation durchschritt den kleinen Stützpunkt: Weinstöcke, Kaktusgestrüpp, Beete, der Synagogencaravan, der Ziegenstall und die ökologischen Felder von Otniel Asis. Überall lag Müll verstreut: ein reifenloses Fahrrad, ein zur Seite gekipptes Laufband aus einem Fitnessstudio, die Hälfte eines Peugeot 104, an dessen Heckscheibe noch Sticker klebten – »Begin an die Regierungsspitze«, »Gelobt seiest du, Heiliger, wir lieben dich« – Sofas, Kühlschränke und Teppiche kugelten herum. Über alldem, stets gegenwärtig, die königliche Landschaft, erhaben und wild, die zu schreien und bisweilen zu wispern schien, mit einer Melodie: Hier ist die Wüste. Hier ist die Bibel. Hier ist *am Anfang*.

»Was für eine Luft!«, rief Sheldon Mamelstein aus und sog sie inbrünstig ein. In dem Licht knapp nach Sonnenuntergang wirkte die Szenerie wie eine Mondlandschaft. Hier konnte man sich die Schöpfung vorstellen, als sei das Universum so erschaffen worden und in seiner Ursprünglichkeit verblieben. »Alle Achtung«, schnaufte Sheldon Mamelstein voller Erregung, und sein Gefolge schwieg andächtig.

Plötzlich blieb Mamelstein stehen und deutete verblüfft. »Ein Kamel!«

»Das ist eine Kamelstute«, versetzte Otniel, und Josh tat sich ein wenig schwer mit der Übersetzung.

»Von einer der Familien?«

»Von Sasson«, erwiderte Otniel, ohne etwas hinzuzufügen. Stattdessen sagte er: »Kommt, wir sind bei meinem Haus angekommen, gehen wir auf einen Kaffee hinein.«

Das Haus der Familie Asis bestand immer noch aus demselben rudimentären Wohnwagen, der mit der ersten Wächterhütte zusammengeschweißt worden war. Mit der Zeit war ein Container angefügt worden, es war um eine Holzveranda erweitert und dann teilweise mit Jerusalemer Stein verkleidet worden; ein Flickwerk, das sich zu etwas über siebzig Quadratmetern zusammenfügte. Acht Seelen wohnten hier auf engem Raum, Otniel, seine Frau Rachel und ihre Kinder in absteigender Altersreihenfolge von sechzehn bis zwei: Gittit, die Zwillinge Jakir und Debora, Chanania, Emuna und der kleine Schuv-El. Drinnen im Haus herrschte das übliche Durcheinander aus Spielzeug und Kinderbüchern, zusammengewürfelter Möblierung, die sich im Laufe der Jahre durch Spenden und Streifzüge in den städtischen Straßen angesammelt hatte, und dem jüdisch religiösen Bücherschrank, der auf dem leicht welligen, etwas aufgeworfenen Boden aufgestellt war. Die großen Fenster und die Veranda blickten über die kahlen Wüstenhügel und auf ein paar Häuser am Ende des arabischen Dorfes Charmisch.

Jetzt war Otniels Haus bis zum Bersten gefüllt. Rachel servierte Kaffee und Kuchen. Die Sonne war untergegangen, die Kälte drang durch die Ritzen, und der Elektroofen lief auf Hochtouren. Ein heftiges Pfeifen war aus der Richtung des offenen Bereichs unter dem Wohnwagen zu hören, wo der Wind zwischen Werkzeug und verstauten Utensilien durchschoss. Bei den Teilen der Wände, die nicht mit Stein verkleidet waren, lieferte der dünne Gips weder akustischen Schutz noch annehmbare thermische Isolierung.

Mamelstein fragte: »Ist dieser Stützpunkt legal?«

Otniel wechselte einen Blick mit Chilik, lächelte in seinen Bart hinein und gab zur Antwort: »Alle Siedlungen sind legal. Alle sind mit Wissen und Genehmigung der Regierung errichtet worden. Wir sind ein Viertel von Ma'aleh Chermesch und liegen in seinem Verwaltungsbereich.« Er deutete in die ungefähre Richtung der Muttersiedlung. »Außerdem«, fuhr der alteingesessene Siedler fort, »Ma'aleh Chermesch 3 kann nicht illegal sein.«

Der Millionär schmunzelte, und danach sein Stab. Otniel kannte Sheldon Mamelstein und seine Ansichten ganz genau. Zugleich war klar, dass ein Mann in seiner Position es sich nicht erlauben konnte, in eine Unternehmung verwickelt zu werden, die eventuell als ungesetzlich ausgelegt werden konnte. »Was heißt das, kann nicht illegal sein?«

»Ma'aleh Chermesch 3 kann nicht illegal sein, weil der Stützpunkt nach den Unterlagen des Sicherheitsministeriums vor Jahren geräumt wurde. Dieser Stützpunkt existiert eigentlich gar nicht. Aber es gibt hier einen glücklichen Landwirtschaftsbetrieb, der sich des Schutzes der Armee erfreut.«

Mamelstein hob eine Braue und wandte den Blick dem Offizier und der Soldatin zu, die auf der Veranda standen, vertieft darin, Nachrichten mit ihren Mobiltelefonen zu versenden. Da senkte sich die Braue, und sein Mund dehnte sich zu einem Lächeln. Einer seiner Berater fragte: »Aber befindet sich die Armee nicht in der Verantwortlichkeit des Sicherheitsministeriums?«

»Tut sie, ja und? Aus Sicht des Sicherheitsministeriums wurde der Stützpunkt geräumt. Aus Sicht der Armee gibt es hier Juden und daher auch einen Wachposten und Soldaten.« Er spähte zu Hauptmann Omer hinüber, der jetzt in ein Gespräch versunken war. »Die Siedlungssektion der zionistischen Organisation hat das mit dem Landwirtschaftsbetrieb geregelt. Dazu sind keine staatlichen Genehmigungen erforderlich. Sie haben sich auch über die Zivilverwaltung um einen Generator gekümmert, und die Armee hat für Wasser gesorgt. Das Wohnraumbeschaffungsministerium hat über Amidar die meisten Wohnwagen geliefert. Die rechte Hand hat keine Ahnung, was die linke macht. Zu unserem Glück.« Otniel lächelte, während Josh seine Worte auf Englisch wiedergab. Auch Chilik lächelte, trank einen Schluck Nescafé und stellte das Glas vorsichtig auf dem Tisch ab.

Als sie aus dem Haus traten, begutachtete der Millionär die Verkleidung mit dem Jerusalemer Stein an den unteren Wandhälften des Wohnwagens aus der Nähe und schüttelte staunend den Kopf. Hauptmann Omer versuchte wieder, Otniel etwas zu sagen. »Noch fünf Minuten, und wir sind hier fertig, glauben Sie denn, wir sind nicht wild darauf, das zu beenden?«, zischte Otniel.

Sie passierten den Wachturm und den Wasserturm und kehrten zu der neuen Spielplatzanlage zurück. »Was ist das? Was ist dort los?«, fragte der reiche Mann plötzlich, den Finger zu einem der Gebäude ausgestreckt. Alle wandten den Blick und sahen den Wohnwagen von Elazar und Jenia Freud, der von Kopf bis Fuß wie von Parkinson befallen vibrierte, der tanzte und bebte gegen den verdämmernden Himmel.

»Ahh!«, sagte Otniel Asis. »Man muss wissen, wenn der Wohnwagen zittert und sich alles darin bewegt, dann ist das kein Erdbeben, sondern eine Waschmaschine!« In dem Moment, in dem die Übersetzung an seine Ohren gedrungen war, brach Mamelstein in schallendes Gelächter aus, das alle ansteckte und sogar ein Lächeln auf die Lippen des Armeeoffiziers zauberte.

»I must tell Norma about this!«, verkündete der Amerikaner und klatschte sich auf den Schenkel.

Alle verabschiedeten sich unter gegenseitigen Danksagungen, Umarmungen und Küssen, die Gäste stiegen in die Fahrzeuge und entschwanden in einer Staubwolke. Der Korrespondent der *Washington Post*, Jeff McKinley, entschlüpfte zu Fuß in Richtung Siedlungstor. Er hatte daran gedacht, Mamelsteins Leute um eine Mitfahrgelegenheit zu bitten, war jedoch zu dem Schluss gekommen, es sei möglicherweise vorteilhafter, wenn sie nicht erfuhren, wer er war.

»Jetzt, mein Freund«, wandte sich Otniel an Hauptmann Omer Levkovitsch, »können Sie uns sagen, was Ihnen so auf der Zunge brennt.« Er schaute den hellhaarigen Offizier mit dem weichen Blick an.

Omer öffnete die Aktentasche, die er unter seinem Arm trug. »Wir haben hier«, er hielt ihm ein Dokument hin, »einen Flächendemarkationsbefehl, den der Befehlshaber des Zentralkommandos ausgestellt hat.«

»Ein Flächendemarkationsbefehl? Was Sie nicht sagen.« Otniel beäugte misstrauisch das Papier. »Was ist das?«, schloss sich Chilik an und warf einen Blick auf das Blatt in Otniels Hand.

»Ein Flächendemarkationsbefehl«, bestätigte der Kommandeur und fuhr fort, da er genau wusste, was in den Köpfen der erfahrenen Siedler ihm gegenüber ablief. »Keine Einstellung illegaler Bautätigkeit. Nicht von der Zivilverwaltung. Kein Abriss einzelner Gebäude – ihr wisst, dass gegen eure Wohnwagen bereits seit Jahren solche Verfügungen bestehen und sie keiner in die Tat umsetzt, weil man weiß, dass ihr stattdessen andere herschaffen würdet. Deswegen hat man einen Flächendemarkationsbefehl ausgestellt. Nicht die Gebäude, sondern das gesamte Areal muss geräumt werden. Alle Einwohner. Alles bewegliche Hab und Gut. Und Abriss aller Bauten. Was meinen Sie denn, dass die rechte Hand keine Ahnung hat, was die linke macht?«

Otniel las den Befehl:

Acht Tage nach dem Zeitpunkt der Bekanntmachung dieser Ankündigung hat jede Person, die sich im Gebiet der Deklaration aufhält, dieses zu verlassen. Mit Bekanntmachung dieser Deklaration treten die Verbote jedweder Bautätigkeit in dem deklarierten Gebiet mit unmittelbarer Wirkung in Kraft, was ebenso für das Betreten einer Person oder das Hineinbringen von Habe in das deklarierte Gebiet zum Zwecke der Ausführung baulicher Tätigkeiten gilt.

Der Befehl trug die Unterschrift des Befehlshabers des Zentralkommandos, und beigefügt war eine Karte, die das eingegrenzte

Areal zeigte – ganz Ma'aleh Chermesch 3 mitsamt seinen Gebäuden und landwirtschaftlichen Flächen.

Otniel hörte zu lesen auf und schenkte Omer einen feindseligen Blick. »Was für Korachs ihr seid. Na gut. Wir werden bei der militärischen Einspruchskommission Widerspruch einlegen müssen, und wenn das nichts nützt, an den Obersten Gerichtshof appellieren, und wenn wir dort verlieren, warten wir zwei Jahre, bis die Gültigkeit des Befehls, mit Hilfe des Herrn, abgelaufen ist. Und ihr werdet uns schließlich keinesfalls mit Gewalt evakuieren, ist doch so?« Er suchte nach dem Anflug eines Lächelns oder einem Ausdruck von Sympathie in Omers Gesicht, doch er fand nichts dergleichen.

Stattdessen lag Neugier in seinen Augen, als er vorsichtig die Frage äußerte: »Was sind Korachs?«

Otniel holte Luft und stieß sie mit einem tiefen Seufzer wieder aus. »Das sind aggressive Nichtsnutze«, schnaubte er und tippte die Nummer des Gemeinderatsvorsitzenden in sein Telefon ein.

»Viel Erfolg und Schabbat schalom«, entgegnete der Kommandeur, gab seinem Fahrer ein Zeichen, den Motor anzulassen und stieg in den Jeep. Er hielt am Tor neben dem Soldaten. »Joni, nimm die, und sag deinen Soldaten, sie sollen sie heute Abend an jedes Gebäude im Stützpunkt hängen«, sagte er und reichte ihm einen Stapel Blätter mit der Bekanntmachung.

Er erlaubte dem amerikanischen Journalisten, der am Eingang den Daumen hob, in das Fahrzeug einzusteigen, und verschwand den Hang hinunter, in das verlöschende Zwielicht des Sonnenuntergangs und den Wind. Der Soldat Joni ließ seinen Blick von dem davonrollenden Jeep zu den Blättern in seiner Hand gleiten und schloss das Tor.

Die Brüder

Roni Kupfer war bei der Einweihungszeremonie der Spielplatzanlage nicht anwesend. Als Otniel Asis ihn neben dem Wohnwagen von »dem einzigen Gavriel in der Siedlung« absetzte, wuchtete er seinen Koffer aus dem Kofferraum und rollte ihn auf dem maroden Asphalt die wenigen Meter weit bis zu dem Wohnwagen. Er passierte das Hoftor, den gelbstichigen Garten und erreichte die Tür, in deren Mitte ein bescheidenes Schild grüßte: »Willkommen«. Die Tür war nicht abgesperrt. »Gabi? Gabi?«, rief er und schaute sich in den Räumen des Wohnwagens um. Roni schnüffelte – in der Luft lag ein eigenartiger, muffiger Geruch. Seine Augen wurden von einem schwarzen Fleck in der Ecke angezogen. Er rollte den Koffer in den rechten Raum, der nach Wohnzimmer aussah, und legte sich rücklings auf die erhöhte Matratze, die als Sofa diente. Er schaute an die Decke und blies einen unsichtbaren Luftstrom aus, schloss die Augen und öffnete sie wieder. Er wandte seinen Blick dem schlichten Bücherregal zu, ließ ihn über die Bücherrücken gleiten, las nacheinander die Titel – religiöse Schriften mit rotem Einband, von denen Roni absolut nichts verstand: der *Sohar*, der *Schulchan Aruch*, Sammlungen rabbinischer Schriften, Maimonides' *Wegweiser für die Verwirrten*, diverse Mischnatraktate. »Gabi?!«, schrie er, bildete sich ein, etwas gehört zu haben, doch er erhielt keine Antwort.

Gavriel war bei der Einweihung der Spielplatzanlage, von dort zog er weiter zum Nachmittagsgebet in der Synagoge, und anschließend blieb er mit allen anderen beieinander, um zu plaudern. Dann erst kehrte er nach Hause zurück und entdeckte zu seiner Überraschung den großen Koffer, der ein Viertel des Wohnzimmerbodens einnahm, und seinen laut schnarchenden älteren Bruder rücklings auf dem Sofa, auf seinem zur Decke gerichteten Gesicht den gleichmütigen Ausdruck eines Fischs. Gabi betrachtete seinen Bruder. Die Brust, die sich hob und senkte, die Lippen, die mit jedem Schnarcher erzitterten. Seine vollkommen ruhig auf der Brust verschränkten Hände, die breiten Füße, die in ehemals weißen Sportsocken steckten, deren Fersen bis zur Fadenscheinigkeit durchgescheuert waren. Sein Blick wanderte zurück zu dem großen Koffer. Roni, mein Bruder. Er lächelte ihn an, zog die Nase hoch. Roni antwortete mit einem Schnarcher.

Gabi ging in die Küche, um Tee zu kochen. Er schaltete das Licht an. Danach würde er ein Abendessen für sie zubereiten und anschließend zum Abendgebet gehen. Er setzte den Wasserkocher in Betrieb, der nach ein paar Sekunden mit einem Rauschen reagierte, das sich zum finalen Brodeln steigerte, bis der Knopf heraussprang. Er hängte je einen Wissotzky-Teebeutel in ein dünnhenkliges Glas, gab Zucker hinein und rührte mit klirrendem Löffel um.

»Mach mir auch so was, was immer es ist«, erklang eine Reibeisenstimme aus dem Wohnzimmer.

»Hab ich schon.« Gabi trat ins Wohnzimmer und stellte ein Glas, auf dessen Grund noch Zuckerkörnchen wirbelten, auf das Regalbrett neben Ronis Kopf. »Tee«, sagte er und ließ sich in dem Sessel auf der anderen Seite des Raums nieder. Er sprach einen Segen: »Dass alles nach seinem Wort geschehe«, blies auf seinen Tee und nahm einen behutsamen Schluck. »Willkommen, Bruderherz. Lange her.«

Roni setzte sich auf, dehnte sich, versuchte, den Nebel des Schlafs und des Jetlags abzuschütteln. »Ahhh«, gähnte er laut. Er griff nach dem Glas und schlürfte geräuschvoll. »Süß«, bemerkte er. Er betrachtete seinen Bruder, der weiterhin lächelte. »Ich werde ein Weilchen hierbleiben müssen.«

»Das hab ich verstanden. Wegen dem Koffer.«

»Ja.« Beide tranken schweigend. Was soll diese große, weiße Kipa mit dem Bommelding da oben?, dachte Roni. Der Bart war immer noch spärlich, aber etwas länger geworden. Die Schläfenlocken – gab es die nicht bloß in Jerusalem in Mea Schearim, im Orthodoxenviertel? Er musste jedoch zugeben, dass das Erscheinungsbild zu seinem Bruder passte, die Religiosität kleidete seinen mageren Körper ganz natürlich, harmonierte mit der verträumten Wärme seiner Augen und seiner hellen Haut. Von ihnen beiden hatte immer Roni wie der echte Kibbuznik ausgesehen, mit seiner dunklen Kompaktheit, seinem sicheren, manchmal überheblichen Blick, aber auch wie der Unbeschwertere, der immer an der Schwelle eines Lächelns zu stehen schien.

»Gibt's vielleicht irgendwelche Kekse oder so was?«

Gabi blickte in Richtung Küche, doch es war gar nicht nötig. Er hatte keine Kekse.

Das Schweigen verdichtete sich, wurde nur hin und wieder von Trinkgeräuschen unterbrochen. Schließlich bedachte Gabi seinen Bruder mit einem langen Blick. »Was ist los?«, fragte er. »Das letzte Mal, dass wir uns gesprochen haben, war an deinem vierzigsten Geburtstag. Du hast gesagt, dass du zu tun hast und zurückrufen würdest, und seitdem habe ich nichts mehr von dir gehört. Ein halbes Jahr. Und davor – an deinem vorigen Geburtstag. Solltest du nicht in Amerika sein?«

Roni erhob sich vom Sofa. Er spähte aus dem Fenster nach draußen. Der Wind pfiff unter dem Wohnwagen. »Was für eine Landschaft, eh?« Er drehte sich um und sah seinen Bruder an. »Was ist mit dir? Der, der mich mitgenommen hat, hat gemeint, du bist ein Goldjunge. Ein Königssohn.«

Gabi lachte. »Bestens, gelobt sei der Herr. Wunderbar.«

»Wunderbar? Was ist so wunderbar?«

»Wunderbar. Alles. Ganz wunderbar. Ich freue mich, dass du da bist.«

»Dann kann ich also ein bisschen hierbleiben? Dieses Wunderbar ist nicht eine Frau oder so was?«

»Du meinst, dass wunderbar etwas mit einer Frau zu tun haben muss?«

»Ich will bloß wissen, ob ich ein bisschen bleiben kann.«

»Du kannst bleiben, so lange du willst.«

»Warum verziehst du das Gesicht? Kannst du deinen Bruder nicht unterbringen?«

»Ich verziehe überhaupt nichts.«

Roni trat von dem kleinen Raum in den zentralen Bereich des Wohnwagens. »Wo ist das Klo?«

Gabi blieb im Sessel, einer schlichten Schreinerarbeit aus den Siebzigerjahren des vergangenen Jahrhunderts mit abgewetzter brauner Polsterung – seine Möblierung hatte er mit den Jahren in den Straßen Jerusalems gefunden –, und trank seinen Tee. Er hörte den prallen Urinstrahl seines Bruders direkt in der Toilettenschüssel auftreffen – Roni hatte nie die Gewohnheit gehabt, das Geräusch zu dämpfen, indem er ihn an die Seitenwände der Porzellanschüssel lenkte. Er schloss die Augen.

»Du brauchst kein Gesicht zu ziehen«, erklärte Roni, als er zurückkam. Er hob sein Teeglas hoch. »Ich hab dir immer geholfen, wenn du mich gebraucht hast.«

»Ich hab kein Gesicht gemacht«, erwiderte Gabi friedlich, »aber wie kannst du wissen, ob ich Hilfe brauche, wenn wir jahrelang kaum miteinander in Kontakt waren?« Im Wohnwagen herrschte plötzliche Finsternis. Gabi stand auf und sah aus dem Fenster. »Der Generator ist ausgefallen«, stellte er fest, »wenigstens nicht wegen meinem Wasserkocher, so haben wir noch Tee, um die Dunkelheit zu überbrücken.«

»Ich geh mal eine Runde drehen draußen«, sagte Roni. Er ertastete seinen Weg zur Wohnwagentür, und als er an seinem Bruder vorbeiging, drehte er sich unvermittelt zu ihm, breitete seine Arme aus und sagte: »Komm her, lass dich umarmen.« Die Umarmung fiel ein wenig unbeholfen, ein wenig kurz aus, im Dunkeln war ein Gesichtsausdruck nicht wirklich zu erkennen, doch Gabis war wohl eher zurückhaltend und Ronis vielleicht etwas zu bemüht.

»Gut, dass du da bist«, sagte der kleine Bruder, als sie sich aus dem Griff freimachten. Roni gab keine Antwort. Er ging hinaus und schloss die Tür mit einem heftigen Knall, der den ganzen Wohnwagen erzittern ließ. Gabi beschloss, das *arvit* zu Hause zu beten.

Die Nacht

Die Wohnwagen waren dunkel. Der ganze Hügel war dunkel. Tiefe Stille, beherrscht von Finsternis, die Geräusche aus dem arabischen Dorf – so völlig verschieden von seinem Leben in den letzten Jahren, doch gleichzeitig ließ es ein dumpf vertrautes Gefühl anklingen, vielleicht aus seiner Kindheit im Kibbuz. Roni fühlte sich erschöpft von dem langen Weg und dem Jetlag.

Gitarrenspiel war vom Ende des Stützpunkts zu hören. Eine traurige, langsame Melodie, fast feierlich. Roni schien es, als näherte er sich den Klängen. Er ging an Menschen vorbei, erkannte den Mann, der ihn im Auto mitgenommen hatte, der nun draußen vor seinem Haus neben einem Jungen mit grüner Kipa und pickligem Gesicht stand. »Guten Abend«, sagte Roni.

Otniel Asis lächelte. »Nu, hast du deinen Bruder, den Zaddik, gefunden? Ist er das?«

»Ja, ja, danke.«

»Wir gehen nachschauen, was mit dem alten Generator los ist. Willst du mitkommen? Vielleicht brauchen wir noch eine Hand.« Roni Kupfer folgte Otniel und seinem Sohn Jakir zum Eingang der Siedlung. Joni, der Soldat, war schon da, leuchtete mit einer Taschenlampe, und einer der anderen Soldaten versuchte, den Generator mit einem schnellen Kabelzug anzuwerfen. »Wie viele Jahre müssen wir noch darauf warten, dass uns der Stromversorgungstrupp ans Netz anschließt«, knurrte Otniel, während Lichter von den nahen Wohnwagen aufblitzten. »Es gibt Kinder hier. Es gibt Frauen hier. Jedes Mal, wenn der Generator ausfällt, zittern sie vor Angst.«

Roni trottete weiter der Gruppe hinterher, die vom Bereich des Kontrollpostens ins Zentrum zurückging. Als sie den neuen Wohnwagen passierten, sagte Otniel zu Joni: »Hast du gewusst, dass ein neuer Wohnwagen ankommen soll?«

»Nein«, erwiderte der Soldat.

»Hat Omer nichts davon gesagt?«

»Omer hat kein Wort mit mir geredet, außer dass wir die neuen Befehle aufhängen sollen. Er war die ganze Zeit bei euch.«

»Stimmt«, sagte Otniel und rieb sich verwundert den Bart. »Interessant.« Er nahm von Joni die Taschenlampe und leuchtete auf den stummen Wohnwagen. »Sehr interessant«, murmelte er. Dann umrundete er den Wohnwagen. »Er hat ihn einfach bloß hier abgeladen, ohne mit irgendjemandem zu reden. Da ist kein Unterbau, nichts für Strom, Wasser und Abfluss vorbereitet. Hallo?«, rief er. »Ist da jemand?« Er trat bis an die Tür und klopfte. Es gab keine Klinke.

Roni trennte sich von ihnen und ging weiter spazieren. Nach einigen Minuten fiel ihm auf, dass er den Siedlungsbereich verlassen hatte. Die Dunkelheit wurde undurchdringlich, und er hatte das Gefühl, sich zu weit von der Zivilisation entfernt zu haben, also machte er kehrt. Die Gitarrenklänge verstärkten sich, ertönten weiter mit schleppender Traurigkeit, und für einen Moment kam es Roni vor, als erkenne er das Lied, doch auf einmal riss die Melodie ab.

»Halt!«, befahl ihm überraschend eine Stimme aus der Dunkelheit. Er wandte den Blick und sah einen mageren jungen Mann, etwa zehn Meter von ihm entfernt. Erst eine Sekunde darauf bemerkte er das Aufblitzen einer Waffe, die auf ihn gerichtet war, und noch ein paar Sekunden später die Gitarre darunter. »Oder ich schieße«, fügte der junge Mann hinzu, bemüht, das Zittern in seiner Stimme zu kaschieren.

»Du brauchst nicht zu schießen«, sagte Roni und hob die Hände. Er war müde und benommen und wusste nicht, ob er es amüsant finden sollte, dass ein Junge mit einer Gitarre den Lauf einer Waffe auf ihn richtete, oder ob er die Fassung verlieren sollte. Trotz der Kälte spürte er, wie sich an seinem ganzen Körper an diversen Stellen Schweiß ansammelte, doch er sprach mit fester Stimme weiter: »Ich lauf bloß herum, schaue mich um.«

»Was hast du hier rumzulaufen? Was gibt's hier zu sehen, und noch dazu im Dunkeln?« Der junge Mann kam näher, immer noch unsicher.

»Vielleicht könntest du ja mal das Ding vor meiner Nase runternehmen?«

Der junge Mann bewegte keinen Finger. »Zuerst musst du mir erklären, wer du bist. Der Generator fällt aus, und plötzlich taucht hier ein verdächtiger Fremder auf. Ich muss die übliche Prozedur einhalten.«

»Ich bin nur für eine Weile zu Besuch hier, bei meinem Bruder.«

»Wer ist dein Bruder?«

»Gabi. Gabi Kupfer.«

»Gabi Kupfer? So was gibt's hier nicht.« Der Lauf der Pistole rückte Ronis Stirn noch ein paar Zentimeter näher.

»Ah, er hat seinen Namen geändert. Gavriel … äh, Gavriel … *wallah*, ich weiß nicht …«

»Gavriel Nechuschtan? Warum hast du das nicht gleich gesagt? Ja, ich sehe die Ähnlichkeit.« Er richtete die Pistole nach unten. »Du verzeihst mir, ja? Es gibt hier einfach ringsherum ein Meer von unseren arabischen Freunden, und die kommen immer in der Dunkelheit raus. Willst du einen Keks?«

Die Kekse hatte Jenia Freud gebacken, eine Mathematiklehrerin, die in dem Wohnwagen nächst dem Siedlungstor mit ihrem Mann Elazar, Oberleutnant der Reserve, wohnte, der im Computerbereich arbeitete und in einer Siedlung auf der anderen Seite von Jerusalem aufgewachsen war. Jenia Freud pflegte Kekse für die Soldaten zu backen und sie auf einem Tablett im Wachturm zu hinterlassen. »Nicht dass ich Soldat bin«, sagte Nir Rivlin, bewaffnet mit Gitarre und Pistole, während sich Roni einen Schokolade-Kokos-Keks nahm. Nir erläuterte ihm die Situation: Normalerweise gab es vier bis sechs Soldaten im Stützpunkt, einer davon – Joni – permanent und der Rest wechselnd. Sie hatten die meisten Wachschichten, aber die Siedlungsbewohner halfen manchmal in der Nacht aus. Die Schichten der Siedler wurden gleichberechtigt unter allen Männern aufgeteilt, obwohl es welche gab, die sich von ihren Wachschichten freikauften – im Allgemeinen waren es Familienväter, die ein bisschen mehr freie Zeit haben wollten und die jungen Ledigen dafür bezahlten, dass sie

sie ersetzten. »Nicht dass ich Junggeselle bin«, betonte er. Er sei Familienvater, aber er halte gern Wache, außerdem habe er kein Geld, um sich freizukaufen, denn er sei Student, er lerne Koch im Zentrum für koschere Kochkunst in Jerusalem, diese Woche habe er eine Prüfung, Arbeiten mit Messer, fortgeschrittenes Tranchieren, und vergangene Woche war ein Seminar der Grundteigarten, Quiches, Blätterteig, Hefeteig … Nir Rivlin redete so viel, dass der erschöpfte Roni irgendwann vorschlug: »Vielleicht spielst du was?« Worauf Nir die Gitarre hob und fragte: »Was möchtest du hören?« Und nach einer kurzen Debatte einigten sie sich auf *Perfect Day* von Lou Reed.

Sie setzten sich auf das Polstersofa, das irgendjemand irgendwann weggeworfen hatte, und betrachteten die Sterne, die über der dunklen Wüste glitzerten. Der Generator brummte monoton.

»Beten und spielen die anderen Wächter auch während der Wache?«, fragte Roni.

»Jeder, wie er will. Man kann einen Spaziergang für zwei Stunden machen und nachdenken, manchmal studieren und beten. Ich spiele Gitarre. Es gibt welche, die sich DVDs auf dem Notebook anschauen. Oder einfach bloß hier sitzen, mit Zigarette, Kaffee. Manchmal ergibt sich eine Unterhaltung mit jemandem, der draußen rumgeht oder mit dem Wagen vorbeifährt.«

»Und mein Bruder?«

»Gavriel? Er ist ein großer Zaddik, ein wahrer, heiliger Gerechter. Er verlangt immer die Mitternachtsschicht, und dann betet er das *tikun chazot*. Weißt du, was das ist? Hast du schon mal was von dem Mitternachtsgebet zur Erinnerung an die Tempelzerstörung und Israels Wiederherstellung gehört? Du bist total unreligiös, was? Die Nacht ist die Zeit des wesentlichen Rückzugs zu der Zeit, in der die Welt frei von ihren Mühen ist. Eine Zeit, um den guten Geist aus dem schlechten Geist zu sammeln. Manchmal steht Gavriel auf dem Wachturm und studiert Spruchsammlungen von Rabbi Nachman. Und manchmal sieht man ihn bis zum Rand des Hügels gehen, wo kein Mensch ist, nur er und die Sterne und die Wüste. Redet mit dem Herrn. ›Denn in der Stunde der Abgeschiedenheit tritt er aus dem Zustand des Kummers und gelangt zur Freude.‹ Willst du einen Zug?«

Nir holte aus der Innentasche seiner Jacke einen Joint heraus, den er sich vor der Wachschicht gedreht hatte. Er sog geräuschvoll daran, stieß eine dünne Rauchfahne nach oben aus und reichte ihn Roni. »Gräser: die Stimme des Gesangs und der Lobpreisungen der Gräser, jedes einzelne Gras sagt ein Lied dem Herrn, gepriesen sei er, ohne Bitte und ohne jeden fremden Gedanken, und sie erwarten keinerlei Belohnung, wie schön und lieblich ist es, wenn man ihren Gesang hört, und es ist sehr gut, zwischen ihnen dem Herrn mit Ehrfurcht zu dienen. Kein schlechter Stoff, was?«

Die Dunkelheit war tief und lastend, so wie es die Dunkelheit abseits großer und erleuchteter Städte zu sein vermag – es gab keine Straßenbeleuchtung im Stützpunkt. Man konnte die Frösche quaken, die Heuschrecken zirpen und die Zikaden sägen hören, bisweilen wieherte ein Pferd in seinem Stall – »das ist Killer, von Jehu« –, und die Hunde bellten in ihrem Hof – »Beilin und Kondolisa, von Otniel« –, das Säuseln des Schilfrohrs im Wind, das Wimmern eines Babys – »vielleicht Nefesch, oder Schuv-El«. In den Nächten im allertiefsten Winter, so erzählte Nir, prasselte der Regen mit ohrenbetäubender Gewalt, und ein vehementer Wind drohte die Wohnwagen davonzuwehen und sie himmelwärts zu tragen. Und in den Sommernächten gab es Hochzeiten, *haflas*, endlose arabische Singfeste und Tanzfeiern im Nachbardorf, und dann plärrte die Musik und dröhnten die Darabukkas, die arabischen Trommeln, und die Sänger schwangen sich in einem Schwall von Oktaven hinauf bis mitten in den Himmel und ins Herz der Nacht, und manchmal setzten sie noch eine gehörige Portion an Feuerwerken drauf, die zwar primitiv anzuschauen waren, sich aber beeindruckend anhörten und die Kondi und Beilin, Killer und die kleinen Kinder so erschreckten, dass sie ihr eigenes langes Lärmkonzert veranstalteten und die Männer im Stützpunkt aus dem Bett jagten und mit hämmerndem Herzen die Waffen ziehen ließen.

Und es gab auch die Stille, vor allem in den kleinen, tiefen

Stunden der Nacht. Wenn alle in ihren Wohnwagen versammelt waren, nachdem die Kinder zu Bett gebracht worden waren, nach dem Abendessen und der Dusche; nachdem sie Nachrichten gesehen, gelesen, eine Arbeit beendet und Sachen erledigt hatten und unter den dünnen Wohnwagendecken mit den gewaltigen Sternen über ihnen schlafen gegangen waren. Während des Schlafs – monologisierte Nir nun mit aramäischen Zitaten – entfernt sich das Gehirn, läutert sich, macht Platz für Inspiration. Während des Schlafs steigt die Seele in eine spirituelle Welt auf, und der Schlaf ist wichtig für die Hingabe und den Glauben an den Herrn …

»Ich geh jetzt besser schlafen«, gähnte Roni. »Ich ticke noch nach amerikanischer Zeit, völlig verdreht.« Nir Rivlin wandte ihm überrascht den Blick zu, als hätte er vergessen, dass Roni da war. Er sah auf seine Uhr und sagte: »Fast Mitternacht, Ende der Schicht!« Aus seiner Hosentasche fischte er einen Zettel. »Schauen wir mal, wer mich ablöst … ha! Dein teurer Bruder! Gelobt sei der Herr. Komm, wir holen ihn aus seinen Träumen.«

Beim Wohnwagen sahen sie Gabi, der ins Dunkel hinaustrat. Mit holprigen Schritten trottete er in der durchdringenden Kälte den Hügel hinauf, in einer Hand eine Tasse Kaffee, die rasch ihre Wärme verlor. Der Wind trug schwache arabische Musikfetzen heran.

»Schalom, Zaddik!«, rief Nir.

»Schalom-schalom«, erwiderte Gabi mit müder Stimme. Sein Blick wanderte von Nir Rivlin zu seinem Bruder Roni, hielt überrascht ein paar Sekunden lang inne und kehrte dann zu Nir zurück. »Wie geht es Scha'ulit?«

»Gelobt sei der Herr.«

»Wann ist die Geburt?«

»Mit Hilfe des Herrn. Anfang neunter Monat.«

»Pfff …«, lächelte Gabi, »ich bin gespannt, ob es ein Adar- oder ein Nisankind wird.«

Die drei standen schweigend da. Es schien, als sei sogar Nir, der in den Stunden davor pausenlos geredet hatte, zu müde, um

Worte zu finden. Schließlich sagte Gabi: »*Jalla*, geht schlafen, Männer, gute Nacht.«

Der Morgen

Als Gabi vom *schacharit*, dem Frühmorgengebet, zurückkehrte, schlief Roni noch im Wohnzimmer. Er legte das Gebetsriemensäckchen vorsichtig ab, doch das Klirren des Löffels im Glas weckte seinen Bruder.

»Guten Morgen«, sagte Gabi. »Tee?«

»Kaffee«, erwiderte die rissige Stimme seines Bruders. »Wow. Ich hab nicht gewusst, wo ich bin. Was hab ich tief geschlafen.«

»Der Schlaf ist süß und gut«, zitierte sein Bruder Rabbi Nachman. »Das macht die Stille.«

Roni zog eine Zigarette aus einer blauen Schachtel. Gabi warf einen vorsichtigen Blick darauf. »Soll ich das Fenster aufmachen?«, fragte der große Bruder, doch als Gabi aufstand, um es zu öffnen, sagte er: »Ist es nicht zu kalt für ein offenes Fenster?« Gabi machte es trotzdem auf.

»Hör zu, ich hab nicht viel zu essen, ich wusste nicht, dass du kommst. Wenn ich heute Vormittag nach Ma'aleh Chermesch komme, bring ich ein bisschen was mit. Aber es ist Freitag, da ist nicht viel Zeit.« Ihm fiel etwas ein. »Hast du vielleicht ein Auto? Ich könnte jetzt kurz rüberfahren, vor der Arbeit.«

»Ich habe gar nichts«, erwiderte Roni. Gabi hob eine Braue.

»Sag mal, was soll das mit Gavriel Nechuschtan?«, fragte Roni und sandte eine Rauchfahne durch das Fliegengitter. Der Rauch zog langsam hinaus, als lote er seine Grenzen aus.

»Das bin ich.«

»Aber wieso? Gavriel verstehe ich, aber was hat Nechuschtan damit zu tun?«

»Kupfer heißt *nechoschet*, hast du das nicht gewusst? Unsere Vorfahren in Deutschland hatten sicher mit Kupfer zu tun. Kupfer ist das stärkste Material auf der Welt.« Roni zog erstaunt die

Augenbrauen hoch. Gabi betrachtete den Körper seines Bruders, der nachlässig auf dem Sessel lagerte – nicht mehr so muskulös, wie er einmal war, aber immer noch männlich; dichtes, borstiges Haar, eine Fellmähne bedeckte die gebräunte Brust. Sein Bruder war breiter gebaut als er, kleiner und behaarter als er. Ein Fremder hätte die Ähnlichkeit nicht auf den ersten Blick entdeckt, hätte vielleicht bei der Form der braunen Augen verweilt, obwohl sich auch da der spontane, schalkhafte Ausdruck bei Roni von dem eher zögerlichen, harmlosen des jüngeren Bruders unterschied. Gabi fuhr fort: »Jemand hat mir erzählt – wenn irgendwann die Eiszeit wieder eintrifft, und das wird sicher geschehen, denn der Herr lässt schließlich die Natur periodisch wiederkehren, dann wird die ganze Welt mit einer Eisschicht von einigen Kilometern Dicke bedeckt werden. Diese Eisschicht wird ein ungeheures Gewicht haben, das die ganze Welt, die wir kennen, zu einer dünnen Schicht von ein paar Zentimetern zusammenquetschen wird. Alles wird zu Staub werden. Aber wer nach dieser Eiszeit ins Innere der Erde graben und in einem Querschnitt die Zweizentimeterschicht dessen sehen würde, was einmal die Menschheit war, wird hauptsächlich Kupfer sehen. Und das deshalb, weil wir dermaßen viel von diesem Material benutzen und es so stark ist. Der ganze Rest wird zu Staub werden, zu nichts. Aber das Kupfer wird überdauern.«

»Und was sagt das über unsere Familie? Dass wir stark sind?« Roni lachte sein kleines Lachen. Gabi zuckte mit den Achseln. »Hast du ihn im Innenministerium geändert?«

»Nein.« Sie tranken schweigend ein paar Minuten. Dann fragte Gabi: »Was heißt das, ›ich habe gar nichts‹? Was ist passiert?«

»Eine lange Geschichte.«

»Erzähl.«

Roni öffnete das Fliegengitter und warf den Zigarettenstummel hinaus. »Nicht jetzt. Wir werden noch Zeit dazu haben. Du musst zur Arbeit gehen, oder?«

»Ja. Aber ich möchte auch wissen, was meinem Bruder passiert ist. Und es wäre nett zu erfahren, wie lange du vorhast hierzubleiben. Bist du in irgendwas reingeraten?«

»Nein, nein, alles bestens, es ist gar nichts passiert. Ich muss eigentlich nur ein bisschen Luft schnappen. Wer ist das? Was der für einen Blick hat.« Er deutete auf eine Fotografie im Format einer großen Postkarte, die auf einem Brett im Bücherregal lag, das Schwarzweißbild eines bärtigen Mannes, der einen Pelzhut trug. »Diese Augen machen einem Löcher ins Gesicht.«

Gabi schaute auf das Bild. »Das ist der R-A-J Kook.«

»R-A-J? Was ist das denn?«

»Rabbi Abraham Jitzchak Kook … welch eine Glut, was?« Gabi richtete den Blick wieder auf seinen Bruder. »Aber warum wechselst du das Thema – ist es jetzt ›gar nichts‹ oder ›eine lange Geschichte‹?« Nachdem er keine Antwort erhielt, ging Gabi in den anderen Raum und kehrte in blauer Arbeitskleidung zurück, unter der die Schaufäden seines Gebetsschals hervorlugten, setzte sich und band die Schnürsenkel seiner klobigen Arbeitsschuhe. Dann lächelte er und stand auf. »Gut, reden wir nachher. Ich muss wirklich los.«

»Keine Bange«, sagte Roni. »Ich werde dir nicht lange zur Last fallen. Ich muss nur Ruhe finden. Auf die Beine kommen. Und dann weitermachen. Auf alle Fälle«, er stand auf, steckte den Kopf aus dem Fenster und blickte sich um, »bin ich ohnehin nicht imstande, an einem solchen Ort länger zu leben.«

Gabi lächelte. »*Jalla*, ich muss los, einen schönen Tag.«

»Einen schönen Tag, Gavriel Nechuschtan!« Roni brach in Lachen aus, doch als sich die Tür hinter Gabi geschlossen hatte, erlosch sein Lächeln.

»Was für ein irrsinniger Morgen«, hörte Gabi Scha'ulit Rivlin zu Nechama Jisraeli sagen, als er an den beiden Schwangeren vorbeiging und ihnen zunickte, ohne sie direkt anzublicken. Die Morgensonne beschien angenehm seinen Nacken. Er passierte den neuen Wohnwagen, und danach die neue Spielplatzanlage. Welch ein Zaddik war der Herr. Wenn er ihm an einem Tag voll neuer, erfreulicher Anfänge für die Siedlung seinen Bruder schickte, musste ihm dies zum Segen gereichen. Etwas erregte seine Aufmerksamkeit. Ein kleiner Schuh. Er hob ihn von dem Rasenteppich am Spielplatz auf. Nimrod, Größe 23. Er trug ihn zum Kindergarten und setzte seinen Weg fort zu Otniels Hof, wo dieser bereits stand, mit einer Hand die Augen vor der Sonne beschattete und mit der zweiten das Telefon an sein Ohr presste. »Komm, komm, Nechuschtan!«, trieb Otniel ihn an, als er ihn sah. »Die Kisten für Moran müssen hergerichtet werden. Sekunde, ich bin am Telefon.«

Freitag war ein kurzer und schwieriger Tag, um Leute in Regierungsbüros zu erreichen, aber – dem Herrn sei Dank – Otniel hatte die Mobiltelefonnummern einiger wichtiger Personen, worunter die erste der Knessetabgeordnete Uriel Zur war, der gestern bei der Einweihungszeremonie der Spielplatzanlage gesprochen hatte. »Guten Morgen, Uriel, hier ist Otniel … ja … danke … Sag mal, weißt du was von diesem Flächendemarkationsbefehl, den wir gestern bekommen haben? Hauptmann Omer … Berkovitsch, nein, Levkovitsch … ja, nach der Zeremonie … gut, danke, danke. Aber vor dem Schabbat? Danke, danke dir.«

Er telefonierte noch lange weiter an diesem Morgen, während Gavriel neben ihm die Gemüsekisten und Milchprodukte für Moran, den Vertriebslieferanten, fertig machte. Was den Wohnwagen anging, hatte sich herausgestellt, wie Nathan Eliav, der Sekretär von Ma'aleh Chermesch, erklärte, der selbst Anrufe beim Gemeinderatsvorsitzenden Dov, beim Zentralkommando und irgendwelchen weiteren Funktionären getätigt hatte, dass ein Irrtum unterlaufen war. Er war für einen anderen Stützpunkt bestimmt gewesen, für Giv'at Jeschua, eine Erweiterung von Jeschua jenseits des Wadis, doch der Lastwagenfahrer hatte sich verfahren, mit niemandem geredet, den Wohnwagen an der erstbesten Stelle abgeladen, die ihm frei schien, und den Stützpunkt schleunigst verlassen.

Mit dem Abtransport des Wohnwagens aus der Siedlung konnte es jedoch noch eine Weile dauern. Gestern, berichtete Nathan, habe es eine Verladegenehmigung zur Überführung für diese Fracht gegeben, aber keine zum Aufbau und zur Herstellung der Versorgungsanschlüsse. Inzwischen sei zwar anscheinend eine Aufbaugenehmigung mit Hilfe »eines der Unseren« im Bau- und Wohnraumbeschaffungsministerium erreicht worden, doch der Sicherheitsminister habe sich persönlich eingemischt und sei nicht bereit, eine weitere Überführungsgenehmigung auszustellen – offenbar hat da jemand mit ihm gesprochen, ihm etwas hinterbracht, wer weiß, vielleicht gibt es einen Informanten vom Geheimdienst bei euch, äußerte Nathan Eliav abschließend dazu, und Otniel dachte, vielleicht hat er recht, überraschen würde es ihn nicht, aber wer? Vielleicht dieser Kerl, Gavriels Bruder? Er warf einen Blick auf Gavriel, der neben ihm arbeitete, erwog, etwas zu sagen, doch dann schwieg er. Woher sollte man das wissen. Jedenfalls, fuhr Nathan mit seinem Bericht fort, der Sicherheitsminister genehmige keine Verladung, so dass im Prinzip durch die siedlungsfeindliche Einmischung desselbigen der neue Wohnwagen auf einige Zeit im Stützpunkt verbleiben und es sich daher vielleicht lohnen würde, in die Warteliste zu schauen und einer neuen Familie anzubieten, ihn zu besiedeln.

Otniel wusste genau, in welcher Schublade zu Hause sich die Warteliste befand – seine Frau Rachel stand an der Spitze des Eingliederungskomitees der Siedlung, zusammen mit Chilik Jisraeli. Er beschloss, ein paar Tage zu warten, und wenn der Sicherheitsminister auf seiner Meinung, keine Verladegenehmigung zu erteilen, bestehen sollte, dann würden sie eine Familie einquartieren. Er ging, um Gavriel mit den Kisten zu helfen.

Der Knessetabgeordnete Zur rief ihn schließlich zurück. »Der Befehl hängt mit dem Trennzaun zusammen«, sagte er.

»Was?!« Otniel war verblüfft. Zwar trieben sich im Gelände alle möglichen Trennzauntypen herum, Gutachter, Architekten, Offiziere, aber das machten sie seit Jahren, und keiner hielt sich noch mit ihnen auf. »Ich dachte, man baut ihn nicht in dieser Gegend«, sagte er.

»Ich weiß nicht, ob sie ihn wirklich dort bauen werden, aber anscheinend hat man beschlossen, irgendetwas in der Richtung zu machen, und wie ich gehört habe, soll die Trassierung eventuell durch den Olivenhain eurer Nachbarn in Charmisch verlaufen.«

»Was hat das dann mit uns zu tun?«, wunderte sich Otniel.

»Der Grund und Boden des Beschlagnahmebefehls, den die Armee für die Fläche des Zauns und die Sicherheitszone von ihrer Seite aus ausgestellt hat, beinhaltet im Prinzip einen Teil von eurem Gelände.«

»Aber wie kann das sein?«, rief Otniel alarmiert aus. »Seit wann ziehen sie den Zaun durch eine israelische Siedlung? Von Demokratie und fundamentalen Menschenrechten hat man bei euch in Jerusalem wohl noch nie was gehört?«

»Da hast du recht«, erwiderte der Abgeordnete, »das passiert normalerweise nicht. Auch diesmal ist der Boden, der beschlagnahmt wird, palästinensischer Privatgrundbesitz, aber ihr sitzt offenbar auf einem Teil davon. Und es gibt noch ein Problem. Eure Siedlung taucht nicht auf den Landkarten auf.«

»Wieso denn?« Aber sowohl Otniel als auch Zur wussten, dass das stimmte. Und es war besser, wenn die Landkarten nicht aktualisiert wurden und die Luftwaffe keine Aufnahmen aus der Luft machte. Das ersparte eine Menge Kopfschmerzen. Beide kannten das aus jahrelanger Erfahrung in der Besiedlung.

»Außerdem«, sprach Zur weiter, »haben sich die Linken an das Sicherheitsministerium gewandt und geschrien, wie es sein kann, dass der Zaun durch einen Olivenhain von Arabern verläuft, wenn es dort daneben einen illegalen Stützpunkt gibt, der sich kürzlich weiter ausgedehnt hat, mit einem Spielplatz, neuen Wohnwagen und allem Drum und Dran. Also möchte der Sicherheitsminister gut dastehen, sagt ihnen, dass auch der Stützpunkt wegkommt, und schickt euch einen Flächendemarkationsbefehl. Kannst du mir folgen?«

Otniel presste mit einer Hand das Telefon an sein Ohr, während er sich mit der zweiten an die Stirn fasste. Er versuchte zu überlegen. Wer konnte dem Sicherheitsminister schon von der Spielplatzanlage erzählt haben? Und was für neue Wohnwagen? Doch bloß einer und der aus Versehen …

»Kurz gesagt, Schabbat schalom, einen guten Schabbat, mein Freund. Ich an deiner Stelle würde mir nicht allzu viele Sorgen machen. Wir werden uns nächste Woche darum kümmern. Haltet durch. Grüße an die Linken, haha!«

»Welche Linken?«

»Hast du es nicht gehört? Es gibt eine Demonstration von den Linken in eurem arabischen Dorf, heute Mittag.«

Otniel schloss die Augen und rieb sie. Als ob er nicht schon genug beschäftigt wäre, so kurz vor Beginn des Schabbats. »Aber … gegen oder für was demonstrieren sie? Sie haben gekriegt, was sie wollten, man hat einen Befehl gegen uns ausgestellt, oder nicht?«

»*Ana aref?* Ich nix wissen. Gegen die Mauer. Für die Oliven der Araber. Mangelt es den Linken denn sonst an etwas, wofür sie in Judäa und Samaria am Freitagmittag demonstrieren können? Verlass dich auf sie. *Jalla*, mein Freund, der Tag ist kurz. Schabbat schalom.«

Die Demonstration

Diese Erhebung, diese Wölbung, diese Spitze. Was erregte ihn so daran? Immer zog es seine Augen dorthin, er wusste, dass es unhöflich war, doch nicht er traf die Entscheidung, sondern die Augen entschieden, stets wanderten sie als Erstes dorthin, und die allerbesten Tage waren die gegen Ende des Winters, an denen eine streichelnde Morgensonne die süße Illusion nahelegte, kurze, dünne Kleider anziehen zu können, auch wenn sie sich plötzlich daran erinnerte, dass der Frühling noch gar nicht da war, hinter Wolken verschwand und es mit einem Mal kühl wurde.

Am meisten liebte er es zu entdecken, dass es keine Barriere gab, nichts Störendes, und sie sich direkt dort unter der dünnen Baumwolle befanden. Das war ein schöneres Schauspiel als nackte Brüste, denn nackte Brüste überließen nichts der Phantasie, sie konnten zu schmal sein, zu groß, zu klein, asymmetrisch, hängend, birnenförmig. Nackte Brüste konnten wie das ausschauen, was sie in Wahrheit waren – fetthaltige Milchdrüsen, und fetthaltige Milchdrüsen bewegten ihn gar nicht. Auch ein Busen nicht. Busen war ein Wort für Frauen und Kinder. Aber Brüste – das war ein Männerwort. Und wenn sie sich unter einer hauchdünnen Verhüllung wie Seide oder fadenscheiniger Baumwolle befanden, dann brachte das sein Blut in Wallung.

Das war es, was Roni unter dem T-Shirt mit der Aufschrift »Die Besetzung macht uns schwach« sah, was sich dort ungestört hob und senkte: groß und saftig, und im Zentrum, gegen den Stoff gebohrt – aufrecht stehende, fleischige Brustwarzen, prall und erfahren; die Brustwarzen einer Frau, die weiß, dass sie sich dort befinden und die ihren Wert kennt.

Als er vorgestern San Francisco auf Nimmerwiedersehen verlassen hatte, waren dünne, luftige Kleider eine ferne Erinnerung gewesen. Und nach seiner Landung in Israel, als er sich vom Ben-Gurion-Flughafen nach Osten aufmachte, hatte er daran gedacht, dass Schauspiele dieser Art, die mit Frühlingsbeginn in Tel Aviv aus dem Boden schossen, in der Siedlung, zu der er fuhr, wohl fehlen würden. Doch weniger als vierundzwanzig Stunden waren verstrichen, und schon stand er mit verschränkten Armen inmitten des großen Olivenhains eines arabischen Dorfes nächst dem Siedlungsstützpunkt seines Bruders, vor Dutzenden Demonstranten, die Transparente schwenkten, auf denen »Gegen den Trennzaun« stand und »Siedler nach Hause – Schluss mit der Gesetzlosigkeit der Stützpunkte!«, und ließ seinen Blick auf den prachtvollen Brüsten einer Demonstrantin verweilen. Er riss sich los, sah zu ihrem hübschen, wenn auch etwas schweinchenhaften Gesicht hinauf, zu den Transparenten, blickte seitwärts zu einer Gruppe von Dorfbewohnern. Er konnte nicht umhin zu bemerken, dass einer davon seine Augen exakt auf der richtigen Höhe eingestellt hatte. Ihre Blickrichtungen kreuzten sich – Gesetzlosigkeit voran! Schluss mit dem Trennbüstenhalter! Macht der Besetzung der Brustwarzen ein Ende! –, und ein Lächeln gegenseitiger Anerkennung von geheimer Komplizenschaft erschien auf ihren Gesichtern. Es gibt Dinge jenseits aller Politik und Gerechtigkeit.

Dann wanderte Ronis Blick weiter, höher, in die Ferne und verharrte plötzlich überrascht: das Herodium! Ihm fiel auf, wie perfekt gerundet jener Festungshügel war, wie er sinnlich aus dem flachen Wüstenkörper stürmte, hell und einladend – eine Brust!

Eine Brust mitten in der Wüste! Ich bin an den richtigen Ort gekommen, dachte sich Roni und betrachtete die Hügel ringsherum mit ihren weichen Rundungen, zarten Schwüngen und ihrer flaumigen Decke nach dem Regen. Einige Tage später würde ihm Nir erzählen, dass Joseph ben Mattathias – womit er Josephus Flavius meinte – höchstpersönlich über das Herodium geschrieben habe, dass es genau wie die Brust einer Frau aussähe.

Der Anführer der Demonstranten, ein magerer, bebrillter Junge mit vorspringendem, kantigem Kiefer, schrie einen Schwall von Parolen in ein Megaphon: »Schluss mit dem Mauerbau! Schluss mit dem Raub palästinensischen Landes! Schluss mit der Stützpunkterweiterung unter Regierungsschutz! Siedler, wir haben euch satt!« Er stand an der Spitze eines Grüppchens von jungen Leuten mit T-Shirts der linken Merez-Partei, einigen Anarchisten, vereinzelten Silberhaarigen aus der alten Generation von Schalom Achschav und der attraktiven Demonstrantin. Auf der anderen Seite machte Roni einige bekannte Gesichter aus, darunter auch Gabi. Roni näherte sich ihm und legte eine Hand auf seine Schulter: »He, Brüderchen, was für eine *action*!«

»Ich freu mich, dass es dir gefällt«, lächelte Gabi. Er erklärte, weshalb sich nur wenige Stützpunktbewohner die Mühe gemacht hatten herzukommen: Es war Freitag, die Frauen buken Kuchen für den Schabbatsegen und kochten Essen für die nächsten vierundzwanzig Stunden, die Kinder halfen beim Kochen oder hüteten die kleinen Geschwister, und die Männer waren größtenteils noch mit Erledigungen in Jerusalem beschäftigt.

»Wer ist die Orangefarbene?«, fragte Roni und deutete mit einer Bewegung seiner Augenbrauen in Richtung einer Siedlerin mit orangefarbener Haube.

»Ah, sicher, Neta Hirschson wird die Gelegenheit nicht auslassen«, erwiderte Gabi. Sie näherte sich mit energischem Schritt, pflanzte sich vor den Demonstranten auf, mit starrem Blick, und begann zu schreien: »Schämt euch! Unglücksbringer Israels! *Chalas*, genug, eure Herrschaft ist zu Ende! Ihr habt eure Gelegenheit gehabt, und wir sind fertig mit dieser Katastrophe! Ihr hattet Peres, ihr hattet Rabin, ihr hattet Oslo. Und ihr macht immer noch den Mund auf? Frechheit! Ihr müsstet euch schämen, eure Gesichter zu zeigen, nach allem, was ihr diesem Volk angetan habt!«

Eine Demonstrantin antwortete ihr: »Landdiebe! Verbrecher! Ihr plündert den Etat! Bestehlt Entwicklungsregionen und Arme! Verschwendet die Zeit der Soldaten! Macht uns Schande in der Welt, der Staat hat euch satt, man erträgt euch nicht mehr!«

Und Neta gab zurück: »Ihr Mondsüchtigen! Ihr interessiert keinen Menschen! Wie viel Selbsthass! Was für ein Rumgeschmuse mit dem arabischen Feind! Ihr habt keinen Gott, ihr habt keine Zukunft! Macht, dass ihr hier wegkommt, ihr werdet nichts erreichen, ihr Idioten!«

Darauf die andere: »Ich verachte dich, du lebst auf unsere Kosten, von unseren Steuern und unserem Blut, lässt dich von unseren Kindern in der Armee schützen, und du willst dich beschweren? Schau dich doch an, bringst deinen Kindern Gewalttätigkeit und Hass bei! Was ist denn mit: Ganz Israel eine Familie? Was ist mit: Liebe deinen Nächsten wie dich selbst? Schluss mit Hass, Schluss mit dem Trennzaun!«

Ausgerechnet in diesem Punkt war Neta ungeteilter Meinung mit ihr. Sie hatte von Otniel und Chilik gehört, dass der geplante Zaun Flächen der Siedlung betreffen sollte, und überhaupt, dieser ganze Zaun, der eine Grenze schuf und der in Wirklichkeit den Prozess zur Gründung eines palästinensischen Staates auf dem Gebiet von Erez-Israel einleitete, war schon vom Prinzip her eine Schande. »Ja, Schluss mit dem Zaun!«, schrie Neta also, und die Linke schrie zurück: »Kein Trennzaun hier durch!«, und auch die Siedlerin brüllte: »Kein Trennzaun hier durch!« Für einen winzigen Moment vereinten sich die beiden wie Enden, die zu einem Kreis zusammenfanden, doch dann brach die Harmonie auseinander, denn ein Soldat trat auf die Demonstrantin zu, und sie schrie: »Wie heißt du, du Scheißkerl, du rührst mich gefälligst nicht an!«

Neta beobachtete, wie die Demonstrantin sich entfernte, wobei sie, halb zu sich selbst, mit ermattender Stimme weiterbrummelte: »Habt keinen Gott« und: »Geht dahin, wo ihr hergekommen seid.« Dann warf sie einen Blick auf ihre Uhr und hastete nach Hause, zu einer dringlichen Vorschabbat-Mani-und-Pediküre, die sie einer Kundin aus Ma'aleh Chermesch zugesagt hatte.

Abgesehen von Neta und ihrer Widersacherin war es eine ruhige Demonstration. Die Soldaten, die vom Stützpunkt aus eingetroffen waren, blieben unbeschäftigt. Als sich alles auflöste, folgte Roni der attraktiven Demonstrantin. Er sah, wie sie sich dem Palästinenser näherte, der sie vorher begutachtet hatte. Bastard. Irgendeine Verhandlung lief dort ab. Roni trat näher. Die Frau zahlte dem Palästinenser etwas und nahm einen großen Kanister entgegen. Und noch einer, mit einem »Schluss mit der Besetzung« auf der Brust, zog Scheine heraus und tauschte sie gegen einen großen Kanister ein. Roni rückte noch näher heran. Die Büstenhalterlose blickte ihn an, und er gab den Blick zurück. Sie stieß ein »Schämt euch!« aus und ging. Der Palästinenser sah ihr ein paar Sekunden nach, schaute dann Roni an und zwinkerte ihm zu.

»Was ist das da?«, fragte Roni, wobei er auf die Kanister des Arabers deutete.

»Olivenöl, spottbillig«, antwortete der Palästinenser.

»Wie viel ist spottbillig?«

»Achtzehn Liter dreihundert Schekel.«

Roni stellte eine schnelle Berechnung im Kopf an. Etwas über fünfzehn Schekel pro Liter, weniger als vier Dollar. Wirklich billig.

»Einigen wir uns auf zweihundertfünfzig?«

Der Palästinenser lächelte. »Nein, dreihundert Schekel. Spottbillig.« Sie blickten einander an, Roni hielt den Blick und hoffte, der andere würde aufgeben. Er erinnerte sich an einen Vortrag in der Businessmanagementschule in New York. Der Dozent sagte, dass jede geschäftliche Verhandlung, egal ob es um Feilschen im Basar oder um eine Fusion riesiger Firmen ging, ein Duell war, in dem der Körpersprache eine entscheidende Bedeutung zukam. Der Araber gab den Blick zurück, gab nicht auf.

»Wie heißt du?«, fragte Roni mit hochgezogener Braue.

»Mussa Ibrahim«, sagte der Olivenbauer. Er war ein kräftiger Mann mit weißem Schnurrbart und weißem Haar, das hoch über seiner Stirn ansetzte und sich gegen seine sonnenverbrannte Haut abhob.

»Klassisch. Sehr erfreut, Roni Kupfer«, sagte Roni und streckte eine Hand aus. Mussa drückte sie. »Du sagst also, es könnte unter Umständen sein, dass ich dich auf zweihundertfünfzig runterbringe?«

Mussa lächelte. »Hab ich gesagt, dass es Umstände gibt?«

Roni zog seine Brieftasche heraus, eine Brieftasche, die er einmal im Schnee in New York gefunden hatte, und öffnete sie. »*Wallah*, mein Bruder, schau her, meinen letzten Schekel gebe ich für dein Öl aus.« Er kam auf haargenau 292 Schekel, in Scheinen und Münzen, und zuckte entschuldigend die Achseln. Mussa nahm verärgert die ganze Handvoll entgegen, und Roni lud den Kanister auf seine Schulter und drehte sich um.

Der Schabbat

Der Schabbat senkte sich über den Hügel wie eine Haube auf das Haar, angenehm und weich.

Die Soldaten begaben sich zur Ruhe. Die Linken zogen ab. Der Kleintransporter von Moran, dem Vertriebslieferanten, war schon nach Westen abgefahren, ausgerüstet mit Kisten voller Spargel, Pilze, Cherrytomaten und Rucola sowie mit Ziegenjoghurt und -käse – alles trug den Stempel »Hof Gittit«, der Name der ältesten Tochter des Hauses Asis, und Morans Adresse in der Scharongegend. Gabi legte mit dem schmächtigen Jakir eine große Transparentbahn zusammen, auf der stand: »Schluss mit der Stützpunkterweiterung unter dem Schutz der Regierung«. Sie wollten damit Otniels Felder einzäunen, vor denen sich bereits Planen spannten mit »Schluss mit der Besetzung« und »Zwei Staaten für zwei Völker«; es war wie eine Antwort auf die große Plane mit dem Spruch »Na-Nach-Nachma-Nachman-aus-Uman«, die den Arabern von Charmisch bei der Olivenernte diente.

Der Schabbat senkte sich über den Hügel wie ein Schleier auf die Schultern einer Braut, leise und luftig.

Roni befand sich auf dem Weg zum Wohnwagen seines Bruders, der Achtzehnliterkanister Olivenöl schnitt auf seiner Schulter ein. Geruch nach Essen hing in der Luft. Das Rascheln von Wochenendbeilagen war zu hören. Ein kleines Mädchen, das in einer Hängematte im Hof in süßen Schlummer gesunken war. Die Hunde Kondolisa und Beilin kauten an Knochen. Ein staubiges Familienfahrzeug, beladen mit Taschen und Kindern, entlud eine Gastfamilie, die von irgendwoher gekommen war, um den Schabbat auf dem Hügel zu verbringen.

Letzte profane Handlungen in Gabis Wohnwagen: Das Mobiltelefon wurde ausgeschaltet, Schalter wurden hinauf oder hinunter gestellt, Toilettenpapier wurde in gleichmäßige Stücke für die nächsten fünfundzwanzig Stunden gerissen. Der Schabbat senkte sich herab wie ein ausgefallener Generator. Der Generator fiel aus und erwachte wenige Minuten vor Schabbateintritt wieder zum Leben. Die Sirene zum Beginn des Schabbats von entfernten städtischen Vierteln war kaum zu hören.

Der Schabbat senkte sich herab wie die untergehende Sonne, begleitet von stillen Winden.

»Was ist das?«

»Achtzehn Liter für zweihundertneunzig Schekel, ein super Deal«, sagte Roni. »Geht auf mich, Bruder, kannst du benutzen, so viel du brauchst. Das reicht für Monate.«

»Ich hab gedacht, du hast kein Geld. Auf einmal gibst du dreihundert für Öl aus?«

Roni zog eine Zigarette aus seiner blauen Packung. »Das hatte ich genau noch.«

Gabi sah ihn mit ungläubigem Staunen an. »Du hast deine letzten dreihundert Schekel für Olivenöl ausgegeben?! Und was machst du jetzt?«

Roni bückte sich und zog aus seiner Socke einen violetten

Schein. »Nicht die letzten, siehst du, ich hab noch fünfzig. Und noch ein paar Dollar. Ich werde vorläufig eine kleine Unterstützung brauchen.«

»Aber ich verstehe nicht. Wie soll ich dir denn was geben? Was ich verdiene, reicht mir für den Wohnwagen und fürs Essen. Und warum Öl von Arabern? Wir haben hier hervorragendes Olivenöl, einheimische jüdische Arbeit. Fehlt es an Olivenöl von Juden? Ich hab eins in der Küche.«

Roni ging in die Küche. Er öffnete einige Schränke, bis er es fand. Das Preisschild klebte noch auf der Flasche. Er überschlug es im Kopf, und seine Augen weiteten sich. »Mensch! Das ist fast das Zweifache!«

Gabi fuhr fort. »Und auch noch vor dem Schabbat? Du tauchst aus dem Nichts auf, ohne Ankündigung, erzählst nicht, was los ist, sagst, dass du bleibst. Willkommen, hab ich zu dir gesagt, aber jetzt möchtest du plötzlich auch noch Geld … Hast du nicht Millionen gemacht in Amerika? Was ist damit passiert?«

Roni rauchte ruhig und starrte hinaus auf die Olivenhaine von Charmisch. Sein Gehirn fuhr fort, Berechnungen anzustellen.

»Und ich würde es vorziehen, dass du nicht im Haus rauchst. Erst recht nicht am Schabbat.« Gabi ging in den anderen Raum und holte die feierlichen weißen Kleider aus dem Schrank.

Roni drückte die Zigarette aus und rief ihm nach: »Da, ich hab sie ausgemacht.«

»Warum bist du hergekommen?«

»Willst du, dass ich gehe?«

Gabi kehrte ins Wohnzimmer zurück, knöpfte das Hemd zu. »Nein. Ich freue mich, dass du da bist. Aber was ist passiert?«

Die Brüder tauschten einen langen Blick. Keiner von ihnen ließ locker. Schließlich lächelte Roni: »Ich hab's dir gesagt, gar nichts, ich brauch ein bisschen Luftveränderung, das ist alles.« Doch das Lächeln erlosch, und der Blick dauerte an.

»In was für Schwierigkeiten bist du geraten, Roni?« Der Zweifel in Gabis Augen vertiefte sich. »Sie werden doch nicht kommen und dich suchen?«

»Nein, nein, du machst dir seltsame Sorgen. So warst du immer schon, ständig in Sorge. Jetzt beruhig dich mal wieder.«

Gabi gab nach. »Ein sehendes Auge und ein hörendes Ohr, die macht beides der Herr. Kommst du mit beten? Hilf wenigstens, einen Minjan vollzumachen, falls einer für das Zehnergebet fehlt.«

Roni lächelte. »Klar, was für eine Frage. Geh, geh nur, ich weiß, wo die Synagoge ist. Ich werfe mir nur ein Hemd über, und dann komm ich. Fangt ohne mich an.«

Als sich die Tür des Wohnwagens hinter Gabi geschlossen hatte, stand Roni von seinem Platz auf, ging zum Fenster neben der Tür, zog den Vorhang beiseite und sah, wie sich sein Bruder auf dem Pfad entfernte. Ein sehendes Auge, ein hörendes Ohr, was schwatzte er da? Er grinste. Kehrte ins Wohnzimmer zurück, steuerte geradewegs auf das Regal zu, auf dem sein Bruder das Mobiltelefon abgelegt hatte, setzte sich aufs Sofa, mit dem Telefon in der Hand, und schloss fest die Augen. Er versuchte, eine Nummer zu rekonstruieren, die er lange Zeit nicht benutzt hatte. Schließlich drückte er die Tasten.

»Hallo?«

»Ariel? Hier ist Roni.«

Eine Atempause von drei, vier Sekunden. »Roni?! Wo bist du? Ich glaub's nicht, bei Allah. Was, bist du kurz zu Besuch da?«

»Ja. Nein … egal. Ich erklär's dir bei Gelegenheit, ich bin gerade ein bisschen in Eile. Alles in Ordnung bei dir?«

»Du machst Sachen, echt, bei Allah.«

»Bist du immer noch verheiratet? Immer noch im Büro? Suchst du immer noch Geschäftsprojekte?« Roni wusste, dass die Antworten positiv ausfallen würden. Ariel war einer der beständigsten Menschen, die er kannte. Außer dass er vielleicht Haare verloren und Kinder gemacht hatte, würde alles bei ihm sein wie gehabt. Deshalb hatte er ihn angerufen. Er war ein grauer Buchprüfer und gehörte nicht zu dem Tel Aviver Kreis, dem Roni ausweichen wollte. Ariel wohnte in Herzlia.

»Hast du eine Geschäftsidee?«, fragte Ariel. Roni schmunzelte.

»Dreihundert Schekel für achtzehn Liter Olivenöl, ist das ein guter Preis?«

»Ich werd nachschauen. Ist es gutes Öl?«

»Was heißt hier gut? Die Crème de la Crème des Olivenöls. Direkt vom Baum abgefüllt.«

»Biologisch? Biologisch läuft gerade gut.«

»Na klar. Original biologisch.« Er blickte auf den Blechkanister ohne Etikett.

»Von welcher Ölpresse ist es?«

»Ölpresse? Roni-et-Mussa mbH, was heißt hier Ölpresse?«, erwiderte Roni.

»Mussa? Wo bist du? Gut, gib mir zwei Minuten, ich ruf dich zurück. Du hast mich am Freitagnachmittag überfallen, aber ich weiß, wen ich anrufen kann. Warte.«

Roni wühlte in der Zwischenzeit in seinem Koffer und fand ein schönes Hemd. Auf der Toilette rieb er sich Deodorant unter die Achselhöhlen, versprühte Parfüm und zog das Hemd an.

»Ein Bombenpreis«, sagte Ariel, als er zurückrief. »In Tel Aviv kostet gutes Olivenöl den Verbraucher mindestens vierzig pro Liter, und dort tauchen jetzt lauter Boutiquen für Olivenöl auf, hast du sie gesehen? Es ist der Wahnsinn. Ich habe einen Freund, der Teilhaber von so was ist, von einer Olivenboutique. In der Rothschild. Kennst du die?«

»Ich war seit Jahren nicht in Tel Aviv. Ariel. Deswegen ruf ich dich an.«

»Kurz und gut, er hat gesagt, du sollst zehn Stück bringen, und wir testen damit mal den Markt aus. Roni-et-Mussa, hast du gesagt? Wo sitzen sie?«

»Hör zu, ich weiß nicht, ob ich es schaffe, auf die Schnelle zehn Stück zu organisieren. Lass mich hier mit den Leuten reden. Wir werden sehen, was wir machen können.«

»Aber wirklich schmackhaft? Rein biologisch? Die ganze Extra-Virgin-Pressung, *schu ismo*, wie immer das heißt?«, fragte er.

»Wir reden darüber, Ariel, ich muss jetzt los.«

Der Schabbat senkte sich über den Hügel wie Regen, voll und frisch.

Als sich Roni eilig auf den Weg machte, war kein Mensch draußen, doch der Singsang der Gebete zog ihn zu dem großen Bau im Zentrum des Stützpunkts, zwei Wohnwagen, die miteinander verbunden worden waren. Davon abgesehen war die Stille vollkommen, nur ein gelegentlicher Wind bewegte eine Plane.

Die beiden Hälften der Synagoge waren erfüllt von Leben und Gebet. Die Männer mit ihren langen Bärten, ihren wehenden Schaufäden, ihren großen Kipas und dem sicheren Lächeln, ganz im Einklang mit sich selbst, beteten rhythmisch. Er machte Gabi im vorderen Bereich nahe der Thorarolle aus, gottversunken, vehement schaukelnd: Das war kein Gebet, das war ein Gespräch, ein Schrei, ein großes Weinen, ekstatischer Applaus. Eine Hingabe, die einen davontrug. Im einen Moment schien er zu weinen, im anderen Moment zu lachen, sein Gesicht zeigte Leid und dann Freude. Roni sah seinem Bruder von den hinteren Bänken aus mit einer Mischung aus Staunen und Stolz zu. Erstaunen darüber, dass der Junge ein Meister war, der Meister des Stützpunkts in wildem Gebet, noch einen Augenblick, und er würde den Wohnwagen aus den Angeln heben vor lauter Schwung; Stolz, weil der Junge intakt war, gläubig. Es schien, als gehe es ihm gut. Als sei er an seinem Platz angelangt. So hoffte er.

Roni verlor das Interesse nach wenigen Minuten. Er vermochte dem Gebet nicht zu folgen. Er schlüpfte nach draußen, versagte es sich, eine Zigarette anzuzünden, stand da und starrte die spielenden Kinder an. Ein Junge fragte ihn, wer er sei. Er antwortete: »Roni. Und du?«

»Chanania Asis«, erwiderte der Junge. Chanania Asis beäugte neugierig seine Kleidung, die nicht weiß war, die Bartstoppeln in seinem Gesicht. »Wie alt bist du?«, fragte er.

»Vierzigeinhalb. Und du?«

»Vierzigeinhalb? Von wem bist du der Großvater?« Roni lachte.

Als er wieder hineinging, zu den letzten Bänken, unterhielten sich zwei Bartträger mit leiser Stimme über Mamelstein und die Zivilverwaltung. Roni blätterte in den Schabbatheftchen, die auf den Tischen verstreut lagen. Auf einmal erhoben sich die Bärtigen und begannen, mit allen gemeinsam zu singen. Roni stand mit ihnen auf und setzte sich mit ihnen wieder. Innerhalb kurzer Zeit jedoch gab er die Versuche auf, die Herde zu imitieren, da er begriff, dass es niemanden kümmerte. Es gefiel ihm in der Synagoge, er blätterte in den Heftchen, beobachtete interessiert die Betenden, bewunderte die Mischung aus Herdengemeinschaft – gemeinsam singen, gemeinsam bücken, gemeinsam weiß gekleidet – und Individualität – die Kleidungsart, die Kipa, die Bewegungen beim Beten, die Gestik beim *schma jisrael*.

Vierundzwanzig Stunden waren vergangen, seit er aus den USA geflohen war. Er lächelte matt. Ließ den Lärm, der in den letzten Monaten in seinem Kopf gedröhnt hatte, langsam abklingen. Er würde ein Weilchen hierbleiben. Ein bisschen Beruhigung in der Natur finden, sich erholen. Vielleicht prüfen, was man mit diesem Mussa und seinem Olivenöl anfangen konnte? Vielleicht in den neuen Wohnwagen einziehen, der im Stützpunkt eingetroffen war? Er schloss die Augen, und rings um ihn sangen die Männer mit großer, anschwellender Stimme zu Gott. Ja, dachte er, das würde er machen. Das Chaos hinter sich lassen. Er würde sich nicht beeilen. Würde sein Leben neu ordnen.

Eine fröhliche Melodie ertönte, ein chassidisches Lied. Anfangs öffnete Roni nicht einmal die Augen, für ihn fügte es sich ins Gebet ein, doch dann spürte er es – zuerst den Wandel in der Atmosphäre, dann die schockierten Blicke der Betenden, und schließlich das Vibrieren in seiner Hosentasche. Was machte das Telefon dort? Und wer rief am Schabbatabend an? Mit erschrecktem Blick musterte er die Synagoge. Wussten sie, dass er es war? Erkannten sie die Melodie als die Klingeltöne von Gabis Telefon? Ja, sicher wussten sie es. Er senkte den Kopf, stand auf und eilte in Richtung Tür, während die Melodie – nachher würde er entdecken, dass es sich um »In Breslau brennt ein Feuer« von Jisrael

Dagan handelte – weiterspielte, lauter wurde, und die Blicke seinen Nacken verbrannten.

Draußen antwortete er. Es war Ariel. Er hatte über die Idee nachgedacht, für ihn klang es nach einer Bombensache. Wann könne er kommen, um das Öl zu sehen und zu probieren?, fragte er.

Kurzschluss
im Hirn

Die Käfer

Jeden Sommer marschierten die schwarzen Käfer in den Kibbuz ein. Kleine, flinke Käfer mit sechs oder acht dünnen Beinchen, er konnte sich nie merken, wie viele Beine Spinnen und wie viele Käfer hatten, spazierten die grauen Betonpfade entlang, die sie aus irgendeinem Grund dem Rasen vorzogen, wie die Menschen. Sie verbreiteten einen abgrundtiefen Gestank, grauenerregend, vielleicht waren es die Ausscheidungen, vielleicht die Ausdünstung der faulenden Leiber der Glücklosen unter ihnen, die von den Stiefeln der Kibbuzniks zerquetscht wurden oder auf andere Art den Tod fanden. Im Rückblick blieb ein großer Gestank im Gedächtnis und das außerordentliche Schauspiel Hunderttausender kleiner schwarzer Leiber auf dem nackten, glatten Beton, zwischen den schönen Rasenflächen, die Vater Jossi mit seiner Ziergartenmannschaft kultivierte, und den kleinen Häusern, die Zimmer genannt wurden.

Von seinem Vater und seiner Mutter dagegen hatte er kein Bild, keinen Geruch oder Klang, die er hätte festhalten können, doch es gab biologische Tatsachen. Name, Alter, Todesursache, Größe, Haarfarbe. Woher kam die Invasion der Käfer? Vom Berg, sagte Mutter Gila. Und wozu kamen sie in den Kibbuz? Um Nahrung zu finden und Schatten, sagte Vater Jossi. Mutter Gila, Vater Jossi – im Gegensatz zu den richtigen, echten Eltern. Es war nie ein Geheimnis gewesen. Es war keine Geschichte, die im Verborgenen schwelte, und eines Tages, im Alter von zehn und noch was, nimmt dich der vermeintliche Vater auf eine Reise mit und erzählt dir unterwegs, dass er nicht dein Vater ist, erst Schock, dann Tränen – aber warum habt ihr mir nichts erzählt? Es war keine Geschichte, in der die anderen Kinder hinter seinem Rücken flüsterten und kicherten, bis eines Tages eines mit einer Spur Neugier, vielleicht Grausamkeit, zu ihm gesagt hätte, weißt du, mein Papa hat mich schwören lassen, dir nichts zu verraten, aber er hat gesagt, dass dein Papa und deine Mama nicht deine richtigen Eltern sind, und er in Tränen ausgebrochen wäre und gefragt hätte, aber was sind nicht richtige Eltern, wie kann so was sein? Und er wäre nach Hause gerannt, hätte sie gefragt, und sie hätten sich mit so einem Blick angeschaut – das musste ja irgendwann kommen, es wäre uns nie gelungen, das Geheimnis ewig zu bewahren, und der Vater hätte seine Hand genommen und betrübt zu ihm gesagt: »Hör zu, Gabi.«

Nein, eine solche Geschichte war es nicht. Mutter Gila und Vater Jossi waren von Anfang an Mutter Gila und Vater Jossi, nicht Mama und Papa, und Ronis und Gabis Familienname war immer Kupfer – bis Gabi ihn Jahre später hebraisieren würde –, und die Geschichte von ihren echten Eltern vernahmen Roni und Gabi mehr oder weniger mit den ersten Worten, die sie hörten.

Er erinnerte sich, wie sein Bruder Roni schrie: »Mutter Gila! Vater Jossi!«, nachdem er ihn auf der anderen Seite der Umrandungsstraße am Kibbuzzaun gefunden hatte, hinter dem die Pflaumenplantagen lagen. In seinem Mund befanden sich zwei schwarze Käfer, lebend, aber nicht mehr ganz. »Mutter Gila! Mutter Gila! Gabi isst Käfer!«

»Was?!«, hörte man ihren Schrei aus dem Haus.

Zu ihren Gunsten muss gesagt werden, dass sie schnell reagierte, als erstes mit einem Aufschrei, als zweites rannte sie im Nachthemd nach draußen, um ihn in die Arme zu nehmen. Sie war nicht böse, versohlte ihm nicht den Hintern, schrie den großen Bruder nicht an, weil er nicht auf den Kleinen aufgepasst hatte, sondern spülte ihm schnell den Mund aus und gab ihm Saft und Bonbons, um den Geschmack zu vertreiben, und dann betrachtete sie ihn. Er lächelte sie an, anscheinend mit einer gewissen Gleichmütigkeit, vielleicht auch ein bisschen Neugier, und sie brach in ein verblüfftes Lachen aus.

Als Vater Jossi nach Hause kam, hob er den Winzling mit seinen von der Sommerarbeit sonnenverbrannten Armen hoch und sagte: »Was hab ich von dir gehört, kleiner Kannibale?« Der kleine Gabi konnte damals noch nicht sprechen, aber lachen konnte er, und das tat er, und ab da nannte ihn Vater Jossi hin und wieder »Kannibale«, und er tat es häufiger, als Gabi anfing, blutige Steaks zu verschlingen, die Vater Jossi am Unabhängigkeitstag und bei den übrigen Frühlingsfesten über dem Feuer grillte, und sogar noch, als er nach einigen Jahren zum Vegetarier wurde, infolge eines Ereignisses, bei dem noch ein paar schwarze Käfer von der gleichen Sorte, die er an jenem Tag damals gegessen hatte, in seinen Mund gelangten. Vater Jossi kehrte von seinem Arbeitstag zurück, hob den kleinen Gabi hoch und nannte ihn Kannibale, und alle vier Familienmitglieder lachten aus vollem Hals: ein warmherziges Familienbild aus den Siebzigerjahren des zwanzigsten Jahrhunderts.

Seine erste Erinnerung war die an die Käfer im Mund, und auch die folgenden Erinnerungen hingen mit dem Mund zusammen. Immer war etwas mit seinem Mund. Zum Beispiel die rosa Vorrichtung, die seine Oberlippe wegdrückte, damit seine Zähne wachsen konnten. Es war ein ganz besonderes Teil, das keiner kannte, auch die Sprachlehrerin nicht. »Gabi Kupfer, hast du einen Kaugummi im Mund?«

»Nein, Frau Lehrerin.«

»Was hast du dann dort?«

»Das ist kein Kaugummi, Frau Lehrerin.«

»Komm her, zeig mir, was das ist.«

Er ging von seinem Platz zur Lehrerin, zog seine Lippe heraus, um ihr die rosa Plastikvorrichtung zu zeigen, wobei er versuchte zu sagen: »Dasis gein Gaugunni, Faulehlelin«, und das Kichern der Kinder zu überhören.

Und die Spangen, alle Arten von Zahnbegradigungen, die ständigen und die nur für nachts, diejenigen mit einem Gestell, das den Kopf umgab – er hatte eines, dessen Rahmen mit Gipsstoff überzogen war, damit es rassig aussah. Ja. Der rassige Gabi, sieben Jahre alt, mit einer Spange an den Zähnen, die mit einer gipsbeschichteten Brücke verbunden war. Sie erschien ihm wie ein Folterinstrument, wie ein Lampenschirm, der gleich an die Decke montiert wird und in seinem Gehäuse einen Leuchtkörper namens Gabi Kupfer baumeln lässt, um den Raum seiner Zähne zu erleuchten – schief, aber glänzend. Aus allerlei Gründen im Kopf eingravierte Bilder: die Fahrten mit Mutter Gila zum Kieferchirurgen, der einmal die Woche in einen Nachbarkibbuz kam, oder nach Kirjat Schmona oder gar Haifa, als die Behandlung weiter fortschritt; wie er mit Roni immer auf den Kibbuzpfaden zum Schwimmbecken, zum Speisesaal ging; Schimschon Kohen, der in den Kibbuz zurückkehrte, nachdem er zehn Jahre im Gefängnis gesessen hatte, weil er bei einem Streit in der Armee jemanden getötet hatte, wie er sie beide aufhielt, Gabi lächelnd betrachtete und sagte: »Was ist das, ein Vogel?«

Kurz vor seiner Entlassung aus dem Gefängnis war Schimschon Kohen die meistdiskutierte Gestalt im Kibbuz. Der Großteil der Kinder erinnerte sich nicht an ihn, die meisten waren noch nicht geboren oder wirklich ganz klein gewesen, als er hineinkam, aber alle kannten die Geschichte, und in den Tagen vor der Entlassung stieg der Angstpegel unter den Kibbuzkindern, und um ehrlich zu sein, auch unter den Erwachsenen. Es ging jedoch alles glatt, und alle sagten, wie ruhig und nett er sei und wie gut er aussehe, und alle redeten von dem Video-Tape, das ihm jemand aus dem Libanon mitbrachte, wobei kein Mensch im Betrieb es wagte, ihm gegenüber auch nur ein Wort darüber zu verlieren, obwohl es manche gab, die fanden, dass er das Gerät in den gemeinsamen Fernsehraum bringen müsse, denn was sagte man dazu, dass er es ganz allein in seinem Zimmer einschaltete, ganz zu schweigen von den Stimmen, die aus diesem Gerät drangen, Roni und sein Freund Ziki hatten es gehört, hatten sich nachts hingeschlichen und unter dem Fenster gelauscht, und sie waren nicht die Einzigen. Und da war Schimschon Kohen, mit Lockenkopf, weißem Unterhemd und einer tätowierten Schulter, Jahre bevor sich jedes Kind die Schulter tätowieren ließ, und

Stoppeln auf den Wangen. Kein Zweifel, sein Erscheinungsbild passte wie die Faust aufs Auge zum Mythos, zu den schaurigsten Phantasien. Der Mann, der einen anderen Mann mit eigenen Händen getötet hatte, weil er ihn geärgert hatte. Was also soll man zu einem solchen Mann, eine Woche nachdem er aus dem Gefängnis gekommen ist, sagen, wenn man elf Jahre alt ist und er dich fragt, ob dein siebenjähriger Bruder ein Vogel ist?

Roni sagte zu ihm: »Ja.«

Schimschon lachte und fragte: »Wer seid ihr?« Und Roni gab ihm mit zittriger Stimme Auskunft. Schimschon Kohen dachte kurz nach und sagte: »Ach ja, die Kinder, die …« Roni nickte, Tränen sammelten sich in seinen Augenwinkeln, und schließlich zauste ihm Schimschon Kohen die Haare und fügte hinzu: »Pass auf den Vogel auf, ja?« Und Roni nickte wieder.

Ab da lächelte der entlassene Strafgefangene jedes Mal breit, wenn er Gabi sah, und zwickte den Jungen liebevoll in die Backe, und während Ronis Herz, wenn er die heisere Stimme hörte oder die große Tätowierung sah, immer noch pochte, benahm sich Gabi, als wäre er eben noch einer der Großen, einer von den netten.

Käfer und intensiver Geruch, glühende Hitze unter den nackten Fußsohlen und ein Schwimmbad im Sommer. Schlamm in den Stiefeln, strömender Regen und Heizspiralöfen im Kinderraum im Winter. Zahnspangen, die regionale Volksschule, Ausflüge auf die Golanhöhen, Mutter Gila und Vater Jossi und ihr Zimmer, Schimschon Kohen. Und der jemenitische Vater von Ofir bei der Gutenachtschicht, der den Kindern russische Geschichtsbücher vorlas, da er glaubte, dass seine Stimme einschläfernde Qualitäten besäße, doch Gabi jagte das immer Angst ein, und er rannte aus seinem Kinderschlafraum mitten in der Nacht in den von Roni. Dann nahm ihn Roni immer im Halbschlaf zu sich ins Bett, und beide schliefen umschlungen ein. Und nachdem der Gutenachtdienst gegangen war, überzeugt, dass alle schliefen, ging es los: Aufstehen und Kaffee machen und Popcorn in der Pfanne auf dem Campinggaskocher rösten, bis alle Körner hüpften und zu klitzekleinen, knusprigen blumenkohlartigen Röschen zerplatzten. Und sich im Kühlraum des Esszimmers einschließen, mit dem Traktor in der Nacht zu den Pflaumenplantagen fahren, den Mädchen Tampons klauen und sie in ein Glas Wasser stecken. Wer konnte da sagen, sie hätten keine glückliche Kindheit gehabt.

Das Sprungbrett

In den großen Ferien zwischen der achten und neunten Klasse arbeitete Roni Kupfer im Betriebszweig der Rinder, der besten Arbeitseinheit des Kibbuz. Er hatte sich dazu gemeldet, freiwillig natürlich, und dank seiner gut entwickelten, gebräunten Muskeln, der Ernsthaftigkeit, die er an den Tag legte, und seiner Fähigkeiten war er dann im Basketball angenommen worden. Mit ihm kam der Kibbuz an die Spitze der Jugendliga des Oberen Galil, und Roni wurde zu einem kleinen Star im Kibbuz, was besonders Baruch Schani, Koordinator des Rindersektors und glühender Basketballanhänger, beeindruckte. Es war der Sommer, in dem Orit, eine Klassenkameradin von Roni, das schönste Mädchen, das er kannte, ihre Jungfräulichkeit wegen der Freundlichkeit ebenjenes Baruchs verlor, der zwei Jahre vorher aus einer Kommandoeinheit des Generalstabs entlassen worden war. Es geschah im Sommerlager am Strand eines Kibbuz am See Genezareth, bei den Bananenplantagen. Roni Kupfer war einer der wenigen, die von dem Verhältnis wussten, das sich zwischen dem Dreiundzwanzigjährigen und dem vierzehnjährigen Mädchen entspann, denn er sah, wie sie im Dunkel der Nacht in seinen Schlafsack schlüpfte.

Roni verlor in jenem Sommer zwar nicht seine Jungfräulichkeit, damit waren die Mädchen normalerweise immer früher dran als die Jungen, doch im Kuhstall, unter Baruchs Kommando, wurde ein junger Mann aus ihm. Sein Bruder, noch ein Kind, lauschte mit Bewunderung den Heldengeschichten: Zäune anlegen, die Herde an glühendheißen Tagen tränken, eine Kuh in Bewegung setzen, die mitten auf der kurvigen Straße, die von

Tiberias zum Oberen Galil hinaufführte, wie festgewachsen stehen blieb. Roni stand jeden Morgen um halb fünf auf und fuhr mit dem Stallfahrzeug des Rindersektors zu den Weiden des Kibbuz hinunter. Um sieben gingen alle zum Frühstück hinauf in den Speisesaal und dann zurück zu den Weiden. Am Mittag aßen sie wieder im Speisesaal, und um drei Uhr legte sich Roni schlafen, außer an den Basketballtagen, an denen ihn Baruch schon vorher entließ. Die Schüler arbeiteten natürlich nur in den Ferien in den Betriebszweigen, aber in Stoßzeiten wie vor der Schlachtung oder bei der Aufnahme neuer Kälber überredete Roni Baruch zuweilen, ihn auch an Schultagen einzusetzen.

In jenen großen Ferien hatte Gabi noch Drahtklammern an den Zähnen. Das waren die letzten zwei Jahre des langfristigen kieferorthopädischen Projekts, und der schwierigste Teil lag hinter ihm. Gegen Ende der Ferien, als die Zeit der Sommerlager und Camps vorbei war, befand sich der Aufsichtspegel der Erwachsenen auf seinem absoluten Tiefstand. Ihnen war heiß, sie waren beschäftigt, sie wollten am liebsten bloß in den Zimmern mit den neuen Klimaanlagen bleiben, die in diesem Jahr installiert worden waren (niemand konnte sich vorstellen, wie sie vorher überlebt hatten). Die Kinder tummelten sich draußen ohne die Klimaanlagen, nutzten die letzten Ferientage aus, vagabundierten. Die angestaute Glut der erbarmungslosen Sommermonate war allgegenwärtig. Die Asphaltstraßen loderten, und auch auf den grauen Betonpfaden konnte man nicht barfuß gehen. Gabi und seine Freunde Jotam und Ofir gingen in blau-weiß gestreiften Schlappen mit großen Handtüchern über der Schulter, nur ein Badehosendreieck auf ihren gebräunten, mageren Körpern. Die Hitze legte sich um ihre Haut. Jotam, den Blick auf den Pfad gerichtet, versuchte, so viele Käfer wie möglich zu zertrampeln, auch sie bereits am Ende ihres Sommers, zögernd, taumelig, ihr unsäglicher Geruch schon jenseits des Stadiums, da er noch jemanden störte, da er – abgesehen von zufälligen Gästen – überhaupt noch jemandem auffiel. Jotam zählte elf, zwölf, seit sie den Speisesaal verlassen hatten, dreizehn. Ofir sagte: »Du hättest dem Idioten eine runterhauen sollen.« Und Gabi spürte, wie sich sein

Gesicht rötete, die Wut wieder hochstieg, doch er sagte bloß: »Er wird schon kriegen, was er verdient, keine Sorge.«

»Klar«, erwiderte Ofir, »er hat's bestellt.«

»Vierzehn und fünfzehn auf einen Tritt«, meldete Jotam.

Ofir sagte: »Du hättest ihm den Käse gleich direkt ins Gesicht schmieren sollen.« Gabi dachte, und warum hast du ihm den Käse nicht gleich direkt ins Gesicht geschmiert? Aber er sagte nichts. Das große Sprungbrett, drei Meter Beton, tauchte vor ihren Augen auf, und aus der Entfernung war eine Gestalt zu sehen, die von der Kante in einem Rückwärtssalto absprang.

»Wer ist da gesprungen?«, fragte Gabi.

»Ich glaub, das ist dieser Freiwillige, nu«, sagte Ofir.

»Der Freund von Orit«, ergänzte Jotam.

»Er ist nicht ihr Freund«, entgegnete Ofir.

»Woher weißt du das?«

»Wollen wir wetten?«

Dieser Junge, Ejal, stand vor dem Frischkäse. Was hat er denn?, fragte sich Gabi. Warum rührt er sich nicht? Kämpft er mit sich, wie viel Frischkäse er auf den Teller laden soll, oder träumt er bloß? Jedenfalls brauchte er da nicht wie angewachsen stehen zu bleiben. In welche Klasse ging er?

»In welche Klasse geht er?«, fragte Gabi nachher auf dem Weg zum Schwimmbad.

»Wer?«

»Ejal.«

»Kommt in die zweite, er ist mit meiner Schwester zusammen.«

Gabi wartete, dass Ejal den Weg zum Frischkäse freimachte, als ihn Ofir auf einmal in die Schulter rammte, ein schmerzhafter Stoß.

»Hast du sie noch alle?« Gabi drehte sich erbost zu Ofir um.

»Was ist los? Warum rührt sich nichts? Was ist mit dem Käse?« Ihre holzimitierenden Kunststofftabletts waren hintereinander auf dem Metalllauf vor den großen Essenscontainern aufgereiht. Auf den identischen Tabletts standen blaue Teller mit Rührei, das bereits erkaltet, hart geworden und an den Rändern etwas angegraut war, dazu eine Tomate und eine Gurke sowie Besteck. Nur der Frischkäse fehlte noch zum perfekten Frühstück. »Nu«, sagte Ofir. Gabi stieß den Jungen, Ejal, den angehenden Zweitklässler, mit der Schulter an.

»Aua, was willst du denn, du Klauengebiss?«, antwortete Ejal, wobei er Gabi in die Augen sah. Nachher war Ofir der große Held und tat verwundert, warum Gabi ihm den Käse nicht gleich ins Gesicht geschmiert hatte, doch die Wahrheit sah so aus, dass Ofir und Jotam in dem Moment, in dem es passierte, erst einmal gekichert und darauf gewartet hatten zu sehen, wie Gabi reagieren würde. Als wären sie nicht seine Freunde, als wäre der dreiste Kerl nicht zu ihnen allen unverschämt gewesen, die schließlich drei Jahre älter waren als er. Sie kicherten, und Gabi sagte: »Was hast du gesagt?« Und der Junge wiederholte: »Klauengebiss«, wobei er ihn weiter ansah. Ohne Angst. Gabi versetzte ihm einen Stoß mit der Schulter, jedoch nicht fest genug, denn er schaffte es, an Ort und Stelle stehen zu bleiben und zu sagen: »Aua, na gut, Sekunde noch, Klauengebiss, ich nehm mir bloß Frischkäse, wart mal schön geduldig.« Ofir und Jotam lachten wieder, und vor lauter Verwirrung wartete Gabi geduldig. Sein Gesicht hatte sich gerötet, aber Ejal bezog Sicherheit aus dem Gekicher und fügte hinzu: »Der Käse bleibt dir sowieso im Eisengeländer stecken, also was hast du davon?« Und schob nach: »Klauengebiss.« Ein oder zwei Freunde neben ihm bemühten sich, das Lachen zu unterdrücken.

»Fünfzehn«, gab Jotam bekannt, als sie sich bereits dem Schwimmbad näherten.

»Fünfzehn war schon«, sagte Ofir.

»Ja? Dann eben sechzehn.«

»Wow, dieser Idiot, warum hat er nichts abgekriegt?«, sagte Ofir. Gabis Ohren brannten noch immer.

Im Speisesaal lud Ejal endlich Frischkäse auf seinen Teller und nach ihm Gabi, neben sein Rührei. Dann ging er damit an einen Tisch. Ofir und Jotam machten dasselbe und setzten sich neben ihn.

»Hast du den unverschämten Kerl gesehen?«, sagte Ofir, als er sich niederließ, als ob er die Antwort nicht wüsste, als wüsste er nicht, dass ihn alle gesehen und auch gehört hatten, diesen unverschämten Kerl, als ob er und Jotam nicht an Gabis Demütigung beteiligt gewesen wären.

»Diese Kinder haben nicht einen Funken Respekt«, sagte Jotam, und Ofir machte weiter: »Du hättest nicht darüber hinweggehen sollen.« Jotam wiederholte: »Klauengebiss …« und grinste, und Ofir schloss sich ihm an, und als Letzter auch Gabi, als hätte er eine andere Wahl gehabt. Am Schluss des Grinsens entblätterte Jotam ein Käsedreieck, biss hinein, warf die Silberpapierverpackung in den Müllschlucker und fügte hinzu: »Das hab ich zum ersten Mal gehört.« Er legte einen Gang zu, von Grinsen zu Lachen, und Ofir schloss sich ihm an, während Gabi auf ein Lächeln hinunterschaltete, das in den Mundwinkeln bitter wurde. Er hatte das natürlich nicht zum ersten Mal gehört. Er hatte sämtliche Namen gehört, die einem in den Sinn kommen konnten: Eisenbeißer, Gitterkiefer, Goldzahn, Käfiggebiss, Vogel, Kaugummi, Stahlmaul, Lampenschirm, Ofenspirale und ja, Klauengebiss war ganz entschieden einer der populären darunter. Allerdings, von einem Jungen aus der ersten Klasse war er es nicht gewohnt, solche Frechheiten zu hören. Wie weit war es gekommen?

Wir kamen am Schwimmbad an, sind durch das schwarze Tor rein auf die Wiese gegangen, an der überdachten Bank vom Bademeister vorbei, auf der Orit mit ihrem Freiwilligen, mit Zahavi, dem Bademeister, und noch einem Freiwilligen saß, der einen Ring im rechten Ohr hatte. Roni hat mir gesagt, dass das heißt, er sei ein Homo, aber dann haben sie gesagt, er sei der Freund von Dana aus der elften, was ich dann nicht mehr verstanden habe. Wir sind weitergegangen, hinter den Sprungbrettern vorbei – das kleine, federnde Meterbrett, von dem die Kleinen runterhüpften, das große mit den drei Metern aus Beton, auf dem jetzt niemand war –, noch um eine Ecke vom Schwimmbecken gekurvt bis zu unserem Stammplatz bei einem der Unterstände auf dem Gras, haben die Handtücher hingeworfen, die Badeschlappen weggekickt und sind direkt zum großen Sprungturm. Von oben konnte man die Rückseite der Sporthalle sehen und das Aufprallen vom Basketball hören, bumm-bumm-bumm, und das Quietschen der Turnschuhe, die auf dem PVC-Boden den Winkel änderten, quietsch-quietsch-quietsch, Roni vielleicht? Nein, Roni ist bei den Rindern, jemand anderer dribbelt den Ball, das Bumm-bumm hüpft mir im Kopf, und mir ist heiß, die Sonne sticht, ich bin durstig, aber ich trinke nichts, da ist er, da ist er mit seinen ganzen Freunden, Ejal, der in die zweite Klasse kommt, nächste Woche. Ich stehe auf dem großen Sprungbrett hinter Jotam und Ofir, Jotam hat seine Zählerei mit siebzehn toten schwarzen Käfern aufgehört, ich stehe an der Kante und sehe auf Ejal hinunter, seine Freunde schauen mich an und grinsen, aber ich schaue direkt zu ihm runter, und jetzt grinst er nicht mehr. Ich schaue nicht in das grüne Wasser, sondern geradeaus, und wusch, bitte sehr, ein leichter, einfacher Kopfsprung ins Wasser, steige mit tropfenden Haaren wieder raus, Jotam und Ofir haben sich mit dem Bauch auf die Waschbetonplatten in die Sonne gelegt, aber ich will noch mal, steige gleich wieder die Stufen zum Sprungturm rauf, komme oben an, gehe langsam bis an den Rand, er und seine Freunde springen jetzt vom kleinen Sprungbrett nebenan, ich tue so, als ob ich nicht hinschaue, kontrolliere aber aus meinem Augenwinkel, was dort passiert, und sehe, dass er was sagt, zu mir rüberschaut und lacht, seine Freunde lachen auch, bestimmt hat er Klauengebiss oder so was Geniales gesagt, ich warte, schiele aus dem Augenwinkel, warte darauf, dass er ins Wasser springt, wenn man vom großen leicht nach links springt, kann man den Bereich vom kleinen erreichen, bumm-bumm-bumm, der Ball, quietsch-quietsch-quietsch, die Turnschuhsohlen, ich mache ein paar Schritte nach hinten, um Anlauf zu nehmen, und da ist Ejal, im Augenwinkel, springt jetzt, und während er noch in der Luft ist, sprinte ich los und springe auf ihn drauf, direkt auf ihn drauf, da hast du's, du kühner Held, wie ich in der Luft bin, höre ich nichts, kein Bumm und kein Quietsch, nur die Luft in den Ohren, die Sonne im Rücken und das Wasser, das noch vom Sprung vorher an mir abläuft, ich bin in der Luft, Klappmesser, strecke die Beine nach vorn und lande auf seinem Kopf, ich werd dir zeigen, was ein Klauengebiss ist, haha, du großer Held, sehr lustig, Klauengebiss? Da hast du's, ein Biss vom Klauengebiss, da komm ich, du miese kleine Null, eine tolle zweite Klasse kriegst du.

Der Falke

Immer häufiger ging Gabi allein zum Berg jenseits der Umrandungsstraße hinter dem Kibbuzzaun, jenseits der Pflaumenplantagen. Viele Jahre vor seinen nächtlichen Klausuren auf fernen Hügeln, noch bevor er wusste, dass die Abgeschiedenheit eine höhere und größere Tugend als alle anderen ist. Damals hatte es andere Gründe. Sein Bruder Roni war zu guter Letzt in das Alter gekommen, in dem vier Jahre Altersunterschied nicht mehr überbrückbar sind. Die Jahre, in denen er der große Bruder gewesen war, der sein kleines Ebenbild beschützte, der ihn mit zu sich ins Bett nahm, der Stärke daraus bezog, dass er im Verhältnis zu ihm allmächtig war – im Reden, im Verständnis, in der Kraft seiner Muskeln, die es ihm ermöglichte, seinen Willen unwidersprochen durchzusetzen –, waren vorbei. Nun war Gabi immer noch Kind, während Roni, zumindest in seinen eigenen Augen, schon ein kleiner Mann war und ganz langsam immer mehr in seiner ersten echten, überwältigenden Liebe versank. Es war Jifat aus dem Nachbarkibbuz, aus seiner Klassenstufe in der Regionalschule. Er kannte sie seit der ersten Klasse, doch in der zehnten befreundeten sie sich plötzlich und wurden unzertrennlich. Jifats Zimmergenossin im Kibbuz verbrachte die meiste Zeit mit ihrem Soldatenfreund in Haifa, also gingen Roni und Jifat nach der Schule zu ihr ins Zimmer und nach dem Abendessen ins Pub, tranken Bier und spielten Darts mit Freiwilligen, fuhren zu Konzertauftritten der T-Slam im Kibbuz Ajelet Haschachar, der Komikergruppe Hagaschasch Hachiver in Kfar Blum, von Shlomo Artzi in Zemach, der Bootleg Beatles im Pub des Kibbuz und zu den Heimspielen des Oberen Galils mit Brad Leaf, dem mörderischen Scharfschützen (Roni hatte sich inzwischen aus dem aktiven Spiel zurückgezogen, zum Kummer Baruch Schanis und dem Rest seiner Fans im Kibbuz). Jifat kam zwei- oder dreimal in seinen Kibbuz, aber Roni stellte sie weder seinem kleinen Bruder noch Mutter Gila oder Vater Jossi vor.

Dazu kam noch ein weiterer Grund für die häufigen Alleingänge zum Berg. Das Zimmer von Mutter Gila und Vater Jossi war kein Zuhause. Sie wohnten noch darin, teilten sich das Bett, gingen zusammen in den Speisesaal, doch Gabi wusste, dass sie fast nicht mehr miteinander redeten, und wenn sie miteinander redeten, schrien sie normalerweise, und wenn sie mit dem Anschreien fertig waren, brach Vater Jossi zu seinen Runden auf, die, laut Gilas Geschrei, Besuche in den Räumen der weiblichen Freiwilligen und anderer Arbeiterinnen von der Ziergärtnerei beinhalteten, und Mutter Gila blieb zu Hause, trank und rauchte.

Aber auch wenn das Zimmer der Eltern voll der Harmonie und Liebe gewesen wäre, hätte Roni wohl den Großteil seiner Zeit im Nachbarkibbuz verbracht, und Gabi wäre zum Berg gewandert. Denn in den Altersstufen, in denen sich Gabi und Roni nun befanden, änderte sich die Bedeutung des Begriffs »Adoptiveltern«. Nach einer Kindheit, in der der Unterschied zwischen »echt« und »adoptiert« unwichtig gewesen war – Mutter ist Mutter und Vater ist Vater, sie sind einfach da –, kamen die Tage, in denen sich aus tiefster Seele der laute, klare Schrei erhob: Ihr seid nicht meine Eltern! In diesem Alter entfremden und distanzieren sich ja auch »echte« Kinder und sind völlig erstaunt angesichts der Möglichkeit, dass auch nur die entfernteste Beziehung zwischen ihnen und dem Erwachsenenpaar besteht, das sich anmaßt, Autorität über sie auszuüben. Für adoptierte Kinder kann es dann umso leichter sein, vor sich selbst zu rechtfertigen, dass sie sich entfernen – zum Zimmer im Nachbarkibbuz, zum Berg, wohin auch immer.

Auch Gabi hatte eine Freundin, Noga, auch er kostete den Geschmack des ersten Kusses, hinter dem Traktor, beim fröhlichen Beisammensein im Frühling am Lag-Ba'omer-Fest, neben dem Packhaus. Nach einem Monat jedoch fragte ihn Jotam, ob es ihm was ausmache, wenn er ihr Freund würde. Gabi sagte, in Ordnung, und danach sprach er nicht mehr mit ihr, was etwas seltsam war, denn Jotam war sein Zimmergenosse, so dass er sie ab und zu sah. Einmal wartete sie, während Jotam duschte, auf seinem Bett, und Gabi las ein Buch auf seinem Bett, und im Radio brachten sie die Sendung »Heiße Schoko« mit Menachem Peri, der ein Lied von den Thompson Twins spielte. Gabi wusste, dass sie das Lied liebte, aber immer noch fiel kein Wort. Gabi verstand nicht, was an Mädchen so groß begeisternd sein sollte, wie Roni so versunken, fern und fremd sein konnte nur wegen eines Mädchens. Jotam war also mit Noga zusammen, Ofir trieb sich mit anderen Freunden herum, und die schlichte Wahrheit war, dass Gabi es mochte, allein zu sein. Sich abzukapseln. Langsam den Berghang hinaufzuklettern, seinen Schatten auf der Erde zu beobachten, wie er im Licht der Sonne, des Monds oder der Straßenbeleuchtung fiel. Nachzudenken. Mit sich selbst zu reden. Dinge zu entdecken und zu finden.

Am Berg fand er den Falken. Der Falke war am Bein verletzt, vielleicht hatte ihn eine Schlange gebissen? Oder ein größeres Tier im Kampf verwundet? Gabi sah den Falken auf dem Boden liegen, mit dem Kopf ruckend und leicht mit den Flügeln flatternd, und er trat näher, betrachtete ihn, wusste nicht, was er mit ihm machen sollte, setzte sich auf einen Felsen ihm gegenüber und schaute. Und als er sah, dass der Falke ihm nichts anhaben konnte, näherte er sich wieder, kniete sich neben ihn und streckte einen Finger nach seinem Kopf aus. Bei den ersten Malen scheute der Falke vor dem Finger zurück, doch wirklich bewegen konnte er sich nicht. Gabi sah, dass sein Bein gebrochen war. Nach einigen Versuchen streichelte er den Kopf des Falken und hob ihn vorsichtig hoch. Der Falke flatterte panisch mit den Flügeln und versuchte sich zu widersetzen, aber Gabi sprach beruhigend auf ihn ein, »schschsch… schschsch…«, und machte sich auf den Weg hinunter zum Kibbuz.

Er quartierte den Falken in einem Raum ein, der nicht benutzt wurde, ein kleines Lager im Kinderhaus. Danach ging er mit Jotam in den Speisesaal. Er erzählte ihm von dem Falken, und Jotam verlangte begeistert, ihn sehen zu dürfen. Gabi erwiderte, er würde ihm den Vogel nach dem Essen zeigen, und fragte, wie sie herauskriegen könnten, was er fraß. Jotam sagte, es gebe im Zimmer seiner Eltern eine Enzyklopädie der Vögel, und wenn sie dort nichts fänden, würde er seinen Vater fragen. »Okay«, antwortete Gabi, »vielleicht bringst du die Enzyklopädie mit, damit wir auch sehen können, wie ein Falke genau ausschaut. Ich glaub, dass es ein Falke ist, aber woher soll ich das wissen, wir sehen sie immer nur von weitem, am Himmel.«

Als Gabi mit dem Falken vom Berg herunterkam, hatte er eigentlich gedacht, er würde niemandem davon erzählen, es sollte sein privates Geheimnis bleiben, und er würde den Falken zu geheimen Spionagemissionen losschicken, Zettel und Botschaften durch ihn an seine Mitverschworenen überbringen. Aber an jenem Abend fühlte er sich wie ein Glückspilz, weil er es ausgerechnet Jotam erzählt hatte. Nicht nur war sein Vater ein Vogelliebhaber und hatte eine Enzyklopädie, die ihnen bestätigte, dass es ein Falke war, und eine Menge Informationen lieferte, sondern Jotam erinnerte sich auch dunkel daran, dass es im Lager seiner Eltern einen großen Käfig gab, der einmal das Zuhause von zwei Papageien, Pinches und Simches, gewesen war, die sein Vater gehalten hatte, als Jotam noch klein war. Jotam fand ihn, ein bisschen verrostet und schmutzig, nicht besonders groß, aber hervorragend geeignet als erste Behausung für den Falken, und er brachte ihn in ihr Zimmer.

Es stellte sich heraus, dass sie Tauben finden mussten, deren Fleisch, wie Jotams Vater sagte, während er dem Spiel von Maccabi Tel Aviv gegen Squibb Cantu zusah, die Falken mochten. Die Enzyklopädie bot weitere Möglichkeiten an: Tausendfüßler, Skorpione, Eidechsen, Schlangen, Frösche, Fledermäuse und Heuschrecken. Doch Tauben erschienen Jotam und Gabi schmackhafter und leichter zu beschaffen, es gab zahlreiche Tauben im Kibbuz, auf den Dächern und den Strommasten. Jotam und Gabi suchten ihre größten Steinschleudern heraus – selbst gebastelt, aus farbigen plastikbeschichteten Elektrodrähten, die im Kibbuzgelände von Arbeitern der Strom- oder Telefongesellschaft weggeworfen worden waren – und gingen zum Feld neben dem Kinderhaus. Die Tauben saßen gemütlich auf den Hochspannungsleitungen. Die Jungen ließen sich nieder, schälten eine Clementine und begannen, mit zusammengedrückten Schalenstückchen zu schießen – ein flinkes, exaktes und leicht verfügbares Geschoss.

Sie trafen nicht. Jotam steckte sich eine Clementinenspalte in den Mund und sagte: »Das funktioniert nicht.« Gabi stimmte ihm zu und nahm sich zwei Spalten. Sie aßen stumm, die Tauben gurrten über ihnen. »Was frisst der Falke noch gern?«, fragte Jotam.

»Noch kompliziertere Tiere als Tauben.«

»Versuchen wir es mit Steinen«, schlug Jotam vor und hob einen Stein auf.

Die Steine trafen nicht. Sie kehrten niedergedrückt zum Kinderhaus zurück.

Beim Abendessen sah Gabi Roni. Er war allein und setzte sich neben seinen Bruder. »Wie steht's?«

»Alles in Ordnung«, antwortete Gabi trübsinnig.

»Was ist in Ordnung?« Gabi erzählte ihm von den Versuchen, Tauben zu fangen. Roni sagte: »Für was braucht ihr Tauben?«

Gabi sagte: »Brauchen wir eben.«

Roni roch nach Zigaretten, und sein Haar war lang geworden. Er überlegte ein wenig, und dann meinte er: »Gut.« Und nachdem er noch ein bisschen nachgedacht hatte, sagte er: »Ich komm in der Früh bei euch vorbei, und dann gehen wir Tauben suchen.«

Roni kam mit einem Luftgewehr, mit dem sein Klassenkamerad Ziki auf Vögel zu zielen pflegte und, den Gerüchten nach, auch auf Katzen. Sie folgten ihm aus dem Kibbuzgelände hinaus zu einer alten Karawanserei. Auf dem Dach der Karawanserei saßen Dutzende Tauben versammelt, andere flogen her und wieder auf, kehrten zurück, landeten auf den Stromleitungen. Roni näherte sich so weit, wie es möglich war, ohne ihre Aufmerksamkeit zu erregen, nahm eine stabile Ausgangsposition ein, drückte den Lauf an seine Schulter und kniff ein Auge zu, legte den Finger an den Abzug und begann zu schießen. Bis die Tauben begriffen, dass sie sich in einem Kampfgebiet befanden, und flohen, waren zwei Pechvögel bereits gefallen.

Die zwei Jungen wussten nicht, dass man einem Falken die Taubenleiche nicht so servieren durfte, wie sie war. Der Falke blickte die dicke tote Taube an und danach die beiden. Hätte er Schultern gehabt, er hätte sie bestimmt hochgezogen. Hätte er Lippen gehabt, hätte er sicher leise gelächelt. Die Jungen suchten bei Jotams Vater Rat, und dieser erklärte ihnen, dass das Fleisch der Taube gemeint sei. Sie blickten einander an. Logisch. Wer wollte Federn fressen? Andererseits, war das nicht Aufgabe des Falken, an das Fleisch zu kommen? In der Natur hatte er keine Köche, die für ihn das Essen zubereiteten. Als sie nach einer Stunde zurückkamen, befand sich die Taube im selben Zustand wie zuvor. Der Falke hatte sich ihr nicht genähert. Gabi nahm die Taube, ging zu dem Feld draußen neben dem Kinderhaus, und schnitt ihr mit Hilfe des großen Taschenmessers, das Roni zu seiner Bar-Mizwa bekommen und ihm vererbt hatte, zuerst den Kopf ab, dann die Beine und am Schluss die Flügel. Er strengte sich an, nicht durch die Nase zu atmen und nicht allzu genau hinzuschauen, während er den Vogel zerschnitt. Jotam blieb im Hintergrund. Dann schlitzte ihr Gabi der Länge nach den Bauch auf, holte die Eingeweide heraus, säbelte, so gut er konnte, das Brustfleisch der Taube ab und trennte es von den kleinen Knochen. »Bring einen Teller«, sagte er. Er fuhr fort zu schneiden, hörte Schritte, die sich entfernten und zurückkamen, ein Teller landete neben ihm. Hastig warf er die zerlegten Fleischteile darauf, erhob sich aus der Hocke und trug den Teller mit hoch ausgestreckten, blutbefleckten Händen in den kleinen Lagerraum. Er stellte den Teller in den Käfig und ging, um sich die Hände zu waschen. Als er zurückkam, war der Teller sauber. Hätte der Falke eine Zunge gehabt, wäre auf dem Teller sicher kein rosa Blutpfützchen übrig geblieben.

Roni ließ sich kaum mehr im Kibbuz sehen, und als Gabi ihn eines Tages in der Schulpause in der Jointhöhle, hinter dem Gebäude der Mittelschüler, erwischte, erklärte Roni, er würde in nächster Zeit nicht in den Kibbuz kommen, und das Luftgewehr könne er nicht noch mal ausleihen, auch nicht für Gabi, da er zu jung sei, um damit zu schießen. Nachdem der Falke also das Fleisch der beiden ersten Tauben verschlungen hatte, waren Jotam und Gabi gezwungen, eigene Fangmethoden zu entwickeln. Sie lockten Tauben ans Fenster ebenjenes kleinen Lagerraums im Kinderhaus mit Hilfe von Samenkörnern und allen möglichen Taubenleckerbissen, von denen sie in der Vogelenzyklopädie gelesen hatten, und wenn sich genug eingefunden hatten, scheuchten sie sie hinein und schlossen das Fenster. Das war ziemlich gewitzt, wie sie fanden, aber bald entdeckten sie, dass die Tauben einfach dumm waren. Sie ließen sie ein paar Tage in dem dunklen Raum, damit sie erblindeten. Und dann ging Gabi hinein, packte sich eine Taube – was leicht war, weil der Raum klein und die Taube blind war – und nahm sie zu dem gelben Stoppelfeld neben dem Kinderhaus mit, hielt den Kopf der Taube zwischen Mittel- und Zeigefinger der rechten Hand, schwang die Hand hoch über seinen Kopf empor, ließ sie vier-, fünfmal lassoartig kreiseln, um Schwung und Tempo zu gewinnen, und warf die Hand dann, mit dem Kopf zwischen den Fingern, heftig nach vorn. Durch den schwungvollen Ruck trennte sich der Körper der Taube vom Kopf und flog fünf bis zehn Meter weit, landete auf der Erde, während die Flügel noch schlugen, und Gabi blickte auf den Kopf, der in seiner Hand zurückblieb, gab ihm einen Luftkuss über dem Schnabel und warf ihn irgendwohin. Danach trat er zu dem zuckenden, warmen Leichnam, und mit Hilfe des Taschenmessers schnitt er ihn auf, tranchierte die guten Fleischstücke und servierte sie anschließend dem Falken auf einem Teller. Als er Erfahrung, Kaltblütigkeit und Fachkenntnis gesammelt hatte, dauerte die ganze Geschichte letztlich nur ein paar Minuten. Jotam half, die Fallen auszustreuen und die Tauben in den Raum zu stoßen. Den ganzen Rest der Arbeit überließ er Gabi – das Hinausbringen, Herumschwenken, Kopfabtrennen, das Zerlegen des Fleisches.

Das ging so lange, bis die Schichtkoordinatorin die Gerüchte hörte, die die Mädchen angeekelt in der Klasse herumerzählten, und kam, um sie zu verifizieren. Sie sagte zu Jotam und Gabi, sie könnten keinen Falken bei sich im Zimmer halten, sie müssten ihn sofort freilassen, und es sei absolut nicht in Ordnung, dass sie nicht zum Tierarzt gegangen seien, denn wer weiß, welche Krankheiten er hätte, wo hätten sie ihn überhaupt her, und diese ganze Geschichte mit dem Taubenmord könne so nicht weitergehen. Als sie aus der Strafpredigt entlassen waren, sagte Jotam zu Gabi, er habe sowieso genug von dem Falken. Gabi stimmte ihm zu, das Timing der Koordinatorin war gut gewesen. Sie erwogen, ihn am Berg freizulassen, doch er hatte, ihrer Meinung nach, immer noch ein Problem mit dem Bein, also übergaben sie ihn einem Kibbuz mit Besucherzoo. Danach gewährten sie den beiden blinden Tauben, die noch im Lagerraum gefangen waren, eine Doppelbegnadigung.

Der Kiefer

Nicht lange nach dem Falken wurde Gabi entführt, während er allein durch die Pflaumenplantage in Richtung Berg ging. Er wusste nicht, wer ihn entführte. Ein Mann, ein älterer, korpulent, mit behaarten Armen und großen Händen – das alles hatte er gespürt, und in den darauffolgenden Tagen besah er sich sämtliche Arme der Männer im Kibbuz aus der Nähe. Der Entführer hielt Gabi mit beiden Händen Mund und Augen zu und umschlang ihn einige Minuten lang mit einer Kraft, die Gabis Widerstandskraft um ein Vielfaches überstieg, bis Gabi begriff, dass es besser für ihn war, sich in sein Schicksal zu fügen. Dann löste der Entführer eine Hand und ersetzte sie sofort durch eine Binde, zuerst über den Mund, dann über die Augen, drehte Gabis Arme nach hinten und fesselte sie ihm mit Plastikschließen – Gabi hörte das Spannen und Einrasten – auf dem Rücken.

Er wurde vorwärtsgestoßen. Da er durch dieses Gelände nicht nur einmal in stockfinsterer Nacht gewandert war, wusste er, dass er zwischen den Pflaumenbäumen ans Ende der Plantage, zu einer Stelle, wo es einen ausgetretenen Sandweg gab, geführt und in ein irgendwie offenes Fahrzeug geladen wurde, einen Kleinlieferwagen oder Jeep (in den folgenden Tagen überprüfte er nicht nur die Armbehaarungen aus der Nähe, sondern auch den Fuhrpark des Kibbuz, um dort Hinweise zu finden), und dann nach Süden, bis ans andere Ende der Plantage und des anschließenden Rindergeländes, gefahren wurde.

Es fiel kein Wort während der ganzen Fahrt. Er wurde auch nicht geschlagen. Alles, was geschah, war, dass man ihm den Mund mit schwarzen Käfern vollstopfte, vielleicht noch anderen Fleischsorten, Insekten, Erde, Steinen, Flüssigkeiten, die wie der Urin gewisser Tiere rochen, weiche Kompaktmassen, deren scharfer, intensiver Geschmack davon zeugte, dass es sich eventuell um die Scheiße bestimmter Tiere handelte, und ihn zwang, es zu schlucken. Schwarze Käfer waren ganz sicher dabei, denn am nächsten Tag im Krankenhaus fand man Teile ihrer Beine zwischen der Spange, die immer noch seine Zähne zierte, und offenbar ein Frosch, denn etwas, das an das Bein eines solchen erinnerte, zeigte sich, als man ihm den Magen ausspülte. Wie lange er dort in dem Wagen war, wusste er nicht mehr. Ab einem gewissen Stadium verlor er das Gefühl für Zeit und Raum zwischen Übergeben und erneuter Mundfüllung. Sie schlugen ihn nicht, fassten ihn aber auch nicht gerade mit Samthandschuhen an. Er wusste nicht, wie viele es waren, sicher waren da der große Mann, der ihn gepackt hatte, und ein Fahrer, denn der Mann blieb während der Fahrt neben ihm. Vielleicht gab es noch jemanden. Er versuchte, nicht an das Zeug zu denken, das man ihm in den Mund schob, und den Gestank und den ätzenden Geschmack auszusperren. Jahre später begriff er, dass die Augenbinde die Rettung gewesen war, denn Ekel vor irgendeiner Nahrung hat normalerweise nichts mit dem Geschmack zu tun, sondern mit dem Anblick. Dennoch verstand er, was sie taten. Er spürte Ameisen auf seinen Händen und anschließend auf seiner Zunge. Die Käfer identifizierte er, vielleicht ein Erinnerungsblitz der Geschmacksdrüsen von seinem Experiment als Kleinkind. Der Rest fühlte sich für ihn nach Sachen an, die man im Allgemeinen nicht in den Mund steckt – zu trocken, zu glatt, zu beißend –, doch er versuchte, nicht zu denken, aß, erbrach sich, aß, übergab sich. Sie ließen ihn draußen vor dem Zimmer seiner Adoptiveltern zurück, gefesselt und mit verbundenen Augen.

Das letzte Mal, dass er in diesem Krankenhaus gewesen war, war ungefähr zwei Monate davor gewesen, als ihn seine Eltern, seine Lehrer, mehr oder weniger der ganze Kibbuz, gezwungen hatten, Ejal zu besuchen. Vater Jossi ging mit. Sie traten an sein Bett, und alles, was Gabi sah, waren Ejals Augen, umrandet von schwarzen Ringen. Der Rest des Gesichts befand sich in Gips, und sein übriger Körper verschwand in dem kleinen Kinderbett. Das war einige Wochen nach Schuljahresanfang, und Ejal hatte die zweite Klasse noch nicht begonnen, aber Kinder und Lehrer von seiner Klasse kamen an sein Bett, lernten mit ihm, erklärten und erzählten. Ejals Augen blickten ihn an, kalt und erloschen. Sie sahen ganz anders aus als die ungebärdigen Augen voller Mut, die ihn neben dem Frischkäse anschauten, als Ejal Gabi »Klauengebiss« nannte. Die Szene erheiterte Gabi und erfüllte ihn mit Befriedigung, doch er gab sich Mühe, es nicht zu zeigen. Ejals Mutter und Vater, die beide Jona hießen, ein interessantes Zusammentreffen von Zufällen und Quelle zahlreicher Witze im Kibbuzblättchen und im Speisesaal, standen auf der anderen Seite des Bettes. Vater Jossi drückte ihm die Schulter. Gabi blickte die Eltern an und dann Ejal.

»Entschuldigung«, sagte er, doch dann konnte er sich nicht mehr beherrschen und brach in Lachen aus.

Vater Jossi schnauzte: »Gabi!« Ejal wandte den Blick ab, und seine Eltern schüttelten erschüttert den Kopf.

Nach der Entführung waren alle sicher, dass das die Rache von jemandem war, der Ejal nahestand. Es gab keinen anderen Grund, sich auf eine solche Art an Gabi zu rächen. Natürlich untersuchte niemand die Sache, keiner dachte daran, sich bei der Polizei zu beschweren. Gott bewahre. Entführung und Misshandlung eines Buben mochte vielleicht eine Gesetzesübertretung sein, doch man wusch seine schmutzige Wäsche nicht draußen. Die beste Wäscherei gab es im Kibbuz. Auch als Gabi Ejal auf den Kopf gesprungen war, hatte sich niemand nach außen beschwert. Erst viele Jahre später würde Roni zufällig erfahren, wer die Entführung bewerkstelligt hatte.

Ejal hatte einen gebrochenen Kiefer. Noch monatelang danach hatte er Schwierigkeiten, den Mund zu öffnen. Anfangs konnte er nichts essen, die unteren Zähne hatten sich schief und krumm gelegt und hatten die Backenzähne weggeschoben. Er unterzog sich jahrelangen mund- und kieferchirurgischen Behandlungen, und er gewann nie mehr die Fähigkeit zurück, zu pfeifen und zu gähnen. Sein schiefes Gesicht erinnerte Gabi, solange er im Kibbuz lebte, solange er noch auf den Betonpfaden oder im Speisesaal oder in der Basketballhalle auf ihn stieß, immer daran, was er getan hatte und was ihm im Gegenzug angetan worden war. An die erschütterten Blicke der Kibbuzgenossen, Dutzende Augenpaare, die ihn bei jeder Mahlzeit im Speisesaal anstarrten. An die Haltung seiner Freunde, an die, von denen er gedacht hatte, dass sie seine Freunde seien. Sogar Jotam und Ofir brauchten eine ganze Weile, bis sie wieder mit ihm redeten, obwohl sie es gewesen waren, die zu Gabi gesagt hatten, er solle es nicht schweigend hinnehmen, obwohl sie die Demütigung geschürt und die Flamme in ihm entzündet hatten, die ihn mit gestreckten Beinen von dem hohen Betonturm mitten in das Gesicht des kleinen, unverschämten Jungen springen ließ.

Ihn kamen sie nicht im Krankenhaus besuchen. Ihm schickten sie keine Süßigkeiten, und sie saßen auch nicht an seinem Bett, um Unterrichtsstoff zu ergänzen, den er versäumte. Außer Mutter Gila und Vater Jossi, seinem Bruder Roni und dessen Freundin Jifat hatte er keine Besucher. Ein Einlauf wurde gemacht und sein Magen zweimal ausgespült. Blut und Urin wurden untersucht, um sicherzustellen, dass keine Vergiftungen, Darmentzündungen sowie sonstige schädliche Auswirkungen von jenen nicht zum Verzehr geeigneten Kreaturen, die er geschluckt hatte, zurückgeblieben waren. Es wurde entdeckt, dass er in der Tat von einer Krankheit namens Toxoplasmose befallen war, doch der Arzt meinte, dass sie schon lange in seinem Körper nistete, lange vor der Entführung und dem Gewaltakt. Ob er bereits vor dem Überfall schwarze Käfer und sonstige Kriechtiere zu essen pflegte? Gabi schüttelte den Kopf – nicht seit dem Alter von zwei Jahren. Ob er in Kontakt mit Katzen gewesen sei oder ihre Fäkalien berührt habe? Nein. Ob er in Kontakt mit Tauben gekommen sei oder ihre Ausscheidungen berührt habe? Gabi hörte auf, den Kopf zu schütteln.

Als er nach einigen Tagen entlassen wurde, erbrach er sich weiterhin mit erhöhter Häufigkeit. Nach dem ersten Versuch, am Unabhängigkeitstag ein Stück gebratenes Steak in den Mund zu stecken, wurde er von so schweren Krämpfen gepackt, dass er aufhörte, Fleisch zu essen – sämtliches Fleisch, von jedem Tier, schwimmend, fliegend oder laufend, erweckte vehementen Brechreiz in ihm. Mit Mühe schaffte er es, sich dazu zu überreden, Salat, Käse und Eier zu essen. Einige Jahre lang sollte er keine besondere Freude mehr am Essen haben. Diesmal würde das Käferandenken länger frisch bleiben. Er war kein Zweijähriger mehr. Er war zwölf – und wenn in deiner Zahnspange Käferbeinchen stecken, während auf deiner Zunge die noppige Haut eines Frosches bibbert und deine Lippen den glitschigen Geschmack einer unbehausten Schnecke verspüren, dann wirst du das nicht so schnell vergessen.

Jona, Ejals Vater, hatte glatte Arme. Die anderen Väter von Ejals Freunden hatten glatte Arme. Die Freiwilligen hatten glatte Arme. Baruch Schani hatte behaarte und stramme Arme, aber Baruch war Ronis Freund, und Roni garantierte ihm, dass nicht die mindeste Chance bestand, dass er es getan hatte. Von ihm abgesehen, gehörten die größten und haarigsten Arme im ganzen Betrieb Schimschon Kohen. Und Schimschon Kohen, das wussten alle, hatte in seinem Leben schon viel schlimmere Dinge gemacht, als ein paar Käfer in den Mund eines Zwölfjährigen zu stopfen. Gabi, der sich immer mit Schimschon befreundet gefühlt hatte, sich nicht wie die anderen Kinder vor ihm fürchtete, versuchte, die Theorie zu überprüfen. Er grüßte ihn jedes Mal, wenn er ihn sah, lächelte ihn an, versuchte sogar, ihm ganz nahe zu kommen, um festzustellen, ob er das süßliche Aftershave oder den säuerlichen Schweißgeruch identifizieren konnte. Die Befunde waren nicht eindeutig. Schimschon war weiterhin liebenswürdig zu ihm, lächelte und zwickte ihn in die Wange, ließ weder Feindseligkeit noch Zorn erkennen. Doch Schimschon arbeitete bei den Avocados zusammen mit Jona, Ejals Mutter (nicht dem Vater), so dass eine potentielle Verbindung bestand.

Einige Tage nachdem er aus dem Krankenhaus entlassen worden war, als Roni ihn mit Jifat im Kinderhaus besuchte, fiel Gabi plötzlich auf, wie hübsch sie war, und er begriff, was Roni an ihr fand, warum er jeden freien Moment mit ihr verbrachte. Ihre Augen, braun und tief, lächelten ihn besorgt an, ihre Zähne lachten über Ronis Witze, ihr Kopf nickte zu seinen Versprechungen, Vergeltung zu üben, sich um Gabi zu kümmern, denn mit uns legt man sich nicht an. Gabi sah von seinem Bett aus, halb liegend, wie Ronis Hand die ganze Zeit die ihre berührte, und wie er sich hin und wieder vorbeugte, um sie zu küssen, und einen Kuss zurückerhielt.

Wenn sie nicht an seiner Seite war, redete Roni von ihr. Sie verbrachten fast jeden Augenblick miteinander. Saßen nebeneinander in Unterrichtsstunden, umarmten und küssten sich in der Pause, bis sie von der Aufsichtslehrerin mit einer Verwarnung bedacht wurden, machten sich aus dem Unterricht davon, um sich auf dem Gang zu küssen, schwänzten ganze Tage, um in dem Zimmer im Kibbuz zu bleiben, im Bett, sich stundenlang zu berühren und zu reden. Sie verstand ihn besser zu berühren als er sich selbst, sie sagte, er sei ihr Erster, und er dachte, entweder sie erzählt nicht die Wahrheit und hat Erfahrung, oder sie ist ein Naturtalent, denn sie berührte ihn so vollkommen, wusste genau, wie stark und wie sanft, in welchem Rhythmus, wann schneller und wann langsamer. Ihre nicht endenden Küsse schickten ihn in ein Paradies, aus dem er nicht zurückkehren wollte, und das Gefühl ihres Körpers auf dem seinen, das Gewicht, der Geruch, das lange braune Haar, war berauschend.

Das erste Mal, dass sie es taten, war, als sie sechzehn wurde. Es gab Mädchen, die früher anfingen, wie die schöne Orit mit Baruch Schani am Strand des Sees Genezareth zwischen der achten und neunten Klasse und ein paar Freundinnen von Jifat im Kibbuz, doch sie sagte zu ihm, erst an meinem sechzehnten Geburtstag, und er akzeptierte es, war glücklich, dass er ihr Erster sein würde und sie die Erste für ihn. Auch ein Teil seiner Freunde hatte die Feuertaufe schon hinter sich gebracht, doch er hatte es nicht eilig, ihm fehlte nichts, und im Winter war es dann so weit.

Winter im Kibbuz. Der Regen prasselte heftig auf das Dach des kommunalen Autobusses vom Oberen Galil, die Kälte drang durch die Fensterritzen, Jechiel, der Fahrer, mit seiner ewigen grauen Schirmkappe, pfiff leise unter seinem Schnurrbart, die großen Scheibenwischer an der Windschutzscheibe bewegten sich mit mühsamer Schwerfälligkeit arhythmisch von einer Seite zur anderen, man hörte den Aufprall, wenn sie unten auftrafen – einer nach dem anderen, jedes Mal wieder. Nachdem der Autobus das Maul- und Klauenseuchenbassin am Eingang passiert hatte, fuhr er weiter und versuchte, so dicht wie möglich am Kinderhaus zu halten, doch es blieb noch ein Stückchen Weg, und die Kinder schlüpften aus der Autobustür und rannten geduckt los, einige Mädchen mit Regenschirmen, ein paar Jungen schützten ihren Kopf mit der Schultasche, manche demonstrierten Gleichgültigkeit und reckten den Kopf zwischen den Tropfen. Es war so grau, dass es beinahe dunkel war, große braune Pfützen standen auf der Straße, den Höfen und dem offenen Gelände, und ein intensiver Geruch stieg von der Erde auf, waberte aus den Bergen und wand sich aus den Plantagen, die den Kibbuz umschlossen. Gabi und Jotam eilten in ihr Zimmer, und Ofir schloss sich an. Der Regen brachte sie zusammen – keine Streifzüge zum Berg, keine Freundinnen, kein Schwimmbad. Ununterbrochener Regen hat diese tröstliche Fähigkeit der Wiedervereinigung. Sie blätterten in Magazinen, die Roni seinem Bruder vor ein paar Wochen gegeben hatte, mit Bildern von splitternackten Mädchen, und in einem Büchlein mit zerrissenem Einband von Schulamit Efroni, das er einmal am zentralen Busbahnhof in Tel Aviv gekauft hatte, in dem es Geschichten über splitternackte Mädchen gab. Als Roni ihm die Tüte mit einem Packen von Zeitschriften und Büchern gebracht hatte, sagte er zu Gabi, es würde Zeit, dass er diese Dinge lernte, aber Gabi wusste, dass Roni sein Zimmer säubern wollte für den Fall, dass Jifat käme, er wollte keinen schlechten Eindruck auf sie machen.

Die drei Jungen lasen in konzentrierter Stille, nur der Regen, der sich gegen die Fensterläden ergoss, war zu hören, der Heizspiralofen gab alle paar Minuten einen metallischen Seufzer von sich, und eine Seite wurde raschelnd umgeblättert. Jotam lag ausgestreckt auf seinem Bett, Gabi und Ofir saßen auf dem von Gabi, jeder in einem Eck. Jotam räusperte sich, Ofir fragte: »Was ist diese Feuchtigkeit?«

»Welche Feuchtigkeit?«, gab Gabi zurück und schaute zur Decke hoch. »Läuft es wo rein?«

»Nein, in diesen Geschichten«, Ofir deutete auf das Heftchen in seiner Hand. »Wenn sie sagen, dass die Frau nass ist, von was ist sie nass?«

Jotam ließ das Bahnhofbüchlein von Schulamit Efroni in seiner Hand sinken. »Das heißt, dass sie erregt ist«, sagte er, »dass sie will.«

»Ja, in Ordnung, das hab ich verstanden. Aber von was genau ist sie nass?«

Schweigen senkte sich über den Raum, unterstrich das Geprassel des Regens, das Gähnen des Ofens. Die drei Jungen warfen einen Blick auf das, was da stand, dachten nach.

»Schweiß vielleicht?«, schlug Ofir vor und bekräftigte dann, »ich glaub, es ist Schweiß.«

»Schweiß?«, fragte Gabi nach und sah seinen Freund an, der mit untergeschlagenen Beinen auf dem Bett saß.

»Wieso, das ist Blut«, entschied Jotam.

»Blut?«

»Klar. Das ist im Körper drinnen. Als ob man in ihren Körper hineingeht. Drinnen ist Blut. Und einmal im Monat, wenn es die Regel gibt, kommt dieses Blut raus, und dann braucht man Tampons. Sagt nicht, dass ihr das nicht wisst.«

»Das wissen wir, aber …«

»Und warum blutet es beim ersten Mal, wenn man es macht? Weil das ganze Blut drinnen von der Jungfernhaut festgehalten wird und dann, wenn sie zerreißt, das Blut rauskommt.« Gabi und Ofir blickten Jotam an, stellten es sich bildlich vor.

»Und wenn schon«, wandte Gabi ein, »kann es nicht Pipi sein? Weil, also irgendwie, dort kommt doch das Pipi raus, oder nicht? Wenn man da also einen Finger reinsteckt oder …«

»Nein, wieso, nicht Pipi. Das Pipi ist an einer anderen Stelle und kommt nur raus, wenn Pipi drin ist. Das ist Blut, ich sag's euch«, entgegnete Jotam.

Ofir war nicht überzeugt. »Ich weiß nicht, das kommt mir nicht logisch vor. Ich glaube, es ist Schweiß, trotzdem. Es klingt wie Schweiß.«

»Was klingt da wie Schweiß? Lies, lies mal vor«, verlangte Jotam. Ofir, ein wenig unbehaglich, kehrte ein paar Zeilen zurück und las den Absatz über die Feuchtigkeit der Frau.

»Ehrlich gesagt«, meinte Gabi, »klingt es wirklich noch am ehesten wie Schweiß.«

»Nein«, stellte Jotam fest, obwohl seine Stimme nun weniger sicher klang.

»Ich werde Roni fragen«, sagte Gabi, der Einzige der drei, der einen großen Bruder hatte, den er fragen konnte. Sie nahmen ihre Lektüre wieder auf.

Jifat, sechzehn Jahre alt. Sie und Roni in seinem Zimmer, denn bei sich wollte sie es nicht, sie wollte nicht, dass jemand, den sie kannte, etwas hören oder sehen würde, also hatte er es eingerichtet, dass sein Zimmergenosse in dieser Nacht in einem anderen Bett schlief. Nach ein paar Bier schmusten und lachten sie wie immer, aber sie waren auch angespannt, aufgeregt, heute

Abend würde es passieren, er zog die Hose aus, darunter trug er Boxershorts mit dem Aufdruck eines Krokodils mit weit aufgerissenem Rachen, und Jifat lachte, tippte auf das Krokodil, hob ihren Blick zu Ronis Augen und streifte ihm die Unterhose ab. Dann zog er sie aus und schaute, roch, steckte einen Finger hinein, wie ein Baby in einen Käsekuchen, nicht wie ein Liebhaber, und fühlte die geheimnisvolle Feuchtigkeit, zog ihn heraus, übererregt, und machte schlapp, lächelte verlegen, küsste ihre Lippen, nahm ihn selbst in die Hand und versuchte, sich zu erregen, doch ohne Erfolg. Also probierte er einfach so, wie er war, in sie einzudringen, was gelang, aber das war nicht, was in den Heftchen vom zentralen Busbahnhof geschrieben stand, die er aus dem Zimmer verbannt hatte, und in den Büchern von Dahn Ben-Amotz, das war nicht, was sie versprochen hatten, sie stöhnte nicht und schrie nicht, er sagte nicht, yeah, Baby, er war immer noch schlaff, nicht total, aber weit entfernt von dem, was er sonst die ganze Zeit, wie er wusste, mit Leichtigkeit erreichte, bloß bei der Lektüre der Heftchen und Dahn Ben-Amotz, allein beim Gedanken daran, schon beim Beobachten der weiblichen Freiwilligen, nur von einem Zungenkuss mit Jifat, aber diesmal – die Aufregung, das Bier, der Druck. Und trotzdem war er drin, auch so, bewegte sich hinein und hinaus, fünf- oder sechsmal, vielleicht eine halbe Minute, und kam unter großem Keuchen, grinste noch einmal verlegen, und sie lächelte, begriff nicht ganz, das erste Mal eben.

Das zweite Mal, eine Woche darauf, lief ein bisschen besser. Das dritte Mal erinnerte irgendwo schon an Dahn Ben-Amotz. Roni fand, dass es wirklich gut war. Noch eine Woche später, als sie ihr fünfmonatiges Beisammensein feierten, kam Jifat nicht zur Schule, aber sie schrieb ihm einen Brief, in dem sie erklärte, dass sie durcheinander sei, sie sei zwar verrückt nach ihm und fühle sich wohl mit ihm, aber sie müsse ein bisschen allein sein, glaube sie, das sei eine komische Phase, die fünf Monate zusammen seien die überwältigendsten in ihrem Leben gewesen, aber jetzt habe sie das Gefühl, dass sie beide, vielleicht, ein bisschen Abstand einlegen sollten?

Vielleicht? Er umklammerte das linierte Blatt Papier, auf dem die verletzenden Worte standen, und begriff es nicht. Las es wieder, das Herz schlug ihm schmerzhaft bis zum Hals. Er nahm den Brief und ging hinten herum zur Jointhöhle. Alle kehrten beim Läuten in die Klasse zurück, nur er saß allein da, roch die großen Kiefern und die versengten Zigarettenstummel, las es noch einmal, und Tropfen verschmierten die Wörter.

Die beschleunigten Herzschläge jedes Mal seitdem, wenn er sie sah. Die Übelkeit, als sie ihm erzählten, dass sie offenbar mit Ofer, aus einer Klasse über ihnen, aus einem anderen Kibbuz, herumhing. Als er hörte, dass man sie zusammen in einem Zelt am Toten Meer gesehen hatte. Die langen Stunden allein im Zimmer, wenn er sich wieder, wieder und wieder auf seinem schwarzen Stereokassettenrecorder »I want to know what love is« von Foreigner, »Don't you want me?« von Human League, »More than I can bear« von Matt Bianco anhörte.

Die zehnte Klasse war optimistisch und rosarot gefärbt von der ersten Liebe und einer erregenden Entdeckung. Die elfte Klasse trug das traurige, gebrochene Schwarzgrau einer ungeheuren Enttäuschung und eines zersprungenen Herzens, das zum Teil nie wieder zusammenwachsen, die Misstrauensbarrieren und Verteidigungswälle nie wieder abbauen würde. Er würde anfangen, in den blutenden Wunden zu stochern. Beginnen, die Fragen zu stellen, die er nie ernsthaft ergründen wollte, obwohl Mutter Gila und Vater Jossi nichts verheimlicht hatten. Sie hatten jedoch auch nie wirklich erzählt, was damals, vor über einem Jahrzehnt, passiert war, als Roni knapp fünf war und Gabi ein einjähriges Baby, das noch nicht laufen konnte.

Die Schmetterlinge

Onkel Jaron zog kurze Zeit nach dem Sechstagekrieg auf die Golanhöhen. Der Krieg war zwar relativ kurz, aber immerhin lang genug, um ihn das rechte Auge und den oberen Teil seiner rechten Hörmuschel zu kosten, und zwar durch Splitter einer Granate der eigenen Armee, die einem seiner Kameraden in der Fallschirmspringereinheit in der Schlacht von Burdsch Babil ausgerutscht war. Er hatte noch genügend Zeit, zwei Schritte zu machen und in die Luft zu hechten wie ein Torwart beim Elfmeter – wilde Spekulationen über die Richtung, geringe statistische Verteidigungschancen, er sah im Dunkeln nicht, was da landete oder auf wem, wusste nicht, woher der Schrei kam, hörte die Explosion nicht und erwachte in einem improvisierten Lazarettzelt mit einem riesigen Verband um seinen Kopf. Einige Monate später, als er endgültig aus den Krankenhäusern und der Armee entlassen worden war, mit einer Mosche-Dajan-Augenklappe und voll Energie, sich erneut ins Leben zu stürzen, sagte er zu Ascher, seinem jüngeren Bruder, sowie zu jedem, der es hören wollte: »Sie haben mir ein Auge und ein Ohr genommen, jetzt sollen sie mir etwas zurückgeben.« Er meinte die Golanhöhen. Die kleine Kibbuzzelle, die ihn mit offenen Armen aufnahm, erfuhr in den ersten Jahren ihres Bestehens Ortsveränderungen, schwere syrische Bombardements, einen weiteren großen Krieg und all das zusätzlich zu den normalen Schwierigkeiten einer jungen Ansiedlung in einem jungen Staat. Als Jaron seinen Bruder mitsamt Schwägerin und den zwei kleinen Neffen zum ersten Besuch auf seine Golanhöhe einlud, hausten er und seine Gefährten immer noch in dem aufgegebenen syrischen Militärlager, in dem sie sich fürs Erste niedergelassen hatten.

Spät in der Nacht, nachdem es ihr endlich gelungen war, Roni schlafen zu legen, sagte Riki zu Ascher, sie habe kein gutes Gefühl dabei. Die Syrer warfen Bomben, schossen und verschleppten Leute, es sei wirklich nicht sicher, jetzt auf die Golanhöhen zu fahren, ganz bestimmt nicht mit zwei kleinen Kindern, von denen eines noch ein Baby war. Ascher entgegnete ihr: »Die Kriege sind zu Ende. Ich glaube, die Syrer haben die Hoffnung verloren, dorthin zurückzukehren.«

Sie widersprach: »Aber sie bombardieren weiter.«

»Kaum noch«, sagte ihr Mann. »Wann war das letzte Mal, dass sie in die Nähe von Jarons Kibbuz gekommen sind?«

»War es nicht vor einem Monat?«, fragte sie.

»Ich glaube, es ist länger her. Und sie haben die ganze Zeit ohnehin keinen getroffen. Das ist nur zur Einschüchterung. Ein bellender Hund beißt nicht. Sie haben grässlich schlechte Waffen. Sie sind außerstande, irgendwas zu treffen.«

»Außer dieser einen armen Frau«, sagte Riki.

»Außer dieser einen armen Frau«, bestätigte Ascher. Gabi ließ ein kleines Greinen hören. Die Eltern spitzten die Ohren und verstummten. Als sie weiterredeten, sprachen sie so leise wie möglich. »Auf alle Fälle«, sagte Ascher, »habe ich meinem Bruder versprochen, dass ich komme. Der Mann hat sein halbes Gesicht verloren, um diesen Ort zu erobern, und hat beschlossen, dort ein Haus zu bauen. Das muss man anerkennen.«

»Ich erkenne es ja an«, antwortete Riki, obwohl sie die Sturheit, sich an einem gottverlassenen Ort, an dem Bomben fielen, niederzulassen, nicht besonders hoch schätzte und nicht glaubte, dass Ascher, bei aller Liebe zu seinem Bruder, das besonders anerkennenswert fand, »aber kann man den Besuch nicht ein bisschen verschieben?«

»Nein«, bestimmte Ascher.

Als sie in Jarons Kibbuz eintrafen, gerieten Rikis Argumente und Befürchtungen in Vergessenheit. Die Kinder waren verrückt nach dem Ort. Die weite Leere, die Möglichkeit, aus dem Haus hinausgehen und im Hof oder Garten toben zu können, die Luft und die Landschaft, die Tiere, die zwischen den Häusern herumliefen – ein Esel, ein Pferd, ein Hund, ein paar Hühner, eine Kuh. Sie sagten zu Jaron, dass er in seiner natürlichen Umgebung zu sein schien, ruhig und zufrieden mit seinem Los, und die Kinder liebten ihn und seine Augenklappe, wenn er mit ihnen Piraten spielte – mit Roni, während Gabi lächelte. Riki sagte eines Abends sogar zu Ascher und Jaron, dass sie nichts dagegen hätte, die Kinder in einem Kibbuz im Norden großzuziehen. Vielleicht nicht gerade auf den Golanhöhen, denn obwohl sie während der fünf Tage, die sie dort zu Gast waren, keinerlei Explosionslärm gehört hatten, galten sie immer noch als ein gefährliches Gebiet unter Beschuss, und die Kibbuze und jüdischen Siedlungen, die nach dem Krieg dort errichtet wurden, waren abgelegen, weit verstreut, mit sehr rudimentären Bedingungen. Doch vielleicht, meinte Riki, in einem älteren, etablierteren Kibbuz im Galil. An diesen Satz sollte sich Jaron im weiteren Verlauf des Geschehens sehr gut erinnern.

Es gefiel ihnen so gut, den Kupfers, dass sie die Heimkehr nach Rechovot bis zum letzten Moment hinausschoben. Ascher und Riki mussten am Sonntag wieder zur Arbeit. Anfänglich hatten sie den Ausflug so geplant, dass sie am Samstag in aller Ruhe zurückfahren würden, vielleicht unterwegs am See Genezareth anhalten, auf alle Fälle ohne Stress nach Hause kehren. Doch wie es letzte Ferientage so an sich haben, war der Samstag allzu schnell da, und die Kinder hatten so viel Spaß mit ihrem Piratenonkel in dem ehemaligen syrischen Militärlager, das in einen jungen Kibbuz verwandelt worden war, dass Jaron die Frage stellte – und Ascher und Riki zustimmten, und Roni jubelte –, warum einen ganzen Tag mehr an Spaß verlieren, wenn sie erst morgen arbeiten mussten? Wozu die Eile, ins Auto zu steigen, wenn es heiß war, schweißtreibend, strapaziös und so viel Verkehr auf den Straßen war? Warum die Kinder tagsüber zu ereignislosem Sitzen verdonnern, was permanenten Einfallsreichtum, viele Pausen und viel Geduld erforderte? Sie mussten schließlich nicht am See Genezareth haltmachen, und auch an keinem anderen Ort. Sie könnten nach Ende des Schabbats, am Samstagabend, losfahren, die Kinder würden auf der Rückbank schlafen, die Strecke wäre wie im Flug bewältigt, die Eltern könnten sich ein bisschen unterhalten, und wenn sie nachts ankämen, könnten sie die Kinder ins Bett befördern und am Sonntagmorgen frisch und ausgeruht nach einem herrlichen Urlaub aufstehen. Kein Zweifel, stimmten Ascher und Riki zu, begeistert unterstützt von Jaron und den Kindern, das sei ein viel besserer Plan.

Der Plan gelangte nicht zur Ausführung.

Roni liebte die Golanhöhen. Nahe dem Kibbuz, aber anders und von Jifat weit genug entfernt. Und viel grüner, feuchter und hügeliger als der Negev. Nicht dass ihn jemand gefragt hätte, doch es ergab sich so, dass er fast seinen ganzen Militärdienst im Norden ableistete – in der Gegend von Akko, Zefat, Eljakim –, und wenn er ab und zu in den Golan kam, vergaß er nie, bei Onkel Jaron im Kibbuz vorbeizuschauen. Er war seit jenem Familienbesuch, der aus Ronis Gedächtnis völlig gelöscht war, zwei- oder dreimal umgezogen und lebte nun endlich in einem alteingesessenen und etablierten Kibbuz.

Der Oberst aus dem Kibbuz von Roni und Gabi übermittelte den Einberufungskandidaten jedes Jahr geheime Informationen über die Einstufungen, Eignungstests und ihre Optionen in der Armee, damit sie vorbereitet dort ankämen. Baruch Schani versuchte, Roni in einer Kommandoeinheit des Generalstabs unterzubringen. Roni nahm an dem Auswahlverfahren teil und hatte auch das Gefühl, es erfolgreich hinter sich gebracht zu haben, doch anscheinend hatte die Prüfer das persönliche Musterungsgespräch nicht überzeugt, vielleicht weil er Waise war, oder eventuell hatte er Jifat einmal zu viel erwähnt, vielleicht hatten sie auch Geschichten über seinen kleinen Bruder gehört. Für die Golani-Brigade trat er besser vorbereitet an. Baruch Schani legte auch dort ein gutes Wort für ihn ein, und diesmal dankte es ihm Roni mit einem würdigen, hochmotivierten Auftritt ohne überflüssige Details wie die Knieschmerzen vom jahrelangen Basketballspiel, sein gebrochenes Herz oder seinen Bruder, der bisweilen in Schwierigkeiten geriet. Er wurde für zwei Wochen vormilitärische Grundausbildung in Peles angenommen, wobei das Auswahlverfahren für die Brigade für die zweite geplant war. Es sollte sehr schwierig sein, und alles, was er sich die ganze Woche lang eintrichterte, war, dass er die nächste bloß überstehen, das Ende erreichen musste, wenn er nur bis zum Ende durchhielte, wäre er zufrieden, das wäre genug. Und das Ende kam, nach einer Woche im Camp teilte ihm Schagra mit, dass er angenommen worden sei. Und dann die Rekrutenausbildung in Eljakim, überall Kühe und Hügel und Buckel und Obstgärten – der endlose Drill und die ständige Drohung, dass alles bisher ein Kinderspiel gewesen sei und erst jetzt die wirkliche Knochenarbeit beginne.

Er fing an als Funker und als Mannschaftsführer bei Geländemärschen und Infanterieübungen: wochenlang im Gelände, das Essen selber zubereiten, Gewichte auf dem Rücken und sich allein oder allerhöchstens mit einem Kameraden orientieren. Und noch mehr Drill und Befehle und Vorgesetzte, die einem im Nacken saßen, ganz selten einmal ein bisschen Ruhe und Frieden. Ein Jahr und vier Monate später lagen das Basislager Eljakim, das Übungsgelände 100 und der Ausbildungsgang hinter ihm, und ihm wurde die Nadel des fliegenden Tigers an die Brust geheftet oder, wie er sie nannte, die lachende Katze – sechzehn Monate lang höchste Anstrengung, gestörter Schlaf, schädliche Belastung von Rücken und Beinen, Gebrüll und Erniedrigung, alles für eine Anstecknadel.

Gabi war mit Jotam in der Sporthalle. Warf einen Ball in den Korb. Noch einen. Und warf. Holte ihn wieder, unterm Netz oder von jeder anderen Stelle, wo er hinflog, wenn er vom Brett oder vom Ring abprallte. Nahm den orangebraunen Ball, glattpoliert vor lauter Abnutzung, dribbelte ihn, während er sich vom Korb entfernte, drehte sich um, zielte, beugte ein Knie, linke Hand unterm Ball, rechte Hand leicht ausbalancierend, und hopp, flog der Ball im Bogen, hopp, traf er den Rand des Korbrings. Jotam war bereits einen Kopf größer als Gabi, auch stärker, und spielte in der Jugendmannschaft. Beide warfen auf den gleichen Korb, auf der anderen Seite fand ein Spiel der Großen statt, drei gegen drei, bumm-bumm-bumm, sprangen die Bälle, quietsch-quietsch-quietsch, wetzten die Schuhe. Er und Jotam redeten nichts. Warfen nur. Gabi war an diesem Tag um halb fünf aufgewacht und zur Feldarbeit gegangen, Tomaten pflücken. Hatte gesehen, wie langsam die Morgendämmerung aufstieg, die kühle Luft zunehmend verdampfte, die Dunkelheit wich. Der Geruch der Tomaten umgab ihn, berührte ihn, kratzte ihn. Erst nachdem man ihn in diesem Arbeitszweig eingeteilt hatte, begriff er, dass er die Tomaten nicht ertrug, ihren starken Geruch, ihre so gar nicht einladenden haarigen Stämme, besonders wenn die Sonne aufging und die Hitze kam, während er gebückt eine nach der anderen pflückte, teils schon zerquetscht, und sie kein Ende nehmen wollten. Er mochte auch die anderen Kibbuzniks nicht, die mit ihm arbeiteten, ebenso wenig wie die Freiwilligen und den Bereichskoordinator, ein Neueinwanderer aus Australien, der Gabi ein bisschen wie ein zurückgebliebenes Kind behandelte.

Der Ball von den Großen auf der anderen Seite rollte in Jotams und Gabis Platzhälfte. Das passierte ständig – normalerweise gab man den Ball an die andere Seite zurück und spielte einfach weiter, keine große Affäre. Aber wenn man gerade mittendrin war, beendete man zuerst das, womit man angefangen hatte, und gab ihn danach zurück, oder es kam einer von der anderen Seite und holte ihn.

Der Ball wechselte die Seite und rollte neben Gabis Füße, gerade als er zum Wurf zielte, und Alex von der Ziergärtnerei, der mit Vater Jossi zusammenarbeitete, kam, um den Ball zu holen, doch um nicht zu stören, blieb er hinter Gabi stehen, der noch zielte, und wartete, dass er seinen Wurf beendete. Gabi bemerkte ihn in seinem Nacken, er mochte es nicht, wenn man ihm zuschaute, und er mochte Alex nicht. Er ließ den Ball einmal hüpfen und zielte erneut. Jetzt schauten alle anderen Spieler von der zweiten Seite, die auf ihren Ball warteten, herüber, um zu sehen, was Alex aufhielt, und sahen Gabi zielen. Gabi warf einen Blick nach hinten und sah die fünf, schwitzend und schnaufend, die ihn anschauten und auf den Wurf warteten. Er ließ den Ball noch einmal springen, zielte wieder, spürte aller Augen in seinem Rücken und Nacken. Auch Jotam hatte sein Dribbeln eingestellt, Totenstille in der Halle, alles wartete auf Gabis Wurf. Er ließ den Ball ein weiteres Mal springen. Ergriff ihn, linke Hand drunter, rechte seitlich, die Hände, die nach Tomaten stanken, dicht an der Nase, beugte einen Ellbogen, beugte ein Knie, schloss ein Auge, und exakt als er loslassen wollte, stieß Alex ein kleines, drängendes »nu …« aus. Das brachte ihn völlig aus dem Konzept, der Ball befreite sich aus seinen Händen, flog in einem armseligen Bogen, eine Totgeburt, zu schwach, zu kurz, und landete weit vor dem Ring. Alex stieß ein kurzes Lachen aus und beeilte sich, seinen

Ball aufzulesen, und einer sagte: »Für so was haben wir gewartet?« Ein anderer lachte, zwei klatschten in die Hände, und Gabi sah Jotam an, der auch lächelte und dann seinen Ball warf, ein glatter Treffer ins Netz.

Gabi Kupfer verließ die Halle durch die Hintertür, die auf das Schwimmbecken hinausging. Er hörte in seinem Rücken zwei Bälle im ungleichen Takt auftreffen, einen von Jotam, einen von den Großen, bumm-bumm-bumm, quietsch-quietsch-quietsch, übersprang den guten Meter zum Asphalt und ging ziellos weiter, der Geruch des gemähten, feuchten Rasens pochte in seinen Nasenflügeln und reizte seine Augen. Er stöberte in seinen Taschen: eine krumme Noblesse, die ihm jemand gegeben hatte, ein paar kleine Kieselsteine, eine Twist-Verpackung, schmutziges Gras, eine Schachtel Streichhölzer, ein Schlüsselring mit einem Minitaschenmesser. Er setzte sich auf eine Bank, zündete die Noblesse an und spürte, wie sich der beißende Rauch in seinem Kopf herumwälzte, ekelhaft in seiner Brust, nahm noch einen Zug, schwitzte am ganzen Leib, es war nicht bequem, in Jeans Basketball zu spielen, legte die Zigarette ab und zog das Hemd aus, trocknete sich Stirn und Achselhöhlen und die glatte Brust, nahm die Zigarette wieder, noch einen Zug und noch einen, brennend, schwindel- und übelkeitserregend, und bumm und quietsch drang schwach aus Richtung der Halle, es war schon spät und dunkel, und er musste kacken. Er hätte gern auf Alex geschissen oder der Pestbeule mit dem Messer den Hals aufgeschlitzt. Ausgerechnet er musste kommen, um den Ball zu holen. Wie er da stand und ihn demütigte, wie immer, grinsend und hohnlachend bei jeder Gelegenheit.

Er stand auf und ging. Jetzt wusste er, wohin, dringend, immer noch mit nackter Brust, passierte das Schwimmbecken, den Kultursaal, ging in Richtung der Kinderhäuser seiner Altersstufe und der der Kleinen und erreichte den Streichelzoo. Die Tiere waren ruhig, schliefen. Aber die Tiere interessierten ihn nicht. Der Garten interessierte ihn. Vater Jossi hatte davon gesprochen. Der Garten beim Streichelzoo, mit den besonderen Blumen, was hatte er gesagt? Wie war das noch, Orchideen, Iris, schöne, seltene Pflanzen…

Jetzt erinnere ich mich, sie haben dort einen Garten zu Ruhm und Zier des Staates Israel angelegt, das war es, was Vater Jossi gesagt hat. Das Baby der Ziergärtnerei, oder vielleicht hat er das Baby von Alex gesagt? Ich bin mir nicht sicher, Alex, die Pestbeule, die ganzen Pestbeulen mit ihren Blicken, ihrem mitleidigen Lächeln, dem Kopfschütteln, Zungenschnalzen und den überheblichen Predigten, die Tiere fangen an aufzuwachen, als sie meine Schuhe hören, die die Pflanzen zertrampeln, sie in alle Richtungen treten, das ist für euch, teure seltene Pflanzen, das ist für dich, Baby der Gärtnerei, da hast du's, Alex, das kleine Taschenmesser in meiner Hand schneidet Blätter, schneidet Blumen, schneidet Zweige, zerschneidet Schilder, kleine Füße rennen hin und her, vielleicht Kaninchen, ein Kalb starrt mich glotzäugig an, bis ich es mit dem Messer bedrohe, doch es rührt sich nicht, Pfaue spreizen die Federn, aber die Tiere interessieren mich nicht, mich interessiert der Garten, und nachdem ich ihn zertreten, abgesäbelt, zertrampelt habe und draufgesprungen bin, tut mir der Bauch weh, der süße Druck. Der brechreizerregende Geruch der Tomaten tritt mir aus den Poren der Haut, entweicht mit meinem Schweiß, ich hasse diesen Geruch, die Tiere interessieren mich nicht, aber das Gewächshaus und die Schmetterlinge. Hat Vater Jossi was darüber gesagt? Da ist das Messer, da ist die Folie vom Gewächshaus, ritschratsch, ein X, ich werd hier »Baby!« reinschreiben, vielleicht kann es jemand lesen. Ich schneide weiter, dieses Taschenmesser ist zu klein, ich bräuchte eine Machete, um diesen Garten zu vernichten, was ist da überhaupt drin? Schmetterlinge? Raupen? Pflanzen? Dutzende Arten von Schmetterlingen, Puppen, Seidenraupen, die Blätter von Maulbeerbäumen fressen. Ah ja, hier ist es, das ist die richtige Stelle, ich wusste, dass ich sie finde, mitten im Treibhaus der Schmetterlinge, über den Nylonfetzen und den zerbrochenen Holzvorrichtungen, die sie in der Schreinerei gebaut haben. Da, hier setze ich mich hin und entlade einen großen, dampfenden Haufen. Diese Avocadoblätter, oder was immer das ist, sind wunderbar zum Hintern-Abwischen, und auch das nasse Hemd.

Graues Empfinden. Kurzschluss im Hirn. Anstieg des Testosteronspiegels. Absinken des Nervenbotenstoffs Serotonin. Störungen im Schläfenlappen. Eingeschränkte Aktivität in der vorderen Hirnrinde: all die Versuche, eine biologische Erklärung für soziales Verhalten zu liefern. Wissen sie überhaupt, wovon sie reden? Selbstverständlich drang die Geschichte, Gott bewahre, nicht über die Kibbuzgrenzen hinaus, man machte keinen Versuch, sich professionelle Hilfe zu holen, wozu sollte das gut sein. Es gab einen Genossen im Betrieb, dessen Vater Psychologe war, es gab Büchereien, um in Büchern zu blättern, es gab enge Freunde, bei denen man anrufen und sich »so allgemein über Verhaltensprobleme bei Jugendlichen« erkundigen konnte. Jossi selbst las ein Buch über Psychopathie durch und beschloss, das würde zu dem Fall passen: hohe Intelligenz, niedrige Selbstkontrolle, übertriebenes Selbstwertgefühl und reduzierter Ausdruck von Reue oder Bedauern. Jedes einzelne dieser Symptome meinte er bei Gabi zu identifizieren oder Gabi in ihnen zu erkennen. Sicherlich den reduzierten Ausdruck von Reue oder Bedauern. Ganz gewiss hohe Intelligenz.

Roni wurde am nächsten Tag auf seiner Basis alarmiert, denn wer konnte sonst mit Gabi reden nach einem solchen Frontalangriff auf das Werk von Vater Jossis Händen, auf das Baby der Gärtnerei? »Er hat geschissen«, sagte er zu Roni am Telefon. »Er hat mitten ins Schmetterlingstreibhaus geschissen. Wir haben es erst diese Woche eröffnet, Roni, was für eine Art Untier ist imstande, so was zu tun? Und noch dazu am Abend vor unserer Europareise?«

Jahre hindurch hatte Mutter Gila den ganzen Tag nur ununterbrochen ihre Broadways 100 geraucht und auf ihre erste Reise mit Jossi ins Ausland gewartet, das klassische Europa, eine organisierte Reise von »Komm, wir reisen«, die auch als ihre Versöhnungsreise galt, vielleicht der letzte Versuch, ihre zerrüttete Partnerschaft zu retten. Wie viele Jahre hatten sie geduldig gewartet, bis sie an die Reihe kamen, hatten wie Ochsen gearbeitet, sich völlig verausgabt, die zwei Musketiere aufgezogen, bis sie fast erwachsen waren, und endlich: Hurra, Roma! Willkommen, Paris!

Jossi sagte zu ihr: »Was sollen wir machen? Streichen?« Worauf sie grinsend den Rauch ausstieß und sagte: »Von mir aus kann er den Kibbuz anzünden, ihn abbrennen, bis kein Grashalm mehr übrig bleibt. Ich bin heute Nacht in Wien!«

Kurze Zeit nachdem die Eltern mit einem Kibbuznik, der nach Tel Aviv fuhr, in Richtung Flughafen aufgebrochen waren, traf Roni in seiner Uniform ein, mit dem Fallschirmspringerabzeichen, dem braunen Barett und der lachenden Katzennadel der Kommandoeinheit, der Waffe über der Schulter und dem Geruch nach Öl und Männerschweiß, betrat das Zimmer und setzte sich, so wie er war, auf Jotams Bett und betrachtete seinen Bruder, der in Jeans, ohne Hemd, auf dem Rücken lag – die gleiche Kleidung, die er während des »Vorfalls« am Abend zuvor angehabt hatte –, an die Decke schaute und einen Plastikball nach oben warf, auffing, warf und fing.

»Hi«, sagte Roni.

Gabi blickte zur Seite, drückte den Plastikball an seine Brust. »Hast du Abzeichen gekriegt?«

Roni sah auf seine Brust. »Ja. Nadel der Einheit. Wir haben eine Übung beendet.«

»Gratuliere.«

»Danke. Was ist passiert?«

»Ich hab keinen Nerv, drüber zu reden.«

»Aber warum Vater Jossi? Was hat er dir getan?«

»Ich hab keinen Nerv, drüber zu reden. Er hat mir gar nichts getan. Es hat nichts mit ihm zu tun.«

»Was haben sie zu dir gesagt?«

Gabi schnitt eine Grimasse. »Nichts. Kurzschluss im Hirn. Was weiß ich?«

»Hat jemand mit dir darüber geredet?«

»Wozu? Roni, ich hab echt keinen Nerv, drüber zu reden.«

Roni stand auf, öffnete seine Knöpfe. »Hast du ein Handtuch? Ich würde mich für mein Leben gern duschen, seit heute früh bin ich per Anhalter unterwegs.«

»Jotam hat einen Haufen im Schrank. Nimm eins von ihm.«

Als Roni aus der Dusche kam, erfrischt und in einem grünen

T-Shirt mit dem Aufdruck einer Heinecken-Bierflasche auf der Brust, lag der Plastikball zwischen den zerwühlten Laken auf dem Bett, Gabi jedoch nicht mehr. Auch Ronis Uniform, mitsamt Fallschirmspringerabzeichen und der neuen, glänzenden Nadel der Kommandoeinheit, war nicht mehr da.

Die Kuh

Wie die Fliegen fielen sie über ihn her, er ließ nur seine Nase sehen, hob bloß den Finger, und schon hielten sie, weiße, rote, silberne, große und kleine, luxuriöse Wagen wie Klapperkisten, Militärfahrzeuge oder Leihwagen. Zwei Minuten am Anhalterplatz des Kibbuz auf der Hauptstraße, und er befand sich in einem Renault 4 auf dem Weg nach Tiberias, mit einem jungen Mann mit Bart und Kipa. Dann kam ein Simca, anschließend ein Subaru, gefolgt von einem Peugeot der Armee, danach ein Lastwagen von Tnuba-Molkereiprodukten in der Nacht, und gegen Morgen war es ein großes, bequemes Auto, schnell und leise, das es ihm ermöglichte einzudösen.

Alle stellten Fragen. Alle waren einsam und gelangweilt in ihrem Auto, auf ihrer Fahrt, sahen geradeaus und waren ganz versessen darauf zu reden. »Wann hast du die Laufbahn beendet, warum hast du keine Waffe, die Militärpolizei wird dir die Haare abrasieren, tragen alle in der Brigade Palladium Boots? Was ist denn, hast du die Sprache verloren? Wo macht ihr Linie?« Gabi antwortete nicht. Die Hälfte der Fragen verstand er gar nicht. Linie machen? So sehr er sich abmühte, diese Frage zu verstehen, es gelang ihm nicht, sie zu entschlüsseln. Eine Linie machen? Die Frage machte ihm einen Kurzschluss im Hirn. Also antwortete er nicht. Er sagte, er sei sehr müde. Er versuchte einzuschlafen. Er sagte, er könne nicht darüber sprechen. Und sie waren enttäuscht, erbittert: »Aber echt, du bist der erste Golani, der mir hier auf Geheimdienst macht.« Sie wollten reden, dafür nahmen sie ihn mit, um sich die Fahrt zu verschönern. Nur eine sagte sofort, als er einstieg, zu ihm: »Du schaust wie ein Junge aus, die Uniform ist komisch an dir. Hast du sie jemandem geklaut?« Und er, den Rücken halb gebückt, mit einem Bein schon eingestiegen, sah sie an, hielt mit schiefem Lächeln inne, wusste nicht, was er sagten sollte, doch da brach sie in schallendes Gelächter aus, zeigte alle Zähne, und winkte mit der Hand, er solle einsteigen: »Komm, komm, denk dir nichts. Wohin musst du?«

Noch eine Frage, auf die er keine Antwort gab, denn er wusste es nicht. Er erwiderte: »Wohin fahren Sie?« Wenn die Antwort darauf erfolgt war, sagte er: »Ausgezeichnet, das wäre gut für mich, ich fahre von dort weiter.« Und fast immer fragten sie ihn dann: »Wohin fährst du von dort aus weiter?« oder: »Wo musst du am Ende hin?« Er sagte immer: »Egal«, oder: »Afula ist hervorragend«, oder: »Atlit liegt auf meiner Strecke.« Und dann war er drinnen, in ihrer Welt, ihrem Geruch, ihren Dingen. Die hässlichen Objekte, die am Spiegel hingen. Die Kleiderhaufen, Zeitungen, Flaschen auf dem Hintersitz. Die kleinen oder großen Kinder, deren Blicke immer am klügsten waren, die am besten wussten, wer er in Wahrheit war, ein Betrüger, kein Soldat, doch sie sagten nichts, sie waren letztendlich im gleichen Lager. Das Radio, bei dem ein Teil der Leute immer hartnäckig darauf bestand mitzusingen. Heiße Ventilatorluft, die nicht erfrischte, sondern sich nur zu der Hitze gesellte, die durch klapprige Fenster eindrang. Und er fuhr weiter und weiter, stieg ein und aus, schlief und erwachte, lächelte und brummelte.

Frühmorgens fand er hinter dem Anhalterplatz irgendeines Städtchens einen Wasserhahn, streifte die Palladiums ab und zog das olivfarbene Hemd aus, wusch sich die Füße, das Gesicht und die Hände und summte ein Lied von Kaveret, das er auf der letzten Fahrt gehört hatte, von einem zerstörerischen Jungen, der das Prinzip erst gelernt hatte, nachdem er abgestürzt war.

Die Familie Gam-zo-letova – eine religiöse Familie, die jedes Eck in dem Susita Rom Karmel ausfüllte, so dass völlig unverständlich war, weshalb sie für ihn anhielten und ihn hartnäckig aufforderten: »Komm, Jude, komm, wir finden ein Plätzchen, mit Hilfe des Herrn, Malka, David, macht Platz!« – brachte ihn an die erste echte Station seiner Wanderfahrt.

Die Blinker des Susita hingen seitlich an ihren Kabeln heraus. Der braune Plastikbezug der Sitze hinderte die starren Federn nicht daran, sich ihm ins Gesäß zu bohren. Der Motor röhrte und ratterte, und das Lenkrad segelte in den Händen des Familienvaters. Der heiße Wind ließ die halboffenen Fenster vibrieren und wirbelte Staubkörner herein. Beißender Uringeruch dünstete aus mindestens einer Windel und zog durch das Wageninnere.

In den ersten Minuten sprach keiner. Gabi verfolgte gespannt die Hände des Vaters am Steuerrad und das schlingernde Rudern des Susita auf der Straße. Die Kinder, Malka und David und noch zwei, in verschiedenen Altersstufen, schwiegen – vielleicht aus Furcht vor dem Fremden, den sie für einen Soldaten hielten. Die Eltern hatten sicher ihre Freude an der Stille und wollten sie nicht brechen, bis die Mutter in einer Tüte kramte und etwas in Silberpapier Eingewickeltes herauszog, es Gabi hinhielt und fragte: »Ein belegtes Brot? Du siehst hungrig aus.« Das war der Startschuss für den erneuten Einsatz der Symphonie, David wollte auch eins, Malka wollte ein Begele, und die beiden anderen fingen an, einander anzuschreien und sich an den Haaren zu ziehen, und der Vater, der einsah, dass Schluss mit der Freude an der Stille war, fragte: »Wo musst du hin, Zaddik?«

Das Brot in der Alufolie wirkte nicht sehr einladend, doch in diesem Stadium war Gabi nicht mehr wählerisch, denn alles, was er seit dem vergangenen Abend gegessen hatte, waren zwei Weingummis gewesen, die ihm die Haifaer Studentin angeboten hatte. Er schälte das Silberpapier ab und verschlang den Inhalt, ohne auch nur nachzuschauen, was es war, doch er schmeckte leicht süßlichen Hefeteig, wohl ein Chalabrot, er schmeckte Quark, sauer Eingelegtes und Tomate. Es war göttlich – dieses Wort sagte er natürlich nicht zu ihnen, doch es ging ihm durch den Kopf, und nach drei Bissen zur ersten Hungerbewältigung antwortete er: »Wo fahrt ihr hin?«

»Nach Ofra«, sagte der Vater.

Gabi war sich nicht sicher, ob er die Antwort des Herrn Gamzo-letova durch das Lärmkonzert der Familie und des Autos richtig gehört hatte. Opera? »Wohin?«, fragte er nach.

»Nach Ofra«, wurde die Antwort wiederholt, und diesmal verstand er es und nickte, obwohl er noch nie im Leben von dem Ort gehört hatte.

»Ausgezeichnet, das liegt auf meinem Weg.«

Der Blick des Vaters kreuzte sich mit Gabis im Rückspiegel. Er kannte nicht alle Einheiten der Armee, nicht sämtliche geheimen Militärbasen oder alle Punkte, wo die Soldaten hingeschickt wurden. Eines jedoch wusste er ganz gewiss: Ofra lag auf dem Weg nirgendwohin. Er lächelte dem Soldaten zu, der ihm jetzt auch ein bisschen jung erschien, ein wenig müde, ein wenig zerzaust, und sagte: »Aber gern, Zaddik.«

Ascher, Riki, Roni und Gabi Kupfer begannen ihre Fahrt nach Süden in dem Fiat 127, umgeben von der Dunkelheit der Golanhöhen, spät am Abend. Onkel Jaron trug Roni und Ascher den kleinen Gabi, beide schlafend, zwei zarthäutige, unschuldige Kleinkinder, zum Hintersitz. Riki umarmte Jaron und flüsterte ihm ins Ohr: »Es war phantastisch, Jaron, ganz vielen Dank für die Ferien«, und anschließend vertraute sie ihm an: »Weißt du, ich hatte Befürchtungen, bevor wir hier raufgekommen sind, ich wusste nicht, wie der Ort aussehen würde, ich hatte Angst vor Bombardierungen. Aber ich hab mich schlicht geirrt. Wir werden bei der ersten Gelegenheit wiederkommen.«

Jaron umarmte sie, küsste sie auf die Wange und fühlte sich zutiefst beglückt, als er diese Worte hörte, und dann umarmte er seinen Bruder, der zu ihm sagte: »Es war alles roger, wir kommen bald wieder.«

Worauf Jaron lachte und erwiderte: »Das ist genau, was mir deine Frau ins Ohr geflüstert hat. Fahrt vorsichtig!«

Sie fuhren vorsichtig. Hatten viel Kaffee vor der Fahrt getrunken, passten auf, dass sie wach blieben, unterhielten sich. Ascher sagte zu Riki, dass sie ruhig schlafen könne, doch sie lehnte ab, auf gar keinen Fall. Sie sprachen über Jaron, über seine Freunde und Nachbarn, die sie in diesen Tagen kennengelernt hatten, über den Kibbuz, über die Kinder. Riki gelang es noch, Ascher zu sagen, dass es ihr ernst damit gewesen war, als sie gesagt hatte, dass sie die Jungen gern im Kibbuz großziehen würde. Vielleicht im Galil. Darauf erwiderte Ascher, wenn sie es ernst meine, würde er ein paar Anrufe tätigen, er habe Freunde an allen möglichen Orten und Jaron ebenso. Sie wiederholte, dass sie es ernst meine, und dann war das Pfeifen einer Granate zu hören, und Riki sagte: »Mamilein!« Sie sahen etwas aufblitzen, am Himmel fliegen, alles vor ihnen ausgebreitet wie im Kino, dann Dunkelheit und danach eine gewaltige Explosion, die den Fiat leicht wackeln ließ.

Nach ein paar Sekunden sagte Ascher: »Vorbei, das war's.« Riki wandte sich nach hinten, doch ihre beiden Engel lagen schlafend in ihren Träumen.

»Sie haben nicht mal gezuckt«, sagte sie zu Ascher, und er wiederholte, mit rasendem Herzklopfen:

»Das war's. Es ist vorbei.«

»Woher weißt du, dass es vorbei ist?« Sie war erstaunlich gelassen. Aber im Grunde lief es immer so ab: Riki fürchtete sich vor dem Unbekannten, vor der lauernden Gefahr, ängstigte sich vor Granaten, bevor sie an Orte fuhr, wo sie vielleicht fallen konnten, auch wenn die Wahrscheinlichkeit gering war, und Ascher war das genaue Gegenteil, pfiff auf die geringe Wahrscheinlichkeit, sagte, wenn was passiert, passiert's eben, ich fang nicht an, mein Leben jetzt zu ändern, weil eventuell irgendwo eine Granate einschlagen könnte. Doch in dem Moment, in dem die Situation eintrat, in dem Augenblick, in dem eine Granate durch den Himmel flog und in ihrer Umgebung explodierte, wurde sie nüchtern und praktisch, reagierte mit Kaltblütigkeit und eisernen Nerven, während Ascher schlappmachte, zitternd wie ein Feigling, in Stress geriet und Dinge sagte wie: »Ich weiß nicht, aber ich schätze mal …«

»Auf welcher Grundlage schätzt du mal?«, fragte Riki, doch er gab keine Antwort. Er blickte sie an und sie ihn, fast mit einem Lächeln, wie um herausfordernd zu sagen, du versuchst ja bloß, dich selber zu beruhigen, du hast keine Ahnung, ob noch eine Granate kommt oder nicht. Ihre Lippen waren leicht nach oben gebogen, ihre Augen ein wenig staunend, und dann richtete sie ihren Blick wieder auf die Straße zurück, vielleicht spürte sie etwas, eine unerwünschte Präsenz, und er folgte ihrem Blick, sah vielleicht den Anflug von Schrecken in ihren Augen eine Sekunde davor, streckte vielleicht instinktiv einen Fuß zur Bremse aus, noch bevor er die Kuh sah – riesig und verloren mitten auf der Fahrbahn. Anscheinend hatte sie die Granate gehört und war geflüchtet, und nun wandte sie ihre Augen, neugierig und farbenblind, dem Lichterpaar zu, das immer näher auf sie zukam, auf ihrem Platz wie angewachsen, unfähig zu erkennen, was geschehen würde, den Widerhall der Granate noch in den Ohren, die zwei Jungen schliefen immer noch auf dem Rücksitz, die beiden Eltern rissen in ihrem Entsetzen den Mund auf vor dem großen Vieh, das mitten im Weg stand.

Die Kuh kam bei dem Zusammenstoß nicht zu Tode, wurde jedoch später getötet, nachdem man an ihren Rippen zahlreiche Brüche diagnostizierte. Die Eltern waren auf der Stelle tot, wurden im Auto zerquetscht. Und Ascher hatte recht – die Granate war singulär, die einzige, die in jener Nacht abgeschossen wurde. Offenbar war sie blind abgeschossen worden, ohne Richtung oder Ziel, vielleicht ein Testgeschoss, möglicherweise zur Einschüchterung.

Gabi wurde eine mustergültige Gastfreundschaft von der Familie Gam-zo-letova zuteil. Der Familienvater, korpulent, mit blauen Augen und großer Glatze unter der großen Kipa, nahm ihn auf einen kleinen Morgenspaziergang mit, nachdem er die Nacht in ihrem Haus verbracht hatte, und sagte zu ihm: »Hör zu, ich weiß nicht, wer du bist und was du bist, aber ein sehendes Auge und ein hörendes Ohr, die macht beides der Herr. Ich glaube nicht, dass du ein Soldat bist, und ich denke nicht, dass du weißt, wohin du willst, und ich weiß auch nicht, vor wem oder was du fliehst, aber hier hast du nichts zu befürchten. Bei uns sagt man, und ob ich schon wanderte im finstern Tal, fürchte ich kein Unglück, denn du bist bei mir.« Gabi verstand nicht – wieso finstern Tal? Und was war das mit dem Auge und dem Ohr? »Wir nehmen jeden Juden mit Segen und offenen Armen auf«, fuhr der Mann fort, »du kannst hierbleiben, so lange du willst, wir werden dir Essen und ein Bett geben. Wenn du längere Zeit bleiben möchtest, organisieren wir dir vielleicht eine Unterkunft in einem Wohnwagen der Ledigen. Wir brauchen immer Hilfe bei der Wache, beim Bauen, bei der Gartenarbeit. Sag mir nur eins: Bist du mit dem Gesetz in Konflikt oder so was?«

Gabi gefiel diese Ansprache zwar nicht, aber mehr als das, was sich ihm hier bot, hätte er nicht erwarten können. Ein ferner, abgelegener Ort, jemand, der ihn beherbergte, auch wenn er wusste, dass er ein Betrüger war. Doch etwas an dem Mann störte ihn. Und etwas an dem Ort ärgerte ihn. Vielleicht erinnerte ihn der Mann allzu sehr an die lästigen Erwachsenen im Kibbuz, die aufrechte Haltung, die Anmaßung und unbeirrbare Sicherheit derer, die wissen, was richtig ist, belustigt von den Versuchen anderer, sie zu kritisieren.

Er schüttelte den Kopf. Er war nicht im Konflikt mit dem Gesetz. Er aß mit der Familie noch zu Abend. Er schlief im Zimmer der Kinder, zusammen mit zwei von ihnen auf einer Matratze am Boden, hörte das Weinen in der Nacht und das Getrappel ihrer Füße am Morgen nicht, weder das Getrommel auf dem Tisch noch das Umfallen von Spielzeug, reagierte nicht einmal auf die Neugier Davids, der kam, um ihm den Kopf zu streicheln, und versuchte, eines seiner Lider aufzuziehen. Nichts konnte ihn wecken, bis fast zur Mittagsstunde, als er die Augen in einem stillen, leeren Haus aufschlug, über den Kühlschrank und den Brotkasten herfiel, eine lange Dusche nahm, und dann erneut die Uniform und die Palladium Boots anzog, in den Taschen der Funktionsweste stöberte, eine Zigarette fand, die, zerdrückt und krumm, aber nicht abgebrochen, nach Noblesse schmeckte, sie ein bisschen zwischen seinen Fingern glättete, eine Schachtel Streichhölzer herauszog, sie anzündete, sich umsah und nachdachte.

Als er fertig war, warf er den Zigarettenstummel zu den Nescaféresten ins Spülbecken und hörte ihn zischend erlöschen. Er betrat das Zimmer der Eltern, wühlte in den Schubladen, fand sechshundert Schekel zusammengefaltet in einem Gebetbuch, schaute sich um und steckte sie ein, warf eine Tasche über die

Schulter und ging hinaus, zum Eingangstor der Siedlung. Er hasste den Ort. Aber, wie man so schön sagt, *gam zo letova* – auch dies wird zum Guten gereichen.

Der Orientierungsmarsch

Vor der Woche der Einzelorientierungsmärsche hatten sie eine Unterredung mit Roni. Sie versuchten, ihm entgegenzukommen, verstanden die besondere Familiensituation, in der er sich befand. Aber trotzdem, sagten sie. Da waren Adoptiveltern, die inzwischen aus dem Ausland zurückgekommen waren. Es gab den Kibbuz. Es gab ein komplettes System, das verantwortlich war, sich kümmerte, suchte. Er konnte sich nicht die ganze Verantwortung aufladen. Er konnte nicht in allen Teilen des Landes herumlaufen und erwarten, einen einzelnen Menschen in einer Bevölkerung von vier Millionen zu finden. Und noch dazu einen Menschen, der sich sicher versteckte und nicht gefunden werden wollte. Welche Chance gab es? Du hast Verpflichtungen, sagten sie. Du kannst dich bedanken, dass du nicht in einer normalen Einheit bist, wo dir kein Mensch diesen Sonderurlaub genehmigt hätte. Also los, *jalla*, Roni, reiß dich zusammen. Wir haben Aufgaben, Manöver und Übungen. Wir haben eine Woche von Einzelorientierungsmärschen. Roni nickte, ja, ja, er wusste das, es tat ihm leid, dass er in der letzten Zeit nicht er selbst war, bloß diese Geschichte, ihr wisst schon. Wir wissen es, sagten sie zu ihm, aber. Ja, sagte Roni. Er würde sich wieder einkriegen, als Erster bei der Einzelorientierung ankommen, alle daran erinnern, wer der wahre Roni Kupfer war. Er dachte an die Zeitverschwendung, all die Fahrten, und er war nicht einmal in die Nähe eines Anhaltspunkts gelangt. Er hatte keine Ahnung, wohin er fahren, wo er suchen sollte. Anfangs hatte er erwogen, sich an die Polizei zu wenden, doch Vater Jossi hatte bei einem Anruf aus dem Ausland klipp und klar nein dazu gesagt, also fuhr er fort, mit einem Foto seines Bruders herumzuwandern, mit einer groben Beschreibung, auch wenn er die Uniform und die Nadeln der Einheit bestimmt schon nicht mehr trug. Und obwohl er wusste, dass die Chance äußerst schwach war, brauchte er trotzdem diese einsamen Stunden auf den Straßen, um sich an die Brust zu schlagen, zu weinen, über die Fehler nachzudenken, die er gemacht hatte, die Jahre, die er sich von allen ferngehalten hatte, Jifat, die Nutte.

Vater Jossi und Mutter Gila kehrten keine Minute vor dem geplanten Reiseende aus Europa zurück, obwohl Roni sie bereits am zweiten von ihren zwölf Tagen abends im Hotel telefonisch erreicht und ihnen berichtet hatte, dass Gabi verschwunden war. Er rief sie weiterhin fast jeden Abend an, bat sie flehentlich zurückzukommen, bettelte fast und war wütend – Jossi, im Hotel, fragte Gila, doch Gila blies grinsend Rauch aus, bewegte den Kopf von einer Seite auf die andere und fragte: »Siehst du das? Siehst du mich? Kapierst du, was diese Bewegung heißt?« Weder Gabi noch sonst irgendjemand würde ihr die Reise verderben. Sie zeigte kaum Interesse, wenn sich Jossi jeden Tag nachzuschauen beeilte, ob eine Nachricht in der Lobby wartete, oder sich sorgenvoll den grauen Kopf kratzte.

Ab dem Moment jedoch, in dem sie in den Kibbuz zurückgekehrt waren, nahm Jossi die Dinge in die Hand und richtete in seinem und Gilas Zimmer eine Suchzentrale ein. Er zog nicht die Polizei hinzu, das war eine interne Angelegenheit, man wäscht seine schmutzige Wäsche nicht draußen und all das, aber er beschloss, Gabis Bild und seine Beschreibung in der *Davar* zu veröffentlichen, und ziemlich schnell riefen Leute an, die widersprüchliche Berichte lieferten. Sie hätten Gabi in Kirjat Ata gesehen, in Eilat, Herzlia, Tiberias und Be'er Tovia, was so gut wie in jede Richtung wies. Sagten, er sei mit Bart, mit Hut, in einer Luftwaffenuniform oder einem eleganten grauen Anzug gesichtet worden. Roni bot an, diesen ganzen Fährten nachzugehen, doch Vater Jossi überzeugte ihn, dass es besser sei, zu seiner Einheit zurückzukehren, die Orientierungsmarschwoche zu machen. Jossi stieg selber in den Autobus und fuhr nach Süden, zu Gilas Bruder im Kibbuz Revivim, wobei er unterwegs alle

Orte abklapperte, die erwähnt worden waren, und anschließend fuhr er noch bis nach Eilat hinunter.

Am Wochenende vor den Orientierungsmärschen beschloss Roni, im Kibbuz zu bleiben, sich auszuruhen und zu versuchen, einen klaren Kopf zu bekommen, doch er trübte ihn sich mit einer Menge Goldstar und, damit zusammenhängend, einem unverhofften Intermezzo, an das er sich danach nicht mehr in allen Einzelheiten erinnern konnte, mit der hübschen Orit aus seiner Klassenstufe, die in einer Luftwaffenbasis diente und deren Freund, ein Pilot, Wochenendschicht hatte. Er schlief lange am Schabbat, und dann ging er nachsehen, was es Neues in der Suchzentrale gab.

Am Sonntag fuhr Roni zur Basis, und von dort aus stiegen alle in einen Autobus ein, der sie nach Süden brachte. Sein Mannschaftsführer saß einen Teil der Fahrt neben ihm und erkundigte sich, wie es ihm gehe, wie der Stand der Suche sei, er habe die Anzeige in der *Davar* in seinem Kibbuz gelesen, ob jemand reagiert hätte? Er sei froh, dass Roni gekommen sei, die Orientierungsmarschwoche sei wichtig, sie sei Teil einer großen militärischen Übung, die der Generalstabschef verfolgen würde. Die Einheit habe eine entscheidende Aufgabe in der Übung, Zielortung und Truppentransportbewegung, und es sei ihm wichtig, dass Roni dabei sei. Er wisse, dass Roni talentiert sei. Aber er müsse sich konzentrieren. Das sei die Gelegenheit, diese ganze letzte Zeit hinter sich zu lassen – und er verstehe, wie schwierig sie gewesen sei –, die Phase zu beenden und wieder ein Teil dieser Einheit zu sein, die ihn liebe und umarme.

Danach stand der Offizier auf und sprach zu allen über das Mikrophon des Autobusses: »Leute, bis jetzt war das alles Unfug. Ein Kinderspiel. Glaubt es mir. Was habt ihr bis jetzt gemacht, sportliche Übungen? Schießübungen? Exerzieren? Fallschirmabsprünge? Kurse und Unterricht? Vergesst es, das ist Kleinkack. Was wir heute machen werden, dafür existieren wir. Patrouille. Spähtrupp. Kundschaften in der Vorhut, navigieren, manövrieren. Und das alles in unbekanntem Terrain, unter Entdeckungsgefahr. Deswegen fahren wir in den Negev hinunter, in ein Gelände, in dem wir noch nicht oft gearbeitet haben. Wenn diese Ausflugskutsche ihr Zischen hören lässt und ihr aus der Tür steigt, will ich, dass ihr ein für alle Mal seht, was die Golani-Brigade ist. Ihr werdet die Navigationskoordinaten erhalten. Ihr werdet sie lernen und euch einbläuen, bis sie euch auf der Stirn oder von mir aus auf dem Hintern eingebrannt sind. Glaubt es mir. *Jalla*, zeigt der Welt und dem Generalstabschef, was ihr wert seid.«

Roni glaubte ihm, er wollte der Welt zeigen und sogar dem Generalstabschef, was er wert war. Er studierte die Karten und Navigationskoordinaten, bis sie auf seiner Stirn und seinem Hintern eingraviert waren. Schweigend bereitete er sich vor, kontrollierte die Waffe und die Munition, die Schuhe, das Wasser und die Proviantrationen, lud sich alles auf den Rücken, gehorchte allen Befehlen, lauschte allen Instruktionen, antwortete auf alle Fragen, half Kameraden und brach auf mit gereckter Brust und weitem Herzen, zusammengekniffenen Augen und den allerbesten Vorsätzen.

Auf den ersten Kilometern fühlte er sich gut. Die Ausrüstung wog leicht auf dem Rücken, seine Beine trugen ihn fast spielerisch – er genoss es sogar. Doch dann begann sich ein schwarzer Schatten in die Gedanken einzuschleichen, in die Tiefen seines Gehirns. Denn letzten Endes ist es aussichtslos. Du hast keine Chance, den Angriff zurückzuschlagen. Wenn du in der Nacht stundenlang marschierst und konzentriert wach bleiben musst – dann lädst du sie praktisch ein, die Gedanken, du brauchst sie, um den Rhythmus anzugeben, um das Gewicht und den Juckreiz vergessen zu können, der in den großen Zehen und den Fußsohlen beginnt, du rufst nach ihnen, denn du hast Zeit, sie zu entwickeln, sie in deinem brummenden Kopf zu ordnen. Und da waren sie wieder, die Fehler, die Roni gemacht hatte, die Jahre, die er sich von allen ferngehalten hatte, Jifat, die Nutte, die Tränen. Er hatte versprochen, sich zusammenzureißen, als Erster anzukommen, doch es fraß sich in seinen Kopf, es war schwer, sich zu konzentrieren. Roni blieb stehen, trank Wasser. Er musste sich konzentrieren. Er hatte sich auf diese Woche vorbereitet. Er wusste, dass er es konnte, und sein Vorgesetzter wusste, dass er konnte. Gabi würde zurückkommen. Er war nicht verantwortlich dafür. Es gab jemanden, der sich darum kümmerte, der nach ihm suchte. Vater Jossi beherrschte die Sache. Und Roni wollte ein Teil dieser Einheit bleiben. Er zog eine zerknautschte Noblesse aus der Tasche. Es war verboten, bei dem Orientierungsmarsch zu rauchen, doch wie sollte er den Kopf klar kriegen? Er setzte sich hin und lehnte sich gegen die Ausrüstung, zog Streichhölzer aus der Tasche und zündete sie an. Nur eine, dann würde er weitergehen. Die Navigationskoordinaten tauchten vor seinem geistigen Auge auf. Alles in Ordnung. Er hatte die Richtung. Die Sterne halfen ihm, der Kompass erledigte das für ihn. Er würde als Erster ankommen, wie nichts, und es dem Generalstabschef zeigen.

Er marschierte weiter. Das Gewicht auf seinem Rücken wurde immer schwerer. Die Navigationsachse, die auf Stirn und Hintern eingraviert war, begann sich zu vernebeln. Er hielt an, um einen Happen zu essen. Etwas zu trinken. Zu rauchen. Zu kacken. Er würde es schaffen. Das Gewicht wurde immer größer, obwohl er es um Wasser, Essen, Zigaretten vermindert hatte. Er hatte schon länger keinen Kameraden mehr gesehen, nicht dass es unbedingt sein musste, aber normalerweise stieß man aufeinander, querte Wege, schloss sich für eine Weile zusammen, um ein bisschen zu reden und die Langeweile zu vertreiben, und dann trennte man sich wieder. Aber heute Nacht, kein Einziger. Da waren die Sterne, der Kompass. Er sah Lichter. Was war das? Der Kibbuz? Er ertrank in Schweiß, er würde die Last vom Rücken nehmen, nur für einen Augenblick. Er ruhte sich aus. Er trank. Er wollte rauchen, aber die Zigaretten waren aus. Vielleicht sollte er zu den Lichtern gehen, bloß um eine Zigarette bitten? Es war so heiß. Die Atemzüge wurden schwer. Wenn die Nacht vorbei wäre, würde es noch viel heißer werden. Er ertappte sich dabei, dass er zitterte und murmelte, am Zaun irgendeiner Ansiedlung, nach Gabi rief, und dann dachte, er würde ihn sehen, wo war er denn? Da war der Kibbuz, er war im Kibbuz, da waren die Rasenflächen, die Gartenanlagen, die Vater Jossi und seine

Gärtnereitruppe so wunderschön kultiviert hatten, da waren das Schwimmbad und das Esszimmer, die Betonpfade. Es zog ihn zu den Lichtern hin, hier war Gabi. Gabi? Gabi sah ihn mit einem merkwürdigen Blick an. Gabi? Hast du eine Zigarette? Er antwortete nicht, schaute nur, was will er, warum sieht er so aus, wer ist das überhaupt?

Es war nicht Gabi. Zu diesem Zeitpunkt befand sich Gabi zwar auch im Süden in der Wüste, jedoch Hunderte Kilometer weit entfernt von Ronis militärischen Navigationsachsen. Er war im Sinai, in Ras-Burka, rollte sich von den Sandhügeln ins blaue Wasser, wo er nach einer überraschenden, berauschenden Anhalterreise gelandet war, die ihn von Ofra nach Be'er Tovia, von Be'er Tovia nach Eilat und von Eilat nach Ras-Burka gebracht hatte. Die sechshundert Schekel der Familie Gam-zo-letova würden ihn bequem einige Wochen lang versorgen, rechnete er sich aus, ganz bestimmt in Ras-Burka, was brauchte man da schon. Er freundete sich mit einer Gruppe Haifaer an, die für alle Essen, Wasser, Eis, Zigaretten und Bier einkauften, gemeinsam kochten und das Essen teilten. Er zahlte seinen Anteil und beteiligte sich am Kochen, Geschirrspülen und den Fahrten, um Eis zu holen. Sie gaben ihm sogar eine Decke, und er schlief darauf unter freiem Himmel. Sie stellten keine Fragen, was ihm am meisten gefiel, und so lag er gemütlich den ganzen Tag im Sand, nahm sich manchmal eine Schnorchelmaske und drehte eine Runde am Riff, in der Stille, genoss die rhythmischen Schnorchelatemzüge, die Farben, die ihm ins Gesicht explodierten, sich bewegten und entschwanden. Dort, unter Wasser, kamen die Funken in seinem Gehirn, seine Zornwindungen, die knisternden Zünddochte an seinen Nervenenden, zur Ruhe, kühlten sich ab. Auf der Decke unter einem sternenübersäten Wüstennachthimmel gelang es ihm, auf Vater Jossi und Mutter Gila nicht wütend zu sein, sich nicht nach Roni zu sehnen, nicht an Jotam und Ofir und den Speisesaal zu denken. Es gelang ihm, die Augen zu schließen und bis zur Morgenkühle vor Sonnenaufgang in seligen Schlaf zu fallen.

Als er eines Tages um die Luftmatratze und die Schnorchelmaske bat, antwortete eines der Mädchen, Nili: »He, ich will auch!«

»Komm«, sagte er, und sie zogen zusammen los, sie auf der Luftmatratze, die Beine auf der Matratze und die Maske im Wasser, und er schob sie, und sie schauten zusammen die Fische an. Es war schon Nachmittag, die Sonne verschwand über den Bergen im Osten, und die Sicht unter Wasser war nicht optimal, doch das war die Stunde, zu der die Fische aus dem Riff herauskamen, und so beobachteten sie Feuerfische und Kugelfische, sahen einen Oktopus, Seepferdchen, Schmetterlingsfische und Seeanemonen. Gabi deutete, Nili folgte ihm mit dem Blick, und dann sah sie ihn an, und hinter den Taucherbrillen wurden lächelnde Augen sichtbar. Von diesem Nachmittag an saß Nili beim Essen neben ihm, spülte das Geschirr mit ihm, rückte immer näher an seine Decke heran, bis er sie nach einigen Nächten darauf eingeschlafen fand, und in der Früh, als sie aufwachten, lagen sie umschlungen da, schützten einander vor der Kälte des Morgengrauens. Sie lächelte und gab ihm einen kleinen Kuss auf die Lippen, und dann löste sie sich und ging, ohne ein Wort zu sagen, zu ihrem Schlafsack.

Nili war nicht das hübscheste Mädchen aus der Gruppe, aber sie war das bezauberndste. Ihren ersten richtigen Kuss tauschten sie oben auf dem Aussichtspunkt, nach einer zermürbenden Kletterpartie in der stechenden Sonne, beide am Ende ihrer Kräfte, das blaue Meer unter ihnen, es war ein langer, tiefer, mit Sand angereicherter, zärtlicher Kuss, beide in Badekleidung, sie berührten sich nur an den bloßen Körperpartien, wagten nicht, die Linien zu überschreiten oder die Gummis zu lüpfen, ein süßer, wohlschmeckender, nasser Kuss. Ein Kuss, der ein neues, stürmisches Stadium hätte einleiten sollen, der jedoch nur ein Versprechen blieb.

Am nächsten Morgen, als sie nebeneinander am Strand lagen, bewegte sich die Erde. Er blickte sie an und sie ihn, sie lächelten, und sie legte ihre Hand auf seine und drückte sie. »Hast du gespürt, dass sich die Erde bewegt hat?«, fragte er.

»Ja, ein Erdbeben«, antwortete sie ihm. Um sie herum lief das

Strandleben wie immer ab, die Körper räkelten sich, die Schwimmer schwammen, die Fische dösten und die Zelte standen an ihrem Platz. Nili drückte wieder seine Hand und sagte: »Das ist in Ordnung. Das passiert oft hier. Der syrisch-afrikanische Grabenbruch.«

In diesem Moment trafen ein paar neue junge Leute in Ras-Burka ein. Gabi warf einen Blick auf die Gruppe und versteifte sich. Er erkannte eine darunter von weitem, Anna, eine Schulkameradin aus einem Nachbarkibbuz, dem Kibbuz von Jifat, Ronis Exfreundin. Anna, die so hieß, weil ihr Vater ein englischer oder schwedischer Freiwilliger oder so etwas in der Richtung gewesen war – an jenem Tag im Sinai erinnerte sich Gabi nicht mehr so recht, doch er würde ihre Biographie eines Tages noch gut kennenlernen –, der sich im Kibbuz in ihre Mutter verliebte. Gabi ließ die jungen Leute, die ein paar Dutzend Meter von seiner Haifaer Gruppe kampierten, nicht aus den Augen. All die Schichten, die er im Laufe der Wochen mit Sand, Meer, Fischen und Nili von sich abgestreift hatte, kehrten zurück und umschlossen ihn.

»Was ist los?«, fragte Nili und spähte zu den Neuen hinüber. Er gab keine Antwort, beobachtete sie nur weiter. Er hatte sie in der ersten Sekunde erkannt, doch er wollte ganz sicher sein, dass seine Phantasie nicht mit ihm durchging. Er phantasierte nicht. Anna mit dem runden Gesicht und den traurigen Augen, dem einen Grübchen und dem glatten, dunklen Haar, mit einer Frisur, die er nicht kannte, aber sogar hübsch fand, in Kinnlänge. Mit ihrem Kibbuzgang, mit den Zehenriemenschlappen und der schlampigen Jeans, dem blaugrauen Trägerhemdchen, auf dem das Wäscheetikett des Kibbuz von weitem sichtbar war. Klar, das war Anna, und er musste sofort von hier verschwinden. Wieder fliehen, sich verstecken. Er konnte nicht darauf vertrauen, dass sie nicht in den Norden zurückkehren und erzählen würde, wo er war, und er konnte die Vorstellung nicht ertragen, dass jemand, der ihn kannte, wusste, wo er war.

Mit seinen inzwischen längeren Haaren würde er es schwer haben, als Soldat zu überzeugen, und er war zu jung, um für einen Reservedienstler durchzugehen, doch er zog die Uniform wieder an, und sie half ihm immer noch beim Trampen, in Minutenschnelle, nachdem er es geschafft hatte, sich mit der Tasche zur Straße davonzumachen, ohne sich von irgendjemandem zu verabschieden, mit einer gemurmelten, unverständlichen Erklärung für die verdatterte Nili. In dem Moment, in dem er in das Auto einstieg, tat es ihm schon nicht mehr leid. Ras-Burka war ein weiteres Kapitel, das hinter ihm lag. Es war besser, nicht zu bleiben, sich nicht zu binden. Man musste weiter.

»Wohin?«, fragte der Fahrer.

»Wohin Sie fahren«, antwortete Gabi.

»Ich fahre nach Paran«, erwiderte der Fahrer.

»Großartig, das liegt genau auf dem Weg«, sagte Gabi, ohne einen blassen Schimmer zu haben.

»Ich fahre nach Dimona«, antwortete der nächste Fahrer. »Wunderbar«, sagte Gabi.

»Ich? Nach Be'er Scheva.« »Ofakim.« »Beit Guvrin.« »Prima.« Und, natürlich, die Begleitfragen: »Erlaubt man euch in der Brigade, sich die Haare so wachsen zu lassen? Was ist, warst du auf Urlaub? Pass bloß auf, dass dich die Militärpolizei nicht erwischt, es gibt eine Menge davon bei der Qastina-Kreuzung. Wie, gibt's da eine Basis von den Golanis?« Gabi schwieg.

Am Guvrin-Straßenkreuz stieg er aus, und gleichzeitig senkte sich die Dunkelheit herab. Der Fahrer, der offenbar sein Zögern erfasste, fragte: »Wo musst du hin, bist du sicher, dass das hier gut für dich ist?«

»Klar, sicher, danke«, antwortete Gabi, ohne ihn direkt anzuschauen.

»Das ist ein ziemliches Loch hier«, fuhr der Fahrer fort, »hier ist gar nichts. Wer weiß, wann hier wieder ein Auto vorbeikommt. Wo musst du denn hin? Es macht mir nichts aus, einen kleinen Umweg zu fahren.«

»Ist schon gut so, danke«, sagte Gabi. Der Fahrer gab auf und fuhr in seine Siedlung, der Auspufflärm verebbte zunehmend, bis nur die Stille zurückblieb. Gabi hatte noch gar nicht lange gewartet, als ein Lieferwagen, ein Peugeot 404, sich aus der entgegengesetzten Richtung näherte. Einen Moment, bevor der Wagen kam, sann Gabi Kupfer über das Erdbeben an diesem Morgen nach, wie er gespürt hatte, wie sich der Sand bewegte, die Ohnmacht vor der unendlichen Kraft der Natur. Und was, wenn irgendeine unterirdische Platte beschlossen hätte, sich etwas kräftiger zu bewegen? Er wäre wie nichts im Sand begraben worden. Ohne es zu merken, reckte er den Daumen den zwei weißen, runden Scheinwerfern entgegen, die auf ihn zuratterten.

Inzwischen hatte Gabi beim Trampen Erfahrung gesammelt, und so erkannte er, als er sich hineinsetzte, der Fahrer die Bremse löste und aufs Gas drückte, sofort die Unterschiede. Sie standen in der Luft des Fahrzeugs wie Zement im Eimer, schwer, grau und sich zunehmend verhärtend. Viele Male war er eingestiegen und hatte kein Wort mit dem Fahrer gewechselt, nicht einmal »Wo musst du hin« und »Wo du eben hinfährst«, denn es gab die stillschweigende Übereinkunft, dass der Anhalter und der Fahrer, wenn er den Daumen hob und ein Wagen anhielt, um ihn mitzunehmen, aller Wahrscheinlichkeit nach eine gewisse Strecke zusammen zurücklegen würden und das ein Geben und Nehmen war. Doch diesmal war das Schweigen anders, spannungsgeladen und zornknisternd. Sofort versteifte er sich, fühlte sich wie eine Katze bereit, auf den ersten Angriff zu reagieren. In dem Auto befanden sich drei Männer. Der Fahrer, der Beifahrer und einer hinten, neben Gabi.

»Wohin fahrt ihr?«, fragte er schließlich.

»Hier, ganz nah«, antwortete der auf dem Beifahrersitz mit arabischem Akzent.

»Wisst ihr, was«, sagte Gabi mit fester Stimme, aber einem Zittern im Hals, »ich steige hier aus, ich hab was vergessen, ich muss umkehren.«

»Sollen wir dich zurückbringen?«, fragte der Sprecher.

»Nein, nein, das ist in Ordnung hier.« Das Erdbeben, der syrisch-afrikanische Grabenbruch, Bilder vom Morgen zogen schnell durch seinen Kopf. Plötzlich, aus dem Nichts, fiel ihm auch die Fahrt mit der Familie Gam-zo-letova ein. Der Sprecher der drei sagte etwas auf Arabisch zum Fahrer, und dieser betätigte den Blinker, verlangsamte und hielt am Straßenrand. Der Sprecher schaltete die Innenbeleuchtung ein und drehte sich zu Gabi um. Auch der Fahrer drehte sich zu Gabi um. Der neben ihm musste sich nicht umdrehen, Gabi hatte seinen Blick von dem Moment an gefühlt, in dem er eingestiegen war. Ein unangenehmer Geruch hing im Auto, und Gabi schaute den Sprecher mit klopfendem Herzen an.

»Ist was nicht in Ordnung? Stört was?«

»Nein, alles in Ordnung. Ich muss nur nach Beit Guvrin zurück, ich hab bei der letzten Mitfahrgelegenheit was liegenlassen.«

Der Sprecher sagte etwas zum Fahrer. Der neben Gabi fügte etwas hinzu. »Wo bist du Soldat?«, fragte er und griff nach der Nadel der Kommandoeinheit. »Was ist das, eine Katze?«

Gabi gab keine Antwort, entfernte die Hand des Mannes nicht von seinem Hemd. Schweiß begann ihm von der Stirn zu rinnen. Das war's anscheinend, dachte er, und in seinem Kopf zogen Nili und ihr Kuss vorüber, Anna mit ihrem neuen, geraden Haarschnitt vor dem Hintergrund der gelben Wüste und die blauen Augen des Herrn Gam-zo-letova.

»Was wollt ihr?«, fragte er schließlich, sah dem Sprecher ins Gesicht. Der Fahrer griente.

»Einen Soldaten wollen wir«, erwiderte der Sprecher. »Einen Kampfsoldaten. Wo ist dein Gewehr?«

»Ich habe kein Gewehr. Ich bin kein Soldat. Ich bin noch in der Schule. Das ist die Uniform von meinem Bruder.« Gabi wimmerte jetzt fast. »Ich bin ein Junge. Ich bin kein Soldat.«

»Kein Gewehr?«, sagte der Sprecher. Er sagte etwas in Arabisch, und der neben Gabi begann, seinen Körper zu durchsuchen, riss einen Hemdknopf ab, betastete seine Brust, schob eine Hand in seine Hose, packte sein Glied und streichelte seine Eier. »*Inta jeled,* ein Junge? Kein Soldat?« Gabi saß völlig gelähmt da, wartete auf das Schlitzen des Messers, schloss die Augen, und kalter Schweiß sagte ihm, dass er sich geirrt hatte, schrecklich geirrt, warum war er gefahren, warum war er weggegangen, warum heute, warum überhaupt. Die Araber redeten laut untereinander in hoher Tonlage. Sein Nebenmann ließ ihn los. Gabi schlug die Augen auf und sah ein Auto aus der Gegenrichtung mit blinkendem Blaulicht. Der Peugeot fuhr schnell wieder an, die Araber stritten sich, schrien jetzt richtig. Und dann schwiegen sie. Er verstand nicht, was los war. Vor der nächsten Kreuzung blinkte der Fahrer, fuhr an den Rand und hielt, drehte sich zu ihm mit einem durchbohrenden Blick, und dann stieg der Mann neben ihm aus dem Wagen aus und umrundete ihn. Er öffnete Gabis Tür, packte ihn am Kragen seines Militärhemds und zerrte ihn gewaltsam nach draußen. Das war's jetzt, dachte Gabi, das ist mein Ende. Er stieß ein Wimmern aus. Der Mann warf ihn zu Boden, trat ein paar Mal nach ihm, bis er in den Straßengraben rollte. Erst sekundenlang später wagte es Gabi, seinen Kopf aus dem Graben zu heben; mit stolperndem Herzen, schweißüberströmt und keuchend, sah er, wie sich die Rücklichter des Peugeots entfernten. Als er zu weinen anfing, tanzten in seinem Gehirn wirre Worte: ein sehendes Auge, hörendes Ohr, im finstern Tal fürchte ich kein Unglück.

Am nächsten Tag hörte er im Radio von einem Soldaten, der in der Nacht am Ha'ela-Straßenkreuz, genau in jener Gegend, entführt worden war. Einige Tage später wurde der Soldat nicht weit von dort tot aufgefunden, mit einer Kugel im Kopf, die aus einem israelischen Armeegewehr abgeschossen worden war, offenbar dem des Soldaten.

Gabi kehrte am gleichen Tag in den Kibbuz zurück. Er trat mit den Palladium Boots und Ronis Uniform durch das Kibbuztor, mit wildem Haar und Wangen, die noch glatt wie die eines Knaben waren, ging schnurstracks zu seinem Zimmer und fiel in einen stundenlangen, süßen und ruhigen Schlaf. Als Jotam von der Basketballhalle zurückkam, näherte er sich vorsichtig dem Bett, um sich zu vergewissern, dass er nicht halluzinierte, und rannte dann wie der Blitz zu Jossis und Gilas Zimmer.

Roni sagte zu Gabi, es mache ihm echt überhaupt nichts aus. Die Brigade sei nicht wichtig, er habe den Ausbildungsgang ja beendet, die Erfahrung gemacht, *been there, done that,* und es spiele wirklich keine Rolle für ihn, dass er jetzt ein Jobnik war und einfachen Dienst in einer Basis des Nachrichtendienstes in Zefat machte. Er sei für das Lager verantwortlich, was eigentlich hieß, dass er gar nichts tat, denn niemand brauchte etwas aus diesem Lager. Was er also die ganze Woche lang machte, war, dass er Büchsen mit Farbresten aus dem Lager nahm und die Seitenwand seines Wohncontainers mit einem Haufen Farben anpinselte, rund und spiralförmig, ineinander schmelzend und strudelnd, ein Kunstwerk in der Größe von 4,25 auf 2,80 Meter, das er in einem Eck signiert hatte: »Roni Kupfer, ein Soldat, der ging und verschwand – 1989«.

»Wir beide sind alles, was wir haben«, sagte er zu Gabi. »Alles. Soll sich die Armee ins Knie ficken und die Einheit gleich dazu. Wenn ich gedacht habe, dass ich dich mitten auf dem Orientierungsmarsch sehe und in diesen Kibbuz reingegangen bin und angefangen habe, mit Leuten zu reden – ich erinnere mich an null, aber sie sagen, das hätte ich gemacht –, dann musste das eben passieren. Das war es, was mich gelenkt hat. Du hast mich geführt. Und du bist mir wichtiger als alles andere.«

»Es tut mir leid«, sagte Gabi zu ihm, legte eine Hand auf die von Roni, spürte, wie eine kleine Saite in seinem Herzen schwang.

»Es braucht dir nicht leidzutun. Hauptsache, du bist heil zurückgekommen. Das ist das Wichtigste.« Außerdem machte ihm, wie Roni bald klar wurde, das Lager des Nachrichtendienstes in Zefat ziemlichen Spaß, es war viel lustiger, als sich den Arsch auf irgendwelchen Buckeln im Negev oder auf den Golanhöhen aufzureißen, um irgendeinen Punkt zu erreichen, den jemand auf die Landkarte gemalt hatte. Die Arbeit war leicht und kurz, die Abende hatte er frei, und er ging in den Kibbuz hinunter, wann immer er Lust hatte, und die Mädchen – die Mädchen, *jin'al dinak*, verdammt wollte er sein!

Die Rekrutenausbildung

Wenn Gabi den Militärbehörden von der Flucht und den gewalttätigen Zwischenfällen erzählt oder sich einer professionellen psychologischen Behandlung unterzogen hätte, so hätte er höchstwahrscheinlich sein Tauglichkeitsprofil mindern und eine Befreiung vom Dienst in der kämpfenden Truppe oder vom Militärdienst überhaupt erhalten können. Es gab Menschen in seiner Umgebung, zum Beispiel Vater Jossi, die ihn dazu ermunterten. Doch er wollte sich freiwillig zur kämpfenden Truppe melden, erzählte niemandem davon, ließ sich mit erster Priorität für die Golani-Brigade registrieren, mit zweiter für die Golanis, gab keine dritte Wahl an und landete bei der Technikeinheit der kämpfenden Truppe. Gleich in der Grundausbildung wurde er nach Gaza verfrachtet, und man drückte ihm einen Raketenwerfer mit Tränengasgranaten in die Hände. Seine Rekruteneinheit brach zu einer Patrouille im Flüchtlingslager Dschabalija auf, ein Lager, das der Offizier, der eine Rede vor ihnen hielt, als »nicht feindselig« definierte, weshalb eine Rekrutenkompanie hingeschickt wurde. Gabi und seine Kameraden, Absolventen einer halben Grundausbildung, marschierten in zwei Reihen eine große Sandstraße entlang. Rauch stieg von einem brennenden Reifen auf, stach sengend in die Nase. Sie betraten die Lagerpfade, schritten zwischen brüllenden Kindern hindurch, die schwarz vor Dreck waren und mit Lumpen spielten, und Frauen in langen Gewändern mit ausladenden Leibern, wie plattgedrückten Gesichtern und spöttischen, unfreundlichen Augen. Manchmal sah Gabi die schönen, grünen Augen eines Mädchens, doch im Allgemeinen konzentrierte er sich stur auf die Hacken des Soldaten vor ihm.

Vier Tage gingen sie auf langsame, öde, stinkende Patrouillen, ohne die Tränengasgranaten zu benutzen. Am fünften Tag stießen sie auf Jugendliche, die Steine warfen. Der Kommandeur hielt an und duckte sich, der Rest der Soldaten tat es ihm gleich. Danach richtete er sich auf, bezog Deckung hinter einer Hausmauer und befahl ihnen, sich hinter ihm aufzustellen. Es war nicht genügend Platz für alle, und ein Teil blieb in Treffweite der Steinewerfer.

»Gas!«, schrie der Kommandeur. Gabi verstand nicht, dass er gemeint war. »Gas!«, brüllte der Offizier wieder, und erst als ihn jemand mit dem Ellbogen am Arm anstieß, sprang Gabi erschreckt auf und hastete zu dem Kommandeur. Dieser befahl ihm, die Gasgranaten in einem Bogen in Richtung der Steinewerfer abzuschießen. Gabi nahm den Raketenwerfer von der Schulter, und ihm fiel ein, dass er nicht gelernt hatte, wie man ihn benutzte. Bei der ersten Patrouille hatten sie zu ihm gesagt, es sei keine Zeit dafür, man würde es ihm nachher erklären. Aber derjenige, der es versprochen hatte, vergaß es, und er hatte nicht nachgefragt, und es vergingen Tage ruhiger, langweiliger Patrouillengänge, während denen der Raketenwerfer wie eine leere Tasche über seiner Schulter hing. Und jetzt wurde er aufgefordert, damit zu schießen, und wusste gar nicht, wie. Der Kommandeur entriss ihm wütend den Raketenwerfer und zeigte ihm, wie man ihn öffnete. »Granaten«, befahl er. Granaten? Es stellte sich heraus, dass jemand Gasgranaten in Gabis Ausrüstung gesteckt hatte. Der Kommandeur fand sie und zeigte Gabi, wie man eine Granate in den Raketenwerfer einlegte, schloss ihn, zielte in die Luft und sagte: »Beim nächsten Mal mach ich das nicht für dich, jetzt komm wieder zu dir.« Und drückte auf den Auslöser.

Der Raketenwerfer war defekt. Die Granate explodierte im Inneren statt nach Dutzenden Metern am Ziel. Der Kommandeur schleuderte den Raketenwerfer sofort von sich, doch eine Wolke grauen Rauchs trat aus und hüllte sie ein, vor allem den Kommandeur und Gabi sowie den armen Soldaten, zu dessen Füßen der Raketenwerfer gefallen war. Die drei krümmten sich im versengenden Rauch, der ihre Augen und Nasen, Münder und Lungen verätzte, zappelten, suchten Wasser und Zuflucht. Die übrigen Soldaten standen betreten um sie herum, auch sie tränend und hustend, und die Steinewerfer in der Entfernung bleckten die Zähne, lachten schadenfroh und machten weiter, trauten sich sogar näher zu rücken, und hätte nicht David, ein magerer, stiller Soldat bis zu diesem Moment, angefangen, mit seiner Waffe in die Luft zu schießen und wie irrsinnig zu brüllen, hätte die Geschichte durchaus mit viel ernsteren Folgen als mit drei Rauchgeschädigten enden können, die in die Militärklinik ins Hauptquartierslager von Gaza überführt und gegen Abend wieder entlassen wurden.

Nach dem Vorfall wurde die Rekrutenkompanie wieder zur Grundausbildung zurückgeschickt, doch Gabi fühlte sich schon entrückt, nicht mehr wirklich dabei. Nicht nur hatte er keine Lust, Gas von defekten Raketenwerfern zu schlucken, ihm war auch nicht danach, andere Menschen mit Gas aus funktionierenden Raketenwerfern zu überziehen, durch offene Abwassergassen und Schlafzimmer armer, elender Familien zu marschieren oder Steinewerfer im Zaum zu halten; ebenso wenig gefiel es ihm, schweres Maschinengerät zu bedienen, Bomben zu entfernen oder Brücken über Flüsse zu errichten. Die Begeisterung seiner Mitrekruten und die erregten Kommentare, die sie von sich gaben, wenn sie über Mechanisierung, Bomben und Waffen redeten – Wörter, die sie von Freunden, Brüdern oder Onkeln gehört hatten, die in der kämpfenden Technikeinheit gedient hatten –, ließen ihn kalt. Er hatte eigentlich überhaupt keine Lust, mit dieser grünen Uniform in allen Teilen des Landes herumzulaufen. Er hatte das einmal gemacht, und es hatte ihn fast das Leben gekostet – in Wahrheit hatte es ihn nur deshalb nicht das Leben gekostet, weil er kein echter Soldat gewesen war. Und die Rekrutenausbildung mit dieser aufgesetzten, dummen Härte der Offiziere, das Wecken mitten in der Nacht, die miese Behandlung und das beschissene Essen, die dummen, blödsinnigen Wachschichten, diese ganzen Schwachköpfe. Es gab ein paar Jungen, mit denen er zurechtkam, aber als Kibbuznik war und blieb er ein Außenseiter. Und der Vorfall in Dschabalija stärkte seine Position nicht gerade.

Eines frühen Morgens wurden sie aus dem Bett gejagt, in einen Bus geladen und mitten in die Wüste transportiert. Man teilte sie in Mannschaften ein und gab Befehl zum Orientierungsmarsch quer durchs Gelände. Ein kompletter Tag in der Wüstensonne, nicht genug Wasser und Essen aus der widerlichen Kampfration. Als ob dieser Tag nicht schon schlimm genug gewesen wäre, selbst wenn er vorschriftsmäßig verlaufen wäre, ereigneten sich auch noch Unglücksfälle. Zwei Soldaten verliefen sich und trafen nicht rechtzeitig am Endpunkt ein. Es wurde dunkel. Scheinwerfer wurden gen Himmel gerichtet, die anderen Mannschaften, die schon gedacht hatten, sie hätten die Aufgabe abgeschlossen, wurden ins Gelände zurückgeholt, um sich auf die Suche zu machen, und einer aus den Suchtrupps verirrte sich selber und verschwand. Die Soldaten und die Offiziere waren müde, hungrig und mit den Nerven am Ende. Nach viel Gebrüll, Appellen und Strafen trafen sie schließlich gegen elf Uhr nachts wieder in der Basis ein. Der Kommandeur ging mit zwei Soldaten, einer davon Gabi, zur Küche, um den Köchen zu sagen, sie könnten das Essen zubereiten. Die Köche waren nicht da, und die Küche war abgesperrt. Der Kommandeur und die Soldaten gingen zum Quartier der Köche, klopften an die Türen, fingen an zu rufen, schrien, bettelten um Essen. Die Köche, die rauchend in ein Backgammonspiel vertieft waren, lachten.

»Zu spät«, sagten sie. »Keiner geht um diese Zeit noch in die Küche. Ihr seid nicht rechtzeitig gekommen, euer Problem.« Sie waren nicht einmal bereit, den Schlüssel herauszurücken. Der zuständige Stabsfeldwebel befand sich nicht im Lager, er war nach Be'er Scheva gefahren, um sich zu amüsieren.

»Vergesst es«, sagte einer von ihnen.

»Das wird euch lehren, euch nicht zu verlaufen«, sagte ein Zweiter.

»So ist das eben in der Rekrutenzeit«, sagte der Erste, und alle brachen in schallendes Gelächter aus und spielten weiter. Der Kommandeur, ungeduldig und hungrig, wie er war, packte den ersten Koch und versuchte, ihn mit Gewalt am Hemdkragen hinauszuzerren. Die übrigen Köche stürzten sich auf den Kommandeur, prügelten auf ihn ein, warfen ihn zu Boden und traten ihn in die Rippen, und einer von ihnen versetzte ihm sogar einen Fausthieb auf den Kopf. Gabi und der zweite Soldat sahen am Rand zu und wagten nicht, sich einzumischen. Gabi war hungrig und müde. An diesem ganzen langen Tag hatte er nur eine Kampfration gegessen, und die hatte er sich mit zwei weiteren Soldaten geteilt.

Der Kommandeur kam mit Mühe auf die Beine und versprach den Köchen, das würde sie ihren Kopf kosten, doch das beunruhigte sie nicht weiter. Er und die Soldaten kehrten mit den schlechten Nachrichten zur Kompanie zurück, teilten die übrig gebliebenen Kampfrationen unter den Soldaten auf und entließen sie zum Duschen und Schlafen mit dem Versprechen auf gutes Essen am nächsten Tag.

Nach der Dusche, nach dem widerlichen Pressfleisch aus der Ration, nachdem sich mein Bauch ein paar Mal im Kreis gedreht hatte, vergegenwärtige ich mir wieder die Tritte, die der Kommandeur abgekriegt hatte, auch wenn ich ihn nicht besonders mochte, aber die Köche waren Tiere, und sie hatten nicht recht, sie waren keine Menschen, einfach keine Menschen. Dieser ganze beschissene Tag kreiselte mir beim Duschen im Kopf herum, die Kampfration und die Sonne und der schwachsinnige Marsch mit den verschissenen Landkarten, und als wir schon fertig waren und im Bus saßen, wieder zurück und die Blödmänner suchen, die sich verlaufen hatten, und weiter warten und weiter gehen, wie Tiere. Keine Menschen. Ich konnte nicht schlafen. Es war schon zwei, ich machte den Spind von Misch'ali auf und holte die Schockgranaten heraus, die er, wie ich wusste, noch aus Gaza aufgehoben hatte, um sie mit nach Hause zu nehmen, glatte, große Granaten, braun-violett wie Auberginen. Misch'ali hatte noch mehr, aber ich nahm bloß zwei und kehrte zum Wohncontainer der Köche zurück. Ich wusste, wo der erste Koch schlief, denn ich hatte es vorher gesehen. Keine Menschen. Es war ganz still, nur rhythmisch sägendes Schnarchen aus einem der Zimmer. Ich erkannte das Zimmer und zog leise eine große, schwere Holzbank heran, um die Tür damit zu verbarrikadieren. Dann ging ich außen herum, fand das Fenster, und es gelang mir, es zu bewegen und zu öffnen. Ich entfernte die Sicherungen der zwei Granaten und blockierte den Mechanismus mit der Hand. Dann streckte ich beide Hände ins Innere des Raums, ließ die Granaten los, machte das Fenster zu und schoss wie der Blitz in mein warmes Bett, wobei ich auf dem Weg die gewaltige Detonation hörte, die den ganzen

Wohncontainer erschütterte. Mit einem Lächeln im Gesicht fiel ich in den Schlaf.

Diesmal waren es wenigstens Feinde, die verletzt wurden, und nicht er selbst, so wie es mit dem Tränengas passiert war. Die furchterregende Explosion schreckte die Köche in die Höhe, machte sie taub, jagte ihnen Angst ein, löste den Schließmuskel bei einem von ihnen und den Blasenverschluss bei seinem Kameraden. In ihrer Panik gelang es ihnen nicht, aus dem Zimmer zu flüchten, bis ihre etwas weniger verstörten Nachbarn die Bank beseitigten, die die Tür blockierte. Sie wurden in die Notaufnahme des Soroka-Krankenhauses nach Be'er Scheva zur Behandlung des Schocks und des Ohrensausens geschickt. Abgesehen von den physischen Beschädigungen kehrten sie auch noch gedemütigt zurück. Darauf war Gabi stolz; er hatte Wiedergutmachung geübt. Seine Kompaniekameraden – die Untersuchung und Auffindung des Schuldigen dauerte nicht länger als ein paar Stunden – betrachteten den aschkenasischen Kibbuznik, den Schlappschwanz, der keinen Raketenwerfer zu bedienen wusste, mit anderen Augen. Auch der Kommandeur, obgleich er es nicht zugeben konnte und der Vorfall in gewissem Maße seine Erniedrigung sogar vertiefte – ein einfacher Rekrut trieb den Preis für die Schläge ein, die er bezogen hatte –, schenkte Gabi anerkennende Blicke und sprach in einem anderen Ton mit ihm, während er ihm dem Anschein nach eine ernste Predigt über Gefährdung von Leben und militärische und menschliche Kollegialität hielt.

Danach sah Gabi sich außerstande, bei der Rekrutenausbildung oder in der Armee zu bleiben. Nach zwei Wochen Karzer, eine Erfahrung eigener Art, schloss er mit dem Militärdienst ab, der alles in allem fünf Monate gedauert hatte. Es war nicht übermäßig kompliziert, entlassen zu werden, er brauchte den Offizieren für psychische Gesundheit nur von den gewalttätigen Vorfällen in der Vergangenheit zu erzählen. Als er aus dem Militärgefängnis in die Basis zurückkehrte, packte er rasch seinen Seesack und verließ das Lager in Richtung Registrierungsstelle, noch bevor das Kleeblatt der Köche überhaupt merkte, dass er da war.

Die Zukunft

Er kehrte in den Kibbuz zurück und fand dort einen Bruder. Beide waren nun Männer, versöhnt mit sich selbst, miteinander, mit dem Kibbuz, auch mit Vater Jossi und Mutter Gila. Noch hoben sie ihren Blick nicht über die braunen Hügel des Galil hinaus, die den Kibbuz umgaben. Sie waren Mitglieder des Betriebs, reguläre Bewohner – arbeiteten, beteiligten sich aktiv am Leben des Betriebs und der Gemeinschaft, lebten in schlichten, zufriedenstellenden Zimmern. Nachdem Roni ausgemustert worden war, nahm er die Arbeit im Rindersektor wieder auf, wo immer noch Baruch Schani der Bereichskoordinator war. Gabi verließ den Gemüseanbau, denn der durchdringende Geruch der Tomaten ekelte ihn nach wie vor an. Er fühlte sich wohler zwischen den Wänden des Wirtschaftsbereichs und arbeitete dort einige Monate als Helfer von Dalia, die für die Lebensmittelbestellungen des Kibbuz zuständig war. Er ging, weil er mit Dalia nicht zurechtkam und das Gefühl hatte, dass sie überheblich war, versuchte, ihn klein zu halten, als misstraue sie ihm – einmal erwähnte sie sogar die Geschichte mit dem Sprungbrett und Ejals Kiefer.

Er wechselte in das Fabrikwerk des Kibbuz, der dank eines exklusiven Patents, das den Rasen während der Versendung konservierte, der größte Produzent von Fertigrasenteppichen im Land und Großexporteur ins Ausland war. Gabi arbeitete im Büro, was ihm sogar ziemlich Spaß machte, und kam auch mit dem Leiter zurecht, einem Einwanderer aus Südafrika von der Gründergeneration des Kibbuz, einem positiven Menschen und Spaßvogel mit einer gewaltigen Nase – bis sich herausstellte, dass Gabi gegen die Grasart allergisch war, aus der die Teppiche gefertigt wurden, und nach unaufhörlichen Hustenattacken, die zu gründlichen Untersuchungen führten, war er gezwungen, sich auch von dieser Karriere zu verabschieden.

Roni spielte wieder in der Basketballgruppe des Kibbuz, Gabi versuchte, sich dem Chor anzuschließen. Roni hatte ein paar kurze Verhältnisse mit Freiwilligen und einmal mit einer Israelin – die

Cousine eines seiner Kameraden im Rindersektor kam aus Petach Tikva und war Gast im Kibbuz. Sie war begeistert, aufgeregt und hingerissen, doch in dem Moment, in dem sie den Gedanken erkennen ließ, in den Kibbuz zu ziehen und mit Roni das Zimmer zu teilen, erschrak er und stoppte sie. Was Gabi anbelangte, so hatte er, abgesehen von einigen flüchtigen Versuchen, seine Zukunft in puncto Frauen noch vor sich. Daher fanden sich die zwei erneut, ohne Armee, Mädchen oder pubertäre Spannungen, die sie trennten. Sie trafen sich teilweise beim Abendessen, gingen manchmal von dort aus weiter in ein Pub oder einen Film oder schauten am Wochenende auf einen Sprung im Zimmer der Adoptiveltern vorbei.

Eines Freitagabends, nach der festlichen Mahlzeit im Speisesaal, fühlte sich Gila nicht gut, legte sich ins Bett, und als sie etwas später wieder aufstand, fühlte sie sich noch viel weniger gut. Vater Jossi kam zu Ronis Zimmer und bat ihn, sie ins Krankenhaus nach Zefat zu fahren. Auf dem Weg zur Fahrzeugvergabestelle trafen sie zufällig Gabi, und er schloss sich an. So fuhr die ganze Familie – der Vater, die Mutter und die zwei Söhne, wer konnte sich erinnern, wann das zum letzten Mal vorgekommen war – in dem Subaru des Kibbuz zum Ziv-Krankenhaus in Zefat.

Gila wurde untersucht, und die drei Männer verbrachten den Schabbat auf den Korridoren des Krankenhauses, tranken Kaffee aus dem Automaten, rauchten – nur Roni –, gingen im Zefater Viertel Nof Kineret spazieren, das nicht nur den See Genezareth überblickte, sondern auch die Golanhöhen und den Galil, fast bis zum Mittelmeer. Auch den Kibbuz konnte man von einem Punkt auf dem Hügelkamm sehen, aber Gila sollte diese Stelle nicht erreichen; es war ihr nicht vergönnt, den Kibbuz noch einmal zu sehen, den sie mitgegründet hatte. Der Krebs hatte sich in ihren Lungen ausgebreitet, und da sie zu spät ins Krankenhaus gekommen war, überlebte sie nicht länger als einen Monat.

Roni und Gabi waren schon an dem Abend, als sie ihre Adoptivmutter ins Krankenhaus einlieferten, miteinander versöhnt, doch nun verfestigten sich ihre Beziehungen noch weiter. Auf den Fahrten zum Krankenhaus und zurück und in den

Stunden auf den Korridoren waren sie in dem Bedürfnis vereint, da zu sein, in der Nähe zu sein, und sie waren auch vereint in ihrer Sorge, ihrem Kummer und dem Begreifen, wie wenig selbstverständlich Blutsbande waren. Manchmal waren sie sich nicht sicher, ob sie in die onkologische Abteilung kamen, um Mutter Gila zu unterstützen, oder um Zeit miteinander zu verbringen. So oder so, sie waren zusammen.

Die Brüder Kupfer, Roni nun vierundzwanzig und Gabi zwanzig, waren in jener Phase so gute Freunde wie nie zuvor. In ihren Unterhaltungen ergänzten sie die fehlenden Teile aus den früheren Jahren: Ejal mit dem zerschmetterten Kiefer und die Entführung in der Obstbaumplantage, die Vernichtung des Ziergartens, die Anhalterreise zum Sinai sowie die unheimliche Autostoppgeschichte am Beit-Guvrin-Straßenkreuz. Ronis Ausbildungsgang bei der Brigade, der letzte Orientierungsmarsch, seine brennende Liebe zu Jifat und das erste, das zweite und das dritte Mal, als sie es machten, der Abschied, das gebrochene Herz. Die Beziehungen, der Zorn, die Kibbuzmitglieder, Jossi und Gila, Kollegen in den Arbeitssektoren.

»Was jetzt?«, fragte Roni seinen Bruder eines Tages kurz vor Sonnenuntergang, als sie auf der Bank außerhalb des Krankenhauses saßen. Rauch stieg von der Zigarette zwischen seinen Fingerspitzen auf.

»Jetzt?«, fragte Gabi und drehte seine Hand, um auf die Uhr sehen zu können.

»Nicht in der nächsten Stunde. Ich meine, was weiter.«

»Weiter?«

Roni wandte den Blick, um sich zu vergewissern, dass man ihn nicht sah, und warf die Zigarette weg. Dann drehte er sich wieder seinem Bruder zu und lächelte mit seinen braunen, schönen Augen. »Ja, was weiter. War's das? Du in diesem Kibbuz, für immer?«

»Warum, denkst du an was anderes?«

»Ich hab als Erster gefragt.«

»Was weiß ich? Einstweilen ja, der Kibbuz. Ich schaue nicht zu weit. Das blendet mich, wie in die Sonne schauen. Wozu?«

»Geht's dir gut?«

Gabi biss sich auf die Lippen und machte mit dem Kopf eine vage Bewegung. Er sagte: »Ist so ganz Ordnung, im Großen und Ganzen.«

»Genau davon rede ich«, erwiderte Roni. »Bei mir auch, wo geht's mir denn schlecht? Die Luft ist sauber, das Leben einfach. Ich arbeite, schlafe, esse, vögle. Was mehr braucht der Mensch? Ministerpräsident werden wir ohnehin nicht mehr.«

»Wo ist dann das Problem?«

»Ich weiß nicht, es gibt noch mehr, oder nicht? Schau die Alten im Kibbuz an. Schau dir diese Generation an. Sie haben was gemacht. Haben was aus nichts gemacht. Sie haben Geschichte gemacht.«

»Wie Geschichte? Sie haben einen Kibbuz aufgebaut. Hatten sie eine Wahl? Sie haben sie fertiggemacht in Europa. Haben sie fertiggemacht mit den Arabern. Also haben sie einen Kibbuz gebaut und sind in den Krieg gegangen.«

»Auch ich hab früher mal so gedacht«, sagte Roni. »Das war's, es gibt einen Staat, es funktioniert prima. Man braucht den zionistischen Traum schon nicht mehr zu verwirklichen. Man muss keinen Holocaust mehr überleben. Warum sollen wir uns nicht dran freuen, und das war's? Was, müssen wir vielleicht hingehen und größere Ideale und größere Ziele suchen, nur weil die Alten einen Staat aufgebaut haben? Du liebe Zeit. Genau deswegen habe ich diese verschissene Kommandoeinheit verlassen. Alle dort haben gedacht, man müsste was machen, kämpfen, erobern. Genug damit. Schaut euch um, alles paletti. Alles ruhig. Man darf das Leben genießen.«

»Genau. Also frag ich noch mal, wo ist das Problem?«

»Zuerst einmal, das ist eine Lüge. Es ist nie alles paletti. Und zweitens, okay, damals haben sie einen Staat aufgebaut und große, historische Dinge vollbracht, die wir nicht mehr machen müssen und nicht mehr machen werden. Aber das heißt nicht, dass ich mich nicht selbst verwirklichen kann, in persönlicher Hinsicht. Etwas mit meinem Leben anfangen.«

Gabi musterte die Landschaft. »Was heißt das, in persönlicher Hinsicht?«

»Dinge erreichen, ich weiß nicht, Geld, Erfolg. Schau mich an, mit fünfzehn war ich ein Basketballstar im Kibbuz und habe angefangen, im Rindersektor zu arbeiten, was der beste Zweig in diesem Kibbuz ist. Ich bin zur Golani-Brigade, der besten in der Armee. Und was jetzt, war's das? Soll ich das ganze Leben lang im Kibbuz sitzen und genau das Gleiche machen? Ich kann mehr, oder nicht? Was machst du so ein Gesicht?«

»Ich mach kein Gesicht. Bloß, als du gesagt hast, dich selber verwirklichen, hab ich gedacht, du redest von was anderem. Was Innerem.«

»Hab ich das nicht gesagt?«

»Nicht direkt. Du hast von Geld geredet, Erfolg, äußerlichen Dingen. Ich rede davon, nach innen zu schauen. Zu fragen – wer bist du eigentlich, was machst du hier?«

Roni sah ihn mit einem etwas unbestimmten Blick an – vielleicht amüsiert, vielleicht erstaunt, vielleicht beides.

»Du warst bei zu vielen Psychologen, das ist dein Problem. Weißt du, was du brauchst?«, fragte er.

»Was brauch ich?«

»Du solltest vögeln, dringend.«

»Ich hab gevögelt.« Rein technisch stimmte das. Er hatte ein kurzes, unbefriedigendes Techtelmechtel mit Orit aus Ronis Klassenstufe gehabt, die vier Jahre älter als Gabi war, immer noch einen Piloten zum Freund hatte, der ab und zu Wochenendschichten in seiner Basis hatte, und sie ging immer noch aus, betrank sich und landete in unvorhergesehenen Betten. »Unbefriedigend« war eine zartfühlende Umschreibung. Traumatisch wäre das deutlichere Wort gewesen.

»Das kannst du vergessen.« Gabi hatte Roni das von Orit erzählt, und daraufhin hatte Roni ihn mit einer anderen bekannt gemacht. Es war nicht ganz so surreal gewesen, da weniger Alkohol im Spiel gewesen war. Aber dennoch. Roni schaute in die sinkende Sonne und schwieg einen Augenblick. »Weißt du, was? Vergiss das mit dem Vögeln. Du hast recht. Immer hab ich gedacht, das ist die Antwort. Für dich, für alle. Aber vielleicht hab ich mich getäuscht. Nein. Du musst dich verlieben.«

צבי

»Verlieben?«, fragte Gabi abwehrend.

»Genau, verlieben. Dann weißt du, wer du bist und was du hier machst. Dich verlieben, ja. Und weißt du, was? Vielleicht ist es auch das, was ich im Moment bräuchte.« Er stand auf und streckte sich. »*Jalla*, Bruderherz, schwing dich hoch, wir gehen.«

»Gehen wohin?«, fragte der kleine Bruder.

»Ich weiß nicht, wohin. Aber wir gehen und fangen was mit unserem Leben an.«

Heiße Tage

Der Befehl

Chilik Jisraeli kehrte aus Jerusalem zurück, nachdem er stundenlang in der Nationalbibliothek über seiner Doktorarbeit gegrübelt hatte. Der vorläufige Titel der Arbeit lautete »Pioniertum, Landerlösung, Ideologie: Die Kibbuzbewegung in vorstaatlicher Zeit als vorausbestimmter Fehlschlag«. Chilik wollte darin die ganze Palette der Vorzeichen anführen, die belegten, dass die Art der Errichtung der Kibbuze und ihre Entwicklung schon ein halbes Jahrhundert, bevor die Bewegung de facto auseinanderzufallen begann, ihr Scheitern vorhersehen ließ – angefangen bei der Aneignung von Land, den Entscheidungen über die Unterhaltsquellen, der Gewährung von Krediten und Vorzugskonditionen vom Staat über die Bedeutung von Parolen und Ideologie bis hin zur Überheblichkeit und Anmaßung einer geschlossenen Gesellschaft, entfremdet und abgehoben vom Volk, die nach ihrem eigenen Regelsystem funktionierte. Oder so ungefähr. Er war auf der Rückfahrt von seinem wöchentlichen Universitätstag, lauschte genussvoll dem »Concerto für Klavier in G-Dur« von Gershwin, bis er unterwegs mit Steinen beworfen wurde, von denen einer die Windschutzscheibe zersplittern ließ und schräg nach oben von ihr abprallte. Der Adrenalinschub ließ Chilik das Gaspedal durchtreten, das Blut schoss aus seinem Herzen in jede Ecke seines Körpers, die Angst ließ seine Fingerspitzen vibrieren und kribbeln, und während der Pianist wundervoll weiterspielte, beschleunigte der Wagen, hinauf nach Ma'aleh Chermesch und von dort nach Hause, nach Nummer 3.

Er hielt neben seinem Haus, stieg aus und nahm eine peinlich genaue Untersuchung des Mitsubishis vor. Seine Frau Nechama kam beunruhigt heraus, als sie vom Fenster aus sah, was er machte, mit den beiden Kleinkindern im Schlepptau. »Was ist passiert?«, rief sie alarmiert.

»Sie haben die Windschutzscheibe demoliert, die Hunde.«

»Hundesöhne. Wo? Bist du verletzt?« Sie musterte ihren Mann besorgt: Die Kipa saß auf dem Kopf, das Haar war gescheitelt; die dünnrandige Brille war an ihrem Platz und der Bürstenschnurrbart ordentlich; das karierte Hemd, die dunklen Hosen und die Roots-Sandalen waren nicht befleckt. Abgesehen von dem feinen Schweißfilm auf der Stirn und dem Schrecken in seinen Augen wirkte Chilik heil und gesund.

Einer nach dem anderen liefen die Nachbarn zusammen.

»*Ja habibi*, mein Lieber, mein Lieber«, sagte Otniel und streichelte die Desert Eagle, die in seiner Hose hinten steckte, »der Terror erhebt wieder sein Haupt.«

»Man muss dieses Haupt köpfen«, äußerte Josh und hob den Blick zu dem jungen Jehu, der auf seinem Pferd zum Dorf Charmisch hinüberblickte.

»Waren das unsere guten Freunde von Charmisch? Wir können ihnen einen Höflichkeitsbesuch abstatten«, schlug Otniel vor.

»Nein, es war unten, vor der Abzweigung. Madschdal Tur.«

»Die Satanssöhne, getilgt sei ihr Name«, sagte Otniel.

Jehu schüttelte langsam den Kopf, auf dem eine ausladende Kipa saß, was seine dicken, wild wuchernden Schläfenlocken zu beiden Seiten schaukeln ließ.

Der Soldat Joni traf ein, anschließend kamen auch Roni und Gabi dazu und danach Rachel Asis und ihre Tochter Gittit mit dem Wagen vom Lebensmittelladen in Ma'aleh Chermesch.

»Was ist passiert?«, fragt Joni.

»Terroristen. Sie haben wieder Steine geworfen«, antwortete Nechama. »Dem Herrn sei gedankt, dass es Sicherheitsglas gibt, ich will mir nicht ausdenken, was sonst passiert wäre.«

»Der Herr bewahre uns«, sagte Rachel und streichelte ihren Hals.

»Ihr geht jetzt in ihr Dorf runter, verhängt eine Ausgangssperre und kämmt Haus für Haus durch«, befahl Otniel Joni, »sonst meinen die, sie dürfen machen, was sie wollen.« Joni murmelte, er würde mit Omer reden. Ein paar Minuten später begann sich die Versammlung langsam zu zerstreuen, allerdings nicht ehe Nechama und Rachel die Angst zu verdrängen versucht hatten, indem sie das Rezept eines scharfen Fischgerichts mit Kartoffeln und Tomatensoße austauschten.

Joni rief Omer an, um ihm den Zwischenfall zu melden. Omer sagte, er würde eine Patrouille nach Madschdal Tur schicken, um Präsenz zu zeigen, und auf den Hügel kommen. »Inzwischen sagst du Otniel und seinen Kameraden, sie sollen keinen Unfug anstellen. Es gibt eine Armee, wir werden uns drum kümmern.«

»Geht klar«, erwiderte Joni und schaute sich um, ob er Otniel noch in der Gegend sah. Außer ihm war jedoch nur noch Gittit Asis übrig geblieben, die zum Auto zurückgegangen war, um die Einkaufstüten zu holen. »Brauchst du Hilfe?«, fragte er das hochgewachsene, schlanke Mädchen mit dem glatten Haar und trat näher. »Ich muss deinem Vater was sagen, lass mich das tragen.«

»Gut«, antwortete sie scheu. Er arrangierte den Schultergurt der Waffe, nahm alle Tüten an sich und lächelte sie an. »*Jalla*, gehn wir?« Sie lächelte zurück, errötend, und ging leichtfüßig an seiner Seite.

Es fiel kein weiteres Wort zwischen ihnen auf dem kurzen Weg zum Haus. Vielleicht waren sie schüchtern, fürchteten sich, oder es fiel ihnen nichts ein, was sie sagen könnten. Doch dieser gemeinsame Gang, dem niemand außer ihnen beiden Beachtung schenkte, hatte einen frühlingshaften Duft, und von da an stand etwas anderes zwischen ihnen, sie waren aufeinander aufmerksam geworden.

Seit Hauptmann Omer Levkovitsch, im Monat Schvat, sprich Februar, den Flächendemarkationsbefehl Otniels Händen übergeben hatte, war in Ma'aleh Chermesch 3 erhöhte Aktivität zu beobachten, wenngleich sie keinen tatsächlichen oder zumindest sofortigen Einfluss auf das Leben in der Siedlung hatte. Mit Hilfe von Rechtsanwälten der Kommunalverwaltung und Nathan Eliav, dem Gemeindesekretär von Ma'aleh Chermesch, wurde eine Eingabe gegen den Befehl beim Sicherheitsminister eingereicht. Infolgedessen wurde das Inkrafttreten des Befehls von den ursprünglichen acht Tagen auf unbestimmte Zeit verschoben, und im Stützpunkt traf ein Team der »Blauen Linie« der Zivilverwaltung ein, das dafür zuständig war, die Art der Bodenrechte in diesem Gebiet zu bestimmen – ob es sich um Staatsgrund handelte, der durch ein Kolonisierungsorgan zu Siedlungszwecken zugeteilt worden war (oder nicht zugeteilter Staatsgrund), Dispositionsland der staatlichen Grundstücksverwaltung (mit Prüfung der Eigentümerschaft), ob es privater Boden war, von Israelis erworben (falls ja, ob in der Grundstücksverwaltung Israels bestätigt), oder privater palästinensischer Grundbesitz. Otniel, Chilik und Nathan begleiteten die Gutachter, zwei Frauen in Anzügen und einen jungen Mann, und versuchten, der ehrenwerten Delegation auf allen erdenklichen Wegen zu erklären, dass sich der Grund, auf dem Ma'aleh Chermesch 3 saß, im Zuständigkeitsbereich von Ma'aleh Chermesch befände, trotz der Luftlinienentfernung von den Häusern dort. In den folgenden Tagen hörte Nathan Eliav von einem Kontaktmann, der im Team der »Blauen Linie« saß, dass die Ergebnisse nicht eindeutig waren. Es hatte sich herausgestellt, was bereits bekannt gewesen war, dass die Siedlung auf einem Land lag, das uneindeutigen Status besaß: ein Teil – im Eingangsbereich der Siedlung – war tatsächlich Staatsgrund, der im Zuständigkeitsgebiet von Ma'aleh Chermesch beinhaltet war; ein anderer Teil, im Bereich der Spielplatzanlage sowie das Zentrum des Hügels, wo die meisten Wohnwagen aufgestellt waren, war Dispositionsland der staatlichen Grundstücksverwaltung; der südliche Abhang, wo sich einige von Otniels Anbauflächen befanden, war der landwirtschaftliche Privatbesitz eines Palästinensers, der in Beirut seinen Wohnsitz hatte; und das Areal entlang der Felskante, das zum Wadi Nachal Chermesch hin abfiel, war generell als Naturschutzgebiet ausgewiesen, was hieß, zwar im Besitz des Staates Israel, jedoch nicht für Besiedlung und Bebauung zugelassen.

Wie zu erwarten, wurde die Eingabe beim Sicherheitsminister zurückgewiesen. Daraufhin reichten die Anwälte der Kommunalverwaltung eine Petition beim Obersten Gerichtshof ein. Die Hoffnung war, dass eine Weile verstreichen würde, bis man sich dort damit befasste, was ermöglichen würde, dass inzwischen weitere Familien kämen, dass Otniel seine landwirtschaftlichen Anbauflächen ausdehnen und die Siedlungsbewohner ihre Wohnwägen mit Steinen verkleiden könnten – eines Tages trafen Lastwagen ein, hochbeladen mit Steinen, Sandsäcken, Zement und Kies, und luden die Fracht ab, eine Freundlichkeit der Kommunalverwaltung, und fast alle Bewohner begannen eifrig mit der Außenverkleidung (»Die Verkleidung trägt zur Ästhetik bei, zur harmonischen Einfügung in die natürliche Umgebung, zur thermischen Isolierung und Sicherheit vor einer – der Herr bewahre – verirrten Kugel«, wie in einer Broschüre geschrieben stand). Man errichtete Lattengestelle, mischte Zement in einer einzigen Betonmischmaschine auf Rädern, die von Ort zu Ort rollte, oder per Hand in Blechwannen. Außer dem neuen Wohnwagen, dem der Armee und dem Wohnwagen Otniels, der bereits seit langem eine Außenverkleidung besaß, blieb auf dem Hügel kein Wohnwagen ohne Überzug. Die Bewohner hatten sogar angeboten, auch den Armeecaravan zu verschalen, doch Hauptmann Omer hatte mit der Begründung abgelehnt, dass dies als festes Bauwerk ausgelegt werden und sich die Armee nicht dem Verdacht einer festen Bebauung in ihrem Verantwortungsgebiet der Division Jehuda und Schomron ohne die entsprechenden Genehmigungen aussetzen könne, ganz sicher nicht zu einer Zeit, wo man auf die Entscheidung des Gerichtshofs wartete. Die Wände der Wohnwagen mutierten zu geologischen Schichten, die vom Verstreichen der Zeit erzählten: Gips, Isolierschaum, dünnes Aluminium, Zement, Jerusalemer Stein.

Eines Tages, als die Sonne hell und stark zwischen ein paar Wolken hindurchstach, trafen Inspektoren der Aufsichtsabteilung der Zivilverwaltung auf dem Hügel ein. Sie sahen wie zwei Brüder aus: dünn, lang, mit spitzen Nasen. Auf dem Schädel des einen ruhte eine Häkelkipa. Sie liefen etliche Zeit im Stützpunkt herum und hielten sich besonders in der nordöstlichen Ecke auf, die sich bei dem Besuch des Teams der »Blauen Linie« als Teil des Naturschutzgebiets Nachal Chermesch herausgestellt hatte, wo der Rohbau der auf dem Hügel allgemein »Gabis Zimmer« genannten Holzhütte stand, der in bewundernswertem Tempo voranschritt und bereits ein halbes geschrägtes Holzdach entfaltete. Die beiden Besucher umrundeten sie, warfen einen Blick auf die Spüle, die außerhalb der Eingangstür installiert worden war, auf die Toilettenschüssel an der Hinterseite der Hütte, und dann, am Ende eines kleinen Pfads, blieben sie auf einmal stehen. »Ich bin ja viel in den besetzten Gebieten unterwegs«, sagte der erste Lange, »aber so was habe ich noch nie gesehen. Was hat das mit dieser Badewanne hier auf sich?« Er trat zu der Badewanne, die im Gestein neben dem Felszahn eingebettet war.

Gabi, der in dem Moment alarmiert worden war, als die beiden anfingen, auf seinem Bauplatz herumzuschnüffeln, sagte: »Sie sind eingeladen, sie zu benutzen. Sie werden im ganzen Leben kein Bad an einem schöneren Ort nehmen.«

»Da bin ich mir sicher«, grinste der Verwaltungsmensch.

»Aber was ist das überhaupt?«, fragte der zweite Inspektor, und sein Kinn deutete zu dem entstehenden Bauwerk hin.

»Das ist das Besucherzentrum des Naturschutzgebiets Nachal Chermesch«, erwiderte Otniel, der natürlich nicht fehlte, und zwinkerte Gabi zu, der lächelte. Es herrschte eine angenehme Atmosphäre. Das bescheidene, hübsche Zimmer am Rande des Felsens erstrahlte im Sonnenlicht. Zur allseits großen Überraschung stellten die Inspektoren keinen Rapport aus, die Arbeit an dem Zimmer einzustellen. Sie sagten, sie würden die Sache prüfen, und zogen von dannen.

Bisweilen trafen weiterhin Gäste ein, normalerweise begleitet vom Kommandeur des Sektors, Hauptmann Omer Levkovitsch, manchmal vom Regiments- oder Brigadekommandeur und einoder zweimal sogar vom Generalmajor, dem Befehlshaber des Zentralkommandos höchstpersönlich: Administrationsbeamte, Leute der Siedlungssektion, des Sicherheitsministeriums, Parlamentsmitglieder von links wie von rechts und natürlich Personen aus der Leitungsmannschaft der Sperranlagenverwaltung, mit Notizbüchern bewaffnete Bauunternehmer, Vermesser mit ihren sämtlichen Instrumenten und Geräten. Ein stetig tröpfelnder, langsamer Strom von Fachleuten und Sachverständigen, über Wochen hinweg.

Der große Schabbat vor Pessach verstrich, und die Verhandlung am Obersten Gerichtshof näherte sich. Das Gesäuerte ward verbrannt, es endete die Sedernacht, in der man auf dem Hügel den Auszug aus Ägypten feierte, die Wanderungen und die Zufälligkeit der Niederlassung der Juden, die auf Generationen das Bewusstsein von Exil und Sehnsucht schürten. Die Verhandlung am Obersten Gerichtshof begann, und es endete die Verhandlung, und die Petition der Kommune wurde abgelehnt. Der Flächendemarkationsbefehl würde zu einem Zeitpunkt in die Tat umgesetzt werden, den das Sicherheitsministerium für richtig befände.

»Jetzt«, sagte Otniel auf der Sitzung des Eingliederungskomitees, »müssen wir bloß die Daumen drücken und zum Herrn beten, dass der Zeitpunkt in den nächsten zwei Jahren nicht gefunden wird – dass es zu heiß oder zu kalt ist, schneit, regnet, politisch heikel, Misstrauensvotum in der Knesset, Sturz der Regierung, Gnadentage einer neuen Regierung, wirtschaftliche Krise – bis der Befehl seine Gültigkeit verliert.«

Der Kommandeur des Sektors, Omer Levkovitsch, traf ein und erzählte Otniel, dass er Madschdal Tur einen Besuch abgestattet habe. Der Muchtar, der Dorfvorsteher, habe ihm versichert, dass es sich bei den Steinewerfern lediglich um ein paar Kinder handelte und er persönlich für Ruhe sorgen würde. Otniel protestierte: »Immer sind es bloß Kinder, und immer will der Scheich für Ruhe sorgen. Und dann noch ein Stein und noch ein Brandsatz, und eines Tages wird es, der Herr bewahre, mit mehr als einer zersplitterten Windschutzscheibe enden. Und was sagen Sie dann?« Sein Nachbar Chilik, Opfer des Angriffs, der den Jeep des Kommandeurs vor dem Haus seines Nachbarn entdeckt hatte und eingetreten war, nickte und streichelte seinen Schnurrbart.

Omer kannte Otniel genau. Seine grüngrauen Augen blieben

kühl gegenüber dem glühenden Blick des Siedlers. »Für uns alle ist es vorteilhafter, der Muchtar weiß Bescheid und verspricht Ruhe und gute Beziehungen, statt eine Ausgangssperre zu verhängen und eine Truppe zu beordern, um die Ausgangssperre zu überwachen, auf die sie sowieso von den Dächern Steine werfen würden und die sich dann mit Blödsinn beschäftigen müssten.«

»Dann haut mit Gewalt rein, damit es keinen Blödsinn gibt. Es ist unerträglich, dass sie Steine auf Autos werfen.«

»Wenn das für Sie unerträglich ist, müssen Sie es nicht ertragen. So lautet meine Entscheidung, und sie ist endgültig. Nicht mit Gewalt und auch mit sonst nichts.«

»Gut«, versetzte Otniel mit geblähten Nasenflügeln. »Dann dürft ihr euch nachher nicht wundern.«

»Drohen Sie mir nicht, und den möchte ich sehen, der es wagt.«

»Gut, gut, kommt, beruhigen wir uns. In Ordnung, Omer. Danke, dass Sie gekommen sind. Noch Kaffee?«, versuchte Chilik zu beruhigen. Otniel sprühte immer noch Funken.

»Nein danke«, sagte Omer und erhob sich, um zu gehen.

Er kehrte einen Moment später zurück. Ein Reifenplatten.

»Ach, tja, mein Lieber, ihr hättet doch besser aufpassen sollen in Madschdal Tur«, meinte Otniel. »Es gibt dort eine Menge Ninjas.« Omer lachte nicht. Im Hintergrund war das Trappeln der Hufe von Killer zu hören. Das Rad wurde gewechselt, und der Jeep fuhr davon. Im weiteren Verlauf des Abends wurden die Windschutzscheiben von zwei Autos in Madschdal Tur zerschmettert und der Reifen an einem in Brand gesetzt. Hauptmann Omers Patrouille wurde gerufen, und er betrachtete resigniert den Schaden und erstattete dem Hauptquartier über Funk Bericht.

Das Zimmer

Als Gabi-Gavriel Kupfer-Nechuschtan nach Ma'aleh Chermesch 3 gelangte und jedem, der daran interessiert war, seine Hilfe anbot, beschäftigte ihn Otniel Asis als Viehhirte. Alles, was Gabi anzubieten hatte, waren seine beiden Hände, die gute rein jüdische Handarbeit, genau das, woran Otniel glaubte und für seinen sich entwickelnden Landwirtschaftsbetrieb suchte. Gabi pflegte die Ziegen zum Grenzgebiet zu treiben, mit ihnen auf der Spitze des Hügels unter einem Baum oder neben einer Quelle zu sitzen und sie Stunden später, satt und zufrieden, in den Stall zurückzubringen. Er erfreute sich daran, religiöse Bücher zu lesen, die Schriften Rabbi Nachmans, zu beten und mit dem Herrn der Welt Gespräche zu führen. Im Lauf der Zeit jedoch wurde ihm langweilig. Wie lange kann man, auch in der schönsten Landschaft, allein mit seinen Gedanken sein? Ein Viehhirte ist wie ein Mönch: isoliert in Einsamkeit, hört nur den Wind, das Meckern der Ziegenherde und das Gebimmel ihrer Glöckchen, sieht nur Hügel. An irgendeinem Punkt gelangte er zu dem Schluss, dass er die Arbeitsstunden lieber mit richtiger Arbeit verbringen wollte, die Hände ermüden, den Körper einsetzen, mit Menschen reden. Und, was die Hauptsache war, seine verwundete Seele, die heftige Sehnsucht und seine schuldbeladenen Gedanken an Miki, seinen kleinen Sohn, ein wenig zur Ruhe kommen lassen wollte.

Mit Otniels Einverständnis wurde er vom Viehhirten zum Landarbeiter, wechselte zu den Anbaufeldern des Hofes Asis, die zunehmend größer wurden und die meisten in der Siedlung mit Arbeit versorgten – säen, jäten, ernten, aufladen und verpacken. Er hatte Erfahrung im Anbau von Feldfrüchten. Im Kibbuz hatte er einige Zeit bei den Tomaten gearbeitet, die er schrecklich hasste, und bei den Bananen, die er mochte, und daher war er sich nicht ganz schlüssig und hatte eine lange Unterredung mit Otniel über seine berufliche Ausrichtung.

»Hirten sind leichtfüßig, viel spontaner und unbeschwerter«, meinte Otniel, und Gabi stimmte ihm zu. Ein Hirte war nicht an einen Ort gebunden, er verließ einen sicheren, vertrauten Ort für das erhabene Ziel der Hingabe an die Schöpfung und das spirituelle Leben. Er sah die Welt und erweiterte seinen Horizont, wogegen ein Bauer verhaftet war, seinem Land und seinen anderen Besitztümern untertan. Gabi gestand, dass er in diesem Stadium seines Lebens offenbar das Bedürfnis nach einem sicheren

Halt hatte. »Der Landarbeiter hat eine solide, beständige Basis«, Otniel konnte ihn gut verstehen. »Und er erzeugt auch etwas – steckt Samen in die Erde und gewinnt Frucht daraus. Er sitzt nicht nur im Schatten und lässt die Herde die Arbeit tun. Unser Volk lebt seit Anbeginn seiner Tage von diesen beiden Gegensätzen. Kain und Abel, Abraham und Isaak. Sogar Rabbi Eliezer war am Anfang seines Weges ein Landarbeiter, während Rabbi Akiva Viehhirte war. Nur Otniel Asis – ist beides!«

»Es ist vor allem langweilig, die ganze Zeit auf der Weide zu sitzen«, sagte Gabi, und Otniel lachte schallend und klopfte ihm auf die Schulter. Er versicherte ihm auch, dass die Arbeit mit den Cherrytomaten vollkommen anders als die mit normalen Tomaten sein würde.

Seinen Platz hatte Gavriel bei seinen zahlreichen Klausurgängen in den ersten Tagen am Hügel gefunden – eine Steinplattform auf dem Felsen, der zu dem Wadi Nachal Chermesch hin abfiel und über der Wüste thronte. Eines Nachts nahm er eine Decke mit und legte sich dort unter den Sternen schlafen, und am nächsten Morgen fand er eine schöne, glatte Felsfläche, die er sich als wunderbaren Boden für eine kleine Hütte aus Stein und Holz ausmalte. Er legte ein paar Steine aus, die die Umrisse der Wände der Hütte bezeichneten. Wenn er jeden Tag einige Steine hinlegen würde, dachte er, würde eines Tages hier eine Wand stehen. Nach über einem Jahr der Rückzüge in die Einsamkeit war die Wand gebaut.

Parallel dazu begann er, das Areal um die Wand und die Felsfläche herum mit kleinen Terrassen zu gestalten und zu bepflanzen, was allerdings zunächst an Otniels hungrigen Ziegen und der Trockenheit scheiterte. Von Otniels Feldern lieh er sich alte, perforierte Schläuche aus und überzog das Gelände mit einem Tröpfelbewässerungssystem, das den Pflanzen mit der Zeit half, in der Erde zu wurzeln. Der ursprüngliche Boden wandelte sich mit Hilfe von Pfosten und Brettern zu einer wunderschönen Holzterrasse, die sich zu Holzwänden mit einem Dach weiterentwickelte.

In einem gewissen Stadium begriff er, dass er sein neues, zukünftiges Haus baute, das Haus seiner Träume. Klein und bescheiden zwar – ein Raum, der für alles diente –, doch »Gabis Zimmer« war mehr als ausreichend für die bescheidenen Bedürfnisse seines Besitzers, und was noch wichtiger war, es war ganz und gar sein, erbaut mit Geduld und Liebe und mit den zehn Fingern seiner Hände. Er fühlte sich wie ein Glückspilz und konnte sich an der Landschaft kaum sattsehen – die bräunlich-transparent flirrenden Wüstenhügel und die Berge Edoms, atemberaubend in ihrer Schönheit –, und er war nahe genug an den Häusern der Siedlung, um sich als Teil der Gemeinde zu fühlen, und zugleich genügend weit entfernt, um die Privatsphäre zu wahren, ein Teil der Natur zu sein, im Gebet zu meditieren. Gabi tat sein Bestes, um die Hütte, die er in diese hinreißende Landschaft baute, einzufügen, eine Harmonie herzustellen, nichts zu verletzen. Nie hatte er eine professionelle Ausbildung in Gestaltung, Planung oder Bauen erhalten, doch er besaß Talent und Intuition.

In dem Raum gab es Platz für ein Bett, einen Kaffeetisch, Regale für Kleider, Bücher und CDs, sogar ein kleines Klavier, das ihm jemand geschenkt hatte, das er jedoch nicht zu spielen wusste. Von dem etwa fünfzig Meter entfernten Masten wurde Strom abgezweigt und an der Decke eine Lampe installiert. Die Toilette war außerhalb – kleine Verrichtungen in der Natur, die großen in die Kloschüssel mit Sägespänen. Die Badewanne, die die Verwaltungsinspektoren so beeindruckt hatte, war für Gabi eine Quelle des Stolzes: Er hatte sie in Ma'aleh Chermesch auf dem Müll gefunden, eine Nirostawanne für die Größe eines Jugendlichen, und sie zum Hügel gebracht, auf einem verborgenen Felsen platziert und eine Wasserrohrleitung aus dem Zentrum der Siedlung dorthin verlegt. Zu beiden Seiten baute er jeweils eine Wand aus Erdmaterial auf, die er mit leeren Weinflaschen stabilisierte, brachte einen runden, gesprungenen Spiegel an und eine Ablage für Waschzeug. Eine Decke gab es nicht – das Bad fand unter dem freien Himmelszelt statt! Von der Badewanne wurde noch ein Rohr zu dem Spülbecken gezogen, das auf einem Holztisch draußen vor der Tür eingelassen war. Unterhalb des Zimmers, fünf Steinstufen abwärts, die teils natürlich, teils mit Zement sowie behauenen Steinen ergänzt worden waren, baute Gabi einen beschatteten Unterstand um eine weitere Felsnische herum, in dem sich ein kleiner Kühlschrank und ein Herd befanden – Küche, Essecke, Ruheplatz.

Gabi arbeitete langsam, aber mit ganzer Seele. Schleppte Steine, glättete den Erdboden, sammelte Material von überall her, fügte Steinlagen hier und dort hinzu. Er versuchte, dem Zimmer wenigstens ein bis zwei Stunden am Tag zu widmen, stand manchmal frühmorgens auf und ging vor der Hofarbeit dorthin, verbrachte bisweilen die Mittagspause dort, und nachdem er das Stromkabel verlegt und eine Lampe angeschlossen hatte, hin und wieder auch die Abend- und Nachtstunden. Er arbeitete mit Geduld, konzentrierte sich jedes Mal auf nur eine Aufgabe, empfand große Befriedigung und Dankbarkeit, wenn er auch nur einen kleinen Schritt vorangekommen war auf dem langen Weg. Da alle in der Siedlung Gabi gern hatten, zollten sie ihm Anerkennung und halfen ihm auf verschiedenste Art und Weise – ob mit überschüssigem Baumaterial, ob mit Handanlegen oder einer Arbeitsstunde, mit fachmännischer Hilfe wie bei der Stromleitung oder dem Wasserrohr.

Es war ein guter Handel für alle Seiten: Wo sonst auf der Welt hätte Gabi mit eigenen Händen ein Haus nach seinem Wunsch, seinem Geschmack und seinen Bedürfnissen bauen können – fast kostenlos, ohne Geld? Und aus Sicht der Siedlung würde in dem Moment, in dem Gabi umzog, ein Wohnwagen frei werden, der als Wohnstatt für eine neue Familie genutzt werden konnte. Darüber hinaus bestach das »Holzzimmer« mit seiner Schönheit, war ein Blickfang und Magnet für Besucher, politische Funktionäre sowie potentielle Siedler.

In Ronis ersten Tagen am Hügel hatte ihn Gabi auf einen Rundgang mitgenommen, ihm sein Zimmer gezeigt und mehr im Ernst als scherzhaft zu ihm gesagt: »Deine Miete, während du hier bist, besteht darin, mit mir hier an dem Haus zu arbeiten.« Roni, der begeistert war von dem, was er als »sechs Windrichtungen« bezeichnete, antwortete damals: »Klar, sicher, was für eine Frage. Ich komme auch ohne die Miete, was soll das, lass mich nur hier arbeiten in dieser Luft und dieser Landschaft, das ist ein Traum, Mensch. Amerika, was heißt Amerika, in Amerika gibt es so was nicht, in Amerika …« Er sog die Luft ein und blickte sich um, und seine Stimme verlor ein wenig an Energie, als er den Satz beendete: »… gibt es keine solchen Sachen.«

Gabi hätte die paar Male, die Roni kam, um ihm zu helfen, an den Fingern einer Hand abzählen können. Eines Frühlingsmorgens bat Gabi um Hilfe – es waren neue Holzbalken und Bretter eingetroffen, und Gabi hatte sich einen halben Tag freigeschaufelt und brauchte noch eine Hand, um die Balken auszumessen und sie aneinanderzunageln. Roni schielte auf seine Uhr und sagte: »Ausgerechnet heute? Ariel kommt endlich hierher, und wir wollen die Ölpresse von Mussa anschauen, bis ich's geschafft hab, das zu organisieren …« Roni hob den Blick von der Uhr, bekam Gabis enttäuschten Gesichtsausdruck mit und sagte: »Tut mir leid, Bruder, ich hab was ausgemacht mit Leuten. Weißt du, was? Morgen. Komm, sagen wir morgen? Du musst mir so was im Voraus sagen.« Aber morgen stand Gabi ein langer Tag bei Otniel bevor und auch übermorgen. Er schnürte seine Schuhe und ging hinaus, das »Schalom«, das er von sich gab, geriet klein und schwach.

Das Öl

»Ariel!«, rief Roni mit einem breiten Lächeln, als der silberfarbene Toyota zaudernd auf der Ringstraße daherzuckelte. Er saß in einem Liegestuhl im Hof neben dem Wohnwagen und las eine Zeitung von gestern, die Gabi bei der Wachschicht in der Nacht gefunden und nach Hause mitgebracht hatte.

»Wo ist die Toilette?« Ariels Gesichtshaut wirkte grünlich, während er sich an seinem Freund vorbeidrängte und in den Wohnwagen stürzte. »Sag mir bloß nicht, dass Gabi gerade drin ist.«

»Gabi ist bei der Arbeit, fühl dich ungehemmt. Ich stelle Wasser für den Tee hin.« Ariel hörte ihn bereits nicht mehr, ließ hektisch seine Hosen fallen und plumpste atemlos auf die Kloschüssel.

»Das klingt nicht gut. Auweia, das riecht auch nicht gut, komm, gehen wir raus«, sagte Roni, mit Teegläsern in Händen, als Ariel aus der Toilette trat. »Wie war die Fahrt?«

»Der Horror. Die ganze Strecke schau ich nach rechts und nach links. Sie fahren wie die Irren, die Araber. Laster, Taxis. Eine Million Stundenkilometer. Und ihre Häuser, praktisch direkt auf der Straße, wo ist die Armee? Die ganze Fahrt hab ich gezittert. Und wenn ich eine falsche Abzweigung genommen hätte? Und mich mitten in einem feindlichen Dorf wiedergefunden …«

Roni lächelte, ließ sich auf seinem Liegestuhl nieder und bedeutete seinem Freund, sich neben ihn zu setzen. Er zog Zigaretten heraus und bot sie Ariel an, doch der lehnte ab. »Setz dich, beruhig dich, Mann. Es ist ganz ruhig hier, glaub mir, seit dem Kibbuz hab ich mich nicht so sicher gefühlt.«

Ariel hörte die Worte kaum, Wirkung hatten sie jedenfalls keine. Seine Blicke schossen misstrauisch hin und her, alle zwei Minuten betastete er seine vier Hosentaschen, um sich zu vergewissern, dass Brieftasche, Telefon und Schlüssel noch an ihrem Platz waren. Ariel war ein großer Mann mit einem eiförmigen kahlen Schädel, in dem schmale blaue Augen saßen. Diese Augen nahmen zu guter Letzt Ronis Liegestuhl wahr, und er setzte sich. »Du bist nicht normal. Ich glaub's nicht, dass du mich in diese Kampfzone rausgelockt hast. Ich hab mich im ganzen Leben noch nie so gefürchtet. Was soll das Kamel da?«

»Eine Kamelstute. Von Sasson. Jetzt vergiss es, Mann. Schau dir die Landschaft an. Atme tief ein. Erez-Israel.«

Ariel wechselte einen Blick mit den klugen Augen der sandfarbenen Kamelstute und versuchte, tief zu atmen. Es half nichts.

Sie saßen still da und tranken Tee.

»Wie ist das, sie lassen dich einfach so herkommen und hier wohnen? Stellt niemand Fragen?«, fragte Ariel dann.

»Sicher stellen sie Fragen, die Leute stellen immer Fragen.

Aber die Leute hier sind alles in allem ziemlich entspannt. Ich bin ein Gast meines Bruders… Was ist mit dir? Wie steht es im Büro, mit der Buchprüfung? Und was ist in der Bar Barabush los, sitzt du noch dort?«

»Ja, ja, völlig normal«, sagte Ariel geistesabwesend. Sein Blick war zu den hellen Hügeln in der Ferne gewandert. »Weißt du, was, es ist wirklich schön hier.«

»Oho, da fängt einer an sich zu beruhigen. Nimm dir noch ein paar Minuten, und du wirst sehen, dass du süchtig nach der Stille wirst.«

Ariel nahm sich noch ein paar Minuten Zeit, schloss die Augen und lehnte den Kopf nach hinten. »Es funktioniert«, murmelte er. »Was für eine Stille.«

»Du kannst mir glauben«, sagte Roni. »Man müsste hier Zimmer vermieten. Das würde ein Irrsinnshit. Näher als der Galil, spottbillig, ruhig und diese Landschaft. Du musst mal die Hütte sehen, die sich Gabi am Felsrand baut. Bestechend.«

»Spinnst du? Welcher Verrückte würde hierherkommen? Du willst diese Schönheit und Stille und Spottbilligkeit an Israelis verkaufen? Die würden im Leben nicht hierherkommen, du musst es zu ihnen bringen.«

»So wie zum Beispiel Olivenöl von hier zu ihnen nach Hause bringen?«

»Zum Beispiel«, bestätigte Ariel rhetorisch.

»*Jalla*, komm mit zu Mussa.«

»Er kommt nicht her?« Ariels Pulsschlag und Blutdruck, die sich erfolgreich stabilisiert hatten, schnellten wieder in die Höhe.

»Bist du verrückt? Kein Ismaelit nähert sich diesem Hügel. Komm, ich geb dir vorher eine kleine Kostprobe.«

Das Öl schmeckte süß an Ariels Gaumen und Zunge. Als sie sich auf den Weg machten, wies Roni Kupfer seinen Freund mit einer Geste auf die urzeitliche Landschaft hin und sagte: »Dass Erez-Israel einen anderen Horizont als der Rest der Länder habe.«

»Hä?«, machte Ariel.

»Keine Bange, das bin nicht ich. So redet Gabi. Zitiert Tag und Nacht Rabbi Nachman.«

Sie kamen an Bewohnern der Siedlung vorbei, Jean-Marc Hirschson, Josh, dem Amerikaner, Nechama, der Erzieherin, und den Kindern des Kindergartens, die herumtollten, fröhlich sangen und mit der Zunge schnalzten, bis auf einen, Schneur, Chilik Jisraelis Sohn, dem heulend der Rotz aus der Nase lief. Die Ortsansässigen grüßten die beiden städtisch gekleideten Männer, und diese nickten zurück, Roni mit einem erkennenden Lächeln, Ariel leicht erschreckt. »Sag mal, sind die nicht alle verrückt? Durchdrungen von messianisch ideologischer Glut? Gewalttätige Gesetzesbrecher, die den Arabern Böses wollen und Land stehlen und das ganze Zeug?«

Roni entgegnete: »Der einzige Verrückte ist mein Bruder, und er ist stolz darauf!« Er zitierte seinen Bruder mit einem seiner Sätze: »Um der Liebe willen zum Herrn muss man Dinge tun, die wie Verrücktheit erscheinen.«

Ariel lachte und sagte: »Demnächst wirst du dich auch noch wiederbekehren.«

Worauf Roni rasch versetzte: »Da sei Gott davor!«

»Aber im Ernst«, fuhr Ariel fort, »gibt es hier keine Probleme mit der Armee, mit den Arabern und mit was weiß ich noch allem?«

»Hör zu«, erwiderte Roni, »klar gibt es hier Leute, die Angst haben. Und ich kann dir nicht sagen, ob es hier diese Radikalen, diese Kahanisten, gibt oder nicht, die in der Nacht losziehen, um den Arabern was anzutun. Aber nach dem, was ich gesehen habe, beschäftigen sich die meisten Leute hier im Großen und Ganzen mit ihren eigenen Angelegenheiten. Arbeit, Familie, Studium. Und auch Gebete und heilige Schriften.«

»Was ist mit Gabi?«

»Liest Rabbi Nachman. Betet wie ein Verrückter, schaukelt wie ein Karussell. Schweigt viel. Baut ein Zimmer. Ich weiß nicht. Seit wir Kinder waren, haben wir einander nicht mehr so viel gesehen. Ehrlich gesagt, finde ich es ziemlich nett, und ich habe den Eindruck, er findet das auch. Ein bisschen eng im Wohnwagen. Aber ich versuche, einen Wohnwagen zu ergattern, der hier leersteht, und irgendwann wird Gabi in sein Zimmer ziehen … komm jetzt, auf zu Mussa.« Roni ging den Pfad zwischen zwei Wohnwagen hinunter und weiter in Richtung der Olivenhaine.

»Bist du sicher?«

»Deswegen bist du gekommen, oder nicht?«

Die Sonne brannte weiß über den flimmernden Bergen. In den letzten Wochen waren die Tage träge verstrichen, länger geworden, hatten zunehmend ihre Kühle verloren. Die Hügel hatten sich zur Freude der Ziegen und Schafe aller Nationalitäten mit einem grünlichen Schleier von Sauerklee überzogen. Hinter Ariel und Roni entfernte sich der Stützpunkt Ma'aleh Chermesch 3, vor ihnen rückte das Dorf Charmisch näher, und dazwischen erstreckten sich die Olivenbäume von Mussa Ibrahim, fingen die langen Sonnenstrahlen ein, die in den nächsten Monaten immer intensiver werden und die Bäume Früchte tragen lassen würden, die sich an kleinen Büscheln bereits erahnen ließen. Dieses Jahr würde, wie es aussah, Mussa Ibrahim eine maximale Ernte bescheren, und wenn man ein Geschäft abschließen wollte, lohnte es sich, das jetzt, zeitig genug vor der Olivenernte im Herbst zu tun.

Schweiß bedeckte Ariels Stirn, seine Augen waren jetzt hinter einer schwarzen Sonnenbrille versteckt, die seinen Schädel einfasste. »Sie sind nicht feindselig? Bist du sicher?«

»Beruhig dich, Kleiner. Mussa!«

Mussa kam, Willkommensgrüße wurden ausgetauscht, allerlei *ahlans* und *sahlans*, Hände gedrückt, und Ariel bemühte sich mit flatterndem Herzen, keine allzu misstrauischen Blicke um sich zu werfen. Sie probierten ein dunkles Öl mit intensivem Geschmack, und dann sagte Roni zu dem Araber: »Komm, zeig uns, wovon wir geredet haben.« Sie gingen die Flurlinie zwischen Dorf und Olivenhainen entlang und bogen dann in die Gassen ein. Ariel versteifte sich, blickte nicht um sich, bewahrte Augenkontakt mit Roni, der in diesen Augenblicken für ihn der einzige Vertreter der sicheren und bekannten Welt war.

Mussa sagte: »Also, wie ich dir gesagt habe, solche Ölpressen gibt es vielleicht noch zwei in der Westbank. Das ist die alte, mit den Steinen. Man macht Öl heute nicht mehr so. Das ist von früher.« Zwischen seinen Fingern hielt er eine Zigarette, die in einer schwarzen Plastikspitze steckte.

»Ja, ja«, ermutigte ihn Roni. »Mahlsteine, das wollen wir sehen.«

Mussa fuhr fort: »Mein Vater hat viele Jahre damit gearbeitet, hat Öl fürs ganze Dorf gemacht. Vor zwei Jahren war seine Kraft am Ende. Viel Arbeit, viele Leute für den Betrieb und wenig Öl. Jemand im Dorf hat ein elektrisches Gerät gebracht, und alle haben bei ihm ihre Oliven machen lassen, ich auch. Jemand ist gekommen und hat meinem Vater viele Dollars für jeden einzelnen Stein angeboten. Aber er wollte nicht. Er wollte weiter mit seiner Nargila danebensitzen und rauchen, und er hat gesagt, man muss damit weitermachen, in der Familie arbeiten. Ich hab gesagt, Vater, nimm das Geld, wir machen das Öl elektrisch, er hat nein gesagt, tausend Jahre haben sie es in der Familie so gemacht, auch du wirst weitermachen und nach dir dein Sohn.«

»Klar«, sagte Roni, »er hat recht. Das ist das Traditionelle, das Wahre.«

Mussa schenkte Roni einen müden Blick, der paralysierte Ariel versteckte sich hinter seiner Sonnenbrille, obwohl es schattig in den schmalen Gassen war.

Mussa zog einen dicken Schlüsselbund heraus und sperrte das Vorhängeschloss auf, das an einer Wellblechtür hing. Die Tür öffnete sich kreischend. Er drückte auf einen Schalter, und eine fahle Glühbirne flammte an der Decke auf. Ein schwerer, staubiger Geruch fiel sie an. Der Raum war dämmrig, der Fußboden blanke Erde. Zwei Mahlsteine standen in einem breiten Wannenbecken, ebenfalls aus Stein. Mussa erklärte: »Man holt die Ernte mit der Hand und mit Stecken und Kammrechen vom Baum auf die Zeltplanen, von dort in Säcke, und dann auf die Eselsrücken zur Olivenpresse – das beste Öl ist direkt vom Baum zum Stein, *min asch-schadschar ila-l-hadschar*. Die Frauen lesen die Oliven aus, klauben Schmutz und Blätter raus, trennen die guten von den schlechten und die grünen von den schwarzen. Danach werden die Oliven mit dem Stein zerstampft.«

»Was ist mit Waschen?«, fragte Ariel.

»Es gibt hier diesen Spülschlauch, den man an Wasser anschließen kann«, Mussa zeigte auf einen dünnen, braunen Gummischlauch. »Aber Wasser gibt es in den letzten Jahren nur wenig und schwach. Und meine Mutter sagt, dass Abwaschen *sift at-tin*, ganz schlecht ist, alles an Geschmack und Farbe aus dem Öl zieht. Sie sagt, dass der Staub und die Erde den wahren Geschmack ausmachen. Es reicht Regen fürs Abspülen. Meine Mutter und mein Vater sind nicht bereit, ein anderes Öl zu probieren. Das ist der Geschmack, den sie von Kind an kennen. Danach sehnen sie sich.« Er zog eine lange Zigarette heraus und steckte sie in die Plastikspitze. Ariel verfolgte bang seine Finger. Die Luft in der Ölpresse erschwerte das Atmen zusätzlich.

»Ich verlasse mich auf deine Mutter«, sagte Roni. »Wir werden sie nicht spülen.« Er zwinkerte Ariel zu, als er dessen erschütterten Blick sah. Mit der brennenden Zigarette wurde es zunehmend stickiger, da nützte auch das kleine Gitterfenster nichts – in dem jetzt neugierige Kindergesichter auftauchten. Ariel schwitzte, das ist das Ende, warum bin ich bloß gekommen, doch da trat Mussas Frau mit einem Tablett ein, auf dem Tässchen mit schwarzem Kaffee standen, und Ariel nahm dankend eines entgegen und führte es an die Lippen – es schmeckte.

»Von hier werden die Oliven auf den Stein gelegt«, fuhr Mussa fort, »der Esel wird an den dicken Balken gebunden, man verbindet ihm die Augen, damit er nicht verrückt wird, er geht und zieht den Balken mit, so im Kreis, und der Stein zermalmt die Oliven, lässt sie platzen, das ist die natürlichste und beste Art, keine Messer, keine Zerhacker und keine Maschinen. Das Olivenfleisch wird zu einer *adschina*, einer Masse mit gutem Geruch. Und dann sammelt man die *adschina* mit besonderen Rechen ein und streicht sie auf die da« – er zeigte auf runde Matten aus Stoffgewebebändern mit einem Loch in der Mitte –, »stülpt eine auf die andre über diese Säule, und dann dreht man die Schraube, drückt ganz fest, und so rinnt das Öl raus in diese Wanne. Das ist Wasser und

Öl zusammen, man lässt es ruhen, damit es sich trennt, oder man kann es auch mit einem Separator trennen. Nachdem es sich getrennt hat, geht das Öl in Krüge, und es ist gut, wenn man es noch ein bisschen stehen lässt, denn es flockt, es schwimmen Oliventeilchen drin, aber nach ein bis zwei Wochen setzen sie sich ab, das Öl ist klar, und man kann es in Eimer gießen.«

Ariel warf einen schnellen Blick zu Roni. Nicht gerade die sterilste Operation der Welt. Roni zwinkerte ihm wieder zu.

»Das ist das beste Öl«, sagte Mussa wieder. »Aber niemand macht das mehr so, weil es lange dauert und wenig Öl dabei rauskommt, man braucht einen gesunden Esel oder einen Motor, und viele Leute, die arbeiten. Bei den neuen Maschinen drückt man auf einen Knopf, und alles arbeitet von allein, es ist sauber, und aus den Oliven wird mehr Öl gepresst. Verstehst du?«

Roni schaute Ariel an und streichelte sein Kinn. Er ließ den Blick zu Mussas weißem Schnurrbart gleiten. »Wie viel kostet das, solche Geräte?«

»Sechstausend Dollar für einen kleinen chinesischen Kompressor mit sechs PS. Für hunderttausend Dollar gibt es in Italien den besten Kompressor auf der Welt, 600 PS. Holt am meisten Öl aus den Oliven in der kürzesten Zeit.«

»Aber der Geschmack ist nicht der gleiche«, bemerkte Roni.

»Nein.«

»Und das ist das Wichtige daran.«

»Ja. Man braucht ein bisschen Geld, um das hier in Ordnung zu bringen, denn es war lange Zeit nicht in Arbeit. Einen Elektromotor fürs Drehen. Einen Separator zum Trennen statt absinken lassen.«

»Du hast gesagt, ein Esel dreht es«, sagte Roni, »ich hab deinen Esel gesehen. Und mit dem Sinken – du hast gesagt, am besten ist warten.«

»Ich hab nicht gesagt, am besten. Sinken braucht zwei Wochen statt ein paar Minuten. Ich würde sagen, schade drum. Und der Esel hat ein Problem mit dem Herz. Schwach.«

Die Augen der Israelis trafen sich wieder. Ronis Blick besagte, ich hab keinen Groschen in der Tasche. Momentan ist es mir lieber, ich verdien mit null Investition ein bisschen was, als nach der Investition mehr zu verdienen. Laut sagte er: »Ich würde sagen, vorläufig bleiben wir beim Minimum. Biologisches Olivenöl, Handarbeit. Boutique, Erzeugerladen. Versuch es mit dem Esel.«

»In Ordnung«, sagte Mussa, »aber es ist wenig Öl.«

Auf dem Rückweg lüftete Ariel sein von Schweiß verklebtes Hemd und klopfte auf seine Taschen, um sich zu vergewissern, dass sich die Brieftasche, die Schlüssel und das Mobiltelefon an ihrem Platz befanden. Er war in Hochstimmung, denn er war am Leben geblieben, und gleich würden sie zurück am Hügel sein, zwar ein Stützpunkt inmitten der besetzten Gebiete, doch in dieser Situation fühlte sich Ariel sogar dort sicher, umgeben von bärtigen, bewaffneten Juden und Soldaten, die über die Ordnung wachten.

»Was soll ich dir sagen, Roni. Ich habe ein paar Nachforschungen angestellt, seit wir angefangen haben, darüber zu reden. Von der Olivenboutique auf der Rothschild haben sie mich zu diversen Olivenpressen geschickt, der letzte Schrei. Was die hier machen mit Stöcken und Steinen und Eseln und Kanistern, die wer weiß wie lange herumgelegen haben – die Welt hat Fortschritte gemacht seitdem. Die Fertigungsstraßen von Italien, das ist eine andere Welt.«

»Vergiss es. Es geht nichts über die alte Methode. Am natürlichsten. Am echtesten. Fertigungsstraße, das sind Tonnen von Öl pro Tag. Wir sind eine Boutique, direkt vom Erzeuger, Mann. Die Leute suchen das. Du sagst zu ihnen, biologisch. Erfahrung von Hunderten von Jahren, Handarbeit, konkurrenzlose Qualität, extra-extra Vergine.«

»Ehrlich gesagt, es gibt in Italien Sorten mit einem Bild von Mahlsteinen auf den Etiketten, wenn das Öl aus einer solchen Presse kommt.«

»Nu, genau. Siehst du? Wir zeichnen es auch aus!«

»Ich weiß nicht«, kehrte Ariel zu seiner Ausgangsposition zurück. »Erscheint er dir nicht ein bisschen müde, Mussa meine ich? Mit Geräten ist es außerdem exakter, sauberer. Du hast den Spülvorgang …«

»Zeitvergeudung. Platzverschwendung. Diese Araberinnen wissen Blätter und kaputte Oliven besser zu trennen als jede Maschine. Das ist der echte Geschmack, mit dem Staub, der Erde, dem Rauch der Zigaretten und irgendeinem Blatt hier und da.«

»Es gibt automatische Zerkleinerer …«

»Und hunderttausend übrige Dollars hast du auch? Hör auf, nichts geht über Mahlsteine. Eine Erfolgsstory von Jahrtausenden. Wie die Juden!«

Sie erreichten die Ringstraße von Ma'aleh Chermesch 3. Ariel sagte: »Wie relativ alles im Leben ist. Als ich hier angekommen bin, war ich vor Angst fast ohnmächtig. Aber nachdem ich das palästinensische Dorf überlebt habe … jetzt bemühe ich mich bloß noch, nicht an die Rückfahrt zu denken.« Sein Blick blieb an ein paar Kindern hängen, die mit Bimba-Fahrzeugen neben einer Mutter fuhren, und ein Stich der Sehnsucht nach seinem Sohn und seiner Frau durchfuhr ihn. Dann glitt sein Blick weiter und blieb auf der zersprungenen Windschutzscheibe eines Autos haften – ein kleines Loch gähnte, wo der Stein aufgetroffen war, umgeben von strahlenförmigen Sprüngen. »Was ist das?« Er deutete mit dem Kopf darauf.

»Ah. Terroristen. Aus einem der Dörfer in der Umgebung. Haben Steine auf meinen Mann geworfen, als er von Jerusalem zurückfuhr«, sagte die Mutter, Nechama Jisraeli. »Dem Herrn sei Dank, dass die Fenster Sicherheitsverglasung haben.«

»Sicherheitsglas?«, fragte Ariel mit brüchiger Stimme.

»Jetzt lass doch, Ariel, was ist mit unserer Angelegenheit?«, fragte Roni.

Ariel wandte den Blick wieder Roni zu, sein Gesicht war käsig. Er sagte: »In einer modernen Ölpresse ist alles von einer zentralen Kontrolltafel gesteuert und kontrolliert …«

»Das Gehirn von Mussa steckt jede Kontrolltafel in die Tasche. Das ist genauso wie die Tatsache, dass kein Computer Kasparow im Schach schlagen kann.«

Ariel schüttelte den Kopf und lächelte, doch er schwieg.

Roni blieb stehen. »Ariel, hör zu. In der Zeit, in der du Besichtigungen in perfektionierten Ölpressen gemacht hast, habe ich mich an die Daten gesetzt. Wenn es was gibt, das ich in Amerika gelernt habe, dann ist es, Daten zu analysieren, über Geschäftsmodellen zu sitzen und das Maximum an Dollars rauszuholen. Glaub mir, ich bin auf die Ebene von Gestehungskosten gegenüber dem Ertrag per einzelne Olive runtergegangen. Für eine perfektionierte Ölpresse brauchst du, Minimum, hunderttausend Dollar, und außerdem musst du einen Platz finden, renovieren, Miete zahlen. Und dann kaufst du die Oliven, lädst sie um, und wie vermarktest du sie? Und Flaschen? Etiketten? Noch mehr Fertigungsstraßen. Und dann die Olivenkommission, um ein Qualitätssiegel zu kriegen. Kaltpressung, Schmarrnpressung, Vergine da, Extra-Vergine blabla. Du brauchst einen irrsinnigen Kredit, und dann darfst du fünf bis zehn Jahre dahocken, bis du anfängst, was zu verdienen. Willst du das jetzt? Solche gibt es zu Dutzenden im ganzen Land, wo ist da dein Vorteil? In den Gebieten ist es doch der blanke Wahnsinn, Hunderttausende Dollar in ein Unternehmen zu stecken und fünf Jahre zu warten. Wer weiß, was hier in einem Jahr los sein wird?«

Ariel schob die Sonnenbrille auf seinen Schädel, die Sonne versank. »Was schlägst du dann vor?«

»Du weißt, was ich vorschlage. Mussa wird alles machen. Wir schließen einen Deal zu einem guten Preis mit ihm ab. Verpflichten uns für die ganze Saison. Kleben ein Etikett auf die Kanister – original biologisch mit dem Bild von Mahlsteinen, extraextra, die Urmutter vom Vergine, *baladi*, mein Land, aus dem Herzen Palästinas. Wir verkaufen es in deiner Olivenboutique auf der Rothschild für das Doppelte oder mehr. Das geht weg wie warme Semmeln, wenn die niedlichen Tel Aviver es erst mal spitzkriegen.«

»Wer hat gesagt, dass die Palästinenser damit einverstanden sind? Weil Roni Kupfer es gesagt hat, steht das ganze Dorf bei Fuß? Sie hassen uns doch.«

Roni rieb den Daumen gegen den Zeigefinger. »Geld«, versetzte er, »das ist alles. Du gibst es ihnen im Voraus, für die ganze Saison. Wer wird ihnen so was anbieten? Ich habe mit Mussa geredet. Diese armen Tröpfe müssen die Oliven anbauen, sie ernten, danach kommen sie zur Olivenpresse, die ihnen zwanzig Prozent abknöpft, und dann kommt irgendein palästinensischer Händler daher, der sie übers Ohr haut und ihnen einen Witz an Prozenten zahlt, aber auch nur, wenn es gelingt, das Öl zu verkaufen, und wie soll es ein palästinensischer Händler verkaufen können? An wen soll er es verkaufen? Und die Israelis, denen geht der Arsch schon auf Grundeis, wenn sie nur eine Straßensperre in die Gebiete passieren. Auch Mussa und seine Kameraden wissen, dass ihnen hier eine Gelegenheit in den Schoß gefallen ist, die sie nie mehr im Leben haben werden. Unter Garantie, Ariel, das hat Mussa mir so gesagt.«

Ariel biss auf seinen Brillenbügel und kaute darauf herum. »Okay«, meinte er schließlich zurückhaltend. »Dann lass uns mal nachdenken, welche Ausgaben wir haben: Du hast gesagt, wir zahlen die Oliven im Voraus. Separator. Elektroantrieb statt des kranken Esels.«

»Mit dem Esel geht es vielleicht noch.«

»Okay, es geht mit dem Esel. Flaschen und Etiketten. Und man braucht was für Vermarktung und Vertrieb.«

»Minimal, ganz minimal.« Roni wusste, dass er sich jetzt auf verlorenem Posten befand.

»Minimal, sicher minimal, aber trotzdem sind wir bei einigen zehntausend Schekel angelangt für einen Anfang. Dreißig-, vierzigtausend. Komm, wir nehmen eine Überschlagssumme und sagen fünfzig. Jeder fünfundzwanzigtausend.«

Roni zündete sich hastig eine Zigarette an. Er kniff die Augen wegen des Rauchs zusammen. »Wie kommst du denn auf fünfundzwanzig, sag mal? Du bist hier nicht in Tel Aviv, du bist in einem arabischen Dorf in den besetzten Gebieten. Hier nimmt man solche Summen nicht in den Mund. Woher soll ich eine solche Summe auftreiben?«

»Ich versteh dich nicht, was hast du denn gedacht? Dass es umsonst ist? Das ist nicht viel, um ein Geschäft mit einem solchen Potential anzufangen, und du mit deiner Erfahrung weißt das sehr gut.«

Roni machte ein gequältes Gesicht. »Ariel, ich kann momentan nicht halbe-halbe mit dir investieren. Kann ich nicht erst mal als Kapital einsetzen, dass ich die Vorarbeit geleistet habe, und wir rechnen im weiteren Verlauf ab? Die Ideen hab ich eingebracht, und Mussa hab ich gebracht. Mit Geld hab ich grad ein kleines Problem.«

»Ich bin bereit, mehr als du einzusetzen, aber du musst auch was bringen, eine Verpflichtung eingehen. Du kannst mich nicht allein damit lassen. Hast du nicht ein kleines bisschen auf der Bank? Hast du nichts in Amerika gelassen?«

Der Schmerz in Ronis Gesichtsausdruck schien sich zu verstärken. »Amerika ist ein Problem«, antwortete er. Er warf die Zigarette weg und hielt sich minutenlang damit auf, sie mit seiner Schuhspitze auszutreten. »Ich schau mal nach, ich werde versuchen, was aufzutreiben, in Ordnung.« Gabis Telefon in seiner Tasche ließ die Melodie »In Breslau brennt ein Feuer« ertönen, und er streckte zwei Finger aus, um es herauszufischen, froh über die Unterbrechung. »Ja, Mussa«, sagte er lächelnd, »ja, ich höre.« Ariel schaute Roni an, während dieser Mussa zuhörte, sah ihn an, während sich das Lächeln auf seinen Lippen verlor, betrachtete ihn, als er das Gespräch beendete und das Gerät wieder in die Hosentasche gleiten ließ, und blickte seinen Freund an, als dieser düster sagte: »Der Esel ist hinüber. Herzinfarkt. Gerade im Moment.«

Der Wohnwagen

Bewegliche Wohneinheiten, die im Volksmund Caravans oder Wohnwagen, in der Sprache der Regierung Transporter genannt werden, oder *aschkubiot*, die zusammensetzbaren Betonwürfel der Aschkeloner Firma, Wohnmobile, Fertigheime und anderes, haben mehr oder weniger einheitliche Größen und Proportionen – rechteckige, eingeschossige Einheiten von 4,25 m Breite auf 11 m Länge und 2,80 m Höhe. Der Fußboden liegt auf einem Stahlskelett, etwa achtzig Zentimeter über der Erde. Die Wände enthalten eine 4 – 6 cm dicke Isolierschicht zwischen einer grauen Betonwand und hellen Holzplatten mit PVC-Abschluss oder vergipst, ohne Abschluss. Das Dach hat eine Schutzschicht aus Aluminium. Vier Eisenstufen führen zur Tür auf einer der Längsseiten hinauf, die auch mit französischen Fenstern, mit verschiebbaren Glasscheiben, versehen sein können. Die Wohnwagen werden im Allgemeinen so aufgestellt, dass die Eingangstür zur Siedlung und die Fenster zur Landschaft ausgerichtet sind. Die 54900 israelische Schekel, die eine solche Einheit kostet, werden normalerweise vom Ministerium für Wohnraumbeschaffung und Bauwesen für die Organisation Amana übernommen. Die Miete, die an Amana bezahlt wird, und die Grundabgabe an die Kommunalverwaltung belaufen sich auf wenige Hunderter pro Monat.

Es gab natürlich Variationen dieses Standardmodells. Der Hersteller, englisch, deutsch oder israelisch, konnte sich je nach Ministerium, das damit befasst war, oder der Windrichtung ändern, und es war möglich, dass Konstruktionen in diversen Kombinationen, die im Laufe der Jahrzehnte entstanden waren, ihren Weg in die Siedlungen fanden. Die beiden Wohnwagen zum Beispiel, die Uzi Schimoni in den ersten Tagen nach Ma'aleh Chermesch 3 transportiert hatte, von denen einer immer noch die Basis des Hauses der Familie Asis bildete, besaßen 22 Quadratmeter – sie wurden »Barone« genannt, ursprünglich *bar-onim*, die Kraftkerle – und entstammten den Arbeitscamps der Amerikaner, die die Flughäfen im Negev nach der Räumung des Sinais gebaut hatten.

Der Wohnwagen, der an jenem feierlichen Spätwintertag so überraschend nach Ma'aleh Chermesch 3 gelangt war, stand im Frühling immer noch am selben Platz, an dem er abgestellt worden war, und nun sollte er zum ersten Mal bezogen werden. Nachdem er irrtümlich nach Ma'aleh Chermesch 3 transportiert worden war und der Sicherheitsminister keine Genehmigung erteilt hatte, ihn zu seinem ursprünglichen Ziel weiterzubefördern, befahl Otniel dem Eingliederungskomitee – Vorsitzende war seine Frau Rachel, Chilik die rechte Hand – zusammenzutreten, die

Warteliste zu begutachten und eine neue Familie aufzufordern, sich in dem Wohnwagen einzurichten.

Es verstrichen etliche Wochen, bis es dem Eingliederungskomitee gelang, sich zu versammeln, und währenddessen blieb der neue Wohnwagen so gut wie neu – mehr oder weniger. Schon am Abend des ersten Schabbats nach seinem Eintreffen entdeckte irgendjemand einen Weg, das Schloss zu öffnen, und bald fanden sich, eins ums andere, Lösungen für Notlagen und Mängel in anderen Wohnwagen überall in der Siedlung: Die klapprige Tür einer Duschkabine wurde ausgewechselt. Fensterläden. Ein Wasserhahn am Spülbecken. Ein Duschkopf. Sogar ein Quadrat grünlichen Linoleumbelags aus dem Küchenboden in der Größe von einem Meter auf einen Meter wurde mit einem scharfen japanischen Messer herausgesäbelt und mit Hilfe eines kraftvollen Superklebers in die Küche eines anderen Wohnwagens umgesiedelt, um dort ein Stück Boden zu ersetzen, das bereits verdreckt und modrig von Sickerwasser war. Nichtsdestotrotz, auch ohne diese vitalen Einbaukomponenten, die innerhalb kürzester Zeit bereits ausgebaut waren, fanden sich nicht wenige Interessenten für den Wohnwagen. Noch bevor Rachel die gedruckte Seite mit der Warteliste herausgezogen hatte, begannen verschiedene Personen, in wie außerhalb der Siedlung, an ihren Rockzipfeln zu zupfen, den Mund an ihr Ohr zu legen und ihr allerlei einzuflüstern.

Einige Leute am Hügel schlugen vor, den Wohnwagen in einen Kindergarten zu verwandeln, damit die Synagoge ein Gebäude für sich hätte und die Doppelfunktion der Frauenabteilung dort ein Ende fände; bisher wurde beim Gebet zur Abtrennung ein Laken gespannt und in der restlichen Zeit zur Seite geschlagen. Das war ein Diskussionsthema der Komitees seit Anbeginn der Siedlung: Was war wichtiger, wer hatte mehr Anrecht auf ein eigenes Heim, Kinder oder Gott? In der Anfangszeit gab es nicht viele Kinder, und die Synagoge wurde zuerst eingerichtet, doch jetzt waren die Anzahl und das Alter der Kinder gestiegen, und ein eigenes Gebäude war notwendig geworden.

Andere waren dafür, neue Siedler aufzunehmen. Manche davon plädierten für junge Paare. Eltern mit Kindern, die in ihrer Altersstufe allein im Stützpunkt waren, tendierten dazu, Familien mit gleichaltrigen Kindern zu suchen. Und Roni Kupfer, der Bruder von Gavriel Nechuschtan, der gleichzeitig mit dem Wohnwagen in der Siedlung eingetroffen war, der ihn möglicherweise sogar auf der Strecke überholt hatte, wenn ihn sein Gedächtnis nicht trog, bat darum, vorübergehend einziehen zu können, nur für eine Weile mit einer Matratze auf dem Boden, bis die Familie, die ihn beziehen würde, ausgewählt wäre, da es ihm bereits ein wenig unangenehm sei, seinen Bruder zu belagern. Und da waren Freunde der Rivlins, eine junge, wirklich süße Familie aus Ofrat. Und die Verwandten von Jenia Freud, Einwanderer aus der ehemaligen Sowjetunion, die in Karnei Schomron lebten und »Herausforderungen und Pioniertum« suchten. Ganz entschieden Leute von der Sorte, die in Ma'aleh Chermesch 3 erwünscht waren. Einige junge Leute aus der Muttersiedlung Ma'aleh Chermesch riefen an. Und eine Amerikanerin namens Sara, die eigentlich einen eigenen Stützpunkt gründen wollte, sich aber mit der Errichtung eines Spa auf den Namen ihres Mannes begnügen würde, der ihrer Behauptung nach auf einer Straße in der Umgebung ermordet worden war, obwohl sich alle anders an das tragische Ereignis erinnerten – ein gewöhnlicher Verkehrsunfall. Und weitere Freunde, Bekannte und andere, die den Hügel einmal besucht oder von ihm gehört hatten … Das bescheidene Heim, das in den ersten Tagen nach seinem Eintreffen als Segen betrachtet worden war, wurde zur Arena widerstreitender Interessen und heftiger Rivalitäten, und Chilik Jisraeli, der alle Familien kannte, die gekommen und wieder gegangen waren, angefangen bei Uzi Schimoni, diente als Lackmustest, der die Tauglichkeit der Kandidaten für den Hügel und seine Bewohner endgültig bestätigen sollte.

Roni hörte irgendwie von der Sitzung und bat um einen Vorstellungstermin. Er erhielt ihn auch und versuchte, seine Version darzulegen: Angesichts des unklaren Status des Wohnwagens, der für Giv'at Jeschua bestimmt gewesen sei und dort immer noch erwartet werde, und nachdem der Oberste Gerichtshof die Petition gegen den Flächendemarkationsbefehl abschlägig beschieden habe, was hieß, dass die Siedlung zu irgendeinem Zeitpunkt geräumt werden würde, lohne es sich vielleicht nicht, neue Siedler herzulocken, und bis sich geklärt habe, in welche Richtung der Wind blies, »wie auch immer, lasst mich einziehen. Ich bin schon da. Wenn man ihn wieder räumen muss, dann bin ich zackzack draußen. Um die Wahrheit zu sagen, ich werde sowieso demnächst draußen sein, ich weiß nicht, ein, zwei, drei Monate Maximum …«

»Bis du das Geschäft mit dem Öl von den Arabern in Charmisch erledigt hast?«, fragte Rachel, und Chilik neben ihr grinste, während Otniel Asis ihn mit einem ernsten, unzufriedenen Blick bedachte. Roni hatte schon gehört, dass Otniel ein glühender Anhänger jüdischer Arbeit war, obwohl er eine gewisse Zeitlang thailändische Arbeiter in den Pilzgewächshäusern beschäftigt hatte, und dass er von Ronis Geschäften mit Mussa nicht angetan war.

»Ja … nein …«

»Sag mal«, zwinkerte Otniel Chilik zu, »hast du ihn schon nach dem vorausbestimmten Fehlschlag der Kibbuzbewegung gefragt, für deine Doktorarbeit?« Chiliks Lächeln wurde eine Spur bitter in den Mundwinkeln. In letzter Zeit hatte er es nicht geschafft, an seiner Doktorarbeit so intensiv zu arbeiten, wie er es geplant hatte.

Roni zog den Kürzeren. Richtig, der Status des Wohnwagens sowie des Stützpunkts als Ganzes war mit einem Fragezeichen versehen, doch was war neu daran – genau deswegen musste man Tatsachen vor Ort schaffen, damit aus dem Fragezeichen ein schallendes und unwiderrufliches Ausrufezeichen würde. Deshalb hatte es Priorität, den Wohnwagen mit neuen Siedlern zu belegen und auch nicht zum öffentlichen Gebäude wie beispielsweise einem Kindergarten zu bestimmen. Es wurde beschlossen, die Familie Gottlieb aufzunehmen, die im Vorstellungsgespräch einen sehr sympathischen Eindruck hinterlassen hatte, genau die Sorte Mensch, die man hier suchte, ein junges Paar plus zwei Kinder aus Schiloh, der Mann Optiker, der ein Geschäft in Ma'aleh Chermesch eröffnen wollte, die Frau Tochter eines Rabbiners. »Teilt ihnen bitte mit«, verlangte Rachel, »dass sie diese Woche zu einem Einstandsschabbat kommen sollen, und von mir aus können sie gleich anschließend einziehen, mit Glück und Segen, und sie sollen mit mir wegen den fehlenden Teilen im Wohnwagen reden, wir sprechen dann mit der Siedlungssektion darüber.«

Diese unverschämte Bande, dachte Roni enttäuscht. Statt sich zu bedanken, dass ein normaler Mensch bereit war, in ihrem verlausten Drecksloch zu wohnen, machten sie sich über ihn lustig. Eine Bande von Irren, sollten sie sich ihren Wohnwagen doch in den Hintern schieben. Er kehrte zu seinem Bett, Gabis ehemaligem Sofa, zurück und legte sich deprimiert hin. Der Wohnraum war belastend für sie beide geworden. Roni fühlte sich unbehaglich und brachte es sogar fertig zu bemerken, dass das enge Zusammenleben auf Dauer auch seinem Bruder nicht leichtfiel. Gabi floss über vor Lächeln und Liebe wie immer, aus seiner Sicht kam alles vom Herrn – Prüfungen, Geschenke, wie immer er es auch nennen mochte. Doch Roni kannte seinen Bruder und wusste, dass hinter dem Lächeln sein Geduldsfaden bis zum Zerreißen gespannt war.

Die Planierraupen

Die Bulldozer kamen an einem glühend heißen Tag zu Anfang des Monats Ijar, sprich April, mit den Tagen der Unabhängigkeitsfeier und des Gedenkens. Eine Gruppe versammelte sich am Rande des Hügels und beobachtete mit besorgtem Blick die grauen Ungeheuer, die sich langsam ihren Weg bahnten, aus Charmischs Gassen ausbrachen wie kühne Küken aus ihrer Schale.

»Sind das Bagger?«, fragte Elazar Freud, den der Lärm vom Computer hochgetrieben hatte.

Chilik schnalzte verneinend. »Nein. Planierraupen. Bagger haben Räder, und sie sind kleiner. Die da, mit der Raupenkette, das sind die wirklich üblen Bestien.«

»Sie haben es nicht gewagt, hier durchzufahren, was?«, sagte Elazar.

»Nein«, mischte sich Otniel ein, »der Grund ist, dass sie auf ihrer Seite arbeiten müssen. Die Trasse für den Trennzaun verläuft auf diesem Olivenhain, dort.«

»Ja, der von Mussa«, nickte Roni. »Getilgt sei ihr Name.«

»Und sie wollen auch auf unser Gelände kommen, kapiert ihr, wie absurd das ist?«

Joni traf ein, die Waffe über der Schulter. »Okay, Freunde, die Demonstration ist aufgelöst.«

»Welche Demonstration?« Die sechs Einwohner, die konzentriert nach Süden gestarrt hatten, drehten sich zu ihm um.

Joni ließ seinen Blick hinter der Ray-Ban-Brille auf dem Schönheitspunkt neben Gittit Asis' Ohr verweilen und schluckte seinen Speichel. »Na gut, in Ordnung. Ich habe Anweisung erhalten, euch zu beruhigen, falls es Probleme geben sollte«, sagte er dann.

»Pfff … Probleme«, schnaubte Otniel. »Gebe der Himmel, jemand würde hier Probleme machen.« Er ließ mit einem Daumenschnipsen sein zusammengeklapptes Mobiltelefon aufspringen und wählte die Nummer von Nathan Eliav, dem Gemeindesekretär von Ma'aleh Chermesch, anschließend des Vorsitzenden des Gemeinderats, Dov, und danach des Knessetabgeordneten Uriel Zur und so weiter und so fort – der übliche Rundumschlag. Alle versprachen Überprüfung und aktuelle Information. Otniel klappte das Gerät zusammen, es reagierte sofort mit einem Klingeln. »Ja, Dov«, sagte er zum Gemeinderatsvorsitzenden. »Ich verstehe … okay, und welche Position hat der Rat in der Sache? … Nein, nicht der Gemeinderat, sondern der Rat für die Gebiete, von Judäa-Samaria-Gaza.«

Otniel fiel auf, dass alle um ihn herum schwiegen und auf die Antwort warteten, also drückte er auf die Lautsprecherfunktion. Dovs Stimme war klar zu hören. »In diesem Stadium hat der Rat beschlossen, den Vorschlag nicht anzunehmen, keinen Standpunkt in der Sache einzunehmen«, sagte er. Otniel warf einen verwirrten Blick auf das Telefon.

»Und was heißt das?«

»Das heißt, dass wir schnellstens eine Entscheidung über unseren Standpunkt treffen werden. Ob man die Regierung für den Beschluss angreifen soll, hier den Zaun durchlaufen zu lassen, und anfangen soll, mit Hilfe von Parlamentariern und unserer Einflussmischpoke für seine Aufhebung zu agieren, oder ob man unterstützen soll, dass der Zaun durch den Olivenhain geführt wird bei gleichzeitiger Opposition gegen eine Gebietsverletzung des Stützpunkts, und dann die Linke daran hindern, ein Misstrauensvotum zu initiieren. Eine dritte Möglichkeit wäre, die Regierung auf jeden Fall zu stürzen und zu hoffen, dass die Verzögerungen bis zu den Wahlen und bis zur Bildung einer neuen Regierung und so weiter die Geschichte bei allen in Vergessenheit geraten lässt.«

Otniel warf Chilik einen verdutzten Blick zu und ließ ihn zu seinen Töchtern Gittit und Debora wandern. »Moment mal«, sagte er ins Telefon, »was habt ihr denn also heute beschlossen?«

»Die vierte Möglichkeit auszuschließen«, erklärte Dov, »nämlich nichts zu tun, zu warten und zu sehen, wie sich die Dinge entwickeln, und zu hoffen, dass wir eine nachträgliche Genehmigung für den Erschließungsplan der Siedlung erhalten, der mit Sicherheit schon seit einigen Monaten daliegt. Vielleicht würde gerade dieses Timing eine Gelegenheit dafür schaffen, ihn durchzubringen. Und wenn er durchgehen würde, würden wir eine Unterlassungsverfügung auf Grundlage der Genehmigung ausstellen. *Capisce?*«

»Verstanden«, antwortete Otniel und lächelte seinen Töchtern zu.

»Also diese Möglichkeit – keine Position zu beziehen – haben wir heute Morgen ausgeschlossen.«

»Ich bin aber schon dafür, Zeit zu schinden«, mischte sich Chilik ein und näherte seinen Mund Otniels Telefon. »Normalerweise funktioniert das. In zwei Jahren wird der Flächendemarkationsbefehl das Papier nicht mehr wert sein, auf dem er geschrieben wurde. Genau genommen in weniger als zwei Jahren.« Er blickte auf seine alte, elfenbeinfarbene Analoguhr, die neben der Drei ein kleines Kästchen mit dem ausländischen Datum aufwies, übersetzte es im Kopf in das hebräische und rechnete: »Ein Jahr und neun Monate, ungefähr.«

»Auf alle Fälle«, war Dovs Stimme wieder zu vernehmen, »müsst ihr sofort Bescheid geben, wenn sich die Planierraupen dort irgendwie bewegen, dann schicken wir Tausende von den Gusch Emunim, um sie zu stoppen. Ich werde auch versuchen, den Sicherheitsminister zu erwischen. Ich habe vorher mit Malka, seinem Assistenten für Siedlungsangelegenheiten, gesprochen. Ach ja, das erinnert mich an was. Sag mal, woher weiß eigentlich der Sicherheitsminister schon, dass ihr eine neue Familie in die Siedlung geholt habt?«

Otniel beeilte sich, den Lautsprecher auszuschalten, und entfernte sich diskret von dem Grüppchen, während er irritiert seinen Bart streichelte. »Was?«, sagte er leise ins Telefon.

»Malka hat gesagt, sie wissen, dass eine neue Familie eingetroffen ist. Nicht mal ich hab's gewusst. Wann war das?«

»Ich glaub's nicht. Gestern sind sie erst eingezogen, und die Entscheidung haben wir gerade mal vergangene Woche getroffen. Bist du sicher, dass er das gesagt hat?«

»Nu, es stimmt ja, oder? Jemand hat es ihnen erzählt. Tut mir einen Gefallen, versucht ein bisschen weniger offenherzig mit diesen Dingen umzugehen, auch Malka hat das gesagt. Es dient nicht euren Interessen.«

»Klar, aber sicher«, erwiderte Otniel, während in seinem Kopf die Gedanken schwirrten. »Wir werden das untersuchen.« Er drehte sich zu den Anwesenden um. »Kommt, Leute, gehen wir nachschauen, ob die Soldaten dort was wissen.«

»Äh … Otni, ich bitte darum, dass ihr hierbleibt.« Das war die weiche, aber etwas helle Stimme Jonis. »Ich habe Befehl erhalten, dass ihr euch nicht den Baggern nähern dürft …«

»Das geht in Ordnung.« Abgesehen davon, dass Otniel Asis der älteste und am längsten ansässige Mensch in Ma'aleh Chermesch 3 war, hatte er auch eine tiefe, autoritäre Stimme und einen durchdringenden Blick, gegen den man schwer ankam. Ganz sicher nicht Joni, sogar mitsamt seiner Ray-Ban. »Wir gehen nur ein bisschen spazieren. Das dürfen wir.«

»Ich bitte darum, dass ihr nicht geht«, insistierte Joni mit einem Mut, der bewunderungswürdig war. Die Siedler gingen weiter.

»Ich muss mit meinem Bauunternehmer reden, mit Kamal«, behauptete Chilik. Er sollte in den nächsten Tagen eine Containerhälfte erhalten, um sein Haus vor der bevorstehenden Geburt seiner Tochter zu einer »Caravilla« zu erweitern. Otniel hatte ihn zu überreden versucht, einen jüdischen Bauleiter und jüdische Arbeiter zu finden, doch er selbst war nicht bereit, auf Gabi zu verzichten. Jüdische Arbeiter und Bauunternehmer von außerhalb zu holen war teuer, also hatte Chilik mit Kamal aus Charmisch ausgemacht, dass er zwei Arbeiter, auf der Stelle und für fast null Geld, mitbringen würde, ohne Versicherung, Rentenansprüche, Transportkosten und die ganzen restlichen Sperenzchen der jüdischen Arbeiter.

Otniel gab nicht auf. Während sie ausschritten, sagte er zu Chilik: »Du musst den jungen Leuten ein Beispiel geben.«

»Ich hab's versucht, Otni, glaub mir«, antwortete Chilik, »aber welche Alternative habe ich?«

Wie andere am Hügel und den umliegenden Siedlungen füllte Chilik ab und zu Gasflaschen zum halben Preis in Madschdal Tur oder kaufte im Lebensmittelladen von Charmisch ein, doch Otniel war ein Purist, was jüdische Arbeit anbetraf, und dickköpfig. »Ich hab jemanden für dich. Herzl, ein prima Bauunternehmer. Er wird dir einen guten Preis machen, ich schwör's. Und ich organisiere dir einen Zuschuss.«

»Von wem?«, spitzte Chilik die Ohren.

»Ein Spezialpreis für Studenten, verlass dich auf Otni, Brüderchen«, erwiderte Otniel, »und auf Herzl Weizmann. Ein Bauunternehmer zum Niederknien. Er wird dir eine tausendmal bessere Arbeit hinlegen als der Araber und dir auch keinen Schabarija oder so was in den Rücken stechen.«

Der Soldat Joni kapitulierte. Er rief seinen Vorgesetzten Omer an, um ihn zu informieren, während er der Siedlergruppe folgte. Seine Augen wanderten zwischen Otniel, den Planierraupen und den Hüften und dem Gesäß von Gittit Asis hin und her, die in einem dicken, langen Jeansrock steckten. Das Klappern von Killers Hufen erklang hinter ihnen, und Jehu schloss stumm an seiner Seite auf.

Die beiden gewaltigen, staubigen Raupentraktoren, Modell Caterpillar D9N, mit einem Gewicht von fünfzig Tonnen, einer Höhe von vier Metern und einer Länge von acht inklusive der vorderen Schaufel und der hinteren Baumwurzelfräse, lagerten vor Charmisch wie zwei Löwen am Eingang eines Königspalasts. Neben den riesigen, bedrohlichen Stahlschaufeltellern, die nebeneinander auf der Erde ruhten, stellten die Mitglieder der Mannschaft – zwei Offiziere und zwei Untergebene – einen Campinggaskocher auf und kochten schwarzen Kaffee. Joni eilte auf sie zu und erklärte ihnen leise, dass der Kommandeur des Sektors darum bitte, nicht mit den Siedlern zu sprechen. »Warum, ist doch in Ordnung, Bruder«, antwortete einer von ihnen. »Sollen sie kommen. Reden wir mit ihnen, mit Vergnügen. Sag mal, ist das ein Rassepferd?«

Jehu, auf dem Rücken seines Pferdes, würdigte den Soldaten kaum eines Blickes. Otniel sah Joni tadelnd an und lächelte den Soldaten zu. »*Ahlan*, Freunde, willkommen. Wenn ihr was braucht, Essen, Trinken, Decken, alles – kommt einfach vorbei und fragt. Wir freuen uns.«

»Alles bestens bei uns, Bruder, danke, nicht nötig«, erwiderte der Soldat, der zuvor Joni geantwortet hatte. Nach den Rangabzeichen auf seinen Schultern war er ein normaler Soldat, kein Offizier, doch er benahm sich, als sei er der Sprecher des Trupps. Er war ein leicht verfetteter, dunkler Typ, und eines seiner Augen irrte immer ab, wenn er versuchte, den Blick zu fokussieren.

»Also, was ist mit euch? Wann fangt ihr zu arbeiten an?«, schnitt Otniel Asis das müßige Geplauder ab.

»Wissen wir nicht«, sagte der Soldat. »Warten auf Order.«

»Und wann kommt die? Heute, morgen?«

»Wissen wir nicht«, antwortete der Soldat. »Heute, morgen, in einer Woche. Mit diesem Zaun da kann man nie wissen. Wir warten auf den OGH.«

»Nein, beim Obersten Gerichtshof wurde abgelehnt«, warf Elazar Freud ein.

Der Jeep von Omer Levkovitsch, Kommandeur des Sektors, traf in einer Staubwolke ein, die die Anwesenden dazu veranlasste, schützend die Hände vors Gesicht zu schlagen und zu husten. »Bitte nicht mit ihnen reden, Leute.«

»Wir haben uns bloß dafür interessiert, was los ist«, sagte Otniel Asis. »Schalom, auch Ihnen.«

»Gar nichts ist los. Ich bitte darum, sich zu zerstreuen. Die Planierraupen werden hier stehen bleiben, bis sie Befehl erhalten, mit der Arbeit anzufangen. Man wartet auf die Antwort vom OGH.«

»Wir haben unsere Petition beim Obersten Gericht doch schon verloren«, meldete sich Elazar wieder. »Hat man euch nicht informiert?«

»Nicht euer Fall beim OGH. Eine Petition von Linken und Arabern gegen die Verletzung der privaten Olivenhaine.«

»Ahaaa…«, lächelte Otniel. Davon hatte er nichts gehört. Er rief Dov an, der versprach, nachzuforschen und den Freunden von Schalom Achschav nach besten Kräften bei ihrer Eingabe behilflich zu sein.

»*Allah jistor*, Gott bewahre! Darum geht es beim OGH?«, sagte der dickliche Soldat. »Ich glaub's nicht. Ich versteh nicht, wer da den Ogeha ogebla fragt und wer da die Arabs, getilgt sei ihr Name, fragt. Gib mir fünf Minuten, und ich radier die Bäume aus, *jina'al*, verflucht sei ihre Mutter. Und falls möglich, legt auch ein paar von den Stinkern zwischen die Bäume, und wir radieren sie gleich zusammen mit aus.«

Debora verschluckte ein Grinsen und schielte zu ihrem Vater hinüber. Seine Augen gaben ihr ein Lächeln zurück. Omer stieg mit gerötetem Gesicht aus seinem Jeep. »Äh, entschuldige mal, Soldat, wie heißt du?«

»Dudu«, erwiderte der Soldat.

»Dudu. Erstens einmal stehst du stramm, wenn ein Offizier zu dir spricht. Zweitens, ich habe gesagt, es wird nicht geredet, hast du mich nicht gehört? Möchtest du, dass dich das jetzt Kopf und Kragen kostet?«

»Nein, Kommandeur«, antwortete Dudu mit vorgerecktem Kinn.

»Wer ist euer Vorgesetzter? Hört zu, Freunde, ich habe viel Respekt für die Techniktruppe und das Ingenieurskorps, aber reißt euch zusammen, und wenn ich sage, still hinsetzen und auf Befehle warten, dann macht ihr haarscharf das und keine Vorschläge. Klar?« Die vier Soldaten nickten. »*Jalla*, zerstreuen«, sagte Omer. Das Siedlergrüppchen machte sich langsam auf den Rückweg zum Stützpunkt, und die vier Soldaten der Techniktruppe stiegen in die geräumigen Kabinen der Planierraupen, um sich in der integrierten Klimaanlage abzukühlen.

Die Geburt

Schifra, die Hebamme, kommt zu jeder Tages- und Nachtzeit, bei jedem Wetter, an jede Stelle in den Gebieten von Erez-Israel. Sie hat weder ein Auto noch einen Führerschein, aber auch keine Angst. Alles liegt in der Hand des Herrn und in den Rädern der Mitfahrgelegenheiten. Nicht selten ist es der Fall, dass man sie zu später Nachtstunde, die zur frühen Morgenstunde werden kann, im strömenden Regen oder sogar Schnee an einer dunklen Kreuzung neben feindlichen Dörfern stehen sieht, in einer Hand ihre Geburtshelfertasche, mit der zweiten den Daumen zum Trampen hochgereckt. Ihr Haar ist unter einer geziemenden Haube verborgen, und eine große, dicke Brille bedeckt ihre Augen, die keine Furcht kennen. Wie könnte der Herr einer solch Gerechten wie Schifra, die eine solch heilige Arbeit verrichtet, nicht zur Seite stehen? Die Erfahrung hat sie gelehrt, dass sich immer ein Siedler oder ein Militärjeep findet und dass sie meistens von ihrer

Strecke abweichen, um sie an ihr Ziel zu bringen. Hunderte Babys haben mit ihrer Hilfe die Luft der Welt zu atmen begonnen, und ihr rundes Gesicht war der erste Anblick in ihrem Leben. Hunderte frischgebackener Mütter haben Tränen von Schmerz und Glück vergossen, während ihre Hand in der Schifras lag, die beruhigend mit ihrem New Yorker Akzent auf sie einsprach, der mit den Jahren nicht einen Deut nachgelassen hat: »Here, wier haben es fast hinter uns, mit Gods Hilfe. Noch ein bisschen, gib a push, darling, du bist eine real Heldin. Here, da ist dein Schoiner. Joi, wenn das nicht das schoinste Baby ist, das ich je im Leben geseihn hab.« Dieser Augenblick erfüllt Schifra stets mit wahrhaftiger, beklemmender Aufregung, und sie schließt ihre nassen Augen und dankt dem Herrn, dass er sie hierhergebracht, dass er sie wohlbehütet hat, dass er ihr das Geschenk gemacht hat, wundervolle jüdische Babys auf die Welt zu bringen. Als sie nach Israel eingewandert ist, hat sie ihren Namen geändert und sich nach der biblischen Hebamme aus dem Exodus benannt, wo über Schifra und ihre Gefährtin Pua geschrieben steht: »Aber die Hebammen fürchteten Gott.« Und auch sie fürchtet ihn, und er behütet sie, gelobt sei sein Name.

Gegen zwei Uhr nachts weckte sie das Läuten des Telefons. Nir Rivlin aus Ma'aleh Chermesch 3. Sie kannte den Stützpunkt, hatte dort schon einigen wundervollen Babys bei einem überwältigenden Sonnenaufgang über der Wüste auf die Welt geholfen. Eine wahrhaftig biblische Landschaft. Sie erhob sich rasch aus dem Bett, packte die Hebammentasche und marschierte im Nieselregen die fünfhundert Meter von ihrer Siedlung zur Schnellstraße. Manchmal konnten die Väter kommen und sie mit dem Auto abholen, doch Nir konnte Scha'ulit nicht allein lassen und hatte keinen Fahrer gefunden. Schifra war gezwungen, zweimal die Fahrgelegenheit zu wechseln. Doch die Wehen schritten in einem guten Rhythmus voran, und es bestand noch kein akuter Bedarf für sie. Sie sprach mit Scha'ulit am Telefon, beruhigte sie, erklärte ihr, was sie tun sollte, wie atmen, wie sitzen, verlangte nach Nir und erklärte ihm, was vorzubereiten, wie der Schmerz zu lindern war. Ein gelbes arabisches Taxi fuhr mit hoher Geschwindigkeit an ihr vorbei, und sie betete zum Herrn, gelobt sei sein Name, mit geschlossenen Augen, was sie beruhigte und sie in erhabene Gelassenheit versetzte. Dann hielt Menachem Politis aus Giv'at Ester für sie an, sie war sich nicht sicher, ob sie sich recht erinnerte, doch er sagte: »Du hast meine beiden Töchter auf die Welt gebracht, Zaddika, wo musst du hin?« Sie antwortete ihm: »Nach Ma'aleh Chermesch 3.« Worauf er sagte: »Kein Problem, glückliches Gelingen.« Und er brachte sie direkt zum Haus von Nir und Scha'ulit.

»Wunderbar, eine sehr schoine Öffnung. Alles geht good voran. Wie wunderbar. Here, ein Lockenkopf, haha, eine Maksima, fantastic, sie oder er?«

»Er«, bestätigte Nir. Nach zwei phantastischen Töchtern war das ihr erster Sohn, wie sie vom Ultraschall wussten.

»Ein Maksim, mit Gottes Hilfe.«

»Gepriesen sei sein Name«, murmelte der aufgeregte Nir.

»Nir, my dear, bitte heißes Wasser her, nicht kochend, aber eine angenehme Tempratura, ja? Vielen Dank. Erst letzte Woche war ich in dem großen Ma'aleh Chermesch dort, es ist wunderbar zurückzukommen. Jetzt kommt gleich eine Wehe. Ja, mit der Wehe pressen, in sie hineinatmen, du bist great, Scha'ulit, die dritte Geburt, wie nichts, du hast alles in control, du brauchst mich nicht. Nir, ein Lappen, my dear. Ein Tropfele Wasser, sweetheart?«

Auch Tchelet, ihre zweite Tochter, die zweieinhalb Jahre alt war, hatte Schifra hier am Hügel mit auf die Welt gebracht. Amalia, die erstgeborene, die fast fünf war, war im Krankenhaus in Jerusalem, im Hadassa, geboren, bevor sie hierhergezogen waren. Ups. Stromausfall. Scha'ulit stieß ein entsetztes Wimmern aus. »Alles okay, my dear. Das macht nichts. Wir sind anyway fast fertig. Ich denke, bei der nächsten Wehe ist er schon raus, here, here, da kommt der Kopf, here.« Nir versuchte sich zu erinnern, wer Wache hatte, aufgeregt und schwitzend drückte er das Namensverzeichnis in seinem Mobiltelefon durch, wem könnte er eine SMS schicken? Wer war wach? Auf einmal kehrte der Strom zurück, anscheinend hatte der Wachposten es bemerkt und den Generator wieder in Betrieb gesetzt – »und here kommt er, here kommt er!« Schifra schwieg einen Augenblick tief bewegt zu Scha'ulits letztem Schmerzensschrei und betete zum Herrn, gelobt sei sein Name – und der Herr tat den Hebammen Gutes, und das Volk mehrte sich – und dann sagte sie mit ruhiger Stimme: »Das ist das schoinste Baby, das ich in mein Leben geseihn hab, dem Herrn sei Dank für seine Geschenke.« Scha'ulit hielt ihre Hand, und sie umarmte sie, küsste sie auf die Stirn, und dann legte sie den runzligen, dunkelrosa Säugling auf den Leib seiner keuchenden Mutter, und der stumme Nir dachte, das kam so langsam und doch so schnell, und schon bin ich dreifacher Vater.

Und die Sonne stieg auf über Moab und Edom, und das Land ward von goldenem Licht erfüllt, und ein neuer Tag brach an auf dem Hügel.

Scha'ulits Mutter, Witwe des Terroropfers, blieb im Haus, um auf die Großen aufzupassen, und Nir fuhr mit Scha'ulit und dem Säugling in die Stadt, wo sie das Neugeborene im Krankenhaus registrieren lassen wollten. Sie fuhren langsam in ihrem blauen Subaru dahin, wurden mit einem strahlend weißen Lächeln und Glückwünschen von Joni gegrüßt, und nachdem sie von Ma'aleh Chermesch auf die Hauptstraße hinausgefahren waren, sagte Scha'ulit: »Oi, ich hab vergessen, Mama zu sagen, wo die Windeln sind.« Nir fuhr mit der Hand in die Hosentasche, doch das Mobiltelefon war nicht da. Vor der Straßensperre entwickelte sich ein Stau, der besonders zähflüssig schien. Der Druck stieg: Scha'ulit wollte mit ihrer Mutter sprechen, Nir hätte sich gerne mit jemandem über die Verkehrslage beraten, das acht Stunden alte Baby mit ihnen im Auto, und sie ohne Mobiltelefon.

»Macht nichts«, sagte Scha'ulit und bat ihn, die »Live-Stimme« im Radio einzuschalten. Die Gespräche, die dort gesendet wurden, beruhigten sie und besänftigten die permanente Angst, die sich wegen des fehlenden Mobiltelefons verstärkt hatte. Endlich waren sie bis an die Sperre vorgerückt. Alte Palästinenser warfen Blicke auf das Baby. Schwangere arabische Frauen lächelten. Nir und Scha'ulit gaben ein verlegenes Lächeln zurück. Der Radiosender verstummte und ertönte von Neuem, ein süßlicher Geruch verbreitete sich im Auto. »Oi, ich hab ganz vergessen, dass das Kacki am Anfang schwarz ist«, lächelte Scha'ulit, wie es angesichts eines Bündels aus Gliedern und Knochen, das schwarzen Stuhl ausscheidet, nur eine Mutter fertigbringt.

Die Anwesenheit der Hebamme Schifra bei der Geburt stellte die Behörden nicht zufrieden. Da sie dem Gesundheitsministerium nicht bekannt und bei der Geburt kein Arzt präsent gewesen war, mussten Nir und Scha'ulit ihre Elternschaft mit einem DNA-Test nachweisen, der wieder einige Zeit dauerte. Schließlich nahmen sie das Neugeborene und die Geschenkpäckchen, die jeder unter der Schirmherrschaft von Windel- und Babynahrungsfirmen neugeborene Säugling erhielt, und stiegen wieder in den staubigen Subaru. Nir rückte seine verschobene Kipa zurecht und streichelte seinen Bart, strich seiner Frau eine widerspenstige Locke zurück, die aus der Haube gerutscht war, und lächelte – da, wir haben einen Sohn, ordnungsgemäß im Computersystem des Krankenhauses und Innenministeriums registriert, aufgenommen, ein gewöhnlicher Mensch, der eins, zwei, drei anfangen wird, Post von der Krankenkasse und der Bank zu kriegen. Als Nir nach Hause zurückgekehrt und wieder mit seinem Mobiltelefon vereint war, begann er, aufgeregte Mitteilungen über die Geburt zu versenden.

Der Schabbat landete auf Ma'aleh Chermesch 3 wie ein Raumschiff auf dem Mond – stahlhart, kraftvoll und präzise.

Im Haus der Familie Rivlin herrschte Tumult, Jubel und Trubel. Scha'ulit, ihre Mutter, die Witwe, und ihre Schwiegermutter – die beiden Großmütter waren zusammen aus Beit-El eingetroffen – waren in der winzigen Küche um das Gebäck bemüht und auch in den Küchen von Neta Hirschson und Jenia Freud tätig, die zwar selbst mit der Zubereitung von Schabbatgerichten beschäftigt waren, jedoch von Herzen gern und großzügig einen Ofen und einen Gemüseschneider stifteten (und sich natürlich an der Essensrunde beteiligten, die der Stützpunkt jeder Familie, der ein Kind geboren wurde, als Geschenk gewährte – zwei Wochen lang Mahlzeiten, die die Frauen vom Hügel abwechselnd kochten). Nir war seit dem Morgen herumgerannt und hatte Wein, Einwegbesteck und Begeles für die Kinder eingekauft, selbstverständlich auch diversen koscheren Arbes-Hummus in der Büchse, weich und würzig – ohne Kichererbsen ging es schließlich nicht. Der Hügel war ein heißer, knisternder Schmelzofen, und alles zu Ehren des Kleinen, der seinerseits nur an jenem Körperteil interessiert war, das ihm, züchtig im Zimmer der Eltern, alle zwei Stunden seine Nahrung lieferte, sowie an der Wiege, in die man seine Glieder bettete und wo er in süßen gesättigten Schlaf fiel.

Freitagabend. Die Synagoge war voll. Der Schabbat wurde empfangen. Schabbatlieder wurden gesummt, dabei die Seiten des Wochenabschnitts im Gebetbuch eingehend studiert. Schabbatabendgebet. »Herr der Welt«. In seiner Funktion als Synagogenvorsteher verkündete Chilik eine Freudenzeremonie zur Geburt des Sohnes im Hause der Familie Rivlin, und nach dem Abendessen daheim kehrten die Gemeindemitglieder bei den Rivlins ein. Die Frauen saßen mit der Wöchnerin in einem getrennten Raum, reichten das Neugeborene von Hand zu Hand, die Männer im Wohnzimmer naschten Arbes und tranken Arrak.

Am nächsten Tag wurde Nir zur Thora aufgerufen, und Chilik sprach den Segen über ihn, dann sangen alle, und Nir betete *hagomel*, das Dankgebet.

Nach Abschluss der acht Tage nach der Geburt erfolgte die Beschneidung: Das Neugeborene brüllte und wand sich zu Ehren des Ereignisses. Nir wiegte es, feierlicher denn je, sein Bart war sorgfältig gepflegt und getrimmt, das Haar gekämmt. Die Spannung in den Minuten vor der Preisgabe des Namens des Säuglings war kaum zu ertragen:

Zebulon – auf den Namen von Scha'ulits Vater, der Herr räche sein Blut, der von Terroristen im Süden Samarias ermordet worden war.

Jedidel – denn ein Freund, *jedid*, von Gott, *el*, war der Säugling allemal, und er würde sich in die Einsamkeit von Wald und Felsgestein zurückziehen, seinen Freund anrufen und eins mit ihm sein.

Schir – wie das Lied, denn der Zaddik enthält sich des Redens, doch er weiß zu singen und herrliche Lieder und Melodien zu spielen, und aus seinen Weisen steigt natürlich das Lob des Herrn, gepriesen sei er, empor. Denn Gesang ist der Weg, der jedem Menschen bestimmt ist, und ganz sicher Nir, der seinem Sohn fast Abend für Abend ein Lied vorgesungen hatte, bis er auf die Welt gekommen war, und der, so versprach er, ihm weiter vorsingen würde, bis er groß werden und entscheiden würde, dass es ihm reichte, und sagen würde: »Schluss, Papa!« Doch bis dahin war noch Zeit, gelobt sei sein Name.

Daher ward sein Name im Lande Israel – Zebulon Jedidel Schir Rivlin. Viel Glück!

Die Erklärung

Am Schabbatausgang, nach *havdala*, *orech jamim* und *melave malka* – Segen, Gebet und Liedern –, nachdem der letzte Sonnenstrahl verdämmert und Heiliges in Profanes übergegangen war, schritten die Brüder Kupfer-Nechuschtan von der Synagoge zu dem Haus, das man bereits als ihr Heim bezeichnen konnte. Sie schritten in einer Stille, die nur hin und wieder von Beilins und Kondis unregelmäßigem Gebell durchbrochen wurde. Gavriel war verstört über Ronis Entweihung des Schabbats. Er fragte sich, ob er ihm gegenüber eine Bemerkung machen oder den Rabbiner nach dem Maß seiner Mitverantwortung fragen sollte. Er beschloss, eine SMS an den FRANS, den Frage- und Antwortservice des Mobiltelefons von Rabbi Aviner zu schicken: »Wenn ein Säkularer zu Gast kommt, bin ich für seine Entweihung des Schabbats verantwortlich, zum Beispiel ein milchiger Löffel in einem fleischigen Spülbecken oder das Einschalten von Licht?« Der Rabbiner sagte ihm immer, er solle fragen und sich nicht quälen und abplagen, denn für einen Neuorthodoxen, der zur jüdischen Religion zurückgekehrt sei, gebe es eine Menge Vorschriften zu lernen, und er müsse entscheiden, welche davon er annehmen wolle. Das war nicht so natürlich wie bei jemandem, der in einem religiösen Haus aufgewachsen war. Ihm fiel ein Beispiel ein, das ihm der Rabbiner gegeben hatte: Am Schabbat ist es erlaubt, eine Schere zu benutzen, um eine Milchtüte zum Zweck der Ernährung aufzuschneiden, doch es ist verboten, Papier zu schneiden – wie soll der Neuorthodoxe so etwas wissen?

Roni gähnte. Gleich würden sie zu Hause eintreffen, und Gabi würde in seinen Büchern lesen, den frommen Sammelwerken, den Legenden und dem *Schulchan Aruch*, und Roni würde sich hinlegen und in die Luft starren, und dann würde er schlafen gehen und in der Früh weiterschlafen, während Gabi schon auf den Feldern arbeiten oder Balken für sein Zimmer festnageln würde.

»Das war schön«, bemerkte Roni.

»Was war schön?« Gabi fragte sich, ob sein Bruder den Havdalasegen am Ende, das Gebet oder den Schabbat insgesamt meinte.

»Ein neues Kind. Man empfängt es in Ehren und mit Freude. Mit Liebe.«

Gabis Hände waren hinter dem Rücken verschränkt. Er lächelte bedrückt in sich hinein, die Quaste seiner großflächigen weißen Kipa pendelte mit jedem seiner Schritte.

Roni warf einen Blick zu seinem Bruder hinüber. »Hast du keine Lust auf noch eins?«

Gabi gab keine Antwort. Seine Augen waren in die Erde gebohrt. Ein vertrauter Schmerz lähmte ihn – der brennende Schmerz, der ihn jedes Mal schneidend durchzuckte, wenn er an seinen kleinen Sohn erinnert wurde, den er schon lange Jahre nicht mehr gesehen hatte. Sein Miki.

»Alles in Ordnung mit dir?«, sagte Roni.

»Vielleicht. Vielleicht hätte ich gerne noch eins. Alles liegt in der Hand des Herrn.«

»Nur in der Hand des Herrn? Hängt das nicht auch ein bisschen von dir ab? Ob du willst? Ob du dir eine dazu suchst?«

»Ich warte.« Roni würde nie im Leben verstehen, dass ein neues Kind kein Ersatz für das Kind war, das er gehabt hatte, dachte Gabi.

»Du hast gesagt, dass Rabbi Nachman gegen die Verzweiflung

gewettert hat und gegen … wie war das noch gleich? Traurigkeit und finstere Bitternis und alles so was.«

»Komme ich dir traurig vor? Die Leiden sind große Wohltaten, denn die Absicht des Herrn, gepriesen sei er, gereicht sicher nur zum Guten, so dass in allem Übel und Leiden, die der Mensch, der Herr bewahre, erfährt, die Absicht des Herrn, gelobt sei sein Name, wenn man den Zweck betrachtet, die ist, dass er überhaupt kein Leiden haben wird, sondern im Gegenteil, von Freude erfüllt …«

»Ja, du kommst mir ein bisschen traurig vor«, unterbrach ihn Roni, ignorierte die Spruchlitanei.

»Schau an, wer hier predigt. Du redest mit mir über Kinder? Von einer Frau? Du, wo du nach Amerika gerannt bist, und für was? Geld? Und sogar das …«

»Lass mich mal einen Moment beiseite. Was ist mit dir, Gabi? Bist du dir sicher, dass es dir gut geht so?«

»Todsicher. Mir geht es prächtig. Ich bin überrascht, dass du fragst. Es ist ein religiöses Gebot, eine gute Tat, im Zustand der Freude zu sein. Ich hätte nicht gläubig werden können ohne Freude. Der Glaube ist Freude. Traurigkeit führt zu Götzendienst und Verleugnung.«

»Für mich hört sich das eher an, als ob du dich anstrengst, dich mit diesen Sprüchen selber zu überzeugen.«

»Roni, du benimmst dich nicht anständig. Du bist Gast hier. Du bekommst, was du brauchst, ein Bett und Essen. Alles, worum ich dich im Gegenzug bitte, ist, dass du den Schabbat respektierst, die koscheren Speisevorschriften einhältst, die religiösen Gebote. Du entweihst den Schabbat immer wieder, sagen wir mal, nicht absichtlich. Ich nehme es hin und verzeihe. Aber jetzt gehst du auch noch auf mich los? Kannst du dich nicht zurückhalten? Wenn du das, was mir in der Seele brennt, nicht fühlst, in Ordnung. Aber verachte es wenigstens nicht.«

»Ich verachte es nicht.« Roni zog seine blaue Zigarettenschachtel heraus, während sie den Hof betraten. »Es ist angenehm draußen, wollen wir uns noch ein bisschen hinsetzen?« Roni ließ sich auf dem Liegestuhl nieder, neben der Donald-Duck-Wippe von irgendeinem Spielplatz, die zur Seite gekippt hing.

»Nein«, antwortete Gabi und ging in den Wohnwagen hinein.

Roni rauchte. Die Dunkelheit verdichtete sich. Er hatte gelernt, die Nächte an diesem Ort zu lieben. Anfangs hatte ihn die Stille gestört. Er hatte sich im Schlaf nach dem endlosen Raunen der Großstadt gesehnt, war manchmal sogar von dem Unbekannten aufgewacht, das die Stille in sein Inneres sickern ließ, die Bedrohung, die davon ausging. Doch inzwischen ergab er sich dem nächtlichen Schweigen, deckte sich damit zu wie mit einem Federbett. Er spulte im Kopf die Diskussion mit Gabi ab, und auf einmal fiel ihm ein, wie er Miki das letzte Mal gesehen hatte – ein kleiner, blonder, unternehmungslustiger Junge. Sein Herz zog sich zusammen. Vielleicht hatte Gabi recht. Er hatte es nicht verdient, dass Roni auf ihn losging.

Er ging hinein, als er die Zigarette fertig geraucht hatte. »Ich wollte dich nicht aufbringen.«

»Dann tu's nicht. Warum regelst du nicht die Angelegenheiten, die du zu regeln hast, und ziehst weiter, löst die Probleme und kehrst zu deinem Leben zurück?« Gabi richtete seinen Blick auf Roni. »Es ist nicht, weil ich nicht will, dass du bei mir bleibst, ehrlich, sondern für dich. Du schläfst den ganzen Tag, beschäftigst dich mit diesem blöden Olivenöl, bei dem ich nicht weiß und auch nicht wissen möchte, mit welchen Trickgeschäften du daraus Geld zu schlagen versuchst. Ich richte nicht dich, sondern dein Leben. Wieso versuchst du nicht, dich selbst von der Besessenheit zu heilen, von diesen Begierden? Ich rufe aus tiefster Seele zu meinem Herrn für dich, rufe, schreie und flehe zu ihm, dass er dir hilft, so wie er mir geholfen hat.«

Roni legte eine Hand auf die Schulter seines Bruders. Er sagte: »Danke, Gabi. Ich weiß, dass du es gut meinst mit mir.« Er ging, um für sie beide einen Nescafé zu machen, und sie setzten sich damit ins Wohnzimmer. Und noch bevor es Gabi gelang, die Hand nach den Büchern auszustrecken, erzählte ihm Roni, warum er am Hügel gelandet war.

»Nach der Armee, nach dem Kibbuz, nach Mutter Gila. Ein Kibbuznik in Tel Aviv. Die Wohnung in der Schlomo Hamelech. Die Goldfische. Die Bar am Rabin-Platz, damals noch Malkei-Israel-Platz, Bar Barabush. Die Geschäftspartnerschaft mit Oren Azulai. Du erinnerst dich, stimmt's? Die guten Tage, die fröhlichen Neunziger – die großen Augen. Immer noch mehr und mehr und mehr: Mehr Mädchen, mehr Business, mehr Geld.«

Er erzählte von der Begegnung mit Idan Levinhof, der ihm die Augen für die New Yorker Finanzwelt öffnete und ihm half, dorthin zu gelangen. Von seinem B.A. in Tel Aviv und dem M.A. in Businessmanagement in New York. Von der Investmentbank Goldstein-Lieberman-Weiss und seinen privaten Kunden, den endlosen Tagen vor den Bildschirmen und dem Adrenalinpegel des Aktienhandels und des Geldes – phantastische Summen von Geld, die er gemacht hatte. Und so oft er es ihm auch erklärte, Gabi begriff nicht, wie es sein konnte, dass nichts davon übrig geblieben war, im Gegenteil, dass er am Ende mit Schulden dastand, die zurückzuzahlen er keine Chance hatte.

Es war der lange Monolog von jemandem, der sich die Geschichte viele Male selbst im Kopf erzählt hatte; jemandem, der den Ehrgeiz, die Ziele und die Beweggründe bis zur Erschöpfung analysiert hatte und sie dennoch nicht endgültig durchschaute. Die Spekulationen, die Aktienwetten, die Erfolge, die Fehler, die seine kurze, kometenhafte Karriere während einiger Monate in dem hochdramatischen Herbst der amerikanischen Wirtschaft in einen mörderischen Strudel münden ließen, dessen Ende ihn an jenem Wintertag im Februar von San Francisco direkt hierher ins Westjordanland gebracht hatte, mit einem eleganten Hugo-Boss-Anzug am Leib, durchgescheuerten Socken und sonst so gut wie nichts in seinem Besitz.

Gabi nahm einen Schluck aus der Tasse, doch sie war leer, und er starrte hinein, als bräuchte er eine Bestätigung. »Nu …«, sagte er schließlich, »wenigstens hast du was erzählt.« Seit Roni angekommen war, hatten sie kaum miteinander geredet, obwohl Gabi einige Male versucht hatte, nachzufragen. Tatsächlich hatten sie die meiste Zeit ihres Lebens nur wenige lange, persönliche Gespräche geführt.

»Du weißt, was ich denke. Alles liegt in der Hand des Herrn. Wenn er dich hierhergeführt hat, dann musst du hier sein.«

Roni sah ihn mit einem verwunderten Blick an, doch er entgegnete nichts. Er ging zur Toilette, kam zurück und fand Gabi in der gleichen Haltung auf dem Stuhl vor. Er sagte: »Du arbeitest viel, mein Bruder, eh?«

»Dem Herrn sei Dank, gepriesen sei sein Name«, hob Gabi den Blick.

»Schön, schön, das ist gut, du schaffst es sicher, etwas auf die Seite zu legen, oder nicht? Das Leben hier ist nicht teuer, dieser Wohnwagen, was war die Miete gleich wieder, hast du gesagt, dreihundert Schekel?«

»Na gut, auch die Löhne sind nicht wie im Zentrum. Ich bemühe mich, mit Hilfe des Herrn.«

Das Schweigen, das darauf herrschte, verstand Gabi sofort. Manchmal wusste er einfach, was Roni in Wirklichkeit wollte. »Roni, ich kann dir nichts geben. Das heißt, ich gebe dir schon eine Menge, weißt du: das Essen, die Unkosten.«

»Ich weiß, klar. Und was ist mit dem Sparkonto von Onkel Jaron? Ist da nichts übrig?«

»Schon längst nicht mehr. Ich lebe von dem, was ich verdiene. Und wenn es mir gelingt, etwas auf die Seite zu legen, dann ist es für ein heiliges Ziel.«

»Ich hab nicht zu dir gesagt, dass du auf irgendein Ziel verzichten sollst, Gott bewahre. Welches Ziel?«

Gabi wollte zu Rosch Haschana nach Uman in die Ukraine fahren. Zur heiligen Grabstätte des chassidischen Meisters, Rabbi Nachman von Brazlaw. Ein Traum, den er schon einige Jahre lang hegte und den er dieses Jahr zu verwirklichen gedachte. Längs und quer werde ich mich niederwerfen, um ihm Gutes zu tun, an seinen Schläfenlocken werde ich ziehen und ihn herausholen aus der untersten Tiefe, hatte Rabbi Nachman jedem versprochen, der käme, um sein Grab zu besuchen, und Gabi bedurfte dessen mehr denn je. Den Kopf auslüften. Grünes mit den Augen sehen, Regen auf den Schultern spüren. Sich entfernen von hier und dem Rabbi so nahe wie nur irgend möglich kommen.

Zum Grab pilgern, mit Tausenden an seinem Monument beten sowie in Kloisn, seiner Synagoge. Die Tänze und die Lieder und das Buch der Thora, die explodierende Freude, die er auf YouTube gesehen hatte. Sich in diesen Wäldern unter die gleichen Eichen zurückziehen wie Rabbi Nachman an seinem Lebensabend, wie sein Schüler Nathan von Brazlaw, in den Schatten des Ba'al Schem Tov, Nachmans Urgroßvater, in Miedzyboz und bei Rabbi Levi Isaac von Berditschev. Nachman hatte jedem ewige Wiederherstellung versprochen, der zu seinem Grabmal kommen, einen Wohltätigkeitsgroschen für seine Seele geben und dort sein Gebet, *tikun haklali*, zur generellen Heilung sprechen würde.

»Rosch Haschana ist wann, in vier, fünf Monaten? Kein Problem. Bis dahin werde ich einen ordentlichen Kredit von der Bank organisiert haben, und es werden schon Bestellungen einlaufen. Ganz sicher. Du wirst dieses Jahr nicht auf Uman verzichten, Bruderherz, und ich will dir noch was sagen – nächstes Jahr wirst du noch mal fahren, auf Kosten deines Bruders. Was sagst du zu dem Bonus? Was sich Zinseszins nennt?«

Gabi wusste nicht, was er sagen sollte.

Nach zehn Minuten sagte er immer noch nichts. Die Gedanken überschlugen sich in seinem Kopf. Mit Vernunft war hier nichts auszurichten. Die Waagschalen befanden sich nicht einmal annähernd im Gleichgewicht: in der einen sein Traum, sein teures Geld, das er im Schweiße seines Angesichts verdient hatte, mit der Bearbeitung der Erde und dem Aufbau des Landes; in der anderen das zweifelhafte, dilettantische Projekt, noch dazu mit Arabern, eines verantwortungslosen Menschen mit einer chronischen Neigung, sich in Schwierigkeiten zu bringen. Der den Kontakt abgebrochen hatte. Der in der schwersten Phase im Leben seines Bruders keinen Ton hatte verlauten lassen. Und noch mehr – seine Lebensweise und sein Glauben auf der einen Seite und die absolute Verleugnung auf der anderen. Aber trotzdem, sein älterer Bruder war in Not, bat um Hilfe; vielleicht war das sein einziger Weg, aus der Verstrickung hinaus zum Licht zu finden? Sollte er ihm das vorenthalten für eine Handvoll Geldscheine? Und vielleicht hatte Roni ja recht, und es war eine besondere Gelegenheit, eine sichere Wette, und das geliehene Geld würde schnell zurückfließen und sogar den versprochenen Zins abwerfen? Gabi wollte sich mit dem Herrn beraten, mit dem Rabbiner, mit den Büchern.

Roni ging hinaus, setzte sich in den Hof und rauchte eine Zigarette. Er kam wieder, wartete noch ein Weilchen, und schließlich sagte er bitter: »Warum sagst du nichts?«

»Schweig. Es heißt, du sollst schweigen, denn dies befördert das Denken, das über dem Reden steht. Denn der Zaddik enthält sich des Redens.«

Roni schüttelte frustriert den Kopf. Er holte sich ein Glas Wasser vom Hahn und setzte sich in den Sessel. Dann sagte er: »Du bist früher anders gewesen. Offener, neugieriger. Ich weiß nicht.«

»Und was hat mir das genützt?«

Diesmal blieb Roni die Antwort schuldig.

»Ist es besser, Bars in Tel Aviv zu betreiben?«, fuhr Gabi fort. »In Amerika die Millionen deiner Kunden, deiner Bank und deine eigenen zu verlieren und vor der Verantwortung zu fliehen? Almosen einzusammeln für irgendein zweifelhaftes Geschäft mit Arabern?«

»Ich entschuldige mich nicht dafür, dass ich Geschäfte gemacht und gut gelebt habe. Ist dein Leben kostbarer? Bist du glücklicher? Bist du wertvoller? Was sagen diese Werte – schweigen? Beten? Aufhören, am Freitag zu einer bestimmten Stunde Strom zu benutzen? Ich verstehe das nicht.«

»Ich weiß, dass du es nicht verstehst«, erwiderte Gabi. Ein leicht kassierter Punkt.

»Dann erklär's mir. Was gibt dir das, pausenlos Dinge zu lesen und einzustudieren, die irgendein ukrainischer Rabbiner vor zweihundert Jahren gesagt hat, der dir gesagt hat zu schweigen oder zu singen oder dich zu freuen, *ana aref*, und was weiß ich?«

»Er gibt mir Frieden«, antwortete Gabi. »Er gibt mir Ruhe, Liebe, Freude. Es fällt dir aus irgendeinem Grund schwer, das zu akzeptieren, vielleicht versuchst du mit Gewalt, es nicht zu sehen.«

»Vielleicht versuchst du mit Gewalt, es zu sehen?«

»Ich versuche gar nichts. Ich fühle. Fühle mich daheim.«

»Welches Daheim, was für ein Zuhause? Ein illegales Haus, laut Gericht. Fühlst du dich auch zu Hause, wenn sie bei einem Jeep der Armee, der euch bewacht, die Reifen aufschlitzen? Gibt es einen Spruch dazu? Was ist mit dem Gesetz?«

»Besser Respektlosigkeit dem Gesetz gegenüber als Respektlosigkeit dem Herrn gegenüber.«

»Was ist mit Respekt gegenüber den Menschen?«

»Du redest plötzlich von Menschen? Alles, was dich interessiert, ist doch bloß dein lächerliches Olivenölprojekt. Denk nicht, dass die Menschen hier das mögen. Die Leute reden. Fragen, wie lange du bleibst. Warum wir dich beherbergen, wenn du mit Arabern arbeitest. Du willst, dass ich dir dafür Geld leihe?« Gabis Stimme wurde schrill. Er wollte diese Konfrontation nicht, aber wenn Roni darauf bestand, dann bitte, sollte er die Wahrheit erfahren.

»Ah, darum geht es. Kapiert. Ich arbeite mit dem grausamen Feind, ich bin ein wertloses und zynisches Stück Scheiße und will bloß Geld machen. Aber sich gegen Heuchelei und Gewalt zu stellen und mit Menschen zu arbeiten, die letzten Endes ziemlich arm dran sind, das ist wertlos? Man redet über mich? Schön. Sollen sie kommen und es mir ins Gesicht sagen. Sollen sie mir sagen, dass ich gehen soll.«

Gabis Gesicht blieb unbeeindruckt. »Ich sehe, du hast dir das Gerede der extremen Linken angeeignet. Ich bitte dich. Die Araber sind arm, die Araber sind Heilige, die Araber, die Araber, die Araber …«

»Die Araber sind wohl auch daran schuld, dass deine Frau und dein Kind dich nicht mehr in ihrer Nähe dulden, was?«, schrie Roni. »Die Araber und die profanen Werte, die Begierden des Beischlafs und des Mammons. Ja? Aber das Land Israel heiligen und den Herrn rühmen und schweigen – das lässt Miki und Anna vergessen, stimmt's?« Roni hätte noch mehr zu sagen gehabt, doch der Blick seines Bruders hielt ihn ab. Er ging nach draußen, bis zum Ende des Hügels hinunter, zu den glänzenden

Sternen, die im Wind flogen, hinaus zur dunklen Nacht. Als er zurückkam, schlief Gabi schon. Aber auf dem Tisch wartete ein Scheck auf Roni.

Der Verdächtige

Ein paar Tage später, in den Abendstunden, klingelte Gabis Telefon. »Gavriel Nechuschtan, Schalom«, sagte er. Der Name ließ immer noch ein Lächeln in Ronis Gesicht aufsteigen. »Ist für dich«, sagte Gabi. Das Lächeln wich einem Stirnrunzeln.

Eine Stunde später betrat Roni den Nachbarwohnwagen der Familie Jisraeli. Nechama machte ihm Tee mit Minze und bot ihm süß gefüllte Röllchen an. Er setzte sich auf den Stuhl, auf den Chilik deutete. »Ich hab nicht verstanden, warum ihr mich herbestellt habt«, sagte er zu Chilik, Otniel und Jean-Marc Hirschson, die ihm gegenüber auf dem Sofa saßen. »Was ist los, noch mal eine Eingliederungssitzung?« Er lächelte mit Kekskrümeln in den Mundwinkeln, hoffte insgeheim, dass sie die Entscheidung hinsichtlich des neuen Wohnwagens geändert hätten und ihn auffordern würden, an Stelle der Familie Gottlieb einzuziehen.

»Schau mal, Roni«, setzte Chilik an. Seine Augen waren auf einen Punkt knapp über Ronis Kopf gerichtet, und er kratzte sich mit einem Bleistift, nahe der Kipa, am Schädel. Otniel blickte ihm direkt in die Augen, und Jean-Marc schien von dem Krokodil auf seinem rosa Lacoste-Hemd gefesselt. »Lasst uns zur Sache kommen. Wir wissen, dass du alles, was wir jetzt zu dir sagen, weder bestätigen können noch Einzelheiten darüber erzählen wirst. Trotzdem haben wir dich eingeladen, um dir zu sagen, dass wir es wissen.«

»Was wissen?«, fragte Roni.

»Einen Augenblick, lass mich ausreden. Wo war ich?«

»Es ist uns wichtig, ihm zu sagen, dass wir es wissen«, sagte Jean-Marc, ohne seinen Blick von Ronis Hemd abzuwenden.

»Ja. Wir wollen nur, dass du weißt, dass wir es wissen. Mach mit dieser Information, was immer du willst, erzähl es deinen Vorgesetzten oder nicht, das ist ganz und gar deine Entscheidung.« Roni schenkte Chilik einen verständnislosen Blick. »Sieh mal, jetzt will ich dir noch etwas sagen. Wir schätzen euch. Sehr. Ihr macht eine schwere und segensreiche Arbeit, Tag und Nacht, um über die Staatssicherheit zu wachen. Einschließlich in den Siedlungen. Eure jüdische Brigade und das alles, ich sage ja nichts. Das heißt, die Überwachung ist ein bisschen übertrieben, trotzdem, wir – so merkwürdig sich das für euch anhören mag – sitzen wirklich nicht auf den Hügeln und planen, Regierungsoberhäupter oder Araber zu ermorden. Aber wir streiten nicht ab, dass es unerwünschte Elemente gibt. Wildwuchs. Sagen wir mal, Gesellen, die sich im Namen grundsätzlich positiver Ziele zu negativen Taten hinreißen lassen, manchmal zu Provokationen, bisweilen nicht ganz aus eigener Schuld, darauf wollen wir jetzt nicht eingehen.« Otniel nickte. »Also wir verstehen die Wichtigkeit. Und die Notwendigkeit von Leuten in den Siedlungen, die Informationen übermitteln.«

Chilik hielt inne und nahm einen maßvollen Schluck von seinem Nescafé. Schneur rief aus seinem Zimmer nach seiner Mutter. Roni ließ einen belustigten Blick zwischen den drei Männern hin- und hergehen, die ihm gegenübersaßen. Er öffnete den Mund, um etwas zu sagen, doch Chilik kam ihm zuvor.

»Schau mal, die Geschichte mit der Familie Gottlieb, wir verstehen, dass du getroffen warst. Wir verstehen, dass du vorübergehend in den Wohnwagen einziehen wolltest.«

»Ach, Unsinn. Tot und begraben«, warf Roni ein.

»Das schafft Probleme, verstehst du«, fuhr Chilik fort, überging die Bemerkung, »es gab eine Warteliste, und wir bevorzugen junge, religiöse Familien, Menschen, auf die wir langfristig bauen können…« Er blickte seine Gefährten auf dem Sofa an und wandte sich wieder Roni zu. »Wir sagen bloß, in Ordnung, deine Arbeit ist wichtig, tu, was du tun musst, aber falls möglich, zum gegenwärtigen Zeitpunkt, warte noch eine winzige Weile, bis wir uns organisiert haben, was haben wir schon groß gemacht, einen Anschlag geplant? Ein Wohnwagen ist eingetroffen, wir haben eine Familie hineingesetzt, das ist alles. Kein Grund, um loszurennen und es aller Öffentlichkeit mitzuteilen.«

Roni deutete verblüfft auf sich selbst, als wollte er sagen: Redest du von mir? Hab ich was gesagt? Wem kann ich denn …

»Jedenfalls«, übernahm Otniel das Wort, »viel Erfolg, wirklich. Du weißt, Roni, dass du ein gern gesehener Gast bei uns hier bist, bei deinem Bruder, den wir sehr mögen – und von ganzem Herzen, bleib unter unserem Dach, so lange du willst, ja? Aber falls und wenn es möglich sein sollte, dann lass uns die Positionen abgleichen, eh?« Er tippte mit einem Zeigefinger auf sein Auge.

»Wir wissen, dass du nicht ja oder nein sagen oder irgendwas zugeben kannst«, schloss Jean-Marc, »wir sagen bloß, wir wissen es, und falls du kannst, nimm Rücksicht. Das ist alles.«

Die drei Siedler tranken aus ihren Tassen. Jean-Marc biss in ein Röllchen und sagte: »Mmm … Aprikose!«

Roni begriff, dass der Termin beendet war, und erhob sich. »Gut, ich geh dann mal, ja? Außer es gäbe noch was?«

Otniel stand auf und legte seine breite Hand auf Ronis Schulter.

»Wir sind fertig, *chabub*, mein Lieber, zieh deines Weges. Gute Nacht, grüß uns Gavriel. Und Chilik«, er wandte sich an seinen Freund, »vielleicht lohnt es sich wirklich, dass du dir von Roni bei deiner Doktorarbeit über die Kibbuzniks helfen lässt?«

»Ich wäre froh drum«, erklärte Chilik. »Ich werde sicher mehr Zeit haben, nachdem Nechama niedergekommen ist.«

Als der Verdächtige hinausging, wechselten die drei Männer einen stummen Blick.

Roni beschloss, ein bisschen auf der Ringstraße spazieren zu gehen. Es war eine kühle Nacht, mit relativ gemäßigtem Wind, und es gelang ihm, im Schutz seiner Handflächen eine Zigarette anzuzünden.

Auf dem Weg sah er zufällig seinen Bruder, der seine Nachtwache antrat. »Was tut sich, Bruderherz?«

»Alles paletti.«

»Was wollten sie?«

»Ach, bloß so … weiß nicht. Ich hab's nicht genau verstanden, um ehrlich zu sein.«

»Na gut, erzähl's mir nachher. Ich gehe ein bisschen Sprüche lesen. Darauf hab ich den ganzen Tag gewartet.«

Roni blickte belustigt auf das Buch in der Hand seines Bruders. »Aber gern. Lass es dir gut gehen, Brüderchen.«

Ariel rief nach ein paar Tagen an. Roni befand sich in Unterhosen im Bett, die Füße hochgelegt, Gabi, ihm gegenüber, war in eines der Bücher Rabbi Nachmans vertieft. Seine Lippen bewegten sich wispernd mit, und seine Augen sprühten, er ließ sich von keinerlei äußerem Ärgernis stören. Roni gewahrte die tiefen, zurückweichenden Ecken unter der großflächigen Kipa, der unvermeidbare Beginn von Haarausfall. Er streckte beunruhigt die Finger nach seinen Haaren aus, aber alles in Ordnung, sie gruben sich noch in ein dunkles, dickes und dichtes Gestrüpp, das bereits in einem Maße gewachsen war, dass es, hätte er an einem normalen Ort gewohnt, einen Besuch beim Friseur gerechtfertigt hätte. Ariel hatte mit einem Experten für Mahlsteine gesprochen. Er hatte Zweifel. Er hatte per E-Mail einen Link geschickt und wies Roni an, sich das anzuschauen.

Roni trat zu dem alten Laptop in der Küche und sagte zu Ariel: »Die Verbindung hier zum Internet, allein deswegen werd ich noch zusammenbrechen und in den Staat Israel zurückkehren.« Während er auf die kreischenden Einwahltöne des Modems wartete, fiel der Strom aus, und der Computer, ohne normale Batterie zur Absicherung, erstarrte auf der Stelle. »Genuuug! Schluss! Es reicht! Ich hab die Schnauze voll von diesem verschissenen Drecksloch am Arsch der Welt! Wie kann man nur so leben? Arschwichser!!!«

Der Strom kam einen Augenblick später zurück, und Roni setzte den Computer ein zweites Mal in Betrieb. Das Gerät ratterte, sinnierte, wurde dunkel und wieder hell, beförderte die Windows-Oberfläche auf blauem Grund zutage, spielte die Eröffnungsklänge, und dann verstrichen drei, vier Minuten, bis es sich aufgewärmt hatte, hochfuhr und bereit zur Arbeit war. Roni drückte erneut auf die Internetverbindung und wartete wieder auf den Wählton, auf das Besetztzeichen, auf das Wählzeichen und so fort, bis die eingewählte Verbindung sich in den an- und abschwellend kreischenden und pfeifenden Klauen des Netzgetriebes verhakte. Er öffnete das Mail-Programm – auch das hatte es keinesfalls eilig –, gelangte zu Ariels Mail und klickte auf den Link, der im Zeitlupentempo die Internetseite öffnete, bis er endlich im gelobten Land ankam.

Ihm wurde schwarz vor Augen.

»Du nimmst mich auf den Arm, oder?«, fragte er Ariel, der die ganze Zeit über am Telefon gewartet hatte. »Ich dachte, dass wir diesen Teil schon abgehakt hätten.«

»Die Qualität von den Mahlsteinen ist weniger gut als in modernen Olivenpressen mit Zentrifugen. Mein Experte sagt, es käme nicht von ungefähr, dass sie niemand mehr benützt. Sie sind schmutzig, man braucht mehr Leute, um sie zu betreiben, sie setzen Schimmel an, und das Öl kommt oxydierter heraus und mit einem Beigeschmack, manchmal verdorben. Er sagt, dass die Araber in ihrer Tradition festgefahren sind, nicht gegen die Olivenfliege spritzen …«

»Klar spritzen sie nicht! Das ist biologisch! Ariel, hör mir auf mit diesen Sesselfurzexperten aus Tel Aviv! Mitsamt ihren ganzen schönen Erklärungen steckt der Geschmack von Mussas Öl alle in die Tasche! Genau wegen dem, was an den Steinen im Lauf der Jahre zurückgeblieben ist. Meinst du, jemand, der Olivenöl probiert, schert sich um die Zentrifugen? Wen kümmert das? Bring ein Olivenöl auf den Markt, das gut schmeckt, billig in der Herstellung ist, nenn es biologisch, traditionell, der Geschmack von früher. Das geht weg wie warme Semmeln.«

Schweigen auf der anderen Seite.

Roni sagte: »Was stört dich an dem Deal mit Mussa?«

»Ich möchte nicht das Gesetz übertreten.«

»Warte eine Sekunde«, bat Roni. Er warf sich kurze Kleidung über, schlüpfte in Gummischlappen, ging hinaus bis zum Spielplatz und ließ sich auf einer Bank nieder. Ein paar Kinder schaukelten noch und rutschten, bevor es dunkel wurde. »Wir übertreten gar kein Gesetz«, flüsterte er in die Sprechmuschel. »Wir machen Geschäfte.« Ein Schauer von Déjà-vu überrieselte seine

Wirbelsäule. Es war noch nicht lange her, dass jemand genau diesen Satz zu ihm gesagt hatte. »Das ist das Großartige an den besetzten Gebieten«, fuhr er fort. »Es gibt hier keine Gesetze. Du kannst sie erfinden, wie es gerade passt. Es ist dermaßen billig hier, das ist ein anderer Staat. In China produzieren sie für Amerika, aber viele Leute haben noch nicht kapiert, dass man in den Gebieten für Israel produzieren kann. Schlicht, aber genial.«

»Du willst das eine extra native Pressung nennen, ohne dass du ein Kontrolletikett vom Olivenrat erhalten hast?«

»Alle machen das, hast du es nicht in der *Jediot* gelesen? Also schreiben wir nicht ›kontrolliert‹. Schreiben wir nur ›native Pressung‹. Oder weißt du was, wir schreiben ›Extra Vergine‹ in Englisch hin. Das Gleiche, bloß ohne Hebräisch.« Er nahm die Sonnenbrille ab, um das lange, schwarze Haar von Gittit Asis zu betrachten, die ihren Bruder Schuv-El schaukelte. Wenn man schon von Extra Vergine redete. »Hast du eine Boutique gefunden, die bar von uns kauft?«

»Bist du sicher, dass du das nicht ordnungsgemäß machen willst, mit Büchern und dem Ganzen?«

Der Sonnenuntergang befand sich auf dem Höhepunkt, begleitet von einem auffrischenden Wind. Roni kratzte sich hinterm Ohr. »Ich hab keinen Nerv, dass ich anfange, mich mit Einkommensteuer und Mehrwertsteuer abzugeben, bevor wir sicher sind, dass das Geschäft im Rollen ist. Das ist keine Gesetzübertretung, das ist eine Anlaufphase, bevor wir auf den Füßen stehen und wissen, ob es die Mühe lohnt. Wie denn, wir sollen den ganzen Papierkram machen, eine Firma gründen und eintragen lassen und anfangen, diesen Kackern Steuern zu zahlen, noch bevor wir einen Schekel gesehen haben?«

Schweigen auf der anderen Seite.

»*Ja Allah*, was bist du für ein Klotz.«

»Ich weiß nicht, Roni. Ich muss darüber nachdenken.«

»Was gibt's da nachzudenken? Komm, wir machen noch einen Besuch dort. Zuallererst, es wartet hier ein Scheck auf dich – meine Beteiligung, die du mit Recht verlangt hast. Außerdem, du kannst dein Kniezittern ein bisschen beruhigen, weißt du? Beim zweiten Mal ist es schon nicht mehr beängstigend, du wirst sehen. Fünf Minuten angesichts der Wüste, und du wirst merken, dass du anfängst, anders zu reden. Was seid ihr für Stressbolzen da unten, woi woi woi.«

»Und wenn sich keine Boutique findet, die es verkaufen will? Wenn sie dahinterkommen, dass das Öl irgendein Araber mit einem Esel zermantscht hat?«

»So sprichst du über das Öl von Roni-et-Mussa? Tropf es ihnen auf die Zunge, und du wirst sehen, was für eine Zentrifuge ihnen das macht. Erfahrung von fünftausend Jahren, nichts, rein gar nichts geht über Mahlsteine!«

Scha'ulit Rivlin hob den Kopf von Zebulis Kinderwagen nach dem letzten Satz, der mit erhöhter Lautstärke ausgesprochen worden war. Roni winkte ihr lächelnd zu, worauf sie zurücklächelte und dem Baby weiter vorsang.

»Ariel, du machst mich fertig, Mann. Wie man so schön sagt, *you drive me nuts*. Komm, lass uns in Ruhe über das Ganze reden. Danach gehst du zu den Boutiquen. Ich möchte die Boutique sehen, die es bei dem Preis nicht nimmt.«

»Weißt du was? Vielleicht hast du recht, ich werde sehen, wann ich vorbeischauen kann.«

Roni grinste. »Ich hab gewusst, dass dich dieser Ort gepackt hat, *ja* Siedlerovitsch!« Er beendete das Gespräch und dachte: Mich hat der Ort nicht gepackt. Er war immer noch entsetzt über den Stromausfall und die Lahmheit des Internets. Und er wollte zum Friseur. Und eine Diätcola in einer Glasflasche und eine Zigarette und Cashewnüsse. Aber wo sollte er das herkriegen? Wie konnte man so leben?

Die Zweifel

Abend senkte sich über den Hügel. Autos fuhren am Torposten des Stützpunkts vorbei, die Fahrer kehrten von ihrem Routinetag zurück, Studieren, Lehren und städtischer Baumarkt, winkten dem lächelnden Joni grüßend zu, parkten neben ihren Häusern und holten die Tüten hinten heraus. Der Wind verstärkte sich, während das Licht abnahm, in perfekter Übereinstimmung. Zu dieser Jahreszeit konnte der Wind ein echter, vehementer Quälgeist sein – rüttelte an den Wohnwagen, an den Schaukeln im Mamelstein-Spielgarten, an der Donald-Duck-Wippe in Gabis Hof, fauchte unter den Böden hindurch, durch die nicht mehr vorhandenen Fenster des ausgeschlachteten Peugeots 104, ließ das Kreisverkehrsschild neben der Synagoge wackeln, die Plastikfolien des Pilzgewächshauses von Otniel knattern, trug das einsame, zornige Gebell von Beilin und Kondi und das Weinen der hungrigen oder müden Babys mit sich. Der Wind ließ Ronis Haut erschauern, der mitten in dem Telefongespräch im T-Shirt aus dem Haus gegangen war, und fing sich in Gittits schönem Haar. Er wehte Sandkörner und Staub auf, erzeugte kleine Wirbel in der Ferne und verschob Wolken am Himmel, führte bisweilen ein paar nasse Zufallströpfchen mit.

Mütter und große Schwestern spielten mit den Kleinen und lasen ihnen Geschichten vor, begannen sie gemeinsam oder einzeln zu waschen, die Männer warfen die Zeitung auf den Stuhl und saßen für einen Augenblick da, umarmten irgendein Kind, das gerade gesprungen kam, tranken ein Glas Tee. Diejenigen, die mit ihren Händen und ihrem Körper arbeiteten, spülten die Plackerei des Tages und den Schmutz von sich ab. Andere hoben die Finger von Tastaturen und rieben sich die Augen.

Auf dem Weg zum Abendgebet in der Synagoge umarmten sie ihre Gebetsbücher und sich selbst, gebeugt und redlich. Ein Teil betete noch schnell *mincha*, bevor das Licht ganz verschwand, und dann gingen sie hinaus zu einer Zigarettenpause auf der Holzbank, die kürzlich aus Jerusalem eingetroffen war, erkundigten sich nach den Planierraupen, verifizierten Gerüchte. Sie hoben die Stimme und duckten den Kopf im Wind, hielten ihre Kipas fest und gingen schnell wieder hinein, und nach dem letzten Gebet kehrten sie zurück und gesellten sich zu den Frauen und Kindern in ihren Häusern.

Nechama Jisraeli bereitete Omeletts für ihren Ehemann Chilik und ihre Söhne zu, den vierjährigen Boaz und den zweijährigen Schneur. Chilik hatte versprochen, ihr mehr zu helfen, wenn die Geburt näher rückte, vor allem beim Abendessen – sie hatte die Idee gehabt, eine zweiwöchentliche Thorastunde für die Frauen am Hügel zu organisieren, und er hatte sie unterstützt und erklärt, er würde sich um die Söhne kümmern. Doch er war stark beschäftigt mit der drohenden Evakuierung, der Eingliederung der Gottliebs und alledem, und er fuhr auch noch ein paar Mal zur Universität, in dem Gefühl, dass er mit seiner festgefahrenen Forschungsarbeit vorwärtskommen müsse. Er hatte mit der Lektüre eines hervorragenden Buches begonnen, »Diebe in der Nacht« von Arthur Koestler, das die Atmosphäre der Kollektivsiedlung und die Erlösung des Landes im Galil Ende der Dreißigerjahre wunderbar schilderte: die Beziehungen mit den Arabern, der Landerwerb des Jüdischen Nationalfonds, die Methoden der Aneignung.

So kam es also, dass Nechama, im neunten Monat schwanger, nach einem Kindergartentag mit sieben Kleinkindern in der Küche stand und Eier zu einem Omelett verquirlte. Alles liegt in der Hand des Herrn, lächelte sie müde, und dachte daran, wie die Kinder am Morgen versucht hatten, das Schabbatlied *Lecha dodi* zu singen, dirigiert von ihrem Boaz und Emuna Asis. Chilik kehrte vom Gebet zurück und sagte: »Bloß zwei Minuten, das brauch ich.« Er streckte sich auf dem Sessel aus, und seine Söhne stürzten sich auf ihn.

»Lass dir Zeit, erhol dich in aller Ruhe«, erwiderte sie. »Kinder, erzählt Papa, was ihr heute im Kindergarten gemacht habt.« Sie erzählten. Er äußerte Bewunderung. Nach dem Abendessen, nachdem sie die Kinder ins Bett gebracht hatte, räumte sie das Schlachtfeld in der Küche und im Wohnzimmer auf, und um neun Uhr streckte sie sich im Bett aus. »Ich bin tot«, sagte sie zu ihrem Mann, wenige Sekunden bevor sie die Bande des Schlafs umfingen. Er klappte seine Brille zusammen und legte sie auf das Regal, nahm die Kipa ab, faltete sie und streckte sich neben seiner Frau aus, streichelte ihre Bauchkugel, und bevor er sich entschieden hatte, ob er die Kommentarseite in der *Jediot acharonot* oder noch zwei Seiten in Koestlers Buch lesen sollte, überwältigten ihn tiefe Atemzüge, und er sank in den Schlaf.

Im Haus der Familie Asis herrschte der übliche Tumult. Schuv-El saß auf Gittits Schoß, sie sprachen den Tischsegen *bore pri*, und sie versuchte ihn mit Salat zu füttern, den er nicht wollte. Er wollte nur »Affelsaff«, den er gierig trank, nachdem er ihn bekommen hatte. Otniel aß den Salat mit einem Löffel und telefonierte dabei mit seinem Vertriebslieferanten Moran. Er schrie: »Jakir, wie viel Labane haben wir für morgen bestellt? Ah, nein, Jakir, Cherrytomaten, wie viele Cherrys für morgen? Was? Beides? Könnt ihr vielleicht mal ein bisschen leiser sein? Chanania!«

Sein Sohn Jakir rief zurück: »Sekunde!« Er war im Internet, in dem Spiel *Second Life*, in dem sich jeder Teilnehmer selbst eine graphische Figur gestaltete, die in der virtuellen Welt herumspazierte, Equipment sammelte – vom Schnürsenkel bis zum Haus – und Kontakte mit anderen Figuren knüpfte. Jakir hatte sich in *Second Life* die Gestalt eines Siedlers gegeben, der eine Spur wie er aussah, jedoch bärtig, und er hatte ein paar Freunde gefunden, virtuelle Abbilder zionistischer und gläubiger Juden wie er, mit denen er sich auf einer Insel niedergelassen hatte, die sie »Wiedererrichtung« nannten. Er hatte eine Synagoge mit ihnen gebaut, wo sie zusammen beteten und redeten, sie trieben sich gemeinsam herum und schürten die Glut.

Seine Mutter, Rachel, sagte zu seinem Vater: »Warum sitzt Jakir am Computer? Er muss zu Abend essen. Jakir! Komm essen, lass den Computer jetzt!«

Otniel entgegnete: »Einen Moment noch, Moran ist in der Leitung, es ist wichtig!«

Jakirs Gefährten waren gerade dabei, Islam-online einen Besuch abzustatten, eine der muslimischen Lokalitäten in *Second Life*, um bei den Arabern Unruhe zu stiften. Jakir entschuldigte sich, dass er nicht teilnehmen konnte, und loggte sich aus, überprüfte rasch die Bestellungen und kam an den Tisch, exakt in dem Moment, als Chanania Emuna vom Stuhl schubste und ihr Kopf ans Tischbein knallte, worauf sie in Geheul ausbrach und dabei den fehlenden Zahn in ihrem Mund enthüllte, bis Schuv-El von Gittits Knien herunter wollte, um lieb zu ihr zu sein, während Debora Jakir den Salat empfahl, er sei ausgezeichnet, Jakir darauf fragte, was es noch gebe, Gittit antwortete, Joghurt, und Rachel befahl: »Chanania, du entschuldigst dich jetzt sofort!«

Neta Hirschson sagte zu Jean-Marc: »Ich weiß nicht, was wir diesen Schabbat wegen meiner Schwester machen sollen. Sie isst glatt koscher. Meinst du, ich muss sie deswegen fragen? Vielleicht fragen wir den Rabbiner, was wir machen sollen?«

»Vielleicht kaufen wir einfach glatt koscheres Essen?«, erwiderte er zögernd. Jean-Marc war als vollkommen Säkularer in der Küstenregion geboren. Sein Vater, der aus Frankreich nach Israel eingewandert war, und seine Mutter, Tochter einer Partisanin und eines Kibbuzniks, waren Mitbegründer von Ma'aleh Chermesch in den Siebzigerjahren gewesen.

»Und was ist mit dem Besteck?«, insistierte Neta.

»Frag den Rabbiner.«

Nach dem Essen kochte Neta Kaffee, schnitt Kuchen auf und fragte: »Meinst du, es lohnt sich, sie mit Gavriel bekannt zu machen?«

»Welcher Gavriel?«

»Nechuschtan.«

»Gabi? Bist du verrückt geworden? Er ist ein Neo-Orthodoxer.«

»Das bist du auch«, versetzte die Tochter des Rabbiners von Ofra und einer Mutter, die bei den ersten Besiedlungsversuchen des Bahnhofs von Sebastia nach dem Sechstagekrieg dabei war.

»Genau, deine armen Eltern, willst du ihnen noch einen aufladen? Außerdem haben deine Eltern meine Eltern und mich gekannt, es ist nicht so, dass ich ein Neureligiöser mit unbekannter Vergangenheit gewesen wäre.«

»Er ist aber nett. So ein Stiller. Gläubig. Was soll er schon für eine Vergangenheit haben? Furchtbar traurig, diese Geschichte mit seinem Kind. Er sieht wie ein wirklich guter Junge aus.«

»Geschieden«, führte Jean-Marc weiter ins Feld.

»Nichts zu machen. Was war, das war. Schau ihn dir jetzt an, wie er seinen seltsamen Bruder beherbergt, so was von duldsam.«

»Er ist ein guter Kerl, dagegen sag ich ja gar nichts. Aber nichts für deine Schwester. Er ist zu alt. Sie hat noch Zeit, oder?«

»Sie wird demnächst vierundzwanzig.«

»Aha.« Er hielt die Tasse fest und dachte nach. »Verstanden. Gut, ich werde drüber nachdenken, ob ich jemanden kenne.«

»Egal, zuerst müssen wir sehen, was wir mit diesem glatt koscher machen«, erwiderte Neta. Und dann lächelte sie einladend. »Ich war in der Mikve heute. Was hältst du davon, wenn wir meinen Eltern, statt ihnen noch einen Schwiegersohn zu bringen, einen Enkel bescheren?« Jean-Marc lächelte, doch als sie sich umdrehte und ins Schlafzimmer ging, erlosch sein Lächeln. Sie versuchten es, seit sie geheiratet hatten, vor über einem Jahr, und nicht nur war der Akt an sich mechanisch und zweckbestimmt geworden, ohne Zärtlichkeit und Intimität, sondern Neta wurde auch zunehmend verunsichert, verlor ihre Gemütsruhe. Sie wollte so unbedingt Kinder, und je mehr Tage ins Land gingen, desto mehr wurde ihr Wunsch zur Obsession, besetzte sie ganz und gar, und manchmal ließ sie Dampf ab – mit Tiraden gegen Jean-Marc, wütenden Widerworten gegen unverschämte Linke, indem sie Soldaten oder sonstige ärgerliche Staatsvertreter anschrie, die zum Hügel kamen –, und andere Male, meist an dem Tag, an dem ihre Monatsblutung hartnäckig eintrat, ein unerwünschter Gast, den kein Mensch geladen hatte, verfiel sie in Schweigen, zog sich in sich selbst zurück, stornierte kosmetische Behandlungen, die sie mit Kunden vereinbart hatte, machte alle Fensterläden dicht und igelte sich im Bett ein.

Jetzt aber, an die Arbeit.

Raja Gottlieb saß auf einem Plastikstuhl in der Ecke des Raums und konnte ihre Tränen nicht zurückhalten. »Für das hier haben wir unser Zuhause verlassen, Nachi?«, fragte sie ihren Mann. Sie hatten gerade die Kinder zu Bett gebracht. Nachum lag halb aufgestützt auf der Matratze in ihrem nackten Wohnzimmer, wollte positiv sein, doch die Wahrheit war, dass er keine gute Antwort darauf wusste. Die Problemliste ihres »neuen« Wohnwagens war endlos: Die fehlende Tür der Duschkabine verursachte Überschwemmungen im Duschraum, ganz zu schweigen von der mangelnden Züchtigkeit. Es gab keinen Kopf an der Brause, weshalb der Wasserstrahl unangenehm war und die Überflutung noch schlimmer. Am Spülbecken in der Küche gab es keinen Warmwasserhahn, und Raja spülte nur mit kaltem ab. Im Kinderzimmer fehlten Rollläden, und Nachum hatte die aus dem Elternzimmer hinübergebracht, so dass es bei ihnen nun jeden Morgen um sechs Uhr blendend hell war. Vielleicht am niederschmetterndsten war das viereckige Loch, das im Linoleumboden der Küche gähnte. Wem konnte es einfallen, ein Stück Linoleum verschwinden zu lassen? Nachi Gottlieb starrte auf das leere Viereck, an dessen Kleberändern sich bereits der Schmutz angesammelt hatte. Eine unglaubliche Frechheit.

Ihr Hab und Gut transportierten sie häppchenweise mit Nachums Auto, denn Otniel hatte sie gebeten, nicht mit großen Lastwagen angefahren zu kommen, damit ihr Einzug nicht augenfällig würde und in einer heiklen Phase wie dieser alle möglichen Leute aus ihrer Ruhe hochschreckte – den Regimentskommandeur oder den Kommandeur des Sektors, die hier viel herumstrichen, außerdem würden die Soldaten am Torposten über einen Transportlastwagen Meldung erstatten, ganz zu schweigen von den linken Organisationen, den Inspektoren der Verwaltung sowie – Otniel hielt inne, schaute sich um und senkte dann die Stimme –, »es kann sein, dass es in unserer Mitte einen Stinker gibt, der über unsere Aktivitäten Bericht erstattet, und um die Wahrheit zu sagen, auch die Nachbarn in Giv'at Jeschua würden sich nicht freuen zu hören, dass eine Familie in den Wohnwagen eingezogen ist, der für sie bestimmt war und auf die Transportgenehmigung vom Sicherheitsministerium wartet.« Daher sei es vorzuziehen, erklärte Otniel, sich in diesem Stadium bedeckt zu halten. Also fuhr Nachum zwischen Schiloh und dem Hügel hin und her, büßte Arbeitstage ein, lud den Wagen so voll wie möglich, doch es gab Dinge, die in den Nissan Winner nicht hineinpassten, wie zum Beispiel die Waschmaschine. Also wusch Neta die Wäsche im Spülbecken ohne heißes Wasser oder bei Freunden in Ma'aleh Chermesch 2, doch es war ihr bereits peinlich, denn zwei Kinder füllten täglich eine Waschmaschine. Auch der Kühlschrank und der Herd waren noch nicht da, daher versuchten sie, sich mit einer Minikühlbox und Elektroplatten zu behelfen, die jeden Abend dem Generator Schluckauf bescherten.

»Aber die Leute sind wirklich nett, sie haben Kuchen und Spiele für die Kinder gebracht, und du hast gesehen, dass sie im Nachrichtenblatt jeden, der etwas genommen hat, gebeten haben, es zurückzubringen«, versuchte er sie aufzumuntern, »und Schimi und Tili sind ganz versessen auf die Spielplatzanlage.« Sie reagierte mit einer weiteren Tränenwelle, und er wusste, weshalb. In Schiloh hatten sie einen phantastischen Spielplatz gegenüber dem Haus gehabt, wo die Kinder immer unbeaufsichtigt hingehen konnten und jeden Tag stundenlang spielten. »Wenn bloß dieser schlimme Wind sie heute Nacht nicht wieder aufweckt«, flehte sie schluchzend.

Nachum war Optiker. Er liebte die Kombination von Mode und Körperkultivierung einerseits – die Seite, bei der Raja ihm half, bei der Katalogauswahl der Rahmengestelle und der Anprobe, während sie im Laden war – und andererseits das therapeutische Element, die Körperkorrektur; er ermöglichte es den Menschen, die Welt zu sehen, wie sie war. »Die Natur hier ist bezaubernd«, er spähte durch das zerrissene Fliegengitter am Fenster in die schwarze Nacht hinaus. »Du kannst nicht die Landschaft genießen und dich über den Wind beklagen, man muss das komplette Bild sehen«, sagte er mit trauriger Stimme.

Roni ging hinaus zu einem Spaziergang. Er blieb bei Joni am Torposten stehen und hörte ein paar Minuten zusammen mit ihm Radio. »Gehst du nie nach Hause?«, fragte er den Soldaten. »Es scheint, als ob du immer da bist.«

Joni lächelte, eine Ausgabe von *Blazer* in den Händen. »Diesen Schabbat bin ich endlich mal zu Hause.«

»Wo bist du zu Hause?«

»Netanja.«

Roni hatte nichts zu sagen zu Netanja. Nach weiteren zwei Minuten stand er auf, lächelte und sagte: »Gute Nacht.« Draußen biss er die Zähne gegen den Wind zusammen und zischte in sich hinein: »Der arme Kerl, hat aus jeder Welt das Schlechteste abbekommen. Sowohl Israeli als auch Afrikaner. Großer Gott. Wenigstens lächelt er.«

Auf dem Nachhauseweg hielt er bei Gabis Zimmer und schaltete die blasse Glühbirne ein. Er sah, dass Gabi mit dem Zusammenbau eines Bettgestells aus Holz fast fertig war, und ihm fiel ein, dass Gabi zu ihm gesagt hatte, wenn es ein Bett gäbe, würde er ins Zimmer ziehen zum Schlafen. Er hatte zwar noch kein Wasserrohr gelegt, es gab keine Möbel, und das Dach war nicht komplett – Gabi wartete auf Ziegel, die ihm ein Freund von einem anderen Hügel versprochen hatte, wunderschöne grüne Dachziegel, der Freund musste nur noch ein Dach auf seinem Hügel fertigstellen und dann würde er Gabi alles geben, was übrig blieb –, aber das störte ihn nicht, im Gegenteil, er liebte die rustikalen Bedingungen, suchte das Pioniertum. Manchmal erscheine ihm sogar Ma'aleh Chermesch 3 zu gesetzt und bürgerlich, hatte er gesagt, mit den Steinverkleidungen der Bauten und alldem. Roni hatte ihn gefragt, was mit dem Wohnwagen passieren würde, wenn er umzog. Gabi erwiderte: »Ich weiß nicht. Da musst du das Eingliederungskomitee fragen.« Roni machte ein niedergeschlagenes Gesicht. Das Komitee und er waren nicht besonders gut miteinander zurechtgekommen.

Nir wiegte den kleinen Zebuli, während Scha'ulit Tchelet fertig wusch und ihr eine Windel und den Pyjama anzog. Riesenwirbel: Schoschanna, die Puppe, war verschwunden, ohne die Tchelet nicht bereit war, schlafen zu gehen. Suchaktionen wurden im ganzen Haus durchgeführt: Matratzen wurden hochgehoben, Möbel verrückt, dunkle Ecken untersucht, mit einer Lampe der Hof ausgeleuchtet – nicht einmal das symbolische Sauerteigstückchen vor Pessach hatten sie derart gründlich gesucht. Schließlich rief Scha'ulit bei Nechama an, und nach zehn Minuten Klatsch wurde die schicksalhafte Frage gestellt, worauf Nechama ein bisschen nachdachte und meinte: »Kann sein, dass Schoschanna im Kindergarten ist.« Nir zog die Schuhe an und ging in die Nacht hinaus, betrat die Synagoge, wo er auf Jehu und Josh stieß, die im Abendgebet schaukelten, und fand Schoschanna im Kindergarten. Er brachte sie in die liebevollen Arme Tchelets zurück, die die Augen schloss und in Sekundenschnelle einschlief. Scha'ulit hob ihre geröteten Augen zu Nir und flüsterte: »Danke«, und er umarmte sie und streichelte ihre Schultern. Seit der Geburt war sie traurig, behauptete, Zebuli erinnere sie an ihren Vater, der vor acht Jahren von Terroristen auf der Straße nach Beit-El ermordet worden war. Sie wischte sich die Tränen ab und sagte: »Nechama hat den Gottliebs einen Kuchen gebacken, und wir sind nicht mal hingegangen, um sie willkommen zu heißen.«

Nir schnitt eine Grimasse und erwiderte: »Hol den Mixer von Neta zurück, und ich mach was.«

Jakir surfte wieder in *Second Life*. Seitdem er die Internetbestellungen für den Hof verwaltete, wagte es niemand mehr, einschließlich Otniel, der nichts von diesen Dingen verstand, ihn vom Computer wegzuholen. Er kehrte zu seiner virtuellen Figur zurück und begutachtete sie am Bildschirm. Er war zufrieden: Zusätzlich zu einem mächtigen schwarzen Bart hatte er eine weiße Kipa und ein Pferd namens »Killer«, das King Meir mit dem krönenden Kommentar »super cool!« versehen hatte. King Meir war – seiner Behauptung nach, denn in *Second Life* konnte man nie sicher sein, wer hinter den virtuellen Personen stand, die man traf – ein sechsunddreißigjähriger Rechtsanwalt aus Dallas, Texas, was erklärte, wie er die virtuelle Insel »Wiedererrichtung« mit zweihundert echten Dollars im Monat mieten konnte. Die restlichen Mitglieder der Gruppe waren ihren Angaben zufolge junge Juden wie er, mehrheitlich Amerikaner, und sie beteten in der Synagoge »Feuer der Wiedererrichtung«, die King Meir auf der Insel errichtet hatte, und unterhielten sich hauptsächlich über Araber. Alles in allem war es das, was man in *Second Life* vor allem machte – reden. Man tippte, deine Figur ließ die Worte in einer Comicsprechblase aufscheinen, und deine Gefährten ließen ihre Worte in ihren Blasen aufsteigen. King Meir war der unwidersprochene Führer der Bande und Jakir als, wie es schien, der einzige echte Siedler sein Liebling.

King Meir, im gelben Hemd mit dem Faustlogo der extremen Kach-Partei und der Parole »Kahana lebt«, wollte einen Aufruhr in der, für seinen Geschmack, zu ruhigen Welt von *Second Life* anzetteln. Er wollte den Arabern zeigen, wer das Sagen hatte. Tohuwabohu in den virtuellen Moscheen und dem Rest ihrer vergifteten Orte anrichten. Jüdische Macht demonstrieren! An jenem Abend erzählten die Freunde von einer Surfrunde, die sie in Islam-online gemacht hatten. Sie waren auf ein palästinensisches Museum gestoßen, das das »Unrecht der Okkupation« und den »palästinensischen Holocaust« dokumentierte – King Meir wollte sie empfindlich treffen, wollte, dass sie sich alle zusammen Gedanken machten, wie man es anstellte, dass es diesen unverschämten Typen so richtig wehtat. Jakir und King Meir und die anderen – der deutsche Klaus, Menachem aus Kalifornien und noch ein paar – unterhielten sich lange Zeit im Chatroom, bis Otniel sanft die Hand auf die Schulter seines Sohnes legte und ihn in die reale Welt zurückholte: »Schluss, Kleiner, wir gehen schlafen.«

Der Aufruhr

Eines Tages gegen Ende des Monats Sivan, sprich Mai, ein Tag mit glutheißen Wüstenwinden, als der Sommer strahlend präsent war und nicht mehr zurückweichen würde, trafen die gewaltigen Betonplatten, die Bauteile des Trennzauns, auf Transportern aus dem Betonwerk Ackerstein in Jerocham ein. Glattgrau, neun auf zwei Meter, dreißig Zentimeter dick. Sie wurden nahe den Planierraupen abgestellt, die wochenlang in der Sonne gedöst und auf den Tag des Befehls gewartet hatten.

Otniel beeilte sich, seine regulären Kontaktpersonen im Gemeinderat, in der Knesset und bei der Armee anzurufen. Es wurde ihm gesagt, man würde Nachforschungen anstellen, Alarmbereitschaft ausrufen, und er solle weiterhin berichten.

Ein paar Tage danach trat der Oberste Gerichtshof zusammen, um über die Sammelpetition der Bewohner des Dorfes Charmisch, der Eigentümer der Olivenhaine, zu beraten. Letztere wurden durch ihren Bevollmächtigten und die Organisation »Es gibt ein Gesetz« vertreten, und natürlich waren sie gegen den Bau des Zauns entlang des geplanten Trassenverlaufs, der zur Entwurzelung ihrer Olivenbäume und damit zum Verlust ihres Lebensunterhalts führen würde. Am gleichen Morgen brachen zahlreiche Dorfbewohner auf, um sich als Protest schweigend vor die Planierraupen zu setzen. Hauptmann Omer Levkovitsch traf mit seinen Soldaten ein, um die Ordnung aufrechtzuerhalten.

Das Gericht hörte die Argumente des Antragstellers und rief den ersten Zeugen der Verteidigung im Auftrag des Staates Israel auf, ein Brigadegeneral mit reicher Vergangenheit in Sicherheitsbelangen, der im Leitungsstab der Grenzlinie diente. Der Offizier wurde nach der sicherheitstechnischen Relevanz der Trennzaunführung an jenem Hügelrücken gefragt, durch jene privaten Haine, unter Blockierung des Zugangs der Bewohner zu ihren Feldern und Abschneidung von ihren Lebensunterhaltsquellen. Der Offizier führte dazu aus, dass die Relevanz der Verortung geradezu immens und grundsätzlich sei. Er breitete eine Landkarte aus, deutete mit einem aufklappbaren Metallzeigestab mit Kugelabschluss darauf und erläuterte die strategische Bedeutung des Hügelrückens gegenüber den restlichen Hügelkämmen in der Gegend und die unabweisbare Notwendigkeit der Landnahme, der Aufstellung von Wachtürmen und Errichtung einer hohen Betongussmauer, um die Siedlungen zu stärken, die Feinde abzuschrecken und den palästinensischen Terror, der ungehindert tobe, niederzuschlagen.

Dagegen trat im Namen der Anklage ein Reserveoffizier derselben Verteidigungsarmee desselben Israels im Rang eines Generalmajors auf, der eine ebenso reiche Vergangenheit in Sicherheitsbelangen aufwies sowie in Israels Kriegen, bezüglich des arabischen Feindes generell und des palästinensischen im Besonderen. Und gefragt: Entsprechen die Worte des Brigadegenerals, der vor Ihnen Zeugnis abgelegt hat, der Wahrheit?, erwiderte der Generalmajor der Reserve: Bockmist. Er setzte die Fruchtlosigkeit der Verlaufsführung eines Betonzauns an dieser Stelle auseinander und illustrierte mittels der Karte, dass das zur Debatte stehende Gebiet ruhig und friedlich und ungefährlich sei – und was habe es für einen Sinn, die Landschaft so zu zerreißen, die Bevölkerung von ihrer Lebensquelle abzuschneiden und Wut und Hass zu säen, die es zuvor nicht gegeben habe?

»Bei allem Respekt für die schöne Landschaft«, entgegnete der Vertreter der Verteidigung, »es handelt sich um einen strategischen Punkt, um Menschenleben und um die Sicherheit der jüdischen Siedler …«

»Die dort wider das Gesetz siedeln, auf privatem palästinensischem Boden und Naturschutzgrund, gegen die ein Evakuierungsbefehl in der Schwebe ist, zu dem die Gegenpetition in diesem Gericht kürzlich abgelehnt wurde … Wenn Sie bitte beachten« – er zückte seinen eigenen Metallzeigestab –, »der illegale Stützpunkt Ma'aleh Chermesch 3 erscheint überhaupt nicht auf der Karte der …«

»Die Siedlung ist zur Gänze ein integraler Bestandteil des Erschließungsplans der Siedlung Ma'aleh Chermesch, die durchaus auf der Karte erscheint, und die letzten Genehmigungen werden in den nächsten Tagen geregelt …«

»Das Gericht ist sicher erfreut zu erfahren, wie Sie Tatsachen vor Ort betonieren und im Nachhinein Genehmigungen beschaffen. Zum Fingerabschlecken, ein echter Höhepunkt an Gesetzeswahrung …«

»Ihr Zynismus ist fehl am Platz in einer ehrwürdigen Institution wie dem Gericht …«

»Von Ihnen etwas über Zynismus zu hören überschreitet bereits jegliche Grenze. Demnächst werden Sie mir sagen, dass Sie im Namen der Demokratie …«

Der Oberste Richter schnitt den Schlagabtausch ab und verlangte, die Würde des Gerichts zu wahren, die Richter zogen sich zur Debatte, Klärung und Beratung zurück und beorderten die Bevollmächtigten in ihr Zimmer, wechselten einige Worte mit ihnen und schickten sie wieder in den Saal hinaus. Dann traten die Richter heraus und verlasen das Urteil: Die Petition wurde zurückgewiesen, und sie hinterließ keine Spuren.

Otniel hörte einen Bericht über das Urteil im Radio und rief Nathan Eliav an. Nathan freute sich, dass das Gericht den Linken und Arabern einmal den Mund gestopft hatte und die Armee ihre Arbeit machen ließ.

»Aber was ist mit uns?«, fragte Otniel.

»Was soll das heißen, was ist mit euch?«

»Wir wollen nicht, dass der Zaun auf der Trasse verläuft, dort sind Grundstücke von uns. Diesmal sind wir ausnahmsweise für die Petition der Linken gewesen.«

»Äh … ja, stimmt. Lass mich ein paar Telefonate machen.«

Er rief ihn noch in der gleichen Stunde mit einer beruhigenden Botschaft zurück – man hatte ihm versichert, dass man trotz der Ablehnung des Obersten Gerichts auf alle Fälle warten müsse, bis der Sicherheitsminister beschlossen habe, wann der richtige Zeitpunkt sei, um mit der Arbeit zu beginnen. Da der Sicherheitsminister jedoch im Begriff stehe, kommende Woche nach Kairo und anschließend nach Washington zu reisen und generell den Norden und nicht die Westbank im Kopf habe, sei von ihm nicht zu erwarten, dass er in den nächsten zwei Wochen eine Entscheidung in Sachen Zaunbau träfe.

Otniel trennte die Verbindung und kratzte sich am Bart. Er warf einen Blick auf die Uhr. Zeit für einen Kaffee zu Hause und dann in die Molkerei. Schon seit einer Weile wollte er dort eine Neuorganisation durchführen, Produkte auffrischen, Gerätschaften auswechseln, doch in letzter Zeit war das alles auf Grund der Ereignisse zum Erliegen gekommen. Vielleicht gäbe es endlich ein paar ruhige Tage, und er könnte sich wieder seinen Angelegenheiten widmen. Er hatte ein nützliches Buch mit dem Titel *101 Wege, um dein Geschäft zu entwickeln* gelesen, geschrieben von irgendeinem jungen amerikanischen Finanzgenie, und beschlossen, ein paar davon umzusetzen. Er füllte den Wasserkocher und drückte auf den Knopf. Ja. Er würde in die Molkerei gehen. Und am Abend würde er mit Rachel und Chilik reden, und sie würden eine Sitzung des Planungskomitees anberaumen, um die nächsten Entwicklungsschritte der Siedlung zu besprechen – feste Bauten, eine ausgewiesene Synagoge, Mikve, die Aufnahme von Familien. Das Wasser sprudelte, der Knopf sprang heraus, und er verrührte Nescafé und Zucker mit Wasser und Milch, näherte die Tasse seiner Nase, ah... das Aroma des Kaffees. Er ließ sich nieder, und das Telefon klingelte.

»Die Bagger haben sich in Bewegung gesetzt«, meldete Gavriel Nechuschtan.

»Nicht Bagger, Planierraupen. Also ziehen sie den Schwanz ein?« Otniels Gehirn war immer noch von positiven Gedanken besetzt.

»Wie Schwanz einziehen? Sie fangen an zu arbeiten. Machen Vorarbeiten für die Trasse, schieben Erde ab.«

»Was?!«

Als Otniel das Haus verlassen und den Punkt erreicht hatte, der den Nachbarhügel überblickte, sah er die Planierraupen in Bewegung, umringt von Menschen. Chilik tauchte an seiner Seite auf, und gemeinsam machten sie sich auf den Weg in Richtung der Planierraupen. Das Telefon gab Laut. Der Gemeinderatsvorsitzende Dov informierte, dass der Rat von Judäa-Samaria-Gaza eine scharfe Reaktion veröffentlicht hatte und zusätzlich Tausende per SMS, Telefon und E-Mails alarmiert worden waren, damit sie schnellstens nach Ma'aleh Chermesch 3 kämen.

Otniels Tasse mit dem Nescafé, noch halb voll, erkaltete auf dem Küchentisch.

Vor Ort befanden sich Dutzende Dorfbewohner aus Charmisch, von denen die meisten seit dem Morgen dort saßen, etwa ein Dutzend Siedler, die beiden Mannschaften der Planierraupen, die eine Schneise im Randbereich des Hügels geöffnet hatten, noch in einiger Entfernung von den Olivenhainen und dem Stützpunkt, sowie Hauptmann Omer mit acht Soldaten.

»Was soll das werden?«, schrie Otniel Omer Levkovitsch an.

»Haben Sie es nicht gehört? Die Petition beim OGH ist abgelehnt worden. Der Sicherheitsminister hat Anweisung gegeben, mit der Arbeit anzufangen.«

Der nationalreligiöse Assistent des Bildungsministers rief Otniel an. Es stellte sich heraus, dass der Minister an diesem Morgen eine Besichtigung der Bildungsinstitutionen in der Gegend unternahm. Zwar plane er nicht, nach Ma'aleh Chermesch 3 zu kommen, aber stimmten denn die Gerüchte, dass die Räumung der Siedlung gerade in diesen Augenblicken vonstattenginge? »Es könnte möglicherweise ganz schnell so enden«, erwiderte Otniel, der die Gelegenheit witterte. »Wenn der Minister zur Verstärkung kommen und den Soldaten und der Presse vielleicht ein paar Worte sagen könnte, würde das nichts schaden.«

»Sind schon unterwegs«, sagte der Assistent, und auf Anweisung des Ministers tätigte er einen Anruf beim Büro des Ministerpräsidenten, um die Einstellung der Arbeiten zu verlangen.

Inzwischen war auf dem Gelände ein massives Panzerfahrzeug mit einem Schwall von Antennen, Scheinwerfern und den restlichen Gerätschaften eingetroffen. Ihm entstieg der Befehlshaber des Zentralkommandos höchstpersönlich, der inzwischen zum Generalmajor beförderte Giora – und an seiner Seite der Regimentskommandeur des Sektors.

»Giora! Was für eine Überraschung!«, rief Otniel Asis.

»Otni? Bist du das?«, lächelte der Generalmajor hinter seiner Sonnenbrille. »Bei Allah, man erkennt dich überhaupt nicht vor lauter Bart.« Sie umarmten sich. »Nu, Otni, machen deine Kameraden mal wieder Ärger?«, meinte der Generalmajor.

»Wir? Wieso denn. Wir schauen nur zu. Aber diese Ungeheuer, die sollen es bloß mal versuchen, unseren Häusern dort nahe zu kommen.«

»Du bist immer noch in Chermesch 3? *Wallah*, Mann, du bist ernsthaft dabeigeblieben. Wo ist Levkovitsch?«

Er trat zu Omer und unterhielt sich einige Minuten mit ihm. Sie entfernten sich und gingen dann zu den Planierraupen, deren Mannschaften ausstiegen, salutierten und ein paar Worte mit den

Offizieren wechselten. Die Soldaten Omers trennten die Dorfbewohner von Charmisch von den Siedlern. Die Palästinenser forderten die Juden auf, ihr Gelände zu verlassen, doch die Soldaten reagierten nicht darauf und ließen sie nicht über die vom Kommandeur willkürlich bezeichnete Linie hinaus vorrücken. Zu den Palästinensern gesellten sich ein paar israelische Friedensaktivisten mit Schildern, die die Besetzung verurteilten. Wie sie es geschafft hatten, davon zu hören, sich zu organisieren und sofort aufzutauchen, weiß der Teufel. Roni Kupfer musterte sie eingehend in der Hoffnung, die gut ausgestattete linke Demonstrantin vom vorigen Mal ausfindig zu machen, doch er sah sie nicht.

Der Befehlshaber des Zentralkommandos und Omer kamen zurück, hinter ihnen wurden die Planierraupen gestartet. »Es wird weitergearbeitet«, sagte der Generalmajor zu niemand Bestimmtem.

»Was heißt weitergearbeitet, Giora?«

»Weiterarbeiten heißt, es wird weitergearbeitet, Otni, mein Freund. Siehst du«, er drehte sich um und deutete auf die Planierraupen, die sich langsam auf den Kettengliedern in Bewegung setzten, »sie arbeiten weiter.«

»Aber worin besteht die Arbeit? Die Oliven abschieben und dann was?«

Der Generalmajor lächelte. »Ich weiß, worauf du hinauswillst, Otni, mein Freund. Kommt her, ich erklär's euch ein für alle Mal in deutlicher Form. Hört zu, begreift, was wir machen, und dann könnt ihr euch alle – Siedler, Araber, Linke, Rechte, auch du, schönes Pferd« – er deutete auf Killer –, »umdrehen und wieder nach Hause gehen und euch ausruhen.« Das Publikum wurde still. Giora rückte die Sonnenbrille zurecht und sprach weiter. »Wie euch bekannt ist, wurde beschlossen, hier die Zauntrasse durchzuführen. Daher räumen wir das Gelände frei und bereiten es für den Bau vor.«

»Aber was …«

»Ich bin noch nicht fertig. Und ich weiß immer noch, worauf du hinauswillst, mein lieber Otni. Die Antwort ist ja. Der unerlaubte Stützpunkt Ma'aleh Chermesch 3, zu dem der OGH die

Petition gegen die Räumung abgelehnt hat, wird als Teil der Vorbereitungsmaßnahmen zum Bau des Zaunes und als von Gesetzes wegen bindend geräumt werden. Das bedeutet ›es wird weitergearbeitet‹. Danke.«

»Bindend von Gesetzes wegen?«, rief ein Aktivist mit vierkantigem Kiefer und einem T-Shirt mit dem Logo der Merez-Partei, in der Hand ein angebissenes Sandwich. »Dem Dorf Land und Felder wegnehmen? Warum kümmert ihr euch nicht erst mal um die Gesetzesbrecher da drüben, bevor ihr Dutzenden von Menschen den Lebensunterhalt kaputtmacht?«

»Lebensunterhalt!«, schrie Neta Hirschson. »Du redest von Lebensunterhalt? Sie sollen aufhören, Steine und Raketen zu schmeißen, sie sollen aufhören, uns mit Hackbeilen und Messern anzugreifen und auf Autos zu schießen – dann reden wir mit ihnen über Lebensunterhalt.«

Giora blickte die wutschnaubende Siedlerin mit der orangefarbenen Haube mit hochgezogener Braue an. »Sch, sch, Leute. Ich habe Klartext gesprochen. Jetzt dreht euch einfach um, geht still nach Hause und lasst uns weitermachen. Omer, zerstreu die Demonstration. Warum gibt's hier keine Jasager?«

In diesem Augenblick preschte der ministeriale Volvo des Bildungsministers heran, und der Fahrer sprang heraus, um die Tür zu öffnen. Der zweiten Tür entstieg der Vorsitzende des Gemeinderats, Dov. Kurz hinter dem Volvo hielten zwei Kastenwägen von Fernsehsendern, aus denen Leute mit geschulterten Kameras und umpuschelten Mikrophonständern stürzten. Der Minister trat zu dem Befehlshaber des Zentralkommandos. Der Generalmajor sagte ihm das, was er gerade den Anwesenden gesagt hatte. Der Bildungsminister wirkte nicht zufrieden. Er stellte sich vor die Siedler und hob zu einer Stegreifrede an. Die Fernsehkameras drängten zu seinem Gesicht. »Die Regierung, in der ich sitze, wird ihre Hand nicht zur Aushebung von Siedlungen reichen«, verkündete er, »insbesondere nicht von Chermesch 3, ein pionierhaftes und führendes Viertel im Herzen der Wüste, das uns an unsere Wurzeln gemahnt, die tief in diesem Lande verwachsen sind, das Erez-Israel wieder belebt, die Werte der Besiedlung und der Arbeit und die Gerechtigkeit des Wegs. Das ist das wahre Israel, das zionistische, pionierhafte ...«

Der Linke mit dem Vierkantkinn versuchte zu stören, wurde aber von einem Fernsehreporter zum Schweigen gebracht.

»... Im Namen der Regierung bin ich gekommen, um die Siedler zu ermutigen und zu stärken. Ihr seid die wahren Helden unserer Zeit, die Verteidiger des Staates Israel. Ich bin gekommen, um zu sagen: Nein zur arabischen Aggression, ja zur Besiedlung, ja zur Sicherheit!« Vereinzelter Applaus klang von der rechten Seite der Menschenansammlung auf, höhnische Pfiffe lösten sich von der linken Seite – beides zunehmend anschwellend. Der Minister beantwortete die Fragen der Fernsehjournalisten. Danach stürzten sie sich auf den Befehlshaber des Zentralkommandos, der verlauten ließ: »Ich bin Soldat und führe Befehle aus. Ich habe einen Befehl erhalten, und ich führe ihn aus.«

Die Planierraupen ebneten Boden und schoben Erde ab, das Kreischen der Kettenglieder und das Auftreffen der Schaufeln auf Felsgestein sandten bebendes Erschauern durch die Versammelten. Roni suchte nach Mussa, doch er konnte ihn nicht im Publikum ausmachen. Der Bildungsminister bat seinen Assistenten wieder, den Ministerpräsidenten zu erreichen.

»Jalla!«, johlte Neta in Richtung der gegnerischen Versammlung. »Ihr habt gehört, was der Minister und der General gesagt haben. Geht nach Hause und lasst die Armee siegen!«

»Halt's Maul«, gab ein junger Palästinenser aus Charmisch zurück. »Geh heim, du Nutte.«

»Waaas?«, kreischte Neta. »Verhaftet ihn, habt ihr diesen Terroristen gehört?« Zwei Soldaten stürzten sich auf den jungen Mann und warfen ihn zu Boden. Ein zorniges Wispern durchlief die Menge der Dorfbewohner von Charmisch, bis es sich in Geschrei und einer drohenden Vorwärtsbewegung Bahn brach. Die Soldaten reagierten mit einem Spannen der Abzüge und warnendem Knurren.

Der Generalmajor sprach in eines seiner zahlreichen Funkgeräte in seinem Panzerwagen. Er alarmierte weitere Soldaten und die Polizeitruppe von der Sondereinheit. Währenddessen versuchte Omers Zug, die Situation unter Kontrolle zu halten. Ein Gasgranatenwerfer tauchte von irgendwoher auf, Tränengas wurde auf die palästinensische Seite abgefeuert. Der Wind trug den grauenhaften Geruch zu den Siedlern und Soldaten zurück. Alle bedeckten Nase und Mund. Wasser wurde hektisch herbeigeschafft. Omer schrie: »Ruhe jetzt, alle!« Doch seine Stimme klang schwach und zu hoch, ermangelte trotz Megaphon der Autorität.

Der Bildungsminister trat hastig zum Generalmajor. Der ließ ihn warten, war mit der Truppenlogistik und der Befriedung des Geländes beschäftigt, bei allem Respekt für den Minister. Schließlich wandte er sich ihm zu: »Flott, Mann, wir sind hier in einer kritischen Lage.«

»Ich weiß, dass Sie in einer kritischen Lage sind«, versetzte der Minister. »Und was ich zu sagen versuche, ist, dass die Lage beendet ist. Der Ministerpräsident hat mir eben gesagt, dass er Anweisung erteilt hat, die Arbeiten einzustellen.«

»Was haben Sie gesagt?« Der Lärm der Planierraupen, des Geschreis und der Megaphone war ohrenbetäubend.

»Ich sagte, der Ministerpräsident hat mir eben am Telefon gesagt, dass er Anweisung erteilt hat, die Arbeiten der Planierraupen einzustellen. Die Räumung einzustellen. Alles einzustellen.«

Der Befehlshaber des Zentralkommandos starrte ihn ungläubig an. »Sekunde nur, Avri«, sagte er ins Funkgerät zum Stabsoffizier. »Ich habe nichts Derartiges gehört«, wandte er sich dann wieder an den Minister.

»Überprüfen Sie es im Sicherheitsministerium«, schlug der Bildungsminister vor. Der Generalmajor marschierte in Richtung des Tumults, entfernte sich von seinem Panzerwagen. »Ich hab jetzt keine Zeit dazu. Wenn es neue Anordnungen gibt, werden sie mich finden.«

Die Planierraupen begannen, auf die Olivenbäume von Mussa Ibrahim zuzukriechen. Durch das Publikum lief ein zorniges Vibrieren. Dudu, der dickliche Soldat mit dem unsteten Wanderauge, steuerte die Schaufel der Planierraupe vor dem ersten Baumstamm, etwas über dem Erdboden, aus und näherte sie dem

Olivenbaum. »Neiiiiiiiiiin!!!«, heulten die Schreie aus allen Richtungen auf. Die acht Soldaten und zwei Offiziere versuchten, mit ihren Leibern die Demonstranten aufzuhalten, doch drei davon schafften es, durchzubrechen und in Richtung der Planierraupe zu rennen. Sie rannten, während sie wild mit den Händen wedelten und brüllten: »Nein!!! Aufhören!!! Idiot!!!« Die Soldaten liefen ihnen nach, doch die drei waren schneller, zwei Männer und eine Frau, sie mit orangefarbener Haube und langem Rock, ein Mann mit Kafija und weiten Flatterhosen, der dritte mit einem Lacoste-Hemd und eleganten Hosen. Die Fernsehkameraleute hüpften zwischen Olivenbäumen herum, über Stock und Stein und Erde, arabische Frauen kreischten, religiöse Jugendliche fluchten und beteten zu ihren Vätern im Himmel, Siedler runzelten die Stirn, kniffen die Augen zusammen und fragten: »Wer ist das dort, zum Teu…«

Der Caterpillar D9N ist vorne mit einer schweren Schaufel ausgerüstet, die aus Stahlguss hergestellt ist. Sie wiegt über sieben Tonnen, ist zwei Meter hoch und fast fünf Meter breit. Am Ende des Schaufeltellers ragen spitze Stahlzähne heraus, über die, einer nach dem anderen, Neta Hirschson, Mussa Ibrahim und Roni Kupfer sprangen und dann in die Schaufel stiegen, die eine Sekunde darauf von dem Soldaten des Ingenieurskorps, Dudu, der sich des neuen Inhalts nicht bewusst war, emporgehoben wurde.

Infolge ziemlich hysterischen Händegefuchtels des Befehlshabers des Zentralkommandos, Generalmajors Giora, brachte Dudu die Planierraupe mitsamt den drei schwer schnaufenden Personen auf der erhobenen Schaufel zum Stillstand. Die Fernsehfotografen stürzten auf die bevölkerte Schaufel los, doch die Soldaten drängten sie ab. Die Verstärkung traf endlich ein und half, die Demonstranten unter Kontrolle zu bekommen, die gegen die Besetzung oder gegen den Terror, für die Besiedlung oder für die Menschenrechte brüllten. Hauptmann Omer Levkovitsch stellte zu Dudu in der Planierraupe Blickkontakt her und dirigierte ihn, die Schaufel in Zeitlupe auf die Erde herabzusenken. Die drei Helden wurden wieder auf den Boden zurückgebracht, unter dem Beifallsgejohle des Publikums. Neta sagte etwas zu Mussa, und Mussa antwortete. Roni, zwischen den beiden, sagte etwas, und auf einmal lächelten alle drei – mehr für sich als einander an, mehr verlegen als offen, aber nichtsdestotrotz.

Der Befehlshaber des Zentralkommandos sprach ins Telefon. Er nickte und gab das Gerät einem seiner Offiziere zurück. Ein Soldat ließ Handschellen um Mussas Handgelenke einschnappen, weitere Soldaten begleiteten die beiden anderen Schaufelspringer. Der Generalmajor trat zu seinen Soldaten und bat Omer, alle um ihn herum zu versammeln. Seine Anweisung war kurz und bündig. »Leute, Abzug«, sagte er und drehte sich zu seinem Panzerfahrzeug um.

Die »Jerusalemer Mischung«

Jeff McKinley, der Korrespondent der *Washington Post*, hielt angestrengt die Augen vor dem Bildschirm offen. Er griff mit klobigen, fettigen Fingern nach einer Portion Jerusalemer Mischung, dem phantastischen Fastfood aus gebratenen Hühnerinnereien aus dem Mitternachtssteakhaus, und versuchte wie jeden Abend die hebräische Nachrichtenausgabe zu verfolgen. Seinem müden Gehirn gelang es, ungefähr ein Wort von fünf oder sechs aufzuschnappen. Anfangs waren die Bilder ziemlich stereotyp – Planierraupen, Soldaten, Siedler, Palästinenser. Doch dann begann er, die Gesichter zu identifizieren, die ihm vom Bildschirm entgegenblickten: Da war dieser Siedler, der ihn irrtümlich zum Stützpunkt mitgenommen hatte, und an die Siedlerin mit der orangefarbenen Haube erinnerte er sich auch, warum war sie jetzt so aufgebracht? Und hier, sein Gefährte beim Trampen, der damals einen Anzug getragen hatte, und auch der Offizier, der ihn aus der Siedlung mit zurücknahm und ihm in seinem Armeejeep ein paar interessante Sachen erzählt hatte. Ja, das war der Stützpunkt von Mamelstein, er erinnerte sich, und dann weiteten sich seine Augen vor Staunen, als die Reportage in einem Dreifachsprung auf die Schaufel der Planierraupe kulminierte, und das Lachen, das seinem Mund entfuhr, versprühte Fleisch- und Fettstückchen über seinen Schreibtisch und die darauf verstreuten Papiere.

Ma'aleh Chermesch 3, o Gott, fast hatte er es vergessen. Und jetzt kehrte jener Tag, Monate zuvor, zu ihm zurück: Der Auslandsredakteur der Zeitung in Washington war verärgert gewesen über das versäumte Interview mit dem Minister, das er versprochen hatte. Die alternative Reportage, die McKinley vorgeschlagen hatte – über Sheldon Mamelstein und seine Spielplatzstiftung für den illegalen Stützpunkt –, hatte den Redakteur zwar interessiert, doch genau an diesem Tag gab es ein Erdbeben mit tausenden Toten in China, und ein Flugzeug mit estländischen Parlamentariern zerschellte in Lettland, und die Seiten der Auslandsnachrichten der Zeitung waren voll. Zwei Tage später wurde das ursprüngliche Interview mit dem Minister von Neuem anberaumt – McKinley traf sich mit ihm in der Knesset –, und so löste sich die Reportage über Mamelstein und den Stützpunkt in Luft auf. Noch ein jüdisch-amerikanischer Millionär, der noch einer Siedlung in der Westbank etwas gestiftet hatte. Auch nicht gerade der Reißer des Jahrzehnts.

Doch jetzt legte McKinley sein noch ungegessenes Viertel Pitabrot auf den Tisch, das wie ein Lächeln aufklaffte, nur mit Fleischstückchen statt mit Zähnen gefüllt, gelblich vom Öl und vom Kreuzkümmel, und durchwühlte die Papiere, bis er das Gewünschte fand: die Visitenkarte von einem der Begleiter Mamelsteins, auf deren Rückseite Jeff mit Bleistift die Telefonnummer von Hauptmann Omer Levkovitsch gekritzelt hatte, dessen rötlich verschwitztes Gesicht gerade im Moment zugunsten der kühl strengen israelischen Nachrichtensprecherin vom Bildschirm verschwand.

Omer Levkovitsch erhielt zahlreiche Anrufe infolge seines Fernsehauftritts, was sein Gefühl von Frustration und Abscheu angesichts dessen, was an dem Nachmittag in Ma'aleh Chermesch 3 geschehen war, nur noch erhöhte – die Einmischung des Regierungsoberhaupts in die schlichte militärische Aktion der Durchsetzung eines Gerichtsbeschlusses, das Einknicken vor dem Rowdytum. Er saß vor dem Fernseher und hielt seine nackten Füße in eine Wanne voll heißen Wassers mit Apfelessig gegen den Pilz, der sie befallen hatte.

Er war erfreut darüber, mit dem amerikanischen Journalisten zu sprechen.

Als Jeff McKinley in der Washingtoner Auslandsredaktion anrief, sagte der Redakteur: »Was du nicht sagst, Jeffrey, eine Siedlerin und ein Araber, die gemeinsame Sache gemacht haben und auf eine Baggerschaufel gesprungen sind, um die Armee daran zu hindern, den Zaun zu bauen?«

Diesmal hatte McKinley Glück, denn nicht nur war der Stützpunkt, den er unlängst besucht hatte, wegen des Zwischenfalls mit der Planierraupe in Israel in die Schlagzeilen geraten, sondern er fand auch weiteres interessantes Material über Sheldon Mamelstein und seine Involvierung in den Stützpunkt. Die Geschichte weitete sich zu einer breiter angelegten Recherche der *Washington Post* über Spenden von Amerikanern für nebulöse Ziele jenseits des Meeres aus, denen steuerliche Vergünstigungen von den amerikanischen Behörden gewährt wurden. Und außerdem war an jenem Tag auf den Seiten der Auslandsnachrichten einiges an Platz freigeworden, da man eine große Reportage streichen musste.

McKinley schrieb in den kommenden zwei Stunden in dem kleinen Büro in der Jafostraße, schob der Jerusalemer Mischung zum Nachtisch orientalische Kekse der Abadi-Bäckerei hinterher, die er im Schrank der Küchennische fand, sowie einen Nescafé mit Kondensmilch, und nachdem er die Reportage abgeschickt hatte und ein paar Minuten im Internet gesurft hatte für den Fall, dass sich der Redakteur mit Fragen meldete, ging er in die erfrischend laue Jerusalemer Nacht hinaus und betrat eine dämmrige Bar am Machane-Jehuda-Markt, hievte seinen schweren Leib auf den Barhocker und bestellte sich ein Gläschen Ballantine's mit viel Eis bei der hübschen, kurzhaarigen Barfrau, die den Fettfleck und die Gebäckkrümel auf seinem Hemd ignorierte und ihm mit einem Lächeln den Ballantine's auf einem Bierdeckel servierte.

Die Resonanz

Gabis Morgensymphonie: Den Anfang machte normalerweise das Piepsen der Weckuhr, dann folgten das Quietschen der Türen, das Öffnen der Fenster, das sich langsam steigernde Brodeln im Wasserkocher, bis der Knopf mit einem Pling heraussprang. Das Plätschern des Harnstroms, der Wasserfall, der ihn wegspülte, der dünnere Wasserstrom im Waschbecken, das Schaben beim Zähneputzen und das Rachengurgeln, das Schleimlösen aus der Tiefe des Halses und das Ausspucken, die Blähung des Tagesbeginns und das Zwitschern der Vögel. Das Vakuumschmatzen der Kühlschranktür, das Klirren des Löffels im Tee, das Ächzen des Stuhls unter seinem Gewicht. Wenn er die Kleider anzog, knarrte die nicht geölte Schranktür; die Sprungfedern des Betts, auf das er sich setzte, um Socken und Schuhe anzuziehen (erst rechts, dann links) und zu schnüren (erst links, dann rechts), seufzten; die Tritte der schweren Arbeitsschuhe hämmerten. Und das Schlucken des Tees. Und die Tür, deren Baufälligkeit die Anwendung von Gewalt nötig machte, um sie ordentlich zu schließen, knallte.

In den ersten Tagen nach Ronis Ankunft am Hügel achtete Gabi darauf, war sich seiner selbst und der Vehemenz der Geräusche bewusst, die seine Aufstehprozedur erzeugte. Eines Morgens jedoch, als er mit der Zahnbürste in seinem Mund schabte, die Rufe der Krähen und das Singen der Drosseln in den Ohren, begleitet vom Pfeifen des Windes und den gelegentlichen Regentropfen auf dem Dach, sagte er sich, das ist die Natur, nichts dagegen zu machen. Und das ist meine Natur, und ich werde nicht jeden Morgen auf Zehenspitzen schleichen. Außerdem, Ronis Symphonie, die er in der Nacht produzierte, war nicht weniger beeindruckend mit seinem Herumwälzen, den Seufzern, dem Schnarchen und Furzen. Also begann er, all diese Verrichtungen und Handlungen wieder in der gewohnten, unreflektierten Lautstärke auszuführen, von der Weckuhr bis hin zur Tür, hinter der er mit abklingenden Schritten verschwand, in einer Hand die Tüte mit den Gebetsriemen, zur Synagoge, zum Morgengebet.

Anfangs hörte Roni den gesamten Prozess, doch dann absorbierte sein gut geölter Schlafmechanismus die Geräusche, integrierte sie, und er segelte weiter in den Tiefen, bis er Stunden später von selbst erwachte.

An jenem Morgen war ein relativ großes Publikum in der Synagoge versammelt, vielleicht der erste Minjan, das erste Gebet mit über zehn Männern, seit langer Zeit. Damals hatte man die Leute persönlich aufgefordert zu kommen und sich bemüht, montags und donnerstags einen Minjan vollzumachen, was dann eine Zeitlang auch gelungen war, aber bald nahm die Müdigkeit wieder überhand, es wurden immer weniger, und man gab die Bemühungen auf. Es schien, dass nun auch die gekommen waren, die nur schwer aus dem Bett fanden, die sonst zu Hause die Gebetsriemen anlegten und eilig das Gebet sprachen, als ob sie alle den Drang verspürten, sich zusammenzuscharen, sich gegenseitig zu stärken – noch wussten sie nicht, weswegen und wozu, doch sie witterten etwas in der Luft. Es sollte fast ein ganzer Tag vergehen, bevor sich herausstellte, was es war. Die Sonne beschloss ihre Wanderung, von den dürren Hügeln im Osten bis zum Untergang hinter den äußersten Häusern von Charmisch im Westen, und nahm einen ganzen Tag voll Arbeit, Gebet und Studium mit sich – einen ruhigen Tag auf dem Hügel, einen weiteren heißen Tag zu Beginn des Sommers in Ma'aleh Chermesch 3.

Und die Sonne, die gleiche Sonne, setzte ihren Weg nach Westen fort. Nachdem sie Charmisch hinter sich gelassen hatte, wanderte sie auf ihrer Kreisbahn über die judäischen Berge, neigte sich zur grünen Niederung und zur Küstenlinie hinab, und noch weiter westwärts, unaufhaltsam, über Meere und Kontinente, Inseln und Länder. Als sie die Ostküste der Vereinigten Staaten des großen Amerika berührte, als sie in den Fenstern seiner Hauptstadt Washington aufblitzte, wo getreue Fahrradboten die noch dampfende Ausgabe der *Washington Post*, frisch aus der Druckerei, in Höfe, vor Türen und Terrassen, Büroeingänge und in

Briefkästen warfen, als Lastwagen gebündelte Zeitungsstapel in Ladeneingängen ablegten und Zeichen durch Leitungen liefen, die Punkte auf Computerbildschirmen und Mobiltelefonen in aller Welt erzeugten, als verschlafene Leser, die gerade mit ihrer eigenen Symphonie erwacht waren, die Zeitung von der Schwelle aufhoben und beim Morgenkaffee, bei einem Toast, bei Cornflakes, in der Untergrundbahn, im Auto und im Büro darin blätterten – erst da begann eine Art Schmetterlingseffekt, der mit einem Zeitungsrascheln in Washington einige Zeit später einen großen Sturm auf Judäas Hügeln auslösen sollte.

»Reportage? Was für ein Bericht? Schuv-El, Schluss jetzt!« Otniel wunderte sich laut, als ein Anruf vom Gemeinderatsvorsitzenden ihn bei dem ruhigen Abendessen der Familie Asis störte, wozu auch gehörte, dass Frischkäse auf die Tischdecke geschmiert wurde, Spiegeleifetzen durch die Luft flogen und Apfelsaft auf den Boden platschte. »Was sagst du, Dov? Wer? Schuv-El, Schuv… !! Eine Sekunde, Dov, ich ruf dich gleich zurück.« Als er auf die rote Taste seines Nokias drückte, rasselte das Gerät sofort wieder los, ein weiterer eingehender Anruf. Es war Nathan Eliav, der Sekretär von Ma'aleh Chermesch. »Ja, Nathan, ja, ja, ich versteh dich nicht. Hör mal, ich muss hier… ich ruf dich gleich wieder… Rachel! Racheeel!!!«, schrie er, und beim dritten Mal, ein Zeichen für die Dringlichkeit der Angelegenheit, stand er auf und verfiel von der religiösen Betonung des Namens auf der letzten Silbe in die profane volkstümliche Version: »Raachel!!!«

Für den gleichen Abend war eine Sitzung des Planungskomitees unter dem Vorsitz von Rachel Asis anberaumt. Scha'ulit Rivlin wiegte Zebuli auf ihrem Schoß, Gavriel Nechuschtan streichelte seinen mageren Bart, Chilik Jisraeli verrührte Nescafé, und Otniel scherzte: »Ist heute Planung oder Eingliederung?« Jeder, der irgendwie bereit war, in irgendeinem Komitee zu sitzen, saß hier, was hieß, dass die Mitglieder in allen Komitees mehr oder weniger dieselben vier bis fünf Siedlungsbewohner waren.

Chilik tauchte ein gefülltes Röllchen in den Nescafé, während er fragte, wer aktuelle Information hatte.

»Aktuelle Information über was?«, fragte Gabi.

»Weiß nicht«, Otniel zuckte die Schultern, »ich hab Anrufe wegen irgendeinem Zeitungsbericht bekommen, vielleicht ist was passiert in der Gegend? Ich hab's nicht geschafft zurückzurufen.«

Niemand wusste etwas, und Rachel sagte: »Hier passiert immer was, kommt, wir konzentrieren uns auf die Sitzung. Ich werde die Liste von der vorigen Sitzung vorlesen. Ich wäre froh, heute zu einer endgültigen Prioritätensetzung der Dinge zu kommen.« Sie raschelte mit dem Ausdruck und begann mit dem strengen Gesichtsausdruck einer Grundschullehrerin vorzulesen:

»Projekte am Horizont:

1. Errichtung eines regulären Gebäudes für einen Siedlungskindergarten (Ministerium für Wohnraumbeschaffung)
2. Errichtung einer Mikve (stellvertretender Sicherheitsminister)
3. Entwicklung einer Panoramaanlage, eines Aussichtspunkts auf die Wüste und eines Besucherzentrums auf dem Nachbarhügel – in einem späteren Stadium ein Café (an die Abteilung für öffentliche Arbeiten wenden)
4. Bau fester Häuser für vorhandene und zukünftige Familien (Wohnraumbeschaffungsministerium)
5. Eingliederung von Familien und Vergrößerung der Siedlungsfläche (Hypothekenbank Tefachot?)
6. Internetseite mit Imageclips zur Mobilisierung von Spenden und Siedlungsinteressenten (Jakir Asis?)
7. Antrag an die Namensvergabekommission im Innenministerium, um der Siedlung einen neuen Namen zu geben, der sie von Ma'aleh Chermesch unterscheidet.«

»Das gehört nicht ins Planungskomitee«, stellte Otniel fest. »Das ist eine Gemeinschaftsarbeit von mir und Nathan Eliav beim Innenministerium.«

»Welche Namen hast du vorgeschlagen?«, fragte Scha'ulit nach. Sie wollte anregen, die Siedlung nach ihrem seligen Vater zu benennen. Otniel wusste das, denn schon als die Spielplatzanlage errichtet worden war, hatte sie gebeten, ihr seinen Namen zu geben. »Klingt Zebulon-Spielplatz nicht passender als Mamelstein-Spielplatz?«, hatte sie damals jeden gefragt, der bereit war zuzuhören. Ihre Bitte wurde abgeschlagen.

»Ich habe noch gar nichts vorgeschlagen. Ich werde das zum gegebenen Zeitpunkt zur Diskussion bringen. Und ich bitte euch, wir versammeln uns jedes Mal zu dem einen Komitee und fangen dann an, über Themen von einem anderen Komitee zu reden. Etwas mehr Ordnung.«

Es herrschte Schweigen. Anschließend wurde trotzdem noch eine kurze Diskussion über Namen geführt. Und dann über ein reguläres Gebäude für einen Kindergarten, das an die Spitze der Prioritätenliste geklettert war, obwohl sich Gavriel distanziert und vorgeschlagen hatte, die Synagoge neu zu bauen und den Kindergarten dafür an seinem Platz zu belassen.

Scha'ulit brachte wie üblich das Thema der Mikve für die Frauen aufs Tapet. Rachel stimmte ihr zu, es war nicht leicht, in einem Stützpunkt zu leben, der Hunderte Meter vom nächsten rituellen Bad entfernt lag, und trotzdem den menstruellen Reinheitsgeboten und Waschungen nachzukommen. Die Frauen mussten manchmal im Schutz der Dunkelheit agieren oder sich dazu durchringen, sich per Anhalter mitnehmen zu lassen. Es war peinlich, sich dessen bewusst zu sein, dass ein Fremder sofort den Shampooduft riechen, das nasse Haar unter der Kopfbedeckung sehen und auf der Stelle im Bilde wäre, was sie in dieser Nacht zu Hause noch tun würden. Otniel wollte gerade etwas sagen, als sein Telefon klingelte. Er warf einen Blick darauf und entschuldigte sich, wieder der Gemeinderatsvorsitzende Dov. Er erzählte Otniel von einem Bericht über Ma'aleh Chermesch 3 in einer Zeitung in den Vereinigten Staaten, er habe keine genauen Details, doch jemand vom Außenministerium habe angerufen, der es von jemandem in der Botschaft in Washington gehört habe, die Sache werde geprüft, man wisse noch nicht, welche Zeitung es gewesen sei, groß oder klein, wichtig oder nicht, dafür oder dagegen.

»Über Ma'aleh Chermesch 3? In Amerika?!«

»Das haben sie gesagt.«

»Bist du sicher?«

»So lauten die Gerüchte.«

Die Anwesenden blickten Otniel erwartungsvoll an. Die Sitzung war vergessen. Otniel wurde mit Fragen bestürmt. Das Telefon läutete wieder. Er ging nach draußen, und das Planungskomitee folgte ihm auf dem Fuß. Die Dunkelheit hatte Stille über den Hügel gebreitet, die Sterne waren herausgekommen und luden zum Gebet ein, *schma jisrael*. Mit einem Mal stand draußen vor dem Haus der Familie Asis eine ganze Versammlung, die sich irgendwie eingefunden hatte – Gerüchte. Das Zusammenscharen wärmte, half, die Ungewissheit mit Hilfe von unaufhörlichem Geschwätz zu bewältigen. Josh erhielt einen Anruf, redete Englisch, und langsam, aber sicher neigten sich ihm aller Ohren zu, denn es klang, als habe er eine interessante Information erhalten. Er griff sich an die Stirn und sagte Dinge wie: *»No shit!«*, *»You're joking!«*, *»Are you sure?«*, *»Unreal!«*, und seine funkelnden Augen irrten mit einem Ausdruck umher, der sich an der Schwelle zwischen Staunen und Entsetzen einordnen ließ. Als er *»Bye«* sagte und die rote Taste drückte, umringten ihn schon alle und warteten still auf eine Äußerung von ihm.

»Es ist ein Artikel in der *Washington Post*«, erklärte er, »ein großer Artikel, über die Siedlung.«

»Drei?«, kam ein gesammelter Aufschrei.

»Drei, drei. Nur über drei. Es wird über die Spielplatzanlage berichtet. Und über Mamelstein. Und die Geschichte mit den Planierraupen.«

»Und was? Was steht da?«

Joshs Blick war verloren, blass.

Das Klingeln eines älteren Telefons zerriss die Dunkelheit. Otniel zog die Hand, die das Gerät umklammert hielt, aus der Tasche. Er betrachtete das erleuchtete Display.

»Unterdrückte Nummer«, teilte er mit. Das Publikum schwieg.

»Hallo?«, sagte er und dann: »Ministerium von was?«

Und mit leiserer Stimme, während er anfing, sich zu entfernen, weil offenbar ein privateres Gespräch erforderlich war: »Sicherheitsministerium?«

Die Reportage

Die Familienlegende erzählt, dass Joshua Levins Vorfahren »Marranos«, »Vergewaltigte«, waren – spanische Juden, die ihrer Religion abschworen und zum Katholizismus übertraten, um ihrer Vertreibung aus dem Spanien des fünfzehnten Jahrhunderts zu entgehen, die jedoch insgeheim die jüdische Tradition bewahrten. Im achtzehnten Jahrhundert fanden einige der Nachkommen ihren Weg in die Neue Welt und gelangten nach Neumexiko, damals im nördlichen Teil Mexikos, heute der Bundesstaat New Mexico in den Vereinigten Staaten. Die Legende erzählt weiter, dass sie trotz des viele Generationen prägenden Katholizismus und trotz des unausweichlichen Eindringens anderen Blutes in das familiäre Gewebe (zum Beispiel irisches Blut, das offenbar für das rote Haar verantwortlich war) weiterhin Bräuche wie das Kerzenanzünden am Schabbat ausübten, bis Joshs Urgroßmutter zu Anfang des zwanzigsten Jahrhunderts überraschend ihre jüdischen Wurzeln wiederentdeckte, nach Brooklyn zog und sich mit Israel Linovsky verehelichte, einem jungen, armen chassidischen Juden, der kurz zuvor aus Litauen eingewandert war.

Einige Faktoren kamen ungefähr hundert Jahre später zusammen, um den Lebensweg von Josh Levin zu verändern: sein Alter – er war zwanzig und bereit zu revoltieren –, der Zionismus, den man ihm von morgens bis abends in der Jeschiva »Feuer der Thora« eingeflößt hatte, ein Touch von Heißblütigkeit (vielleicht wieder die irischen Gene) und das Zündholz, das all das zusammen in Brand steckte – der elfte September. Die Wut in ihm wuchs und befahl ihm, »etwas zu machen«. Er wanderte nach Israel aus und siedelte im heiligen Land seiner Väter, gelangte in ein religiöses Seminar in Ma'aleh Chermesch, da einer seiner Lehrer in Brooklyn dort einen Freund besaß. Josh mochte das

Seminar nicht, doch traf er eines Abends den etwa gleichaltrigen Jehu im Lebensmittelladen, half ihm, »fünf Schekel siebzig« für den Einkauf vollzumachen, und jener schlug ihm vor, mitzukommen und »die Drei anzuschauen«. Josh verließ das Seminar – er hatte das endlose Philosophieren mit den diversen Kreisen in der Jeschiva ohnehin satt – und zog noch in der gleichen Woche, als Mitbewohner in Jehus Wohnwagen, nach Drei.

Jetzt übersetzte er den Artikel in der *Washington Post*, den Jakir vom Internet ausgedruckt hatte. Otniel brach in Gelächter aus, als er die Überschrift hörte: »Sheldon Mamelstein leistet Hilfestellung zu Gesetzesbruch in der Wildwestbank«. Er lachte auch weiter in sich hinein, als Josh in gebrochenem Hebräisch, bei jedem Wort stockend nach der richtigen Übersetzung suchend, die er nicht immer fand, über den Immobilien- und Finanzmagnaten berichtete, der dem Führer der Konservativen nahestand und vor einigen Monaten, im Februar 2009, in dem kleinen Stützpunkt am Rande der Wüste eingetroffen war, um an der Einweihungszeremonie der Spielplatzanlage teilzunehmen, die er gestiftet hatte. Otniel schmunzelte immer noch, als in dem Artikel der Ort mitsamt seinen Häusern und diversen Personen beschrieben wurde, die Zeremonie und die Besichtigungsrunde, die man für den amerikanischen Millionär veranstaltet hatte. Chilik dagegen lächelte nicht einmal, wirkte sogar stark beunruhigt, als der Artikel nach den neutralen Beschreibungen die zu erwartende politische Meinung einbrachte: »Herr Mamelstein vergaß in seiner engagierten Rede, die Tatsache zu erwähnen, dass der Stützpunkt Ma'aleh Chermesch 3 zu einem Teil auf privatem Grundbesitz errichtet wurde, der Palästinensern gehört. Ein weiterer Teil der Siedlung liegt in einem Naturschutzgebiet, in dem keinerlei Wohngebäude errichtet werden dürfen.«

Otniel regte sich immer noch nicht auf, als der Journalist dazu überging, die langjährigen Übertretungen von Gesetzen und Vorschriften in allen Teilen des Westjordanlands zu schildern. Seine Gemütsruhe begann er erst dann zu verlieren, als der Verfasser des Artikels anfing, unter Zuhilfenahme von Zitaten eines »hochrangigen Offiziers in der israelischen Verteidigungsarmee«, den historischen Hintergrund des Stützpunkts zu schildern. Wie Chilik schüttelte er nun den Kopf angesichts der schmerzlichen Ungenauigkeit in Sätzen wie: »Im Jahre 2005 richteten sie ein Büro für den Landwirtschaftsbetrieb ein, anschließend stellten sie einen Caravan für einen Wächter auf, der nach kurzer Zeit zum Heim einer kompletten Familie wurde«, und wirklich wütend begann er zu werden, als er selbst als »Landwirt, der Petersilie und biologische Tomaten vor Ort anbaut« bezeichnet wurde.

»Petersilie? Wo hat er das denn her? Er hat Tomaten gesagt? Nicht Cherrytomaten? Überprüf das mal kurz.« Josh überprüfte es kurz und bestätigte es. »Tomaten!«, rief Otniel erschüttert. »Hat er den Verstand verloren? Dazu braucht man einen völlig anderen Kompost, ganz zu schweigen von den Samen …«

Die Erläuterung des politischen und juristischen Hintergrunds der Siedlungen löste Gähnen aus. Und während einer Zusammenstellung amerikanischer Gesetze zum Thema – Verwaltungsvorschrift 12947 der Clinton-Regierung, die Aktivitäten untersagte, die den Friedensprozess im Nahen Osten störten; das Patriotismusgesetz der Bush-Regierung, das die Finanzierung von Aktivitäten verbot, die nicht Bildung oder Sport zum Ziel hatten; das Steuerermäßigungsgesetz für amerikanische Spenden jenseits des Meeres – starrten die Zuhörer in den Himmel oder zappelten ruhelos herum und schüttelten kleine Kiesel aus ihren Roots-Sandalen.

Als in der Reportage jedoch erläutert wurde, dass mit Steuerermäßigungen für Spenden wie die von Mamelstein das Finanzministerium und der amerikanische Steuerzahler in der Praxis illegale Stützpunkte wie Ma'aleh Chermesch 3 im Widerspruch zur Regierungspolitik finanzierten, kehrte das Lächeln auf die Gesichter der Versammelten zurück, und es klang sogar kurz Lachen und Applaus auf. Als dann die Tatsache »enthüllt« wurde, dass man mit den Geldern, die Mamelstein dem Stützpunkt zukommen ließ, auch einige Nachtsichtgeräte erworben hatte, wurden Bemerkungen laut wie: »Füchse bei der Wache zu sehen, stört das vielleicht den Friedensprozess?« und: »Was für ein König dieser Mamelstein ist!« Als der Verfasser gegen Ende des Artikels auf den Stützpunkt zurückkam und von der »dramatischen Entwicklung in der vergangenen Woche« berichtete – dem Entscheid des Obersten Gerichtshofs über die Zauntrasse und dem Vorfall mit den Planierraupen –, lauschten alle Josh wieder mit voller Aufmerksamkeit, und bei den Action-Beschreibungen jubelten sie sogar (»Der Höhepunkt des Ereignisses war eine Geste bizarrer Solidarität: Der palästinensische Olivenhainbesitzer, eine religiöse Siedlerin und ein Israeli, der in unklarem Zusammenhang mit dem Ort steht, sprangen zusammen in die Baggerschaufel, um der Härte des Urteils Einhalt zu gebieten«). Sogar Neta erlaubte sich ein Lächeln und blickte mit unverhohlenem Stolz um sich.

Als Josh fertig war, herrschte im Kreis des Publikums ein Gefühl von Zufriedenheit – hauptsächlich mit Sheldon Mamelstein. Zwar entlockte die Unterzeile der Reportage Neta Hirschson einige aufgebrachte Flüche und Chilik Jisraeli einen besorgten Blick – »Der Wirrwarr der Gesetze und Kompetenzen, die in bester Catch-22-Manier aufeinanderprallen, ermöglicht es den jüdischen Siedlern, in diesem Wilden Westen wie gesetz- und morallose Sheriffs zu hausen« –, doch das war für niemanden etwas Neues. Neta war ständig aufgebracht und Chilik grundsätzlich besorgt.

Die Insel

Jakir befand sich in seinem Zweitleben, in *Second Life*, auf der virtuellen Insel »Wiedererrichtung«, wo er und seine Gefährten mit den dicken Bärten, den großen Kipas und den lose hängenden Ärmeln ihre Siedlung errichtet hatten, die für Fremde gesperrt war – Christen, Ismaeliten, Amalekiter und jeden, der es wagte, den Gesetzen des Ortes zu widersprechen, die besagten, dies ist heilige Erde, jüdische Erde, nur für uns. King Meir wusste, dass die Gesetze von *Second Life* es ermöglichten, Fremden den Zutritt zur »Wiedererrichtung« zu verwehren.

Er und seine Kameraden hätten sich gestern wieder in der muslimischen Zone von *Second Life* herumgetrieben, sagte King Meir, der texanische Rechtsanwalt. »Als wir reingegangen sind, haben wir die Schuhe nicht ausgezogen, wie sie verlangt haben. Wir haben uns diese Schleier geschnappt, die sie dort umsonst für die Frauen verteilen, und haben sie uns übergehängt, haaa!!!«

Jakir lächelte und tippte: »Toll!«

»Schade, dass es nicht möglich ist, dort irgendeine kleine Bombe loszulassen«, schrieb King Meir. Seine Augen, Haare und sein Bart waren schwarz, seine Kipa gelb wie sein Hemd mit der Faust der »Kach«-Partei.

»Vielleicht lässt sich was programmieren«, tippte Jakir.

»Kannst du so was machen?«, fragte King Meir. Jakir erklärte ihm, dass es zwar unmöglich sei, Einzelgegenstände oder den Besitz eines anderen Benutzers ohne dessen Einwilligung anzurühren, allerdings könne man etwas Eigenes erschaffen und dann zuschlagen. Zum Beispiel die Kopie einer Moschee erschaffen und sie dann sprengen. Oder eine Palästinaflagge, und sie dann verbrennen.

»Awsome!«, begeisterte sich King Meir. »Das ist besser, als mit den Uzis herumzulaufen, ohne was damit anzufangen – nur draufdeuten und bummbumm sagen ... aber gibt es keine Kontrolle oder Beschränkungen für solche Sachen?«

Jakir suchte und zeigte ihm die Gemeinschaftsstatuten von *Second Life*: »Es ist verboten, herabsetzende oder missachtende Sprache oder Bilder bezüglich Rasse, Herkunft, Geschlecht, Religion oder sexueller Orientierung eines anderen Bürgers zu benutzen ... Körperliche Angriffe sind in *Second Life* verboten.«

King Meir gestikulierte mit seinen Händen: »Was soll dieser Schwachsinn, soll das nicht angeblich wie im richtigen Leben sein? Und wenn die Moschee meine Gefühle verletzt?«

In diesem Moment öffnete sich die Tür des Wohnwagens, und Jakir hörte seinen Vater mit seiner dröhnenden Stimme telefonieren. Er wechselte rasch zur Bestellseite des Hofs. Otniel trat hinter seinen Sohn, gab ihm einen freundschaftlichen Klaps auf den Hinterkopf, in dessen Haarpracht die grüne Kipa fast unterging, und setzte sich neben ihn. Er legte das Telefon auf die Stuhllehne und rieb sich die Augen.

»Verzeihung, da war eine Pause, hörst du mich, Asis?«, drang eine Stimme aus dem Gerät.

»Ich hör dich, Dov, ich höre«, sagte Otniel, den Kopf nach hinten gelehnt und die Augen an die Decke geheftet. Jakir gab vor, in den Computer vertieft zu sein.

»Also, der Bildungsminister hat mich über die Regierungssitzung heute Morgen informiert. Sie haben auch über die Reportage in der *Washington Post* gesprochen. Das Außenministerium und besonders die Botschaft in Washington werden die Reaktion im Weißen Haus auf den Artikel beobachten, und sie stehen natürlich mit strengsten Dementis und Klageandrohung gegen die Zeitung bereit – für die Andeutungen von Quasi-Gesetzesübertretungen und Scheinbar-Regierungsversäumnissen, die in Ma'aleh Chermesch 3 passiert sind oder passieren oder in jeder anderen Siedlung, im Gebiet innerhalb der Grünen Demarkationslinie Israels oder außerhalb.«

»Schön«, grinste Otniel und rieb sich mit den Fingern die Augen.

»Ebenso«, fuhr der Vorsitzende des Gemeinderats fort, »wurde beschlossen, dass der Sicherheitsminister in den nächsten Tagen nach Washington fliegt, nach außen hin, um an dem Event einer Spenden- und Unterstützungsaktion der jüdischen Lobby teilzunehmen, aber Tacheles gesprochen, um aus der Nähe ein bisschen herumzuschnüffeln und zur Stelle zu sein, falls und wenn sich ein spontanes Treffen mit der Staatssekretärin, dem Verteidigungsminister oder sogar dem Präsidenten selber ergeben sollte ...«

In dieser Sekunde gab das Telefon erstickte Geräusche von sich und erstarb. Otniel blickte erstaunt auf das stumme Gerät. Jakir nahm es ihm aus der Hand und begriff sofort. Er ging in die Küche, zog das Kabel der Ladestation hinter dem Kühlschrank heraus, verband das Nokia und legte es auf den Kühlschrank. Sein Vater ging auf die Toilette, sprühte Deodorant in seine Achselhöhlen und versuchte, mit den Fingern sein Bartgestrüpp ein wenig zu ordnen.

»Jakiri, notier im Terminkalender, dass morgen Herzl Weizmann, der Bauunternehmer, kommt und dass ich Motke im Wohnraumbeschaffungsministerium anrufen muss, um über eine Bezuschussung seiner Arbeit zu reden.« Otniel blickte mit geröteten Augen auf Jakir, der am Computer tippte, ließ ein »In Ordnung, Sohn?« fallen und verließ den Wohnwagen.

Jakir spähte vorsichtig aus dem Fenster und sah, wie sein Vater in den staubigen Renault Express einstieg, an dessen ursprüngliche Farbe sich in Ma'aleh Chermesch 3 nur wenige erinnerten – Otniel hatte ihn aus Wasserersparnisgründen seit Jahren nicht gewaschen.

Er kehrte sofort zu *Second Life* zurück und traf die kleine, bärtige Gesellschaft mit den Kipas draußen vor der Synagoge »Feuer der Wiedererrichtung«. »Ah, Jakir, du bist wieder da«, schrieb King Meir, über der Schulter die Uzi, die er für ein paar Groschen in einem Waffenladen in der Geschäftszone von *Second Life* erstanden hatte. »Wir haben gerade diskutiert, wo wir jetzt einen Besuch machen sollen, nach dem Erfolg gestern in der Moschee.«

Jakir half ihm bei der Suche nach einer arabischen Lokalität. Es gab einen Nachtklub namens »Schahrazad« mit Bauchtänzerinnen, einen »Orient-Basar«, wo Dschallabijas und Kafijas, arabische Gewänder, Tücher und Kopfbedeckungen, verkauft wurden, sowie »Taste of Arabia«, eine arabische Stadt mit Palmen, Moscheen und Pferden. Das Problem war, dass dort nicht viele Leute unterwegs waren. King Meir entschied sich am Ende für die große Moschee in »Taste of Arabia«. Sie würden hineingehen und dort Spamartikel platzieren – die Moschee mit Davidsternen überschwemmen.

»Wenn es unmöglich ist, körperliche Gewalt anzuwenden, dann ist ein Spam gut. Wir sind klüger als sie, kommt, lasst uns das ausnutzen«, sagte King Meir und gab die Zielkoordinaten an. Jakir tippte die Daten ein und tauchte mit seinen Gefährten in der Moschee auf. Eine Frau, die nicht wie eine Araberin aussah, empfing sie. Sie begrüßte sie: *»Salam aleikum!«*, und sie reagierten mit einer Flut von Davidsternen: Jakir hatte in Photoshop einen Davidstern kreiert, der mit der Graphik von *Second Life* kompatibel war, hatte ihn blau angemalt und ein simples Programm zur Vervielfältigung gefunden. Er zog den Stern mit der Maus auf den Boden der Moschee, und er vertausendfachte sich: die ganze Moschee voll mit schwebenden blauen Davidsternen.

»Komm, wir machen das Gleiche im ›Orient-Basar‹!«, schrie der erhitzte King Meir und gab die neuen Daten ein. Zwei Minuten später füllte sich auch der Basar mit Davidsternen. Die bärtige Bande mit den Uzis feierte. Nicht nur hatten sie die abscheulichen Orte mit ein bisschen jüdischer Schönheit erfüllt, sie hatten auch die Computer ihrer Besitzer belastet. »Du bist großartig, Jakir!«, begeisterte sich King Meir, als sie auf die Insel »Wiedererrichtung« zurückkehrten. »Und du weißt, was der nächste Schritt ist!«

Jakir lachte. Er würde versuchen, an einer Kopie der Moschee zu arbeiten, um sie in die Luft zu sprengen, und an Palästinafahnen, um sie zu verbrennen. Vielleicht würde er heute Nacht Zeit dazu haben. Er hörte seinen Vater parken, und eine Minute später öffnete sich die Tür, und seine schweren Arbeitsschuhe hämmerten über den Boden.

»Was machst du da, Sohn?«, fragte Otniel.

»Nichts«, erwiderte Jakir.

»Was nichts, ich hab dich lachen gehört… *Jalla*, los, kommst du beten?«

»Ist gut«, antwortete Jakir und tippte das X in der Bildschirmecke an.

Die Kampagne

Ariel wachte eine halbe Stunde vor dem Weckerklingeln auf. Wie benommen lag er da und wusste nicht, was los war, bis er sich erinnerte und ihn ein leichter Schauer überflog, ein banges Zucken, das schnell vorüberging. Er stand auf, erledigte flink die morgendlichen Verrichtungen, weckte seine Frau und seinen kleinen Sohn und machte Frühstück für alle.

»Was ist los?«, fragte seine Frau, und er antwortete:

»Nichts, ich bin einfach bloß früh aufgewacht.« Doch sie kannte ihn lange genug. »Musst du dort hinfahren?«, fragte sie.

Er antwortete rasch: »O weh, fang bloß nicht damit an. Ja, ich muss dort hinfahren. Wo liegt das Problem? Ich hab dir tausendmal erklärt, dass das eine sichere Straße ist, dass die Armee dort herumfährt, dass …«

»Dass schon seit zwei Jahren niemand dort getötet worden ist, ich weiß, statistisch ist die Chance, bei einem Verkehrsunfall mitten in Israel zu sterben, viel höher.«

»Papa, schau«, sagte der Junge, »Papa, schau.« Er zeigte auf seinen Teller, bezweckte eindeutig nichts damit, außer die Diskussion seiner Eltern zu beenden, weniger aus dem Verlangen, Frieden zwischen ihnen zu stiften, als aus dem Drang heraus, ihre Aufmerksamkeit zurückzugewinnen.

»Ich seh's«, erwiderte Ariel. »Wie schön, eine Pflaume!«

»Blaume«, antwortete sein Sohn.

Im Auto fragte er sich: Muss ich dort hinfahren? Weshalb habe ich einen Tag Urlaub genommen? Er schaltete Razi Barkais Morgenradio ein: Siedlungen, der Präsident der Vereinigten Staaten, der Ministerpräsident. Uninteressant. Er wechselte zu 88FM, die Klimaanlage spuckte kalte Luft, die Sonne ging vor ihm auf, während er nach Osten fuhr.

Auf der Straße 433 begann sich seine Gelassenheit zu verflüchtigen. Roni hatte zwar recht, beim zweiten Mal war es etwas weniger beängstigend, aber dennoch hatte man das Gefühl, als stiege die Spannung rasant. Nicht unbedingt wegen der belasteten Geschichte dieser Straße durch die besetzten Gebiete, sondern eher auf Grund der tatsächlichen Veränderungen: Die Außentemperatur, die auf dem Armaturenbrett angezeigt wurde, sank, die Landschaft veränderte sich, die Hügel wurden kahl, arabische Dörfer und Anwesen wurden am Straßenrand sichtbar. Dann war da die Straßensperre, die er passierte, und die Trennmauer, die zu beiden Seiten der Straße auftauchte – keine Ahnung, ob er sich jenseits der Mauer befand oder innerhalb, in einem schmalen Korridor?

אבק

Auch die Luft war anders, und nach Jerusalem die Ausfahrt, wie aus einem Vakuum, in gelblich blasses Braun Richtung Wüste, zu weiteren Dörfern und Moscheen, zu gelben palästinensischen Taxis und Lastern – grüne und weiße Nummernschilder erhöhten seinen Blutdruck, die gelben israelischen beruhigten ihn zwischendurch –, und auf einmal wechselte das Radio von selbst den Sender, von 88FM zu arabischer Musik. Seine Hände umklammerten fest das Steuerrad, sein Atem stockte, der Blick irrte zwischen den Hügeln, der Straße und den Autos umher, diese Araber fahren wie die Verrückten, flüsterte er vor sich hin und sah vor seinem geistigen Auge, wie einer der Lastwagen umbarmherzig in ihn hineindonnerte, nicht in mörderischer Absicht, sondern wegen des wilden, verantwortungslosen Fahrstils. Das Telefon klingelte, doch er fürchtete sich davor, ein banales Gespräch zu führen, hielt weiter das Lenkrad umklammert, konzentriert, es ging steiler hinunter und hinauf, keine Sorge, jeden Tag fahren Hunderte Israelis auf dieser Straße, schon seit Jahren ist hier keiner mehr gestorben, und Steine werfen sie auch kaum mehr. Trotzdem, er hatte keine Sicherheitsverglasung wie die Siedler. Konnten sie das wissen, die Araber? Er schwitzte trotz Klimaanlage, verstand nicht, wozu er hinfuhr, noch eine Geschäftsidee, die genau dahin führen würde, wo alle seine früheren Geschäftsideen verendet waren. Warum brachte er es nicht fertig, sich mit dem zu begnügen, was er hatte und was nicht wenig war: ein Buchprüfer, ein mittelständisches Büro im israelischen Zentralland, verheiratet mit Kind. Aber vielleicht musste man, gerade um einmal Erfolg zu haben, ein echtes Risiko eingehen, etwas tun, das nicht jeder tat.

Die Bunker der Armee wirkten tröstlich, die roten Ziegeldächer beruhigend. Er hätte nie geglaubt, dass er je so empfinden würde, doch die Abzweigung zu den Siedlungen kam zur rechten Zeit, und draußen vor dem gelben Stahltor, das sich vor seinem Toyota mit gelbem Nummerschild problemlos öffnete, sah er die Fahrzeuge der Araber und die Araber warten, und er fühlte sich sicher, als er drinnen war, was er sich nicht gerne eingestand, denn er hatte ja kein Problem mit den Arabern, sie hatten mehr verdient, er unterstützte die verrückten Siedler nicht, doch innerhalb der Grenzen ihres Sektors fühlte er sich viel ruhiger.

»Was ist los, mein Freund? Du bist ganz grün im Gesicht«, begrüßte ihn Roni.

»Gib mir ein Glas Wasser«, erwiderte Ariel und betrat den Wohnwagen.

»Gut«, sagte Ariel, nachdem er sich erholt hatte. »Gute Nachrichten. Drei Olivenöl-Boutiquen in Tel Aviv, die das Öl probiert haben, wollen eine ernsthafte Bestellung aufgeben. Alle sagen, dass genau das heute läuft, ein schwerer, intensiv würziger Geschmack mit dem echten Geruch nach Oliven. Nicht wie das italienische und das spanische, das hellgelb und leichter ist.«

»Na klar, das ist die wahre Sache.« Roni genoss es, die Worte im Mund zu rollen. »Es ist nicht nur besser als das aschkenasische, blasse, überbehandelte Öl der Europäer, es ist das beste hier im Land, das reinste, das schmackhafteste. Besser als das aus dem Galil, besser als das aus der Schomrongegend. Das sind die Oliven direkt neben der Wüste, das ist *bab az-zaqaq*, die Gegend mit dem edelsten Öl! Und uns kostet es neun Schekel pro Liter statt die sechzehn, die das billigste israelische Öl kostet.«

»Fünfzehn kann auch sein«, korrigierte Ariel, doch Roni machte sich nicht die Mühe einer Erwiderung.

Sie saßen im Hof von Gabis Wohnwagen, von dem aus man die Olivenhaine von Charmisch überblicken konnte.

»Was heißt eine ernsthafte Bestellung?«, fragte Roni nach kurzem Nachdenken.

»Ein Kubik plus«, erwiderte Ariel.

Roni nickte und blies Rauch aus seinen Nasenlöchern. »Mal drei, sagst du. Ich hoffe, Mussa kann es mit solchen Mengen aufnehmen. Wir sind letztlich eine Boutique, kein Massenproduzent.«

»Muss er. Drunter rentiert sich's für mich nicht, auch nur einen Fuß aus der Klimaanlage zu setzen. Aber ich habe keine Bedenken, nachdem wir ihm einen Elektroantrieb gekauft haben, der seinen herzkranken Esel ersetzt. Und nur dass du's weißt, Boutique hin oder her, ich habe den Traum einer perfektionierten Ölpresse mit Mengenproduktion nicht aufgegeben. Nachdem wir die Marke aufgebaut haben, können wir in eine italienische Fertigungsstraße investieren, und dann sind wir innerhalb von fünf Jahren versorgt.«

Roni kicherte in sich hinein, denn ihm lag ein »mit Hilfe des Herrn« auf der Zungenspitze, das er sich im letzten Moment gerade noch verbeißen konnte. Er winkte Otniel und Jakir zu, die auf der Ringstraße in Richtung Synagoge gingen.

»Jetzt pass auf.« Ariel suchte mit dem Blick seine schwarze Aktentasche, streckte die Hand danach aus und erreichte sie nicht, erhob sich fluchend aus dem Stuhl, um sie zu holen, und tastete währenddessen mit der Hand reflexartig nach Brieftasche, Schlüssel und Mobiltelefon in seinen Hosentaschen. Er zog bedruckte Seiten aus der Aktentasche, warf einen Blick darauf und reichte sie Roni, ohne ein Wort zu sagen. Roni nahm sie entgegen, zog ein letztes Mal an seiner Zigarette und drückte sie anschließend im Aschenbecher aus. Er studierte die Seiten, und langsam stieg ein breites Lächeln auf seinem Gesicht auf. Er nickte schwungvoll.

»Erste Skizzen für eine Kampagne«, sagte Ariel zufrieden. »Ich will auch einen Entwurf mit gefakten Zeitungsartikeln. Die Leute werden tot umfallen.«

»Oder ich fall tot um. Was werden Leute denken, die mich kennen, wenn sie mich so in der Werbung sehen?«

»Sie werden dich nicht so schnell sehen. Das wird nicht an überregionale Zeitungen gehen oder so was. Du weißt schon, lokale Anzeigen, Schilder in Läden, solches Zeug.«

»Im Höchstfall können sie sagen, das ist ›ein Israeli, der in unklarem Zusammenhang mit dem Ort steht‹.«

»Wasdasdenn?«

»Bloß so«, grinste Roni. »Der Artikel in der *Washington Post*. So hat mich der Mistkerl beschrieben. Wobei ich sogar froh war, bei Allah, dass sie keine Ahnung hatten, wer ich bin und wieso ich auf Baggerschaufeln springe.«

»Der Sicherheitsminister ist nach Amerika gefahren deswegen, oder? Man kann das auch für unsere Zwecke ausschlachten. Vielleicht für den Export.« Ariel notierte sich etwas in ein kleines Notizbuch.

»Warum nicht, schlachte nur, schlachte du nur.« Roni überflog wieder die Seiten und betrachtete mit Genugtuung das Bild von ihm und Mussa auf der Planierraupenschaufel. »Moment mal«, er blätterte zurück, »fehlt da nicht was?«

»Die Orthodoxe«, bestätigte Ariel. »Wir haben sie in Photoshop rausgelöscht. Ich habe geschwankt, aber die Siedler sind abschreckend.«

Roni nickte. »Zusammen die Schale neigen?«, las er den Slogan unter dem Bild mit der Planierraupe.

»Das sind nur Entwürfe. Es gibt diverse Möglichkeiten für Slogans. Du glaubst nicht, was man mir für Kataloge zusammenstellt: Bibelzitate, Symbole, arabische Verse, Tradition, Erdverbundenheit, Gebrauchsarten von Olivenöl. Da fällst du in Ohnmacht.«

»Schön, schön. Bring noch den Golani rein mit dem Olivenbaum als Emblem – Roni, der Golantschik, der vom armen Soldaten mit einem Olivenbaum auf der Schulter zusammen mit einem Araber zum Olivenölhersteller wurde. Sozusagen, kapiert?«

Ariel lächelte höflich, doch sein Schweigen bedeutete, Roni, überlass es mir, mich mit der Vermarktung zu befassen. Laut sagte er:

»*Jalla*, Mann, frag Mussa, wann er mit dem Öl für uns rüberkommen kann.«

»Ich frag ihn gleich«, antwortete Roni, hob die Hand mit dem Mobiltelefon vor seine leicht kurzsichtigen Augen und tippte die Nummer des Palästinensers ein, »bin schon dabei.«

Das Sommerlager

Auf einmal war es mitten im Sommer. Der Monat Tamuz, sprich Juni, kam, und die großen Ferien begannen. An einer Reihe von Tagen organisierte Nechama Jisraeli Aktivitäten für alle Altersstufen (ein Tag Schwimmbad, ein Tag Ausflug, ein Tag Arbeit in Otniels Stall, ein Tag am Bau) und übertrug den größeren Kindern verantwortliche Aufgaben. Sie nannte das Sommerlager.

An einem dieser Tage unternahmen die Kinder einen Ausflug nach Nachal Chermesch. Um acht Uhr morgens traf Nechama mit ihren Söhnen, Boaz und Schneur, an jeder Hand einen, und ihrem riesigen Kugelbauch im Kindergarten ein. Elazar Freud brachte seinen Sohn Nefesch vorbei und verschwand dann in der Synagoge zum Morgengebet mit den Männern. Amalia Rivlin schob den Kinderwagen mit dem Baby, ihrem Bruder Zebuli, daneben ging ihre kleine Schwester Tchelet und etwas dahinter ihre Mutter Scha'ulit, die am Mobiltelefon schwatzte, lachte und mit ausholenden Bewegungen gestikulierte, während sie sagte: »Irre, irre.«

Ansonsten kamen noch Schimi und Tili Gottlieb und sämtliche Asis-Kinder außer Jakir: Gittit, die den Sommer über als stellvertretende Kindergärtnerin fungierte, Debora, Chanania, Emuna und Schuv-El sowie Beilin, der Hund. Auf Nechamas Bitte hin nahm Jehu an dem Ausflug teil, auf dem Rücken von Killer mit einer Jericho-Pistole 941 im Halfter, und als die fröhliche Gesellschaft durch das Eingangstor der Siedlung hinausmarschierte, überraschte der Soldat Joni Nechama mit der Frage: »Kann ich mitkommen?«

»Sicher«, antwortete sie, »aber musst du nicht hier am Tor bleiben?«

»Es gibt hier noch mehr Soldaten«, versetzte Joni und deutete in den Wachpostenraum hinein. »Und es ist auch ein ruhiger Tag.«

»Dem Herrn sei Dank«, erwiderte Nechama. Immer bestand die Angst, dass sie auf einen Araber stoßen würden; ein Soldat als Begleitung würde bestimmt nicht schaden.

Die Gruppe rückte langsam vorwärts, mit Hüten auf dem Kopf und Wasserflaschen und belegten Broten in den bunten Rucksäcken. Die großen Kinder eilten voran, die kleineren und die schwangere Kindergärtnerin wackelten wie Pinguine hinterher, und die ganz kleinen saßen in einem Bollerwagen, den Gittit schob, und wurden als besondere Gunst abwechselnd auf Killers Rücken gehoben, behütet von Jehus starken Händen. Alle gingen die abfallende Sandstraße entlang bis zum niedrigsten Punkt des Wadis, zwischen den Hügeln von Ma'aleh Chermesch 3 und 2, wo der Pfad in Richtung Nachal Chermesch abbog. Ein Adler schwebte über ihnen, einer von zweien, die fast jeden Tag vom Hügel aus zu sehen waren. Nechama deutete auf ihn und fragte, »Was ist das?«, und die Kinder riefen begeistert die Antwort.

Nach einer Viertelstunde, schon nahe der Höhle, auf einem kleinen, verdorrten Feld neben einem bescheidenen Schild des Jüdischen Nationalfonds, auf dem »Jennifer-Solomon-Zimmerman-Hain« zu lesen stand, legten sie eine Rastpause ein, um zu essen und zu trinken. Sie wuschen sich die Hände und sprachen einen Segen, dann trockneten sie sich ab und sprachen den Segen über ihren Broten, und danach bissen sie hinein. Nechama deutete auf Pflanzen – Wüstenwermut, dorniges Becherkraut, rauhaarige Ochsenzunge, Duftsalbei, Flammenblume – und machte sie auf einen dicken, weißgeflügelten Steinschmätzer aufmerksam, der sich im Schatten ausruhte. Die Kinder richteten müde Blicke auf den Vogel. Tili Gottlieb und Emuna Asis, denen beiden ein unterer Schneidezahn fehlte, eine im weißen Kleid, die zweite in einem gelben, das sie von ihren Schwestern geerbt hatte, hielten sich an den Händen und sangen, »Horch! Mein Geliebter! Sieh da, er kommt, er springt über die Berge, hüpft über die Hügel …«, und Joni klatschte ihnen Beifall, bis sie verlegen kichernd von vorn begannen.

Nechama platzierte ihren schweren Leib auf einen Felsen; ihr Jeansrock umhüllte die geschwollenen Knöchel, und unter dem schwarzen Kopftuch perlte der Schweiß. »Vorwärts, Kinder«, sagte sie. »Gleich werden wir in die Höhle gehen, uns drinnen ein wenig abkühlen und dann kehren wir um und gehen zurück.« Die Kinder standen auf. »Zur Erinnerung, in der Höhle haltet ihr euch an den Händen und passt auf, dass ihr nicht ausrutscht. Joni, du bist die Nachhut. Jehu, bind das Pferd an und komm mit hinein.«

Die Höhlenöffnung zeigte sich nach einem kurzen Abstieg

in die steile Schlucht, deren Wände zu beiden Seiten aufragten – weißer Kreidestein und sandfarbene Felsen, dazwischen dornige Bechersträucher und wilder Thymian. Ein ruhiges Steinbockpärchen schien weiter unten am Abhang fast in der Luft zu segeln, das Rascheln von Fledermäusen drang aus den Felsspalten, Steinhühner flatterten rot, und ein aufgeschrecktes Schlangenauge huschte im Zickzack beim Klang ihrer Schritte davon. Sie gelangten zum Eingang der Höhle, eine von etlichen großen Höhlen in der Bergflanke, die Makkabäern und Römern, Mönchen und Banditen, Hirten, kriegerischen Kundschaftern und Kreuzrittern als geheime Zuflucht gedient hatten; auch Füchsen, Stachelschweinen, Leoparden und Schlangen – jedem Lebewesen, das irgendwann einmal durch diese Wüste gezogen war.

Auf einem breiten Felsabsatz an der Schwelle zur Höhle bat Nechama alle, stehen zu bleiben und in die Schlucht hinauszuschauen. Sie zitierte aus dem Propheten Amos den Vers einer Landschaftsbeschreibung – »Und die Berge werden von süßem Wein triefen, und alle Hügel werden fruchtbar sein«. Und dann warnte sie: »Jetzt gehen wir hinein, und ich wiederhole es noch einmal, alle halten sich an den Händen und passen sehr gut auf, denn der Boden in der Höhle kann glatt sein …«

»Mama, ich muss Pipi«, hörte man Schneurs Stimme.

»Schschsch … Schneur, ich rede. Geh zu Joni und sucht einen Platz.«

Sie erzählte den Kindern etwas über die Geschichte der Höhle und ihre Größe, und sie betraten mit zaudernden, bangen Schritten das dämmrige Innere mit der niedrigen, modrigen Decke.

»Mamilein«, flüsterte Chanania und verfestigte seinen Griff um Jehus Hand. Jehu streichelte den Nacken des Jungen zur Beruhigung.

»Passt auf«, fuhr Nechama mit ihrer Gouvernantenstimme fort, »es gibt in der Höhle dreiundzwanzig Räume, sie ist verzweigt und verwinkelt, daher ist es sehr wichtig, langsam zu gehen und die Hand von eurem Nachbarn nicht loszulassen.« Chanania zitterte. Der Lichteinfall von draußen wurde immer schwächer. Drinnen war es kühl und angenehm.

Chanania wimmerte: »Ich will wieder raus, wieder raus.«

»Sei still, Chanania, es ist alles in Ordnung, wir gehen gleich zurück«, sagte seine Schwester Debora. Entgegen der ausdrücklichen Anweisungen der Kindergärtnerin ließ sie seine schweißnasse Hand los und betrat einen der Seitenräume, ertastete sich furchtlos ihren Weg.

»Debora! Debora!«, hörte man die schrille Stimme ihres Bruders Chanania und nach ihm Nechamas: »Debora? Wo bist du? Debora?«

Es kam keine Antwort. Eine weinende Stimme klang auf, und eine zweite und dritte gesellten sich dazu. Nechama sagte laut ins Dunkel: »Kinder, keine Angst, haltet euch nur weiter an den Händen.« Aber die Hände waren schweißig, klein und glitschig, und auch der Boden war glatt. »Die Erwachsenen, alle an den Händen nehmen und zurück zum Ausgang!«, befahl Nechama in Furcht, die Kontrolle zu verlieren, und ihr Herz schlug jetzt schneller. »Debora? Bist du da? Debora!?« Sie spürte, das war der Schlüssel, der Ursprung der Not, die Stille ohne Antwort. »Debora?« Das Schluchzen der Kleinen ließ nach, als Joni, Jehu und Gittit sie trösteten und streichelten, und alle kehrten zur Mündung der Höhle zurück.

Debora stand wie erstarrt in einem der inneren Räume. Nechama hörte ein Wispern, betrat den Raum, legte ihr eine Hand auf die zarte Schulter und blickte hinter sie.

»Ich weiß nicht, irgendwas hat mich hierhergezogen«, flüsterte Jakirs Zwillingsschwester.

»Hast du etwas gehört?«

»Nein, ich hab nichts gehört. Nicht mit den Ohren jedenfalls.«

Sie standen da und starrten, nicht sicher, worauf, jedoch gewiss, dass es etwas Außergewöhnliches war, in der Dunkelheit schwer auszumachen, ein Haufen in einer Ecke des Raums. War jemand vor kurzem hier gewesen und hatte etwas vergessen, was war das? Debora näherte sich, streckte die Hand aus, um es zu berühren, und es klirrte … Münzen? Debora drehte den Kopf und blickte Nechama erstaunt an, und dann, nach ein paar Sekunden, legte sie den Kopf schräg, um zu lauschen, denn ein neuer Klang war im Raum zu vernehmen, was war das? Wasser? Auch Nechama spitzte die Ohren, beide standen nebeneinander, die Köpfe schräg in entgegengesetzte Richtungen geneigt. Konnte es sein, dass in der Höhle Wasser plätscherte? Hier war doch noch nie … Das Wasser hörte sich wirklich nah an, und Debora fragte: »Nechama? Hörst du das?« Nechama bejahte. Und erst dann ging ihr auf – das war sie, ihr ging Wasser ab, das Fruchtwasser ihrer dritten Tochter strömte mitten in der Höhle zwischen ihren Beinen heraus, und sie sagte zu Debora: »Geh. Langsam. Langsam. Zur Öffnung. Der Höhle. Und ruf. Gittit. Und Joni. Sollen kommen. Mich. Hinausbringen. Jehu. Soll zum Stützpunkt. Reiten. Zu Chilik. Mit dem Auto. Dringend. Jetzt.« Und dann setzte sie sich mit einem Atemstoß hin, und Debora machte sich auf den Weg.

Und Nechama blieb zurück, die Hände streichelten den hochschwangeren Bauch, die Wange an die kühle Höhlenwand gepresst, und ihre Lippen bewegten sich im Gebet zu Gott; das Mädchen Debora setzte vorsichtig einen Fuß vor den anderen bis zur Höhlenöffnung und schrie. Jehu galoppierte auf Killer los, das Haar und die mächtigen Schläfenlocken unter der tellergroßen Kipa des jungen Mannes flatterten wild im Wind; die beiden preschten durch das Feld den Sandweg zur Siedlung hinauf, Killer wieherte, das Eisentor öffnete sich, und der Reiter und sein Pferd jagten zur fünften Wohnstatt von rechts auf der Ringstraße.

Unterdessen, vor Ort, waren Joni und Gittit die einzigen Erwachsenen bei den Kindern. Trotz der starken Hitze trugen beide lange, dicke Kleidung, er seine grüne Armeeuniform und sie eine weiße Baumwollbluse und einen dunklen Rock, der zehn Zentimeter übers Knie reichte. Sie wechselten vielsagende Blicke miteinander und unterdrückten ein Lächeln, bis Joni sagte: »Geh in die Höhle und finde Nechama, hilf ihr rauszukommen, denn sie braucht Luft, wir bringen sie zur Straße.« Und zu den Kindern sagte er: »Setzt euch hin, Jungen und Mädchen, trinkt Wasser aus den Flaschen und Beuteln, esst Früchte und Brote und Süßigkeiten aus den Taschen und lasst mich versuchen, jemanden zu erreichen …« Er blickte auf sein Mobiltelefon und glitt mit dem Finger über die Namensliste, fand Chiliks Nummer und drückte auf die grüne Sendetaste, obzwar in der Schlucht kein Empfang war – er näherte das Gerät seinen Augen und sah durch die Ray-Ban-Sonnenbrille, dass das Display keine Balken anzeigte. Da sagte er zu den Kindern: »Steht auf, wir gehen zu dem oberen Feld mit dem Wüstenbeifuß, der Stachelschweinzunge oder wie immer sie das Krautzeug vorher genannt hat.« Schneur brach in Tränen aus und fragte: »Wo ist Mama?« Und Joni antwortete: »Mama kommt gleich, Gittit hilft ihr.« Die braven Kinder gingen still und gehorsam hinauf, sogar Schneur hörte auf zu weinen, obgleich er seinen Blick hin und wieder nach hinten wandte und nach seiner Mutter fragte. Joni fragte Schneur: »Wie ist die Telefonnummer von Papa?« Er wollte sich vergewissern, dass er die richtige Nummer besaß, doch Schneur antwortete: »Weiß nicht.« Sein älterer Bruder Boaz jedoch griff ein und sagte die Nummer auf, und Joni tippte sie ein, drückte wieder auf den Sendeknopf und diesmal erreichten die Signale Chilik. Joni erstattete ihm genau in dem Augenblick Bericht, in dem Chilik Killers Hufe draußen vorm Fenster hörte. Sein Gesicht fiel ein, sein Schnurrbart verschwand fast zwischen den Lippen, und er sprang in seinen Wagen.

Chilik hielt an der Stelle, an der der Pfad zur Höhle abzweigte. Er ließ den Motor laufen und rannte zu seiner Frau, die sich auf Gittits schmale Schulter stützte. Gemeinsam schleppten sie sie den steilen Hang der Schlucht hinauf, durch das Feld, vor den Augen der Kinder, und Boaz fragte: »Papa, was hat Mama? Ist Mama tot? Haben die Terroristen sie getötet?«

Chilik erwiderte: »Aber nein, Boaz, der Herr bewahre. Mit Mama ist alles in Ordnung, gelobt sei der Herr, und Papa bringt sie jetzt ins Krankenhaus und kommt, mit Hilfe des Herrn, mit einem kleinen Schwesterchen zurück, wie wir es dir versprochen haben, stimmt's, Boazi?« Boaz nickte und beobachtete die drei Großen, die nur langsam vorankamen, wobei Nechama versuchte, ihre Söhne und die restlichen Kinder anzulächeln und ihnen irgendein Abschiedswort zu sagen, doch plötzlich, in der

Mitte des Felds, überfiel sie eine Wehe, und sie gab ein ersticktes Wimmern von sich, aus dem ein Stöhnen wurde. Chilik blickte die verstörten Kinder an und sagte: »Keine Bange, Kinder. Alles in Ordnung, alles ... Joni! Kannst du ...« Nechama biss in den Kragen ihrer Bluse, und Gittit goss Wasser aus einer Flasche über ihre Hände und streichelte mit nassen Fingern Nechamas schweißüberströmte Stirn.

Erst am Abend jenes Tages, nachdem die Kinder in die verschiedenen Häuser verteilt worden waren, als Joni und Gittit an ihrer Hausschwelle standen, noch einen Blick und danach nur ein mattes »Auf Wiedersehen« austauschten, weil Gittit sich abwandte, um ihre Geschwister zu beaufsichtigen; nachdem Jehu auf Killer die Ringstraße umrundet und sich vergewissert hatte, dass jeder unter seinem Weinstock und Feigenbaum saß, Preis sei seiner Herrlichkeit, und nachdem die Sonne wieder im tiefen Westen versunken war; nachdem Chilik aufgeregt telefoniert hatte, um von der Blitzgeburt seiner, dem Herrn sei Dank, wunderschönen und gesunden Tochter zu erzählen, weniger als eine Stunde nach dem Augenblick, in dem Nechama auf das Krankenhausbett gesunken war, nach ein paar Wehen auf der wahnsinnigen Fahrt nach Jerusalem und so und so vielen Psalmen unterwegs und an ihrem Bett; nach dem Abendessen, dem Abendgebet und dem *schma jisrael*; nach der Verdauungszigarette nach dem Abendessen von Roni Kupfer, deren Rauch sich durch die kleinen Fliegennetzlöcher in Gabis Fenster hineinstahl; nach den erregten Geschichten der Kinder, die die dramatischen Augenblicke in der Höhle noch einmal durchlebten – da erst besann sich Debora Asis auf den merkwürdigen Haufen, den sie und Nechama in der Ecke der Höhle entdeckt hatten, und erzählte ihrer Mutter und ihrem Vater, ihren Brüdern und Schwestern davon, und Otniel heftete einen scharfen Blick auf sie und fragte: »Münzen, hast du gesagt?« Worauf Debora, mit ihren grünen Augen, nickte, und Otniel sagte: »Ich möchte dort hingehen und einen Blick darauf werfen. Und vielleicht rufen wir auch Dovid, er versteht was von Münzen.« Und damit führte er ein Stück von seinem Spiegelei zum Mund.

Die Sitzung

Der Sicherheitsminister kehrte aus Washington zurück. Es war ihm gelungen, sich zu einem kurzen Termin im inneren Empfangsraum der Diplomatie durchzuschlängeln, wo er versucht hatte, den Schaden von McKinleys Reportage in der *Washington Post* zu minimieren. »McKinley hat übertrieben«, brachte der Minister vor. »Es handelt sich um einen kleinen, unbedeutenden Siedlungsstützpunkt mit ein paar Familien, man kann unmöglich behaupten, dass die amerikanischen Bürger oder das Finanzministerium dafür etwas aus ihrer Tasche bezahlt hätten, aus dem einfachen Grund, weil niemand dort irgendetwas ausgegeben hat. Außer Mamelstein, der ein Privatmann ist, und was hat er dort schon gestiftet, einen kleinen Spielplatz.«

»Aber was ist mit dem Strom, dem Wasser, militärischem Schutz?«, fragte der Präsident, der, zum Leidwesen des Ministers, im Vorfeld gut gebrieft worden war. »Was ist mit der Straße, die dort angelegt wurde? Das war die Abteilung für öffentliche Arbeiten – Aufnahmen eines amerikanischen Satelliten beweisen das –, keine private Spende.«

»Ja«, erwiderte der Minister, »das ist etwas verwickelt, denn wir müssen unsere Staatsbürger vor der arabischen Aggression schützen, auch wenn sie nur vorübergehend dort ansässig sind, und die jungen Leute, die in den Siedlungen aufgewachsen sind, sie haben nichts, wo …« Er versuchte, nicht zu stottern, doch der Präsident unterbrach ihn.

»Ich habe allerdings gerade von Einwanderern aus den Vereinigten Staaten, Russland und Frankreich gelesen, nicht nur von Söhnen, die einfach weitermachen. Das ist illegal. Und was ist mit dieser Geschichte, dass Sie bei den Leuten nachgegeben haben, die gegen die Evakuierung protestierten, weil sie auf einen Traktor sprangen? Ich verstehe das nicht, ich verstehe nicht, wie die Dinge dort bei Ihnen ablaufen. Gibt es kein Gesetz?«

Der Sicherheitsminister starrte auf eine Socke des Präsidenten. »Das war kein Traktor, Herr Präsident«, sagte er dann, »es war ein Caterpillar.« Nachher behauptete er in nicht zum Zitat bestimmten Gesprächen, die lang und breit zitiert wurden, der Präsident sei in Einzelheiten nicht bewandert.

Der Minister hatte damit gerechnet, dass dieses Treffen der schwierigste Teil werden würde und dass er danach ein wenig aufatmen könne, doch es erwartete ihn eine Überraschung. Als er nach Israel zurückkehrte, wurde sein Ministerium tagtäglich mit Anrufen des amerikanischen Botschafters bombardiert, und bisweilen rief auch die Staatssekretärin an, um zu fragen, wie man vorankäme. Er beschloss, nach Ma'aleh Chermesch 3 zu fahren, um den Amerikanern zu zeigen, dass er trotz allem etwas unternahm.

Er berief eine Sitzung mit dem Befehlshaber des Zentralkommandos ein – de facto der Regierungschef von Judäa und Samaria, sprich Jehuda und Schomron – und dem Chef der Abteilung zur Vereitelung staatlicher Unterminierung des Schabak, des Nachrichtendiensts, welche dort die Jüdische Brigade genannt wurde.

»Was machen wir mit ihnen, Giora?« Der Minister richtete seinen traurigen Bulldoggenblick auf den Generalmajor.

Dieser zuckte die Achseln. »*Ana aref*, was weiß ich? Was immer ihr beschließt, das werden wir ausführen.«

Der Minister schloss die Augen und schüttelte den Kopf von einer Seite zur anderen. »Nein, Giora. Das weiß ich. Ich frage Sie, was man beschließen soll.« Der Generalmajor gab keine Antwort. Der Minister fuhr fort: »Was ist dort passiert mit dem Bulldozer? Warum habt ihr ein paar Störenfrieden nachgegeben? Was meint ihr, wie wir in der Welt dastehen? Der Präsident hat zu mir gesagt: ›Was denn, gibt es kein Gesetz dort?‹ Verstehen Sie das Debakel?«

»Was dort passiert ist, war, dass der Ministerpräsident angerufen und gesagt hat, aufhören. Das wissen Sie. Es hatte nichts mit uns zu tun. Wir hätten mit der Bereinigung weitergemacht. Diese drei Witzbolde haben nichts geändert. Aber der Bildungsminister war da, und er hat den Regierungschef angerufen, und sie haben Hunderte Demonstranten dahergebracht …«

»Was sagen Sie, Avram?« Der Sicherheitsminister blickte den

Mann des Nachrichtendiensts an, als hätte er sich plötzlich an dessen Existenz erinnert. »Ist es nicht möglich, die Siedlung zu räumen, damit die Amerikaner mir nicht mehr im Nacken sitzen?«

»Ehmmm ...« Der Geheimdienstmann legte die Fingerspitzen seiner beiden Hände gegeneinander. »Schauen Sie ...«

Die Tür öffnete sich, und Pini, einer der Assistenten des Sicherheitsministers, sagte: »Herr Minister, es ist wieder der Botschafter.«

»Nicht jetzt, sagen Sie ihm, dass wir gerade in einer vorbereitenden Sitzung sind wegen einer Fahrt zu diesem Stützpunkt. Sagen Sie ihm, er kann sich uns anschließen, wir fahren in der kommenden ... Wissen Sie was, sagen Sie ihm gar nichts ... Augenblick. Gut, stellen Sie durch!«

Der Kommandeur des Zentralkommandos, der bisher gestanden hatte, setzte sich auf einen Stuhl und trank Sodawasser aus einem Glas. Auf seine Bitte hin reichte ihm Avram vom Nachrichtendienst den Sportteil der *Jediot acharonot*, den er anschließend durchblätterte, doch es war der Sommer eines ungeraden Jahres, es gab nichts Interessantes. Nur Tennis und Schwimmen, Radrennen und Leichtathletik.

»Yes, Milton, yes. We are now sitting here preparing to go to the place next week. Don't worry. Yes, I'm sitting here with good people from the army and the Schabak. They know exactly what to do there, yes.« Er lächelte und nickte. *»Listen, if you want to join us next week, talk with my assistant. Of course, yes. No, we don't know yet ...«* Er hob den Blick zu seinen beiden Gästen, und sie nickten mit zusammengezogenen Brauen. *»Yes, yes, early next week. Maybe Sunday.«* Er zwinkerte dem Generalmajor zu und fischte zwei Begele aus einer Schale, die vor ihm stand. Der Generalmajor lächelte. Er wusste, wie sehr der Botschafter es hasste, sonntags zu arbeiten.

»Also, was sagen Sie, Avram?«, nahm der Minister nach Ende des Gesprächs den Faden wieder auf.

»Sehen Sie, unsere Informantin im Stützpunkt ...«

»Informantin?«

»Sie sagt, dass es dort ein paar Elemente gibt, die möglicherweise Krawalle auslösen können. Wir haben beim vorigen Mal gesehen, dass sie das Areal ziemlich schnell zünden können.«

»Zünden?«

»Lassen Sie's gut sein, Avram«, warf der Generalmajor ein. »Das nennt man nicht zünden …«

»Sekunde«, fuhr der Chef der Jüdischen Brigade fort, »lassen Sie mich ausreden.«

»Lassen Sie ihn, Giora«, bestätigte der Minister.

»Kurz gesagt, es ist ein sensibler Punkt. Sie werden kämpfen. Ich sage nicht, Lebensgefahr. Ich sage nicht, subversive Organisation. Aber beinharter Widerstand, Alarmierung von Sympathisanten, Gewalt. Ohne Zweifel. Chaos. Ganz zu schweigen davon, dass der Ministerpräsident und die Hälfte der Minister umfallen werden. Ich würde empfehlen, auf eine Evakuierung zu diesem spezifischen Zeitpunkt zu verzichten, wenn das von Ihrer Sicht aus im Bereich des Möglichen liegt.«

»Haben Sie den Zeitungsbericht gelesen? Absolut nichts ist dort legal, die ganzen Genehmigungen, quasi … Wenn wir dort nicht räumen können, wo denn dann …«

»Es gibt jüngere Orte. Provisorischere. Ich kann Ihnen eine Liste machen. Auch im gleichen Areal. Vielleicht wird sich der Präsident damit zufriedengeben. Die Kameraden von Ma'aleh Chermesch 3 sitzen dort schon seit ein paar Jahren, immerhin. Das ist eine Siedlung, die am Anfang eine Genehmigung als Landwirtschaftsbetrieb erhalten und sich inzwischen entwickelt hat. Es gibt Siedlungen, die nicht mal diese Genehmigung bekommen haben.«

»Gut, gut. *Jalla*. Organisieren Sie uns den Besuch dort, Giora. Sonntagmorgen. Früh. Pini, Sie teilen es dem Botschafter und der Presse mit, besonders der amerikanischen. Giora, Sie sind natürlich mit von der Partie. Avram, danke.«

»Aber was wollen Sie dort sagen?«, fragte Giora. »Dass wir räumen? Oder sie belassen? Wir müssen uns entsprechend abstimmen.«

»Wir auch«, echote der Mann vom Nachrichtendienst.

Der Sicherheitsminister schenkte beiden einen müden Blick. »Wir werden sehen«, sagte er zu ihnen und verließ sein Büro in Richtung Toilette.

Die Hitze

Die Hitze lastete schwer. Der Monat Tamuz hatte seinen Zenith längst überschritten, und es kamen die drei Wochen, in denen die Zerstörung Jerusalems, vom ersten Mauerdurchbruch bis zur Tempelzerstörung, betrauert wurde – lange Tage ohne Feste, die zu Katastrophen einluden. Kühle Limonade wurde aus ausgepressten Zitronen, kaltem Wasser und Zucker zubereitet. Die Kinder verbrachten alle wachen Stunden draußen. Ventilatoren und Klimaanlagen, wer so etwas besaß, arbeiteten auf Hochtouren, und in den übrigen Häusern waren alle Fenster geöffnet – Gabi behauptete übrigens, sein Zimmer sei so gebaut, dass keine Notwendigkeit für eine elektrische Kühlanlage bestehe, da die Anordnung der Fenster und Türen garantiere, dass die Brise am Felsrand im Sommer stets die Luft im Raum umwälze. Er vergaß zu erwähnen, dass die Winde im Winter das Zimmer in die Schlucht von Nachal Chermesch hinunterblasen konnten.

Es war Freitag, Vorabend des Chazon-Schabbats, des Schabbats des 9. Av, dem Tag der Zerstörung unseres Tempels aus müßigem Hass. In den Häusern waren vehemente Vorbereitungen im Gange, es wurde gekocht, Telefone schrillten und dudelten, Räder knirschten und kreischten auf den Sand-, Schotter- und Asphaltstraßen der Siedlung, und neues Geschirr wurde zur rituellen Reinigung ins Wasser der Mikve eingetaucht. Gabi traf mit schweren Tüten aus dem Lebensmittelladen von Ma'aleh Chermesch ein, voll mit Köstlichkeiten für den Schabbat, und sah Roni im Wohnzimmer sitzen, ohne Hemd, vor dem Ventilator.

»Bruderherz«, rief Roni ihm zu, »hast du Diätcola mitgebracht?«

»Nein. Hast du drum gebeten?«, antwortete Gabi.

»Muss ich bitten?«

Das Rascheln der Tüten war zu hören, während Gabi ihren Inhalt auf die Schränke und den Kühlschrank verteilte. Sein Blick streifte das Spülbecken, das von schmutzigem Geschirr überquoll. Seit Roni vor einem halben Jahr angekommen war, hatte er nicht einmal eine Gabel abgespült. Gabi verließ die Küche, stand auf der Schwelle zum Wohnzimmer und legte die Hand oben an den Türsturz. »Was machst du?«, fragte er.

Roni sah nicht gut aus. Er saß mit schlaff ausgestreckten Gliedern in dem Sessel vor dem Ventilator. Sein Blick war zum Fenster gerichtet, müde oder traurig oder einfach gelangweilt. Er saß Stunden so im Wohnwagen, und es schien, als wären die Höhepunkte des Tages für ihn die Unterhaltungen mit Gabi, die normalerweise in Tiraden und Streitigkeiten ausarteten, während sich Gabi dabei ertappte, wie er sich verteidigte und rechtfertigte. Er mochte das nicht, doch er fand sich in diese Gespräche hineingezogen. Vielleicht fühlte er sich verpflichtet, Roni zu helfen, seine Frustration abzuladen. Möglicherweise brauchte er diese Auseinandersetzungen auch selbst, denn er war wütend.

»Was ich mache?«, erwiderte Roni. »Weiß nicht.«

Gabi lächelte ihn an. »Schluss, Bruder, es ist Schabbatabend. Es ist eine große Mizva, im Zustand immerwährender Freude zu sein.«

»Ja, ich hab's gehört. Sag dir das ruhig immer wieder vor, am Schluss überzeugst du dich noch.« Roni versank tiefer im Sessel.

Gabi wandte sich zum Gehen, Roni schloss die Augen. »Geh nicht, einen Moment.« Er seufzte und stieß die Luft aus. »Ich wäre gern immer im Zustand der Freude«, sagte er, »wer möchte das nicht? Aber das ist nicht so einfach. Es ist naiv zu behaupten, wenn man das nur sagt, würde es passieren.«

»Es ist naiv, es nur zu sagen. Aber es ist etwas anderes, wirklich daran zu glauben.«

»Ich sehe keinen Unterschied. Wenn man wirklich daran glaubt, geht die Traurigkeit dann weg? Wo genau geht sie hin?«

»Du kannst das von dort aus, wo du dich befindest, nicht sehen. Ich weiß, dass du gern über alles spottest, was ich sage, aber du befindest dich am Ort der Sünde und Nichtigkeit, nicht des Glaubens. Und es beängstigt dich so sehr, anders zu denken, dass du nichts anderes tun kannst, als zu spotten.« Es war das gleiche Gespräch, mit leichten Variationen, immer wieder. Er wollte nicht in diese ausweglose Schleife zurückkehren, doch er tat es jedes Mal von Neuem.

Roni schüttelte den Kopf. »Du bist nicht orthodox aufgewachsen, du weißt, dass das Rhetorik ist, das sind Klischees von Orthodoxen über Säkulare. Warum ist beten und sich zwanghaft freuen von Wert? Und Leidenschaften sind Nichtigkeiten? Hat der Körper kein Recht auf Begierden?«

»Das sind keine Werte des Judentums. Das sind Werte der Hellenisierten. Körperliche Gelüste sind wie Sonnenstrahlen in einem dunklen Raum. Es scheint, dass sie wirklich sind, bis du versuchst, einen davon einzufangen.«

»Aber sie erhellen den Raum. Sie erwärmen ihn. Was ist schlecht daran? Warum sollte man sie fangen?«

»Damit mehr Tiefe im Leben ist. Licht und Wärme sind an der Oberfläche. Das ist hübsch, aber es gibt mehr. Viel mehr.«

»Wo ist dieses mehr? Zwanghaft fröhlich sein? Du bist doch nicht fröhlich. Und wir wissen, warum. Meinst du, dass du es schaffst, deinen Jungen zu vergessen, wenn du ans Ende der Welt fährst, in der Nacht in die Einsamkeit gehst, dir ein Stück Stoff auf den Kopf klatschst und in der Synagoge wild herumwackelst? Glaubst du wirklich, du schaffst es, Miki zu vergessen?«

Gabi schloss die Augen. Natürlich würde er Miki niemals vergessen. Er erwiderte: »Es ist üblich zu denken, dass Vergessen von Nachteil ist, aber ich bin der Ansicht, dass es ein Vorteil ist. Vergessen zu können bedeutet, sich von allen Beschwernissen der Vergangenheit zu befreien.«

»Na schön. Ein Zitat für jede Gelegenheit«, versetzte Roni mit einem bitteren Grinsen. »Vergessen ist ein Vorteil für den, der Angst hat, sich mit den Erinnerungen auseinanderzusetzen. Was soll das, ›sich von Beschwernissen der Vergangenheit befreien‹? Ist das deine Ausrede, die erklärt, warum du nichts in deinem Leben bis zum Ende durchgezogen hast – Militär, Universität,

Vatersein? Vielleicht würde es sich im Gegenteil gerade lohnen, es mit den Beschwernissen der Vergangenheit aufzunehmen, statt sich in Zitate und kluge Sprüche zu flüchten?«

Gabi konnte Ronis gemeine Stichelei fast auf der Zunge spüren. Sein Bruder redete wie jemand, der zu verletzen suchte. Die Diskussionen zwischen ihnen wurden immer bösartiger. »Wer hier Angst hat, das bist du. Warum ist es so schwer zu akzeptieren, dass deine Welt nicht für mich passt? Ich war dort. Das ist nichts für mich. Warum verlässt du dich nicht darauf, dass ich weiß, was gut für mich ist? Ich vertraue auf ihn, gelobt sei er.«

»Es fällt mir schwer, das zu akzeptieren, weil ich dich kenne, vielleicht besser als jeder andere, und du weißt das. Ich rieche aus einem Kilometer Entfernung, was du wirklich fühlst. Ich weiß, wie lange du an jedem Ort durchgehalten hast, und ich frage mich, wie lange du hier aushalten wirst. Wie lange willst du dir selber Geschichten erzählen? Du erzählst dir, dass du stark bist – wie Kupfer, Nechuschtan. Aber schau mal ins Internet, der Name Kupfer hat überhaupt nichts mit Nechuschtan zu tun. Das kommt von Küfer, einer, der Fässer macht.«

Gabi ging in die Küche und begann, das Geschirr im Becken zu spülen. »Ich hab das mit den Fässern gehört«, erwiderte er. »Aber ein Rabbiner, ein Experte für jüdische Namen, hat mir gesagt, dass er offenbar von Kupfer kommt.« Es vergingen ein paar stumme Minuten, nur das Summen des Ventilators und ferne Hammerschläge waren zu hören. Gabi kehrte ins Wohnzimmer zurück, in seiner Hand ein Twix, dessen Verpackung aufgerissen war, und ein zweites, das er Roni zuwarf.

Er setzte sich aufs Sofa, rückte seine Schabbatkipa mit der weißen Quaste zurecht und biss in das Twix. Dann sagte er leise: »Schau dich doch selber an. Überleg mal, warum du hier bist, in welcher Verfassung du hier angekommen bist. Du bist der, der stundenlang deprimiert in diesem Wohnwagen hockt und nichts macht. Wieso drehst du also immer alles gegen mich?«

Roni warf die Twix-Verpackung auf den kleinen Tisch. Gabi erhob sich, las sie auf und warf auch seine mit in den Dreieckeinsatz im Spülbecken für milchige Speisen. »Was für eine Hitze«, sagte er, öffnete den Kühlschrank und holte einen Krug Wasser heraus.

»Und wie wär's damit, noch andere Kinder in die Welt zu setzen?«, fragte Roni auf einmal unvermittelt mit weicherer Stimme.

»Was?«

»Warum heiratest du nicht? Sollten die Brazlawer nicht eigentlich immer einen Haufen Kinder haben?«

»Es ist nicht einfach, jemanden an einem kleinen Ort zu finden …«

»Du versuchst es nicht, Gabi. Ich sehe dich doch. Nichts interessiert dich außer deinem Nachman und deinen erhabenen Werten und diesem kleinen Platz. Überhaupt, das hier erinnert mich sehr an den Kibbuz – ein Loch am Ende der Welt, eine kleine und idealistische, geschlossene Gesellschaft, überheblich, in der alles gerechter und alles besser als im Rest der Welt ist –, die Pioniere, die das Lager führen. Du bist einfach zur Kindheit zurückgekehrt, sogar eure Araber sind wie die Katjuschas von damals …«

»Dieses ›Loch‹, wie du sagst, hat dich aufgenommen, und schau dir deine Einstellung an. Spuckst in den einzigen Brunnen, der dir Wasser gibt. Du musst wissen, den Menschen hier in der Siedlung behagt die Geschichte mit dem Olivenöl nicht. Auch mir nicht. Die Leute bemühen sich hier, jüdische Arbeit zu bewahren, fast nie kommt hier ein Araber herein, obwohl es uns Geld kostet. Und du kommst als Gast an und machst Geschäfte mit ihnen … Es ist nicht, dass ich persönlich – ich hab dir schließlich das Geld geliehen – aber wie sieht das vor den Leuten aus …«

»Du wirst das Geld zurückkriegen, keine Bange. Rosch Haschana, stimmt's? Aber klar, ist in Arbeit.«

»Ich rede nicht von dem Geld«, sagte Gabi. Doch er redete auch von nichts anderem. Beide schwiegen, müde.

»Bist du nicht in der Lage, Mussa zu sagen?«, fragte Roni schließlich in die heiße Stille hinein. Er wollte trotzdem reden. »Der Mensch hat einen Namen. Weißt du, was sie nach der Geschichte mit der Planierraupe mit ihm angestellt haben? Haben sie Neta Hirschson verhaftet? Haben sie mich verhaftet? Wir haben genau das Gleiche gemacht wie er. Aber zu ihm sind sie gekommen, haben Sachen genommen und kaputtgemacht, ihn verhaftet. Wenn ich mich nicht eingemischt hätte, hätten sie ihn nicht freigelassen. Eure jüdische Arbeit klingt ja echt hübsch und sauber, aber wie ihr darauf beharrt, sie nicht zu sehen ... Ich versteh die Logik nicht.« Roni blickte seinen Bruder an, und dann gähnte er, verschluckte beinahe den Wohnwagen. »Und dabei bin ich nicht mal ein Linker oder so was, das weißt du«, fügte er noch unterm Gähnen hinzu.

»Klar bist du kein Linker, du erkennst bloß eine Gelegenheit für irgendeinen Kuhhandel, und plötzlich sind die Araber deine Freunde.«

»Also, was sagst du jetzt eigentlich damit, willst du, dass ich gehe?«

»Gott bewahre, das habe ich nicht gesagt.« Gabi kehrte mit zwei Gläsern kalten Wassers und Eis zurück.

»Danke«, sagte Roni, der sich während des ganzen Gesprächs nicht aus seiner Stellung vor dem Ventilator weggerührt hatte, nicht angeboten hatte, ihn zu seinem Bruder hinzudrehen oder ihn auf Rotation zu stellen. »Obwohl das nicht wirklich ein Ersatz für Diätcola ist.«

»Du kannst bleiben, so lange du willst«, sagte Gabi. »Ich hab mich daran gewöhnt.«

»Ich auch«, lachte sein Bruder. »Ich würde woanders schon gar nicht mehr zurechtkommen.« Dann streckte er sich und sagte: »Ich bin tot vor Müdigkeit.« Gabi blickte auf seine Uhr und erhob sich. Es standen noch Erledigungen bis zum Eintritt des Schabbats an – Kochen, Wäsche, Anrufe. Aber um die Wahrheit zu sagen, er hätte nichts dagegen gehabt, sich selbst ein paar Minuten auszuruhen. Er ging in sein Zimmer und betrachtete sein Bett, das zerwühlte Laken, das zerknüllte Kissen, und dachte, ich leg nur den Kopf für einen ganz kleinen Moment drauf, und dann.

Der Findling

Am Schabbat spürte sogar er immer die Schwere des Himmels und der Erde auf den Schultern und den Lidern lasten, die wegen der blendenden Sonnenstrahlen bis zu einem schmalen Spalt herabsanken, damit er die Umgebung mustern und sicherstellen konnte, dass keine Gefahr drohte. Seine Nase war feucht und hatte weite Nüstern, und sein enges Gehirn bearbeitete die Umstände und die Gerüche, die Anblicke und die Töne.

Er war unweit von hier aufgewachsen. Die Leute im Stützpunkt wussten nicht, ob er jüdischer oder arabischer Herkunft war, ein Siedler oder ein Ismaelit, doch er wusste es. In seinen Blutfasern und DNS-Körnchen und vielleicht sogar in Erinnerungsspuren, die bisweilen sein enges Gehirn durchstreiften, wusste er, dass er ein Palästinenser, Sohn einer Palästinenserin war, gebürtig in Hebron, einer von sieben Geschwistern, von denen die meisten in ihrer Vaterstadt geblieben waren – zwei bei ihrer Mutter und deren Familie, zwei bei Cousins weiter oben in der Straße, einer davon ein erstrangiger Bandit. Zwei waren zu reichen Leuten in das nahe Dorf Jatta gezogen – zwei Brüder, einer ein Arzt mit einer Praxis in der Stadt, der eines Tages mit seiner Tochter vorbeikam, die einen der süßen Welpen sah und begeistert war, und der zweite ein Dozent an der Universität, dessen Tochter auf die Cousine neidisch war, weshalb er die gleichen Bedingungen für sie herstellen musste. So zerstreuten sich seine Brüder und Schwestern, wogegen er – der ein bisschen schielte, der eine zweite partielle Zahnreihe im Unterkiefer hatte, der beim ersten Eindruck weniger süß, weniger handsam wirkte – sich auf der Straße wohler fühlte und daher dort blieb, zu überleben versuchte, dem Essensgeruch des Markts hinterherwanderte und sich Straßenbanden anschloss.

Eines Tages führten ihn seine Nase und seine Beine zu einem jüdischen Quartier im Herzen der Stadt. Und er, was wusste er schon, was verstand er von Grenzen und Straßensperren, von Völkern und Soldaten, er verstand etwas von Geruch, das war alles, und der Geruch leitete ihn bis zu den schwarzen Militärstiefeln, die nach ihm traten, ihn verfluchten und schrien: »Mach, dass du hier wegkommst, du Drecksköter!« Er stieß ein ersticktes, beleidigtes Jaulen aus, blieb jedoch an Ort und Stelle, schnüffelte und schaute bekümmert drein.

»Hallo? Ich hab was zu dir gesagt, oder? Hurenbastard«, kehrte die Stimme wieder. Und die Armeestiefel näherten sich ihm. »Verschwinde, bevor ich …«

»Hallo, hallo, hallo, Lichtenstein, warum? Warum? Was hat er dir getan, der arme Tropf?« Der schwarze Stiefel von Lichtenstein hielt mitten im Ausholen zu einem besonders vehementen Tritt ein, der ihm bestimmt ein oder zwei Rippen gebrochen und ihn vielleicht ohne Essen und Pflege krepierend zurückgelassen hätte, und die zweite Stimme, die ihn davor gerettet hatte, die Stimme Jakobis, flüsterte ihm ins Ohr: »Komm, komm mein Guter, was haben sie dir getan? Was will Lichtenstein von dir, eh?«

Jakobi brachte ihn in die Basis. Und gab ihm zu fressen. Und streichelte ihn. Und nahm ihn mit in den Wohnwagen hinein, wenn es regnete. Und verteidigte ihn, wenn Lichtenstein und die anderen über seine Schieläugigkeit und seine komischen Zähne lachten. Er war Jakobis Freund, von ihm aus wäre er sein ganzes Leben bei ihm geblieben, aber als der Kompanieführer von Jakobi am Sonntagmorgen aus dem Urlaub zurückkehrte, sagte er zu Jakobi, dass der Hund nicht bleiben könne. Jakobi bat, flehte, argumentierte mit Tierschutz, doch der Kompanieführer sagte, er bedaure, aber so seien die Vorschriften. Als Geste an Jakobi, ein guter Soldat, den er gern hatte, erklärte er sich damit einverstanden, dass der Hund bis zum Donnerstag in der Basis bliebe, dann könne ihn Jakobi mit nach Hause nehmen. Das Problem war aber, so erklärte Jakobi dem Kompanieführer, dass er schon eine Hündin zu Hause hatte. Trotz allem, es war ein palästinensischer Hund, und wer wusste, welche Krankheiten er hatte, er hatte schließlich nie im Leben einen Tierarzt gesehen. Jakobi wollte, dass er sein Basishund würde, kein Haushund. Er sagte zum Kompanieführer, dass es gut für den Hund, gut für die Soldaten, gut für alle wäre. Es wäre kein Problem, sich um ihn zu kümmern, er selbst würde dafür Verantwortung tragen, versprach Jakobi.

Der Kompanieführer sagte zu ihm: »*Wallah*, du hast recht. Wer weiß, was er hat. Ein palästinensischer Hund, der von nirgendwoher kommt. Nie im Leben einen Tierarzt gesehen hat. Ich nehm's zurück. Er kann nicht bis Donnerstag hierbleiben, er muss jetzt verschwinden.« Jakobi bedachte den Kompanieführer mit einem ungläubigen Blick, und der Hund legte seinen Kopf auf den Teppich im Wohnwagen und überließ sich dem wunderbar angenehmen Streicheln. »Jetzt!«, wiederholte der Kompanieführer.

Lichtenstein, der mit einem Handtuch um die Hüften und einem khakifarbenen Waschbeutel aus der Dusche zurückkam, lachte. »*Jalla*, Jakobi, schmeiß dieses Schielauge raus, ich hab's dir gesagt, dass er uns das Zimmer versifft.« Jakobi gab keine Antwort.

Es gelang ihm, den verwirrten Hund auf einen gepanzerten Hummer zu laden, der nach Jerusalem fuhr, und er bat den Fahrer, den Hund in irgendeinem normalen Viertel abzusetzen. Wenigstens das würde er für den Hund tun, damit er nicht auf das harte Pflaster von Hebron zurückmüsste.

Der Fahrer des Hummer, ein Freund Jakobis, erklärte sich einverstanden. Auch der Kompanieführer war einverstanden. Sogar Lichtenstein wünschte dem Hund viel Erfolg, als der gepanzerte Wagen aus dem Tor der Basis fuhr. Jakobi verabschiedete sich von ihm mit einem Kuss auf die Nase und flüsterte: »Es wird alles gut für dich, ich weiß es. Stimmt's?« Der Hund nickte.

Wenn sein Freund Jakobi ihn nicht so eindringlich und ausdrücklich gebeten hätte, hätte der Fahrer des Hummer das Tier sicher irgendwo am Straßenrand rausgeworfen, ihn seinem Schicksal und der Barmherzigkeit des Himmels überlassen. Doch er beherrschte sich, ertrug den Geruch und die Unannehmlichkeit der Gesellschaft eines stummen, schielenden Tiers in einem dunklen Militärfahrzeug, und als er an dem gerade entstehenden Viertel Har Choma am Rand Ostjerusalems vorbeifuhr, um bei seinem Onkel einen Teilnehmer für die Jugendorganisation

Beitar aufzulesen, nahm er das Tier und setzte es am Rand einer der neuen, im Bau befindlichen Straßen unweit vom Haus seines Onkels ab.

Der Hund sah zu, wie sich das schwere Fahrzeug mit dröhnendem Motor von ihm entfernte, und wunderte sich. Ringsherum sah er Gebäude, halbfertige Bauten, Rohbauten und Sandhaufen. Er sah ein leeres Becken, das sich mit Regenwasser gefüllt hatte, streckte die Zunge heraus und schlabberte das gute Wasser. Er wanderte zu einem Baugerippe, suchte Zuflucht vor dem Wind, rollte sich in einer Ecke zusammen und schlief ein.

Mit dem Sonnenaufgang schlug er beim Klang von Arbeiterstimmen die Augen auf. Einer der Arbeiter gab ihm ein wenig Pitabrot, ein Bröckchen Käse und Wasser in einem Plastikbecher. Es vergingen ein paar Nächte und ein paar Tage, der Hund lagerte auf seinem Platz oder machte nächtliche Streifzüge durchs Viertel, doch er stieß auf kein lebendiges Wesen außer gelegentlich einem Fuchs, der den Schwanz aufstellte und sich davonmachte.

In jenen Tagen erweiterte Otniel Asis sein Haus in Ma'aleh Chermesch 3 und verkleidete es mit Jerusalemer Stein, wozu er Zement und Steine brauchte. Ein guter Bekannter flüsterte ihm ins Ohr, dass er eine Hypothek auf eine Wohnung in Har Choma aufgenommen hatte, die Bautätigkeit sei dort in vollem Gang, es gebe viele Rohbauten und Baumaterialien, und Otniel sei eingeladen, an einem Abend dort vorbeizufahren und Baumaterial in seinem Renault Express mitzunehmen. Die Straßen und Häuser hatten noch keine Bezeichnungen, aber der Bekannte erklärte ihm, wie man zu dem Bauplatz gelangte, und sagte, auch wenn er die direkte Stelle nicht fände, solle er keine Hemmungen haben. Das Material sei in jedem Fall für den Aufbau des Landes und für Siedlungen in all seinen Teilen bestimmt, die Regierung unterstütze es, die Bauunternehmer seien dafür und auch die Hausbesitzer.

Otniel nahm Gavriel Nechuschtan zu dem neuen Viertel mit, gemäß den Instruktionen seines Bekannten, eines Offiziers, und sie luden Material ein. Sie sahen einen kleinen Hund mit einer zweiten Zahnreihe im Unterkiefer und schielenden Augen, gleichzeitig aber liebenswert und heiter, und Otniel sagte: »Jeder, der eine Seele Israels erhält, ist, als erhalte er eine volle Welt, der Herr hat's gegeben, der Herr hat's genommen, der Name des Herrn sei gelobt.« Sie nahmen ihn mit und nannten ihn Beilin, ein Stiefbruder für Kondolisa, die ein Jahr zuvor aus Ma'aleh Chermesch eingetroffen war. Beilin wuchs heran, und er verband seine Seele mit der Familie Asis und ging auf in ihrem Kreis.

Das Wort

Hauptmann Omer Levkovitsch erwachte vom Piepsen der Weckfunktion des Mobiltelefons in seiner winzigen Wohnung in Jerusalem. 5.45 Uhr. Der Kopfschmerz ereilte ihn einen Moment vor der Erinnerung an die vergangene Nacht. Zu viel Bier, dazu ein kurzhaariges Mädchen, eine Studentin an der Har-Hazofim-Universität, sie studierte was Merkwürdiges, an das er sich nicht erinnern konnte, und er hatte unentwegt Bier getrunken und über seine Ex geredet, die ihn vor kurzem verlassen hatte. Als er die Bar verließ, wollte die Studentin nicht mitkommen, um sich Fotoalben anzuschauen.

Nach einer Dusche frisierte er sein blondes Haar mit den Fingern vor dem Spiegel. Rotgeäderte Müdigkeit blickte ihm aus seinen graugrünen Augen entgegen. Er machte sich Kaffee in einer Thermostasse, stieg in den Jeep und fuhr zur Basis, sammelte die Mannschaft ein und steuerte Ma'aleh Chermesch 3 an. Der Aktionspegel im Operationsgelände war bereits hoch, hörte er über Funk. Joni wartete im Stützpunkt, er war noch am Samstagabend aus dem Wochenende zurückbeordert worden, in dem Moment, in dem der Besuch des Ministers bestätigt worden war. Joni stieg in den Jeep ein, und sie drehten eine Runde.

»Was ist das?«, fragte Omer, als er Leute sah, die zu der frühen Morgenstunde schweigend auf der Ringstraße ausschritten.

»Morgengebet«, antwortete Joni.

»Aber so viele? Sie haben doch sonst nie die zehn Leute für einen Minjan zusammengekriegt.«

»Haufen Gäste«, erklärte Joni mit gedehnter Reibeisenstimme.

Die Autokarawane begann kurz nach sieben einzutreffen. Die Zeitungsschlagzeilen, die der Assistent für Siedlungsangelegenheiten dem Sicherheitsminister präsentierte, verkündeten ein »Einknicken« des Ministers gegenüber dem Präsidenten der Vereinigten Staaten, und die Leitartikel spöttelten über seine Versuche, »sich einzuschmeicheln« und »Gefallen zu finden«. In dem mit Antennen gespickten Panzerwagen, der vor ihnen die schmale, steile Straße zum Hügel hinaufdröhnte, saß Giora, der Befehlshaber des Zentralkommandos. Fast am Schluss der Karawane, nach weiteren Fahrzeugen des Sicherheitsdiensts, tauchte der lange, silberne Wagen des amerikanischen Botschafters in Israel, Milton White, auf, wiederum gefolgt von einem Auto des Sicherheitsdiensts, und im Anschluss schleppte sich eine verbeulte, staubige, mit Aufklebern übersäte Kolonne von der wunschgemäßen Seite der Landkarte zur Siedlung.

Roni stand mit verschränkten Armen auf einem kleinen Buckel und betrachtete die teure Wagenkarawane. Vermutlich wegen seiner statischen, die Menge überragenden Position zog er die ganze Aufmerksamkeit des Ministers auf sich, der seinerseits Entschlossenheit demonstrieren wollte, sehr entschieden aus dem Wagen stieg und unter dem Klicken der Kameras Ronis Hand ergriff und fest drückte. In dem Moment allerdings, in dem Roni sagte: »Wie steht's, mein Freund?«, begriff der Minister, dass er sich geirrt hatte. Nicht nur im Zielobjekt des Händedrucks, sondern auch in der Einschätzung der Hitze außerhalb des klimatisierten Fahrzeugs. Er trug Anzug und Krawatte, und sie in diesem Stadium abzulegen, würde überstürzt aussehen, wie eine Kapitulation vor den Bedingungen, ein Einknicken. Seine Stirn bedeckte sich mit Schweißtropfen, die Sonnenbrille war irgendwo im Wagen zurückgeblieben, und die Schirmkappe – die eine ideale Lösung hätte sein können – hatte er gar nicht dabei, da er nach einem ziemlich verunglückten Blitzlichtschnappschuss im vergangenen Monat Anweisung erhalten hatte, sie bei öffentlichen Ereignissen nicht mehr aufzusetzen.

Otniel Asis eilte zur Begrüßung auf seinen Freund Giora zu, den Befehlshaber des Zentralkommandos, der selbstverständlich seine Sonnenbrille nicht vergessen hatte, und dieser beeilte sich, dem Minister diesen schon eher typischen Siedler vorzustellen. »Ich freue mich, dass Sie gekommen sind, um uns, dem ganzen Volk Israel und vor allem dem amerikanischen Präsidenten zu zeigen, dass Sie für uns sind und sich nicht zur Ausrottung von Siedlungen hergeben, Herr Minister«, lächelte Otniel, auf seinen Armen Schuv-El, dem ein weißes Schabbathemd angezogen worden war – Otniel wusste, was gut aussah und Sympathie in den Morgenzeitungen erwecken würde. Der Minister lächelte Otniel kurz zu und erfasste aus dem Augenwinkel die lange Gestalt des amerikanischen Botschafters hinter sich, der die Ohren spitzte, um zu kontrollieren, ob die Antwort des Ministers an den Siedler seinen Versprechungen gegenüber der Regierung entsprach. Zu seinem Leidwesen sprach der Botschafter Hebräisch.

»Kommen Sie, ich mache eine kleine Runde mit Ihnen«, schlug Otniel vor.

Der Minister sah sich nach seinem Assistenten für Siedlungsangelegenheiten um. Der Besuch ging nicht wie geplant vonstatten. Er fühlte sich nicht ausreichend Herr der Lage. Der Spaziergang würde die Hitze, den Schweiß und das Unbehagen verschlimmern, und er würde es nicht schaffen, sich des Jacketts zu entledigen, wobei sich inzwischen sicher bereits große Schweißflecken auf seinem hellblauen Hemd gebildet hatten – er senkte den Blick, wie um eine Fliege von seiner Krawatte zu verscheuchen, und ihm fiel ihre helle Farbe auf –, es wäre also ziemlich peinlich, Jackett und Krawatte abzulegen, und eine Gelegenheit mehr für die zynischen Fotografen, dies in den Satirespalten und Internetseiten fröhlich auszuschlachten. Er musterte Malka, zwar stets »einer der ihren«, immer auf der Seite der Siedler und zu ihren Gunsten drängend, gleichzeitig aber immer noch sein Assistent.

»Kommen Sie mal her, Malka«, sagte der Minister, und Malka löste sich von dem warmen Händedruck mit Otniel und aus der

Umarmung mit Elazar Freud (alte Bekanntschaft, Militärdienst-Jeschiva-Kombination, eine Jahrgangsstufe über ihm) zu einer kurzen, diskreten Beratung. Otniels kleine Runde sollte nicht stattfinden. »Malka, finden Sie mir irgendeine Stelle, um ein paar Worte zu sagen, und dann verschwinden wir von hier. Ich zerfließe.« Der Botschafter näherte sich ihm, und der Minister bemühte sich, nicht sichtbar die Augen zu verdrehen. »Milton! Wie gut, Sie zu sehen«, lächelte er. »Was hat Sie so früh am Sonntagmorgen aus dem Bett geholt?«

»Haha«, grinste Milton. »Wie es scheint, ist das hier meinen Bossen wirklich wichtig.« Der Minister, seine Rechte noch in der des Botschafters, brach in schallendes Gelächter aus und klopfte mit seiner Linken auf die Schulter des Amerikaners.

»Schau hin, wie er diesen Amerikanern die Füße leckt«, flüsterte Neta Hirschson in das Ohr, das ihr am nächsten war.

»Widerlich«, stimmte Jean-Marc, ihr Mann, zu.

Etwas weiter entfernt unterhielt sich der Befehlshaber des Zentralkommandos mit dem Kommandeur des Sektors, Omer Levkovitsch, und dieser instruierte den Verstärkungszug. Die Zeitungskorrespondenten fragten den Botschafter White, welche Botschaft er heute Morgen vom Sicherheitsminister zu hören erwarte. »Eine Botschaft des Friedens und Fortschritts, im Rahmen des Gesetzes und der wichtigen Abkommen, die in den letzten Monaten zwischen den Staaten getroffen worden sind«, antwortete er in Hebräisch. Der Sicherheitsminister, mit dem Rücken zu ihm in einem Gespräch mit Malka, hörte die Worte, und sein Körper reagierte mit einem zusätzlichen Schweißausbruch. Alle gingen zusammen die kurze Distanz von dem Platz vor der Synagoge, wo die Wagen angehalten hatten und die erste Menschenansammlung entstanden war, zur Spielplatzanlage Mamelstein. Die Sicherheitsleute an der Spitze, nach ihnen die persönlichen Mitarbeiter der Honoratioren, die Würdenträger, das Publikum und die Soldaten. Malka wies den Minister an, bei einer gelben Schaukel stehen zu bleiben. Zu seiner Seite gruppierten sich Botschafter White, der Befehlshaber des Zentralkommandos, Giora, und der Siedlungssenior Otniel – klick. Das war das Bild, das am nächsten Tag in den Morgenzeitungen erschien: sengend hell, ein Sicherheitsminister unter Druck, der die Augen vor der hochstehenden Sonne zusammenkniff, ein Befehlshaber des Zentralkommandos, mit sicherer Autorität und Sonnenbrille, ein hochgewachsener, selbstzufriedener Botschafter und Otniel, mit der Lässigkeit eines Hausherrn. Gleich dahinter, jedoch außerhalb der Reichweite der Kameralinse, standen der Assistent Malka und Omer Levkovitsch. Jehu trabte auf Killer am Rande des Spielplatzes hin und her, unter dem scharfen Blick von einem der Männer des Sicherheitsdiensts.

»Guten Abend allen hier, Pardon, guten Morgen«, begann der Sicherheitsminister. Gelächter klang auf.

»Schämen Sie sich!«, schrie Neta Hirschson los. »Kommt hierher als Bote des amerikanischen Präsidenten …«

»Pssst … lass ihn ausreden«, sagte jemand. Zwei Soldaten näherten sich ihr.

»Ich bin nicht als Bote hier, von gar keinem Präsidenten. Ich bitte Sie, geduldig zuzuhören …«

»Was heißt Geduld, was soll denn Geduld, wenn Sie den Staat an Fremde verkaufen und uns so verschachern?«

»Verzeihung, meine Dame, konzentrieren Sie sich darauf, das Gesetz einzuhalten, und die Amerikaner werden keine Beschwerden haben.« Er richtete den Blick von Neta Hirschson auf einen höher gelegenen, allgemeineren Punkt hinter ihr. Er sah die nahezu weißen Wüstenhügel, die Felsspalten von Nachal Chermesch. »Schön hier«, äußerte er, fast überrascht. »Und es besteht keinerlei geteilte Meinung über unsere Rechte hier vor Ort. Doch wir müssen das Gesetz respektieren. Es wurden Fehler gemacht, auch von den Regierungen Israels. Es gibt zahlreiche ordnungsgemäße Siedlungen, aber es gibt solche, die an Orten errichtet wurden, wo sie nicht sein sollten. Was ich heute hier sagen möchte …«, er musterte das Publikum; die Sonne ließ große Schweißtropfen auf seine Stirn treten; er erstickte fast an seiner Krawatte; Malka reichte ihm eine Wasserflasche, und er nahm einen Schluck daraus, »… ist, dass wir ein paar Änderungskorrekturen vornehmen werden, und diese Korrekturen haben einen Preis …«

»Wie können Sie es wagen?!«, kreischte Neta Hirschson dazwischen. »Was für Korrekturen? Was für ein Preis? Von was redet der?«

»Meine Dame, lassen Sie mich ausreden.«

»Lasst mich los!«, brüllte die Kosmetikerin die Soldaten an, die sie jetzt an den Armen ergriffen. Ihr Mann Jean-Marc schrie sie in Französisch an, erwähnte den Holocaust.

»Leute, Leute, lasst sie…«, setzte der Minister an und wandte seinen Blick dem Generalmajor zu. »Giora… Meine Dame, lassen Sie mich zu Ende reden. Es wird Korrekturen geben, es wird einen Preis geben, aber die Regierung Israels wird nicht aufhören, ihre Unterstützung…« Nun wurde seine Rede von dem vehementen, tobenden Gebell eines großen sandfarbenen Hundes gestört.

»Beilin, still, Beilin!«, schrie Gittit und versuchte, den Hund zu bändigen. »Beilin! Beilin!« Der Sicherheitsminister blickte sie mit zusammengezogenen Brauen an, doch dann vermochte er nicht an sich zu halten, und ein halbes Lächeln trat auf seine Lippen.

»Wau! Wau! Wau!«, ereiferte sich Beilin ohne Unterlass, keiner menschlichen Stimme wäre es gelungen, ihn mit einer Rede zu übertönen, und Kondolisa schloss sich ihm an, sprang lauthals bellend herum, worauf Killer zu wiehern begann, die Ziegen in Otniels Pferch am Abhang des Hügels entsetzt meckerten und die Kamelstute von Sasson im Bereich des Torpostens neugierige Stielaugen machte, während sie energisch Sträucher zerkaute. Doch Beilins Gebell galt, so schien es, einem bestimmten Soldaten, der ihn ebenfalls anblickte.

»Beilin?«, lachte der Soldat. Es war Jakobi, der mit dem Verstärkungszug aus der Basis in Hebron angerückt war. »So heißt er? Was hat er denn?«

Neta Hirschson, die von den Soldaten auf Befehl des Generalmajors losgelassen worden war, fing wieder zu schreien an: »Schämen Sie sich, kommt hier an mit dem amerikanischen Botschafter und redet von Korrekturen. Welche Korrekturen, Sie unverschämter Kerl!!!« In ihrem Gefolge begannen Dutzende Siedlungssympathisanten Gespräche untereinander, fragten sich, ob der Minister die Bedeutung des Wortes *tikun*, das er gebraucht hatte, eigentlich verstand, denn mit Änderungskorrekturen wurden schließlich die Änderungen der Schreiber in der Bibel bezeichnet, ganz abgesehen von den *tikun*-Gebeten zur Wiederherstellung Israels, Heilung, Abbitte.

Der Minister kapitulierte. Zu seiner Enttäuschung würde er heute nicht zu dem Satz kommen, der das so sorgfältig geplante Soundbyte hätte werden sollen – ein eingängiger und origineller Satz, der auf dem Höhepunkt seiner Rede fallen und danach in den Schlagzeilen erwähnt werden sollte, den der amerikanische Botschafter seiner Staatssekretärin zitiert und die wiederum dem Präsidenten übermittelt hätte, ein Satz, auf den er besonders stolz war, denn er hatte ihn sich ganz allein ausgedacht. Er drehte sich um und ging auf seinen Wagen zu, umringt von Sicherheitsleuten, schweißüberströmt, streckte einen Finger nach seinem Krawattenknoten aus und löste ihn, ihm war inzwischen egal, wer ihn fotografieren und was in der Zeitung erscheinen würde. Er zog das Jackett aus und vertraute es Malkas Händen an, während er stumm in sich hineingrollte.

Neta Hirschson fuhr mit ihrem Geschrei fort und näherte sich ungehindert den Würdenträgern. Als der amerikanische Botschafter an der Rutschbahn vorbeiging, schrie sie: »Sagen Sie dem Präsidenten von Amerika, dass er keine Chance gegen uns hat, denn der König der Welt ist auf unserer Seite! Was verstehen er und die Amerikaner von der Selbstbehauptung des Volkes Israel gegenüber der ganzen arabischen Mörderbande? Wer hat Sie gebeten, hierherzukommen? Sie schwächen das Volk Israel, das nach zweitausend Jahren Exil und Verfolgung und Kriegen und Pogromen und Holocaust nach Erez-Israel zurückgekehrt ist! Sie zwingen uns, von hier wegzugehen? Die Wohnstatt des Herrn, das Land unserer Väter, und Sie wollen uns rauswerfen? Und das nennen Sie auch noch Frieden? Unverschämtheit!«

»Jemand soll diesen Hund endlich zum Schweigen bringen!«, brüllte der Befehlshaber des Zentralkommandos. Als sich der Sicherheitsminister näherte, sammelte Neta Hirschson Speichel im Mund und spuckte in seine Richtung aus. Sie traf einen seiner Leibwächter. Der Minister sah es, sah, wie die Spucke auf dem Hemd des Sicherheitsmannes landete, drehte den Kopf nach Neta um, und über den kommenden Satz, den er aus dem Mundwinkel zischte – der von keiner Kamera und keinem Mikrophon eingefangen wurde, abgesehen von einem einzigen Wort, das außer Zweifel stand –, gingen die Meinungen auseinander, floss literweise Tinte, wurden in den folgenden Tagen und Wochen Berge von Wörtern und Interpretationen aufgetürmt; das war am Ende das Soundbyte, das in der ganzen Welt zitiert wurde, statt des Satzes, den er sich ausgedacht hatte.

Neta Hirschsons Behauptung nach sagte der Sicherheitsminister zu ihr: »Unverschämte Barbarin, kusch! Sie und alle Ihre Bastardfreunde, kuschkusch!«

Laut Aussage der Nahestehenden des Ministers sagte er: »Unverschämte Barbarin!«, wandte sich dann in die andere Richtung und sagte: »Kusch! Jemand soll endlich kuschkusch zu diesem Bastard sagen!«

Und Beilin und Kondolisa sagten: »Wau wau wau!!! Wau wau wau!!!«, und bleckten die Zähne.

Und da fiel bei Jakobi vom Verstärkungszug endlich der Groschen: die zusätzliche Zahnreihe! Der schielende Blick! Er war viel größer als der Welpe, dessen er sich vor über einem Jahr in den Straßen Hebrons angenommen hatte, den er mit dem Hummer, der nach Jerusalem fuhr, seines Weges geschickt hatte, doch er war es, kein Zweifel.

»Allah sei mir gnädig!«, rief der Soldat. »Beilin habt ihr ihn genannt? Ich glaub's nicht! Komm her, komm her, Liebling. Erinnerst du dich an mich? Das ist Jakobi, von der Basis in Hebron.« Und Beilin hörte zu bellen auf, wedelte mit dem Schwanz und trottete mit gesenktem Kopf und zitternder Schnauze auf Jakobi zu, kuschelte sich in seine Umarmung und überließ sich seinen Liebkosungen, und nach ihm Kondolisa, fröhlich und schwanzwedelnd, worauf sich der Tumult legte. Die Würdenträger bestiegen ihre Dienstwagen, die sich sofort in Bewegung setzten und Staub aufwirbelnd aus dem Stützpunkt davonfuhren, die

Bewohner begannen sich in die Häuser zu zerstreuen, die Soldaten in die Militärlager und die Journalisten in die Redaktionen. Die Druckwellen des Bebens jedoch, das der Besuch des Ministers und die Affäre ausgelöst hatte, an die man sich später als die »Kuschkusch-Affäre« erinnern sollte – sie wurden in jenem Augenblick erst geboren und sollten für lange Zeit nicht verebben.

Der Generalsanierer

Herzl Weizmann traf am selben Nachmittag ein und sagte: »Was für ein Tohuwabohu bei euch, eh, Doktor?«

Dunkelhaarig und dunkelhäutig war er, doch hatte er farblose, albinoartige Wimpern an einem Auge, was jedem seiner Blicke eine eigenartig geheimnisvolle Präsenz verlieh.

Herzl fügte hinzu: »Trotz dem ganzen Aufruhr wollte ich vor dem neunten Av kommen, ich hab dich schon oft genug versetzt. Komm, werfen wir mal einen Blick darauf. Ju, was ein Schnuckelchen, wie heißt er?« Er streckte einen schwarzgeränderten Fingernagel nach der Nase des winzigen Babys aus, das Chilik auf dem Arm hielt.

Chilik senkte den Blick auf seine zarte Tochter und lächelte sie unter seinem Schnurrbart an. Fast hatte er vergessen, dass sie dort war. »Sie. Jemima.« Er machte sich nicht die Mühe, ihren vollen Namen, Jemima-Me'ara, preiszugeben. Er hatte nicht die Energie, jetzt auf die Höhlengeschichte einzugehen. Seine Gedanken schweiften zu der Willkommenszeremonie für seine Tochter am Schabbat vor … wie viel Zeit war bereits vergangen, zwei Wochen? Drei? Nach der Geburt flossen die Tage und Nächte ineinander, ein süßer Strudel permanenter Müdigkeit, Eingewöhnung in die neue Familienstruktur, wundersame Augenblicke der Bewusstwerdung des neuen Lebewesens, fordernd, aufdringlich, und hartnäckige Versuche, trotz allem wenigstens den Anschein eines normalen Lebens aufrechtzuerhalten: Treffen mit dem Tutor in der Universität, Lektüre von Büchern für seine Doktorarbeit, der Termin mit Herzl Weizmann, um die Bauarbeiten voranzutreiben. Bei der Zeremonie der neugeborenen Tochter, dem Segen nach dem Morgengebet am Schabbat, hatten Nechama und Chilik der Gemeinde erklärt: Jemima, die schöne Tochter Hiobs, der Ausdruck *jamim-jamima*, Jahr für Jahr, der die historische Verbindung und Verwurzelung zu den früheren Generationen bedeutet, die Wortbestandteile *jam*, was eigentlich Meer heißt, und *mim*, was auch *majim* gelesen werden kann und Wasser heißt, die sich darin wiederholen; und der zweite Teil des Namens – Me'ara – wegen der Höhle, des Orts, an dem sie beschlossen hatte, das Licht der Welt zu erblicken.

Chilik zeigte Herzl den Wohnwagen, und im Innersten seines Herzens verstand er nicht, warum er sich darauf eingelassen hatte, weshalb er sich Otniels Druck gebeugt hatte. Bei aller Achtung vor jüdischer Arbeit, er gedachte keine Villa zu bauen, alles in allem eine schlichte Erweiterung um einen halben Container, der jeden Tag eintreffen müsste, eine simple Arbeit, die Kamal in ein paar Tagen und für ein paar Groschen erledigt hätte. Und jetzt redete dieser Herzl Weizmann, nachdem er sein Kommen ein ums andere Mal verschoben hatte, mit ihm von Ideen, die viel zu kompliziert klangen und viel zu teuer kämen – an Material, professionellen Handwerkern und Arbeitszeit. Warum hatte er Otniel nachgegeben? Was kümmerte es ihn, wenn ein Palästinenser aus dem Nachbardorf ein bisschen Arbeit erhielt und ein paar Schekel verdiente? Kamal war kein Terrorist, er war ein guter Junge. Solche gab es dort auch, und sie waren in den letzten Jahren wirklich geschädigt worden. Gestern hatte er mit Roni geredet. Er hatte durchaus keine Unterstützung der Geschäftsinitiative mit dem Olivenöl von Roni und Mussa geäußert – noch ein guter Mann, soweit ihm bekannt war, obwohl er auf die Planierraupe gesprungen war –, doch im Stillen gestand er sich ein, dass er manchmal mit Roni übereinstimmte. Herzl Weizmann aus Mevasseret bei Jerusalem machte einen netten Eindruck, doch wer wusste, wie er seine Arbeit machte, was seine Ideen taugten und wie viel Zeit und Geld sie kosteten. Was Chilik letzten Endes wollte, war ein bisschen mehr Platz, um die Beine auszustrecken, und dass die Kinder nicht völlig zusammengepfercht aufwachsen würden.

Am augenfälligsten an Herzl Weizmann, mehr als die schwarzen Locken, die farblosen Wimpern und der seltsame Blick, mehr als die schweren Schuhe, bei denen Chilik den Verdacht hegte, dass sie innen erhöht waren, um seinen kleinen Wuchs zu kompensieren, waren seine eingegipsten Arme. Zwei Gipsröhren, längst nicht mehr weiß, von der Handwurzel bis zum Ellbogen, in gleicher Länge. Herzl Weizmann sah Chiliks Blick und sagte: »Das ist nichts, keine Sorge, das stört nicht. Ein Unfall.« Er ließ sich nicht weiter aus, sondern wechselte das Thema. »Vergiss den Container, komm, wir holen Holzplatten von den Kameraden unten« – er deutete aus dem Küchenfenster in die Richtung von »Gabis Zimmer« –, »und wir machen dir eine wunderschöne Erweiterung.«

»Wer hat gesagt, dass er genug hat, um mir welche zu geben? Sein ganzes Zimmer hat ungefähr die Größe von dem, was ich plane.«

»Dann fragen wir. Und wenn es nicht reicht, bestellen wir bei seinem Lieferanten. Oder ich kann's dir von meinem Schreiner organisieren. Kein Problem.« Er kniff die Augen zusammen und warf einen Rundblick über die Siedlung.

Jemima-Me'ara war inzwischen eingeschlafen. Chilik legte sie in die Wiege und ging mit Herzl zu Gabis Zimmer hinunter, um wegen der Holzbretter nachzufragen. Es stellte sich heraus, dass sie von der Schreinerei in Ma'aleh Chermesch stammten, zu einem Preis, den Herzl als »nicht schlecht, gar nicht schlecht im Verhältnis« bezeichnete. Anschließend kehrten sie zu Chiliks Wohnwagen zurück. »Hoppla, da ist den Beduinen ein Kamel davongelaufen«, bemerkte Herzl unterwegs.

»Welche Beduinen?«, sagte Chilik. »Das ist eine Stute. Die Kamelstute von Sasson.«

Als sie den Wohnwagen erreicht hatten und mit einem Nescafé im Wohnzimmer saßen, erkundigte sich Herzl: »Sag mal, Chilik, wie heißt der Junge im Zimmer? Er kommt mir dermaßen bekannt vor.«

»Wer? Gavriel?«

»Gavriel?«

»Ja. Gavriel Nechuschtan.«

»Gavriel Nechuschtan.« Herzl rieb sich nachdenklich das Kinn. »Gavriel Nechuschtan«, wiederholte er den Namen, als brächte ihm das die Erinnerung zurück. »Nein. Der Name sagt mir gar nichts. Ist er schon lang hier?«

»Ein paar Jahre, ich weiß nicht genau.«

»Ein paar Jahre, eh?« Er fuhr fort, sein Kinn zu reiben.

Nach dem Kaffee stieg er in seinen Wagen und legte seine eingegipsten Arme auf das Lenkrad. »Ich ruf dich an mit einem Preisangebot«, versprach er.

»Danke«, gab Chilik matt zurück.

»*Jalla*, haltet durch«, sagte Herzl und drückte auf das Gaspedal.

Am Abend sah Gabi Chilik beim Abendgebet und sagte zu ihm: »Dieser Handwerker von dir kommt mir bekannt vor. Ist er aus dem Galil oder so was?« Chilik kicherte.

»Wieso? Aus Mevasseret.«

Gabi runzelte die Stirn und kehrte rasch zu seinem Gebetbuch zurück.

Die Hütte

Nir Rivlin, mit seinen rötlichen Haaren und Bart, saß am Küchentisch und trank Bier aus einer großen Goldstar-Flasche. Tränen rollten aus seinen roten Augen. Er murmelte unter Schluchzern Sätze wie: »Ich versteh nicht, was hab ich gemacht?«

»Du hast gar nichts gemacht«, sagte Scha'ulit, während Zebuli gierig an ihr saugte, »und das ist ein Teil des Problems.«

Nir war ein paar Minuten davor von der Veranda in die Küche gekommen, um die Bierflasche aus dem Kühlschrank zu holen. Die dritte an dem Abend, und sie hatten sich noch nicht einmal zum Essen hingesetzt. Er hatte in der letzten Stunde mit seiner

Gitarre auf der Veranda gesessen und versucht, ein neues Lied zu verfassen. Doch außer der Zeile, »Jeder Schmerz ist noch ein Rasseln im Panzer«, die er in einem fort wiederholte, zwei Bieren und einem Joint war es ihm nicht gelungen voranzukommen, bis er es aufgab und »Berta« zu spielen begann. Während dieser Zeit hatte Scha'ulit Amalia und Tchelet gebadet, für sie das Abendessen zubereitet und sie mit Zebuli auf den Armen gefüttert, der ebenfalls Aufmerksamkeit und Nahrung einforderte (Amalia wollte helfen, doch sie war zu klein, um ihn hochzuheben, zu ungeduldig, um mit ihm zu spielen oder um länger als zwei Minuten auf ihn aufzupassen). Nach dem Essen hatte sie die Mädchen ins Bett gebracht, ihnen eine Geschichte vorgelesen, war in die Küche zurückgekehrt, um das Geschirr zu spülen und das Abendessen für sich und Nir zu machen. Während dieser ganzen Zeit wiederholte sich der misstönende Akkord, der Schmerz und das Rasseln im Panzer. In ihren Augen war jede Kränkung ein Rasseln im Panzer oder schlicht jede Minute. Manchmal jedoch bekam auch der härteste Panzer einen Sprung. Und dann hagelte es Sätze. Und Drohungen wurden laut. Und Nir, sie kannte ihn zur Genüge, wurde auf der Stelle zu dem kleinen Jungen, der in ihm steckte, das war sein Reaktionsmechanismus, und die Biere dienten dazu, die Verteidigungsmauern und das Selbstbewusstsein des Mannes zu schwächen, der er sein sollte. Danach flossen die Tränen, worauf sie sich entschuldigen und Mitleid haben sollte, aber an diesem Abend hatte sie es satt. Sie wusste, was kommen würde – das Bekenntnis, dass er in letzter Zeit in sich selbst versinke, die Entschuldigung, dass er nicht genug mithelfe, er wisse auch nicht, was mit ihm los sei, es sei furchtbar schwierig für ihn in seiner Kochausbildung (was ist so schwierig daran, hätte sie am liebsten geschrien, eine Gurke in ein Sushiröllchen zu wickeln? Eine Süßkartoffel zu schälen?), und dann diese Unsicherheit, was den Stützpunkt angehe, keiner wisse, ob das Haus über kurz oder lang noch existieren würde, Räumung ja, Räumung nein, er sei keiner von denen, die Kriege führten, aber sie sollten sich endlich entscheiden, diese Spannung … Er glaube, es würde bald vorbeigehen und dann könne er ihr mehr helfen. Er spüre, dass aus dieser Phase ein neues Werk hervorgehen würde und dass er diese Lieder aufnehmen könne. Sie wusste, dass er diese Lieder nirgendwo aufnehmen würde, es war Zeitverschwendung, seiner und ganz besonders ihrer Zeit, doch sie hatte nicht das Herz, trotz Zorn und Erschöpfung, hatte einfach nicht das Herz dazu, ihn anzuschreien und ihm das ins Gesicht zu sagen, wobei es vielleicht auch nur jahrelange Gewohnheit und Konditionierung waren, dass er so sein durfte und ihr auferlegt war, ihn zu ertragen, dass dies eben ihre Aufgabe und jenes seine war. Und nach den Tränen und der Beichte, dem Versprechen und der Hoffnung – sie wusste es, erwartete es, machte sich darauf gefasst – würde sich ein neuer Geist in ihm erheben und damit eine Verlagerung der Verantwortung kommen.

»Vielleicht hast du eine postnatale Depression?«, probierte er es. Zu diesem Zeitpunkt klopfte sie einige Male auf Zebulis zarte Schultern, damit er sein Bäuerchen machte, und legte ihn in den Schaukelstuhl, schlug Eier in die Pfanne, schnitt Tomaten und Gurken, holte Hummus, Frischkäse und Quark aus dem Kühlschrank, Brot aus der Büchse, deckte den Tisch. »Vielleicht solltest du mit jemandem reden? Vielleicht sollten wir über Hilfe nachdenken? Vielleicht kann jemand wie Gittit kommen, um jeden Tag ein paar Stunden zu helfen?«

Sie antwortete nur mit einem matten »Vielleicht«, denn sie wusste ja, dass Gittit mit ihren fünf jüngeren Geschwistern beschäftigt war. Dass sie zudem kein Geld hatten, um Gittit zu bezahlen, und dass die ganze Idee idiotisch war – zum Teufel, sie brauchte nur ab und zu seine Hilfe, er konnte sich noch nicht mal wie die meisten Männer damit herausreden, dass er nicht kochen könne – er machte eine Ausbildung zum Koch! Und was die Depression nach der Geburt anging, wer weiß, vielleicht, aber vielleicht passten sie auch einfach nicht zusammen. Vielleicht hatten sie zu jung geheiratet, noch unter zwanzig, ohne sich wirklich zu kennen und ohne etwas vom Leben zu wissen.

Das Merkwürdige dabei war, dass es bei ihnen keine arrangierte Heirat gewesen war. Sie hatten sich von Kindheit an gekannt, waren in Beit-El aufgewachsen, waren zusammen in der religiösen Jugendbewegung Bnei Akiva gewesen. Sie erinnerte sich noch gut an die Trauerwoche ihres Vaters, er war jeden Tag mit seinem Vater gekommen. Sie hatten es quasi wie die Säkularen gemacht. Doch nach sechseinhalb Jahren und drei Kindern, von denen das letzte bereits in dieser Spannung gezeugt worden war, vielleicht als versuchtes Heilmittel, zur Ablenkung, konnte der Schluss gezogen werden: Das war es nicht. Ein weiterer Beweis dafür, dass die Wege der Säkularen irrig waren. Scha'ulit hatte viele Gedanken und Qualen durchlitten, zwischen sich und dem Herrn, doch sie begann zu begreifen, dass es nicht nur die Hilfe oder Unterstützung Nirs war, die ihr fehlte. Sie kam schon irgendwie zurecht. Es ging um mehr. Sie kannte den Mann nicht, sie liebte ihn nicht richtig. Nicht dass sie an das säkulare Ideal der Verliebtheit geglaubt hätte, aber sie liebte ihn wirklich nicht. Sie mochte sich kein langes Leben an seiner Seite vorstellen. Und was die Lieder anging, na ja – es gab ein oder zwei, die ganz nett waren, aber sie hörte keinen großen Hit auf der breiten Schaukel im Hof reifen. Sie hielt nicht den Atem an und erwartete, dass von dort die Erlösung käme.

Einige Minuten lang kauten sie stumm das mit Quark bestrichene Brot, die Augen auf unbestimmte Stellen am Tisch geheftet, und ab und zu schniefte Nir und schüttete sich Bier in die Kehle. Als er fertig war, ließ er die Gabel klirrend auf den Glasteller fallen. Er warf einen Blick auf seine Uhr. Er habe in vierzig Minuten eine Wachschicht, teilte er ihr mit und ging. Diesmal nahm er weder seine Gitarre noch seine religiösen Bücher mit. Auch keine weitere Bierflasche oder etwas zu rauchen. Er schritt über die Ringstraße der Siedlung. Der Abendhimmel war so weit, und sogar mitten im August gab es eine angenehme Brise, so dass er stehen blieb und die Augen schloss, sie tief in seine Brust sog und die Hände ausbreitete, damit die Luft überall zwischen seine Finger gelangte. Sie durften nicht aufgeben, dachte er. Es gibt Höhen und Tiefen, es gibt schwere Zeiten. Aber sie mussten durchhalten.

Kurz vor dem Haus der Familie Asis hörte er, wie sich eine Tür schloss, und dann Schritte auf dem Pfad. Er drückte sich an den Steinzaun, verschmolz mit der Dunkelheit. Es war Gittit Asis, die nach rechts und links schaute und sich leise, leicht geduckt in Bewegung setzte. Etwas an der Art, wie sie ging, an der Dringlichkeit und den Blicken, sah nicht wie ein Spaziergang am Ende des Tages aus, um frische Luft zu schnappen. Nir schlich heimlich hinterher, an die Zäune gedrückt, versuchte in allem aufzugehen, was da war – Müllcontainer, umgekippter Schrott, parkende Autos, Baumaterial oder leere Kühlschränke. Mit dem Inhalt von drei Bierflaschen im Bauch gestand Nir sich ein – nach all der Anstrengung und Qual, nach der Vergebung durch seine Frau und seinen Gott (er wusste, ein Geduldiger ist besser als ein Starker, und wer sich selbst beherrscht, besser als einer, der Städte gewinnt; er erinnerte sich an Josef, der sein Verlangen besiegte; er wusste, dass der, der zu den Versuchungen der Welt neigte und seinen Trieb besiegte, kein geringerer Gerechter war als ein Gerechter, der solche Neigungen nicht besaß) –, dass er sich zu Gittit hingezogen fühlte. Nicht umsonst hatte er Scha'ulit vorgeschlagen, sie als Haushaltshilfe zu holen. Mit Freuden hätte er für den Vorzug gezahlt, sie bisweilen bei ihnen zu sehen. Nir betrat den Spielplatz und trat auf irgendein weiches Teil, das quietschte. Er erstarrte auf der Stelle. Gittit blieb stehen und drehte sich um. Die Brise frischte auf. Wo ging sie hin?, fragte er sich.

Der Augenblick verstrich. Sie drehte sich wieder um und setzte ihren Weg fort. Er ließ die angehaltene Luft aus seiner Brust entweichen und hob ganz langsam den Fuß von der zerdrückten Plastikente, die zum großen Glück nicht erleichtert quietschte. Vom Spielplatz sah er sie gegen den Wind gehen, ihr langes Haar flatterte, ihr dunkles Kleid blähte sich. Der nächste Wohnwagen war der letzte vor dem Torposten. Der Wohnwagen der Armee. Von Joni. Und statt weiterzugehen, daran vorbeizugehen, bog sie auf den Pfad zu dem Wohnwagen ein. Hatte sie etwas gefunden, das Joni gehörte? Hatte ihr Vater sie gebeten, ihm eine Nachricht zu überbringen? Oder schickte ihre Mutter einen Kuchen? Nir ging in die Hocke. Ihm blieben noch achtundzwanzig Minuten bis zum Beginn seiner Wache.

Gittit klopfte dreimal an die Tür des Wohnwagens, drehte sich um und begann, in Richtung der Spielplatzanlage zurückzugehen, in Richtung Nir! Er schaute sich um, suchte nach einem Versteck. Am Rande des Spielplatzes stand eine kleine Holzhütte, in der die Arbeiter Werkzeug und Baumaterial aufbewahrten. Jonis Tür klappte, und seine dunkle Gestalt machte sich auf den Weg zum Spielplatz. Im gleichen Augenblick war ein gewaltiger Knall zu hören, und ein Hochzeitsfeuerwerk aus Charmisch explodierte am Himmel und schreckte den Stützpunkt auf. Nir fasste sich und nutzte die Panik von Gittit und Joni, ihren schnellen Blick zum Himmel, das Gebell der Hunde, eilte zu der Hütte und ging hinein. Es war heiß im Innern, erstickend, ein strenger Geruch nach Sägespänen, Lacken, Ölfarben und Terpentin stand in der Luft. Er hoffte, dass sie ihn nicht gesehen oder gehört hatten, als er die Tür mit einer langsamen, leisen Griffdrehung schloss.

Wo waren sie? Er hörte nur seine eigenen Atemzüge, das Klopfen seines Herzens, war konzentriert auf sein Unbehagen, auf die schreckliche Hitze in der Hütte, die während des Tages die Sonnenstrahlen gespeichert hatte, in der es kaum einen Luftspalt gab, er spürte, wie seine Drüsen Schweiß produzierten, auf der Stirn, in den Achselhöhlen, im unteren Rückenbereich (Scha'ulit würde am Morgen fragen, warum das Hemd dermaßen nass war und Terpentingeruch verströmte). Er presste ein Ohr an die Tür. Waren sie da?

Ein Schlag an die Seitenwand, wenige Zentimeter rechts von ihm, ließ ihn hochschnellen. Er hörte Gemurmel, das er jedoch nicht zu entschlüsseln vermochte, und dann kicherte Gittit und flüsterte: »Spinner, sei ruhig.« Joni antwortete mit leiser Stimme, Nir gelang es nicht, Worte auszumachen, nur eine monotone Akzentmelodie. Sie sagte: »Nein, spinnst du? Nicht jetzt.« Ein weiteres kurzes, monotones Summen. Nir erwartete Gittits Antwort, doch es kam keine. Auf einmal hörte er ein bekanntes Geräusch, Lippen, die sich zusammenzogen und aufeinandertrafen, sich mit einem leisen Schmatzen lösten, Zähne, die sacht gegeneinanderschlugen, ein feuchtschlammiges Vakuum, das entstand und aufbrach, wenn sich Münder für einen Augenblick vereinten, beschleunigte Atemzüge, kleine, wirre, katzenhafte Laute. Nir lauschte begierig, presste ein Ohr an die Wand, gegen die sie sich lehnten, schwitzte aus allen Poren, schnaufte giftige Dämpfe ein, achtete jedoch nicht darauf, denn er war auf die Geräusche jenseits der dünnen Holzwand konzentriert: ein Teenager, die Tochter des rangältesten Bewohners der Siedlung, knutschte mit dem äthiopischen Soldaten. Das Bild erfüllte seinen Kopf, ließ seinen Atem schwerer gehen, erregte ihn und stieß ihn ab. Was denkt sie sich dabei, fragte er sich, wie kann sie es wagen?

Noch ein monotones Gemurmel und sie, atemlos: »Nein, spinnst du?«, kicherte, und dann schlossen sich offenbar ihre Münder wieder aufeinander, denn Nir hörte nichts mehr außer Körperbewegungen an der Wand, stoßweiser Atem, noch ein Aufeinandertreffen und Schmatzen von Lippen und nassem Vakuum. Und dann: »Nein, da nicht …«

Wo?

»Joni!«

Weitere Bewegungen an der Wand, Gerangel, Kleidungsstücke bewegten sich, wurden sie weggeschoben? Geöffnet? Das Klirren einer Gürtelschnalle? Das Öffnen eines Knopfes? Das Schleifen eines Gürtels? Die Geräusche mischten sich in seinem Kopf mit dem Geruch und der Feuchtigkeit, und er war sich nicht mehr sicher, was er sich einbildete und was wirklich geschah. »Joni, nein!« Noch ein Flüstern, und nun fragte sich Nir, ob er hinausgehen und ihr helfen sollte, ob der unverschämte Soldat versuchte, etwas zu erzwingen? Und was genau versuchte er zu erzwingen? Und dann Stille.

Nir fiel das Atmen schwer. Brechreiz stieg in seiner Brust auf. Er versuchte, sich im Dunkeln an etwas zu lehnen, sich vielleicht zu setzen. Er brauchte Wasser. Rülpser mit Biergeschmack drängten in seinem Hals nach oben. Draußen herrschte immer noch Stille. Er konnte nicht sehen, wie spät es war, doch er nahm an, dass seine Wache jeden Moment beginnen musste. Heute Abend war er der Erste bei der Nachtwache, und der Erste musste bei Wachantritt den Posten informieren, und das war – plötzlich ging es ihm auf – Joni. Hatte der Äthiopier ihr etwas getan? Sie erwürgt? Dann war wieder ein monotones Gemurmel von Joni zu hören, und Gittit brach in Lachen aus, anfangs ziemlich laut, dann gedämpft von einer Hand über dem Mund, und danach noch weitere Bewegung und fliegender Atem – was machten sie dort?

»Nein«, hörte er Gittit flüstern, »nicht heute. Ich muss gehen. Nächstes Mal.« Noch ein entferntes Feuerwerk ließ sie zusammenschrecken, darauf unterdrücktes Gekicher und wieder monotones Summen. »Beim nächsten Mal, versprochen.« Gemurmel, das wie eine Frage klang. »Ja, ich versprech's.« Und dann offenbar ein kurzer Kuss, die dünne Holzwand ächzte, Kleider raschelten, und Schritte entfernten sich mit einem kleinen Kichern von Gittit.

Nirs Gesicht war brennendheiß vor Schweiß, Hitze, Befangenheit und Erregung, und als einige Minuten verstrichen waren, drehte er den Türgriff und schnappte nach Luft, die ihm frisch und belebend vorkam wie winterliche Alpenluft – nicht dass Nir jemals im Winter in den Alpen gewesen wäre. Er vergewisserte sich, dass sie nicht mehr in der Umgebung waren, trat aus der Hütte und umrundete sie bis zu der Stelle, an der sie noch vor einem Augenblick gewesen waren, schnüffelte, suchte nach Beweisen, vielleicht Spuren, die das Geräuscherlebnis verdeutlichen würden, doch außer einem schwachen Geruch, den er nicht zu definieren vermochte – sein Gehirn war von den Ausdünstungen der Chemikalien durchtränkt –, gab es keinerlei Hinweise auf das, was sich hier gerade abgespielt hatte.

Er ging zur Mitte der Anlage, breitete die Arme aus und ließ die nassen Kleider, die Stirn, den Nacken und alle restlichen schweißtriefenden Bereiche von der Brise kühlen. Er atmete tief, stöhnend. Dann ging er über die Straße zu Jonis Caravan, um sich zum Beginn der Nachtwache zu melden.

Joni sagte: »Du bist zehn Minuten zu spät dran, Mann. Das sollte nicht noch mal passieren, gut? Noch eine Minute, und ich hätte dich angerufen.« Nir nickte, betastete das Telefon in seiner vorderen Hosentasche, dann den Kolben der Pistole, die hinten in seiner Hose steckte, und ging, ohne ein Wort zu sagen.

Während der Wache kehrte Nir zweimal an den Schauplatz des Ereignisses zurück, versuchte, es noch einmal heraufzubeschwören, Beweise zu finden, doch je nüchterner er mit Hilfe von literweise Wasser und dem Verstreichen der Zeit wurde, desto fraglicher erschien ihm das Mitangehörte. Als er zum zweiten Mal hinter der Hütte herumschnüffelte, hörte er Schritte und eine Stimme, und die Liebesszene, die er in seinem Kopf immer wieder abgespult hatte, machte einer neuen Vorstellung Platz. Er drückte sich starr an die Schuppenwand und versuchte wieder, in der Umgebung aufzugehen. Diesmal war er wenigstens draußen, atmete Luft und den Geruch der Holzbretter ein, der um einiges angenehmer als der Terpentingestank war. Auch das Lauschen war einfacher, die Laute weniger gedämpft. Zweifellos eine Verbesserung der Bedingungen.

Er hörte jemanden mit bewusst leiser Stimme am Telefon sprechen. Er hörte, wie das Gewicht eines Körpers Seile spannte, eine leichte Bewegung durchschnitt die Luft – die Schaukel war in Bewegung. Dem Herrn sei Dank, sie ächzte und quietschte noch nicht, wie sie es in einiger Zeit tun würde, wenn sich Rost und Dreck in ihren Scharnieren gesammelt hätten; noch war sie neu und geölt und kam gut mit dem Körpergewicht der erwachsenen Frau zurecht, die jetzt leise sagte: »Gibt es keine Liste von Namen?« Nir spitzte die Ohren. Was sagte sie da? Und dann: »Nein, ich schaue nicht nach. Ich mache, was ihr sagt zu mir. Nicht finden. Roni Kupfer nicht. Nicht sprechen mit Roni Kupfer, aber …«

Nir riss die Augen in der Dunkelheit auf. Spielten ihm die Biere und der Joint immer noch einen Streich? Was war heute Abend hier los? Er verschob seinen Körper langsam, löste sich von der Schuppenwand und spähte rasch zu der Frau hinüber. Natürlich hatte er ihre Stimme schon beim ersten Wort erkannt, doch er musste sich mit eigenen Augen überzeugen, und nun, im schwachen Licht der Sterne, auf der Schaukel schwingend, die zu klein für sie war, sah er Jenia Freud, die links das Seil hielt und rechts das Telefon ans Ohr geklemmt hatte. Warum sprach Jenia, am Spielplatz, in der Nacht, am Telefon über Roni Kupfer?

Sie redete leise weiter. »Nein. Vor der Minister kommt, höre ich nichts reden. Nachher er Kuschkusch gesagt hat, auch nicht. Jehu und Josh habe ich geschaut. Ja, ich weiß, ich sagen, sie können Problem machen. Aber gibt gar nichts. In Ordnung. In Ordnung, ich rede mit Roni Kupfer. Ja, mit Araber, aber ich sehe nichts dort. Ja. In Ordnung. Kupfer ich prüfen.«

Nir glitt mit seinem Rücken die Schuppenwand hinunter, bis er auf der trockenen Erde zu sitzen kam. Er schloss die Augen und öffnete sie wieder, wandte den Blick und sah immer noch Jenia, die das Telefon in die Luft hielt und nachdenklich schaukelte. Die Welt erstarrte für eine halbe Minute, ein kühler Wind fuhr durch den Spielplatz und ließ Blätter rascheln, die Araber und ihre Feuerwerke waren zu Ehren des Augenblicks verstummt, sogar Kondi, die vorher gebellt hatte, blieb still. Und dann stieß Jenia ein paar Worte aus – einen russischen Fluch? –, erhob sich von der Schaukel, ging zu ihrem Haus auf der anderen Straßenseite und verschwand darin.

Nir blieb noch ein paar Minuten, schloss die Augen, mit dem Rücken an der Schuppenwand und dem Gesäß auf der Erde. Dann raffte er sich auf, kam auf die Füße und brach zu einer langsamen, stillen Runde auf der Ringstraße des Stützpunktes auf. Als Gabi Nechuschtan ihn ablöste, sagte er kaum ein Wort, nickte nur mit niedergeschlagenem Blick und ging davon. Gabi sah ihm erstaunt nach, streichelte seinen dürftigen Bart und stieg zum Wachturm hinauf, um *tikun chazot*, das Mitternachtsgebet, zu sprechen.

Der Angriff

Dovid, Experte für Altertümer und Antiquitäten und ein alteingesessener Siedler, den Otniel aus den ersten Tagen in Samaria und auch vom Reservedienst her kannte, war ein paar Tage, nachdem Debora Asis die Münzen in der Höhle gefunden und ihr Vater Otniel einen Abstecher gemacht hatte, um »einen Blick darauf zu werfen«, in der Siedlung eingetroffen. Dovid bestrich die Räume der Höhle mit einem Metalldetektor und fand alles in allem achtunddreißig Münzen. Seine ersten Schlussfolgerungen: Die Münzen waren in der Ecke des Raums offenbar dank eines Felshasen zum Vorschein gekommen, der dort gegraben hatte, weil er nach Wasser oder Nahrung suchte, jedoch Münzen gefunden hatte, dicht unter der sandigen Erde und dem weichen Kreidestein.

Seitdem hatte Otniel ihn etliche Mal eingeladen, doch Dovid hatte ihn mit allen möglichen Argumenten vertröstet, bis sich Otniel gezwungen sah, Jakir aufzufordern, »sein Internet zu prüfen«, um nachzuschauen, welche Information man über antike Münzen in dieser Gegend erhalten könnte.

In den archäologischen Archiven amerikanischer Universitäten herumzustöbern war eine spannende Herausforderung für Jakir. Und die Recherche lieferte ihm einen Vorwand, wach zu bleiben und mit Leuten in der amerikanischen Zeitzone zu chatten – wie er seinem Vater erklärte –, und so tat sich ein Zeitfenster auf, in dem er sich mit seinen Gefährten auf der Insel »Wiedererrichtung« vergnügen konnte. Da Sommerferien waren und es Otniel wichtig war, die Sache mit den Münzen zu untersuchen und sich nicht nur auf Dovid zu verlassen, verbrachte Jakir des Nachts viele Stunden ungestört vor dem Computer.

Am Ende gab Dovid dem Drängen nach und kam zu einem Besuch. Nach einem Schluck Tee und ein bisschen Plauderei über den Sicherheitsminister, den Befehlshaber des Zentralkommandos und die übrigen Standardthemen, fragte Otniel nach den Münzen.

»Was soll ich dir sagen, Otni, man braucht Geduld in diesem Geschäft. Ich weiß, dass du sofort wissen möchtest, was los ist, aber das braucht Zeit. Wir reinigen die Münzen, werden sie zu allen möglichen Untersuchungen versenden, werden eine genaue Datierung kriegen, und dann schauen wir weiter. Ich will auch ein paar an meine Expertenfreunde schicken. Es gibt ernsthafte Altertumsforscher – überwiegend Juden –, die an der Duke-Universität in Amerika sitzen. Ich habe jemanden in Australien, der sich am besten von allen auskennt … egal. Mit ein bisschen Geduld werden wir zuverlässige Ergebnisse kriegen.«

»Und dann?«

»Dann wissen wir, ob die Münzen echt oder gefälscht sind. Wir werden wissen, aus welcher Zeit sie stammen. Wir werden wissen, welche Symbole auf der Bronze unter der grünlichen Patina eingeprägt sind. Ob es römische Dinare oder hellenistische Drachmen sind, was dumm wäre, denn dann lohnt es die Mühe nicht. Wenn sie aus der Zeit der Hasmonäer respektive Makkabäer sind, die ja ebenfalls in diesen Höhlen gewesen sind, kann das Ganze etwas mehr wert sein. Am teuersten sind die aus der Zeit der Römerkriege, speziell die Silberschekel vom Bar-Kochba-Aufstand. Wenn wir so etwas haben sollten – von meinem ersten Eindruck her war es das allerdings nicht –, dann verkauft man an Sammler oder Museen über Antiquitätenhändler oder öffentliche Auktionen. Da kann großes Geld drin sein.«

»Was bekommen wir von dem großen Geld?«

»Hahahaha«, dröhnte Dovid.

Otniel lächelte nicht. Seine braunen Augen hielten Dovids Augen, die hinter der Brille in den Speckwülsten seines Gesichts beinahe untergingen, gefangen, als er sagte: »Was ist auf den Münzen vom Aufstand eingeprägt?«

»Jüdische Symbole – Granatäpfel, Pokale. Ein bisschen wie das, was heute auf dem Schekel ist. Und es ist das Jahr des Aufstands eingeprägt. Jedes Jahr hat einen anderen Wert.«

Otniel rieb sich das Kinn unter dem Bart. »Hör mal, Dovid, mein Sohn Jakir hat ein paar Nachforschungen im Internet angestellt. Er hat etwas Interessantes gefunden. Jakir! Komm mal her!«, rief er. Jakir erhob sich vom Computer und trat ins Wohnzimmer. Er sah Dovid dort – fett, bebrillt, mit silbergrauem Haar und Bart und einem geringschätzigen Ausdruck in den Augen.

»Hör zu, Otni, im Internet gibt es eine Menge Müll, ich sage dir, das braucht Zeit, lass uns …«

»Hör dir an, was der Junge zu sagen hat«, unterbrach ihn Otniel in ruhigem Ton, »und dann mach damit, was du willst.« Dovid streckte eine Hand nach dem Teeglas aus und trank unbehaglich.

»Wie hieß dieser Mönch, Jakir?«, ermutigte Otniel seinen Sohn.

»Der heilige Onuphrius?«

»Der heilige Onuphrius. Kennst du den?«, fragte Otniel.

Dovid machte mit seinem Kopf eine Bewegung, die als ein »Ja« interpretiert werden konnte, doch es war klar, dass er sich nicht besonders für die Information interessierte, die ihm geliefert wurde. »Jakir ist auf einen Archäologen gestoßen, der heute in Amerika lebt und früher mal in Ma'aleh Chermesch gewohnt hat«, fuhr Otniel fort. »Ich erinnere mich an ihn aus den ersten Tagen, ein Amerikaner, ein guter Junge, obwohl er ein enger Freund von Schimoni war, getilgt sei sein Name. Kurz gesagt, er hat seine Doktorarbeit über diesen Onuphrius gemacht. Er … Jakir, du weißt das besser als ich, erzähl's Dovid.«

»Der heilige Onuphrius war ein Mönch, in Ägypten geboren, der sich in die Wüste zurückzog, in unsere Gegend, lange Jahrzehnte, im vierten Jahrhundert nach«, trug Jakir vor. »Er wurde von Straßenräubern ins Innere der Wüste verschleppt und kehrte ohne Kleider zurück, nur sein langer weißer Bart verbarg seine Schamteile, und den Rest seiner Tage lebte er in mönchischer Abgeschiedenheit, in Fasten und Selbstkasteiung. Dieser Archäologe von der Duke behauptet, dass Onuphrius in der Chermesch-Höhle lebte und dass er einen Münzschatz versteckte, den er offenbar von durchziehenden Nomaden zur Bewachung erhalten hatte.«

»Gut, gut«, sagte Dovid mit einem leichten Hüsteln, »im Internet gibt es alle möglichen Dinge. Zu viele Dinge, wenn du mich fragst.« Er lächelte Otniel mit seinen wulstigen Lippen zu, versuchte zu lachen.

Otniel leistete Rachel früher als gewöhnlich Gesellschaft im Bett, irritiert von Dovids Gleichmut. Er schlief rasch ein. Auch Gittit und natürlich alle Kleinen waren schon eingeschlafen. Es war still im Haus, nur das sägende Schnarchen Otniels gab einen Rhythmus vor, flößte den in ihren Betten vergrabenen Hausbewohnern eine Art unterbewusste Sicherheit ein.

Jakir loggte sich in *Second Life* ein und beeilte sich, seine Freunde auf der Insel »Wiedererrichtung« zu treffen und sich auf den neuesten Stand zu bringen. Die Spamattacke mit den Davidsternen hatte stürmische Reaktionen in der virtuellen Welt hervorgerufen: Demonstrationen arabischer Solidarität, die Errichtung neuer Moscheen, eine Eskalation antisemitischer Ausbrüche und sogar den Versuch eines Gegenangriffs in einer Synagoge, der fehlschlug. Reaktionen sickerten auch in die reale Welt durch, und das Bild mit den Dutzenden Davidsternen, die die Moschee überschwemmten, gelangte in Blogs und Webseiten, sogar ins Ynet. King Meir war glücklich. Er wollte zum nächsten Stadium übergehen: ein echter Terroranschlag. Jakir zog ein gefülltes Röllchen aus einer Keksschachtel und biss hinein, während er auf seine Gefährten wartete: Klaus, Menachem und ein neuer Teilnehmer mit Namen Harvey, der Jakir erzählt hatte, dass er ein Anhänger von Rabbi Kook sei, und natürlich Meir King selbst.

Sie standen vor der Synagoge »Feuer der Wiedererrichtung«, mit zugespitzten Kinnbartenden und Uzis über den Schultern, King Meir in seinem »Kach«-Hemd, die anderen in Flanellhemden, unter denen himmelblaue Gebetsschalfransen hervorlugten, um immer an den Heiligen, gepriesen sei er, zu erinnern. King Meir rauchte eine virtuelle Zigarette.

Sie teleportierten sich in die Stadt »Taste of Arabia«, wo sich Menschen drängten, Muslime, die gekommen waren, um Solidarität nach der Spamattacke zu demonstrieren, sowie einfach nur Neugierige und Gelangweilte, die von der Auseinandersetzung gehört hatten und kamen, um zu gaffen. Der Trupp der »Wiedererrichtung« betrat die große Moschee. Es begrüßte sie ein bärtiger Araber, der sie bat, die Schuhe auszuziehen. Sie ignorierten ihn und gingen hinein. Jakirs Herz klopfte. King Meir gab Order, und sie zogen die vorbereiteten Palästinafahnen heraus und verbrannten sie per Mausklick mit einem Flammenscript, das Jakir gratis heruntergeladen und vorher installiert hatte. Sie hielten die brennenden Fahnen, und im Nu kamen die Gestalten der Araber und ihrer Unterstützer, schrien wütend, sie sollten verschwinden, aufhören, Heiliges zu entweihen. Es gab zahlreiche

Nicht-Araber, die Transparente trugen und mit zornigen Gesichtern brüllten. King Meir sprach zu Jakir. Er wollte die Moschee jetzt. Aber etwas war merkwürdig mit dem Computer. Der Ventilator hörte alle paar Sekunden zu arbeiten auf. Jakir beugte sich darüber und betrachtete den Computer. Er verstand nicht, was los war, das war ihm noch nie passiert. Stürz jetzt bloß nicht ab, flehte er schwitzend.

Jakir tippte auf die Tasten und lud aus seiner Arbeitsdatei in *Second Life* die Moschee hoch, die er gebaut hatte – eine exakte Kopie der Moschee, in der sie noch vor einem Moment gewesen waren, die große Moschee in »Taste of Arabia«. Es versetzte ihm einen Stich ins Herz, als er an die Stunden dachte, die er am Computer gesessen und die schöne Moschee mit ihren Bögen und Farbornamenten gebaut hatte. Er platzierte sie, und schon standen die beiden Moscheen nebeneinander: die originale an ihrem Platz und daneben die Replik, die Jakir auf einem Sandkasten erbaut hatte – eine öffentliche Fläche, zur Nutzung erlaubt. Neugierige trafen ein, wollten sehen, was los war, warfen überraschte Blicke auf die zweite Moschee, jemand fragte, ob das ein Geschenk sei, eine Entschädigung für die Gewalt, ein Versuch, eine Brücke zwischen den Religionen zu schlagen. King Meir lachte. Er gab Jakir das Zeichen, und Jakir startete »Particles«, das Sprengprogramm, das er gekauft hatte, und programmierte es auf die Moschee.

Der erste Knall zertrümmerte die Mauern. Das Feuer war beeindruckend. Die Geister entzündeten sich. Menschen schrien. King Meir schwenkte die Arme. Der Ventilator von Jakirs Computer strengte sich an. Jakir steckte eine Hand in die Keksschachtel und fand nur noch Krümel. Sein kleiner Bruder Schuv-El begann zu weinen, hörte jedoch sofort wieder auf und schlief weiter, anscheinend ein böser Traum. Auf dem Bildschirm lief der böse Traum der Araber und ihrer linken Freunde weiter. Die hohen Flammen erfüllten die Moschee. King Meir trieb Jakir an. Er lud noch ein Sprengprogramm, und der Hauptstützpfeiler der Moschee brach auseinander, fiel. Klaus und Menachem tanzten. Ein Araber näherte sich Jakir und schwang ein Schwert. Aber er konnte ihn nicht verletzen. Jakir schickte ihm den einzigen Fluch, den er auf Englisch kannte, und mitten im Satz erstarrte der Computer.

Die Japaner

Die Tage des Jahresausklangs kamen. Der Monat Av, sprich August, war ins Land gegangen, es wurde Elul, September. Die Dunkelheit senkte sich ein wenig früher herab, begleitet von erfrischender Luft. Im Verlauf der Tage erhob sich bisweilen ein plötzlicher Windstoß, der verkündete: Nicht weit ist der Tag, an dem der Sommer seine letzten flüchtigen Atemzüge getan haben wird.

Die Babys wuchsen allmählich, ihre sich rundenden Körper saugten Flüssigkeit aus jeder Warze, ob Plastik oder menschlich, deren sie habhaft wurden, und übersetzten sie sofort in zusätzliche Gramm. Ihre großen Brüder und Schwestern waren mit Schulvorbereitungen ausgelastet, wurden in die große Stadt Jerusalem transportiert und kehrten mit bunten Heften und jungfräulichen Schreibwerkzeugen in ihrem Besitz zurück, bereit zu einem schweren Arbeitsjahr. Die Thoralesung des Wochenabschnitts *ki teze* – »Wenn du ausziehst« – am Schabbat war beendet, es kam der Abschnitt *ki tavo* – »Wenn du kommst« –, und zügig stand die Jahreszeit der neuen Anfänge auf der Schwelle: Weiße Blusen wurden gebügelt und neue Kleider erstanden, und die Synagoge wurde gereinigt, erneuert und vorbereitet, stolz und erhaben. Mischnaabschnitte wurden studiert, und Exegesen verlängerten sich, die Feierlichkeit begann, alles beherrschend zu durchdringen. Es waren schöne Tage und helle Nächte, und nach und nach zogen sich Wolken zusammen, die zunehmend dunkler wurden und sich ausdehnten. Die Flüche eines Jahres erloschen, und ein neues – 5770 – wurde mit Schofarklang, einer Verschiebung der Zeiger und Feiertagen eröffnet.

Mussa Ibrahim blickte zum Himmel. Er spürte die Vorbereitung; die nassen Tage warteten schon auf ihren Einsatz, und nach dem ersten Regen, der die Oliven spülen, sie anschwellen lassen, kühlen und leicht nachdunkeln lassen würde, wären die Früchte bereit für das nächste Stadium. Seine Nasenflügel weiteten sich in leichter Erregung. Das war die Jahreszeit, die ihm am liebsten war. Die Juden waren ruhig und in ihren Festen absorbiert, der Himmel würde, *inschallah*, Regen fallen lassen, und die ganze Familie würde zur Ernte eingespannt, würde sich aus allen Ecken des Dorfes im Olivenhain zusammenscharen, lange Tage dort verbringen, Olive für Olive einsammeln.

Sein Sohn Nimr stand neben ihm, hellhäutig, mit Ansatz zur Glatze. Mussa legte ihm lächelnd eine Hand auf die Schulter. »Bald«, sagte er. Nimr erzählte, was sie im Dorf über das Geschäft mit den Juden sagten. Sie waren nicht erpicht darauf. Besonders nach der Geschichte mit der Planierraupe, als Mussa verhaftet worden war und die Soldaten kamen und sie alle behelligten, herumschnüffelten und Dinge beschlagnahmten. Nimr hatte ein paar gereizte Freunde, obwohl er selbst ein guter Junge war. Er vertraute auf seinen Vater. Zwar war er nicht gerade versessen auf diesen Juden, Roni, aber als er begriffen hatte, dass er kein echter Siedler war, kein verrückter Religiöser, und die Absicht hatte, alle an seiner Geschäftsinitiative verdienen zu lassen, und auch dabei half, die Ausrüstung zurückzuholen, die man ihnen genommen hatte, war er einverstanden gewesen, ihn zu akzeptieren. »Da kommt dein Freund«, sagte er zu seinem Vater. Mussa grinste.

»*Ahlan*, Mussa, wie geht es dir heute?«

»Elhamdillah«, lächelte Mussa und drückte Ronis Hand. Die beiden Dorfbewohner nahmen sich Zigaretten aus der dargebotenen blauen Schachtel, Mussa steckte seine in die Plastikspitze, und die drei zündeten wortlos die Zigaretten an und ließen ihren Blick über den Olivenhain schweifen.

»Was für eine Kälte gestern Nacht, eh?«, sagte Roni.

»Der Wind fängt an«, bemerkte Mussa. »Bald kommt der erste Regen. Und dann werden wir …«

Roni nickte. »Ist alles fertig?«

»Was soll fertig sein? Wir warten. Es gibt viele Transparentplanen von der letzten Siedlerdemonstration. Und Säcke, Stöcke und Metallkämme. Es braucht nur den ersten Regen, er wird die Oliven waschen und ihnen eine gute Farbe geben. Ist bei dir alles fertig?«

»Klar ist alles bereit. Es gibt ein paar Boutiquen in Tel Aviv, die nur auf das Öl warten. Sie sind ganz wild darauf, wissen, dass das die wahre Sache ist, nicht das hellgelbe Pipi, das sie heute mit Maschinen machen. Ariel vermarktet das hübsch, mit einem Bild von mir und dir auf der Planierraupe und die ganze Chose. Er sagt, das wird Wirbel machen.«

»Boutiquen?«, wunderte sich Mussa.

Roni kam, um das Geschäft endgültig zu besiegeln. Ariel hatte ihn gebeten, mit Mussa eine Vereinbarung zu unterschreiben. Er hatte Papiere vorbereitet und sie sogar ins Arabische übersetzt. Mussa sagte, das brauche es nicht. Roni entschuldigte sich und spöttelte über seinen pedantischen Partner, aber Ariel habe darauf bestanden, und Mussa erklärte sich bereit. Roni hob den Umschlag hoch und sagte: »Gehen wir unterschreiben?«

»Ich muss erst das Papier lesen. Damit ich verstehe, was es sagt«, entgegnete Mussa.

»Sicher, aber klar. Nimm dir Zeit. Setz dich hin und lies. Ich rauch die Zigarette hier.«

»Nein, keine Zigarette. Ich gebe es jemandem vom Dorf. Sein Bruder ist Rechtsanwalt in Bethlehem.«

Ronis Augen wanderten vom Vater zum Sohn. Ein ungeduldiges Schnauben entfuhr seinem Mund. »In Ordnung«, sagte er. »Dann treffen wir uns morgen?«

»Inschallah«, sagte Mussa.

Am selben Tag, in den Nachmittagsstunden, kamen die Japaner an, zusammen mit ein paar hellgrauen Wolken und einem Luftzug, der sich mit einem Tempo bewegte, das endlich die Grenze zwischen Brise und Wind überschritt. Ein schwarz glänzender Toyota mit dunklen Scheiben – von jenen überzüchteten Stadtjeeps, die Geschäftsleute auf Fahrten über Land benutzen – hielt am Torposten, und Joni, überrascht von den schlitzäugig lächelnden Gesichtern, die im Geviert des Fensters auftauchten, das mit elektronischem Summen herabglitt, winkte sie durch, ohne Fragen zu stellen. Der Wagen schnurrte über die Ringstraße der Siedlung, zog ein paar neugierige Blicke auf sich, und bog dann auf die Sandstraße hinunter zum Felsrand ein. Der Toyota hielt auf dem Schotter, und ihm entstiegen ein eleganter Herr im teuren Seidenanzug, mit dunkler Krawatte und großer Sonnenbrille, und nach ihm zwei weitere Männer. Sie gingen vorsichtig, vielleicht um ihre Schuhe nicht zu beschmutzen oder um einen umgeknickten Knöchel zu vermeiden, und dann sahen sie hinüber und deuteten in Richtung Charmisch.

Jehu, der sie bemerkt hatte, kam angeritten, hielt neben ihnen und sagte kein Wort. Sie machten eine Verbeugung mit dem Kopf. Er wartete, steckte zwei Finger in seine Hosentasche und beförderte eine Zigarette heraus.

»Hemisch?«, fragte der erste, der aus dem Wagen gestiegen war. Er wiederholte das Wort einige Male. »Hemisch?« Jehu wandte den Kopf zur Siedlung, suchte nach jemandem, der helfen könnte. Der Mann wiederholte es noch einmal und deutete in Richtung Charmisch. War das wieder eine antisemitische Friedensdelegation von Schalom Achschav? Touristen, die verloren gegangen waren? Geschäftsleute, die sich verirrt hatten?

Roni, der gerade von dem Besuch bei Mussa und Nimr zurückkam, näherte sich mit wenig liebenswürdigem, verschwitztem Gesicht. Der Japaner fragte lächelnd: »Hemisch? *Olib-oi?«*

»Hä?«, machte Roni. »Josh!«, schrie er dann. »Komm mal her und schau nach, was diese Kameraden brauchen!« Er ließ seine Augen auf dem Gast ruhen und knurrte leise in sich hinein: »Genau das, was uns hier noch gefehlt hat. Juden, Araber, Amerikaner, Russen und Franzosen reichen ja nicht. Die da wollen auch noch mitfeiern. Warum denn nicht.« Er grinste unhöflich gegenüber dem zögernden, völliges Unverständnis ausdrückenden Lächeln des Japaners.

Josh verstand ein wenig mehr. *»Olive oil?«*, fragte er.

Der Japaner nickte begeistert und deutete auf die Olivenhaine von Charmisch.

Josh sagte zu Roni: »Kupfer, sie wollen was mit Olivenöl, hat das nicht was mit dir zu tun?« Er blickte den Japaner an, zeigte auf Roni und sagte: »Roni Kupfer.« Der Japaner reagierte mit einem verwirrten Lächeln. Josh probierte es anders: »Gabi Kupfer?«

Die drei Japaner brachen in Gelächter aus und wiederholten: »Gali Kuffa, hahaha.«

»Sucht ihr Araber oder Juden?«

Die Japaner verstanden immer noch nichts.

Roni zündete sich eine Zigarette an, er begann misstrauisch zu werden. Weshalb kamen gestriegelte Japaner in Anzügen aus einer anderen Welt mit einem Toyota Klassejeep daher, fragten nach Olivenöl und deuteten dabei auf Mussas Olivenhaine?

Die Kommunikationsversuche brachten nichts. Die Japaner versuchten, mit dem Toyota in Richtung der Olivenbäume vorzudringen und mussten zur Kenntnis nehmen, dass sich sogar ein Vierradantrieb keinen Weg dorthin bahnen konnte. Nach einer Serie von Lächeln, Händeschütteln, Verteilung von Visitenkarten und Verbeugungen stiegen sie wieder in den Toyota und steuerten ihn aus dem Hügelbereich, unter Hinterlassung einiger verwirrter Gesichter – doch nur vorübergehend, denn absonderliche Besucher gelangten beinahe täglich zum Hügel, und die meisten wurden schon wenige Sekunden, nachdem die letzten Auspuffgase ihrer Fahrzeuge in die Hügelluft entwichen waren, aus dem Gedächtnis getilgt.

Roni warf den Zigarettenstummel weg und hielt sich die drei Visitenkarten, die ihm die Japaner hinterlassen hatten, vor die Augen. Die japanischen Zeichen, mit denen die Karten bedeckt waren, sagten ihm gar nichts. Er drehte eine der Karten um und sah bekanntere Buchstaben in Englisch. Matsumata – Heavy Machinery Division, stand dort, zusammen mit einem japanischen Namen und Titel. Josh machte einen langen Hals und las es auch, dann zuckte er die Achseln und ging seines Weges. Roni stopfte die Visitenkarte in die Hosentasche und kehrte zu Gabis Wohnwagen zurück. Vielleicht sollte er Ariel bitten, im Internet zu recherchieren.

Der Köder

Nir Rivlin quälte sich. Der Vorfall mit Joni und Gittit, dessen Ohrenzeuge er geworden war und der nicht viel Raum für Phantasie ließ, peinigte, erregte und ekelte ihn, erfüllte ihn immer noch mit Scham und Neugier, auch ein paar Wochen danach. Er wusste, er müsste mit Otniel reden, aber was sollte er sagen? Dass er wie ein nichtswürdiger Spanner gelauscht hatte? Warum hatte er sie nicht aufgehalten? Und wie würde Otniel die Schande ertragen, das Wissen, dass er, Nir, Zeuge der Preisgabe seiner Tochter gewesen war? Nir dachte daran, mit dem Rabbiner in Ma'aleh Chermesch zu sprechen oder eine SMS an FRANS, die Beratungshotline des Rabbiners Aviner, zu schicken. Als er jedoch schon glaubte, eine Frage formuliert zu haben, zögerte er und überlegte es sich anders. Er hätte sich gern mit Scha'ulit beraten, doch die Lage daheim entgleiste zusehends, sie entfernten sich immer mehr voneinander, und die Gespräche zwischen ihnen waren auf das Allernötigste zusammengeschrumpft: Rechnungen, Kindergarten, Zeitplanung, Einkäufe. Über das, was mit ihnen geschah, sprachen sie nicht, wie also sollte er ihr einen großen moralischen Konflikt mitteilen?

Nir saß am Abend mit der Gitarre da und versuchte, ein Lied unter dem Eindruck des Vorfalls zu verfassen. Er schloss die Augen und versuchte, das Gefühl im Lagerschuppen heraufzubeschwören: der strenge, scharfe Geruch, die Hitze, die Stickigkeit. Was er gehört hatte.

In einem Würfel aus Holz, einem kleinen
Geruch von Farbe und explosiven Leimen
steht er allein und…

Er fand ein paar schöne Melodietakte, doch es gelang ihm nicht weiterzukommen. Seine Töchter weinten im Haus, aber er musste sich konzentrieren. Seine Hand wanderte unter die Hängematte auf der Suche nach der Schachtel mit dem Gras. Er dachte, es sei ein fertiger Joint darin, doch da war keiner. Tchelet brüllte drinnen. Scha'ulit rief: »Nir! Nir!« Er zupfte auf der Gitarre und versuchte, einen Reim für die dritte Zeile zu finden. Will weinen? Scheinen? Keimen? Er gab es auf und ging zu »I gave her my life« von den Kaveret über. Die Rufe verstummten und mit ihnen das Heulen. Ein guter Zeitpunkt, um hineinzugehen und zu fragen, ob alles in Ordnung sei. Er legte die Gitarre weg und ging ins Haus. Der Blick, den Scha'ulit ihm zuwarf – mit roten Augen, verzweifelt, anklagend –, erzählte ihm, was er bereits wusste. Er hatte schon um eine weitere Chance gebeten, hatte bereits versprochen, aufmerksamer zu sein, mehr zu helfen, sie mehr zu unterstützen. Doch es klappte nicht. Ihr Blick trieb ihn in die Flucht, zwang ihn zu sagen: »Ich geh auf einen Sprung zu Otniel, was Wichtiges«, sich umzudrehen und entschlossen die wenigen Meter zu dem Wohnwagen auf der anderen Straßenseite zu marschieren, an die Tür zu klopfen und zu sagen: »Otniel, ich muss dir was erzählen.«

Otniel erkannte die Panik in Nirs Augen, ergriff seinen Arm und führte ihn hinaus, zur Bank im Hof. Er bot ihm keinen Tee an, fing mit keinem Smalltalk an, drückte Nir bloß auf die Bank, setzte sich gegenüber und wartete. Nir öffnete den Mund und klappte ihn wieder zu, schloss die Augen, öffnete sie wieder und blickte seinen bärtigen Nachbarn an, und Gittits Gestalt stieg vor seinem geistigen Auge auf, und Joni, der äthiopische Soldat, in dem Würfel aus Holz, dem kleinen, Geruch von Farbe und explosiven Leimen, steht er allein und will weinen, er erinnerte sich mit Leichtigkeit, und Brechreiz stieg in seiner Kehle auf, wie konnte er dem Vater so etwas über seine Tochter erzählen, warum war er gekommen, was für ein Fehler, es war doch nur ein Vorwand gewesen, um von zu Hause, vor Scha'ulits Blick zu flüchten, den er nun wieder erbarmungslos auf sich brennen fühlte …

»Was ist los, Nir? Du schaust aufgewühlt aus. Ist alles in Ordnung?« Otniel legte eine Hand auf Nirs sommersprossigen, sonnenverbrannten Arm, und fast hätte Nir geweint, doch er biss sich auf die Lippe und beherrschte sich. »Was ist los?«, wiederholte Otniel mit sanfter Stimme.

»Nein … es ist nur … gut, schau mal. Vor einiger Zeit, am Abend, bei der Wache, bin ich am Spielplatz vorbeigegangen, und plötzlich hab ich was gehört …« Er verstummte lang genug, dass Otniel ihn ermutigten konnte.

»Ja, und?«

»Ich weiß nicht. Weißt du, was? Vergiss es, ich bin einfach … es ist nichts, anscheinend hab ich …« Nir stützte die Handflächen auf seine Knie, als wollte er gleich aufstehen, doch Otniel legte ihm wieder die Hand auf den Arm, um ihn zu beruhigen.

»Sag das, wozu du gekommen bist. Es ist gut, dass du gekommen bist. Manchmal hören oder sehen wir Dinge, die wir nicht wollen, bei denen wir nicht sicher sind, was sie bedeuten, aber es ist wichtig, sie mitzuteilen, du weißt offenbar, dass du etwas Wichtiges gehört hast, auch wenn es dir jetzt auf einmal überflüssig erscheint.«

Die Stickigkeit in der abgeriegelten Hütte, der Geruch der Farben, die animalischen Geräusche des Schwarzen, das Geflüster oder vielleicht Laute der Not seitens der Attackierten? Und dazu – die Verwirrung in seinem Leben, die Spannung zu Hause, die Vorwürfe von Scha'ulit …

»Jenia Freud«, sagte er am Ende und hob den Blick zu Otniel.

»Was ist mit ihr?«

»Ich weiß nicht. Es war komisch. Sie redete am Telefon, so leise, am Spielplatz, als ob sie sich vor jemandem versteckte. Über Roni Kupfer. Über Araber. Ich weiß nicht. Es war merkwürdig. Vielleicht hätte ich nicht kommen sollen.« Er stützte wieder die Hände auf die Knie, und diesmal stand er auf.

Otniel hielt ihn nicht zurück, doch sein Gesichtsausdruck war ernst. »Du meinst, dass sie die Informantin vom Schabak ist?«

»Was?« Nir hatte nicht in diese Richtung gedacht. Er war immer noch bei Gittit. »Eh … weiß nicht … glaubst du?«

Otniel verzog nachdenklich den Mund.

»Hör zu. Elazar Freud war zwar Offizier in der Armee und ist in einer Siedlung aufgewachsen, aber große Idealisten sind sie nicht. Er macht was mit Computern, er hat's mir mal erklärt, Google irgendwas, Recherche, Werbung, *wallah*, ich hab nichts kapiert. Hast du verstanden, was er macht?«

»Ich erinnere mich bloß, dass er einmal zu mir gesagt hat, dass er es satt hat, Lehrer zu sein und jeden Tag nach Jerusalem zu fahren. Und Jenia ist Mathematiklehrerin, oder?«

»Ich hab kein Problem«, sagte Otniel, »mit Bewohnern, die wegen der Landschaft und der Ruhe und dem Mietpreis hierherkommen – jeder jüdische Siedler wird mit Segen aufgenommen. Aber man könnte sagen, ich bin geschockt, dass sich von dort das Böse aufgetan hat.«

»Na gut, wir sind nicht sicher, ich will nicht, dass …«

»Nir. Danke.« Otniel legte ihm seine Hand auf die Schulter. »Das hast du gut gemacht. Bist du bereit, mir zu helfen, das zu untersuchen? Ich hätte nur gern, dass so wenig Leute wie möglich momentan was davon erfahren, mach es nicht publik.«

Am nächsten Nachmittag, am Spielplatz Sheldon Mamelstein, als alle Kinder ringsherum tobten, begann Chilik Jisraeli mit Jenia zu reden. Es war nach einem scheinbar zufälligen Zusammenstoß der Köpfe seines Boaz und ihrer Tochter Nefesch (Chilik hatte seinen Sohn leicht auf Nefesch geschubst), und nachdem die Eltern gemeinsame Beruhigungsarbeit geleistet hatten, entwickelte sich ein Plausch über dieses und jenes. Chilik spähte über die Schulter und sagte zu Jenia: »Hast du von den Japanern gehört, die gestern hier waren?«

Jenia erwiderte: »*Da*, ich habe gehört, es gab Japaner. Sie wollten etwas Olivenöl?«

Chilik senkte die Stimme. »Olivenöl ist nur die Tarnung. Man sagt, dass sie gemeinsame Sache mit extremen Elementen machen. Sie haben mit Jehu geredet. Der Junge wird uns noch mal in Blödsinn verwickeln … Weißt du eigentlich, was er macht? Dieser Junge verschwindet ganze Tage lang.«

Jenia wirkte hochinteressiert. »Moment, Jehu … meinst du,

dass … aber was haben die Japaner mit zu tun? Gibt es kein Olivenöl bei Japanern?«

»Fehlt es bei den Japanern an Wahnsinnigen? Sie haben alle möglichen Untergrundbewegungen von Irren, was weiß ich. Ich habe verstanden, dass sie Jehu vielleicht eine Waffe zukommen lassen werden.« Er streichelte seinen Schnurrbart und beugte sich näher zu ihr. »Nicht dass es mich was angeht, aber wir haben genug Krawall in der Siedlung gehabt. Wir stehen unter Beobachtung, seit der Sicherheitsminister da war. Wir brauchen nicht noch mehr Probleme.« Er klopfte zweimal unter sein rechtes Auge, wobei er flüsterte: »Ein sehendes Auge und ein hörendes Ohr …«

Chilik selbst glaubte nicht an den Erfolg des Köders. Als er vom Spielplatz zu Otniels Haus kam, entschuldigte er sich für die plumpe Inszenierung und behauptete, es sei zu durchsichtig gewesen, keine Chance, dass Jenia oder irgendein Agent des Nachrichtendienstes, der in der Sache etwas auf sich hielt, darauf hereinfallen würde. Keine vierundzwanzig Stunden später jedoch stattete der Kommandeur des Sektors, Omer Levkovitsch, seinen Freunden in 3 einen Besuch ab.

»Oho!«, lächelte ihn Otniel an. »Wem zu Ehren haben wir Ihren Besuch zu verdanken? Ist etwas passiert?«

»Nur ein Routinebesuch«, antwortete der Hauptmann mit rosigen Wangen und warf einen spähenden Blick ringsherum. Beide wussten, dass der Besuch keine Routine war. Seit der Zeitungsreportage ließ sich Omer Levkovitsch kaum noch blicken. Die Siedler waren erbost über die feindseligen Zitate des »ranghohen Offiziers«.

»Ist kürzlich was passiert? Seid ihr auf etwas Verdächtiges gestoßen?«, fragte Omer.

»Was Verdächtiges?«, stellte sich Otniel dumm.

»Ein unerwarteter Besuch, haben sich Unbekannte hier herumgetrieben?«

»Unbekannte?«, verwunderte sich der alteingesessene Siedler.

Nachdem Omer gegangen war, stieß Otniel draußen auf Joni. Joni wirkte erschrocken, und Otniel nutzte dies, um ihn auszuhorchen. Es stellte sich heraus, dass Omer Joni ausführlich über die Japaner befragt und ihm befohlen hatte, sofort Meldung zu erstatten, wenn er sie wieder in der Gegend sichten sollte. Er hatte auch gesagt, man solle Jehu im Auge behalten, denn es gebe Gerüchte, dass er in eine Organisation der extremen Rechten involviert sei. Um die Schraube endgültig anzuziehen, tätigte Otniel einen Anruf bei seinem Freund Giora, dem Befehlshaber des Zentralkommandos, um ein bisschen zu schnüffeln. Die jüdische Brigade beim Nachrichtendienst, das wusste er, war aalglatt. Seine Siedlergefährten hatten jahrelang vergeblich versucht, dort einen Maulwurf zu installieren und Zugangswege ins Innere zu finden, doch Otniel hatte entdeckt, dass es sich in dringenden Fällen eher lohnte, wenn er versuchte, Giora zum Reden zu bringen. Diesmal war das Erste, was Giora sagte, nachdem seine Sekretärin das Gespräch durchgestellt hatte: »Otni! Bei euch treiben sich japanische Kamikazes herum, höre ich?«

Noch am gleichen Abend wurde Jenia Freud dringlich in Otniels Haus einbestellt. Er und Chilik hatten gemeinsam einen detaillierten Schlachtplan aufgestellt, um den Maulwurf Schritt für Schritt zu entlarven, der gute und der böse Polizist und das ganze Drum und Dran. Aber Jenia brach nach weniger als einer Minute zusammen, sofort nachdem Chilik das Treffen mit einem Ausspruch eröffnet hatte, den Simeon ben Schetach, der Weise, zu Königin Salome Alexandra sagte: »Fürchte dich nicht vor den Pharisäern und den Nicht-Pharisäern, und nicht vor den Sadduzäern und den Nicht-Sadduzäern, sondern vor den Heuchlern, die böse Taten wie Zimri tun und belohnt werden wollen wie Pinchas.«

Otniel und Chilik durchbohrten die Mathematiklehrerin, die vor ihnen schluchzte, bruchstückhafte Entschuldigungen und Rechtfertigungen ausstieß, mit strengen Blicken. »Jenia«, sagte Otniel im Befehlston, und sie hob verängstigt die Augen. »Geh jetzt nach Hause. Wir werden nachdenken und in Bälde mit dir sprechen. Inzwischen schweigst du.«

Sie verließ den Wohnwagen unter Tränen, barg ihr Gesicht in den Händen, und Chilik und Otniel wechselten vielsagende Blicke.

Das Wasser

Gabi kam in den Wohnwagen zurück und spitzte die Ohren – war Roni da? Die Stille beruhigte ihn, doch dann hörte er das Wasser in der Toilette rauschen. Er setzte sich ins Wohnzimmer und zog ein religiöses Buch aus dem Regal. Er hob den Kopf nicht, als sich Roni seufzend auf das Sofa legte.

Sie schwiegen lange nebeneinander.

Gabi dachte an Uman, die Reise, auf die er verzichtet hatte. Der Traum. Wie sehr hätte er diese Erfahrung gebraucht, die Nähe Rabbi Nachmans. Für seinen Bruder hatte er darauf verzichtet. Der Mensch war eine Frucht der Freude, ohne Freude gab es keinen Glauben, aber wo, wo war die Freude. Gabi war an dem Tag nach Jerusalem gefahren, hatte gedacht, vielleicht doch noch einen Weg zu finden. War bei dem Reiseveranstalter gewesen. Auf der Bank. Hatte eingesehen, dass es keine Chance gab. 1256 US-Dollar für ein Basisarrangement für fünf Tage, plus Visum, plus Transport vom Flughafen, plus Essen. Es würde weniger kosten, wenn es nicht an Rosch Haschana wäre, aber Rabbi Nachman hatte gesagt, all mein Interesse ist Rosch Haschana …

Was für Hindernisse, der Herr bewahre. Er konnte keinen Kredit aufnehmen und wollte es auch nicht. Er wollte nicht das ganze Jahr arbeiten, um diese Reise zurückzuzahlen. Er rechnete nach, was er Roni alles gegeben hatte. Er war sein Bruder, sein Fleisch und Blut, er durfte nicht so denken. Er versuchte Mischnatraktate zu lesen, doch es gelang ihm nicht, sich zu konzentrieren, er legte das offene Buch gegen seine Brust und schloss die Augen.

Roni erfasste die Energien, die Gabi verströmte. Als er beschloss, das Schweigen zu beenden, sagte er als Erstes: »Ich werde dir das Geld besorgen, keine Angst. Es ist unterwegs. Schade, dass du nicht gesagt hast, dass Rosch Haschana dieses Jahr so früh ist …«

Als Reaktion darauf streckte Gabi eine Hand offen aus und wartete. Roni schaute ihn an, sagte nichts. Gabi wartete. Die

Handfläche füllte sich nicht mit Geld. Schließlich sagte er: »Wenn du willst, dann leg hier jetzt viertausend Schekel hinein. Aber ohne zu reden. Ohne zu sagen, gleich oder demnächst oder später. Ohne zu versprechen, dass die Bestellungen in null Komma nichts einlaufen werden oder dass du bei der Bank vorbeischaust, um einen Kredit zu organisieren, oder dich zu beschweren, dass Rosch Haschana dieses Jahr so früh ist.«

Roni blickte auf die ausgestreckte offene Hand.

»Leg hier viertausend Schekel hinein«, wiederholte Gabi, »jetzt. Du sagst die ganze Zeit zu mir, ich soll endlich das tun, was ich wirklich machen möchte, also hier. Das ist es, was ich wirklich machen möchte. Leg das Geld hin, und wenn du es nicht kannst, dann geh weg von hier. Denn wenn ich an Rosch Haschana nicht nach Uman fahre, kann ich keinen Tag länger mit dir in diesem Wohnwagen leben. Das ist mein Zuhause, du bist hier eingedrungen, und ich habe dich schweigend und mit Liebe aufgenommen, und vielleicht bin ich ja nicht gut und nicht stark genug, habe nicht genug Liebe, aber ich kann nicht mehr. Entweder ich reise nach Uman, oder du lässt mich in Ruhe.«

Roni betrachtete die tränennassen Augen seines Bruders, die ausgestreckte Hand, und stand auf. Er zog ein Hemd an, holte den Koffer, den er auf dem Schrank verstaut hatte, herunter und fing an, seine Sachen hineinzuwerfen. Ohne ein Wort sammelte er sie aus allen Ecken des Wohnwagens ein, stopfte sie in den Koffer, zog den Reißverschluss zu. Ging in die Küche, trank ein Glas Wasser. Gabi verharrte in der gleichen Position, die offene Hand ausgestreckt vor sich, als gäbe er ihm noch eine letzte Gelegenheit. Er hätte zu ihm sagen müssen, er solle aufhören, solle bleiben, doch er brachte es nicht fertig. Nach dem Glas Wasser kehrte Roni ins Wohnzimmer zurück, packte den Koffergriff und begann, ihn in Richtung Tür zu schieben. Es fiel kein weiteres Wort. Eine heftige Windbö knallte die Tür gewaltsam ins Schloss, ließ die mageren Flanken des Wohnwagens erbeben.

Es gibt Tage, an denen sich das Wasser und die Seele einander nähern, es liegt etwas in der Luft, etwas im Wind – um mit den

Psalmen zu sprechen, es gibt Tage, an denen einem das Wasser bis an die Seele reicht. Denn in jenen Augenblicken, in denen das Wasser ganz langsam nahte und sich an dem Abhang sammelte, der zu Gabis Seele führte; in jenen Momenten, in denen Roni sich auf den Weg machte und seinen Koffer die Ringstraße von Ma'aleh Chermesch 3 entlangrollte, ohne irgendeine konkrete Ahnung zu haben, wohin er sich wenden sollte; in jenen Sekunden, in denen das gesammelte Wasser überlief, hinuntertropfte und Scha'ulits Seele erreichte und infolgedessen – als das ausschließliche Ergebnis allein dieser Reihenfolge – auch Nirs Seele und beide zu betrüblichen Schlussfolgerungen kamen, wenn sie über ihren gemeinsamen Lebensweg nachdachten; in jenen Minuten, in denen der Sicherheitsminister des Staates Israel einen weiteren erzürnten Anruf vom State Department erhielt und begriff, dass ihm das Wasser bis zu seiner von Kriegsnarben verwundeten Seele reichte…

…Exakt in diesen Augenblicken kam das Wasser immer näher, mit der schäumenden Wucht eines Gebirgsbachs nach einem glutheißen Sommer, der den Schnee vom Vorjahr schmelzen ließ, und gleich würde es sich wie eine schmerzhafte Sturzflut in die zarten Seelen von Nachum, Raja, Schimon (Schimi) und Tehila (Tili) Gottlieb ergießen. Roni schritt noch auf der Straße aus, während ein altes Exemplar der *Washington Post* – jene berüchtigte Ausgabe – im Abendwind herumflatterte. Roni achtete nicht auf die Zeitung, doch vielleicht hörte er die Schreie Tili Gottliebs.

»Was ist los? Was ist passiert?«, fragte Raja entsetzt ihre Tochter und ihren Sohn, die wie ein Sturmwind zur Tür hereinbrachen. Tili öffnete ihren kleinen Mund, in dem die beiden unteren Milchschneidezähne fehlten, rang nach Luft. »Was ist passiert? Was ist denn passiert?«, wiederholte die Mutter. Jetzt hatte Tili Luft gefunden und stieß sie mit einem langen, heftigen Schluchzer aus. »Was ist passiert, Schimi? Was haben sie ihr getan?«

Schimi antwortete: »Kondi hat sie gebissen.«

»Was?! Wo?« Sie hob Tili hoch, wischte ihr die Tränen ab, beruhigte sie. »Wo, zeig's mir, Liebling.« Tili deutete auf ihren Knöchel. Raja hob den Blick und begegnete den Augen ihres Mannes

Nachum. Sie wiegte verzweifelt ihren Kopf von einer Seite auf die andere. Er gab ihr einen düsteren Blick zurück und wusste – das Wasser war da und lief über.

»Das ist die Hündin von Otniel«, sagte er zu ihr, womit er in Wirklichkeit sagte, hör zu, es wird hier keinen staatlichen Untersuchungsausschuss geben, keine Entschuldigung, weder Arrest noch Strafe oder Erziehung von Haustieren, denn das ist der Hund des Sheriffs, und den Sheriff vom Hügel rührt man nicht an.

Raja verband die Wunde. Tili verfiel in ein leises Wimmern und beruhigte sich langsam. Schimi fing an, in der Ecke des Raums mit Bauklötzchen zu spielen, doch er hatte Schwierigkeiten, nennenswerte Türme zu bauen, da der Fußboden schief und krumm war. Wenn man schon von Wasser spricht, das bis zur Seele reicht – geregnet hatte es seit Monaten nicht mehr, doch ein feines Rinnsal aus einem der Rohre floss hartnäckig in diese Ecke, und der PVC-Belag blähte sich, warf sich auf und wellte sich, überzog sich mit Buckeln, Bergen und Tälern. Vielleicht nett für ein Spiel mit der Eisenbahn, aber nicht für Bauklötze, und ein Sofa oder eine Stehlampe konnte man erst recht nicht aufstellen.

»Sie muss eine Spritze kriegen«, sagte Raja zu Nachum, und was sie damit in Wirklichkeit zu ihm sagte, war, dieser Ort, bei allem Respekt, nicht genug, dass er jung, rau und rudimentär ist, nicht genug, dass wir uns als Neulinge auf der untersten Sprosse der Rangleiter befinden und, wenn wir vom Hund desjenigen gebissen werden, der ganz oben auf der Leiter sitzt, nicht berechtigt sind, uns zu beschweren, nicht genug, dass die Arbeit hart ist, die Fahrten lang sind und es wenig Menschen gibt – nicht einmal grundlegende Versorgungsdienste wie eine Poliklinik gibt es.

Nachum gab keine Antwort. Was hätte er auch sagen können?

»Ich will mit ihr in die Klinik fahren.«

»Wo willst du zu einer solchen Zeit hinfahren?«, erwiderte er und blickte auf seine Uhr.

»Ich habe keine Kraft mehr, Nachum.« Das war der Augenblick, in dem das Wasser seinen Weg fand und sich die Bahn zu Rajas Seele brach. »Ich kann nicht mehr. Gib mir eine Poliklinik. Gib mir eine Vermittlungsstelle.«

Ihr Mann blickte seine Gefährtin und seine Tochter an. Seine Haare und sein Bart waren fein und dicht, aber immer noch ziemlich kurz. Sein Gesicht war schmal und lang wie sein Körper und seine Nase, auf der ein dünner Aluminiumrahmen mit den Brillengläsern thronte – eine Anpassung Rajas. Das Optikergeschäft, das er in Ma'aleh Chermesch zu etablieren versucht hatte, kam nicht auf die Beine. Er hatte Geduld, doch manchmal fragte er sich, wozu. Er machte eine Bewegung, die die Brille auf seinem Nasenrücken ohne Handberührung hinaufrutschen ließ, und sagte: »Gib mir Rabbiner. Gib mir eine tägliche Talmudseite zum Lernen. Gib mir drei Gebete mit zehn Leuten zum Minjan.«

Tili lächelte schon wieder. Ihre Eltern schauten einander an.

»Gib mir ein Lebensmittelgeschäft. Gib mir einen Autobus in die Stadt. Gib mir eine reguläre Krippe, einen regulären Kindergarten und eine Schule.«

»Gib mir eine Klimaanlage. Gib mir Steinwände. Gib mir warmes Wasser.«

Nachum blickte durch das Fliegennetzfenster hinaus zu dem Felsen von Nachal Chermesch und jenseits davon zu den Häusern der Siedlung Jeschua. Nicht jeder war für dieses Leben geschaffen. Sie hatten es von ganzem Herzen unterstützt, das Recht darauf und seine Verwirklichung. Aber von weitem: mit Demonstrationen, Petitionen, an der Wahlurne. Auf der Straße vor der Felskante flatterte die Zeitung weiter im Wind herum.

»Gib mir eine Bücherei. Frauenabende. Echte Feiertagsfestlichkeiten.«

»Gib mir ein Gemeindezentrum. Gib mir ein Schwimmbad.«

»Gib mir Kindervorstellungen. Gib mir Tanz- und Judozirkel.«

»Eine Babysitterin.«

»Ja, eine Babysitterin.«

Raja Gottlieb lächelte ihren Mann an. Sie wusste, das Geschäft würde keinen Erfolg haben. Sie war zweimal in der Woche im Laden, half bei den Büroarbeiten, wartete mit Nachum auf Kunden. Man hatte ihnen gesagt, dass sie von der Siedlung kommen würden, von Nachbarsiedlungen, von Jerusalem sogar. Der Prozentsatz an Brillenträgern in der religiösen Bevölkerung war doppelt so hoch wie in der Bevölkerung allgemein. Doch hier waren es wenige. Und sie hüteten ihr Geld, fuhren zu »Optik Halperin« im Malka-Einkaufszentrum. Man hatte ihnen von Lebensart, von Tausenden neuen Siedlern erzählt. Aber diese Regierung, diese Amerikaner… Raja ließ ihren Blick von Nachum zu der winzigen Küche gleiten.

»Gib mir eine normale Küche. Mit einem Ofen in normaler Größe. Einen Kühlschrank in normaler Größe.«

»Und einen normalen Fußboden?«

»Natürlich.« Raja betrachtet das fehlende Linoleumstück in ihrem Küchenboden. Der Kleber, der unter dem Linoleum gewesen war, hatte in den letzten Monaten Staub angezogen, Blätter, Spinnweben und Läuse. Hin und wieder wurde er lebendig. Raja hatte es bereits aufgeben, ihn zu säubern. Sie hatte sich an das Geräusch der klebenden Sohlen gewöhnt, die sich dann schmatzend lösten. Sie hatte das leere Rechteck, den schändlichen Hohlraum, als untrennbaren Teil ihrer Behausung akzeptiert. Vor wenigen Tagen erst hatte sich das Rätsel aufgeklärt: Sie hatte sich mit Scha'ulit Rivlin am Spielplatz unterhalten, und das Gespräch hatte sich hingezogen, die üblichen Themen, Kinder und Kindergärten, Stillen und Kochen, und als die Hitze anstieg und die beiden Schatten suchten, begannen sie, ihre Kinderwagen langsam vom Spielplatz zur Ringstraße zu schieben, und bei ihrem Wohnwagen lud Scha'ulit sie ein, sie setzten sich auf die Schaukelbank im Hof, und die großen Kinder spielten im Haus und klangen zufrieden.

Scha'ulit erzählte Raja nichts von der getrübten Beziehung zu ihrem Mann. Und Raja sagte zu Scha'ulit nichts von ihrer Verzweiflung über das Leben auf dem Hügel. Die beiden erfreuten sich an der Unterhaltung, stützten sich gegenseitig ohne große Worte, hörten einander einfach zu. Und dann, während des Stillens, brauchte Scha'ulit eine Windel und den Schnuller, und sie erklärte Raja, wo sie im Wohnwagen zu finden waren. Raja ging hinein und sah in der Küche ein grünes, eingeklebtes Linoleumrechteck, sauberer und neuer als das Linoleum ringsherum. Sie näherte sich, untersuchte es, maß mit Hilfe von Zeigefinger und Daumen die Länge und Breite, um es nachher zu Hause zu vergleichen, obwohl das gar nicht nötig war, denn für sie war sonnenklar, woher das Stück stammte.

Als sie mit dem Schnuller und der Windel herauskam, sagte sie kein Wort, doch zu Hause maß sie dennoch das fehlende Rechteck mit Zeigefinger und Daumen nach und erzählte es Nachum, der ungläubig dreinblickte und dann wütend wurde: »Ich gehe jetzt dorthin. Ich reiß es aus ihrem Boden. Ich werde diesem Toren zeigen ...«

Doch Raja lächelte gleichmütig und erwiderte: »Lass es, Nachum, es spielt keine Rolle mehr.« Denn sie wusste bereits, dass sie in diesem Stützpunkt, in diesem Wohnwagen, in dieser Küche mit dem lückenhaften Boden nicht mehr lange bleiben würden.

Das Erbrechen

»Jakir!«

»Ja, Papa?«

»Tu mir einen Gefallen, such in deinem Internet, ob es irgendeine japanische Sekte oder Gruppe gibt, die ...«

»Die was?«

»Die... ich weiß nicht. Ein Ganz-Erez-Israel unterstützt? Araber liebt? *Ana aref*, was weiß ich, irgendeine Vereinigung, die irgendwas bei uns sucht ...«

Jakir suchte. Es gab in Japan die christliche Makuya-Bewegung, die mochten Israel. Doch Otniel hatte schon einmal nette Touristen von der Makuya getroffen, und ihm schien nicht, dass diese Geschäftsleute irgendetwas mit ihnen zu tun hatten. Also suchte Jakir weiter: Es gab alle möglichen rechten, neo-faschistischen Bewegungen. Es gab einige Terrorgruppen. Es gab Organisationen, die gegen das herrschende System waren, gegen diese oder jene Minderheiten, einschließlich Arabern. Als er das Wort

»Japaner« tippte und anschließend »Judäa und Samaria«, fand er, inmitten des Morasts, den Google dazu anbot, eine kurze Nachricht auf einer ihm unbekannten Webseite, auf der am oberen und unteren Rand Zahlen und grüne und rote graphische Linien durchliefen. Er zeigte die Nachricht seinem Vater, und Otniel kniff die Augen zusammen, fuhr mit einem dicken, schwieligen Finger, dessen Nagel von der Feldarbeit gelbbraun verfärbt war, über die kleinen flackernden Buchstaben und murmelte mit, während er las:

Die japanische Landwirtschaftsmaschinerie-Firma Matsumata dringt in den israelischen Olivenölmarkt ein.
Die japanische Firma Matsumata (MATS im Dow Jones und im Nikkei) hat ihre Absicht bekanntgegeben, in den israelischen Olivenölmarkt einzusteigen. Der japanische Riese, der sich unter anderem mit Elektronikproduktion, Maschinenbau- und Landwirtschaftsautomatisierung befasst, ist kürzlich in den Sektor des Nahrungsmittelimports/-exports eingestiegen. Das Olivenöl erfreut sich im Kreis des Mittelstands und der Oberschicht in Japan, Korea und China großer Popularität. In diesen Ländern ist das Bewusstsein für eine gesunde Lebensweise, für die Vorzüge biologischer Ernährung und die Effektivität von Olivenöl zur Verminderung von Cholesterin und bei Krebsbehandlung zunehmend gewachsen. Forschungsteams von Matsumata haben Olivenhaine in diversen Lagen im Becken des Mittelmeers untersucht. Die Mitarbeiter der Firma haben spezielles Interesse an palästinensischen Olivenhainen bekundet. Wie berichtet, haben die europäische Union und der japanische Fonds Jaiko einen speziellen Plan zur Unterstützung der palästinensischen Wirtschaft proklamiert, in dessen Rahmen den Investoren Steuererleichterungen und Finanzierung zu günstigen Konditionen gewährt werden. Dank des Plans werden die palästinensischen Oliven trotz der Sicherheitslage preiswerter als die europäischen sein. Darüber hinaus bedeutet Olivenöl aus dem Heiligen Land für die Millionen Christen in Ostasien…

Otniels Finger verließ den Bildschirm. »Das bringt meine Augen um«, sagte er zu seinem Sohn. »Wo wird Ma'aleh Chermesch erwähnt?«

»Ma'aleh Chermesch ist nicht erwähnt. Nur Judäa und Samaria.«

»Was ist dann der Zusammenhang mit uns?«

»Ich habe nicht gesagt, dass es einen Zusammenhang gibt, du hast es gesagt. Es steht nur da, dass sie Oliven von Arabern in Judäa und Samaria suchen.«

»Antisemiten«, sagte Otniel. Das Telefon vibrierte in seiner Hosentasche, und er ging hinaus, um im Hof zu sprechen. Jakir überflog rasch den restlichen Bericht – die Wortkombinationen »technische Ausstattung«, »lokale Olivenpressen« und »Thunfischbüchsen« sprangen ihm ins Auge, doch die wirtschaftlichen Termini ermüdeten ihn. Er horchte mit schräg gelegtem Kopf, um sich zu vergewissern, dass sein Vater ins Gespräch vertieft war, und wechselte mit klopfendem Herzen zu *Second Life*.

Er betrat das virtuelle Lager der Insel »Wiedererrichtung«. King Meir stürzte sich auf ihn, hieß ihn willkommen. »Wo warst du, Held?«, fragte er und streckte die Hand zum Händedruck aus. Wenn es in *Second Life* möglich gewesen wäre, Empfindungen zu übermitteln, hätte Jakirs Händedruck auf King Meir schwach und schlaff gewirkt. »Du glaubst es nicht«, fuhr die bärtige Gestalt mit dem gelben Hemd fort, in den Textblasen zu reden, die über ihrem Kopf schwebten, »es gibt Krawall, Demonstrationen, sie wollen uns rausschmeißen. Ich glaube, dass die Betreiber von *Second Life* mich suchen.«

Jakir geriet in Stress. Suchen? Bald waren die Tage der Buße nach Rosch Haschana und der Tag des Gerichts, Jom Kippur, aber King Meir jubelte vor Glück, und die anderen waren erregt, sprachen von dem Boykott, den Flüchen, den pathetischen Reaktionen der Araber. Sie wollten weitermachen, Angst verbreiten, sprengen, ihnen zeigen, wer wir sind. Doch Jakir gelang es nicht, sich mitreißen zu lassen. Er war beunruhigt. Er wollte nicht in Schwierigkeiten verwickelt werden. Er wollte nicht, dass sie bei ihm an der Tür auftauchten oder in seinem Mailpostfach und ihn beschuldigten, Zerstörung angerichtet, die öffentliche Ruhe gestört, die Verhaltensregeln im Internet gebrochen zu haben. Und dazu kam noch, dass er es nicht fertigbrachte, so sehr er es auch versuchte, Freude über die Sprengung der Moschee zu empfinden. Er verstand nicht, weshalb er das getan hatte und für wen – wer waren diese Leute, seine vermeintlichen Freunde, eine sonderbare Gesellschaft von wer weiß wem und wer weiß woher: Texas? Deutschland? Die Nachbarsiedlung? Wozu sprengte er eine Moschee, einen Ort des Gebets? Er war ein gläubiger Mensch, der selbst oft das Gebetshaus aufsuchte.

King Meir spürte anscheinend etwas, denn er fragte: »Was ist los, Jakir? Alles in Ordnung?« Wenn *Second Life* einen Gesichtsausdruck hätte wiedergeben können, hätten Jakirs Gefährten jetzt ein blasses, gequältes Gesicht gesehen. Er hörte, wie sich sein Vater am Telefon verabschiedete, mit Segenswünschen zu Rosch Haschana: ein gutes neues Jahr und einen guten Eintrag im Buch des Lebens. *Chatima tova* – wie sollte er einen guten Eintrag verdienen? Wie konnte er seinem Schöpfer in die Augen schauen? Er hatte ein Verbrechen begangen, hatte gesündigt, und jetzt würde er seine Strafe bekommen. Wäre es in *Second Life* möglich gewesen, echte Augen zu sehen, hätten die jubelnden messianischen Juden auf der Insel »Wiedererrichtung« in verstörte Augen geblickt, die wie die einer Labormaus hin- und herflitzten.

Die Schritte seines Vaters näherten sich, und Jakir verließ *Second Life* fluchtartig, schaltete den Computer aus und ging rasch in die Hocke, um die Internetverbindung zu trennen, das Stromkabel herauszuziehen, und exakt in dem Moment, in dem die Frage kam: »Jakir, was machst du da unten? Ist was mit dem Computer passiert?«, ergoss sich ein gewaltiger hellbrauner Schwall aus seinem Mund, gesprenkelt mit Fleischbröckchen, Teigstückchen, Kartoffeln und Fruchtfasern, und darauf noch einer und noch einer, unter schweren Erschütterungen seiner Brust und schrecklichem Würgen. Tränen stiegen in seinen Augen auf, während die Wellen in ihm hochschlugen und aus ihm herausbrachen, seinen Magen restlos leerten und er sich weiter krümmte und galligen Speichel spuckte, der einen grauenhaften

סוף

Geschmack hinterließ. Otniel legte seine großen, warmen Hände auf seinen zitternden Sohn, streichelte mit einer zärtlich seinen Nacken, reichte ihm mit der zweiten ein Glas Wasser und sagte nichts außer: »Kleine Schlucke, kleine Schlucke, ganz kleine.«

Die Ausziehenden

Einige Tage nachdem die Geheimdienstinformantin Jenia Freud aus dem Dunkel ans Licht getreten war, bestellte Otniel sie und ihren Mann Elazar zu einer Unterredung unter sechs Augen. Anfänglich hatte Otniel die wenigen Mitwisser – Nir Rivlin, Chilik Jisraeli und seine Frau Rachel – gebeten, die Entdeckung nicht zu verbreiten, damit keine Unruhe entstand. Er torpedierte Chilik immer wieder mit seiner Idee, dass es sich vielleicht lohnen würde, Jenia als Doppelagentin einzusetzen, als Maulwurf. Und vielleicht könnten sie ja über sie an Informationen über die Pläne der Sicherheitskräfte gelangen, was die Evakuierung, den Zaunbau und weiteres anging?

Doch als Gerüchte durchzusickern begannen und sich über den ganzen Hügel zu verbreiten drohten, begriff Otniel, dass die Sache nicht unter Verschluss gehalten werden konnte. Er traf die Entscheidung, die Bewohner selbst auf den neuesten Stand zu bringen, um heißgelaufene Telefone und überflüssigen Stress zu vermeiden und um sie zu warnen, dass sie bei der Wache nicht einschlafen sollten. Das Gespräch mit Jenia und Elazar war der Auftakt für die allgemeine Aufklärung der Stützpunktbewohner.

»Elazar, erklär mir noch mal, was du machst, etwas mit Computer, stimmt's?«, eröffnete Otniel.

»Ich bin Manager für Werbekampagnen bei Google für einige Firmen, teils Jerusalemer, teils amerikanische, die meisten im Bereich der Printindustrie …«

Otniel nickte lächelnd, doch er war abgelenkt, da Rachel eine Kanne Kaffee und einen Kuchen, den Jenia gebacken hatte, auf den Tisch stellte. Er hörte nicht zu. Jenia rieb ihre Fingerspitzen aneinander. Sie lächelte dankbar, als Rachel ihr Kaffee einschenkte, ihre geröteten Augen verrieten nächtelangen gestörten Schlaf. Elazar wirkte noch angespannter als sie, sein Adamsapfel war hyperaktiv. Es herrschte Schweigen. Rachel verließ das Wohnzimmer, um in die Küche zu gehen, Otniel trank einen Schluck Kaffee.

»Warum hast du das getan, Jenia?« Sein Ton war, zur Überraschung der Eheleute, mild, nicht anklagend.

Ein Achselzucken. Ein Flattern der Lippen, niedergeschlagene Augen. Ihre Hand fuhr zaudernd durch die blonde Haarpracht. Ihre breiten Schultern fielen wieder herab. »Ich weiß nicht. Ich … am Anhalterplatz redet eine mit mir. Redet russisch. Ich erinnere nicht, von was wir reden, vielleicht Rezepte, Kekse.« Sie hob zögernd den Blick – vielleicht wollte er diese Details nicht hören, vielleicht war er ungeduldig? Doch Otniels Augen vermittelten Gelassenheit, und seine Hände signalisierten, weiter. Wenn er es eilig hatte oder wütend war, ließ er sich das nicht anmerken.

»Sie hat angerufen. Weiß nicht, wie es passiert ist, wir sind lange in Kontakt. Sie war meine Freundin …«

»Ich habe sie auch gekannt«, mischte sich Elazar ein. »Dalia, ihre Freundin vom Anhalterstand. Sicher.«

»Hast du auch immer mit ihr geredet? Sie getroffen?«

Elazar schüttelte den Kopf. »Ich kann kein Russisch. Und sie ist nie zu uns gekommen.«

»Und nach einiger Zeit fing sie an, über Politik zu reden«, sagte Otniel.

»*Da, da* … du kennst, wie das geht?« Jenia richtete ihren Blick wieder auf den Führer des Stützpunkts.

»Kenn ich, kenn ich. Ich kenne sie gut«, bestätigte Otniel. »Sie hat dir bestimmt erzählt, dass sie selber eine Siedlerin ist. Und hat die Siedlungsbewegung gerühmt. Und hat über die Regierung, die Armee und die Araber geklagt. Und dann hat sie angefangen, von den Extremisten zu reden. Von den Tag-Mechir, diesen verrückten jungen Krawallmachern, die uns alle in Verruf bringen. Die man stoppen muss, weil sie der Besiedlung Schaden zufügen. Wenn wir sie nicht aufhalten, wenn wir sie toben lassen und ihre extremistischen Aktionen zulassen, dann werden sich sowohl die Palästinenser als auch die Armee an uns rächen, und sie werden uns evakuieren… Sie hat dir Angst eingejagt.«

Jenia und Elazar blickten ihn fassungslos an. Das hatten sie nicht erwartet. Sie hatten nicht damit gerechnet, dass das, was Jenia widerfahren war, auf Verständnis stoßen würde. Was Otniel hier demonstrierte, war noch viel mehr als Verständnis. Er hatte genau beschrieben, was passiert war. Aber dann verhärtete sich sein mildes Gesicht, und Jenias und Elazars Herzen setzten einen Schlag aus.

»Aber das ist immer noch kein Grund, deine Freunde zu bespitzeln.«

»Richtig«, stimmte Jenia hastig zu. »Ich…«

»Wir können einen solchen Verrat nicht hinnehmen.«

»Sie haben mir gesagt, du verfolgst bloß Jehu. Ist wie wildes Kraut, Jugend von den Hügeln. Ich verrate nicht Stützpunkt. Ich suche nicht andere Leute.«

»Wir haben gehört, dass du auch etwas über Roni Kupfer gesagt hast.«

»Sie haben gewollt, Roni Kupfer, aber ich kenne nicht. Und er ist nicht von Bewohner. Ich gebe ihnen gar nichts über ihn! Und über Bewohner! Bloß Jehu!«

»Jehu ist einer der unseren«, sagte Otniel ungerührt. Die Liebenswürdigkeit war aus seiner Stimme verschwunden. »Auch über ihn hast du niemandem irgendetwas zu berichten.«

»Klar, ich berichte nicht mehr etwas.«

»Und keine schlauen Spielchen mehr. Egal, was passiert, wie es passiert und wer – du kommst sofort zu mir.«

Sie nickte: »Klar, klar.«

»Ich werde mit allen reden«, schloss Otniel. »Ich bin lange genug in diesem Geschäft. Diese Bastarde wissen, wie man jemanden erwischt, hineinzieht und auf seine Schwachstellen festnagelt, sie wissen, wie man die Leute verwirrt und Dinge aus ihnen rausholt, ohne dass sie begreifen, was sie sagen. Diesmal vergeben wir dir, Jenia. Dieses Mal.« Er richtete einen strengen Blick auf Elazar. »Bring sie nach Hause und erklär's ihr. Beim nächsten Mal wird keiner Nachsicht walten lassen. Das liegt jetzt in deiner Verantwortung, Mann. Nimm sie in deine Hände.«

Jenia schoss einen ängstlichen Blick auf ihren Mann ab. »*Tschto eto*, ›vergeben‹?«, wollte sie wissen. Elazar zitterte. Sein Adamsapfel rotierte. Er senkte den Blick.

»Ja, sicher, Otni, in meiner, du brauchst dir keine Sorgen zu machen.« Er ergriff den Arm seiner Frau und stieß sie leicht an, damit sie aufstand. »Danke, Otni.« Er schob sie in Richtung Ausgang. Es war klar, dass Elazar Otniels Wohnwagen so schnell wie möglich verlassen wollte, bevor dieser es sich anders überlegte.

Die Nachricht erschütterte die Menschen im Stützpunkt. Gavriel Nechuschtan war im Namen aller beleidigt, und Neta Hirschson kochte vor Zorn, Jakir empfand einen Hauch von Mitleid für die hochgewachsene Frau, die böse manipuliert worden war, und Jehu verschwand wieder für einige Tage. Und Elazar Freud machte vor lauter Entsetzen und Schock tagelang gar nichts, war nicht fähig, seiner Frau in die Augen zu sehen. Nachdem sie jedoch unter Tränen, aber mit Nachdruck versuchte, von ihm zu erfahren, was geschehen würde, fiel er ihr um den Hals und schluchzte, ohne ein Wort zu sagen.

Nachum Gottlieb wusste, dass bei dem kürzlich gelesenen Wochenabschnitt der Thora *ki teze*, wenn du ausziehst, die Rede davon war, in den Krieg zu ziehen, nicht von einem Auszug aus der Sklaverei oder einem Aufbruch von einem Ort zu einem anderen, doch in jenen heißen Tagen, als das Jahr selbst kurz vor seinem Auszug stand, konnte er nicht umhin, diese Zeile als einen Wink zu verstehen, eine Weisung von oben, dass er und Raja und ihre Kinder, Schimi und Tili, genau das tun mussten. Nachdem sie die Entscheidung getroffen hatten, informierten sie Rachel Asis, begannen die formalen Abwicklungsprozeduren des Optikgeschäfts in Ma'aleh Chermesch einzuleiten, teilten den Mietern ihrer Wohnung in Schiloh mit, dass sie zurückkehrten, meldeten die Kinder im Kindergarten an und so weiter und so fort. Nachum und Raja, seine Gefährtin, verspürten immense Erleichterung und begannen, ihren Nissan Winner mit Hab und Gut zu füllen, um alles nach und nach wieder in ihr früheres Leben zu überführen.

Auch Jakir zog aus – aus *Second Life*, auf Nimmerwiederkehr, doch grübelte er weiter über die stürmischen Geschehnisse dort nach, über ihre Bedeutung und ihre Konsequenzen; seine Schwester Gittit begann, mit Jonis großzügiger Hilfe aus ihrer Unschuld auszuziehen, tastete sich in einem neuen, spannenden Dunkel vor, entdeckte ungekannte, wundersame Empfindungen und Gefühle; und Scha'ulit Rivlin, deprimiert von der düsteren Atmosphäre zu Hause, verzweifelt von der Unsensibilität und dem wachsenden Egoismus ihres Ehemanns Nir, dachte ebenfalls über die Möglichkeit nach, zu neuen Ufern aufzubrechen; ganz zu schweigen von dem Stützpunkt Ma'aleh Chermesch 3 selbst, seinen Menschen, Gewächsen und Bauten. Die Chancen dafür, dass der ganze Ort oder zumindest seine Bewohner den Auszug antreten mussten, erhöhten sich stetig, denn der gemäßigte, aber nachhaltige Druck seitens der Staatssekretärin und der Botschaft der Vereinigten Staaten war durchaus dazu angetan, am Ende eventuell den breiten Rücken des Sicherheitsministers zu brechen.

Unterdessen, nachdem er vom Haus seines Bruders Gavriel ausgezogen war, schritt Roni aus, rollte den großen Koffer neben sich her und stellte im Kopf Berechnungen an, fragte sich, wohin er sich wenden sollte, und gab sich selbst die Antworten darauf. Vielleicht sollte er sich einen Platz am Hügel suchen, um seinen Kopf zu betten? Zum Beispiel in dem beinahe fertigen, aber noch nicht bezogenen »Zimmer« seines Bruders? Eine Decke im Mamelstein-Garten ausbreiten? Den Kopf auf die zerfledderte Wolle der Kamelstute von Sasson legen? Oder sollte er vielleicht überhaupt alles hinter sich lassen und hinunter in die Küstenebene fahren, die er seit Jahren nicht mehr aufgesucht hatte, mit ihren bunten Lichtern und der dichtgedrängten Bebauung, voll von Menschen?

Nein und nein, nein und nein und nochmals nein – so lauteten die Antworten. Er ging weiter vor sich hin, von der Ringstraße hinaus nach Süden, schritt durch die Felder von Otniel Asis, stieg die Trassen hinunter und zwischen den Olivenbäumen Mussa Ibrahims wieder hinauf. Sein Geschäftspartner. Er würde sein Vertrauen in ihn setzen und ihn darum bitten, ihn bei sich aufzunehmen. Sollte es Gabi und seine Siedlerfreunde, die nicht fähig waren, mit ihren Nachbarn in Frieden zu leben, in der Luft zerreißen. Er war sogar bereit, in der Ölpresse zu übernachten, nahe den Oliven, dem großen Mahlstein, eingehüllt in den Geruch des Öls. Warum nicht? Wenn das sein neues Leben war, wenn das ab jetzt die Quelle seines Lebensunterhalts war, dann hatte er als ein echter Landarbeiter zu leben, der die Erde und ihre Frucht am eigenen Leib spürte.

Er klopfte an Mussas Tür. Seine Frau öffnete, warf einen überraschten Blick auf den Koffer und sagte: »*Ahlan*, Roni.«

Sie führte ihn hinein und servierte schwarzen Kaffee mit Kardamom. Mussa würde gleich kommen, versicherte sie. Roni saß in dem einfachen Wohnzimmer und hätte sich gern mehr zu Hause gefühlt als bei seinem Bruder. Das würde noch kommen, versprach er sich. Und auf alle Fälle war ja nicht hier sein neues Zuhause, sondern in der Ölpresse.

Mussa traf ein. Roni stand auf und lächelte. Sie schüttelten einander die Hände. Mussa betrachtete Ronis großen Koffer und hob dann lächelnd den Blick.

»Bald ist der erste Regen«, sagte Roni, »oder? Spürst du es in den Knochen? Man sieht schon die Wolken. Man sieht, dass sie wollen, nicht?«

»Setz dich, Roni, setz dich«, sagte Mussa. »Hast du Kaffee bekommen?«

»Hab ich.«

»Ja, bald kommt der Regen. Bald sind die Oliven reif. Das ganze Dorf wartet.«

»Auch wir warten, Mussa, auch wir. Ich möchte schon mittendrin sein. Bei der Ernte, arbeiten, das Öl produzieren.«

Mussa blickte ihn an. Roni schaute zurück.

Nach einigen Sekunden Schweigen fragte Roni: »Was?«

Und Mussa sagte: »Haben sie nicht mit dir geredet?«

»Über was mit mir geredet?«

Die Entscheidung

Das Büro des Sicherheitsministers. Die Sitzung des Außen- und Sicherheitsausschusses war zu Ende, und nun machten sie mit einer eingeschränkten und kurzen Besprechung – wie sie zumindest hofften – weiter, der Minister, Malka, sein Assistent für Siedlungsangelegenheiten, Giora, der Befehlshaber des Zentralkommandos, und Avram, Chef der Abteilung zur Vereitelung staatlicher Unterminierung im Schabak, dem Nachrichtendienst. Der Ministerialamtsleiter ließ mitteilen, er käme in sieben Minuten.

»Ja, Malka?«, sagte der Sicherheitsminister. Seine Augen waren rotgerändert von Schlafmangel, seine Nerven zerrüttet vom Außen- und Sicherheitsausschuss, in dem man ihn, wie üblich, von allen Seiten unter Beschuss genommen hatte: Ein Palästinenser, der versehentlich in Nablus getötet worden war, ein Zaunabschnitt, der an der Grenze zum Libanon durchbrochen worden war, der Abbau von Sperren auf irgendeiner Straße, der Erwerb von Computersystemen für Panzer, der Verkauf von Computersystemen für chinesische U-Boote, eine Forderung nach dem Bau einer Straße in den besetzten Gebieten, Opposition gegen den Bau einer Straße in den besetzten Gebieten, Arbeitsunterbrechungen beim Trennzaun, Aufdeckung von Misshandlungen im Offizierslehrgang – es gab keine Entscheidung, die das Ministerium traf, und kein Ereignis, das irgendwo geschah, zu denen sich nicht irgendein Ausschussangehöriger fand, der ihn angriff, wütend auf ihn war, ihn kübelweise mit Hohn und Verachtung übergoss, und der Minister war gezwungen, Erklärungen abzugeben, sich zu rechtfertigen und zu verteidigen.

»Was besprechen wir?« Er nahm sich zwei Begele aus der Schale auf dem Tisch vor ihm, er aß sie immer paarweise.

»Genehmigung des Baus der Straße 991.« Giora erhob sich und erläuterte die Situation auf der Landkarte. Avram klopfte nervös mit einer Zigarettenschachtel auf den Tisch. Die Diskussion wurde träge geführt. Giora erklärte die strategische Bedeu-

דופ

tung der Straße. Malka gab einen Überblick über den politischen Druck für und gegen die Straße. Der Minister kannte Malkas Ansichten gut und wusste daher, wie er mit seinem »Überblick« und seinen scheinbar objektiven Aussagen umzugehen hatte. Er hatte sogar eine mathematische Berechnungsmethode entwickelt, um zu verstehen, was in Wahrheit hinter der Position des Assistenten steckte, indem er eine Durchschnittsmenge zwischen dem, was Malka sagte, der Meinung des Ministerialamtsleiters und der Entscheidung der Etatabteilung im Finanzministerium bestimmte. In der Frage der Straße jedoch herrschte ausnahmsweise Einstimmigkeit.

Hin und wieder berichtete sein Sekretär zwischendurch von einem eingehenden Gespräch oder einem Besuch. Der Minister war hungrig, und vorher, auf dem Weg von der Ausschusssitzung zum Ministerium, war ihm ein kleines Malheur auf der Toilette passiert. Er hatte sich die Hosen nass gemacht, da sich sein Urinstrahl wegen eines Härchens, das dort hing, gespalten hatte, was ihm nicht aufgefallen war, bis er die Feuchtigkeit spürte.

»Okay, bringen Sie mir die Papiere zum Unterschreiben«, entschied er mit gesenkten Lidern. Er wusste, dass er eine Menge Kritik für diese Straße kassieren würde. Er wusste, dass er Anrufe von Botschafter Milton White, von der Staatssekretärin, vom Oppositionsführer und von Vertretern der Linken im Ausschuss in der nächsten Woche erhalten würde, ganz zu schweigen vom Sender der Militärwelle, der UN und den Friedensbewegungen. Nu, sollten sie eben wütend sein. Sollten sie anrufen. Man musste im Leben vorwärtsschauen. »Noch etwas in diesem Forum?«, fragte er seinen Assistenten, während er den Papierkram unterschrieb.

»Ja, was Kleines, um ehrlich zu sein. Gerade reingekommen.«

Die Augen wandten sich Malka zu. »Was?«, fragte der Minister.

»Der japanische Botschafter hat eine formelle Beschwerde über diese Geschichte mit der konspirativen, anti-muslimischen japanischen Sekte geschickt, die Waffen an extremistische jüdische Elemente in den Gebieten übermittelt.«

Die Augen des Ministers weiteten sich. »Die Sekte, die… was haben Sie gesagt? Eine Beschwerde über was?« Er richtete seinen Blick auf den Leiter der jüdischen Brigade im Schabak, der an einem Versuch zu arbeiten schien, sich in seiner Zigarettenschachtel zu vergraben. »Ich verstehe nicht ganz. Könnte mir jemand erklären, was hier vorgeht?«, verlangte der Minister. Malka zog die Schale mit den Begeles näher zu sich heran und fischte zwei heraus, in perfekter Imitation seines Vorgesetzten.

»Lassen Sie, das ist eine schwachsinnige Geschichte«, versuchte Avram auszuweichen, obwohl er wusste, er würde damit nicht durchkommen.

»Was ist schwachsinnig, ich habe hier eine Beschwerde aus Japan auf dem Tisch. Kapieren Sie, was das heißt, Japan?«, entgegnete der Minister. Jetzt wurde er langsam neugierig. »Rufen Sie den Ministerialamtsleiter«, sagte er zu seinem Assistenten.

»Es gibt«, begann Avram sichtlich widerwillig, »irgendeine japanische Firma, die mit einem Olivenölprojekt in den Gebieten einsteigt. Sie haben mit palästinensischen Olivenbauern in der ganzen Westbank abgeschlossen. Sie errichten eine große Ölpresse bei Ramallah mit ihrem Equipment, alles offenbar auf dem neuesten Stand der Technik…«

»Ah, Matsumata«, sagte der Sicherheitsminister. Und angesichts der überraschten Blicke ringsum, versetzte er: »Ich habe es in *The Marker* gelesen. Unterstützung von der EU und von Jaiko, Steuervergünstigungen und das Ganze.« Natürlich wusste er mehr. Der japanische Druck hatte einen nicht unbeträchtlichen Anteil am einstweiligen Baustopp des Trennzauns entlang dieser Trasse, eine Geschichte, von der nur wenige außer dem Regierungsoberhaupt, dem Sicherheitsminister und dem Leiter der Sperranlagenverwaltung wussten. Vielleicht auch noch Malka. Der Minister warf einen unschlüssigen Blick auf seinen Assistenten und stellte sich dumm. »Also, warum beschweren sie sich?«

Avram wechselte einen Blick mit Giora und seufzte. »Jemand hat uns einen Streich gespielt. Bei einer ihrer Besichtigungstouren sind die Japaner aus Versehen in einen der Stützpunkte geraten. Und jemand in diesem Stützpunkt hat verbreitet, dass…«

»Welcher Stützpunkt?«

Malka schluckte. Avram senkte die Augen. »Ma'aleh Chermesch 3«, sagte er.

Der Sicherheitsminister verharrte abrupt auf dem Höhepunkt seiner Beschäftigung, die Begeles zu zermahlen. Malka befürchtete, er würde daran ersticken, und reichte ihm ein Glas Wasser. Die Augen des Ministers waren weit aufgerissen und rot. Er schluckte hinunter, trank Wasser nach, und einige Sekunden lang war sein Blick auf einen zufälligen Punkt auf der anderen Seite des Raumes fixiert, fast gelassen. Die Bilder kehrten wieder und mit ihnen die Empfindungen. Das verfluchte »Kuschkusch«, das unwiderruflich an ihm klebte. In jedem zivilisierten Staat hätte man die Siedlung liquidiert und alle ins Gefängnis geworfen. Es war ihm egal, ob er und seine Vorgänger Genehmigungen erteilt oder ein Auge zugedrückt hatten, wie sich Malka bemüßigt fühlte, ihm bisweilen in Erinnerung zu rufen. Das war keine Ausrede. Nicht mehr.

Er fragte: »Ma'aleh Chermesch 3? Schon wieder die? Kaum habe ich die Amerikaner und Schalom Achschav ein bisschen von denen abgelenkt und sie dazu gebracht, sich mit der Straße 991 zu beschäftigen … Gab es in Bezug auf die Siedlung nicht irgendwas vom Obersten Gerichtshof?«

»Ist noch am Laufen«, verteidigte sich Avram. »Die Staatsanwaltschaft hat eine Erwiderung auf die Petition eingereicht, in Ihrem Namen, im Namen des Truppenkommandeurs der israelischen Armee in der Westbank, im Namen des Leiters der Zivilverwaltung und im Namen des Kommandeurs der Distriktpolizei des Informationsdiensts. Ihre Seite hat bestätigt, dass es sich um einen illegalen Stützpunkt handelt, aber da die Ressourcen anderweitig orientiert sind, wurde darum gebeten, die Evakuierung zu verschieben.«

»Okay«, sagte der Minister und streckte erneut zwei Finger nach den Begeles aus. »Nu, also, jemand hat sich einen Spaß erlaubt, haben Sie gesagt?«

»Und hat in Umlauf gesetzt, dass die Japaner von Matsumata irgendeine konspirative, terroristische Sekte sind, die Waffen an extremistische Juden in Stützpunkten liefert. Sie haben sogar den Namen von irgendeinem Jungen auf dem Hügel genannt, den sie allem Anschein nach im Stützpunkt besucht haben, um mit ihm einen Handel abzuschließen. So was in der Art.«

»Okay. Also hat irgendein Siedler eine unsinnige Geschichte herumerzählt. Und wie ist es dazu gekommen?« Er hob das japanische Fax hoch, das Malka ihm hingelegt hatte, und wedelte damit, halb um sich Kühlung zu verschaffen, halb wie ein demagogischer Redner.

»Wer diese Geschichte gehört hat, war unsere Informantin in der Siedlung. Sie hat sie uns hinterbracht. Und es gab irgendein Missverständnis, man hat die Geschichte nicht mit Matsumata in Verbindung gebracht, hat die Fäden nicht verknüpft, und wir haben eine Warnung rausgegeben, es gab irgendwie ein kleines Zusammentreffen von unseren Kameraden mit den Japanern.« Der Sicherheitsminister neigte den Kopf, stützte die Stirn in seine rechte Hand. »Und unsere Informantin wurde entlarvt«, fuhr Avram fort. »Das war eigentlich der Kern von dem ganzen Streich, denn man hatte sie im Verdacht und…« Avrams Stimme verebbte, verlor sich wie ein Spaziergänger immer weiter im dunklen Wald.

Der Minister hatte seine Haltung nicht verändert. Im Raum war es still. Das gedämpfte Klingeln eines Telefons war jenseits der Tür zu hören. Die letzten Tage waren nicht leicht gewesen. Am Wochenende war sein geliebter Hund, Army, nach langer Krankheit verschieden. Army lebte zwar bei seiner Geschiedenen, seiner ersten Frau, aber dennoch war es sehr schmerzlich. Heute Morgen hatte seine zweite Frau angerufen, um ihm zu erzählen, dass die beiden Kloschüsseln verstopft waren. Und die feuchte Hose bereitete ihm Unbehagen, ihm kam es so vor, als ob ihr ein schwacher Geruch nach Urin entströmte. Nicht deswegen jedoch sagte er, was er sagte, als er wieder zu reden anhob. Auch nicht wegen des Drucks, der Fragen, der Forderungen und Beschuldigungen, die aus allen Richtungen in der Sitzung des Außen- und Sicherheitsausschusses auf ihn eingestürzt waren, de facto täglich und stündlich auf ihn einprasselten, bei Sitzungen und Besprechungsterminen, bei Telefongesprächen und in der Presse. Auch nicht wegen der Straße 991, deren Baugenehmigung er gerade unterschrieben hatte, sozusagen als Geste an die Siedler und die Rechtsparteien oder weil es vielleicht einer ausgleichenden Aktion bedurfte, die die Kritiker besänftigen würde, eines kleinen Bonbons für die Amerikaner, die Linken und den Generalstaatsanwalt – schließlich war fast jede Amtshandlung dazu bestimmt auszugleichen, zu besänftigen, eine Geste für jemanden zu machen, der verletzt worden war ...

Nein. Kein einziger dieser Gründe stand hinter dem Satz, der aus seinem Mund kam, sondern das Gesetz. Schlicht und ergreifend das Gesetz. Das Gesetz aus dem Gesetzbuch des Staates Israel und das internationale Recht, zu dessen Wahrung sich der Minister getreulich verpflichtet sah.

Er hob den Kopf, ließ seinen Blick über die Gefährten um den Tisch herum schweifen, legte das Fax auf der dunklen Mahagoniplatte ab, richtete es so aus, dass die Ränder exakt mit der Tischkante abschlossen, und dann sagte er: »Giora, räumen Sie diesen Stützpunkt. Diesmal ist es mir ernst. Ohne Spielchen. Ziehen Sie mir diesen Dorn aus dem Hintern. Er hat mir schon zu viel Zeit gestohlen. Viel zu viel.« Er reichte Malka das Fax, erhob sich und verließ den Raum.

Aasgeier

Der Abflug

Die Erkenntnis traf ihn am Abend vor Schavuot, dem Wochenfest. Er saß mit weißem Hemd im Speisesaal und fühlte sich lächerlich. Es gab Familien, die zusammensaßen, doch er wollte nicht bei Vater Jossi sitzen, er saß nie im Speisesaal mit ihm zusammen. Kinder sangen Erntefestlieder, und er kannte weder die Kinder noch die Lieder. Und Roni war in Tel Aviv, ließ es sich gut gehen, lebte in der Wohnung des Vaters seiner Freundin und züchtete Goldfische. Und arbeitete in irgendeinem Pub. Für Gabi klang das alles zwar nicht besonders verlockend, dennoch ärgerte es ihn, dass sein Bruder ihn nie aufforderte mitzukommen, wenn er ungefähr einmal im Monat zu Besuch kam. Auch hier lud ihn niemand ein, sich anzuschließen. Er sah seine Kindheitsfreunde, Jotam und Ofir, wie sie mit ihren Freundinnen dasaßen und sich an dem allgemeinen Gesang beteiligen. Er sah die Soldaten mit den schweren Lidern, die Freiwilligen mit ihrer glatten Haut und ihren blauen Augen.

Er war im Kibbuz nicht mehr integriert. Die Jahre nach der Armee waren verhältnismäßig ruhig für ihn vergangen. Nachdem er einige Betriebszweige durchwandert hatte, war es ihm gelungen, sich endlich niederzulassen – bei den Bananen. Die Pflanzungen befanden sich am Ufer des Sees Genezareth, etwa vierzig Minuten Fahrzeit vom Kibbuz. Die Banantschiks, wie man sie nannte, verbrachten die Tage im Freien, am Ufer des großen Gewässers, unter den breiten Blättern, Mahlzeiten in Vierer- oder Sechsergruppen in der friedlichen Picknickecke, eine Kajakrunde im glatten See, wenn man Lust verspürte, sich auszulüften. Die Arbeit war nicht leicht – die Banane war eine anspruchsvolle Frucht mit kurzer Lebensdauer, was jeden Winter das Graben neuer Pflanzmulden erforderte, jeden Frühling die Rodung und Neuanlage der Plantage, endloses Jäten. Auch an diesem Morgen, am Tag vor dem Fest, als die Bananenfinger in ihren Blättern grünten, sich zu Büscheln zusammenscharten, und die Sonne vom Beginn des Sommers kündete, schwitzte er wie ein Ochse, während er einen Bewässerungsgraben mit der Hacke aushob. Aber Gabi schreckte vor harter Arbeit nicht zurück. Es war nicht die körperliche Anstrengung, an der er bei seinen vorigen Arbeiten gescheitert war – es waren der intensive Geruch der Tomaten auf dem Feld gewesen, die Allergie gegen den Fertigrasen im Werk und das überhebliche Verhalten Dalias, die für die Hauswirtschaft verantwortlich war. Auch aus der Armee schied er nicht wegen physischer Schwierigkeiten aus, sondern weil sich unverschämte Köche geweigert hatten, ihn zu verpflegen.

Auf einmal, inmitten des festlichen Essens, begriff er, an wen er sich selbst erinnerte: an Ezra Dudi. Als sie Kinder waren, hatte Ezra Dudi, der zehn Jahre älter war als sie, immer allein im Speisesaal gesessen und stets das gleiche Essen verzehrt – Käse, Tomaten und eine Scheibe Brot. Und in der Basketballhalle hatte er immer allein auf den Korb geworfen, stundenlang. Und im Werk, wie sich Gabi erinnerte, bediente er den Gabelstapler mit schweigender Präzision, beförderte die vorgefertigten Rasenmatten in die Packhalle und die verpackten Pakete zu den Speditionslastwagen. Tag für Tag traf er allein im Speisesaal ein, in Arbeitskleidung, ein bisschen schmutzig im Gesicht, mit einem Bart, der immer wilder wucherte.

Gabi sann darüber nach, dass er Ezra Dudi nie mehr als ein oder zwei Worte mit jemandem wechseln hatte sehen. Er lebte im Kibbuz mit seiner Mutter, die nach dem Krieg allein aus Europa gekommen war und nicht viel von ihrer Vergangenheit erzählte, aber von hier und dort – ihr Akzent, ihr hellhäutiges Erscheinungsbild, biographische Verweise der einen oder anderen

Art – flickten die Leute eine bruchstückhafte Geschichte zusammen und schlossen, dass sie ursprünglich aus dem »Ostland«, den Ostgebieten stammte; vielleicht hatte sie ein paar Jahre im sibirischen Gulag verbracht, vielleicht war sie im Zuge des Vertriebenenabkommens befreit worden. So oder anders, im Kibbuz kam sie allein an, ohne alles, und zehn Jahre später gebar sie ihren Sohn, Ezra Dudi. Auch diesmal blieb der Großteil im Dunkeln: Sie wurde schwanger und entband einen dunkelhäutigen, niedlichen Säugling, daran bestand kein Zweifel, doch kein Mensch erfuhr jemals, wer der Vater war.

Ezra Dudi war etwas merkwürdig. Sein Haar hatte nicht die richtige Länge, sein Bart war zu struppig. Seine Augen waren schwarz und groß mit einem sanften, wenngleich etwas unzugänglichen Ausdruck. Er sah ein bisschen aus wie Herzl, nur eben ein Kibbuznik und mit Lockenkopf. Seine Kleider passten irgendwie nicht für seinen großen Leib. Und auch sein Name, den keiner begriff – warum zwei Namen? Waren beides Vornamen? Und wenn einer von ihnen ein Familienname war, was für eine Art Name war das?

An dem Blick, der ihn aus den Augen der kleineren Kinder im Kibbuz traf, erkannte Gabi, dass er selbst zu einer Art Ezra Dudi geworden war – mit seiner seltsamen Einsamkeit im Speisesaal, seinem Schweigen und dem müßigen Herumstreifen, und vielleicht sogar in seinem Aussehen, denn er gab sich selten mit Rasieren und Haareschneiden ab und blieb meistens in Arbeitskleidung und in Arbeitsschuhen. Kummer überfiel ihn. Während der Feiern der Erstlingsfrüchte hatte er das Gefühl, dass er das Geschehen am Rande beobachtete, nicht beteiligt, nicht zugehörig war, und er begriff: Das war ein Problem. Er wollte nicht als Sonderling angesehen werden. Doch er wusste nicht, was er dagegen tun sollte. Ihm war schon klar, dass er nicht wirklich wie Ezra Dudi war, der angeblich an einem leichten Gehirndefekt litt. Sein Verstand und seine Seele waren mehr oder weniger gesund, die Kurzschlüsse in seinem Hirn, die es immer mal wieder gegeben hatte, waren Abweichungen im Normbereich – die Armeepsychologen, mit denen er in seinem Militärdienst gesprochen hatte, hatten das bestätigt und hinzugefügt, dass er über eine hohe Intelligenz und Ausgewogenheit verfüge. Doch er hatte kein Geld, um aus dem Kibbuz wegzugehen, und Tel Aviv lockte ihn nicht. Mit Vater Jossi zu reden war ihm unangenehm, und wenn Roni zu Besuch kam, hatte er das Gefühl, dass sein Bruder im Grunde kein Interesse an ihm hatte.

Wie bereits zuvor an wichtigen Scheidewegen in seinem Leben half Onkel Jaron, ihm die Richtung zu weisen. An dem Wochenende nach dem Schavuotfest fuhr Gabi zu ihm, in den Kibbuz auf den Golanhöhen, genoss wie immer die kühle Luft und den schweren Geruch nach Kuhmist, den er, während er in der groben, geräumigen Hängematte lag, tief in die Brust sog.

»Das ist wie im Ausland«, lächelte der Neffe den Onkel an, und dieser erwiderte: »Woher weißt du das, du warst nie im Ausland.«

Der Neffe sagte: »Stimmt, aber hier ist das nächste an Ausland, was für mich möglich ist, also lass uns sagen, es ist wie Ausland.«

Worauf der Onkel fragte: »Willst du ins Ausland fahren?«

Und der Neffe hielt einen Augenblick inne, nicht im Schaukeln in der Hängematte, denn die bewegte sich kraft Trägheitsgesetz der Masse, sondern in seinen Gedanken, denn er hatte noch nie an diese Möglichkeit gedacht.

Und dann fiel ihm ein, weshalb er nie an die Möglichkeit gedacht hatte, und er sagte: »Wie soll ich ins Ausland fahren? Ich hab keinen Groschen in der Tasche.«

Onkel Jaron, mit seinem kahlen Eierkopf, seinem Glasauge und seinem halb weggesprengten Ohr, wirkte älter als sonst. Bisher hatte Gabi dem keine Beachtung geschenkt, doch Onkel Jaron Kupfer hatte nie geheiratet, nie eine Familie gegründet; er war mit dem Kibbuz verheiratet oder, richtiger gesagt, mit den Golanhöhen. Hatte ihnen gehuldigt mit seinem Auge und seiner Ohrmuschel, und sie gaben ihm dafür Erde, Basalt und frische Luft. Er blickte seinen Neffen an und sagte:

»Hör zu.« Und Gabi hörte zu.

Onkel Jaron erzählte, dass ihm, nachdem er sämtliche Angelegenheiten erledigt hatte, die mit dem Tod seines Bruders Ascher und seiner Schwägerin Riki in Zusammenhang standen – das Begräbnis, die Ausrichtung der Trauerwoche, die Suche nach einem Kibbuz für die Kinder, Verkauf der Wohnung in Rechovot, Lokalisierung der Ersparnisse und Auflösung der Bankkonten –, eine stattliche Geldsumme geblieben war. In Absprache mit Rikis Vater und Schwester hatte er ein Sparkonto für Roni und Gabi angelegt, bis zu ihrem einundzwanzigsten Lebensjahr. Dieses Konto verheimlichte er dem Kibbuz, der die Kinder aufnahm. Der Kibbuz erhielt ohnehin einen hübschen Batzen als Anteil für das Eingliederungsarrangement. Sie mussten nicht alles bekommen, hatten Jaron, der Großvater und die Tante beschlossen. Das Sparkonto wuchs, trug Zinsen und schwoll mit den Jahren an, und Onkel Jaron behielt es weiter im Auge, lenkte es in die richtigen Kanäle und stockte es mit eigenem Geld auf. Denn Onkel Jaron hatte, abgesehen von dem Verantwortungsgefühl, das sich von selbst verstand, entsetzliche Schuldgefühle. *Er* hatte Ascher und Riki an jenem Wochenende in seinen Kibbuz eingeladen, *er* hatte sie überredet, in der Nacht und nicht in der Früh, wie sie geplant hatten, zurückzufahren. Und deswegen gab er sein Geld – so viel er als Genosse eines Pionierkibbuz auf den Golanhöhen verdiente – in die Sparanlage. Als der Großvater, Rikis Vater, starb, floss noch einmal eine ordentliche Portion auf das Konto.

Gabi fragte: »Warum hast du bis jetzt nichts davon gesagt?«

»Ich habe darauf gewartet, dass du zu mir kommst, wenn du es brauchst. Ich habe gewusst, dass es eines Tages geschehen wird. Mit Roni war es das Gleiche.«

»Roni?« Gabi reckte seinen Kopf schräg über den Rand der Hängematte.

»Roni hat seinen Anteil erhalten, als er das entsprechende Alter überschritten hatte und Geld brauchte. Was meinst du, wie er das Studium bezahlt hat und Teilhaber in dem Pub geworden ist? Nur kraft Arbeit und Energie?«

»Er ist Teilhaber in einem Pub geworden?«

»Wir haben eine hübsche Summe für ihn lockergemacht, und er hat sie in das Geschäft investiert. Ansonsten hätte er keine solche Geschäftspartnerschaft erhalten.«

»Aber was soll ich im Kibbuz sagen, woher hab ich auf einmal Geld, um ins Ausland zu fahren?«

»Sag, dass es ein Geschenk von deinem Onkel Jaron ist«, meinte Jaron.

Gabi schwieg, schaukelte in der Hängematte. Ausland. Wollte er das wirklich? Was würde er dort anfangen? War es das, was seine Eltern gewollt hätten, als sie ihm Geld hinterlassen hatten? Was war mit einem Studium an der Universität? Er hatte in letzter Zeit auch darüber nachgedacht, doch er hatte keine Ahnung, was er studieren sollte.

Onkel Jaron schien seine Gedanken zu lesen und sagte: »*Jalla*, fahr. Hör auf, dir den Kopf zu zermartern. Das ist genau das, was deine Eltern gewollt hätten. Und ich auch.«

»Bist du sicher?«

»Klar bin ich sicher. Ich höre Ascher im Kopf zu mir sagen, ich soll dir eine Ohrfeige geben, dir die Scheine in die Hand drücken und dich mit einem Tritt in den Hintern ins Flugzeug befördern. Ascher redet die ganze Zeit in meinem Kopf mit mir.«

»Bestell ihm Grüße«, erwiderte Gabi.

Eine Woche später saß er im Flugzeug.

Die Landung

Ihm war kalt. Neben ihm bat jemand die Stewardess um eine Decke, und er tat es ihm gleich, wickelte sich in den hauchdünnen Stoff, doch ihm war immer noch kalt. Er war voller Zweifel. Wofür brauchte er das? Wozu ließ er sich von diesem seltsamen metallischen Zylinder verschlucken, was suchte er? Was war schlecht für ihn an dem ruhigen Leben bei den Bananen, in seinem vertrauten, warmen Zimmer? Vielleicht wäre es besser, er würde auf die Universität gehen wie Roni? Vielleicht sollte er Roni entschiedener und mit mehr Vertrauen bitten, sich ihm anschließen zu dürfen, und versuchen, in Tel Aviv zu leben? Oder wenigstens darum bitten, einige Nächte in der dortigen Wohnung des Kibbuz schlafen zu können, um die Möglichkeiten zu sondieren, um zu sehen, was die Universität anzubieten hatte? Doch Gabi wusste, was angeboten wurde, er hatte das Jahresverzeichnis in der Kibbuzbücherei gelesen, Listen über Listen von Kursen, die ihm nichts sagten und nicht erklärten, welche Zukunft er damit hätte und was er mit sich selbst anfangen sollte, wenn er das Studium beendet hätte. Er zitterte unter der Decke, spähte in die Dunkelheit draußen und strich mit zaghaften Fingern über seine fremden, glatten Wangen, die er zu Ehren der Reise nach Monaten des Wildwuchses rasiert hatte.

Sie hatten sich schön von ihm verabschiedet: Onkel Jaron natürlich, der in den Kibbuz kam und ihn zum Ben-Gurion-Flughafen nach Tel Aviv brachte; Roni, der sich in Tel Aviv mit ihnen zu einem schnellen Essen in einem Café traf, ein bisschen im Stress, denn er konnte nicht mit zum Flughafen kommen; Vater Jossi, der erleichtert wirkte; seine Kameraden von den Bananen, die an seinem letzten Arbeitstag ein feierliches Mittagessen veranstalteten; und Jotam, der vorbeikam, fast eine Stunde bei ihm im Zimmer saß und vier Zigaretten rauchte in der Zeit, in der Gabi den Koffer für die Reise und den Rest des Zimmers für das Lager einpackte, und gar nicht mehr aufhörte, von Eres, seinem Cousin aus Menara, einem Kibbuz nahe der libanesischen Grenze, zu plappern, der im New Yorker Umzugsgeschäft arbeitete und zu dem Gabi gehen sollte, wenn er gelandet wäre, und während dieser Zeit auch gleich versuchte, die Hälfte der Dinge, die Gabi zurückließ, abzustauben.

Mit großen Augen betrachtete er das Menschenchaos eines großen amerikanischen Flughafens. Die tausend Richtungen, in die eine Million Menschen rannten. Den bunten Wirbel von Koffern, Kleidern, Haut. Menschliche Formen, die er bisher nur in Filmen und im Fernsehen gesehen hatte und jetzt zum ersten Mal von Angesicht zu Angesicht: asiatische Geschäftsleute mit abgeflachten Brillen, glatten Arbeitsmappen und schnurgeraden Anzügen; eine voluminöse afrikanische Mama in leuchtendem Gelb, das sie wie ein Brautschleier umwogte; amerikanische Polizisten, deren Gürtel vollgestopft war mit allerlei Köstlichkeiten wie Schlagstöcken, Pistolen, Handschellen und Notizbüchern, mit scharfen Schnurrbärten und feindseligen Augen; kleine Inder, große Schwarze, duftende Frauen, junge Männer mit verkehrt aufgesetzten Baseballkappen und riesigen Rucksäcken und kleine, instant-süße Kinder.

Er war nicht beleidigt und hatte keine Angst, denn er nahm die bedrohliche Härte kaum wahr, mit der das Zollpersonal seinen Rucksack kontrollierte. Er betrachtete die Seite mit den Instruktionen in seiner Hand und fand den Weg zur U-Bahn. Schwankte mit dem metallischen Gerüttel hin und her, über Brücken und unter der Erde, die verschiedenfarbigen Linien, die ihm der amerikanische Jonny im Kibbuz erklärt hatte, vermischten und vermengten sich vor seinen Augen. Mit einer Hand umklammerte er den Rucksack, und sein Blick fand ständig neue Ziele: riesige Anzeigetafeln, ganze Felder von Stadtvierteln, so weit das Auge reichte, zwei Schwarze in lose schwingender Kleidung, Graffiti ohne Ende. Einer mit Anzug sprach mit seinem Nachbarn mit diesem besonderen Akzent, dem von Jonny, wie aus den Filmen. Ein übergewichtiges, unhübsches Mädchen mit verdrossenem Gesicht, ihr nasser Kopf vom Kopfhörerbügel eines Walkman eingerahmt. Orangefarbene und gelbe Sitze leerten sich und füllten sich, wurden frei und wieder besetzt. Ein Durchsagesystem, das die Wörter ineinanderfließen ließ. Ein heißer, erstickender, anderer Geruch, alles so anders.

Als er aus dem Bauch der Erde ausgespuckt wurde, erschlug ihn die schiere Größe. Die Stadt erhob sich über ihm, brachte ihn dazu, sich wie ein stinkendes schwarzes Käferchen auf dem Kibbuzpfad im Sommer seiner Kindheit zu fühlen. In den Augenblicken der ersten Bekanntschaft betrachtete er mit staunendem Lächeln die Dämpfe, die aus den Kanaldeckeln waberten, die Menschenmassen und die Höhe der Gebäude.

Er blieb vor einem McDonald's stehen. Davon hatte er gehört. Er stöberte in der Hosentasche, untersuchte die schwarz-grünen Geldscheine, und dann ging er hinein. Als er vor den bebilderten Menüs stand, fiel ihm ein, dass das ein Lokal mit Hamburgern war. Fast zehn Jahre lang hatte er kein Fleisch angerührt, seit seiner Entführung im Kibbuz. Doch plötzlich stieß es ihn nicht ab. Er war zu hungrig, zu müde, und er kannte nichts anderes. Er beschloss, es zu probieren. Die weiche Semmel, das säuerliche Ketchup, die knusprigen Pommes, sogar das Hackfleisch – er mochte es. Mit schwindelndem Kopf erreichte er schließlich die kleine Wohnung von Eres, Jotams Cousin.

Es war nicht leicht. Eres war nicht nett. Uninteressiert. Gabi spürte, dass Eres eigentlich niemanden in seiner Wohnung beherbergen wollte, die sehr klein war und in der noch ein Israeli wohnte, der kein Wort sprach. Gabi schlief auf dem Futonsofa im Wohnzimmer, und am ersten Morgen redeten Eres und sein Mitbewohner neben ihm miteinander, als sei er gar nicht vorhanden, und dann brachen sie zur Arbeit auf. Gabi ging hinaus und lief ein bisschen in den Straßen in der Nähe des Hauses herum, aß bei McDonald's, denn irgendwie war es sogar nett dort, betrat Geschäfte, sah sich um, doch er brauchte nichts, also kehrte er wieder in die Wohnung zurück. Jonny hatte ihm empfohlen, sich den Central Park anzuschauen, die Freiheitsstatue und ein paar Museen, doch er hatte keine besondere Lust dazu.

Eres fragte ihn, ob er am nächsten Tag arbeiten wolle. In seiner Umzugsfirma suchten sie jemanden. Am folgenden Morgen weckte er Gabi um sechs und nahm ihn mit der U-Bahn ins Büro mit. Auf dem Weg erzählte er, dass er zu einer Drei-Tages-Tour aufbreche. Als sie ankamen, verwies er Gabi an einen Typ, der ebenfalls Eres hieß, stieg mit seiner Mannschaft in den Laster und fuhr los.

Wie die Stadt war auch dieser Ort groß, chaotisch und überladen. Fahrer und Arbeiter in roten Hemden rannten hin und her. Dutzende rote Lastwagen starteten knatternd, fuhren hinaus und hinein, Leute brüllten in Hebräisch. Der zweite Eres war eine Spur netter als der erste, doch auch nicht gerade gesprächig. Er ließ Gabi einen Vertrag unterschreiben, gab ihm ein rotes Hemd und führte ihn zu einem Lastwagen, in dem bereits ein dunkelhäutiger Fahrer wartete, der nervös mit den Fingern der rechten Hand aufs Lenkrad trommelte und mit der linken rauchte. Er hieß Victor.

Kartons. Und noch mehr Kartons. Und auch noch Sofas, Tische, Stühle, Kommoden. Von oben nach unten, von unten nach oben. Aus der Wohnung hinaus in den Aufzug, aus dem Aufzug hinaus auf die Straße durch die Hintertür und vom Gehsteig in den Bauch des Lasters. Die Kartons wogen weniger als ein Bananenbüschel, doch sie ließen sich schwieriger festhalten und waren weniger angenehm anzufassen, oder richtiger gesagt, Gabi wusste, wie man Bananenbüschel auflud, festhielt, trug und die Berührung der Fruchtfinger auf dem Rücken genoss. Wahrscheinlich würde er, wenn er lang genug die Kisten und Möbel von Amerikanern herumtragen würde, ein ähnlich persönliches Verhältnis zu ihnen entwickeln. Doch an jenem ersten Arbeitstag fragte er sich bloß, ob er ins Ausland gereist war, um Kisten zu schleppen, wo er doch eigentlich herumspazieren, etwas sehen wollte, wobei er nicht wusste, was, aber nicht, um so zu arbeiten, ganz bestimmt nicht, solange er das Geld von Onkel Jaron hatte.

Er kehrte in die Wohnung und zu dem schweigsamen Mitbewohner zurück, der vor dem Fernseher saß, ging wieder hinunter zu McDonald's, wusste schon, dass er sich einen Big Mac bestellen würde. Er spürte die lauernde, gespannte Atmosphäre in seinen Schulterblättern, hörte die hohen lachenden Stimmen, die schwarzen, jungen, der Kunden im Restaurant, roch den Ölfilm, seinen eigenen Schweiß und den Ruß der Stadt. Er kehrte nach Hause zurück, duschte sich und wartete im Wohnzimmer darauf, dass der Mitbewohner aufhörte fernzusehen – Eres hatte nicht zu ihm gesagt, dass er in seiner Abwesenheit sein Bett benutzen könne –, und nachdem der Mitbewohner in sein Zimmer gegangen war und Gabi das Sofa zum Bett umgebaut, das Bettzeug gerichtet und sich daraufgelegt hatte, blieb er minutenlang, vielleicht Stunden, wach und fühlte sich noch ein bisschen mehr allein, als er sich je in seinem Bett im Kibbuz gefühlt hatte.

Am Morgen rief er im Büro an, und man sagte ihm, dass es keine Arbeit gebe. Er verbrachte den größten Teil des Tages zu Hause, ging nur zum Essen hinaus. Am Tag darauf sagten sie zu ihm, er solle kommen. Diesmal arbeitete er mit einem Vorarbeiter namens Izik zusammen, der mit ihm wie ein Offizier mit einem

Soldaten redete und mit dem Fahrer – der gleiche Victor – über seinen Kopf hinweg mit lauter Stimme über Partys und Mädchen sprach. Sie erledigten einen kleinen Umzugstransport vom Lagerhaus der Firma in Queens zu einem Büro in New Jersey. Anschließend fuhren sie weiter, um eine Wohnung in Manhattan zu verladen.

In der Wohnung – geräumig, hohes Stockwerk, beeindruckende Aussicht – wohnte ein älterer Israeli namens Meschulam, der einen Anzug und Zehensandalen trug und nicht viel sagte. Gabi folgte Iziks Befehlen und begann, die Kartons zum Lastwagen hinunterzuschaffen. Victor wartete im Laderaum und schlichtete die Kisten hinein. Sie hatten etwa eine halbe Stunde so gearbeitet, als sich Meschulam glanzpolierte Schuhe statt der Schlappen anzog und verkündete, er habe einen Termin außer Haus. Gabi spürte, wie die Spannung bei Izik sofort nachließ. Jedes Mal, wenn er nach einer Tour zum Lastwagen zurück in die Wohnung kam, hatte Izik eine lässigere Position eingenommen, bis er ihn schließlich auf dem Sofa ausgestreckt vorfand, Meschulams schnurloses Telefon ans Ohr gepresst, während er sich vor Lachen ausschüttete. Als er Gabi hereinkommen hörte, signalisierte er ihm mit den Fingern, Sekunde, beendete das Gespräch nach ungefähr drei Minuten und sagte dann: »Pass mal auf, ich geh runter, was essen mit Victor. Du bleibst und passt auf die Wohnung auf. Ich will nicht, dass der Hausherr zurückkommt und keinen Menschen hier findet. Wenn er vor mir wieder da ist, sag ihm, dass wir kurz Pause machen. Nachher lösen wir dich ab, und du gehst runter, um was zwischen die Zähne zu kriegen.«

Der Hausherr kehrte zurück. Gabi richtete ihm Iziks Botschaft aus. Er nickte, löste die Krawatte und ließ sich in einem Sessel nieder. Dann seufzte er, ließ seinen Blick von der Aussicht zu Gabi gleiten. »Schon lange in New York?«

Gabi schüttelte den Kopf. »Drei Tage.«

Der Mann lächelte. »Sieht man. Du kommst nicht so ganz zurecht, stimmt's?«

Gabi fragte sich, was er wohl damit meinte. »Nicht zurecht mit was?«

»Mit der Stadt. Mit dieser Arbeit.«

Gabi blickte den Mann an. Überlegte, ob er der Firma gegenüber loyal sein und es abstreiten sollte oder die Wahrheit sagen. Er lächelte. »Man sieht's?«

Meschulam lachte. Er fragte Gabi nach seiner Geschichte, und Gabi lieferte eine passende Zusammenfassung. Er gab Gabi eine Coladose aus dem Kühlschrank, Gabi trank sie mit Genuss und spähte hinaus zu den Wolkenfächern und der Sonne, die es schwer hatte, sie von oben zu durchdringen, und zu den hohen Gebäuden, die sie von unten zu durchbohren versuchten. »Diese Stadt ist so riesig«, sagte er.

»Du würdest eher den Ort mögen, wo ich hinziehe«, erwiderte Meschulam. »Das würde dich an den Kibbuz erinnern.«

»Wo ist er?«

»Hollywood, Florida.«

Gabi staunte.

»Nicht das Hollywood, von dem du gehört hast. Ein anderes Hollywood, netter. Du wirst es ja sehen, wenn du zum Ausladen hinkommst.«

»Das werde nicht ich sein«, lächelte Gabi. »Im ersten Monat darf man keine Langstreckentouren machen.«

Der Fonds

Hollywood, Florida, war um vieles netter. Gemäß den Vorschriften der Firma hätte Gabi nicht mitfahren dürfen, doch diese Regeln bestimmten ebenfalls, dass mindestens ein Arbeiter, der beim Einladen dabei war, auch beim Entladen dabei zu sein hatte, und da Izik und Victor zu einem Riesenjob mit zwölf Lastern in der Gegend der Wall Street abgestellt worden waren, beugte der Dispatcher eine Vorschrift, um eine zweite einzuhalten. Oder er hatte schlicht keine Leute.

Sie fuhren wieder an Meschulams Wohnung vorbei, um noch einige neue Sachen einzuladen, die er gekauft hatte. Als sie ihm sagten, dass sie von hier aus direkt nach Florida weiterfahren würden, sagte Meschulam dem Vorarbeiter, dass auch er jetzt dorthin aufbreche, und bot an, Gabi in seinem Auto mitzunehmen. Auch das war nicht nach Vorschrift der Firma, passte aber allen: Meschulam, der ersichtlich Gesellschaft und Unterstützung auf der langen Fahrt nach Süden brauchte; Gabi, dem der Gedanke, zwei bis drei Tage in der Lastwagenkabine mit den zwei Schwachköpfen zu verbringen, die er vor zehn Minuten kennengelernt hatte und die ihn wie Luft behandelten, Sorgen bereitete; und, am allerwichtigsten, dem Vorarbeiter, der die Entscheidungsautorität hatte und sein Glück kaum fassen konnte – er hatte den Riesenjob im Süden Manhattans los und konnte auch noch mit einem Freund samt einem leeren Platz in der Fahrerkabine nach Florida hinunterfahren.

Eintausendachthundert Kilometer sind eine große Distanz, eine lange Zeit, viel Natur, viel Luft. Gabi spürte, wie er zur Ruhe kam, als er die Großstadt verließ – die wenigen Tage in New York waren der längste Stadtaufenthalt in seinem Leben gewesen. Innerhalb weniger Stunden gewöhnte er sich an den Rhythmus der Fahrt, an die bequemen beigefarbenen Ledersitze des Chevrolets, an die Routine der amerikanischen Straße, an die offenen Weiten, die Raststätten und Straßenrestaurants. Endlich aß er etwas anderes als Big Macs. Und allmählich kehrte das Englisch aus dem Kibbuz zurück und floss wieder ganz natürlich aus seinem Mund – der Rost fiel endlich ab von der Sprache.

Eintausendachthundert Kilometer sind lange genug, um eine Bekanntschaft zu vertiefen. Meschulam Avneri war seit elf Jahren in den USA. Er hatte einen Sohn, der studierte, eine Tochter, die Soldatin war, und eine geschiedene Frau in Israel, eine weitere Tochter, die in Ecuador herumreiste, und eine zweite Frau, die bis vor zwei Wochen mit ihm in New York gelebt hatte und nach Israel zurückgekehrt war. Ihr Vater war krank geworden, aber das war offenbar nur ein Vorwand. Er wusste nicht, ob sie zurückkommen würde. Sie war von dem Umzug nach Florida nicht begeistert gewesen, und außerdem behauptete sie, Meschulam habe ihr versprochen, dass sie nach Israel zurückkehren würden, obwohl er sich nicht an ein solches Versprechen erinnerte. Also war sie jetzt dort und er hier, und wer weiß, was daraus würde, wobei er sowieso immer viel auf Reisen war und sie die Hälfte der Zeit nicht sah, so dass der Unterschied nicht sehr groß war. Andererseits sollte er in Florida weniger reisen müssen, das war Teil der verbesserten Bedingungen, des Positionsaufstiegs. Zwar war das Büro in New York die Hauptniederlassung in den Vereinigten Staaten, und es war gut, nahe an den Töpfen zu sitzen, am Tisch des Löwen statt beim Fuchs und all die übrigen Klischees, aber die Zone Südflorida zu erhalten, Palm Beach County, der Distrikt mit der höchsten Konzentration weltweit an Juden außerhalb Israels, noch dazu welche Juden!, mit einem sozio-ökonomischen Status und in einer Lebensphase, die haargenau zur Art seiner Arbeit passten – das war kein Angebot, das man ablehnen konnte, da konnte Nira sagen und tun, was sie wollte. Diese letzten Worte Meschulams klangen bitter gefärbt, und seine Augenbrauen zogen sich in seinem grauen Gesicht zusammen.

Meschulam arbeitete beim Jüdischen Nationalfonds. Gabi erinnerte sich, dass das die Organisation war, die für die Wälder in Israel verantwortlich war, doch Meschulam erklärte, dass das nur ein Teil der Aktivitäten sei. In Amerika nannte man den Fonds JNF, Jewish National Fonds, und sie befassten sich mit der Mobilisierung von Geldern, die in alles flossen, was mit der Kultivierung von Grund und Boden und Unterhaltsmaßnahmen von Land in Israel zu tun hatte. Meschulam war als Emissär in die USA gekommen und nach einigen Jahren, als er eine Green Card und später einen amerikanischen Pass erhalten hatte, ein einheimischer Angestellter geworden. Seine Hauptaufgabe in Florida bestand darin, Menschen zu finden, die ihr Geld und ihren Besitz dem Staat Israel vermachen wollten, mit ihnen Kontakt aufzunehmen und diesen Kontakt gut zu betreuen.

»Wie findet man Leute, die ihr Geld Israel vermachen wollen?«, fragte Gabi.

»Ah, das ist eine komplexe Angelegenheit. Ein Mitarbeiter des JNF muss in der jüdischen Gemeinde und in den Synagogen eingebunden sein. Er kann Broschüren über die Aktivitäten des Fonds mitbringen und den Leuten vorschlagen, ein Projekt zu adoptieren. Er kann Vorträge halten, Visitenkarten hinterlassen. Manchmal hört er auch im Vorfeld von einem Kandidaten und stellt den Kontakt her. Hin und wieder wenden sich die Spender von selbst an ihn. Wir veröffentlichen auch Anzeigen.«

»Und was dann?«

»Man vereinbart ein Treffen. Im Allgemeinen sind es alte Juden. Manchmal haben sie auch Familie oder Freunde oder andere Organisationen, und wir erhalten einen prozentualen Anteil vom Erbe. Aber die wirklich großen Fische sind Menschen mit Geld und Besitz, die keine Familie haben, niemanden, dem sie etwas vererben könnten, und dann kommen wir ins Spiel. Das ist die echte Arbeit.«

»Was ist die Arbeit?«

»Ich treffe mich mit ihnen zum Mittagessen. Rufe an, um den Kontakt zu halten. Ich erkläre ihnen die Arbeit des JNF und freunde mich mit ihnen an, versuche, ihnen das Gefühl zu geben, dass sich der Staat Israel um sie kümmert. Es gibt auch finanzielle Regelungen. Manchmal sind sie kompliziert, mit Rechtsanwälten und Buchprüfern. Manchmal ist es einfacher. Man vereinbart die Details nach und nach: der Umfang des Erbes, die Gültigkeit des Testaments, die exakten Formulierungen, wohin genau das Geld transferiert wird, was mit dem Besitz gemacht wird.«

Sie tranken Kaffee an einem Lastwagenparkplatz. Meschulam, der die ganze Fahrt über eisern in Anzug und Krawatte eingezwängt geblieben war, seufzte plötzlich, und Gabi fragte sich, was er wohl wirklich fühlte. »Dann ist deine Arbeit eigentlich, Kontakt mit alten Menschen zu pflegen, sich bei ihnen einzuschmeicheln, dafür zu sorgen, dass sie keinen Anruf bei einem Anwalt machen und dir dann sagen, dass sie irgendeinen entfernten Verwandten entdeckt und beschlossen hätten, ihm alles zu vererben, und darauf zu warten, dass sie sterben.«

Meschulam lächelte. »Nicht die ganze Arbeit, aber das ist ein Teil von ihr.«

»Nicht schlecht.«

»Du verbringst viel Zeit außer Haus, isst mit ihnen, hörst ihnen zu, bist nett zu ihnen. Das ist nicht ganz einfach.«

»Für mich klingt das aber gar nicht schlecht«, versetzte Gabi.

»Es ist manchmal schwierig mit diesen Menschen. Sie sind nicht unbedingt besonders interessant. Oder sie sind böse auf irgendjemand oder ihnen tut irgendetwas weh. Du musst immer für sie da sein.«

»Besser als Kisten und Sofas auf dem Rücken schleppen.«

»Ich vermute es mal. Und auch, vergiss nicht, letzten Endes geht es um den Zionismus. Wir bauen den Staat auf. Wir brauchen dieses Geld.«

Sie setzten die Reise fort. Gabi fuhr. Meschulam fuhr. Gabi fuhr, Meschulam schlief. Sie hielten zum Übernachten in einer Stadt namens Charleston, und während des Abendessens erzählte Meschulam Gabi von einem Klienten, den er mal hier gehabt hatte, gar kein Jude, aber er hatte den Kontakt hergestellt und beschlossen, ihnen sein Haus zu vererben, ein wunderschönes Haus mit großem Garten mitten in der Stadt. Meschulam hatte ihn zum Abendessen getroffen, in einem atemberaubend teuren Meeresfrüchterestaurant. Es war ein faszinierender Abend, der Mann hatte eine interessante Lebensgeschichte, war jahrelang Agent der CIA in Italien gewesen. Sie besiegelten alle Details, am nächsten Morgen wollte der Mann seinen Rechtsanwalt anrufen, um das Testament zu ändern, doch bevor es dazu kam, erlitt er einen Herzanfall und starb in Folge einer Lebensmittelvergiftung, und Meschulam selbst verbrachte den ganzen Tag mit Erbrechen und Durchfall über der Kloschlüssel.

Als er nach der Nacht im Motel langsam aufwachte, dachte Gabi über Meschulams Arbeit nach. Er mochte das schmarotzerhafte Element daran nicht; dass der Staat Israel Vertreter herumschickte, die wie Aasgeier über menschlichen Kadavern kreisten oder, noch schlimmer, über lebendigen Menschen, während man wartete, dass sie Kadaver wurden, um im Sturzflug hinunterzutauchen und das, was sie im Augenblick des Verendens hinterließen, zu verschlingen. Es hatte etwas Verstörendes, dieser kalt durchdachte Prozess, bei dem man Todeskandidaten ausfindig machte, sich ihr Erbe sicherte, auf ihren Tod wartete. Andererseits, sann er, investierten sie Aufmerksamkeit und Wärme, die kinderlosen Menschen am Ende ihres Weges fehlten. Auch wenn das Motiv egoistisch war, es ging dennoch um Wärme und Aufmerksamkeit, die niemand sonst ihnen schenkte, und wer sagte denn, dass die Wärme und Aufmerksamkeit von der üblicheren Sorte, von Familienmitgliedern oder Freunden, weniger egoistischen Beweggründen entsprangen.

Sie fuhren am Morgen weiter, bei strömendem Regen. Gabi liebte Regen, doch eine solche Masse fand er übertrieben, noch dazu im Juni. Meschulam sagte lächelnd, das sei normal in diesem Teil Amerikas, manchmal gebe es auch Hurrikane, was noch viel verrückter sei. Sie fuhren langsam, nachdenklich und in sich versunken, die Scheibenwischer bewegten sich geräuschvoll und heftig hin und her, der Regen trommelte auf das Blech.

Nach einer weiteren Nacht im Motel erreichten sie Meschulams neues Zuhause. Der Vorarbeiter rief an und sagte, dass stürmisches Wetter den Lastwagen aufgehalten habe und er nicht vor dem Abend eintreffen würde, und so mussten Gabi und Meschulam einen ganzen Tag in einem leeren Haus warten. Hollywood, Florida, erinnerte Gabi wirklich an den Kibbuz. Der Gegensatz zu New York verblüffte ihn. Vor jedem Haus gab es ein gepflegtes Rasengeviert, die Häuser selbst waren schlicht, aber geräumig. Der Sturm war vorüber, vielleicht war er in diesen Teil Floridas überhaupt nicht vorgedrungen, und es war der strahlendste Sonnentag, seit er in Amerika gelandet war. Er saß auf einem Liegestuhl, den jemand in Meschulams Garten zurückgelassen hatte, und trank Kaffee aus einem Pappbecher, den Menschulam um die Ecke geholt hatte.

Meschulam drehte mit ihm eine Runde im Viertel. Er stieg mit ihm in den Chevrolet, und drei Minuten später sah Gabi die schönste Meeresfarbe, die er jemals gesehen hatte, ein tiefes, berauschendes Türkis, und die langen weißen Strände, und die Mädchen… Er zog die Hose aus und ging in der Unterhose ins Wasser, und er konnte kaum glauben, wie angenehm und vertraut es sich anfühlte, als es ihn umschloss. Wie im Kibbuz? Tot und begraben, der Kibbuz. Das war hundertmal besser – wie der Kibbuz, aber ohne die komischen Blicke im Speisesaal und mit der schönsten Küste, die man je im Leben gesehen hatte, bei allem Respekt für den See Genezareth.

Er legte sich auf den Sand und sagte: »Das ist ein Paradies, Meschulam. Das war mein Traum, wenn ich vom Ausland geträumt hab. Nicht von einer Million Menschen und Hochhäusern, in denen ich mit Möbeln rauf- und runterlaufe.«

Meschulam lächelte. Er nahm ihn zum Essen in ein Restaurant am Strand mit, und als sie nach Hause zurückkamen, zeigte er ihm die kleine Wohneinheit, die an das Haus angeschlossen war. Sie hatte einen separaten Eingang, ein kleines Zimmer mit einer Kochnische und Toilette.

»Ich habe daran gedacht, diese Einheit zu vermieten, was meinst du?«, fragte Meschulam. Er wollte eigentlich nur wissen, was Gabi von der Idee, sie zu vermieten, und von der Wohnung generell hielt.

Doch Gabi sagte: »Ich nehme sie.«

Meschulam blickte ihn überrascht an. »Was nimmst du?«

»Ich möchte hier wohnen«, antwortete Gabi.

Meschulam lachte. »Ist das dein Ernst?«

»Vollkommen.«

»Und was wirst du machen?«

»Brauchst du nicht einen Helfer?«

Die Bar

Während sein Bruder in die USA und viele seiner Freunde in den Fernen Osten und nach Südamerika reisten, blieb Roni in Tel Aviv. Für ihn war das weit genug. Er war fast aus Zufall dorthin geraten: Er begann mit einem Mädchen aus Ra'anana auszugehen, einer Studentin der Betriebswirtschaft und Philosophie an der Universität Tel Aviv, deren Vater ein Büro in einer Wohnung in der Schlomo-Hamelech-Straße mit einem freien Zimmer hatte, und die Freundin schlug Roni vor, sich das Zimmer anzueignen. Während der Arbeitsstunden teilten sie sich die Wohnung mit den Büroangestellten. Da Roni sich nicht wohl dabei fühlte, zog er es vor, das Haus zu verlassen, und fuhr oft einfach mit seiner Freundin zur Universität, begann, Vorlesungen zu besuchen, und entdeckte, dass ihn die Kurse interessierten.

Am Abend und an den Wochenenden gehörte ihnen die Wohnung allein. Sie kauften ein rundes Aquarium mit zwei Fischen für ein paar Schekel in der Tierhandlung um die Ecke. Die Miete bestand darin, die Wohnung sauber zu halten und das Geschirr der Büroangestellten abzuspülen, normalerweise drei Gläser mit Resten von Nescafé oder Wasser. Er beschloss, sich für ein Studium einzuschreiben – wenn er schon die Zeit in Vorlesungen investierte, weshalb sollte er sich nicht mit einem Abschluss schmücken? Wenige Monate später jedoch wurde seine Freundin schwanger, was mit einem Abbruch, Enttäuschung und Trennung unter Tränen endete.

Die Freundin verließ die Wohnung, und ausgerechnet Roni blieb und teilte sie weiterhin mit dem Büro ihres Vaters.

Doch jetzt musste er Miete bezahlen und auch Studiengebühren an der Universität. Roni fragte sich einige Tage lang, wie ihm das gelingen sollte, bis zu dem Tag, an dem die Fische starben, an Überfütterung, wie man ihm in der Tierhandlung erklärte. Er ging in ein Pub an einer Ecke des Malkei-Israel-Platzes – das war einige Jahre, bevor es unmodern wurde, Pubs so zu nennen, und bevor der Platz in Rabin-Platz umbenannt wurde – und trank dermaßen viel, dass er am Ende des Abends nur noch mit Mühe den kleinen Aushang neben den Toiletten, »Küchenarbeiter gesucht«, erfasste. Doch er fragte und wurde genommen.

Er spülte Geschirr, dann half er dem Koch, danach wurde er Barmann und anschließend Schichtverantwortlicher. Beim Studium entdeckte er, dass ihm die Grundkurse in Statistik und Mathematik leichtfielen. Nach einem Jahr, als Roni de facto das Pub bereits führte, machte ihm der Besitzer, Oren Azulai, einen Vorschlag. Er war dabei, eine neue Lokalität aufzumachen, und wollte, dass Roni sie für ihn betrieb: Gründung, Umbau, Gestaltung, Personal, Einkauf, Menü, Löhne. Oren wollte nicht einmal eine Minute dort sein. Roni würde einen doppelt so hohen Lohn wie momentan erhalten.

»Und das hier ist deine wahre Versuchung«, ließ Oren am Ende des Gesprächs fallen, »um dir noch eine Motivationsspritze zu geben, werde ich dir am Ende jedes Monats einen Bonus von 2% netto vom Reingewinn geben.«

Einen Moment befand sich Roni im Schockzustand infolge des Angebots, doch er wahrte seine ruhige Miene und sagte, eher beiläufig: »Lass mich als Teilhaber einsteigen, das lohnt sich mehr für dich.«

»Teilhaber?«, fragte Oren und versuchte, ein Lächeln zu unterdrücken. »Hast du denn Geld übrig?«

Roni hatte keins, doch er sagte, er würde mal überlegen. Die Banken, die er betrat, komplimentierten ihn innerhalb weniger Minuten hinaus. Doch Onkel Jaron, den er ohne jeden Funken Hoffnung anrief, überraschte ihn mit dem Sparkonto, das er mit dem Erbe seiner Eltern und seines Großvaters angelegt hatte. Roni stieg zu 20% als Teilhaber bei Oren ein.

Das neue Lokal baute er selbst von Null auf: von der zermürbenden Bürokratie der Tel Aviver Stadtverwaltung bis hin zur letzten Fliese in der Toilette. Alle seine Kenntnisse entstammten der Führung eines einzigen konventionellen Pubs an einem Platz in Tel Aviv, jahrelangem Trinken im Kibbuzpub und einigen Kursen an der Universität, doch er wusste auch, intuitiv, mit seinem gesunden Menschenverstand, dass er etwas anderes wollte. Irgendwie attraktiver, lustiger. Es begann mit dem Namen: Er war nicht der Erste, der in den Neunzigerjahren das ursprüngliche »Pub« fallenließ und an seine Stelle das Wort »Bar« in den Namen der Lokalität integrierte, doch er war entschieden einer der Avantgarde dieses Phänomens, als er »Bar Barabush« wählte, nach dem Namen der Frau des Ex-Präsidenten der Vereinigten Staaten. Er machte weiter mit der Gestaltung des Schildes und der Eingangsfront, mit der einladenden, gemütlichen Inneneinrichtung, strengster Sauberkeit, der Auswahl der Mitarbeiter und ihrer Anleitung. Die beeindruckendste Neuerung, die auf ihn zurückging, war der Umgang mit Essen. Im Gegensatz zu den meisten Trinklokalen, die neben Bier hauptsächlich Pommes frites und Hühnerflügel servierten, gab es in der Bar Barabush gutes Essen: funktional, aber auch abwechslungsreich, einfach, frisch, preiswert und jederzeit erhältlich. Roni stellte einen Sous-Chef an, der das Menü entwarf, das zunehmend perfektioniert und auf das Lokal und die Atmosphäre zugeschnitten wurde. Mit der Zeit erkannten und schätzten immer mehr Menschen das überraschende Konzept: eine Bar, in der man nicht nur gut trinken konnte, sondern auch gut essen.

Das Geschäft begann hübschen Profit abzuwerfen. Und trotz des unzufriedenen Gesichts Oren Azulais beharrte Roni darauf, den beiden Besitzern ein eher bescheidenes Gehalt auszuzahlen und den ganzen Rest wieder ins Geschäft zu investieren. Oren akzeptierte es, da er die Ergebnisse sah und begriff, dass Ronis Vision, die allen harte Arbeit und bewundernswertes Durchhaltevermögen abverlangte, auch wenn Roni das alles selbst nicht völlig klar war, sie vorwärtsbringen würde. Azulai war klug genug, sich nicht einzumischen, und machte damit ein ausgezeichnetes Geschäft.

Es waren blühende Tage des Aufschwungs, Tel Aviv strotzte vor jungen Leuten und Touristen, ausländischen Investoren, russischen Einwanderern und nervengeschädigten Soldaten, von denen jeder einen Drink nach seiner Fasson brauchte, den Roni gerne parat hielt. Er zog in eine Wohnung in dem Turm an der Bazelstraße mit Aussicht aufs Meer und einer Terrasse von 60 Quadratmetern mit Holzdeck, erhielt von Bekannten, die im Libanon auf Wehrübung waren, den besten Stoff überhaupt, und süßer Rauch kräuselte sich in den warmen Himmel des Nahen Ostens, meist in Gesellschaft eines hübschen Mädchens. In dieser Phase seines Lebens ließ er sich ein modisches Bärtchen stehen und seine Locken lang wachsen.

Er schuftete schwer – noch nie hatte er so schwer gearbeitet –, damit sich der Erfolg leicht einstellte. Boss zu sein war eine lehrreiche Lektion für einen Kibbuznik: mit Geld, Löhnen, Einkommensteuer und Versicherungen umgehen; unbeugsam sein, nicht nett. Die Tageseinteilung durchziehen: In der Früh, nach einem Kaffee und einer Zigarette auf der Terrasse, traf er in der Bar ein, setzte sich ins Büro an die Rechnungen, die Bestellungen, die Anrufe und empfing die Lieferanten und Leute aus dem Milieu. Gegen Mittag trafen die ersten Angestellten ein, frühe Kundschaft tröpfelte herein. Den Nachmittag reservierte er sich für das Studium. Das zweite Jahr fiel ihm wegen der Arbeitsbelastung in der Bar schwer, doch er wollte das Studium nicht völlig einstellen und konzentrierte alle Anstrengung auf diese Stunden. Kehrte am frühen Abend in die Bar zurück, vergewisserte sich, dass alles vorbereitet war, und ab einem gewissen Stadium verlor er die Kontrolle über die Zeit. Die Zeit schmolz dahin, dehnte sich, wirbelte wie ein kleiner Tornado, der kurz nach neun durch die Türen der Bar Barabush hereinsauste und nach Mitternacht aus ihren Türen entwich. Erinnerungsfetzen, ein oder zwei herausragende Ereignisse – normalerweise Geschrei in der Küche oder ein berühmter Gast – und eine generelle Empfindung von Stimmengewirr, schmerzenden Füßen, Geruch von Bierschaum in den Schankbecken. Gegen eins kam die Zeit, die er liebte. Der Druck fiel ab, aber das Lokal summte vor Gästen, die immer noch eintrafen, aus dem Kino, aus Restaurants oder von einem langen Arbeitstag. Das waren die Kunden, die er liebte. Sie hatten mehr Zeit. In diesen Stunden stand Roni selbst hinter der Bartheke, schenkte aus, redete, flirtete, schloss Bekanntschaften. Wenn es wirklich ruhig war, wechselte er auf einen Barhocker und schwenkte ein Gläschen Scotch mit Eis zwischen den Fingern.

Die Trinker

Er hatte keine Freunde. Aber in den kleinen, ruhigen Stunden zwischen Nacht und Morgen kam man und setzte sich zu ihm. Kunden, die er in der Bar kennenlernte und die zu Stammgästen wurden, Zufallsgäste, die er nie wieder sehen würde. Kollegen aus der Welt der Gastronomie und der Vergnügungslokale, die übers Geschäft redeten. Und auch Gesichter aus der Vergangenheit: aus der Armeeeinheit, aus seinem Kibbuz, aus Kibbuzen in der Umgebung. Wie sie hierher fanden, wusste Roni nicht. Und nachdem sie etwas getrunken hatten – wurden sie gesprächig.

Jifat kam eines Nachts herein. Seine süße Jifat aus der Mittelstufe, die ihm das Herz gebrochen hatte. Sie war mit einem anderen Mann da und ignorierte Roni, abgesehen von einigen Blicken. Am nächsten Tag kam sie am Mittag herein und entschuldigte sich. Sie wollte nicht anfangen, ihrem Freund etwas zu erklären. Es sei ein ernsthafter Freund, sagte sie, und sie wollte es nicht gefährden. Sie hoffte echt, dass es diesmal etwas werden würde. Sie aß zu Mittag, trank ein bisschen Wein und erzählte Roni, dass es ihr gut gehe. Sie habe sich selbst gefunden in Tel Aviv, sei auf die Modedesignschule Shenkar gegangen, habe keine Sehnsucht nach dem Kibbuz. »Und Joav«, sagte sie, »ich glaube, er ist das Beste, was mir je passiert ist. Er hat eine Band. Wow, was ein Ding, dass wir hier sitzen und darüber reden. Es macht dir nichts aus, oder? Du hast sicher einen ganzen Haufen Freundinnen.« Sie kicherte.

Er warf einen Blick auf die Uhr, ziemlich gelangweilt, und sagte zu ihr, er müsse zu einer Runde aufbrechen, sie könne ihn begleiten, wenn sie Lust hätte. »Runde?«, fragte sie.

Er zeigte ihr seine Wohnung, seine Terrasse mit Holzdeck, und schenkte ihr noch ein Glas Wein ein, irgendwann sagte sie, sie wolle sein lustiges Bärtchen kraulen, und die nächsten zwei Stunden verbrachten sie im Bett – seit ihrer frühen Jugend hatte sie ein paar Dinge gelernt, hatte sich befreit –, bis sie auf den Wecker sah und mit zerwühltem Haar sagte: »Wow, ich muss nach Hause.« Er sah sie nicht wieder. Es berührte ihn nicht weiter.

Einige Wochen danach, zu nächtlicher Stunde, als der Druck sank, kam Baruch Schani in die Bar. Der erste Gedanke, der Roni durch den Kopf ging, war, Allah, hab Erbarmen, was ist denn mit dem passiert? Baruch vom Rindersektor, von der Kommandoeinheit, Ronis Mentor, der einige Mädchen im Betrieb zu Frauen gemacht hatte. Und jetzt – glatzköpfig, vernachlässigt, ein eigenartiger Tick im Mundwinkel – trank er mit ungesunder Zielgerichtetheit. Nicht ein Gläschen am Ende des Tages, um die Gedanken durchzulüften, sondern er trank um des Trinkens willen. Es sah so aus, als hätte er Schlimmes durchgemacht, doch Baruch wollte nicht darüber reden, er wollte nur von früher erzählen, und Roni drängte nicht, er hatte gelernt, nicht zu drängen. Wer kam, war willkommen, wer wollte, redete, und wer wollte, schwieg.

Nach ein paar Bier erzählte Baruch, wie er mit Orit aus Ronis Klasse geschlafen hatte, als sie vierzehn war und Baruch dreiundzwanzig. Das war nicht neu, Roni erinnerte sich, dass er gesehen hatte, wie Orit im Sommerlager zu Baruch in den Schlafsack geschlüpft war, doch jetzt war er neugierig, zum ersten Mal sämtliche Einzelheiten zu hören. Baruch setzte ihn in Kenntnis, dass Orit glücklich verheiratet mit zwei Kindern in Kirjat Ono war, und die Versuche, die er gemacht hatte, den Kontakt zu erneuern, einschließlich kürzlich, waren auf hartnäckigen Widerstand gestoßen. »Sie ist immer noch hübsch«, schloss er, wie um den Grund für ihre Weigerung zu erklären.

Baruch kam von Zeit zu Zeit in die Bar, sah immer gleich aus, verschluckte Wörter, trank und schwatzte über die Vergangenheit. Roni begriff nicht, was er eigentlich machte. Er murmelte etwas von einer Arbeit bei einer Versicherung, doch Roni gelang es nicht, sich vorzustellen, wie er jemandem in seinem Zustand eine Versicherung verkaufte.

Manchmal kamen alte Betriebsgenossen, die sich in der Kibbuzwohnung in der Großstadt erholten, bis diese wegen der schlechten wirtschaftlichen Lage verkauft wurde. Sie redeten ständig über Tel Aviv im Vergleich zum Kibbuz – andere Welten. Manchmal kamen hübsche Mädchen daher, die erzählten, dass sie die kleinen Schwestern von Schulkameraden waren. Einmal tauchte Ezra Dudi auf, mit seinem wuchernden Bart und seinem traurigen Herzlblick. Roni liebte diese Begegnungen, so überraschend und zufällig. Doch die meisten Nächte waren einfach nur angenehme Tel Aviver Nächte und die meisten Gäste anonym, bis sie zu reden anfingen, und wurden es wieder in dem Moment, in dem sie zur Tür hinausgingen.

Eines Nachts, nach Mitternacht, betrat ein gut aussehender, muskulöser Mann in seinen Zwanzigern das Lokal, setzte sich an die Bar und bestellte einen Gin Tonic. Im Hintergrund lief »Tarzan Boy« mit dem berühmten Schrei »Oh oh oh oh …«. Roni stellte das Glas auf die Bar. Der Gast sagte: »Du erkennst mich nicht, eh?« Roni schaute ihn genauer an. Fokussierte den Blick. Die kurzgeschorene Frisur, die blitzenden Augen, das eckige Lächeln. Moment. Das eckige Lächeln. Nein, nicht das Lächeln, der eckige Kiefer. Augenblick, nein, ja, das musste er sein, das waren die Augen, klar, wieso hatte er ihn nicht sofort erkannt …

»Ejal?«

Das Lächeln stand ihm schon im Gesicht, der Kopf bewegte sich nickend hinauf und hinunter. Ejals Vater, Jona, war im Auftrag des Rasenteppichwerks mit der ganzen Familie nach Buenos Aires gereist, als Ejal fünfzehn war, und seitdem hatte man sie nicht mehr gesehen. Nun erzählte Ejal von den zwei Jahren in Buenos Aires, danach zwei Jahre in Paris, an deren Ende seine Eltern, Jona und Jona, sich scheiden ließen. Er blieb bei seiner Mutter und begann, Architektur in einer französischen Kleinstadt zu studieren, und dann beschlossen sie im Kibbuzwerk, die Aktivität im Ausland einzuschränken, und sein Vater siedelte mit der Sekretärin aus der Zeit, bevor sein Büro zugemacht wurde, in ein Dorf in Nordspanien um. Jetzt war sein Vater nach Israel zurückgekehrt, allein, und versuchte, die Mitgliedschaft im Kibbuz und die Arbeit im Werk wiederzuerlangen, und Ejal war gekommen, um ihm zu helfen.

Im Hintergrund fragte Haddaway, was Liebe sei, und bat seine Liebste, ihn nicht mehr zu verletzen, und Ejal fragte, ob das nicht die verrückteste Geschichte sei, die Roni hier in der Bar je gehört hätte. »Nein«, erwiderte Roni, »aber schlecht ist sie nicht.«

Am nächsten Tag kam zur gleichen Zeit Ejals Vater herein. Diesmal erkannte Roni den Gast sofort, obwohl auch Jona anders aussah als früher. Dicker, grauer. »Was willst du trinken, Jona?«, fragte Roni und reichte ihm die Hand zum Händedruck.

Der Abend war das Gegenteil vom vergangenen, zumindest in einer Hinsicht. Am Abend vorher hatte Ejal – Roni hatte gelernt, das nicht zu übersehen – die Aufmerksamkeit fast aller Mädchen in der Bar Barabush erregt, ob sie allein da waren, mit Freundinnen oder Partnern, ob Bedienungen oder Gäste. Als Roni Ejal darauf hinwies, lächelte er und wedelte mit der Hand, als beachte er das schon gar nicht mehr. An diesem Abend war es der Vater, der flehende Blicke an alle verstreute – ob sie allein da waren, mit Freundinnen oder Partnern, ob Bedienungen oder Kundinnen. Und natürlich reagierten sie, als wäre er nicht vorhanden, woran er zwar gewohnt war, aber trotzdem schien er außerstande, damit aufzuhören.

»Hat er dir erzählt, dass er ein Homo ist?«, fragte Jona, und das erklärte für Roni ein paar Dinge, doch er konnte nicht sagen, ob der Frust im Gesicht des Vaters damit zusammenhing, dass ihn die Frauen ignorierten, oder mit der Neigung seines Sohnes, die Frauen zu ignorieren. Jona sagte: »Bist du auch ein Homo? Was soll dieses Bärtchen?«

Jona trank mehr als Ejal. Roni wurde es ein wenig müde, über Argentinien, den Kibbuz und die Psychopathen zu plappern, die ihm nicht vergalten, was er alles für sie getan hatte. Als Jona anfing, mit einer Touristin in Spanisch zu plaudern, nutzte er die Gelegenheit und entschlüpfte für eine Weile ins Lager. Als er zurückkam, winkte Jona ihm mit dem Finger. »Jona«, sagte Roni, »hast du nicht genug getrunken für einen Abend? Soll ich dir ein Taxi bestellen?«

»Bloß einen Moment noch«, entgegnete Jona mit leiser Stimme, brüchig vor Müdigkeit und Alkohol.

»Wir machen einfach bald zu. Willst du, dass ich Ejal auftreibe, dass er dich abholen kommt?«

»Hat er dir erzählt, dass er ein Homo ist?«

»Du hast es mir erzählt«, antwortete Roni und schätzte die in der Bar verbliebene Kundschaft ab. Es war natürlich nichts Außergewöhnliches, dass ein Betrunkener am Ende der Nacht Hilfe brauchte, doch Roni spürte einen Stich von Mitleid mit dem alten Kibbuzgenossen. Jona murmelte etwas in Spanisch. »Was?«, fragte Roni nach.

»Ein Homo ist bei ihm rausgekommen«, schloss Jona und stand schwankend auf.

Roni hätte sich verabschieden und seinen Angelegenheiten zuwenden können, doch er kam hinter der Bar hervor und sagte: »Komm, Jona, ich bestell dir ein Taxi. Wo musst du hin?« Jona reagierte nicht. »Oder soll ich Ejal rufen?«

»Den Homo?«, sagte der Vater, legte eine Hand auf Ronis Schulter und stolperte langsam neben ihm her.

Die säuerliche Luft der Bar wurde von der schweren Nachtluft abgelöst. Da standen sie, der betrunkene Ältere und der peinlich berührte Jüngere, eine Hand auf die Schulter, die zweite Hand wohl oder übel um die Hüfte des Schwankenden gelegt, warteten schweigend, bis sich Jona räusperte, einen spanischen Fluch ausstieß und dann fragte: »Wie geht's deinem Bruder, dem *loco*? Alles in Ordnung mit ihm? Hat er sich aufgerappelt?«

Roni stutzte kurz und sagte dann: »Es geht ihm gut. Er ist gerade in New York.«

»New York? Schön, schön.«

Roni winkte einem vorbeifahrenden Taxi. Es hielt nicht.

»Ich werd im Leben nicht vergessen, wie wir ihn entführt haben, ich und Jona, Ejals Mutter, wie wir ihm den Mund mit diesen stinkenden Käfern vollgestopft haben.«

»Ihr?« Roni befreite sich aus der Umarmung und stellte sich vor Jona, etwas seitlich, für den Fall, dass er umfiele. Aber Jonas Gleichgewicht war besser, als es aussah, noch etwas, das Roni gelernt hatte – überlass Menschen, die von anderen abhängig scheinen, sich selbst, und du wirst überrascht sein zu erleben, wie gut sie zurechtkommen.

»Ich und Jona, Ejals Mutter. Dieser Junge, dein Bruder, dieser Gestörte, der *loco* – er war ein böses Kind. Moment mal, was ist wirklich los mit ihm, hat er sich erholt?«

Gedanken schossen Roni durch den Kopf. »Aber wie… was ist mit den haarigen Armen?« Der einzige Hinweis, den Gabi aus jener Nacht hatte. Das und die Tatsache, dass es mindestens zwei Personen gewesen waren und zahlreiche zerteilte Beine in seinem Mund.

»Ha…« Jonas Gesicht verzog sich langsam zu dem sonnigen Lächeln eines Volltrunkenen. »Das war Jonas Idee. Sie wollte, dass alle dachten, es sei Schimschon Kohen gewesen. Denn schau mal, ich hab glatte Arme, schau her«, er hielt ihm seine Arme entgegen.

»Aber war Schimschon Kohen nicht euer Freund? Warum wollte sie ihm die Schuld in die Schuhe schieben?«

»Auweia. Eine lange Geschichte. Dafür werd ich noch mal kommen müssen.«

Allein der bloße Gedanke, dass er gezwungen wäre, noch einen Abend mit Jona zu verbringen … »Taxi!«, schrie Roni.

Und als wie aus dem Nirgendwo plötzlich eines auftauchte und hielt, grinste Jona und sagte: »Gott sei mit dir, Junge.«

Er stieg hinten ein, schloss die Tür, und als das Taxi bereits anfuhr, ging die Fensterscheibe hinunter und er schrie: »Grüße an deinen Bruder, den *loco*! Hoffen wir, dass er sich erholt!«

Erst nachdem das Taxi verschwunden war, fiel Roni auf, dass ihm Jona nicht erzählt hatte, wie Jona und Jona es angestellt hatten, dass die Arme des Vaters so haarig wie die von Schimschon Kohen waren.

Der Helfer

Als Roni Jona erzählte, dass Gabi in New York sei, wusste er nicht, dass Gabi die Stadt zugunsten Hollywoods, Florida, verlassen hatte. Roni wollte Gabi anrufen und ihm von seiner Entdeckung erzählen. Er erhielt eine Telefonnummer von einem Kibbuznik, der in New York im Umzugsgeschäft arbeitete, doch dieser berichtete, Gabi sei nur ein paar Tage bei ihm gewesen und dann verschwunden. Roni gelang es nicht, mit diesem losen Faden etwas anzufangen, und nach einer weiteren Überlegung beschloss er, dass er Gabi eigentlich doch nicht erzählen wollte, was er entdeckt hatte. Wozu. Warum in alten Wunden stochern.

Gabi Kupfer kam ein einziges Mal nach New York zurück. Er wollte sich mit der Tochter Cyril Zimmermans, eines Millionärs aus Boca Raton, Florida, treffen, der ein wichtiger Klient von

Meschulam Avneri und der JNF-Niederlassung war. Zimmerman hatte sich einverstanden erklärt, dem Jüdischen Nationalfonds einen erheblichen Teil seines Vermögens zu hinterlassen, und war dabei, sein Testament diesbezüglich zu ändern. Meschulam hatte sich ein paar Mal mit ihm getroffen, teils mit Gabi zusammen, und in seinem Notizbuch vermerkt, dass Zimmerman ein Stifter sei, mit dem man den Kontakt pflegen müsse, da er zu der Sorte Kandidaten gehöre, bei denen zwar gutes Potential für eine Spende zu erkennen war, bei denen sich jedoch möglicherweise ein paar Hindernisse auf dem Weg dorthin auftun könnten.

Ein solches potentielles Hindernis war Jennifer, die neunundfünfzigjährige Tochter Zimmermans, die an der Upper West Side in Manhattan wohnte. Der alte Herr erzählte ihnen eines Tages von ihr. Er sagte, dass sie Fragen nach dem Jüdischen Nationalfonds und dem Erbe stelle. Er glaube zwar nicht, dass das ein Problem würde, doch er wolle keine ungesunden Spannungen erzeugen, oder wie er es ausdrückte: »Die Welt mit einem misstönenden Akkord verlassen.« Daher wollte er ihr die Antworten liefern.

»Welche Fragen hat sie?«, fragte Meschulam liebenswürdig. Er hatte Gabi von diesen Fällen erzählt: Die Kinder des potentiellen Stifters stellten Fragen, vor allem wenn es sich um das Erbe handelte. Meschulam betonte, dass man das Misstrauen mit Verständnis aufnehmen und eine Reihe von vertrauensbildenden Maßnahmen anbieten müsse – eine Präsentation, einen Vortrag, ein Treffen, sogar eine Einladung nach Israel, damit die Kinder die Arbeit mit eigenen Augen sähen. Es habe schon Fälle gegeben, in denen die Kinder das Testament im Nachhinein annullieren ließen mit der Behauptung, ihre einsamen Eltern seien ausgenutzt und manipuliert worden, und in solchen Fällen hätte es keinen Sinn zu kämpfen, denn das würde nur dem Image der Organisation schaden. Daher sei es wichtig, alle Probleme im Voraus zu lösen.

»Nu, was kann sie schon fragen – wieso ich vorhabe, die Hälfte von meinem Geld Leuten zu geben, die ich nicht kenne«, antwortete Zimmerman und nahm einen Schluck Weißwein. Er hatte eine rosige Haut, Brille, eine volle weiße Haarmähne. Sein Geld hatte er als Rechtsanwalt gemacht. »Ich sage zu ihr, Jenny, das ist der Jüdische Nationalfonds, das ist der Staat Israel, das steht im Testament, die Formulierung passiert tausend Augen von Rechtsanwälten, einschließlich meiner, alles ist koscher, alles ist geprüft und wasserdicht, das Geld wird an bekannte Institutionen gehen. Worauf sie sagt, bei allem Respekt für den Staat Israel …«

Die Sache war die, so erzählte Zimmerman, dass Jennifer das Geld überhaupt nicht nötig hatte. Sie hatte geheiratet und sich dann scheiden lassen, von einem Juden, der reicher war als er, Schulman, war im Stahlgeschäft, ob sie den vielleicht kannten? Sie kannten ihn nicht. Jenny hatte viel mehr, als sie zu ihren Lebzeiten ausgeben konnte, auch wenn sie sich anstrengen würde, und zusätzlich sollte sie, als seine einzige Tochter, noch das halbe Erbe ihres Vaters bekommen. Sie meinte es gut, sie wollte ihn nur schützen, sichergehen, dass man ihn nicht an der Nase herumführte, sagte er. Also sei alles, was man machen müsse, seiner Meinung nach, diesen jungen Mann zu ihr zu schicken – er deutete auf Gabi, der im Verlauf dieses Abendessens die meiste Zeit still dagesessen hatte, aber höflich und bedächtig an den richtigen Stellen gelächelt hatte – damit sie sehen würde, dass das Geld wirklich an *»good guys«* ginge und nicht an irgendeinen israelischen Schurken. Als Zimmerman das sagte, straffte sich Gabi, ein Stück erlesenes Landbrot im Mund, das er auf einen Schlag hinunterzuschlucken versuchte. Er blickte Meschulam überrascht an und entdeckte in den Augen seines Bosses einen Funken von Anerkennung. Der Flug nach New York wurde für die folgende Woche vereinbart.

Es waren einige Monate vergangen, seit Gabi in die kleine Einliegerwohnung in Meschulams Haus in Hollywood eingezogen war. Er fühlte sich wohl dort. Es war überhaupt nicht so wie im Kibbuz, das begriff Gabi schnell, doch es gab einen Garten, die Häuser waren eingeschossig, und der Strand mit seinen weißen Sandkörnern vor dem warmen, türkisen Meer, in dem wunderhübsch aussehende Mädchen planschten, war nah. Er besuchte oft den Kinokomplex, pendelte zwischen den Sälen, in denen die Filme nonstop immer wieder von vorn liefen.

Er hatte Glück – in dem lokalen Büro waren gerade zwei kleinere Posten freigeworden, die zwar für einheimische, amerikanische Kandidaten bestimmt waren, doch es bestand die Möglichkeit, eine vorläufige Arbeitserlaubnis für einen Israeli zu erwirken, der für den Jüdischen Nationalfonds arbeitete, bis die Bürokratie geregelt war. Zuerst lernte er die Büroangestellten und ihre Arbeit kennen: Kontakt mit den jüdischen Institutionen in der Gegend, Organisation von Zirkeln in Privathaushalten, die Suche nach Spendern und Kontaktpflege mit ihnen, die Organisation von Delegationen nach Israel, Verteilung und Einsammlung blauer Sammelbüchsen. Manchmal begleitete er Meschulam zu Terminen, und die restliche Zeit blieb er im Büro. Das erste Projekt, das er völlig allein durchführte, waren Vorträge des ehemaligen Justizministers Dan Meridor in zwei örtlichen Altersheimen.

Die Arbeit war interessant und nicht schwer. Er stellte fest, dass man seiner Berechnung nach im Umzugsgeschäft sicher mehr verdienen konnte, doch das Gehalt war immer noch ordentlich, und seine Ausgaben waren minimal. Die permanente Auseinandersetzung mit reichen Leuten, Menschen, die ihr Leben lang dem Geld hinterherjagten, ein Vermögen machten, aber allein blieben und nicht wussten, was sie mit ihrem Reichtum anfangen sollten, lehrte ihn eines: Am Ende kriegen alle Falten, Haarausfall und schwinden dahin, während sie, im besten Fall, ein paar vereinzelte Verwandte um sich haben, und das Geld, für das sie sich so abgerackert haben, zerstreut sich in alle Winde wie gefallenes Laub.

Auch nach Monaten war ihm Meschulam immer noch ein Rätsel. Er begriff weder seine familiäre Situation noch seinen Beweggrund, einem jungen Mann, den er kaum kannte, Arbeit und Wohnung zu geben. Oder was genau er in seiner Freizeit machte. Manchmal hörte er undeutliche Stimmen, Schritte von mehr als einer Person auf dem Holzboden oder ein Drehen des Schlüssels im Schloss in den frühen Morgenstunden – Gabi hatte einen leichten Schlaf, er hob dann den Kopf und warf einen Blick auf die Uhr, um drei, vier – und schlief weiter, doch immer trafen sie sich um halb neun, um ins Büro aufzubrechen, und Meschulam sah stets gepflegt und frisch aus. Gabi versuchte zwei-, dreimal, ihn zum Sprechen zu bringen – fragte nach dem Zustand des Vaters seiner Frau und wie die Chancen standen, dass sie in die USA zurückkäme, oder ob er am Abend vorher etwas Interessantes gemacht habe. Doch Meschulam wich stets aus, und Gabi gab es auf. Er spürte, dass Meschulam einsam war. Dass er eine bittere Seite hatte.

Jennifer Schulman-Zimmerman hatte eine große Wohnung mit einer riesigen Terrasse. In jeder Ecke gab es violette Objekte – Kissen, Bilderrahmen, Vorhänge, auch die Bluse, die sie trug. Sie setzten sich auf die Terrasse und tranken eisgekühlte Limonade. Ihre Augen waren blau und groß, ihr Haar strohblond – eine Frau mit einem großen Körper und durchschnittlichem Aussehen, aber nett, sogar lustig. Sie redete fast nicht von Geld, stellte nur Fragen zu Israel, dem Kibbuz, der Armee. Gabi tat, wie ihm Meschulam aufgetragen hatte: antwortete sachlich, flocht Smalltalk ein, interessierte sich für die Wohnung, erkundigte sich nach ihrer Vorliebe für die Farbe Violett, ihrer Kindheit und ihrem Vater, ihren Kindern und Enkeln. Die Situation entspannte sich, und Gabi verzeichnete insgeheim ein Häkchen bei sich; Jennifer war nur ein weiterer einsamer Mensch, wie ihr Vater, mit zu viel Geld und Komfort ohne die Fähigkeit, es zu genießen, eine Frau, die hauptsächlich ein paar Stunden in der Gesellschaft von jemandem verbringen wollte, der ihr schmeichelte, wie so viele der Spender.

Aber dann traf ihr Freund ein. Sie stellte ihn als *»my young boyfriend«* vor, ein energetischer Mann namens Irwin, drei Jahre jünger als sie, der der Vertragspsychiater des Basketballteams der New Jersey Nets war, klein, mit krausem Haar und Bart und dicken Lippen. Sie gingen zu dritt zum Abendessen in ein phantastisches italienisches Restaurant, und Gabi genoss es so sehr, dass er gar nicht merkte, wie die Zeit verging. Er radierte das Häkchen aus, das er vorher gesetzt hatte, da er begriff, dass er Jennifer vorschnell beurteilt hatte. Und auch New York: Die Stadt war anders als die, die er in seinen ersten Tagen in den Vereinigten Staaten kennengelernt hatte. Sie war luftig, erregend, lustig, und je mehr der Wein floss, desto größer wurde Gabis Sympathie für beide.

Gabi sprach mit Irwin über die Drogenprobleme der NBA-Spieler, und Irwin versprach, Gabi Karten zu besorgen, wenn die Nets nach Miami kämen. Sie erzählten Gabi von einer Rundfahrt, die sie einmal im Galil gemacht hatten, von einem phantastischen Olivenöl, das mit antiken Mahlsteinen hergestellt wurde, von Gräbern heiliger Rabbis in Zefat, von einem guten Restaurant in Rosch Pina – Gabi, der sein ganzes Leben im Galil verbracht hatte, kannte nichts von alldem, doch er sagte zu Irwin, dass er beim nächsten Mal kommen müsse, um sich die Basketballmannschaft des Kibbuz anzuschauen. Sie fragten ihn nach dem Nationalfonds, und er erzählte ihnen, was er wusste, was er von Meschulam gelernt hatte, doch der Wein löste ihm die Zunge, und zu bald gestand er, dass er neu in der Arbeit sei und nicht viel wisse, dass er immer gewusst habe, dass sie Bäume pflanzten, aber nicht, dass sie reiche Spender in Amerika suchten. Jennifer sagte, sie wolle einen Wald auf ihren Namen stiften, ohne Zusammenhang mit der Spende ihres Vaters, in einer neuen Siedlung, in der Freunde von ihr aus Brooklyn lebten, die nach Israel ausgewandert waren. Sie wählte die Nummer von jemandem auf Irwins Mobiltelefon – das war das erste Mal, dass Gabi ein solches Gerät in echt sah, und obwohl Jennifer gezwungen war, Sätze zu wiederholen und lauter zu sprechen, erstaunte ihn seine Existenz an sich – und notierte den Namen der Siedlung auf einer Papierserviette. Nachdem sie das Gespräch beendet hatte, versuchte sie ihn vorzulesen – Maalei Hermesh?

»Was?« Gabi beugte sich vor, kniff die Augen zusammen, und versuchte, sein Gehör in dem lärmenden Aufruhr der New Yorker Straße zu fokussieren. In seiner Hand hielt er einen Löffel mit Resten der Crème brulée. Jennifer versuchte die Worte auszusprechen. »Ma'aleh Chermesch?«, sagte Gabi. »Ich glaube, ich habe davon gehört. Ich werde nachforschen. Kein Problem. Wo ist das?«

Jennifer rief wieder an. Als sie endete, sagte sie: »Judäa und Samaria.« Gabi nickte mit einem leicht überraschten Lächeln, und in seinem Kopf tauchte plötzlich die Siedlung Ofra auf, zu der er vor Jahren in dem Susita gelangt war, auf seiner Flucht aus dem Kibbuz. Das einzige Mal, dass er in den besetzten Gebieten gewesen war.

Irwin sagte: »Oi, sag jetzt bloß nicht… sind das diese verrückten Siedler aus Brooklyn?« Gabi mochte Irwin. Mit seinen dicken Augenbrauen und seinem gewinnenden Lächeln erinnerte er ihn an den Schauspieler Elliott Gould, nur mit Bart. Er musterte Jenny vorsichtig. Die Bemerkung ihres Boyfriends störte sie nicht.

»Sie wollen also einen Wald kaufen und ihn auf Ihren Namen stiften?«, fragte Gabi, womit er ihr eine letzte Fluchtmöglichkeit ließ. Sie nickte lächelnd. Ihre blauen Augen schwammen ein wenig vom Wein, und Gabi konnte nicht sagen, ob sie mit ihm flirtete – von solchen Dingen hatte er nie etwas verstanden –, also wandte er seinen Blick verlegen Irwin zu, der mit den Augen rollte und die Achseln zuckte. »Sicher, ich werde mich darum kümmern«, sagte Gabi und trank mit einem Schluck den Rest seines Weins aus.

Sie luden ihn ein, im Gästezimmer zu übernachten, doch in diesem Stadium war er von Jennifers blauen Augen und den dichten Brauen des Boyfriends bereits endgültig verwirrt, und außerdem hatte Meschulam zu ihm gesagt, man solle bei Kontakten mit den Stiftern nie die Grenze der Korrektheit überschreiten, und er befürchtete, sie schon übertreten zu haben. Als sie ihm vorschlugen, ihn ins Hotel zu bringen, sagte er: »Aber wieso denn. Sie wohnen hier, Sie gehen nach Hause. Ich komme schon zurecht.« Sie ließen ihn schwören, ein Taxi zu nehmen, und er schwor es, doch erst wolle er ein paar Minuten durch die Straßen spazieren, das Essen verdauen und sich die große Stadt ansehen. Sie verabschiedeten sich mit Umarmungen, und Gabi ging eine ganze Weile, Block um Block, Leute, Autos, gelbe Taxis und Lokale. Er wollte das Summen in seinem Kopf beruhigen, doch es verstärkte sich, der Wein pochte in seinen Schläfen, seine Augen und sein Gehirn waren weit offen gegenüber der Menge ungewohnter Reize. Schließlich sah er eine Subway-Station, ging die Treppen hinunter, löste eine Fahrkarte und stellte sich an den Bahnsteig. Er hatte nichts gegen Taxis, aber er genoss die New Yorker Erfahrung einfach und wollte sie mit einer Fahrt mit der Untergrundbahn abrunden. Er stand am Bahnsteig, und ein Riesengetöse brauste aus dem Schlund der Röhre daher, mit einem Schwall explodierender Lichter, mit Rattern und Tosen, eine unverständliche Durchsage schepperte aus verborgenen Lautsprechern, der silberfarbene Zug verlangsamte, die Türen sprangen auf, und aus dem Waggon vor ihm stieg mit vorsichtigem Schritt Anna.

Die Überraschung

Sie kam, als er sie nicht erwartet hatte, als er auf nichts achtete. Sie erwischte ihn unvorbereitet, erschreckte ihn mit ihrer Schnelligkeit, ihrer Zufälligkeit. Sie brachte Ordnung in die Dinge, erklärte Schritte im Leben, die bis dahin losgelöst, beliebig, planlos schienen. Sie gab ihnen einen Grund, nach rückwärts wie vorwärts. Sie traf ihn im Prinzip mit einem Schlag zwischen die Augen und blendete ihn sekundenlang. In jenem Moment dachte er nicht. Die Gedanken würden viel später kommen, nach Jahren, auf dem kleinen Hügel am Rande einer kahlen Wüste mit eisigen Winden. Erst dann wäre es möglich, dass er sich fragte: Wenn du gewusst hättest, was in Zukunft passieren würde, hättest du auf die Liebe verzichtet?

Er sah Anna, und im Gegensatz zu dem, was damals, im Sinai, geschehen war, trat er diesmal auf sie zu. Auf dem Bahnsteig der anonymen Subway-Station begannen sie miteinander zu reden und fanden kein Ende mehr. Zwei Stunden saßen sie dort auf einer Bank, das donnernde Getöse kam und ging, es wurde immer später.

Er erzählte ihr von jenem Tag am Sinai. Der Tag, der mit dem

Erdbeben anfing, als er im Sand saß, und damit weiterging, dass er sie erkannte, als sie mit einer Gruppe junger Leute eintraf. Wie er sofort angespannt war, sich in seinen Kokon zurückgezogen, den Strand überstürzt verlassen hatte und seinen Rückweg nach Hause antrat. Vor der Flucht flüchtete. Fürchtete, sie würde ihn erkennen und sein Geheimnis aufdecken. Immer hatte er sich gefragt, ob sie ihn gesehen hatte. Sie hatte ihn nicht gesehen. Auch das Erdbeben nicht gespürt. Auch wenn sie ihn gesehen hätte, wäre sie sicher keine Gefahr für ihn gewesen. Sie erinnerte sich verschwommen daran, dass er verschwunden war, dass man ihn gesucht hatte. Aber zu der Zeit, vor allem am Sinai, war sie zu sehr auf sich konzentriert, um darauf zu achten, was um sie herum geschah. Sie war in einen deutschen Freiwilligen namens Lothar verliebt, verließ einige Monate die Schule wegen ihm, zog mit ihm herum, rauchte mit ihm, machte alles mit ihm, was eine Sechzehnjährige tun kann, die die große Welt außerhalb des Kibbuz entdeckt. Sie seien zwei Monate am Sinai gewesen, glaubte sie, und soweit sie sich erinnerte, war alles, was sie in diesen zwei Monaten gemacht hatte, Lothar zu lieben. Gabi lachte. Wie sehr er damals erschrocken war, als sie auftauchte, und es hatte sie überhaupt nicht interessiert. Man ist manchmal so auf sich selber konzentriert, sagte er zu ihr, dass man vergisst, dass man für andere nicht der Mittelpunkt der Welt ist. Er erzählte von der Flucht. Der Golani-Uniform. Den verrückten Autostopps. Der Siedlung – Jahre hatte er nicht mehr daran gedacht, und nun stieg das Bild heute Abend ein zweites Mal in seinen Gedanken auf: die kleinen Häuser, die Familie, die ihn in dem überfüllten Kinderzimmer beherbergte. Die Felsen und Berge. Manchmal ist das so, sagte Anna mit träumerischem Blick, manchmal kommt etwas auf einmal aus dem Nichts daher, eine Erinnerung, ein Gedanke, und das hat einen Grund. Sie wandte den Blick von dem Gleis gegenüber, den breiten Stahlpfeilern, den Ratten, die sich zwischen den Gleisen tummelten, Gabi zu. Und dann lächelte sie und ließ ihre Augen auf ihm ruhen. Fast streckte er einen Finger nach dem niedlichen Grübchen in ihrer Wange aus.

Er erzählte ihr von seinen Kurzschlüssen im Hirn, den Phasen des Zorns, dem Frieden am Sinai. Anna entschuldigte sich, dass sie die Ruhe zerstört hatte, und genau in dem Moment lief donnernd ein Zug auf dem Gleis ein, und er sagte: »Willst du ein bisschen rumfahren, eine Luftveränderung?«

Sie stiegen ein und setzten sich auf die orangefarbenen Plastiksitze. Er fragte: »Und was ist mit Lothar, gibt's ihn noch?« Sie runzelte einen Moment die Stirn und brach dann in Lachen aus. »Schwachkopf«, sagte sie, und er liebte die Art, wie sie ihn so nannte.

Dann erzählte er von der Fahrt mit den drei Arabern in dem Peugeot, von der Dunkelheit, die er in dem Moment spürte, als er einstieg. Wie sie sein Hemd zerrissen und seinen Körper absuchten, ihm zwischen die Beine fassten und ihn mit ihrem stinkenden Atem anhauchten, bis sie begriffen, dass er nur ein Junge war, der sich als Soldat verkleidet hatte, dass er keine Waffe hatte, und ihn mit Fußtritten in den Straßengraben beförderten. Er war nur wenige Minuten mit ihnen zusammen gewesen, doch das haarsträubende Grauen, das Gefühl, jetzt sei es aus, so müsse sich einer fühlen, der gleich ermordet wird, war ihm immer noch gegenwärtig. Er erinnerte sich an jede Sekunde, erinnerte sich auch, dass er an Anna gedacht hatte und an den Blauäugigen aus der Siedlung. Und wie er betäubt in dem Graben gelegen war mit dem Leben, das sie ihm gelassen hatten, und in seinem Kopf der eine Satz, den er nicht vergessen konnte – ein sehendes Auge und ein hörendes Ohr, die macht beides der Herr, und als ich schon wanderte im finstren Tal, fürchte ich kein Unglück –, da verkehrten sich die Dinge, und er begann, den seltsamen Tag, den er hinter sich hatte, nicht als Irrtum, sondern als Segen zu begreifen, als ein gutes Zeichen.

Und dann die Nachrichten über den armen Soldaten, der nach ihm in den Peugeot eingestiegen war. Gabi weinte, als er es ihr erzählte, und sie weinte mit ihm, zwei beinahe Fremde in den Stunden der Morgendämmerung in einem leeren Zug, und sie legte eine Hand auf die seine und sagte, es ist nicht deine Schuld, sie hätten ihn auch ohne dich gefunden, sie haben einen Soldaten gesucht, um ihn umzubringen, und Gabi hielt ihre Hand und stieß unter Tränen hin und wieder aus: »Tut mir leid«, und: »Ich weiß nicht, was mit mir los ist«, während sie beruhigend seine Hand streichelte.

Sie stiegen an die Erdoberfläche und gingen schweigend nebeneinander her. Es begann zu regnen. Sie blieben stehen, schauten nach oben und dann wieder einander an, gingen weiter. Der Regen wurde stärker. Sie kicherte ein bisschen, und er gab ihr ein Lächeln zurück, sie schmiegte sich an ihn, und er hielt sie schützend. Sie sagte: »Ich glaube, wir werden gleich rennen müssen, um einen Platz zum Unterstellen zu finden.« Er antwortete: »Keine Sorge, das geht gleich vorbei.« Den Punkt am Ende des Satzes setzte der gewaltigste und nächste Donnerschlag, den sie je gehört hatten, eine Sturzflut brach über sie herein, doch sie standen wie angewachsen auf der Stelle, umarmten sich hilflos, rochen nasse Pullover, verflogenes Parfüm, schwachen Alkohol, gewaschene Alleeblätter, bis Anna sagte: »Wir müssen irgendwas machen.« Gabi erwiderte: »Warum? Macht doch Spaß…«, und sie, geborgen in seinen Armen, biss sich auf die Lippen und gab lächelnd zu, dass das stimmte, es machte wirklich Spaß, doch er hörte es nicht, denn er fragte: »Was? Oder vielleicht nicht?«, worauf sie nur in seine Achselhöhle hineinnickte, was ihm genügte, um fröhlicher als seit Jahren zu sein.

Schließlich beruhigte sich der Regen. Sie blickten sich um. Sie waren die Einzigen draußen, außer zwei Obdachlosen unter dem Vordach eines hohen Gebäudes und einem Mann, der in einem Auto rauchte, dessen Scheibenwischer laut quietschten. Sie kehrten zur Untergrundstation zurück, fuhren die zwei Haltestellen zu Gabis Hotel. Sie duschten, trockneten sich und schlüpften zusammen in ein Bett – Anna in der einzig sauberen Unterwäsche, die Gabi in seinem Koffer verblieben war, gedacht für den morgigen Tag, Gabi in der schmutzigen, aber wenigstens trockenen, von gestern – und schliefen ein, noch bevor sie es überhaupt schafften, daran zu denken, was jetzt passieren würde, denn sie waren todmüde und schwindlig, zu viel war den beiden in einer Nacht passiert, und sie hatten keine Energie mehr übrig.

Doch am Morgen hatte sich die Energie, wie es ihre Natur ist, erneuert.

Anna verließ Lothar, den deutschen Freiwilligen. Nach einigen Monaten am Sinai und noch ein paar Tagen im Kibbuz. Vielleicht hatte sie Angst, das Leben ihrer Mutter zu wiederholen, die einen Freiwilligen geheiratet hatte, der zwei Tage nach Annas viertem Geburtstag in seine Heimat zurückgekehrt war. Sie sah ihren Vater weiterhin alle zwei Jahre in den Ferien, und mit achtzehn beschloss sie, auf die Armee zu verzichten und für ein ganzes Jahr zu ihm nach Hartlepool zu reisen, einer Kleinstadt im abgelegenen Nordosten Englands. Es war ein alptraumhaftes, paralysierendes Jahr, in dem sie die ungeheure Distanz zwischen Genetik und Umgebung begriff. Hauptsächlich lernte sie, dass Liebe nicht alles besiegen und ganz sicher nicht zwei so völlig getrennte Welten überbrücken konnte – eine Kibbuznikin, das Kind zweier verängstigter russischer Juden, die im Alter von zehn Jahren in einen fremden, heißen Staat geworfen wurden und Tomaten zu züchten begannen, und eine Wiege im Nordosten Englands mit Eltern, die ihr Leben lang nie die Gegend verlassen hatten und mit siebzig immer noch die Abende im Pub mit Biertrinken und Unterhaltungen über Pferde verbrachten.

»Sex kann alles überbrücken«, sagte Anna, »und ich bin der Beweis dafür. Aber Liebe? Woher denn.«

Gabi dachte daran in jener ersten verzauberten Nacht und dachte in den kommenden Tagen und Jahren weiterhin viel darüber nach. Wie wurde bestimmt, ob man zusammenpasste, wie konnte man das wissen? Siegte die Liebe? In dieser Nacht dachten beide, dem sei so. Schließlich hatte Anna von ihren Eltern, die einander fremd waren, genau deswegen erzählt, weil es bei ihr und Gabi das Gegenteil war. Sie waren in der gleichen Umgebung aufgewachsen, aus dem gleichen Stoff gemacht, betrachteten die Welt durch das gleiche Prisma. Anna hatte von ihren unglücklichen Eltern erzählt, um Gabi damit unausgesprochen zu sagen: Wir sind nicht wie sie.

Der Analyst

Roni hatte das Gefühl, schon alles zu wissen, was man wissen musste: über Mädchen, über Trinker, über ehemalige Kibbuzgenossen, über die große Stadt. Und über Geschäfte oder zumindest über die Führung eines Geschäfts dieser Sorte. Der säuerliche Biergeruch, den er einmal mit Erregung geschnüffelt hatte, drehte ihm nach zwei Jahren den Magen um. Manchmal betrachtete er das Ganze von außen und fragte sich, weshalb Menschen in Bars gingen. Was fanden sie an dem Durcheinander aus Lärm, Alkohol und vielen Fremden in einem Raum? Die Abende auf der Terrasse mit süßlich gekräuseltem Rauch vor dem Sonnenuntergang über dem Meer – sie waren immer noch hübsch, immer noch »das gute Leben«, wie alle, die er einmal dorthin eingeladen hatte, ihm sagten; neu waren sie inzwischen allerdings nicht mehr. Weniger Leute wurden eingeladen. Es wurde ihm weniger wichtig, Eindruck zu machen. Die Nächte, sie waren eben Nächte, die Menschen waren Menschen, die Geschichten Geschichten, und das Geld war nur Geld. Leiser Überdruss schlich sich in die Stunden des Morgengrauens, Langeweile, sowie das Gefühl, dass das alles eine Nummer zu klein für ihn war. Er setzte sein Studium fort, war kurz davor, das zweite Jahr abzuschließen, versuchte, Seele und Geist zu fordern, doch das Geschäft fraß an ihm, verlangte von ihm, hart weiterzuarbeiten, um den Erfolg aufrechtzuerhalten und zu vergrößern: sieben Tage die Woche, und zwar einen Großteil der vierundzwanzig Stunden, Gelegenheiten nutzen, große Kredite zu besseren Konditionen, die Einnahmen wieder in die Entwicklung des Geschäfts investieren. Das Unternehmen wuchs und gedieh – er machte mit Oren eine zweite Bar Barabush auf, diesmal mit einer 50%igen Teilhaberschaft, und danach verkaufte er einem der Unternehmer, die sich an ihn wandten, die Konzession für eine dritte Bar Barabush, unter seiner Kontrolle. Roni hatte eine erfolgreiche Barkette, aber er war nicht zufrieden. Er wollte aus der Partnerschaft mit Oren Azulai aussteigen, der sich als faul und überheblich entpuppt hatte, dachte daran, neue, eigene Lokale aufzumachen. Doch die gesamte Nachtwelt Tel Avivs schien ihn zu ersticken und nach getrockneten Bierpfützen zu riechen. Von seinem Platz hinter der Theke der Bar Barabush hielt er die Augen weit offen und hörte mit gespitzten Ohren von fernen Welten, weitaus größeren Möglichkeiten. Mit der Zeit wurde der Überdruss in neue Herausforderungen gelenkt und zu ehrgeizigen Bestrebungen ganz anderer Art umgemodelt.

Ariel war einer der Stammgäste in seiner Bar, einer von den Nach-Mitternacht-Leuten, mit denen er gern redete. Ariel machte keine Frauen an, ernährte sich von Buchprüfung und sprach immer von Geschäftsinitiativen, die sich für Roni zum größten Teil phantastisch und irrelevant anhörten: Import von Suppenautomaten aus Japan, eine Fabrik für tragbare, persönliche Klimaanlagen, eine Nachtbar, die »Der geschlossene Garten« heißen und in der Nacht mitten in einem echten Kindergarten betrieben werden sollte, wenn dieser geschlossen wäre. Roni hörte leicht amüsiert zu, ein bisschen in der Hoffnung, dass irgendwann eine brauchbare Idee auftauchen würde.

Eines Abends im Winter kam Ariel mit einem Freund herein. Es war ein ruhiger Abend an der Bar, und Roni steuerte ihr Eck an. Der Freund war zu Weihnachten aus Boston gekommen. Er arbeitete dort bei einer Strategieberatungsfirma. Roni begriff nicht ganz, was dieser Freund bei seiner Arbeit eigentlich machte, doch als er ging, sagte Ariel ihm leise, wie viel der Freund dieses Jahr verdient hatte und wie viel er im nächsten verdienen würde. Roni blickte sich in der Bar um und fühlte sich kümmerlich.

Er hätte diese Episode vergessen, wenn Ariels Freund aus Boston nicht am nächsten Tag in Gesellschaft eines anderen jungen Mannes hereingekommen wäre, den Roni sofort erkannte. Es war Idan Levinhof, der einige Jahrgänge über ihm bei der Kommandoeinheit gedient hatte, und sie tauschten einen lächelnden Händedruck. Er hatte eine Businessschule besucht, zusammen mit dem zweiten jungen Mann, und lebte jetzt in New York, wo er als Investmentmanager bei Goldman Sachs arbeitete. »Und was ist mit dir?«, fragte er Roni und blickte sich um. »Tolles Lokal. Deins?« Roni nickte und fühlte sich so armselig wie am Abend zuvor. Es zog ihn wieder zu ihrem Eck an der Theke, wobei er die Hälfte von dem, was gesagt wurde, auch diesmal nicht verstand, aber als Idan auf die Toilette ging, flüsterte ihm der betrunkene Freund die Summe des Jahresbonus zu, den Idan kürzlich erhalten hatte.

Nicht nur die Summen ließen seinen Puls schneller schlagen, sondern auch das Gefühl, dass diese Leute ein echtes Leben führten, ohne künstlichen Schnickschnack; sie waren im Zentrum der Dinge, an der Spitze der Welt; beschäftigten sich mit den echten Sachen, ernsthaftem Business, waren verantwortlich für millionenschwere Anlagen, berieten führende Firmen. Sofort nachdem die beiden gegangen waren, nahm Oren Azulai ihren Platz an der Bar ein und redete mit irgendeinem Vorstadttypen über die Eröffnung eines Mega-Nachtklubs in einem Hangar am Tel Aviver Flughafen. Azulai erschien ihm grotesk aufgeplustert vor Selbstwertgefühl und doch so kümmerlich klein.

Idan, der Kämpfer aus der Kommandoeinheit, der zum Analysten, zum Börsenfachmann an der Wall Street geworden war, kam Abend für Abend in die Bar Barabush, eine ganze Woche lang. Seine Mutter wohnte um die Ecke, und nachdem er mit ihr zu Abend gegessen hatte, musste er Luft schnappen. Manchmal kam er mit Freunden, manchmal kam er erst spät, nach einer anderen Vergnügungstour, aber im Laufe dieser Woche freundeten sich Roni und er miteinander an. Er erzählte von dem Weg, den er eingeschlagen hatte, und Roni trank seine Worte: Jurastudium und schneller Aufstieg in einer großen Kanzlei in Tel Aviv, ein Darlehen von einigen zehntausend Dollar, die Schule für Businessmanagement der MIT in Boston, Praktikum noch im Laufe des Studiums bei Goldman Sachs Investments, ein Stellenangebot von der gleichen Bank bei Studienabschluss, graduelles Erklimmen der Status- und Geldleiter und Umzug nach New York. Auch die Arbeit selbst klang interessant: eine Welt des Wettbewerbs und des Instinkts, voller Risiken und Chancen. Massenhaft Arbeitsstunden, haufenweise Geld. Idan benutzte Worte, die für Roni wie Chinesisch klangen: *private equity*, *hedge fonds*, *mar-*

gin call – doch er war wie hypnotisiert. Und Idan sagte, wenn Roni wolle, würde er ihm behilflich sein. »Deine geschäftliche Erfahrung ist beeindruckend«, meinte Idan, »eine Kette von Bars, ein neues Konzept… das flicken wir in eine *application*, wie sie es lieben – ein innovativer Unternehmer in der Gastronomie- und Vergnügungsindustrie. Das ist wie mit den Boutiquen von diesen Komikern, Hagaschasch Hachiver.« Er grinste. »Und wir bringen auch den Kibbuzbetrieb rein, der einfache, sozialistische Hintergrund, sie werden sich drum reißen.«

Roni lächelte. »Dann werden sie bestimmt auch damit zufrieden sein, dass ich Waise bin, oder? Eine wahre Cinderellageschichte.«

»Du bist Waise?«, rief Idan. »Machst du Witze? Das ist riesig, da bist du dabei, ohne auch nur einmal mit der Wimper zu zucken, wir basteln ihnen ein herzzerreißendes persönliches Schicksal zusammen.« Roni lachte, bis Idan sagte: »Aber du musst echt gute Noten beim ersten Abschluss bringen, was studierst du? Wirtschaft?« Roni nickte, doch er spürte, dass ihm der Wind aus den Segeln entwich. Seine Graduierung war noch fern, und nicht alle seine Noten waren gut. »Hör zu«, insistierte Idan, der den Ausdruck auf Ronis Gesicht sah, »es gibt hier keine Abkürzungen. Man muss investieren, hart arbeiten. Doch es lohnt die Investition, in großem Maßstab. Das ist eine andere Welt. Du wirst ganz verrückt nach New York sein, das ist nicht Tel Aviv, das ist das Wahre. Und die halbe Kommandotruppe ist schon dort.«

Roni war an jenem Abend hinter der Bar beschäftigt, er ging im Ansturm der Arbeit auf, aber Idans Worte hallten in seinem Kopf nach, während er zwischen Küche, Bar und den Tischen der Gäste hin und her hetzte. Am nächsten Abend kam Idan wie üblich herein und fragte Roni, ob er die Anmeldungsformulare schon heruntergeladen habe, er wolle, dass sie sie zusammen durchgingen. Roni sagte, er sei nicht dazu gekommen. Er wisse nicht, ob das wirklich das Passende für ihn sei. Er würde noch mindestens ein Jahr bis zum Studienabschluss brauchen, und wenn er echt gute Noten wolle, dann müsse er mehr Zeit finden, um sich ordentlich hineinzuhängen. Und anschließend noch zwei Jahre Ausbildung in New York, und alles in Englisch, ganz zu schweigen davon, dass er nicht genügend Geld habe, und ein Darlehen in solcher Höhe setze ihn unter Druck. »Was fehlt mir denn hier«, sagte er, »warum haben die Leute immer so große Augen? Ich habe ein erfolgreiches Geschäft, Einkommen, ein gutes Leben.«

»Ja, die Leute haben immer Angst vor dem Teil mit dem Darlehen«, nickte Idan. »Das ist viel Geld, aber mit harter Arbeit kannst du es in fünf Jahren, maximal, zurückzahlen. Und dann sitzt du mit einem Job an der Wall Street da. Auf dem Dach der Welt.« Idan lächelte mit weißen Zähnen und fuhr fort: »Und weißt du, nachdem du beim Rindersektor warst und die Laufbahn in der Kommandoeinheit abgeschlossen und dieses Geschäft aufgezogen hast, ist harte Arbeit Pipifax für dich. Ich sag's dir, du kannst es.«

»Und diese lange Zeit? Und das Englisch?«

»Du hast ein super Englisch«, erwiderte Idan, »ich hab dich vorher mit den Touristen gehört. Und von der Zeit rede ich nicht, denn die Zeit wird auf jeden Fall vergehen. Aber wenn du dich wohlfühlst mit deinem Leben, dann ist doch alles paletti, vergiss es.«

Roni gab keine Antwort, er trocknete nur ein Bierglas ab, während er Idan anstarrte, stellte im Kopf Berechnungen an und sagte zu sich, *ja Allah*, wie lange hab ich nicht mehr mit Onkel Jaron geredet. Genau da machte ihm eine hübsche Kundin ein Zeichen, und er beeilte sich, ihr lächelnd zu Diensten zu sein. Sogar Idan, der ihn kaum kannte, nahm wahr, dass sein Lächeln etwas gequält war.

Das Essen

Meschulam war mit Gabis Erfolg in New York zufrieden. Er erhielt begeisterte Anrufe von Jennifer Zimmerman-Schulman und ihrem Vater und freute sich über die Waldstiftung, die zur Spende ihres Vaters hinzugekommen war. Das sei ein vielverprechender Anfang, sagte er zu Gabi eines Abends, als er auf dem kleinen Grill im Hof Steaks briet und Bier aus der Flasche trank. Wenn Gabi nur wollte, könnte er in der Organisation vorankommen. »Am wichtigsten ist«, sagte der Boss, während er ein blutiges Steak mit einer Zange wendete und Blut- und Fettspritzer die Flammen unter dem Rost auflodern ließen, »dass du etwas für deinen Staat tust. Zionismus. Ja?«

Gabi hätte vielleicht selbst zugegeben, auch Jahre später, dass Meschulams Reden von Karriere und ganz sicher vom Zionismus irgendeine Saite in seinem Herzen zum Klingen brachten. Nur war sein Herz in jenen Augenblicken woanders, von Anna vereinnahmt. Der Glorienschein der vierundzwanzig Stunden, die sie zusammen verbracht hatten, hüllte ihn ein. Sie hatten gemeinsam den Höhepunkt erklommen und taten sich schwer, wieder auf den Boden der Wirklichkeit herabzusteigen – aus ihrer Sicht war die Zeit dort erstarrt, und ihre Gedanken fachten das Feuer an genau wie das Fett, das auf die orange glühenden Kohlen in Meschulams Grill tropfte. Gabi fragte Meschulam, ob er eine Freundin zu sich einladen könne, und verfolgte aus unmittelbarer Nähe seinen Gesichtsausdruck – überrascht, enttäuscht, beunruhigt –, als dieser antwortete: »Aber sicher.« Drei Wochen danach umarmten sie sich stürmisch, als sie am Flughafen mit einem großen Rucksack landete, der alles beinhaltete, was sie besaß, alles, was sie brauchte.

Und Gabi – alles, was er brauchte, war sie. Die kommenden Monate waren die perfekten Flitterwochen. Das angenehme Wetter Floridas, das ebenerdige Haus mit dem Garten, das schöne türkise Meer, an dem sie jeden Abend Hand in Hand spazieren gingen, die Filme im Kinokomplex. Normalerweise kochten sie abends zusammen zu Hause, und danach streckten sie sich auf dem Sofa vor dem Video aus. Ab und zu liehen sie sich von Meschulam das Auto und fuhren in Florida und Umgebung herum: Meer, Krokodile, südlich schläfrige Städtchen, die aus alten Filmen entsprungen schienen.

Anna arbeitete als Bedienung in einem Strandlokal, und manchmal gesellte sie sich zu Gabis Treffen mit den Spendern. Das war eine der Aufgaben, die Meschulam Gabi nach dem Erfolg in New York sehr gern übertrug, und auch Gabi war froh, die Büroroutine zu durchbrechen, die eine Menge Telefoniererei mit jüdischen Institutionen und potentiellen oder vorhandenen Spendern beinhaltete sowie die Organisation von Zirkeln in Privathaushalten für Meschulam oder ähnlicher Ereignisse. Die Begegnungen mit den Spendern hatten etwas Erfrischendes, und Gabi entdeckte, dass er viele der alten Leute mochte und es genoss, ihre Geschichten zu hören. Meschulam befürwortete die Idee, dass Anna an solchen Treffen teilnahm, denn er wusste, die Alten waren ganz erpicht auf die Gesellschaft einer hübschen jungen Frau, einer typischen, gebürtigen Kibbuzisraelin (der Freiwilligenvater wurde nicht erwähnt), und Anna und Gabi waren glücklich, denn sie verbrachten Mahlzeiten, teils auserlesen und reich an Wein, zusammen, für die sie nicht nur keinen Groschen zahlten, sondern auch noch ein Gehalt bekamen. Die Alten waren zumeist liebenswürdige, harmlose Gentlemen, glücklich über die Gelegenheit, einen Abend im Kreis junger Leute zu verbringen. Nur einer versuchte, sie im Anschluss zu einem Privatdate einzuladen, schlug sogar vor, einen Teil seines Erbes auf ihren Namen zu überschreiben. Meschulam gelang es, aus der peinlichen Geschichte mit Anstand herauszukommen.

Eines Abends waren sie mit Samuel Laks beim Essen, einem Juden aus reicher Familie. Sein Vater hatte nach dem Zweiten Weltkrieg ein Vermögen mit Immobiliengeschäften in Chicago gemacht, und der Sohn entwickelte das Geschäft weiter, war in andere Bereiche eingestiegen, in denen er kein weniger großes Vermögen machte, wie die Herstellung von Papierprodukten, speziell die Papierbecher für Take-Away-Getränke – lange Zeit war er in den Vereinigten Staaten der Produzent Nummer eins für solche Papierbecher, bis die Leute China entdeckten.

Das Hauptgesprächsthema bei diesen Treffen war, natürlicherweise, der Staat Israel: seine Zukunft, seine Innenpolitik, seine Außenbeziehungen. Die Spender waren begeisterte Zionisten, und Gabis Job war es, dieses Gefühl zu bestärken. Doch Gabi versuchte gern, die Arten von Menschen zu identifizieren, die sich hinter dem jüdisch-israelischen Patriotismus verbargen: die mit sich selbst und ihrer erfolgreichen Biographie Beschäftigten, die eine Menge über Geld redeten; die Verbitterten, die sich auf Familienmitglieder konzentrierten, von denen sie schlecht behandelt oder verlassen worden waren; und die Offenen, die Interessierten, die eine Menge wussten, spannende Geschichten über Reisen in aller Welt und überraschende Begegnungen zu erzählen hatten und viel Neugier an den Tag legten. Laks war von der letzteren Sorte. Er fragte nach ihren Kibbuzen, nach den Familien, der Kindheit, und erzählte ihnen von seinen Kibbuzbesuchen in den Sechzigerjahren – er hatte sogar versucht, ein Werk zur Herstellung von Papierbechern im Galil aufzuziehen, doch damals war es niemandem in Israel in den Sinn gekommen, Kaffee aus Papierbechern zu trinken.

Nachdem Laks über die Vergangenheit des jungen Paars im Bilde war, fragte er nach ihrem weiteren Weg. Sie sahen einander an. Sie hatten ein paar Mal über die Zukunft geredet. Gabi wollte einstweilen hierbleiben. Noch ein wenig sparen, irgendwann vielleicht in den Kibbuz zurückkehren oder auch nach Tel Aviv, sich seinem Bruder anschließen, wer weiß. Anna sagte, sie habe daran gedacht, auf die Universität zu gehen, aber sie wisse nicht, wo und was sie studieren wollte. An der Tel Aviver Universität, erwiderte Laks, gebe es eine Schule für Betriebsmanagement auf den Namen seines Vaters. Seine Familie habe eine Menge gestiftet, beim nächsten Mal, wenn sie dort wären, müssten sie sich unbedingt das Schild an dem Gebäude anschauen. Nachdem Laks das gesagt hatte, blickte er Anna mit milden Augen an und sagte: »Warum gehen Sie nicht dorthin studieren? Ich glaube, das würde Ihnen entsprechen. Ich kann Menschen mit guten Instinkten, Intelligenz und Mut erkennen. Und das sind letzten Endes die drei wichtigsten Dinge in der Geschäftswelt, obwohl es manche gibt, die auch ohne das erfolgreich sind. Ich denke, uns fehlen innovative Initiatoren in Israel. Ich liebe es, Frauen in unserer Schule zu sehen.«

Anna hatte exakt in dem Moment die Gabel mit einer knusprigen Kartoffelscheibe in ihren Mund geschoben, und nun hielt sie inne und schaute Samuel Laks mit einem Schafsblick an. Dann zog sie die Gabel aus dem Mund, legte sie behutsam und mit Bedacht auf den Tisch, blinzelte und senkte den Blick auf den Teller. Gabi und Laks sahen sie die ganze Zeit über schweigend an. »Ich … ich dachte nicht an … das heißt, danke … ich …« Sie lächelte. Als ihr Blick Gabis Augen fand, sah sie Fragezeichen und leichte Traurigkeit in ihnen.

Als sie in der Nacht mit einigen Gläsern Wein, die im Kopf pochten, nach Hause zurückkehrten, schliefen sie miteinander, und danach lagen sie in schläfriger Umarmung da.

»Interessant, was er gesagt hat«, sagte sie.

»Worüber? Er hat viele interessante Dinge gesagt«, erwiderte Gabi.

»In Bezug auf das Studium. Business. Ich habe im Leben nie an diese Richtung gedacht, aber es gibt Menschen, die haben ein Auge dafür. Meinst du nicht?«

»Vielleicht hat er einfach ein Auge auf dich geworfen? Noch ein alter Sünder, der versucht, mit seinem Geld zu beeindrucken und sich einzuschmeicheln. Er sieht auch relativ jung aus für diese Alterklasse. Oder nicht? Seine Haare sind schwarz.«

Anna grinste. »Dummkopf. Hast du nicht mitgekriegt, dass er ein Homo ist?«

»Ein Homo? Woher soll ich das wissen?«

»Das war klar, so wie er mich angeschaut hat. Und dich. Und dass er keine Familie erwähnt hat. Und seine Haare waren gefärbt, ja, er ist gepflegter als die meisten von den alten Leuten, die wir treffen.«

»Bist du sicher?«, fragte Gabi.

»Ziemlich sicher«, erwiderte sie. »Aber du hast mir nicht geantwortet. Was hältst du davon, wenn ich Betriebsmanagement studieren würde?«

Gabi streichelte ihren flachen Bauch und dachte einige Augenblicke darüber nach. Er hatte es nicht gern gehört, dass Laks diese Dinge zu ihr gesagt hatte. Jetzt, als er erfahren hatte, dass der Beweggrund des Millionärs womöglich gar keine Anmache gewesen war, wie fühlte er sich? Er war immer noch nicht begeistert.

»Gerade deswegen«, fuhr Anna fort, bevor er antworten konnte, »wenn er sozusagen gar kein Eigeninteresse dabei hatte, das zu sagen, dann ist das schmeichelhafter, oder nicht?«

»Ja, das klingt gut«, sagte Gabi, »wenn du meinst, dass es das Passende für dich ist.« Und ein paar Minuten darauf, die er an die Decke starrte, fragte er: »Dann gehen wir nach Tel Aviv zurück?«

»Willst du?«, fragte sie.

Er wollte alles, wenn es sie im Plan mit einschloss, und das sagte er ihr. Sie wandte sich ihm im Dunkeln zu und nahm sein Gesicht zwischen ihre kleinen Hände. »Ich liebe dich so, Gabi. Was für ein Glück, dass du mir in den Schoß gefallen bist.« Ihre Stimme zitterte leicht. Sie küsste ihn auf die Lippen, ein kurzer Kuss.

»Ich dir? Du bist die, die mir in den Schoß gefallen ist«, erwiderte er.

»Was für ein Glück«, wiederholte sie und nun klang ihre Stimme piepsig, das Weinen war nicht mehr zu verbergen, und er spürte, wie ihn eine riesige Woge zu ertränken drohte. Auch er schniefte, umarmte sie ganz fest und sagte nichts.

Er fragte sich manchmal, was sie an ihm fand, was sie an ihm liebte. Sie konnte doch, was sie auch schon erfolgreich getan hatte, so leicht die Aufmerksamkeit vieler Männer auf sich ziehen. Die Antwort, die er sich selbst darauf gab, war, dass ein guter Zusammenhalt zwischen ihnen bestand. Sie waren glücklich zusammen, das war's, und man musste nicht noch mit der Kerze nach Gründen suchen. Mit ihr an seiner Seite fühlte er sich ganz.

Die Rückkehr

In Tel Aviv zu leben heißt, zwischen Stromkabeln, Solarboilern und abblätterndem Kalk zu leben, zwischen so vielen jungen Leuten, Bäumen und Geschäften, die Tag und Nacht so lang offen sind, dass man das Gefühl hat, nicht nur an einer Durchgangsstation zum richtigen Leben zu sein. Anna fuhr jeden Morgen in die Universität und kehrte am Abend zurück. Gabi stand spät auf, räumte die Wohnung auf, erledigte die Einkäufe, kochte aufwändige Abendessen und dachte nach, was er mit sich anfangen sollte. Ein Klassenkamerad Ronis aus dem Kibbuz hatte einen Laden zur Verteilung von Flyern aufgemacht, also stopfte Gabi drei Tage in der Woche Wurfsendungen in Briefkastenschlitze oder warf Visitenkarten von Begleitservices an Windschutzscheiben von Autos, mit einer Technik, die seiner Meinung nach er entwickelt hatte – er ging auf dem Bürgersteig an den parkenden Autos entlang und schleuderte die Karte in hohem Bogen durch die Luft, so dass sie in der Mitte der Windschutzscheibe landete und unter den Scheibenwischer rutschte. Er wurde schnell zum Bereichsverantwortlichen – steckte die Wurfsendungen nicht mehr selbst in die Schlitze, warf die Karten nicht mehr selbst, sondern dirigierte fünf Jungen, die das erledigten. Das brachte ein paar Groschen ein, und zusammen mit Samuel Laks' Unterstützung von Annas Studium und Resten von Onkel Jarons Sparkonto hatten sie ein angenehmes Dasein.

Anna brachte das Studienverzeichnis der Universität mit, und einige Nächte lang gingen sie die Liste der Fächer durch, von denen eine ganze Reihe interessant wirkten: Geschichte, Kriminologie, Wirtschaft, Film. Aber jedes Mal erwachte in ihm die gleiche Frage: Passt das zu mir? Was mache ich mit einem solchen Abschluss? Haben wir genug Geld für zwei Vollzeitstudien? Und vor allem – ist es das, was ich im Leben machen möchte? Die Antwort lautete immer nein.

Anna sagte, er sei zu schwerfällig. »Du musst keine Entscheidung fürs ganze Leben treffen«, sagte sie. »Du brichst zu einer Expedition auf, und auch wenn du ein paar Jahre etwas lernst und es dann nicht weitermachst, was ist schlimm daran? Wenige Menschen in unserem Alter wissen, was sie im Leben anfangen sollen, und trotzdem gehen die meisten auf die Universität, weil ein Abschluss ein Abschluss ist, weil Studieren eine bereichernde Erfahrung ist, weil ...«

»Weil es das ist, was alle machen, und weil sie keine Ahnung haben, was sie sonst machen könnten, und die Eltern drängen«, vollendete Gabi.

»Mich hat niemand gedrängt«, wandte Anna ein.

»Du hast Glück gehabt. Du hast begriffen, was du willst. Ich weiß nicht, was ich will.«

Dennoch schrieb er sich für das Studienfach Kriminologie ein, denn es klang exotisch, interessant und schien eine Aussicht auf Beschäftigung zu haben. An der Tel Aviver Universität gab es aber keinen Grundstudiengang in diesem Fach, also schrieb er sich in der Verwaltungshochschule ein. Er machte mit den Wurfsendungen weiter, während er Prüfungen und Einstufungstests abschloss, und begann sein erstes Jahr, als Anna ihr zweites in Betriebsmanagement anfing. Nachdem sie an verschiedenen Instituten studierten, sahen sie sich weniger als im Jahr davor, hatten es in der Früh meist zu eilig, waren am Abend häufig zu zerschlagen. Ganz selten gelang es Gabi, zur Universität zu kommen und Anna in der Cafeteria zu treffen.

Gabis Leben, das vorher ruhig und bequem gewesen war – wenngleich voller Fragen und Ängste in Bezug auf seine Zukunft –, wurde nun hektisch, stressig und eng, ohne dass die Fragen und Ängste hinsichtlich der Zukunft verschwanden. Die Lebensqualität ließ nach. Die Mahlzeiten waren weniger aufwändig. Die Wohnung wurde ein bisschen vernachlässigt. Wenn er in seinem Flyerjob arbeitete, fühlte er sich schuldig, weil er nicht lernte, und wenn er lernte, fühlte er sich unter Druck, weil er nichts für einen ordentlichen Lebensunterhalt tat und sich nicht auf die Lektüre konzentrieren oder sie genügend interessant finden konnte. Der Abschnitt im Vorlesungsverzeichnis, in dem die Kurse in Kriminologie beschrieben wurden – gesellschaftliche Situationen, die mit Verbrechen zu tun hatten, Psychoprofile von Tätern, Verbrechensstatistik, Detektivwesen, Moralkodex, Konflikttheorien, Analyse aktueller Kriminalfälle, Besichtigungen von Gefängnissen und Gerichten –, ließ keinen Zweifel daran, dass es ein fesselndes Gebiet war. Doch als es in die Details ging, als er stundenlang in der Bibliothek endlose soziologische, anthropologische und biologische Artikel las, die in einer geschwollenen, langweiligen neo-klassischen Akademikersprache verfasst waren, begann er sich zu fragen, was zum Teufel er da machte und wohin sich seine Zeit verflüchtigte.

Dann wurde Anna schwanger. Und der ganze ohnehin vorhandene Druck vervielfachte sich, als hätte jemand den Schalter eins höher gedreht.

Beide waren sich einig, die Schwangerschaft fortzusetzen. Anna dachte an ihre Mutter und ihren Vater, den Freiwilligen, der sich aus dem Staub gemacht hatte, doch das war nicht das Gleiche. Gabi war der Mann für sie. Und Anna die Frau für ihn. Sie hatten zusammen genug erlebt, um das zu wissen, soweit man so etwas überhaupt jemals wissen konnte. Stimmt, sie waren Studenten mit einer bescheidenen Lebensgrundlage, aber Anna hatte immer gedacht, dass sie nicht bis ins reife Alter warten wollte, um ein Kind zu bekommen. Dem Test daheim trauten sie nicht, sie waren überzeugt, dass sie das einzelne Prozent gegenüber den 99 Erfolgsprozenten darstellten, mit denen sich das Schwangerschaftstestset auf der Schachtel brüstete. Nach der ersten gründlichen Untersuchung, die ein winziges schlagendes Herz gezeigt hatte, waren sie durcheinander und aufgeregt, und mitten auf der Straße blieb Gabi stehen und fasste Anna an den Schultern, und sie blickte in seine Augen, und beide hatten ein staunendes Lächeln auf den Lippen – wow.

Gabi beendete sein erstes Jahr und teilte mit, dass er nicht zurückkommen würde. Jedenfalls nicht jetzt, vielleicht in der Zukunft. Einer von ihnen musste Geld heranschaffen. Anna diskutierte nicht. Es war beiden klar, dass ihr Abschluss wichtiger war als seiner. Dass im Gegensatz zu ihm ihre Bestrebungen viel klarer waren – Abschluss, dann Eingliederung im Unternehmensbereich. Dass sie das nicht nur sich selbst und der Fakultät, sondern auch Samuel Laks schuldig war. Und irgendwo, so empfanden beide, auch dem Baby und dem zukünftigen Familienunterhalt.

Die Brieftasche

Zwei Tage nachdem Roni in New York gelandet war, fand er eine Brieftasche im Schnee. Es war die dicke, bauchige Brieftasche einer Frau. Sie enthielt nahezu zweitausend Dollar in bar. Für Roni war das eine natürliche Fortsetzung seines Lebens; die Welt war ihm wohlgesonnen. Er erinnerte sich an einen Satz, den Baruch Schani vor vielen Jahren beim Basketball zu ihm gesagt hatte: Das Glück ist auf Seiten der Guten. Kurz vorher hatte er eine Wohnung an der Upper West besichtigt, die ihm zugezwinkert hatte, aber sie war ein wenig teuer, und er hatte sie unentschlossen verlassen. Als er die Brieftasche fand, machte er auf dem Absatz kehrt und unterschrieb den Vertrag. Er hatte diese Wohnung verdient und sie ihn. Und so wie ihm der Erfolg auf dem Basketballplatz, im Rindersektor, bei der Kommandoeinheit und den Bars leichtgefallen war, letztendlich auch bei seinem ersten Studienabschluss, gab es keinen Grund, warum er sich in New York nicht ebenso leicht einstellen sollte. Der Beweis dafür – eine dicke Brieftasche im Schnee zwei Tage nach der Landung. Als er sie durchsuchte, fand er einen Führerschein, von dessen Foto ihm das hübsche Gesicht einer schwarzen Frau entgegenblickte. Ihr Geburtsdatum lag nahe an dem seines Bruders, fiel ihm auf. Gedanken an seinen Bruder regten sich in seinem Kopf, doch er konzentrierte sich lieber auf die Brieftasche. Er war sich unschlüssig, ob er sie ohne Geld zurückgeben sollte, damit die liebenswerte Schwarze wenigstens den Führerschein, die Kreditkarten, die diversen Mitgliedskarten und den restlichen Unsinn erhielte, mit dem die Brieftasche prall gefüllt war. Doch als er ihre Adresse fand, beschloss er, ihr die Karten per Post zu schicken. Er war zufrieden mit seiner Gutherzigkeit. Ja, das Glück war auf Seiten der Guten.

Der zweite Abschluss, der Master in Businessmanagement, war schwieriger und fordernder. Er gewöhnte sich ziemlich schnell daran, Vorlesungen auf Englisch zu hören, doch in den ersten

Monaten verlor er sich in stundenlanger Lektüre von Bergen an Material. Andererseits musste er nicht parallel dazu arbeiten wie in Tel Aviv. Er hatte Geld, dank des automatischen Darlehens, zu dem er als MBA-Student berechtigt war, und er war bestürzt, wie einfach es war, mit dem Schreiben der Universität zu der Filiale der Citybank zu gehen und sofort ein Konto mit hundertzwanzigtausend Dollar zu eröffnen. Sein letztes Jahr in Tel Aviv hatte wie ein Alptraum begonnen: Universität am Morgen, Bar Barabush in der Nacht, eine Menge Lehrstoff für sein wissenschaftliches Seminar, Oren Azulai, der keinerlei Rücksicht auf die neuen Zeitzwänge seines Partners nahm – er konnte einfach nicht verstehen, was Roni an der Universität wollte. Bis er in der Mitte des Jahres, als New York schon zu winken schien und ihm der Geruch der getrockneten Bierpfützen aus allen Poren quoll, einfach seinen Anteil an der Bar Barabush verkauft und sich ausschließlich dem Studienabschluss und der Bewerbung für den Masterstudiengang in New York gewidmet hatte.

Bereits in Tel Aviv traf er andere Israelis, die an der Businessschule in New York mit der Aussicht auf eine Karriere an der Wall Street weitermachen wollten, doch mit den meisten freundete er sich nicht an. Verwöhnte Zwanzigjährige, deren Weg mit dem Geld ihrer Eltern gepolstert war, die nicht wussten, was harte Arbeit war, und sich an einer Überheblichkeit berauschten, die sich auf scharfe Intelligenz, eine protegierende Mama und ein leichtes Leben stützte. Zwei von ihnen, Meir Foriner aus dem Villenviertel Savyon und Tal Paritzki aus dem schönen Kfar Schmarjahu, wurden gemeinsam mit ihm an der gleichen Universität in New York angenommen. Doch in seiner Klasse freundete er sich mit anderen Ausländern an – einem Japaner, einem Italiener und vor allem mit Sascha, dem Bosnier – und verfolgte von weitem die Versuche von Meir und Tal, den amerikanischen Wasps zu gefallen. Roni konnte sie verstehen, auch er war nicht gekommen, um sich mit Ausländern zu separieren, und er kapierte, dass er, um sich zu integrieren, Beziehungen knüpfen und aggressives »Networking« betreiben musste – das Wort, das alle dutzendfach pro Tag murmelten, ein Netz von Kontakten spinnen, hauptsächlich mit Amerikanern. Doch wenn er Meir und Tal sah, wie sie tranken und Saufspiele wie Beer Pong mitmachten, als wären sie Amerikaner, über Musik und Football redeten wie die Amerikaner, sie in Kleidung, Gesten und Aussprache imitierten, fühlte er sich unangenehm berührt und kehrte in den warmen Schoß seiner Ausländergesellschaft zurück.

Idan Levinhof hatte ihn in Israel schon begleitet, war sein Mentor. Mit ihm gestaltete er das perfekte Bewerbungsdokument, in dem seine bahnbrechende Geschäftsidee geschildert wurde, die das Tel Aviver Nachtleben verändert und das erste Netz von Gastro-Bars im Staat initiiert hatte; die Erfolgsgeschichte, die mit einer Tragödie begann, der Weg des Jungen, der seine Eltern bei einem unheimlichen Autounfall verlor, vom einfachen Leben im Kibbuz bis zur geschäftlichen Erfolgsgeschichte, aus eigener Kraft, durch harte Arbeit, Beharrungsvermögen … Idan half Roni auch in New York; wählte mit ihm die Kurse nach Themen und Dozenten aus, führte ihn in die Tiefen der Graduierungspolitik ein, brachte ihn mit einigen Absolventen und Dozenten zusammen und am allerwichtigsten: leitete ihn an, als die Saison der »Cocktails« begann, schon im ersten Herbst des Studiums.

Die Cocktailtreffen: Dutzende Finanzgesellschaften jagten Talente aus den Reihen der führenden Businessschulen. Bereits in den ersten Wochen des ersten Jahres veranstalteten die Firmen Cocktailpartys auf dem Schulareal oder manchmal in Bars in allen Teilen der Stadt; es konnte bis zu drei verschiedenen »Cocktails« pro Abend kommen. Sie luden die Studenten ein, sich Demos über die Firma anzuschauen, Alkohol zu trinken und zu versuchen, die jeweiligen Repräsentanten zu überzeugen, dass sie die passenden Kandidaten waren. Nach diesen Cocktailempfängen verschickten die Studenten schmeichelhafte Mails an die Firmenvertreter, denen Treffen zur Vertiefung des persönlichen Eindrucks folgten, wonach die Kandidaten Einladungen zu Bewerbungsgesprächen erhielten. Am Ende der Prozedur kam ein Angebot für ein Sommerpraktikum in den Ferien zwischen dem ersten und dem zweiten Studienjahr, und dieses wiederum führte meist zu einem offiziellen

Angebot, nach Abschluss des Studiums dort eine Beschäftigung aufzunehmen.

Roni mochte es nicht, doch Idan zwang ihn, das Spiel mitzumachen, und trainierte ihn im Hinblick auf die Begegnungen mit den Firmen und die Bewerbungsgespräche. Bei den ersten Cocktails blamierte er sich. Beim Smalltalk über Sport ging es um Baseball, und er kannte weder die Begriffe noch die Namen der Spieler. Er versuchte, in Richtung Basketball zu steuern, aber auch da kam er nicht viel weiter. Er erwähnte Nadav »The Dove« Henefeld und den »Iceman« Doron Sheffer, wobei Roni sich sicher war, dass sie bekannte Namen in Amerika waren. Kein Mensch verstand, wovon er redete.

Roni bemühte sich, seine Gesprächsqualifikationen zu verbessern, und parallel dazu drängte er Idan Levinhof, ihm ein persönliches Vorstellungsgespräch bei Goldman Sachs zu verschaffen. Idan versprach, daran zu arbeiten, doch die Chance kam aus einer unverhofften Richtung. Eines Tages erhielt er eine Mail von Dalit Nahari. Dalit war eine Schulkameradin Gabis, vier Jahre jünger als Roni, und die Freundin von Anna, Gabis Partnerin, und diese hatte ihr erzählt, dass Roni in New York war. Dalit lebte seit vielen Jahren in der Nähe von New York, seit der großen Reise nach dem Militärdienst mit Anna. Sie lud Roni zum Abendessen ein. Anna schrieb ihm in einer Mail, dass Dalit verheiratet sei und drei Kinder habe, also wich Roni aus. Er sah keinen Grund, bis nach Planesboro, New Jersey, zu fahren, um Dalit und ihrer Familie einen wertvollen Abend auf Kosten seiner Studien zu widmen. Doch sie beharrte so lange darauf, bis er einwilligte. Er hatte sie als kleine, hübsche Jemenitin in Erinnerung, und in einem momentanen Anfall von Einsamkeit stellte er sich vor, sie sei gelangweilt, ihr Mann sei auf Geschäftsreise oder irgendwas, und sie suche ein unverbindliches Abenteuer.

Die Tür öffnete ihr Mann, ein rundgesichtiger Inder, dickbäuchig und pausbackig, mit pechschwarzem, auf der Seite gescheiteltem Haar. Die Phantasie fiel in sich zusammen und brach noch mehr ein, als hinter seinem breiten Rücken Dalit auftauchte – klein und hübsch war sie wirklich nicht mehr. Schon als er die riesige Wohnung betrat, begann er, sich Vorwände zur Flucht auszudenken. Er wäre nie auf die Idee gekommen, dass er die Wohnung nach zwei Uhr morgens verlassen würde, im Besitz des nützlichsten Stücks einer Netzwerkverbindung, die er hatte erhalten können.

Gughar Rawandip, Dalits Mann, war ein Punjabi. Er war auch Muslim. Und ebenso ein hohes Tier bei einem Hedgefonds, der einer kleinen Investmentbank gehörte, Goldstein-Lieberman-Weiss Investments. Dschudsch, wie seine Frau ihn liebevoll nannte, bewunderte Kibbuzniks, besonders die aus dem Galil, und innerhalb kurzer Zeit wurde er zum Bewunderer des Kibbuzniks aus dem Galil, den Dalit als talentierten Basketballspieler und mutigen Soldaten in Erinnerung hatte und der vor amüsanten Geschichten über die Kindheit im Kibbuz und das Tel Aviver Nachtleben überquoll. Am Ende des Abends versprach Gughar, die Möglichkeiten in seiner Investmentbank auszuloten, und am nächsten Tag erhielt Roni die Mail mit einer Einladung zum Rekrutierungscocktail von Goldstein-Lieberman-Weiss Investments.

Einer der Talentjäger der Bank auf dem Cocktailempfang war Alon Pilpeli, ein grünäugiger Israeli mit Hakennase. Während er ein Shrimps-Sandwichoni kaute und Cava an der aufgemotzten Bar in Downtown trank, fanden sich die beiden, *like a house on fire*, wie der Amerikaner so schön sagt. Roni bemerkte schnell, dass Pilpeli weniger konform und gebunden war, wilder und energischer als Leute wie Idan Levinhof, und Pilpeli war von Roni begeistert, da er, wie er behauptete, bei jedem Besuch im Heiligen Lande in die Bar Barabush rannte. Eine Woche später lief der formale Prozess an, per Mail ein Gesuch einzureichen, und danach kamen die persönlichen Gespräche, auf die sich Roni intensiv vorbereitet hatte und die er erfolgreich absolvierte. Kurze Zeit darauf erhielt Roni die Einladung zu einem Sommerpraktikum bei der Investmentbank.

Das Alter

Miki kam an einem kühlen, strahlenden Tag auf die Welt, stieß einen kurzen Entsetzensschrei aus und verstummte. Während die Krankenschwester seiner Mutter dabei half, sich in der Dusche nebenan zu säubern, hielt Gabi ihn auf den Knien, ein Lakenbündel, betrachtete sein winziges, feuchtes Kinn und sagte: »Du bist zwölf Minuten alt.« Und kurz danach: »Du bist neunzehn Minuten alt«, und dann: »Dreiundzwanzig Minuten alt.« Das waren die ersten Dinge, die er seinem Sohn erzählte, denn er wusste nicht, was er sonst sagen sollte.

Gabi war derjenige, der sich um Miki kümmerte. Er fand sich sehr schnell damit zurecht. Er fuhr fort, seinem Sohn zu erzählen, wie alt er war, es wurde ihm zur Gewohnheit. Er pflegte zu sagen: »Miki, heute bist du drei Monate und zwei Tage alt, und wir gehen jetzt im Park spazieren.«

Anna nahm einen kurzen Mutterschaftsurlaub, und anfangs, als sie wieder an die Universität zurückkehrte, kürzte sie ihre Tage ab, vor allem solange sie noch stillte, doch langsam und allmählich begann sie wieder, lange Stunden auf dem Campus zu verbringen, wie vor der Geburt. Gabi und Miki fuhren fort, die Tage zu zählen, lernten, die Hände zu bewegen und zu lächeln, sich umzudrehen und zu kriechen, Zähne zu kriegen und zu schaukeln, gingen im Park spazieren und hörten sich Bemerkungen über das ungarische, schwedische oder finnische Kind an, die Gabi am Anfang ein bisschen ärgerten, mit der Zeit jedoch stolz machten – als spiegelten die Komplimente über die Schönheit und Besonderheit des Babys seine eigene Schönheit und Besonderheit wider; als gälte die Aufmerksamkeit ihm, und die Scherze (»Privatimport?«, »Wo kauft man so was?«, »Diplomateneltern?«) wären dazu bestimmt, ihn zu beeindrucken und zu erheitern, und nicht diejenigen, die sie von sich gaben. Auf dem Weg zum Mittagsschlaf kauften sie im Lebensmittelladen und beim Gemüsehändler ein, und während Miki seine zwei Stunden schlummerte, bereitete Gabi ein Abendessen zu wie in den schönen Tagen vor dem Studium.

Er hatte keine freie Zeit, machte sich aber viele Gedanken. Hatte er Sehnsucht nach einem Studienabschluss in Kriminologie? Ein bisschen, aber sicher keine brennende. Er plante, Lehrstoff aus dem ersten Jahr, den er nicht geschafft hatte, zu lesen, doch der Papierstapel rührte sich während des ganzen ersten Lebensjahrs seines Sohns nicht vom Regal neben dem Bett. Was er hingegen las, war eines Tages, als er beim Kinderarzt wartete und in einer Zeitschrift blätterte, ein Bericht über Steve Jobs, den Apple-Chef, der erzählte, dass er auf die Universität gegangen war, weil man es von ihm erwartete, und nach einem Jahr beschlossen hatte, sie zu verlassen, da er nicht wusste, was er mit seinem Leben anfangen wollte, und nicht begriff, wie ihm das Studium helfen sollte, die Antwort zu finden. Im Nachhinein, so sagte Jobs in dem Artikel, war das die klügste Entscheidung, die er je im Leben getroffen hatte. Gabi gefiel dieser Bericht ausnehmend gut – Jobs war sogar bei Adoptiveltern aufgewachsen.

Anna kehrte immer spät zurück – manchmal nach dem Abendessen und nach Mikis Bad, und manchmal nachdem er eingeschlafen war. Das erschien Gabi ein wenig merkwürdig, doch als er es anzusprechen versuchte, behauptete Anna, das sei chauvinistisches Denken, denn wenn die Väter hart arbeiteten und erst spät zurückkehrten und ihre Kinder kaum sahen, sagte kein Mensch irgendwas, doch wenn eine Frau das machte, dann war was nicht in Ordnung mit ihr.

»Ich hab nicht gesagt, dass mit dir irgendwas nicht in Ordnung ist«, verteidigte sich Gabi. »Auch ein Vater, der seine Kinder nicht sieht, ist in meinen Augen komisch.«

Aber sie war böse. Er verstand, dass sie sich schwertat mit den Anforderungen und der Verantwortung der Mutterschaft. Sie bat sich ein wenig Freiheit aus, und er akzeptierte es.

Er sagte zu Miki: »Du bist fünf Monate, zwei Wochen und drei Tage alt«, und nahm ihn zu einem langen Spaziergang ans Meer mit. Er hatte ihm im Herbst und Winter langärmlige Hemden anziehen wollen, doch Miki hatte sich darauf versteift, zu jeder Jahreszeit kurzärmlige Kleidungsstücke zu tragen, und da er nie eine Grippe bekam und es ermüdend war, wie er sich zur

Wehr setzte, hatte Gabi es aufgegeben. Er sagte zu ihm: »Du bist sechs Monate und sechs Tage«, und nahm ihn zu einem seltenen Besuch bei Onkel Roni mit, der immer beschäftigt und im Stress war. »Du hast deinen Achtmonatsgeburtstag, Glückwunsch«, auf dem Weg zur Kleinkindergruppe, in der nichts gemacht wurde, außer den Müttern die Zeit zu vertreiben – und außer ihm waren alle Mütter.

»Heute bist du zehn Monate, eine Woche und einen Tag alt«, sagte er an dem Tag, an dem er entdeckte, dass Anna ihn anlog. Er ging mit Miki am Tel Aviver Hafen spazieren, und ein junges, hübsches Mädchen lächelte Miki an und machte Grimassen für ihn. Das war natürlich nichts Ungewöhnliches, da Miki viel Aufmerksamkeit von Fremden erhielt und es liebte, und Gabi hielt des Öfteren mit dem Kinderwagen an, um es seinem Sohn zu ermöglichen, mit unbekannten Bewunderern Blödsinn zu machen.

Dieses Mädchen jedoch sagte nach dem unumgänglichen Duziduzigaga: »Moment mal, ist das Miki?« Sie war eine Studienfreundin Annas. Sie erkannte Miki nach dem Bild, das Anna ihr gezeigt hatte. Sie fuhr fort, ihn zu kitzeln und zu streicheln und Laute von sich zu geben, bis sie schließlich den Blick hob und fragte: »Wo ist Anna?«

»Anna?«, fragte Gabi zurück, als hörte er den Namen zum ersten Mal in seinem Leben.

»Ich meine, was macht sie an einem freien Tag?« Anna hatte nichts von Ferien erzählt. Gabi zuckte verunsichert die Achseln. »Ah, Moment mal«, redete das Mädchen weiter, »ist sie nicht mit Sami nach Afula gefahren?« Sami? Afula? Gabi wollte schon den Mund aufmachen, um zu reagieren, doch Miki begann zu brüllen, um ihre Aufmerksamkeit zurückzugewinnen, und er erhielt sie. Dann klingelte ihr Telefon, und Vater und Sohn setzten ihren Spaziergang fort, während sie ihnen, schon mitten in einem Gespräch mit irgendeinem »Herzchen«, zum Abschied zuwinkte. Gabi erfuhr ihren Namen nicht.

Als Anna spät zurückkehrte, fragte Gabi nichts, und sie sagte nichts. Wenn er gefragt hätte, hätte sie es vielleicht erklärt. Aber an jenem Abend betrachtete er sie, als sie einschlief, und hatte das

Gefühl, sie nicht zu kennen. Ein neuer Wind wehte. Was erzählen wir uns selbst und der Welt, dachte er. Wir denken, dass die Liebe gut ist, dass das Leben gut ist und das alles, und trotzdem. Er konfrontierte Anna nicht. Forschte nicht nach, schnüffelte nicht herum, fragte nicht. Er schaute nicht heimlich in ihrem Mobiltelefon nach, während sie schlief. Er suchte nicht in ihren Heften nach gedankenlosen Kritzeleien, Telefonnummern, Notizen. Er wollte keine gequälten Ausreden hören, wollte nicht Vorschub zu Selbstmitleid leisten und ihr die Möglichkeit geben, ihn zu beschuldigen, ihn für ihr Verhalten verantwortlich zu machen, da er ihr Wärme und Leidenschaft vorenthielt, die sie sich woanders suchen musste. Vielleicht befürchtete er, dass er, wenn er ihr die Möglichkeit zu einer Erklärung gäbe, es sogar verstehen würde. Und er wollte nicht verstehen. Also redete er sich ein, dass Anna noch etwas Zeit für sich, noch ein bisschen Freiheit brauchte.

Er nahm Miki im Kinderwagen zu den Schaukeln und dem Karussell im Park mit und sagte zu ihm, dass er zehn Monate und zweieinhalb Wochen alt sei. Fuhr ihn zum Schwimmunterricht für Kleinkinder, im Alter von elf Monaten und neun Tagen, und nach dem Schwimmbad zog er Miki seine kurzärmligen Sachen an, obwohl es der verregnetste Tag des Jahres war. Wie gewöhnlich erkältete sich der Junge nicht, doch in dieser Zeit hatte er Schmerzen, weil seine Zähne wuchsen; wenn er weinte, pflegte ihn Gabi an seine Brust zu legen und behutsam sein blondes, weiches Haar zu streicheln, bis er einschlief wie ein Engel.

An seinem ersten Geburtstag flatterte Miki plötzlich wie ein Schmetterling mit seinen Händen: schnelle Bewegungen, sekundenlang. Anna blickte Gabi mit verwundertem Lächeln an und schüttelte staunend den Kopf. Ihre Augen leuchteten vor Stolz. Der Junge stieß einen Laut aus und begann zu gehen. Der erste Schritt geriet zum Fall, was in einem Schrei, kurzem Weinen und einem glucksenden Kriechen endete, bis sein Vater ihn aufhob, ihn auf seinen Schoß setzte und alle lauthals zu singen anfingen, »Heut ist Mikis Geburtstag, zur Freude der Kinder« bis hin zu »Alles Gute zum Geburtstag« nach der englischen Melodie.

Dann durfte der Junge zum ersten Mal in seinem Leben einen Schokoladenkuchen probieren, der ihm zweifellos hervorragend schmeckte.

Sie befanden sich in Annas Kibbuz bei ihrer Großmutter (der englische Großvater hatte ein Glückwunschtelegramm geschickt, er hatte seinen Enkel noch nicht gesehen). Adoptivgroßvater Jossi, der jetzt eine Freundin hatte, war aus seinem Kibbuz gekommen, und auch Onkel Jaron, der Bruder von Ascher, dem lang verstorbenen Großvater Mikis, war sehr angetan von den Kunststückchen des kleinen Blondkopfs. Onkel Roni war nicht gekommen.

Woher Miki seine blonden Haare hatte, wusste man nicht zu sagen. Die Großmutter dachte, es sei von dem englischen Freiwilligen, sie war sicher, dass er ihr einmal erzählt hatte, dass er nordische Wurzeln habe, auch wenn er selbst nur einfach rotbackig und braunhaarig war – die ganze Gegend im Nordosten Englands sei früher einmal der Sitz von Norwegern und Schweden gewesen, die mit ihren Wikingerschiffen nach Westen gesegelt waren, bis sie auf Land stießen. Daher höre sich der nordöstliche englische Dialekt, der am schwierigsten überhaupt zu verstehen sei, außer bestimmten Varianten vielleicht im benachbarten Schottland, in Ton und Rhythmus ähnlich wie die nordischen Sprachen an. »Es gibt Forschungen darüber, schaut ruhig nach«, erklärte die Großmutter, und Gabi sagte sich, er würde im Internet nachschauen. Das Blond jedenfalls blieb, und nur Mikis Augen waren ohne Zweifel die braunen Mandelaugen seines Vaters.

Nachdem die ungewohnten Zuckermengen bei dem Geburtstagskind die Energien eines Batteriehasen ausgelöst hatten, fiel er anschließend auf der Hängematte im Hof in Tiefschlaf, den Mund mit braunen Krümeln und Speichel verschmiert. Die Erwachsenen gönnten sich zum Nachtisch einen Kaffee und Erwachsenengespräche. Nachbarn und Freunde aus der Kindheit kamen, um Anna zu begrüßen und ihren Sohn und die Geschichten vom Businessstudium zu bewundern. Gabi saß hauptsächlich mit Jossi und seiner neuen Freundin und Onkel Jaron zusammen.

Er dachte an die Möglichkeit, kurz in seinem Kibbuz vorbeizuschauen, doch er fand keinen Grund. Allerdings freute er sich, als Onkel Jaron sie zu einer Wochenendübernachtung am Rande der Golanhöhen einlud.

Miki war glücklich in Onkel Jarons Kibbuz, und wenn ein Einjähriger glücklich ist, Laute ausstößt, hierhin und dorthin kriecht, mit aufgeregtem Wackeln versucht, einen Schritt nach dem anderen zu setzen, können seine Eltern nicht umhin zu lächeln. Anna stimmte zu, dass der Platz betörend schön sei, dass der kühle Wind und die Basaltlandschaft das angenehme Gefühl vermittelten, in einem anderen Land zu sein. Sie planten, in den Mittagsstunden zurückzukehren, um den Staus am Samstagabend zuvorzukommen, doch Miki gefiel es so gut, und sie fühlten sich so entspannt, dass sie alle drei nach dem Mittagessen auf dem großen Bett im Gästezimmer einschliefen, und als sie aufwachten, beschlossen sie, die Stunden des Tageslichts auszunutzen und erst bei Einbruch der Dunkelheit zu fahren. Das Geburtstagskind würde auf der Fahrt nach Süden schlafen, satt, gewaschen und erledigt nach zwei Tagen voller Aktivitäten und Aufregungen.

Als sich Onkel Jaron auf der Straße draußen von ihnen verabschiedete, waren seine dunklen Brillengläser von Tränen benetzt. »Fast dreißig Jahre«, schluchzte er, »aber ich erinnere mich daran, als wäre es gestern gewesen. Du warst genau dort.« Er deutete auf den Kindersitz, in dem der kleine blonde Junge schlummerte. »Es gab keine Kindersitze, aber du hast auch geschlafen, erschöpft von dem ganzen Herumtoben im Kibbuz. Du warst genau ein Jahr alt. Und neben dir dein Bruder, der Bandit, todmüde, aber gegen den Schlaf hat er verbissen angekämpft, um zu zeigen, dass er ein großer Junge ist. Und vorne Vater und Mutter …« Gabi legte eine Hand auf Onkel Jarons Schulter. Und danach umarmte ihn Anna und sagte ihm, wie sehr es ihr gefallen habe, wie sehr sich alle erholt hätten, und er umarmte sie auch und weinte weiter.

»Fahrt vorsichtig, ganz langsam«, bat Onkel Jaron, als sie im Auto saßen.

Und Gabi antwortete: »Aber sicher. Wir werden uns vor wandernden Kühen in Acht nehmen. Und schlimmstenfalls weißt du ja, was du mit Miki anfängst, du hast schon Übung.«

»Wag es bloß nicht«, versetzte der Onkel und klopfte auf das Autodach, um sie zum Aufbruch zu bewegen. Eine einsame Leuchtrakete der israelischen Armee nach etwa vierzig Minuten Fahrt ließ ihre Herzen schneller schlagen und bereitete ihnen Gänsehaut, doch sie gelangten heil und gesund in ihrer Mietwohnung in Tel Aviv an.

Es kam und ging wie Ebbe und Flut, fiel ihm auf, wie Frühling und Herbst. Es gab Phasen, in denen er spürte, dass sich Anna ihm wieder zuwandte. Früher heimkam. Dann entströmte ihr ein warmes Gefühl, und auch er fühlte sich ihr nah: wenn er sie im anderen Zimmer vor dem Fernseher lachen hörte, zusah, wie sie mit Miki ein Puzzle zusammensetzte mit einer Geduld, die er selbst nicht hatte, einen verstohlenen Blick warf, wenn das Nachthemd über ihrem Kopf schwebte, auf dem Weg, über ihre weiße Haut hinunterzugleiten.

Er fuhr fort, Miki zu erzählen, wie alt er war, und er wurde immer älter: ein Jahr und ein Monat, und drei Monate und zwei Tage, und sieben Monate und neunzehn Tage. Er wurde größer, ging, sprach, forderte, und Gabi war die ganze Zeit an seiner Seite und Anna in der Universität, näherte sich ihrem Abschluss, sondierte Möglichkeiten, Studientage, Jobbörsen, ein Jahr und neun Monate und dreißig Tage, Herbstwinde, und wieder verschwand Anna, und wieder schob sie die Schuld auf das Studium, wandte ihm erneut den Rücken zu, und er hörte wieder im Schlaf, wie die Tür behutsam geöffnet und geschlossen wurde, der Wasserstrahl in der Dusche vorsichtig auf- und zugedreht wurde, und er spähte auf die Uhr und schlief weiter und erwachte beim Rascheln der Steppdecke, wach genug, um zu merken, dass er keinen Kuss, kein Streicheln und keine Umarmung erhalten hatte, und er fragte sie nichts in der Früh, doch sie fasste den Abend in zwei Sätzen zusammen und nannte eine andere Zeit für ihre Heimkehr, als er auf seinem Wecker gesehen hatte.

Sie schwankten, ob sie Miki in den Kindergarten schicken sollten. Die langen Stunden mit ihm waren allmählich nicht mehr so einfach für Gabi. Das süße, immerfort lächelnde Baby war anspruchsvoller geworden, frustrierter, manchmal wütend. Auch Gabi war bisweilen gereizt, und mit der Zeit lernte Miki, auf welchen Punkt genau er drücken musste, um seinen Vater zu ärgern. Gabi fragte sich auch, was aus ihm werden sollte und auf was er verzichtete, wenn er den Großteil seiner Zeit dem Jungen widmete. Er wusste, dass er irgendwann entscheiden musste, was er machen wollte. Auf der anderen Seite lieferte ihm Miki einen ausgezeichneten Vorwand dafür, seine Entscheidung zu vertagen. Er konnte sich keine bessere Art ausdenken, die Zeit zu verbringen. Und er liebte sein Kind, genoss die meisten Augenblicke in seiner Gesellschaft.

Das Problem war, dass sie es sich nicht leisten konnten, ohne Einkommen zu leben. Anna würde nicht unmittelbar eine Stelle antreten, es würde sie einige Zeit kosten, sich zu orientieren. Würde sie in der Übergangsphase mehr Zeit mit Miki verbringen können?, fragte Gabi. Es schien, als schreckte sie vor der Idee zurück. Gabi wurde zornig, fühlte sich ausgebeutet. Es wurde beschlossen: Kindergarten.

Gabi brachte Miki jeden Morgen hin und sehnte sich ab dem Augenblick nach ihm, in dem sich das Tor des Kindergartens geschlossen hatte und er zur Arbeit ging. Der Freund mit dem Wurfsendungsgeschäft nahm ihn mit Freuden wieder auf und gab ihm eine Büroarbeit in Vermarktung und Verkauf, stundenweise, mit bescheidenem Lohn. Miki gewöhnte sich ein. Anna ging zu Vorträgen und Tagungen, Ergänzungskursen und Vorstellungsgesprächen. Einmal erzählte sie ihm von dem Angebot eines Betriebs in Afula, und er spitzte die Ohren.

»Dieses Kernröstwerk?«, fragte er.

»Nein, du Witzbold«, erwiderte sie. Es war ein Recyclingbetrieb für städtischen Müll, einer der fortschrittlichsten der Welt. Dort war eine Stelle in der Abteilung Betriebsentwicklung eingerichtet worden, ihnen hatte ihr Lebenslauf gefallen, und sie hatten sie zu einem persönlichen Vorstellungsgespräch eingeladen.

Sie würde wahrscheinlich über Nacht in einem Hotel dort bleiben müssen, auf deren Kosten.

»Gibt es Hotels in Afula?«, fragte er. Sie lachte wieder. »Und wenn sie dich nehmen, fährst du dann jeden Tag nach Afula?«

Sie wurde ernst. »Wir werden sehen«, sagte sie, »vielleicht ziehen wir in einen der Kibbuze in der Umgebung? Es gibt wunderbare Kibbuze dort im Emek. Wir haben immer gesagt, dass wir Miki eine Kindheit geben wollen, wie wir sie hatten, statt Ruß von Autobussen, enge Wohnungen und Parks voller Hundescheiße.«

Haben wir das gesagt? Gabi versuchte sich zu erinnern, doch es gelang ihm nicht, so ein Gespräch zu rekonstruieren. Er wollte niemandem eine Kindheit wie die seine »geben«, das wünschte er niemandem, ganz bestimmt nicht seinem geliebten Sohn. Und was sie über Tel Aviv sagte, vielleicht war etwas Wahres dran, aber er war doch ziemlich überrascht über die Verachtung, die Anna der Stadt entgegenbrachte, in der sie seit drei Jahren lebten. Fast fühlte er sich in ihrem Namen ein bisschen beleidigt. Und als er so sinnierte, fiel ihm ein, dass sie früher einmal anders geredet hatte. Früher, als sie gerne ans Meer gingen, nach langen Abendspaziergängen auf der Allee zurückkamen, manchmal in einem Café Halt machten. Bis Miki geboren wurde.

Flut und Ebbe, Frühling und Herbst: Sie kam begeistert aus Afula zurück. An jenem Wochenende fiel ihm auf, dass sie seine Hand hielt, als sie auf der Allee spazieren gingen, ihn anlächelte und hin und wieder grundlos auf die Wange küsste. Sie fühlte sich gut, war angeregt von der neuen Arbeit. Es sei nicht für längerfristig, sagte sie, eines Tages wolle sie ein eigenes kleines Unternehmen aufmachen, aber es sei ein hervorragender Ausgangspunkt: ein fortschrittlicher, bahnbrechender Betrieb, ein Produkt, das Umwelt und Natur half, nette Leute, mit denen sie vom ersten Augenblick an gut klarkam. Gabi begann sich das Leben im Emek, im Jezre'eltal, vorzustellen, sogar wenn ihn die Idee mit dem Kibbuz ziemlich abschreckte. Vielleicht könnte er ja sein Studium im Fernbetrieb fortsetzen. Vielleicht könnte er sich in einem interessanten Zweig im Kibbuz integrieren. Miki wäre bestimmt ganz wild darauf. Und da sagte Anna, wenn er in Tel Aviv bleiben wolle, könnte sie vielleicht ein Zimmer in einem der Kibbuze finden, ein paar Tage in der Woche im Norden bleiben und zu langen Wochenenden nach Tel Aviv heimfahren. Er war so schockiert, dass er für einen Moment geblendet war, nichts mehr um sich herum sah. Denn für ihn hörte sich das, zwar in abgemilderter und verkappter Form, aber dennoch wie ein Vorschlag an, sich zu trennen. Nicht nur von ihm, sondern wie ihr Vater dreißig Jahre davor von ihrem einzigen Kind. Ebbe und Flut hängen miteinander zusammen. Er blickte sie mit feuchten Augen an, und sie sagte lächelnd: »Nicht erschrecken, das ist nur ein Vorschlag. Für den Fall, dass ihr in Tel Aviv bleiben wollt.«

»Du bist zwei Jahre, acht Monate und drei Tage alt«, erzählte Gabi Miki auf dem Weg zum Kindergarten, und Miki sagte: »Ja, Papa?« Und Gabi antwortete: »Ja, Miki.«

Anna arbeitete in Afula. Sie hatte ein Auto von der Arbeit erhalten und fuhr drei Tage in der Woche hin und her, und am vierten Tag übernachtete sie im Gästezimmer in einem der nahe gelegenen Kibbuze in der Umgebung. Sie war zufrieden, und Gabi entdeckte, dass es gar nicht so schrecklich war, wie er es sich ausgemalt hatte. Er brachte Miki am Morgen in den Kindergarten, holte ihn am Nachmittag ab, und in der Zwischenzeit saß er im Büro, hatte Sehnsucht und versuchte, potentielle Kunden für Werbung per Wurfsendungen zu interessieren, die in Briefkästen und unter Autoscheibenwischer verteilt wurden.

»Du bist zwei Jahre und elfeinhalb Monate alt.« Zwei Wochen darauf nahmen sie alle drei Urlaub und vergnügten sich einen ganzen Tag am Strand und im Café. Sie aßen Schnitzel mit Pommes und braunes Eis, wie Miki es liebte. Und waren im Spielpark. Die Erlebnisse dieses Tages gruben sich in Gabis Gedächtnis ein: der Ausdruck des schwitzenden, glücklichen Gesichts von Miki. Der Sand, der an seiner Stirn klebte. Der Mund, geziert von einer eingetrockneten braunen Kruste. Und der lästige Junge, der versuchte, Miki seinen Plüschwolf wegzunehmen, den er auf diesen Ausflug mitgenommen hatte, ein größerer Junge als Miki, mit Locken, gelangweilt und unverschämt.

Was machst du hier, du lästiger Junge? Wo ist dein Vater, wo ist deine Mutter, wo sind deine Freunde? Warum willst du unbedingt an jedes Gerät und zu jedem Spiel rennen, mit dem Miki spielen will, dich vordrängen, gefühllos herumtrampeln? Wie kannst du es wagen, deine dreckigen Hände auf Peter, den Wolf meines Kindes zu legen? Warum willst du mein Blut unbedingt zum Kochen bringen? Mein Blut kocht, die Luft tritt mir dampfend aus den Nasenlöchern, mein Kind will auf diese Leiter steigen, also stelle ich mich neben die Leiter und blockiere diesen ärgerlichen Jungen mit dem Körper, einmal, zweimal und beim dritten Mal, als der Junge versucht, sich mit seinem kleinen Körper mit Gewalt vorbeizudrängen und wieder nach Peter greift, verpasse ich ihm einen kleinen Tritt mit der Schuhspitze an die Kniescheibe, während ich sein Ohr einzwicke und es fest umdrehe, höre den verblüfften Schmerzensschrei, beiße die Zähne zusammen als Reaktion auf den wütend entsetzten Blick, begleitet von einem an- und abschwellenden Gejaule, zische ihm zu: »Nimm dich in Acht vor mir«, und schaue mich diskret um, um mich zu vergewissern, dass niemand zusieht.

Als Gabi und Miki von der Runde auf der Rutsche zu der Bank zurückkamen, auf der Anna saß und telefonierte, hob sie den Blick und fragte: »Was war dort los?«

Gabi murmelte nur: »Gar nichts«, doch er war überrascht von dem Kurzschluss in seinem Hirn.

Mit der Zeit hörte Gabi fast auf damit, Miki sein Alter aufzusagen. Die Beziehungen zwischen Vater und Sohn kühlten sich ab. Anna fügte noch eine Nacht in Afula hinzu, und nun schlief sie zwei Nächte in der Woche dort, sagte, es gebe viel Stress in der Arbeit, erzählte ihm jedoch fast nichts darüber. An den Wochenenden hatte er das Gefühl, sie warte nur darauf, dass die Zeit verginge, es Sonntag würde und sie in ihr Afula zurückfahren könnte, zu ihrem Sami oder wem auch immer. Es gab dort jemanden, davon war er überzeugt. Er blieb immer noch stur dabei, nicht zu spionieren, nicht nachzuschauen, nicht zu fragen. Er wusste es einfach. Und Miki entdeckte vielleicht die Schwäche in seinem Vater und schlug seine Zähne hinein – wollte sich nicht anziehen, wollte nicht in den Kindergarten gehen, wollte nicht essen, nicht Händewaschen nach dem Pipi. Gabis Geduld bröckelte, seine Frustration hingegen wuchs: Er konnte sich nicht mehr damit brüsten, wie viel qualitätvolle Zeit er mit dem Jungen verbrachte, denn die Zeit mit ihm hatte keine Qualität mehr. Er konnte den kompletten Verzicht auf sein Vorwärtskommen, was auch immer das gewesen sein mochte – Karriere, Studium, Selbstverwirklichung –, mit keiner Ausrede mehr rechtfertigen. Er war an den kleinen Scheißer gefesselt, lebte für ihn, während es ihr gelungen war, sich ein eigenes Leben zu schaffen. Als Miki begann, sich in seiner raffinierten Klugheit gegen Gabis Überredungsversuche mit Schweigen zur Wehr zu setzen und auch mit seiner erstarkenden Körperkraft, zahlte es ihm Gabi mit gleicher Münze heim: ein Stoß für einen Stoß, auf einen Tritt erfolgte ein Gegentritt. Die Logik dabei war: So würde Miki lernen, dass Gewalt kein effektives Mittel war, um ein Ziel zu erreichen, und auch, dass sein Vater sich von ihm nicht um den kleinen Finger wickeln ließ. Gabi wurde in einen gefährlichen Kreislauf hineingerissen.

Die Leiter

Manchmal sah Roni die Umzugslastwagen von Moishe's in Manhattan herumfahren, er sah die israelischen Verkäufer in den Schuhgeschäften, seine Basketballkameraden der Sonntagsspiele, und insgeheim schnurrte er regelrecht vor Selbstzufriedenheit. Er blickte auf diese ganzen Israelis herab, die kamen, um Amerika durch die Hintertür zu betreten, um langsam von der niedrigsten Stufe der Leiter höher zu kriechen, und er verspürte Stolz. Er war durch die Vordertür hineinmarschiert. Er startete geradewegs zur Spitze durch. Und nicht einmal das Geld hatte er aus eigener Tasche aufbringen müssen – die Bank finanzierte ihn, und die Bank würde das Geld von ihm zurückkriegen. Hatte Idan Levinhof fünf Jahre gesagt? Also beschloss Roni, es innerhalb von maximal vier Jahren zu schaffen.

Im zweiten Jahr erlaubte er sich, das Tempo zu drosseln: Das Sommerpraktikum in der Bank von Goldstein-Lieberman-Weiss war erfolgreich gewesen, so weit es möglich war, Monate als »erfolgreich« zu betiteln, in denen er Besprechungsprotokolle geschrieben, Exceltabellen und Powerpoint-Präsentationen für Analysten und Manager erstellt hatte, Anzüge aus der chemischen Reinigung abgeholt und mit seinem außergewöhnlichen Talent, defekte Drucker zu reparieren, Eindruck geschunden hatte. Wie auch immer, seine Gewährsleute innerhalb der Gesellschaft, Alon Pilpeli und Gughar Rawandip, in die er nicht wenig Kontaktpflege investierte, versprachen ihm, dass ein offizielles Arbeitsangebot für den kommenden August so bald wie möglich auf seinem Tisch landen würde.

Das Angebot kam tatsächlich, der Vertrag wurde unterschrieben, und die ersten 45000 Dollar wurden auf sein Konto überwiesen, eine Unterzeichnungsgratifikation. Nahezu 3000 Dollar davon wurden sofort für eine Einkaufstour bei Hugo Boss, Brooks Brothers und Barnes ausgegeben, in deren Verlauf Roni der Ohrwurm aus der Pessach-Haggada nicht aus dem Kopf ging, »Wer kennt eins?«: zehn Paar Socken, acht Hemden, fünf Krawatten, vier Hosen, drei Paar Schuhe, zwei Anzüge, ein Gürtel, ein Gürtel, Gürtel, einzig im Himmel und auf Erden … obwohl er zwei Gürtel kaufte.

Also hatte er bereits zu Anfang des zweiten Jahres eine feste, hochdotierte Arbeitsstelle, wie die meisten seiner Gefährten – das Jahr 2005 war ein gutes Jahr für Arbeitssuchende innerhalb des Pendelausschlags zwischen Krise und Wachstum der Finanzwelt seit den Neunzigerjahren –, doch Roni ging weiterhin in die Vorlesungen, besonders in die über Mathematik, die zum Beispiel in die Detailtiefen der Zinsderivate hinabstiegen, wo er neben stillen asiatischen Computerzombies saß, weil er dort Gelegenheit hatte, von den besten Dozenten zu lernen und wertvolle Tipps zu erhalten. Hin und wieder wurde er zu Abendessen mit dem Team von Goldstein-Lieberman-Weiss eingeladen und erhielt von der Firma sogar schöne Geschenke zum Geburtstag und zu Weihnachten.

An einem sommerlichen Montag stieg Roni in einem hellen, leichten Hugo-Boss-Anzug aus der Linie 3 hinaus auf den Bahnsteig der Chambers-Street-Station im Süden Manhattans und von dort aus auf die Straße. Er hielt einen Moment in dem Tumult inne, spannte seine breite Brust und hob den Kopf. Seine Nasenflügel sogen die salzige Luft ein, die vom Hudson River herantrieb, und er begann zuerst nach Westen zur Chambers Street und dann auf der West Street Richtung Süden, neben den Sportplätzen des Battery Park entlangzugehen, bis er ein hohes Bürogebäude erreichte. Er verharrte wieder einen Moment, um den Eingang zu mustern, und schaute dann hinauf – irgendwo dort, im einunddreißigsten Stockwerk, lagen die Büros von Goldstein-Lieberman-Weiss Investments situiert. Er blieb stehen, denn er wusste, dass er von nun an bis auf weiteres diese Einzelheiten nicht mehr wahrnehmen, sondern einfach zu einem weiteren Arbeitstag hineingehen würde. Wo ist Roni Kupfer, dachte er, und wo ist Oren Azulai mitsamt dem Rest der Zwerge? Er spuckte auf den Bürgersteig, und dann betrat er das Gebäude.

Roni quetschte sich Tag für Tag in die Linie 3 der Untergrundbahn, in Gesellschaft Hunderter und Tausender Finanzleute, Anzug- und Krawattenträger wie er, die von ein paar Blocks im Süden Manhattans aus Milliardentransaktionen über den ganzen Globus tätigten. Als er fortfuhr, Exceltabellen und Powerpoints anzulegen und relativ öde Sitzungen zusammenzufassen, fühlte er sich nicht wirklich als Teil dieses Nervenzentrums, doch Alon, Gughar und andere sagten ihm, dass in einem kleinen, variationsreichen Unternehmen wie dem ihren sich rasch eine Gelegenheit ergeben würde. Also wartete er, fuhr fort, seine Fäden in dem expandierenden Netz zu spinnen, hielt die Augen offen, führte das, was von ihm verlangt wurde, effektiv aus und schmeichelte sich ein.

Anfang 2006 war die Gelegenheit da. Zwei Trader – Aktienhändler – schieden aus dem Handelsdesk im Hedgefonds aus, und als Roni eines Tages das Büro Elliott Liebermans, eines der rangältesten Teilhaber, betrat, um ihm ein Pitchbook zu bringen, das er angefordert hatte – ein Demo über einen potentiellen Klienten –, sagte er am Ende des Gesprächs zu Lieberman: »Lassen Sie mich im Desk sitzen. Sie werden es nicht bereuen.«

Lieberman starrte ihn mit wässrig blauen Augen an und schwieg einen Moment. Dann fragte er: »Haben Sie Erfahrung in Verkauf und Handel?«

»Nein«, erwiderte Roni. »Aber ich besitze gesunden Menschenverstand und Konzentrationsvermögen. Ich bin Israeli, ich habe eine starke Persönlichkeit, und ich kann schnelle und messerscharfe Entscheidungen treffen.« Er lächelte und schob nach: »Ich habe viele Bücher über Trading gelesen.« Er sagte nicht dazu, dass er auch von den Figuren Gordon Gekko, in dem Film *Wall Street*, und Jack Bauer, in der Fernsehserie *24*, viel gelernt hatte.

Lieberman bat seine Sekretärin, Gughar Rawandip zu rufen, und inzwischen fragte er Roni: »Kennen Sie die Konsequenzen? Sie werden nicht viel schlafen, im Morgengrauen mit der Börse in Asien aufstehen, den Morgen mit den Börsen in Europa verbringen, und dann fangen Sie erst an zu arbeiten. Sie werden in den Börsenhandelsstunden zwischen halb zehn und vier nicht auf die Toilette kommen, und dann werden Sie mit Teams zusammensitzen, um den Tag zu analysieren und sich auf den nächsten Tag vorzubereiten. Am Abend werden Sie mit den Kameraden vom Board ausgehen, Kollegen treffen und viel trinken, spät und betrunken ins Bett gehen und um fünf zu einem neuen Tag mit Asien aufstehen. Beziehungen, Familie, Freunde, Leben – das alles werden Sie nicht haben, nur Kollegen, die keine Freunde sind, sondern Raubtiere, und Sie werden jeden Augenblick mit ihnen lieben und hassen und werden permanent Bauchweh haben von miserabler Ernährung.«

Roni hörte sich den entbehrlichen Vortrag von Elliott Lieberman an. Dabei sah er ihm die ganze Zeit über direkt in die Augen und senkte den Blick nicht, als er antwortete: »Ich kenne die Auswirkungen, Herr Lieberman, das schreckt mich nicht ab. Im Gegenteil.« Gughar war inzwischen hereingekommen, und Roni sprach über seine Leidenschaft für den Aktienmarkt, erzählte von einem Aktienkonto, das er selber betrieb und das hübsche Gewinne erbrachte. Er erzählte von der Aktie einer nicht sehr bekannten israelischen Firma und analysierte die Bewegungen. Gughar lächelte befriedigt. Und dann kam Roni zu dem zurück, was er eingangs gesagt hatte: »Geben Sie mir eine Chance, Sie werden es nicht bereuen.«

Gughar und Lieberman blickten einander an, bis Gughar sagte: »Dale Savage braucht einen Trader.«

Roni Kupfer arbeitete also in einer Investmentbank an der Wall Street – eine Stufe auf der Leiter. Und erreichte schnell die Position eines Traders – eine weitere Stufe. Er wusste bereits, dass ihn jede Sprosse nur begrenzte Zeit zufriedenstellen würde, bis er seinen Blick auf die nächste richten und die erreichte als selbstverständlich ansehen würde. Das ist die Natur des Menschen, dachte er.

Das erste Jahrzehnt des Jahrhunderts eröffnete mit einer Krise, auf die eine Erholung folgte. Amerika zog in den Krieg, der Dow-Jones-Index reagierte positiv, die Stimmung war gut – die Welt war ein Spielplatz voller Gelegenheiten. Roni lernte schnell. Seine sieben Computerdisplays – zwei für die Aktienkurse, zwei zur Ausführung von Transaktionen, einer für den Fernsehkanal Bloomberg, einer für Mails von Brokern und vom Team, einer für Chats – brannten sich in seine Netzhäute ein, die Auswertungskolonnen liefen unter seinem Blick durch, er saß in Besprechungen mit den Teilhabern und Analysten, den Tradern und Klienten, redete mit den Brokern, untersuchte Produkte und verfasste Tabellen und Demos darüber, vertiefte sein Verständnis in diversen Marktsektoren, und ganz besonders schliff er an seiner Fachkenntnis im Bereich der Technologieaktien.

Der israelische Klub oder, wie Idan ihn zu nennen pflegte, das »Donnerstag-Hummus-Forum« war die wichtigste Netzwerkarena für Roni. Dort traf er nicht nur Dutzende andere Israelis, die in Schlüsselpositionen in der Welt der Finanzen und Korporationen New Yorks verstreut saßen und ihre Spinnennetze in konzentrischen Kreisen ausdehnten, sondern er nahm auch, sofern er Zeit fand, an Workshops teil, die das Forum für seine Teilnehmer organisierte: Methoden der Kontaktknüpfung (»Wie man ein Ninja im Networking wird«), Verbesserung des Outfits (in der Herrenabteilung bei Barnes) und »Akzent und Sublimierung«, um die israelischen Dissonanzen in Aussprache und Stil zu glätten. Das war die Schleifmaschine, der sich die Israelis an der Wall Street unterzogen und aus der sie ein bisschen weniger israelisch und etwas amerikanischer hervorgingen, zumindest nach außen hin.

Obwohl er die Israelis in New York zum Teil verachtete, mochte Roni die Donnerstagabende im Forum, und er begriff auch, dass sie eine unerschöpfliche Quelle für Kontakte und Arbeit waren. Dort legte er das Jackett ab, öffnete den Krawattenknoten, löste zwei Knöpfe an seinem Hemd, aß Hummus und trank Goldstar, für dessen Bereitstellung irgendjemand sorgte, und redete in seiner Muttersprache. Er erhielt eine maßvolle Dosis an Zuhause, die besser war als das Zuhause selbst – das begriff er bei seinem Besuch zu Weihnachten in Israel, als er durch die Straßen von Tel Aviv lief und nicht wusste, was er mit diesem geglätteten und geläuterten Anteil an Israelitum machen sollte, der ihn mittlerweile prägte. Eine Woche war er dort, und er machte nichts anderes, als sich tagsüber an den Strahlen der Wintersonne zu erfreuen und am Abend wie ein stinknormaler Gast in die Bar Barabush zu gehen.

Eines Abends traf er dort seinen Freund Ariel. Er sah immer noch genauso aus, vielleicht eine Spur kahlköpfiger. Immer noch Buchprüfer, jedoch inzwischen verheiratet.

»Was ist mit den Suppenautomaten aus Japan?«, fragte Roni.

»Ach«, winkte Ariel ab. »Ich arbeite jetzt an was Neuem. Eine Mausefalle, die nicht vergiftet und nicht sonstwie tötet. Eine humane, saubere, effektive Lösung. Schau her«, er zog Papiere aus der Aktentasche, »das ist so eine Rolle, die sich hier öffnet …«

Er erklärte weiter, und Roni blickte ihn an, ohne sich die Belustigung, die er empfand, anmerken zu lassen. Menschen ändern sich nicht, dachte er, sie machen die gleichen Dinge immer wieder. Genau das hatte er einige Stunden zuvor über seinen Bruder Gabi gedacht. Schließlich war alles, was Gabi in den letzten Jahren widerfahren war, ziemlich überraschend, wenn man darüber nachdachte, fand Roni. Diese ganze Bürgerlichkeit – Universität, Heirat, Kind, eine Wohnung im alten Norden Tel Avivs –, wer hätte das von seinem kleinen Bruder gedacht. Und dann, wenn man sich gerade an den neuen Gabi gewöhnt hatte, weitere Umwälzungen und dramatische Richtungsänderungen. Dennoch, trotz dieser Veränderungen, drängte sich Roni bei einem weiteren Bier allein an der Bar, nachdem Ariel mit seiner revolutionären Mausefalle abgezogen war, die Frage auf: Hatte sich sein Bruder wirklich verändert? War das ein anderer Gabi als sein kleiner, etwas haltloser, oft mitgezogener, stets suchender Bruder? Die Haltlosigkeiten, diejenigen, die ihn mitzogen, und die Ziele der Suche änderten sich, die Kulisse ringsum änderte sich, wie bei dieser komischen Englischunterrichtsendung im Studienkanal, als sie Kinder waren, mit Sheriff Goodman, der ein Glas Milch trank, während die Bühnenarbeiter hinten die Kulissen austauschten – aber war er im Innern ein anderer Mensch?

Es war spät in der Bar Barabush. Roni schaute sich um und hatte das Gefühl, dass alle hier – in dieser Bar, in dieser Stadt, in diesem Staat – erbärmlich waren, im Teich der Provinzialität schwammen, nicht begriffen, was für eine Welt es da draußen gab. Er wandte seine Aufmerksamkeit dem Mädchen zu, das allein an der Bar zurückgeblieben war. »Was meinst du, Ravit«, sagte er, denn ihren Namen hatte er vorher, als sie sich von einer Freundin verabschiedete, mitbekommen, »können sich Menschen ändern, oder bleiben sie immer die Gleichen?« Und als sie ihn nur ansah, ohne zu antworten, fügte er hinzu: »Deiner Meinung nach?«

Der Autobus

Letzten Endes bleiben ein paar hartnäckige Erinnerungen, denen es gelingt, aus dem unendlichen Kuddelmuddel des Lebens herauszuragen und zu überdauern, aus Hunderten alltäglicher Ereignisse, von denen die meisten untergehen und für immer in den Tiefen des Gedächtnisses versunken bleiben.

Eine Erinnerung: Gabi, Anna und Miki, sicher erst wenige Monate alt, denn er liegt im Kinderwagen, und es ist Winter, gehen spazieren. Gabi und Anna streiten. Sie hat das Kind in Anziehschichten und Decken eingepackt, und Gabi denkt, dass ihm eventuell zu warm ist – das war, bevor Miki auf seiner Meinung bestand und sich eigensinnig weigerte, warme Kleider, egal zu welcher Jahreszeit, anzuziehen –, denn so kalt ist es nun auch wieder nicht, der Regen hat aufgehört, ein leichter Wind, keine große Affäre. Doch nicht genug, dass Anna auf den ganzen Schichten bestanden hat, jetzt kniet sie sich auch noch hin und zieht aus dem Körbchen unter dem Kinderwagen die Regenschutzplane heraus und beginnt sie festzumachen.

Erinnerungen gehen im Allgemeinen mit Randbemerkungen zu Kontext, Zeit, Stimmung einher, und die Randbemerkung, die diese Erinnerung begleitet, besagt, dass es eine angespannte Phase zwischen ihnen beiden war. Sie stritten viel, fast täglich, und oft kam es zu Geschrei, hauptsächlich von Gabis Seite.

»Warum legst du das drüber?«

»Weil es kalt ist.«

»Aber er hat doch schon eine Million Schichten an. Das ist gegen Regen. Es regnet jetzt gar nicht. Schau dir den Himmel an.«

Sie sah nicht zum Himmel. Die Sonne, die durch die Wolken brach, konnte man auch spüren, ohne den Kopf zu heben.

»Das ist gegen Wind. Es bläst ein starker Wind.«

»Ein starker Wind?«, wunderte er sich. »Wo ist ein starker Wind?«

Sie gab keine Antwort, zurrte nur die Plane über dem Wagen

fest und verpackte das gut gebündelte Baby in einer dicken Plastikhülle.

»Du wirst ihn ersticken! Da kann keine Luft rein! Also wirklich, Anna!«

Erinnerungen kommen im Allgemeinen mit einer Pointe daher, irgendeine Zeile, ein Gedanke oder ein Höhepunkt, die von Bedeutung sind, und für Gabi war das in diesem Fall der Gedanke, der sich in jenem Augenblick in seinem Hirn einnistete und wisperte: Gebe Gott, er würde ersticken. Gebe Gott, er würde sterben. Dann hätte sie nichts mehr zu sagen. Dann würde sie sich ihr ganzes Leben lang für ihre ganzen wilden Übertreibungen entschuldigen. Sie würde aufhören, wegen jedem Blödsinn zu streiten. Sie würde sich innerlich verzehren. Gabi sollte viele Male zu diesem Gedanken zurückkehren, dass er seinem Sohn den Tod gewünscht hatte, nur um seine Frau im Streit zu besiegen.

Andere Erinnerungen: Mikis Schweigen. Urplötzlich, ohne ersichtlichen Grund. Irgendwas passte ihm nicht, etwas, das gesagt wurde, oder irgendeine Veränderung in der Anordnung des Spielzeugs in seinem Zimmer oder im Wohnzimmer. Es brachte Gabi aus der Fassung, und Miki lernte die Methode schnell und verwendete sie als Waffe, völlig zügel- und verantwortungslos, wie es die Art von Kindern ist. Gabi probierte es mit verschiedenen Taktiken, wiederholte die Frage, hob die Stimme, versuchte es mit logischen Erklärungen, Geschrei, Strafandrohungen, lockte ihn durch Belohnung, schwieg ebenfalls oder verließ das Zimmer – und mit jedem Versuch wuchs seine Ohnmacht, und mit dem Anwachsen der Ohnmacht verbarrikadierte sich Miki noch mehr in seinem Schweigen, was bei Gabi irgendwann zu Zähneknirschen und aufeinandergepressten Kiefern führte; zu Wut, die ihn immer gern mit offenen Armen aufnahm. Die Wut, die eine kleine Exekutivabteilung entwickelte: Kleider gewaltsam ausziehen, dabei Hände und Füße verdrehen und zwicken; an den Ohren ziehen, starker Druck auf den Kopf, knurrend an die Wand drücken, vollgehäufte Löffel in den vom Weinen aufgerissenen Mund stopfen. *Du redest nicht? Da hast du's, klei-*

ner Held, da hast du dein Schweigen, du unverschämter Lümmel. Und das Adrenalin, das währenddessen in ihm pochte, die Schreie des weinenden Jungen und die tiefe Reue fünf Minuten danach, die gegenseitige Bitte um Verzeihung und der Schwur, den er sich selbst leistete, es nie mehr so weit kommen zu lassen, nicht gegen seinen kleinen Sohn.

Neben diesen Erinnerungen gibt es die mildernde Randbemerkung, die besagt, wir haben zu viel Zeit zusammen verbracht, während Mama studiert hat und nach Afula gefahren ist, wir sind uns auf die Nerven gegangen, wir haben gelernt, zusammen zu leben, wir haben doch erst gelernt, zusammen zu leben, wir waren mitten in dem Prozess, und wir hätten es geschafft, es hätte sich geregelt, wenn wir nur die Gelegenheit gehabt hätten. Doch die strenge, unversöhnliche Randbemerkung sagt, du bist es nicht wert, ein Vater zu sein, und du warst es nie. Diese Aufgabe war zu groß für dich, und daher wurde dir diese Aufgabe genommen. Du bist geprüft worden, und du hast versagt.

Als Gabi später etwas über die Macht des Schweigens lernen sollte (»Schweig. Es heißt, du sollst schweigen. Denn dies befördert das Denken, das über dem Reden steht. Denn der Zaddik enthält sich des Redens«), würde er seinen Sohn noch mehr schätzen, in seinem Schweigen das Vermächtnis des Starken sehen, der den Schwachen hinter sich ließ, damit er lernte und sich besserte.

Rotes Licht an der Ampel – häufig ist das nur eine Empfehlung. Wenn man jung und voller Sicherheit ist, nach rechts und links schaut, wie es einem beigebracht wurde, und kein Auto weit und breit sieht, geht man auch bei Rot über die Straße. Einmal in der Kindheit, am Busbahnhof von Tiberias, wurdest du von einem Polizisten aufgehalten, der dir eine symbolische Strafe verpasst hat, aber du hast seit Jahren nichts von einer ähnlichen Strafe gehört und nimmst an, dass sich die Polizei nicht mehr mit solchen Geringfügigkeiten abgibt. Es fängt mit einer leeren Straße am Fußgängerübergang an, geht weiter mit dem Überqueren einer Straße nicht am Fußgängerüberweg und reicht bis hin zu Entscheidungen, nicht nur hinüberzugehen, wenn keine Autos da sind, sondern auch wenn man sie sieht, aber schätzt, dass man es schafft. Ein- oder zweimal ist man nahe dran, fängt sich ein Hupen oder einen Schrei ein, ganz selten einmal klopft einem das Herz, oder die Haare stehen einem zu Berge, und der Kopf sagt, du musst aufpassen, denn das könnte böse ausgehen. Man denkt an das Wort »fast«. Man stellt sich sogar manchmal vor, was passiert wäre, wenn einen dieses Auto gerammt hätte, wenn man es nicht im letzten Moment bemerkt hätte, oder umgekehrt. Rollstuhl? Totale Veränderung des Lebens? Doch wenn es bei »fast« bleibt, verwehen diese Gedanken schnell wieder. Denn es hat sich nichts geändert, es ist ja nichts passiert. Was hat es also für einen Sinn, auf Grün zu warten?

Und dann hat man ein Kind und geht mit ihm in den Straßen der Stadt mit dem Kinderwagen spazieren und ist verantwortlich geworden. Man bleibt bei Rot stehen. Mit dem Leben eines Kindes spielt man nicht und riskiert nichts, auch wenn man nach rechts und links geschaut hat und keine reale Gefahr droht, weil die Straße leer ist. Denn da ist ein Kind, und das ist ein Kinderwagen, der sich langsam bewegt, und wenn plötzlich von irgendwoher ein Wagen auftauchen würde, der mit übertriebener Geschwindigkeit fährt, dann würde man es vielleicht nicht schaffen, wie gewohnt davonzukommen. Man entdeckt die Leute neben sich, die bei Rot stehen bleiben. Man hat sie immer gesehen, auch als man jünger war und hinübergegangen ist, hat über sie gedacht, das sind die, die den Regeln gehorchen, nicht mogeln, nicht widersprechen. Leute, die bei Rot stehen bleiben würden, auch wenn sie mitten in der Wüste darauf stoßen würden, ohne eine Menschenseele meilenweit. Jetzt, wo man neben ihnen stehen bleibt und wartet, die Griffe des Kinderwagens fest gepackt, schaut man nicht mehr so auf sie herab.

Doch letztendlich ist man keiner von ihnen. Mit der Zeit sinkt das Schutzgebaren, und die Sicherheit steigt. Man geht Tag für Tag mit dem Kinderwagen spazieren, lernt ihn kennen, und auch wenn man verantwortungsbewusster geworden ist, nachdem man ein kleines Leben in Händen hat und nicht nur das eigene – zum

Teufel, die Straße ist leer, was hat es für einen Sinn herumzustehen? Das ist schließlich eine prinzipielle Frage. Auch als man allein war, wollte man kein Leben gefährden, hat die Straße überquert, wenn man sich sicher gefühlt hat, also wo ist eigentlich der Unterschied? Man fängt an, auch mit Kinderwagen und dem Baby darin hinüberzugehen. Und auch wenn man ein-, zweimal fast in eine unangenehme Situation gerät, es bereut und die Gedanken in Richtung »was wäre passiert, wenn« wandern, verflüchtigen sie sich wie gewöhnlich. Denn es war nur fast.

Das letzte Alter, das Gabi Miki vorzählte, war drei Jahre, zwei Monate und zwölf Tage. Er holte ihn vom Kindergarten ab und fragte: »Wie war es heute im Kindergarten?« Und Miki antwortete: »Lustig.« Und dann fragte er: »Wo ist Mama?« Und Gabi antwortete: »Mama ist in Afula. Sie kommt am Abend zurück.« Miki summte ein Lied. Gabi horchte, neigte den Kopf, kniff die Augen zusammen und näherte sein Ohr, und schließlich erkannte er es, ein Geburtstagslied.

»War heute ein Geburtstagsfest im Kindergarten?«

»Ja.«

»Von wem?«

»Von Ido.«

»Und hast du Kuchen gegessen?«

»Ja!« Er begann wieder mit dem Lied, und Gabi stimmte mit ein. So gingen sie gemütlich spazieren, das Wetter war schön, es gab keinen Grund, nach Hause zu gehen.

Miki sagte: »Wenn ich Geburtstag hab, hab ich eine Krone.«

Gabi fragte: »Was?« Der Junge wiederholte den Satz, und beim dritten Mal verstand Gabi und fragte: »Eine Krone? Was für eine Krone?«

Und Miki erklärte: »Aus roten Blumen.«

Gabi fiel ein, dass zu Hause irgendwo eine solche Krone herumlag, und er sagte: »Klar, aber sicher, wenn Miki Geburtstag hat, wird er die Krone mit den roten Blumen aufsetzen.« Und dann fügte er hinzu: »Aber das ist erst in neun Monaten, zwei Wochen und drei Tagen, ist also noch Zeit.«

Miki zeigte auf einen kleinen Vogel, der herumhüpfte, und

sagte gedehnt: »Vooo-gel!« Gabi fragte, ob er einen Pullover anziehen wolle, doch er wusste, die Antwort würde »nein« lauten. Ein herbstlich kühler Wind blies am klaren, von vereinzelten Wolken gepunkteten Himmel, und der Tag begann sich zu neigen.

Gabi schob den Kinderwagen in Richtung Park und fragte Miki, ob er die Enten im Teich sehen wolle.

»Enten im Teich!«, wiederholte Miki aufgeregt und warf seinen kleinen Körper im Kinderwagen hoch.

Gabi lächelte in sich hinein. Sie erreichten den Fußgängerübergang. Die Ampel stand auf Rot.

»Enten im Teich!«, krähte Miki wieder und hopste im Kinderwagen auf und ab, festgehalten vom Sicherungsgurt.

Gabi schaute nach rechts und nach links. Die Straße war leer, fast. Ein blauer Autobus fuhr in sicherer Entfernung und blinkte, um eine Haltestelle anzufahren.

Doch er hielt nicht an der Haltestelle. Miki war auf einmal nicht mehr festgebunden. Irgendwie hatte er sich aus dem Gurt befreit, war flink aus dem Kinderwagen hinausgeklettert und rannte auf die Straße, in Richtung Enten.

Als Gabi den Blick nach vorn richtete und Miki mitten auf der Straße sah, brüllte er: »Was machst du denn, du Dummkopf!« Dann rannte er Miki auf die Fahrbahn nach, der Bus näherte sich, und Gabi konnte in seinem Nacken schon die Druckluftventile zischen hören. Er war danach nicht in der Lage zu rekonstruieren, was genau er gemacht hatte, auch der Fahrer des Autobusses und die Passagiere konnten es nicht, die ganze Situation blieb merkwürdig unerklärlich, doch die Ergebnisanalyse erzählte folgende Geschichte: Der Busfahrer bremste, rammte jedoch den Kinderwagen, den Gabi aus irgendeinem Grund mit auf die Fahrbahn hinausgeschoben hatte, katapultierte ihn durch die Luft und schleuderte ihn auf Miki. Durch den Aufprall und den anschließenden Sturz auf den Asphalt brach sich der Junge die rechte Hand und zog sich eine tiefe Schürfwunde am Knie zu. Eine leichte Verletzung, sogar sehr leicht. Glück. Fast. Noch so ein »fast«, welches das Herz zwar mehr beutelt als ein standardmäßiges »fast«, das aller Voraussicht nach aber trotzdem nach nicht allzu langer Zeit in der Versenkung verschwinden wird, nachdem der Gips abgenommen worden ist und sich die Fäden aufgelöst haben. Währenddessen beendete Gabi die Episode, indem er sich über Miki beugte – wobei unklar ist, wie und wann er den Kinderwagen entfernt hatte –, ihn hysterisch anschrie und grobe Flüche ausstieß, die das Kind noch mehr als der Zusammenstoß, der Sturz und die Schmerzen erschreckten und ängstigten.

Miki war der Überheld an jenem Nachmittag: auf der Fahrt ins Krankenhaus, beim Eingipsen, Nähen und bei der Infusion. Aber vielleicht war es auch kein Heldentum, sondern Schock. Denn er vergoss keine Träne und sprach kein Wort, verstand jedoch, was man zu ihm sagte, und führte alle Anweisungen brav aus. Gabi seinerseits saß gebeugt und zitternd neben ihm im Krankenwagen, war wütend auf Miki, wütend auf sich selbst, weil er auf Miki wütend war, und ihm war grauenhaft übel. Als Anna panisch aus Afula eintraf, war er nicht willens zu berichten, was passiert war, sondern überließ es Miki, denn auch auf sie war er wütend, und da er es Miki überließ, den Ablauf der Ereignisse zu erzählen, sah Anna in Gabi den ausschließlichen Verantwortlichen für die Verletzung ihres Sohnes, und vielleicht hatte sie recht damit.

Zwei Tage später versöhnten sie sich. Anna kehrte nach Afula zurück, nachdem Gabi versichert hatte, dass er sich beruhigt habe und alles in Ordnung sei. Er brachte Miki wieder jeden Tag in den Kindergarten und holte ihn ab, sie gingen wieder zusammen spazieren und lachten auf dem Rückweg. Es gab einen Augenblick, an den erinnerte er sich, als sie in einer Eisdiele saßen und genussvoll Eis schleckten, da Gabi dachte, deswegen macht man Kinder. Was spielt es in einem solchen Moment für eine Rolle, dass Anna nicht da ist, ob ich das Studium beende oder was ich mit mir anfange? Das hier fange ich mit mir an. Das sind die Augenblicke, für die man lebt. Es war allerdings ein außergewöhnlicher Moment. Das Lachen wurde weniger. Miki blieb bei seinem Schweigen. Gabi biss die Zähne zusammen. Er genießt das, dachte er, er genießt es, die Wut aus mir herauszuholen, die Gewalttätigkeit. Er hat es gelernt, und jetzt spielt er damit, testet mich.

Miki demütigte seinen Vater nun: Wenn er kam, um ihn vom Kindergarten abzuholen, wollte er nicht mitkommen, warf sich plärrend auf den Boden, wälzte sich im Sand. Jeden Morgen weigerte er sich, sich anzuziehen. Jeden Abend weigerte er sich zu essen. Es war ein harter Kampf, einer der härtesten in Gabis Leben, und Gabi war wild entschlossen, sich nicht hinreißen zu lassen, sondern Miki in Ruhe zu lassen, die Kränkungen und Demütigungen zu schlucken. Wenn Anna am Wochenende zurückkam, war Miki ein anderes Kind – gehorsam, rücksichtsvoll, fröhlich. Keine Spur von Miki, dem Verweigerer, der provozierte, Grenzen auslotete, absichtlich ärgerte, und daher neigte Anna absurderweise dazu, Gabis Geschichten nicht zu glauben.

Als Miki auf die vier zuging, hatte er seine Fähigkeiten weiter ausgeformt – Ausdruck, List, Körperkraft. Er pflegte seinen Vater von sich zu stoßen, wenn dieser versuchte, ihn mit Gewalt anzuziehen, schrie ihn an, wenn er versuchte, darüber hinwegzugehen. Ganze Tage lang verzichtete Gabi auf die Versuche, Miki für den Kindergarten fertig zu machen, und blieb einfach mit ihm zu Hause. Aber dann rief die Kindergärtnerin Anna an und erzählte ihr, dass Miki nicht kam. Anna rief Gabi an, um zu fragen, was passiert sei. Und eine Woche lang blieb sie in Tel Aviv, um Miki in den Kindergarten zu bringen, und natürlich war alles in schönster Ordnung.

Es ist unvermeidlich, denn diese blonde Kreatur hat in drei und noch was Jahren besser als jeder andere gelernt, besser als Ejal im Speisesaal und Alex aus der Gärtnerei, besser als die Köche in der Armee, besser als jeder unverschämte Scheißer, der es je gewagt hat, sich mir in einem unguten Winkel zu nähern, wie man bei mir auf den Knopf drückt. Wie man das Ungeheuer herausholt. Er bringt das fertig, er will es sehen, denn wenn er nach dem Kindergarten tobt und nicht zulässt, dass ich ihn mitschleife, weiß er, dass ich keine andere Wahl habe, als ihn zu quetschen, ihn am Ohr zu ziehen, in die Schulter zu beißen, bis er losbrüllt und nachgibt. Er weiß, dass ich keine Wahl habe, er will mich genau dahin bringen. Dann kriegst du's eben, wenn du es so unbedingt willst, da hast du's, und es interessiert mich nicht, wer du bist, es ist mir egal, wie die Normen sind. Die Norm für eine Bestie wie dich ist, dich in einen Käfig zu stecken.

Die Kindergärtnerinnen berichteten es Anna. Und ein schnüffelnder Nachbar von oben hörte etwas. Und zu seinem Pech hinterließ er auf dem kleinen Körper an allen möglichen Stellen Spuren, blaue Flecken vom Zwicken und von flachen Schlägen, Blutergüsse und Schwellungen. Das alles hat er aufrichtig verdient, das war es, was Gabi Anna sagen wollte, als sie ihn konfrontierte, und das alles ist deine Schuld, du hast uns allein gelassen, du hast uns dazu getrieben, du bist die Verantwortungslose von uns beiden! Du und dein Sami und dein Afula und dein Schwachsinn!

Der letzte Albtraummorgen war regnerisch und kalt – seit 1954 hatte es in Tel Aviv nicht geschneit, doch wenn ein Tag von all jenen, die Gabi in Tel Aviv gelebt hatte, ganz nahe dran war, dann war es dieser: Starke Winde schüttelten die Palmwedel auf der Allee, der Regen peitschte fast senkrecht, gemischt mit Hagelfällen.

»Nein. Nein-nein-nein, Miki. Du ziehst die Jacke jetzt nicht aus.

Miki. Ich hab's dir gesagt. Bist du wahnsinnig? An einem solchen Tag willst du…

Miki. Miki! Zieh sofort die Jacke wieder an. Und rühr die Stiefel nicht an. Hast du gesehen, was für Pfützen… Miki!

Wag es nicht, mir in die Quere zu kommen! Aua! Du haust mich? Ja? Okay. Da. Da hast du's. So zie-hiet man eine Jacke an, verstanden? So mit den Händen, so macht man den Reißverschluss zu. Sooo.

Wie bitte? Gute Frau, Sie mischen sich bitte nicht ein in… gehen Sie. Gehen Sie weg!

Siehst du, was du anstellst? Schweig. Sei still! Baby. Heulsuse. Weißt du, was? Heul ruhig. Wir werden ja sehen, ob dir das hilft. Ja. Äbähhh-bähhh-bähhhhh. Baby.

Wag es ja nicht, die Stiefel auszuziehen! Miki, ich schwör's dir. Ich. Da. So. Das verstehst du. Richtig? Au! Du un-ver-schäm-ter Mist-kerl wirst ler-nen, dass es sich nicht lohnt zu hau-en!

Heul, heul nur, kein Problem. Hier, du kleiner Scheißer. So. Wir werden ja sehen, was deine Mutter sagt. Da.

Mein Herr, ich möchte Sie bitten, dass Sie sich da nicht einmischen…

Es interessiert mich nicht, dass Sie Polizist sind! Nur weil Sie Polizist sind, heißt das vielleicht, dass Sie einfach bei mir reinkommen… Verzeihung, jetzt verschwinden Sie von hier, bevor… Ja, und wenn Sie Polizist sind?! Sagt das, dass Sie irgendwas kapieren? Ich bin derjenige, der seit drei Jahren mit ihm lebt. Du bist still, Miki, kleiner Scheißer… Lass das! Lass mich in Ruhe, ich hab's dir gesagt, ich warne dich, ich hab's gesagt… dann-kriegst-du's-jetzt-ich–dreh-dir-das-Ohr-um, ja, das-hast-du-gar-nicht-gern, ha? Da. Sei-still-da-hast-du's-und-sei-still! Auaaa!!! Du beißt? Jetzt-wirst-du-was-erleben-du-unverschämter-Saukerl, da! Da hast du's! Einen Tritt für deinen unverschämt-frech-plärrenden-Beißermund – Tritte sind nicht lustig, stimmt's? Siehst du, was Tritte machen können? Da ist noch einer! Und den kriegst du auch gleich dazu!«

Schon im gleichen Winter war seine Frau bereits nicht mehr seine Frau, sein Sohn nicht mehr sein Sohn: Sie brachte ihn mit einer gerichtlichen Verfügung in einen Kibbuz bei Afula, Gabi wusste nicht, durfte es auch nicht wissen, welcher, jeder Kontakt oder auch nur zu telefonieren war ihm untersagt. Vor Gericht setzte er sich mit Leib und Seele gegen die Definition »mörderische Schläge« zur Wehr, drückte tiefe, tränenreiche Reue aus, war überzeugt, dass der Busunfall keine kriminelle Nachlässigkeit gewesen war, und am Ende wurde er zwar für schuldig erklärt, jedoch nur zu Sozialdienst und einer Bewährungsstrafe verurteilt. Während der Untersuchungshaft drangen bärtige Hutträger in ihn, Gebetsriemen anzulegen, drückten ihm Broschüren in die Hand, die Titel trugen wie »Warum leiden?«, und er hatte nichts zu tun, außer zu warten, zu grübeln, wütend zu sein und diese Heftchen zu lesen. Als er aus der Haft entlassen wurde, überredeten sie ihn wieder, die »Tefilin zu legen«, und die Berührung dieser schwarzen Lederriemen auf seiner Haut tröstete ihn und war ihm weiterhin jedes Mal ein Trost, wenn die Wut in ihm hochkochte. Die bärtigen Hutträger waren die einzigen Menschen, die keinen Aussätzigen in ihm sahen, die Einzigen, die ihm Sühne und Trost anboten, die sich für sein Wohlergehen interessierten, die eine Antwort auf seine Fragen fanden. Die Einzigen. Vater Jossi kam ihn nicht besuchen, Roni war in New York und rief nicht an, und die wenigen Freunde, die Gabi in der Arbeit und vom Studium her hatte, waren spurlos verschwunden. Also ging er zu einer Thoraunterrichtsstunde und zu einer weiteren, legte die Gebetsriemen an, hörte zu und fragte: Warum leiden?, schlug die Augen auf und sah das Licht: Und ob ich schon wanderte im finstern Tal, fürchte ich kein Unglück, denn du bist bei mir.

Das Licht

Auch sein Bruder Roni sah das Licht, in New York. 2006 war ein gutes Jahr von seiner Warte aus. Er genoss die Arbeit. Elliott Lieberman hatte etwas übertrieben mit seiner Angstmacherei, allerdings war der Tagesablauf wirklich gedrängt: lange Arbeitsstunden vor den sieben Displays, nahezu ohne Pausen während der New Yorker Geschäftsstunden, dazu noch mit einem Auge auf die Geschäftszeiten der restlichen Welt schielen, ganz zu schweigen von Dutzenden Mails pro Tag von Brokern und Teammitgliedern, die er erst beantwortete, wenn er nach Hause kam, manchmal nach Mitternacht, um ein Uhr früh, nachdem er am Abend mit Kollegen ausgegangen war. Dieses Ausgehen war kein Vergnügen, es war Arbeit; die permanente Anstrengung, einen gesellschaftlichen Status zu etablieren, Klatsch und Tipps aufzuschnappen, den Finger auf den Puls zu legen. Roni schlief nicht viel.

Sein geheimer Trumpf waren seine israelischen Beziehungen. Sie waren über den ganzen Kontinent vernetzt, nicht nur in der Finanzwelt, sondern auch in der Industrie, den Energiegesellschaften und natürlich im Hightechgewerbe. Er baute seine Kontakte schnell und ausdauernd auf, sorgte dafür, sie zu wahren und an Informationen zu kommen, bevor sie an die Öffentlichkeit drangen, und setzte diese Informationen dann beim Handel, zu Spekulationen und anderen Aktivitäten am Aktienmarkt ein. Im nächsten Schritt begann er, für diese Klientel auch zu handeln, und nachdem er sich einen Ruf als kühner, schneller und vor allem profitabler Trader erworben hatte, vertrauten ihm nicht wenige Israelis, sowohl vom Hummusforum wie auch andere, ihre Anlagen an. Für die Industriellen und Hightechleute, die nichts von Aktien verstanden, aber Geld zu investieren hatten, war Roni der richtige Mann, der die richtige Sprache sprach und die richtigen Gewinne einfuhr.

In einem der ersten Workshops, die er im Hummusforum machte, wurde gesagt, dass sich die Improvisationsfähigkeit – deren sich die Israelis immer rühmten – in den Vereinigten Staaten keiner hohen Wertschätzung erfreute. Bei ihnen ging man keine krummen Wege, sagten sie, bei ihnen arbeitete man nach Vorschrift. Sie gaben allen Menschen die gleiche Chance und erwarteten von allen, nach fairen Regeln zu spielen. Das sei der Grund, so wurde gesagt, dass die amerikanische Wirtschaft so erfolgreich sei und die besten Köpfe aus der ganzen Welt, einschließlich der unseren, anziehe. Die israelischen Trickgeschäfte und Augenzwinkereien nützten vielleicht manchmal kurzfristig, aber es gebe keinen Ersatz für das *fair game* und eine ordnungsgemäße Arbeit. Doch je mehr Erfahrung er sammelte, desto mehr belehrte sie Roni eines Besseren. Er lernte, dass vielleicht viele Amerikaner keine krummen Wege gingen, die Inder, Koreaner und Kroaten jedoch – und trotz allem, auch ein paar Amerikaner – sehr wohl ein oder zwei Ecken schnitten, und er konnte erleben, dass sie gerade durch diese Abkürzungen die fairen Amerikaner des Öfteren weit hinter sich ließen.

Idan Levinhof fragte Roni bei einer der Versammlungen des Hummusforums: »Erinnerst du dich an Bronko?« Idan hielt die Schulter eines untersetzten, plattnasigen jungen Mannes umarmt. »Sollte ich mich erinnern?«, gab Roni zurück, während er eine energische Hand drückte. Bronko war in Idans Truppe bei der Kommandoeinheit gewesen, war verwundet worden und zu einer Einheit des Nachrichtendienstes gewechselt, bevor Roni eingetroffen war. Dennoch fanden sie innerhalb von zwei bis drei Minuten genügend gemeinsame Bekannte, um zusammen Gift über sie auszuschütten und sich gegenseitig sehr sympathisch zu finden. In der Armee hieß Bronko Joni, doch jetzt nannte er sich Jonathan und arbeitete im Silicon Valley bei einer Firma in israelischem Besitz, die Location Services lieferte. Er war regelmäßig auf der Achse San Francisco-New-York-Israel unterwegs und schaute einmal alle zwei bis drei Wochen im Hummusforum vorbei. Einmal, nachdem Roni und Bronko den Abend gemeinsam mit Biertrinken verbracht hatten, sagte Bronko: »Dieser Hummus hat mir Appetit auf Sushi gemacht.«

Roni nahm ihn zum Sushi Yasuda in Midtown mit, und nachdem sie das Bier in ihrem Bauch mit warmem Sake angereichert hatten, sprangen sie in ein Taxi zur Bar Ulysses und kühlten den Sake mit Gin. Sie waren in einem fortgeschrittenen Stadium der Trunkenheit, als sie anfingen, Billard zu spielen. Mitten im Spiel hob Bronko eine rote Elfenbeinkugel hoch und sagte: »Weißt du, dass das mal ein Elefantenzahn war?« Roni grinste. »Früher«, fuhr Bronko fort, »haben sie Kugeln aus Holz gemacht.« Roni stieß die weiße Kugel nach einer roten, die in eines der Löcher rollte. »Weißt du, wo ich Kugeln aus Holz gesehen habe?«, redete Bronko weiter. Roni stieg nicht auf das alkoholselige Geschwätz ein, und Jonathan gab sich selbst die Antwort: »Bei Googleplex. Sie haben einen sagenhaften Old-School-Tisch.«

Roni, über den grünen Tisch gebeugt, hob den Blick: »Was hast du bei Googleplex gemacht?« Die Neugier holte ihn für einen Augenblick aus dem Ginnebel.

»Ups, hab nix gesagt«, griente Jonathan Bronko und fuhr sich mit der Hand über den Mund, um einen imaginären Reißverschluss zuzuziehen. »Bin jetzt ich dran?«

Noch in der gleichen Nacht startete Roni, trotz seines betrunkenen Zustands, eine Crosssuche und gelangte zu dem eindeutigen Schluss: Google war dabei, Bronkos Firma aufzukaufen. Am nächsten Tag handelte und investierte er entsprechend. Er sprach mit seinem Portfolio-Manager, Dale Savage, und erhielt die einmalige Genehmigung, sein Handelsbudget zu überschreiten. Anfang der nächsten Woche traf die Meldung über den Erwerb ein. Sie war für die Kunden von Goldstein-Lieberman-Weiss und seine israelischen Bekannten eine Menge Geld wert.

Im weiteren Verlauf des Jahres erhielt Roni noch einige Tipps von Bronko und anderen, teils versehentlich und auf der Basis von Alkohol in der Bar Ulysses, teils durchaus beabsichtigt. Die Wette auf den negativen Bericht von Google im zweiten Jahresquartal war eine Mischung aus scharfer Witterung, Glück und viel Mumm. Bronko ließ etwas fallen, das er gehört hatte, Roni verlinkte es mit Berichten, die er las, und mit einem Gespräch, das er mit einer Studienkollegin hatte, die in einer Investmentbank in Kalifornien arbeitete. Diesmal holte er keine Genehmigung ein und verfügte über die ihm zugeteilten Summen hinaus. Die Bank und seine Klienten verdienten achteinhalb Millionen Dollar an dem Short, der Wette auf Baisse, die er mit der Google-Aktie betrieben hatte.

Eines Abends im Januar rief ihn Elliott Lieberman zu einer Unterredung zu sich. Als er sein Büro betrat, war auch Dale Savage anwesend. Roni spürte, wie ihm das Herz bis zum Hals schlug. Den Mitarbeitern war gesagt worden, dass die Mitteilung über den Bonus des vergangenen Jahres erst im Februar zu erwarten war, und daher schloss er, dass man ihn in einer anderen Sache zitiert hatte. Ihr Gesichtsausdruck schien ihm ernst. Er war sicher, dass sie ihn erwischt hatten, dass sie sein Portfolio überprüft und begriffen hatten, dass er einen solchen Erfolg nicht ohne Insiderinformation und ohne Überschreitungen seines Budgets erreicht haben konnte. Dass die Kontrollorgane des Aktienhandels seine Aktivitäten mitbekommen hatten.

»Setzen Sie sich«, sagte Dale und fuhr sich mit der Hand über das blonde, glatte Haar. Roni setzte sich angespannt.

»Wir haben Sie im Auge behalten, Roni«, fuhr Dale fort, und Roni erhaschte im Augenwinkel, dass Lieberman nickte. »Sie hatten ein gutes Jahr. Ein paar beeindruckende Transaktionen, die der Bank nicht wenig eingebracht haben.«

»Und noch viel wichtiger«, sagte nun Lieberman, »Sie haben gezeigt, dass Sie Risiken zu handeln verstehen, Sie geraten nicht in Panik, wenn der Markt verrückt spielt.«

Jetzt kommt es, dachte Roni und senkte leicht den Kopf, fast darauf vorbereitet, die Hände zum Schutz zu heben.

»Ihr Bonus für das Jahr 2006 beträgt zweihundertfünfundsiebzigtausend Dollar. Sie sollten nur wissen, dass das einer der dicksten Boni ist, die Trader bei uns in ihrem ersten Jahr in der Firma je erhalten haben. Sie haben ihn verdient.« Roni wartete auf das »aber«, das jetzt kommen musste, doch es kam nicht. »Wir haben beschlossen, Ihren Investitionsetat zu erweitern«, fuhr Dale Savage fort, »und Ihnen mehr Risikofreiheit zu geben, damit Sie künftig sogar noch mehr für uns rausholen als in diesem Jahr. Also, gehen Sie raus und mischen Sie Ihr Desk auf, Mann, ziehen Sie an den Fäden wie bisher und finden Sie neue, setzen Sie Ihr hübsches Netzwerk in Betrieb, gehen Sie raus und packen Sie sie an den Eiern!« Den letzten Satz schrie Dale beinahe, und als er fertig war, sprang er auf die Beine und begann zu applaudieren. Lieberman schloss sich dem Applaus an, wenngleich er nicht aufstand. Roni wusste nicht, was er tun sollte, also lächelte er und ließ seinen Blick zwischen den beiden hin und her wandern.

Das Jahr 2007 war Roni weiterhin wohlgesonnen. Jonathan Bronko kam zwar immer seltener zum Hummusforum, und als Roni versuchte, mit ihm Kontakt aufzunehmen, stieß er auf eine gewisse Kühle, doch es ergaben sich andere Gelegenheiten. Eine davon war, zu Ronis Überraschung, Meir Foriner – der aus dem Tel Aviver Villenviertel, der mit ihm die Studienbank gedrückt hatte und Roni mit seiner blauäugigen Überheblichkeit der besseren Kreise und seiner Anbiederung bei den Amerikanern abgestoßen hatte. Foriner kam ebenso wie Tal Paritzki, sein Freund aus dem schönen Kfar Schmarjahu, regelmäßig zum Hummusforum. Mit der Zeit spürte Roni, dass von ihrer Seite aus Annäherungsversuche unternommen wurden, was ihn nicht weiter überraschte – seine Erfolge bei Goldstein-Lieberman-Weiss und bei der Führung der Investitionsanlagen einiger Forumsmitglieder waren ein offenes Geheimnis. Eines Abends fragte Foriner: »Noch ein Drink im Ulysses, bevor wir uns auf die Socken machen?«

Roni erwiderte: »Warum nicht?« Sie gingen in das irische Pub, Roni trank Gin und Foriner Ballantine's mit Eis.

Meir Foriner arbeitete in einer Kreditratingagentur an der Westküste. Roni kannte die Bedeutung solcher Gesellschaften, die Bonitätsprüfungen durchführten, die Risiko- oder Rentabilitätshöhen von Erwerb an oder Investition in Firmen oder Staaten festsetzten. Am allerwichtigsten dabei war, das wusste Roni, dass die Mitarbeiter im Bilde waren, während Erwerbs- und Fusionsprozesse ausgebrütet wurden, und lange Zeit vor der breiten Öffentlichkeit wussten, wohin der Wind wehte.

Was an jenem Abend als angedeuteter Tipp unter Alkoholeinwirkung begann, wurde zu einem kalkulierten, konsequenten wertvollen Informationsfluss. Foriner winkte vor großen Käufen heftig mit dem Zaunpfahl, wobei er stets strikt darauf achtete, dies nur mündlich, in Hebräisch und in Kodes zu tun, ohne Kommunikationsmittel zu benutzen, denn jedes Telefongespräch, alle Mails und Chats zwischen Tradern, Klienten und Brokern wurden aufgezeichnet. Roni wusste, dass nach einigen solcher Geschenke, die ihm Foriner zukommen ließ, die Stunde der Abrechnung schlagen würde: Foriner bat Roni, ein fiktives Konto für ihn bei der Brokerfirma, mit der er arbeitete, einzurichten, und auf diesem Konto verwaltete Roni die Investitionen von Millionen Dollar, die in einer komplizierten Transaktion über zehn Ecken herum von einem Schweizer Bankkonto eintrafen. Foriner arbeitete vorsichtig, hielt sich periodenweise bedeckt, bis er plötzlich zu einem schnellen Geschäft ausholte. Einmal tauchte er im Hummusforum auf und gab Roni einen ins Ohr geflüsterten Verabredungstermin, am Samstag in einem portugiesischen Restaurant in Williamsburg. Das Informationsbröckchen, das er Roni an der Bar des Dicken Schweins erzählte – der Erwerb einer internationalen Hotelkette durch eine texanische Holdingfirma, ein Geschäft, das in wenigen Tagen öffentlich werden sollte –, hatte immense finanzielle Tragweite. Roni musste mit äußerster Vorsicht ans Werk gehen. Keine Aufmerksamkeit erregen und keine Spuren hinterlassen. Um das Potential zu realisieren, sprengte er wieder die Deckelung seines Investitionsetats, indem er eine Unterschrift von Dale Savage fälschte. Das Seil, auf dem er diesmal balancierte, war dünner denn je.

Auch dieses Mal schaffte er es. Eine weitere Stufe auf der Leiter. Und nach diesem Erfolg, die schwelende Rauchfahne, die er auf dem Parkett des Aktienhandels hinterlassen hatte, noch in der Nase, suchte sein Blick die nächste Sprosse. Er fuhr fort, Summen und Risiken zu erhöhen (einmal investierte er 300 statt 30 Millionen an einer Position; er hatte vor zu behaupten, dass sich die zusätzliche Null versehentlich eingeschlichen habe, falls man fragen würde; er wurde nicht gefragt). Dale Savage und Gughar Rawandip ließen ihn weitermachen, ermutigten und trieben ihn sogar an, und ab einem bestimmten Stadium forderten sie regelrecht Erfolge von ihm und vertrauten seinen Händen Investitionsetats an, die in die Hunderte Millionen gingen. Er musste nun keine Nullen mehr in Eigeninitiative hinzusetzen. Er wusste, dass auch sie an dem gleichen Spiel beteiligt waren. Broker, die mit ihm zusammenarbeiteten, verwöhnten ihn mit nächtlichen Trinkgelagen auf Kosten ihrer Firmen, auch Kollegen, denen er half und mit denen er kooperierte, und natürlich seine israelischen Klienten, die immer zahlreicher wurden und gleichzeitig die Summen, die sie investierten, erhöhten.

Darauf war er besonders stolz, auf das Vertrauen, das sie in ihn setzten, auf seinen Status im Hummusforum, im Kreis derjenigen, die Macht und Einfluss besaßen – einen Moment lang schoss ihm blitzartig die Erinnerung an die Terrasse mit dem Holzdeck in der Bazelstraße in Tel Aviv durch den Kopf. Das Jahr schloss er mit einem Bonus von knapp 600 000 Dollar ab. Er tilgte das Darlehen für seine Studiumsfinanzierung in weit weniger als den vier Jahren, die er sich gegeben hatte, und zog in das Penthouse in seinem Gebäude – wieder ein paar Stufen auf der Leiter. Er fühlte sich unbesiegbar.

Die Krise

Die unheilvollen Vorzeichen, die sich bereits seit geraumer Zeit auf dem Markt bemerkbar gemacht hatten, begannen ihre Spuren zu hinterlassen. Zwei Hedgefonds brachen zusammen. Leute verloren ihre Stellen. Es waren Gerüchte über eine nahende Immobilienkrise sowie über Liquiditätsprobleme von Banken und Investmentgesellschaften im Umlauf. Dies erhöhte nur den Erfolgsdruck und die Forderung, weitere Profite einzufahren. Doch die Talfahrten und Verluste bargen auch ein Potential für nicht unerhebliche Gewinne, wenn man seine Karten richtig ausspielte.

An einem der Donnerstage des Hummusforums kam Idan Levinhof auf Roni zu. Die beiden hatten sich in letzter Zeit etwas voneinander entfernt – für freundschaftliche Treffen waren alle zwei zu beschäftigt, und sie kamen nur selten zum Hummusforum. An diesem Abend, als Idan sich nach seinem Befinden erkundigte, verspürte Roni ein leises Unbehagen. Er war ihm verpflichtet – Idan hatte ihn mit dieser Welt bekannt gemacht, ihn dazu angespornt, sich anzuschließen, ihm bei allen Antragsformularen und Einstellungsgesprächen geholfen. Mehr noch – Idan symbolisierte für Roni die richtige Erfolgsgeschichte. Er war stets liebenswürdig und absolut geradlinig. Roni war sich sicher, dass jeder einzelne Dollar von den Millionen, die Idan wahrscheinlich schon verdient hatte, makellos sauber war. Idan war anders als Roni. Er hatte die Wall Street betreten und sich zu Hause gefühlt. Er hatte den amerikanischen Akzent angenommen, war in der Kultur aufgegangen: Er ging mit den Einheimischen zu Baseballspielen, hatte das System gelernt. Roni weigerte sich. Bereits als Student, als er mit den Headhuntern der Firmen über Doron Sheffer und Nadav Henefeld geredet hatte, hatte er gemerkt, dass sein Weg ins Innere der Gesellschaft ein anderer sein würde als ihrer.

Beide waren klug genug, die Kluft zwischen ihnen nicht näher zu beleuchten. Roni war damals aufgefallen, dass es Idan nicht eilig hatte, ihm dabei zu helfen, bei Goldman Sachs einzusteigen. Idan hatte Roni zwar nicht für seine eigene Firma rekrutiert, aber er hatte versucht, über ihn zu wachen, ihn zu warnen, nicht vom Weg abzuweichen. Höchstwahrscheinlich hatte Levinhof von Ronis Erfolgen gehört, und da er Pilpeli und Goldstein-Lieberman-Weiss kannte, vermutete er bestimmt, dass das Geschäft dort nicht hundertprozentig koscher war. Nachdem er sich also nach Ronis Befinden erkundigt hatte, schlug er vor: »Komm, gehen wir noch was trinken.« Roni konnte sich schlecht entziehen.

»Hör zu, Roni«, begann Idan, als habe er eine fertige Rede im Kopf. »Ich habe immer viel von dir gehalten, schon in deiner Bar in Tel Aviv. Ich habe gesehen, was du gemacht hast, und ich habe dein Potential erkannt, ich wusste, dass du auch hier Erfolg haben wirst.«

»Was wird das, ein Motivierungsgespräch?« Roni versuchte zu grinsen, doch er wusste, worauf es hinauslief, und dass er keine andere Wahl hatte, als sitzen zu bleiben und zuzuhören. Er kratzte nervös an dem Etikett des mexikanischen Biers.

»Ich fühle mich für dich irgendwie verantwortlich …«, fuhr Idan fort.

»Bist du nicht. Ich bin ein erwachsener Mensch. Ich bin selbst für das verantwortlich, was ich mache.«

Idan ging nicht auf Ronis Bemerkung ein. »Ich weiß, dass die Versuchung immens ist. Dass es Kontakte und Informationen gibt. Dass du dieses ganze irrsinnige Geld siehst und weißt, du brauchst nur eine Hand auszustrecken, um es zu ernten.«

Roni blickte ihn an: »Was willst du, Idan?«

»Ich weiß, dass du kein Verbrecher bist«, sprach Idan weiter und gab Roni den Blick zurück. »Ich kenne diese Leute. Es handelt sich hier nicht um Menschen, die keine Erziehung hatten, die keine andere Wahl haben, als Kriminelle zu sein. Das ist reine Profitgier. Es gibt hauptsächlich zwei Verhaltensmuster, die

Menschen dazu bringen, im Rahmen von Recht und Gesetz zu agieren: ein Gerechtigkeitssinn für richtig und falsch oder die Furcht, erwischt zu werden, ins Gefängnis zu wandern, viel Geld zu verlieren. Ich erwähne das deshalb hier, weil es in unserem Beruf leicht ist, das manchmal zu vergessen, und weil du mir nicht egal bist. Ich habe Menschen gesehen, die gefallen sind. Schön ist das nicht. Ich weiß nicht, was du getan hast oder nicht. Aber ich bin nicht blöd. Und ich schlage dir vor, die Bremse zu ziehen. Was immer du gemacht hast, hast du gut gemacht, aber hör hier auf. Und nimm dich in Acht. Ich weiß, dass du für eine Menge Israelis spekulierst, und ein Teil von ihnen sind nicht gerade angenehme Zeitgenossen. Wenn sie wegen dir zu Fall kommen, wirst du echte Probleme kriegen.«

Roni handelte in dieser Phase fast nur Optionen. Per Optionen kaufte oder verkaufte er das Recht, eine Aktie zu einem Nominalpreis bis zu einem im Voraus festgelegten Termin zu kaufen. Die Option war preiswert – die Transaktionen kosteten nur Hunderte oder Tausende Dollar –, doch die Chance und das Risiko, die sie in sich bargen, waren um ein Vielfaches höher als beim Handel mit der Aktie selbst. Eine leichte Schwankung in ihrem Wert konnte eine große Auswirkung auf den Wert der Option haben. An einer Transaktion von einigen Zehntausend Dollar konnte man Hunderttausende verdienen, allerdings auch einen riesigen Verlust erleiden. Eine Option war in der Praxis nichts anderes als eine Wette. Gughar hatte einmal zu Roni gesagt, wenn der Börsenaktienhandel ein Roulettespiel sei, dann sei der Handel mit Optionen russisches Roulette.

Gegen solche Risiken gab es in der Investmentbank einige Sicherheitsvorkehrungen. Eine davon war die Forderung, ein spezielles Konto zu unterhalten, das sich *margin* nannte, auf dem genug Geld lag, um die Risiken abzudecken. Schulden konnten sich potentiell zu beängstigenden Dimensionen auswachsen und mussten sofort bezahlt werden, weshalb die Bank es nicht unterstützte, dass Schulden gemacht wurden. Eine zweite Absicherung war die Abteilung für Risikomanagement in der Firma, deren Aufgabe es war, die Transaktionen zu kontrollieren und zu beaufsichtigen, um Störfälle zu vermeiden – zu verhindern, dass der Trader viele Optionen von der gleichen Sorte kaufte, ohne die Risiken zu streuen. Roni bemühte sich, enge Beziehungen zu den Mitarbeitern dieser Abteilung bei Goldstein-Lieberman-Weiss zu pflegen.

Roni fuhr mit diesen Geschäften fort und erzielte weiter Gewinne. Sein Beziehungsnetz war in diesem Stadium weitläufig genug, um fast jede Woche einen interessanten Informationskrümel aufzuschnappen, der sich in bares Geld umsetzen ließ. Es war sicher, denn auch seine Informanten waren Anleger im Fonds. Alle hatten das gleiche gemeinsame Interesse. Doch es gab beängstigende Augenblicke. Es gab Schwankungen, die ihn für Momente an die Schwelle eines Schuldenabgrunds brachten. In diesen Augenblicken strichen ihm die warnenden Worte Idan Levinhofs durch den Kopf. Der Markt wurde zunehmend verrückter, massenhaft wurden Leute entlassen, und der Druck, der auf ihn ausgeübt wurde, weiterhin Profite zu machen, war bisweilen durchaus unangenehm.

Die Affäre mit den RIM-Optionen, die Firma, die die BlackBerry-Geräte herstellte, begann mit dem sonntäglichen Basketballspiel mit den israelischen Kameraden an der Upper West Side. Er kam immer noch dorthin, wenn er die Möglichkeit hatte, um seine körperliche Fitness zu bewahren und ein bisschen zu schwitzen, allerdings auch weil er die meisten der Mitspieler mochte. Eine zufällige Bemerkung von einem der Kameraden nach Spielende schickte Roni auf die Bahn des Höhenflugs, der mit einer Bruchlandung enden sollte: »Was ein Drecksding von verschissenem iPhone, das ist vielleicht ein Scheißgerät!«

»Ist es neu? Was, bist du nicht zufrieden?«, fragte Roni geistesabwesend, während er die Mails in seinem BlackBerry durchging.

»Ja, ich hab's vor einer Woche gekriegt. Die Verbindung zum Internet ist ein Witz, kommt und geht, geht hauptsächlich. Und schau dir das an.« Er hielt Roni das Gerät hin und drehte es um. Auf dem weißen, glatten Plastikrücken zeichneten sich rosa Flecken ab.

Roni nahm das Gerät in die Hand und runzelte die Stirn. »Was ist das denn, errötet das Teil?«, lächelte er.

»Spürst du, wie heiß es ist? Ich hab im Internet noch mehr Beschwerden gesehen. Sie haben gesagt, dass sie es mir im Apple-Laden umtauschen.« Er betrachtete das schwarze BlackBerry in Ronis Hand. »Verdammte Scheiße, ich kapier ums Arschlecken nicht, warum ich mein BlackBerry hergegeben hab. Dieses iPhone ist nichts weiter als Lärm und Geklingel.«

Roni dachte nicht weiter daran, doch am nächsten Tag erhielt er einen Anruf von seinem bosnischen Studienfreund Sascha. Sascha arbeitete jetzt bei einer großen Consultingfirma in San Francisco. Er war gerade für ein paar Stunden in New York, auf dem Weg zu einem Besuch in Bosnien – sein Großvater war gestorben – und fragte Roni, ob er Zeit für ein schnelles Mittagessen zum Gedenken an alte Zeiten habe.

»Du bist dick geworden!«, sagte Sascha, als er Roni sah. Sie aßen im Mister Mi, einem asiatischen Restaurant, das sie in ihren Studienzeiten geliebt hatten. »Machst du keinen Sport?«

»Gestern habe ich Basketball gespielt«, antwortete Roni und warf einen prüfenden Blick auf seine Bauchwölbung. Jahrelang ewige Stunden vor Monitoren zu verbringen war kein Rezept für einen schlanken, gesunden Körper. Viele seiner Kollegen gingen ein paar Mal die Woche nach den Börsenzeiten ins Fitnessstudio, aber er war zu faul. »Was tut sich in San Francisco?«, wechselte er das Thema.

Sascha arbeitete zu viel. »Mein Großvater war immer nett zu mir«, lachte er, »und jetzt ist er sogar genau rechtzeitig gestorben, dass ich diesem Projekt entkomme.« Saschas Gesellschaft arbeitete mit einer Firma aus San José zusammen, die Chips für digitale Kameras herstellte. Sie arbeiteten mit ein paar der großen Kameraproduzenten in Korea und Japan zusammen. Saschas Consultinggesellschaft war engagiert worden, um die Arbeitsabläufe zwischen den Produktionsfabriken in China, dem Entwicklungszentrum in San José und den Kunden in Japan, Korea und den Vereinigten Staaten zu optimieren. »Du kannst dir nicht vorstellen, wie langweilig diese Arbeit ist, und schwierig.

Keiner will, dass wir ihnen helfen, ihre Arbeitsgewohnheiten zu ändern.«

»Vereinigte Staaten?«, fragte Roni. »Es gibt eine Herstellung von Digitalkameras in den Vereinigten Staaten?«

»Es gibt Kodak«, antwortete Sascha. »Und jetzt haben sie bei Apple das iPhone mit Kamera rausgebracht. Es hat sich rausgestellt, dass der Chip die Geräte mehr erwärmt, als sie erwartet haben, und es haufenweise Beschwerden gibt, und darum sind die Kameraden dort schon völlig wahnsinnig und haben überhaupt keine Zeit, mit uns an der Effizienz zu arbeiten.«

Roni hielt mitten in einem Bissen von seinem General Tso Chicken inne und sah Sascha mit großen Augen an. Ihm fiel das rotgefleckte Gerät seines Bekannten beim Basketballspiel am Abend vorher ein.

»Was ist los, hast du dich verschluckt?«, fragt Sascha.

»Nein, nein«, Roni wedelte mit der Hand, »red weiter. Was, die flachen Telefone vertragen sich nicht mit den Kameras?«

»Ich weiß nicht. Diese ganzen Geräte, die versuchen, alles zu bieten, vielleicht geht das nicht. Ein starkes Kommunikationsgerät, das nur Telefon, Mail und SMS hat«, er hob sein BlackBerry hoch und deutete damit auf Ronis, »ich glaub nicht, dass es einen echten Ersatz dafür gibt, solang es so gut ist, wie die da sind. Denk nicht, dass Jobs mit allem, was er gemacht hat, einen Treffer gelandet hat.«

Als Roni ins Büro zurückkam, öffnete er einen der Monitore, der die Aktien von Apple und RIM verfolgte. Apple trat ziemlich auf der Stelle, aber die Schwankungen von RIM waren interessant. Seit Ende Juni bis Mitte Juli hatten sie etwa zwanzig Prozent an Wert verloren, dann jedoch innerhalb eines ähnlichen Zeitraums wieder aufgeholt. Im weiteren Verlauf, von Ende August bis September, waren sie wieder stark gefallen. Er las eine Bewertung in der *BusinessWeek*, in der festgestellt wurde, dass »das iPhone nie das BlackBerry gefährden wird«, und Berichte über substantielle Mängel des iPhones – im *MarketWatch* wurde das Gerät als »lächerliche Idee« bezeichnet. Roni wandte sich über den Chatmonitor, in Hebräisch, an Meir Foriner: »Ein Maccabi-Spiel?« Das war der Kode für ein Telefongespräch zwischen ihren Festnetzanschlüssen zu Hause um neun Uhr Abends.

Foriner antwortete: »Mit Gottes Hilfe.«

Roni rief ihn am Abend an und sprach mit ihm über seine Ideen. Am nächsten Tag rief ihn Foriner mit einer Information zurück, die er in seiner Ratingfirma beschaffen konnte: Die Verkaufszahlen des neuen iPhones waren wirklich etwas enttäuschend in den ersten drei Wochen. Das BlackBerry hatte es geschafft, seine Machtstellung zu halten, es wurden ermutigende Berichte und gute Kritiken über neue Geräte veröffentlicht, die als Reaktion auf das iPhone herauskamen. Und auch Google, fügte Foriner hinzu, war ein Mitspieler, dem man Beachtung schenken sollte. Kommenden Herbst wollte man dort ein eigenes Betriebssystem für Mobiltelefone auf den Markt bringen. Das würde auch das iPhone treffen, irgendwann, schätzte Foriner. Vielleicht lohnte es sich, mit Google gegen Apple zu setzen.

Mitte September. Roni verfolgte mit seinen Kollegen zusammen entsetzt die Nachrichten vom Zusammenbruch der Investmentbank Lehman Brothers, der den gesamten Markt nach unten zog. Doch Roni erkannte die Chance. Die Leute flüchteten vor Aktien der Banken und Versicherungsgesellschaften, analysierte er, doch es gab keinen Grund, weshalb das Auswirkungen auf die Produktion von mobilen Telefongeräten haben sollte, im Gegenteil. Die Leute suchten nach echten, erfolgreich funktionierenden Produkten. Roni nahm eine kombinierte Positionierung vor. Der Wert der RIM-Aktien stand bei 105 Dollar. Er schätzte, dass sich innerhalb eines Monats der Rauch verzogen hätte und die Aktie in den Bereich von 125-130, vielleicht sogar von 140 Dollar steigen würde, was ihr Stand vor drei Monaten gewesen war. Die Wette auf diesen Kursanstieg realisierte er auf zwei Arten: Kauf von Call-Optionen, die ihm ermöglichen würden, in einem Monat die Aktie zu einem Preis von 115 Dollar einzukaufen, der niedrigste Wert, den sie, wie er vermutete, haben würde; und der Kauf von Put-Optionen, was ihn dazu verpflichtete, die gleiche Aktie für 80 Dollar zu kaufen, ein noch viel niedrigerer Wert. Der

Fälligkeitstermin der Optionen war in einem Monat: Freitag, der 17. Oktober. Aus Ronis Perspektive war es eine gute Wette. Abgesehen von seiner Theorie, dass es einen Trendfluss von Bankaktien zu Produktaktien geben würde, glaubte er, dass die Mängel und Beschwerden sowie die enttäuschenden Verkaufszahlen des iPhone bis dahin in die Wirtschaftsnachrichten vorgedrungen sein würden, vielleicht sogar in die Mainstreamnachrichten, und dass BlackBerry das ausschlachten und sich beeilen würde, Berichte über neue Produkte und erfolgreiche Verkäufe aufzufahren. Es war eine ziemlich arrogante Positionierung, denn Roni setzte nur auf eine Richtung, ohne sich selbst für den Fall, dass er sich irrte, abzudecken, doch er war sich tausendprozentig sicher und investierte Gelder der Bank, der Bankkunden, von Foriner und dem Rest der israelischen Klientel sowie seine eigenen. Das Potential der Positionierung, den komplizierten mathematischen Modellen nach, die er durchjagte, konnte in einem Monat gut einige Millionen erreichen.

In der ersten Woche verlor die Aktie fast ein Drittel an Wert und fiel auf 70 Dollar. In der zweiten setzte sich der Abstieg fort, allerdings gemäßigt, und Roni glaubte, dass sich die Kurve nun wieder nach oben krümmen müsste. Er blieb bei seiner Wette und wollte bis zum Endtermin der Optionen warten. Doch die Aufwärtskurve traf nicht ein. Die ganze Wall Street bebte, und es fand sich kaum eine Aktie, die nicht steil abstürzte.

Als die Option auslief, war Ronis Positionierung ungedeckt. Weit davon entfernt: Die Aktie stand bei 55 Dollar, die Summen, die er investiert hatte, waren eliminiert und schlimmer noch, es wurde von ihm verlangt, die Put-Optionen zu realisieren und Zehntausende Aktien zu 80 Dollar zu kaufen, fünfundzwanzigtausend Dollar über ihrem Marktwert. Roni erhielt von der Bank den *margin call,* den Telefonanruf, der warnte, dass das Margin-Konto ins Minus geriet, und wurde aufgefordert, auf der Stelle zwei Millionen Dollar zu zahlen. Um die Schulden zu decken, überwies er Bargeld vom Firmenkonto und von den Konten seiner Privatkunden – wobei er wieder Dale Savages Unterschrift fälschte – und kaufte weitere Optionen mit ähnlicher Positionierung. Seine Logik dabei war: Nach dem Absturz im Juni hatte es eine Erholung gegeben. Daher musste der drastische Fall jetzt ebenfalls von einem Aufschwung abgelöst werden. Das war es auch, was die meisten Beobachter schrieben und was Roni zu den Mitarbeitern der Risikomanagementabteilung sagte, die bezüglich der Positionierung nachfragten. In jener Woche wurde Roni vierzig, doch er feierte es nicht. Seine Nerven waren zu sehr zerrüttet, und er hätte auch niemanden zum Mitfeiern gehabt. Er erhielt den regulären Anruf von seinem Bruder Gabi. Es war zu den Geschäftszeiten der Börse, und er sagte zu Gabi, er sei gerade mitten in einer wichtigen Transaktion und würde ihn in ein paar Stunden zurückrufen. Er vergaß es.

Nach einem Monat brachen die Aktien immer noch ein und lagen bereits unter 40 Dollar. Bei der großen Entlassungsrunde, die bei Goldstein-Lieberman-Weiss veranstaltet wurde, war Dale Savage einer der Gekündigten. Roni entkam der Kürzung. Er sah darin eine Bestätigung dafür, dass er wusste, was er tat, und dass man das in der leitenden Etage begriff. Roni zog weitere Gelder von den Konten seiner Privatkunden und der Bank ab, kaufte noch mehr Optionen und wich den Anrufen der Chefs, des Risikomanagements und der Kunden aus, die ziemlich hysterisch waren, auch ohne zu wissen, was er trieb. Die Positionierung, die er diesmal eröffnete, war Millionen wert: Er spekulierte weiterhin auf einen Aufschwung von RIM und fügte der Positionierung auch noch Google hinzu, die ihr mobiles Betriebssystem tatsächlich vom Stapel laufen ließen, so wie Meir Foriner es vorhergesagt hatte. Roni war hundertprozentig überzeugt, dass er diesmal nicht abstürzen würde. Dass er wusste, was er tat. Die Börse war bereits seit Monaten im Kursverfall, sämtliche historischen Daten zeigten, dass nach einer solchen Phase eine Stabilisierung und danach normalerweise ein Anstieg kommen musste. Er erhielt noch einen *margin call* und zog mangels Wahl mit klopfendem Herzen eineinhalb Millionen Dollar von seinem privaten Konto ab, um das Risiko zu decken. Bis November hatte die RIM-Aktie bereits 100 Dollar verloren – zwei Drittel ihres Werts. Google stürzte auf einen Tiefstand, wie man ihn seit dreieinhalb Jahren nicht erlebt hatte.

Mitte November hörte Roni auf, zur Arbeit zu gehen. Er beantwortete keine Anrufe von Gughar Rawandip, Meir Foriner, Alon Pilpeli, Idan Levinhof und anderen. Zwar hatte jeder seine eigenen Probleme, aber auch Roni Kupfer war eines davon. Jedes Mal, wenn sein BlackBerry klingelte, hatte er das Gefühl, dass es ihn verhöhnte. Er konnte die Miete nicht mehr zahlen und fürchtete zudem, dass seine Vorgesetzten und seine israelischen Klienten ihn in seiner Wohnung aufspüren würden, also nahm er den Mercedes Cabrio, den er in besseren Tagen gekauft hatte, und verließ damit New York. Bei einem Autohändler in Ohio tauschte er ihn gegen ein billigeres Auto, und von dem Differenzbetrag, gut zwanzigtausend Dollar, lebte er in den nächsten zwei Monaten – seine sämtlichen Bankkonten und Kreditkarten waren in dem Moment, in dem er verschwunden war, gesperrt worden, nicht dass dort noch viel zu holen gewesen wäre. Er wanderte von Motel zu Motel, nahm mit keinem Menschen Kontakt auf (das BlackBerry zerlegte er in seine Einzelteile und warf es schließlich an irgendeiner Tankstelle in den Mülleimer) und dachte darüber nach, was er mit sich anfangen sollte. Im Januar gelangte er nach San Francisco. Er erinnerte sich nicht an die Telefonnummer seines bosnischen Freunds Sascha oder seine Adresse, doch er ging in das Büro der Consultinggesellschaft, bei der er arbeitete, und sie halfen ihm, Sascha ausfindig zu machen. Das Erste, was Sascha zu ihm sagte, als er ihn sah, war: »Du bist dünner geworden!«

Roni wohnte fünf Tage lang bei Sascha, bis eines Abends das Telefon des Bosniers klingelte, während sie eine DVD anschauten und chinesisches Fastfood aßen. Sascha antwortete, und dann stoppte er den Film, blickte Roni an und signalisierte ihm mit einem Finger auf den Lippen: »Pssst…« Als er das Gespräch beendet hatte, sagte er: »Das war irgendein Privatdetektiv. Die Leute suchen dich. Israelis, für die du Vermögensanlagen verwaltet hast. Haben gefragt, ob du in der letzten Zeit mit mir Kontakt aufgenommen hast. Du hast mir nicht gesagt, dass du Millionen von Privatanlagen verloren hast. Sie wollen dich vor Gericht verklagen.«

»Ich habe sie verloren? Sie haben verloren. Alle haben verloren. Wofür wollen sie mich verklagen?«

»Er hat was von unautorisiertem Aktienhandel gesagt, Sprengung von Kreditrahmen, Lügen, Fälschungen. Er hat gesagt, dass es auch Zeugen für einen Handel mit Insiderinformationen gibt … Hör mal, Roni, ich helfe dir so viel wie nötig, aber ich will nicht in Schwierigkeiten verwickelt werden.«

Roni blickte Sascha an und sagte: »Komm, wir schauen uns den Film zu Ende an, und danach beschließe ich, was ich mache.«

Gegen Morgen zog er seinen schönsten Hugo-Boss-Anzug an, band sich die Krawatte um und polierte seine Schuhe. Er fuhr zum Flughafen, kaufte sich ein Ticket nach Tel Aviv und atmete erleichtert auf, als sein Name im Computer nicht in Zusammenhang mit irgendeinem Ausreiseverbot auftauchte. Der erste Flug führte ihn nach Los Angeles, und dort stieg er um, zu einem Direktflug nach Tel Aviv. Nachdem er für das Ticket dreitausendsechshundert Dollar bezahlt hatte – Businessklasse, denn wenn er die Vereinigten Staaten schon verlassen musste, dann wenigstens mit Stil – und fünfzig Dollar für zwei blaue Zigarettenstangen, blieben ihm noch zweihundert Dollar in bar übrig. Fast vierundzwanzig Stunden später landete er in Gabis Wohnwagen in Ma'aleh Chermesch 3.

Zurück zur Basis

Der Ninja

Der schwarze Asphalt, der sich durch die Hügel schlängelte, kannte vieles: Reifen von Autos und gepanzerten Truppenfahrzeugen, das Klopfen von Eselhufen und Trippeln von Ziegen; schonungslose Sonne ließ ihn schmelzen, wütender Regen prasselte auf ihn nieder, und Schnee weichte ihn auf; Gewehrkugeln und alte jordanische Minen, große Felsbrocken und Planierraupenzähne, Betonblöcke von Straßensperren und regelmäßige Wintererosion rissen gähnende Löcher und ließen Rillen entstehen, färbten ihn in tausenderlei Grauschattierungen, öffneten und schlossen ihn für den Verkehr. Und an jenem Donnerstagmorgen: apokalyptisches Gelb am Himmel, so stürmische Winde, dass sogar die uralten Olivenstämme nachzugeben schienen und sich beugten, und dann ungezügelter Regen, der ohne Rücksicht auf Geschlecht, Hautfarbe oder religiösen Glauben alles überspülte und donnernd an die Fensterscheiben der Fahrzeuge und auf ihre Blechhaut prasselte. Das Aktualitätengeschwätz im Radio ging unter, die Gespräche der Sprechanlage verstummten, und sogar die Dialoge in den Autos selbst wie zum Beispiel der Streit, der in Otniel Asis' verbeultem Renault Express zwischen seiner Tochter Gittit und seinem Sohn Jakir ausgetragen und durchaus lautstark wurde, verblassten, kapitulierten und machten Platz für Schweigen, Gedanken und Bewunderung der kompromisslosen Macht der Natur und des Allmächtigen sowie ein bisschen Angst vor all dieser Vehemenz. Im Falle von Hauptmann Omer Levkovitsch war es frustriertes Unbehagen. Sein nagelneuer David Jeep, der dicht sein sollte, ließ nicht nur kalte Luft eindringen, als wäre die Klimaanlage auf August gestellt, und die Sturzflut spottete dem Schiebedach, so dass es auf ausgewählte Stellen seines Körpers durchtröpfelte; sondern er fuhr, als er Madschdal Tur passierte, auch noch mit einem Reifen auf einen Ninja – zwei gebogene, miteinander verlötete dicke Nägel. Omer saß in dem nassen Autositz, wartete, dass der Regen nachließ, und sagte sich, du regst dich jetzt nicht auf, du atmest tief durch, dann wechselst du den platten Reifen und fährst weiter.

Das Militärfahrzeug mit den schwarzen Nummernschildern stand da, und die Wagen mit den gelben Schildern umfuhren es. Otniel verlangsamte, erwog anzuhalten, denn er war lange genug auf dieser Straße gefahren, um zu wissen, dass wieder mal ein Ninja seinen Preis gefordert hatte. Insgeheim war er überzeugt, dass diejenigen, die die Ninjas ausstreuten, weder judenfeindliche Palästinenser noch Besetzungsgegner waren, sondern die Söhne von Junes, dem Besitzer des Reifenpannendiensts in Madschdal Tur, bei dem letztendlich die allermeisten Reifen zur Reparatur landeten. Doch als Otniel Omer erkannte, fuhr er weiter. Er boykottierte den Kommandeur des Sektors, seit er in der *Washington Post* als jener »Offizier« zitiert worden war, der die Siedler schlechtgemacht hatte. Omer hatte damit zu argumentieren versucht, dass seine Worte aus dem Zusammenhang gerissen worden seien, doch Otniel hatte ihm, auch nach all den Monaten, nicht verziehen.

Das Geprassel des Regens wurde ein wenig leiser, und Otniel sagte zu seinen Kindern: »Wenigstens wird das Auto sauber!« Er lachte und streichelte seinen Bart. Sie lachten nicht. Trotz der Unterbrechung, die ihnen der Regen in ihrem Streit aufgezwungen hatte, waren sie immer noch in kriegerischer Stimmung. Als sie an dem Offizier vorbeifuhren, stieß Gittit, wie ein Echo der Gedanken ihres Vaters, den Fluch aus: »Getilgt sei dein Name, Widersacher.«

Jakir entgegnete ihr: »Wie redest du denn, schäm dich.«

»Ich soll mich schämen? Schäm du dich. Und diese Armee soll sich schämen, die diese Undankbaren zu uns schickt, und nachher lassen sie sich interviewen und ziehen uns in den Dreck. Pfui, getilgt sei dein Name, Schurke.« Otniel versuchte, den Radiosender zu finden, der sich verloren hatte.

Jakir sagte: »Du bist eine Heuchlerin. Sie schützen uns. Bewachen die Straßen, die Siedlungen. Papa, warum hast du nicht angehalten, ich glaube, er ist auf einen Ninja gefahren.«

»Bewachen?«, schnaubte die große Schwester. Seit sie die religiöse Mädchenlehranstalt in Samaria besuchte, dachte Otniel, war sie in ihren Ansichten extrem geworden, und jedes Mal, wenn sie in den Ferien nach Hause zurückkam, hörte sie sich noch unbeugsamer und aggressiver an. Otniel und Rachel hatten schon oft darüber gesprochen. »Jakir«, fuhr Gittit fort, »ich hoffe doch sehr, dass du dich nicht einziehen lässt, und wenn sie dich, der Herr bewahre, dazu zwingen, dann nur in Kombination mit religiösen Studien, ein Jahr und vier Monate.«

Jakir erwiderte ihr, dass die Armee über alles gehe, denn wenn jeder aus seinem eigenen Grund vor ihr davonlaufe, würde keine Armee mehr übrig bleiben, und wer würde dann den Staat und sie schützen? Otniel streichelte seinen Bart und schwieg. Die Scheibenwischer schabten im Takt. Es sind noch über drei Jahre, bis Jakir eingezogen wird, dachte er. Wer weiß, was bis dahin alles passiert. Wer weiß, was bis nächste Woche passiert. Seine Kinder schlossen sich seinem Schweigen an. Der Regen ließ nach, hörte jedoch nicht auf. Wer wird uns schützen?, hallte Jakirs Frage nach. Vielleicht dachten alle drei in diesem Augenblick an Joni, den äthiopischen Soldaten, der sie bewachte. In Gittits Augen jedenfalls blitzte Zorn auf.

»Wisst ihr, dass Joni nächste Woche entlassen wird?«, fragte Jakir. Gittit warf ihm einen raschen Blick zu.

Ein Motor röhrte hinter ihnen auf, und ein großes Geländefahrzeug setzte zum Überholen des stotternden Renaults an. Die Familie Asis schaute dem Wagen nach, über dessen Hinterseite sich der Aufkleber zog: »Gebrüder Weizmann Sanierung und Bau«. Herzl Weizmann winkte mit einem Gipsarm breit lächelnd aus der Fahrerkabine, während er überholte. Otniel lächelte zurück: »Die Straße gehört uns allen, Väterchen, gern geschehen.«

Hauptmann Omer Levkovitsch stieg im Regen aus. Er trat zur Hinterseite des Jeeps, holte den Reservereifen und das Werkzeug heraus. Er schrie dem Fahrer und dem Sanitäter zu, sie sollten aussteigen. Der Fahrer war neu, er kannte diesen Jeep nicht. Omer rief ihm im Regen Anweisungen zu.

Ein Wagen blinkte und hielt neben ihnen. »Brauchen Sie Hilfe, Herr Offizier?«, fragte ein bebrillter Gentleman mit ergrauendem Haar. Als er mit einem großen, schwarzen Regenschirm ausstieg, fiel Omer sein dunkler Anzug auf.

»Ausgezeichnet, halten Sie den großen Schirm hier über uns«, sagte Omer und löste die Schrauben des platten Reifens.

Der Mann stand mit dem Schirm über ihm und über dem Fahrer. »Was für ein Regen, eh?«, sagte er. Omers Gesicht rötete sich vor Anstrengung. Er gab dem Fahrer weiter Erklärungen. »Sagen Sie mir«, versuchte es der Mann, »wissen Sie, wo das ist, Ma'aleh Chermesch 3?«

Omer drehte den Kopf von unten zu dem Mann und dem Regenschirm. »Warum, sind Sie Journalist oder so was?«, fragte er, mit einem Anflug von Besorgnis in seinen grüngrauen Augen.

»Journalist?«, wiederholte der Mann und schnaubte dann mit einem kurzen Auflachen. »Gott bewahre. Ich bin von der Behörde für Altertümer, dem Ressort zur Verhinderung von Antiquitätenraub ... egal, das ist etwas kompliziert, auf jeden Fall ...«

»Sie wollen zu Otniel?«, fragte Omer.

»Woher wissen Sie das?«, wunderte sich der Mann.

»Nu, haben Sie ihm endlich die Münzen mitgebracht?«

Der Mann wirkte verwirrt. »Sie kennen Herrn Asis? Woher wissen Sie von den Münzen?«

»Er ist gerade vorbeigefahren, in einem Renault Express, haben Sie ihn nicht gesehen?«

Der Mann schüttelte den Kopf. »Ich kenne ihn nicht.«

»Kommen Sie«, sagte Omer und erhob sich aus der Hocke, während der Fahrer die Schrauben festzog. »Wir bringen Sie zu ihm.«

Der instandgesetzte David Jeep dröhnte den Hang hinauf, fuhr durch Ma'aleh Chermesch auf die Sandstraße, die es inzwischen, im Auftrag von wer weiß wem, bis zur Vorbereitung auf eine Asphaltierung gebracht hatte, also planiert und verdichtet worden und viel bequemer zu fahren war. Der Fahrer hielt am Torposten von 3, und Omer reichte Joni die Hand. Er verspürte einen bekannten Stich vorweggenommener Sehnsucht, ein Gefühl, das sich immer vor der Entlassung eines Soldaten einstellte, mit dem er eine lange Zeit verbracht hatte und der bald für immer weggehen würde. »Ruf deine Soldaten«, sagte der Kommandeur, »wir gehen diese Dinger aushängen.«

Diese Dinger, das waren neue Abrissbefehle, die er von der Aufsichtsabteilung der Zivilverwaltung erhalten hatte. Sie ähnelten den Befehlen, die bereits vor einem Jahr an dieselben Wände gehängt worden waren, doch diesmal trugen sie die endgültige Bestätigung des Obersten Gerichtshofs. Der Beschluss des Sicherheitsministers, auf jener Besprechung gegen Ende des Sommers, den Stützpunkt unverzüglich zu evakuieren, hatte eine Verzögerung erfahren – Petitionen, Einsprüche, Regierungs- und Kabinettsdiskussionen und andere Zeitschindereien, die auch lange Interpretationen und Analysen der Bedeutung des Wortes »Kusch!« beinhalteten. Doch gemäß den neuen Befehlen würden die Bewohner von Ma'aleh Chermesch 3 wirklich und endlich, tatsächlich und endgültig gezwungen sein, den Hügel innerhalb von zehn Tagen zu räumen. Omer und seine Mannschaft, zusammen mit Joni und seinen Soldaten, gingen in dicken Parkas von einem Wohnwagen zum anderen, von Haus zu Haus, brachten schweigend die Papierbahnen mit Hilfe eines Spezialklebers an, wie Arbeiter Veranstaltungsplakate an einer städtischen Anzeigentafel. Der Wind heulte, und niemand störte sie, alle hatten in ihren Häusern an den Heizöfen Zuflucht genommen. Nur als sie sich Gavriels »Zimmer« näherten, öffnete sich die Tür, doch Gabi sagte kein Wort. Stand nur da, mit schütterem, wirrem Bart, seine große Kipa rührte sich nicht trotz des Windes, und blickte in die Augen des Offiziers. Omer musterte das Zimmer, und nach ein paar Sekunden sagte er: »Lasst das, das ist eine andere Geschichte. Bei dem wird ein Befehl zur Arbeitseinstellung rausgehen.« Er drehte sich um und kehrte zum Jeep zurück, während er Gabis Blick in seinem Rücken spürte.

Das Spülschwammkissen

Am Ende der Woche stand er auf dem geplünderten Linoleumboden, die Hände im Spülbecken, und begann den Geschirrhaufen abzuspülen, der sich angesammelt hatte. Eine durchschnittliche Familie spülte eine solche Menge nach jedem Essen ab, doch das war kein Trost für ihn, während er die Temperatur des Wassers überprüfte, das im Winter nie heiß genug und im Sommer nie kalt genug war, und sich an die Arbeit machte. Er betrachtete einen Moment das Spülschwammkissen, das vollgesogen mit altem Wasser und so abgerieben war, dass es seine silbrigen Noppen verloren hatte und nur noch ein fadenscheiniges Weiß aufwies, in dem innerhalb der nächsten Tage ein Loch aufreißen würde, aus dem Schwammfasern rieseln würden, bis es sich selbst zwischen dem einfachen Geschirr aufgelöst hätte, das er von hier und da eingesammelt hatte – drei Teller, bunt gemischtes Besteck und eine Tasse, auf der geschrieben stand: »The Best Daddy in the World«. Er konzentrierte sich auf die silbrigen Restfasern, die bis zur Selbstaufgabe in unbekannten Bratpfannen gescheuert hatten, an Eierresten, Toastkrümeln und Bohnensoße aus der Dose, und fragte sich, was davon wohl den größten Verschleiß erzeugte. Säuberte das Spülschwammkissen eine bestimmte Speise lieber als andere? Ein bestimmtes Geschirr? Oder umgekehrt – gab es besonders verhasste Essensreste, kratzend, schmerzend? Welche Art Griff bevorzugte oder hasste es? Gefiel es ihm, wenn man es leicht zwischen zwei Fingern hielt, oder bevorzugte es würgende Umklammerung?

Plötzlich ging ihm auf, was er da machte. Es war ein geläuterter Augenblick, in dem er sich selbst von außen betrachtete und den einsamen Mann sah, den Junggesellen, in einem windigen, von säuerlich männlichem Geruch durchtränkten Wohnwagen, der neben einem Geschirrhaufen stand und über einem Spülschwamm sinnierte. Er begriff, dass er sich in Spitzfindigkeiten über einen Topfreiniger verlor so wie sein Bruder und seine Gefährten in haarspalterischen Diskussionen über Jakob, Josef und Esau und den Heiligen, gelobt sei er. Wie viel Geschwätz, wie viel Interpretationen und Kommentare über ein paar Geschichten aus der Bibel, und nach einem Jahr dreht sich das Rad, und man interpretiert die gleichen Geschichten von Neuem – in Heftchen, in den Synagogen und Häusern. Wie viel Hirnwichserei war darüber möglich, was man trinken und wie man essen sollte, was man anziehen und was wann sagen sollte, auf welchen Knopf man mit welchem Finger drücken durfte, all die Fragen und Antworten. Am Anfang hatte er das sogar irgendwie bewundert. Er hatte gedacht, es würde vielleicht helfen, das Leben zu ordnen, einem die endlosen Konflikte der säkularen Welt ersparen, die unaufhörlich schwirrenden Fragen – welche Farbe? Zu welcher Zeit? Was sollte man jetzt essen? Doch schließlich hatte er begriffen, dass ihm, trotz der Qualen, die säkularen Konflikte lieber waren. Er konnte nicht nach der zufälligen Interpretation von ein paar alten Büchern leben.

Roni stieß ein Grunzen aus. Er hasste den Geruch des Spülschwammkissens und den scheuernden Kontakt. Er hasste die Tatsache, dass er von seinem Bruder und dessen Rabbinern gelernt hatte, Haarspaltereien über Schwachsinn zu betreiben. Schluss. Er musste schleunigst hier weg. Morgen früh würde er nach Tel Aviv fahren, endgültig. Ein ganzes Jahr lang hatte er es vermieden: Anfangs fürchtete er die Israelis, deren Geld er in New York durchgebracht hatte. Danach schreckte er vor dem Gedanken zurück, dass er auf ehemalige Kollegen und Mitstudenten stoßen könnte. Nach einer Weile begann er sich mit der Vorstellung zu amüsieren, doch er fand immer neue Ausreden, um nicht zu fahren. Ab irgendeinem Zeitpunkt hatte er sich so an den Hügel gewöhnt, dass er ganz aufhörte, daran zu denken.

Nachdem Gabi ihn aus dem Haus gewiesen und Mussa es höflich abgelehnt hatte, dass er sich selbst einlud, in der Olivenpresse zu übernachten, und nicht mehr die Rede davon war, ihn durch den Vertrieb palästinensischen Olivenöls an Tel Aviver Feinschmecker zu ernähren, war er dermaßen paralysiert gewesen, so ohne jede Perspektive, ohne irgendeine Möglichkeit, dass er einfach dageblieben war. Er konnte sich nicht vorstellen, zu einer der früheren Stationen in seinem Leben zurückzukehren, und noch weniger, ein neues Leben an einem anderen Ort anzufangen. Die Stille, die minimalen Lebenshaltungskosten, die Gelegenheit, sich weiter von allem zu lösen, überlagerten das Gefühl, dass er nicht erwünscht war. Und abgesehen davon, wie er nach und nach begriff, war er gar nicht unerwünscht. Mussa hatte von seiner Warte aus das Richtige getan. Auch Gabi hatte recht, das gemeinsame Leben war unerträglich. Gabi hatte sich geändert seitdem. Er hatte angefangen, sich um Roni zu kümmern. Kam ihn besuchen. Allein das war schon ein Grund zu bleiben. Nach Monaten, in denen er in seinem kleinen Bruder nur ein Asyl gesehen und seine Lebensweise, seine Wahl und seinen Glauben kritisiert hatte, hatte Roni eingesehen, was für ein Heuchler er war. Jetzt wollte er in der Nähe bleiben und versuchen zu verstehen; seinem Bruder etwas zurückgeben, der ihn trotz seiner Überheblichkeit und Geringschätzung aufgenommen hatte, der für das Geschäftsprojekt, das gescheitert war, auf die Reise nach Uman verzichtet hatte. Er wollte etwas wiedergutmachen.

Er hatte sich in dem verlassenen Wohnwagen der Gottliebs niedergelassen, die in das vernünftigere, bürgerlichere Schiloh zurückgegangen waren, in eine Welt, die ihrer Duldungsschwelle eher entsprach. Am Anfang hatte er sich einfach einquartiert, ohne zu fragen, ohne zu bitten, ohne zu zahlen. Es erwies sich als praktikabel – Tatsachen vor Ort schaffen, im Nachhinein von der Bürokratie bestätigen lassen. Das Eingliederungskomitee, das sich eingestehen musste, bei der Auswahl einer passenden Familie versagt zu haben, war damit einverstanden, dass er vorübergehend dort blieb, bis man wieder eine Familie aus der Warteliste bestimmte – wozu es erst kommen würde, wenn Herzl Weizmann den Wohnwagen für den Bezug einer Familie renoviert und benutzbar gemacht hätte, was wiederum erst passieren würde, nachdem er die Renovierung der Synagoge abgeschlossen und den Fertigwürfel für den Kindergarten hergerichtet hätte.

Kurz gesagt, Roni blieb auf einer vorläufigen Basis, die sich zog und zog, und inzwischen zahlte er eine bescheidene Miete von dem Geld, das er hier und dort ergatterte, beteiligte sich an den Wachschichten und verhielt sich unauffällig. Er störte niemanden, und aus Sicht des Stützpunkts war jeder Siedler ein Segen – Roni willigte sogar ein, hin und wieder als zehnter Mann beim Minjan einzuspringen, wenn man ihn darum bat.

Doch er versank immer mehr in sich selbst. Die Einsamkeit machte ihm schwer zu schaffen. In Gabis Wohnwagen hatte es Diskussionen gegeben, Spannungen, ein Gefühl von Platzangst, aber wenigstens Interaktion. Jetzt brachte er Tage zu, ohne hinauszugehen, ohne ein Wort zu reden, füllte den kleinen Raum mit erstickendem Zigarettenrauch und der verrotteten Luft seiner Gedärme, hörte den Wind pfeifen und den Muezzin jaulen, Beilin und Kondi im Duett heulen und die aktuellen Talksendungen in dem Transistorradio, das er von Gabi bekommen hatte. Das Geld wurde immer weniger, bis er sich dabei ertappte, dass er sich von trockenen Brotscheiben ernährte oder zu Telefontricks griff – anklingeln lassen und unterbrechen –, damit die Leute auf ihre Kosten anriefen, was dazu führte, dass die Gespräche mit Ariel und Mussa mehr oder weniger versandeten, und das wiederum bedeutete das Ende jeglicher Aktivitäten, die man noch »Arbeit« nennen konnte: seine aussichtslosen Versuche, die gescheiterte Geschäftsinitiative zu retten oder Ariel und Gabi wenigstens einen Teil der Investitionen zurückzuerstatten.

Gavriel war währenddessen etwas Herrliches passiert, fast ein Wunder: Nach einigen Verzögerungen – die starken Regenfälle Anfang des Winters, eine Bargeldkrise, die das Eintreffen der Ziegel verzögerte – hatte er endlich sein Zimmer fertiggestellt, und mit einem einspiraligen Elektroheizofen und einer einsamen Matratze bezog er sein neues Heim an der Kante des Felsens über Nachal Chermesch. Das Haus war klitzeklein, und die Toilette, die Spüle und der Kühlschrank befanden sich außerhalb, die

Winterwinde am Nachmittag und Abend rüttelten und heulten, Strom und Wasser kamen mühsam und manchmal auch gar nicht, und er schlief eingerollt in eine Daunendecke mit vier Kleiderschichten und noch allerlei mehr – doch das alles waren Nichtigkeiten. Es war seine Ecke in der Welt, das bescheidene Heim, das er aus dem Nichts mit seinen eigenen Händen erbaut hatte. Es war sein ganzer Stolz, seine größte Errungenschaft, und er dankte dem Herrn jeden Tag dafür.

Er versuchte nicht, seine Enttäuschung und seine Wut darüber zu verbergen, dass er auf die Reise nach Uman zu Rosch Haschana verzichtet hatte, weil er Roni einige tausend Schekel für den Kauf eines Elektromotors für Mussas Olivenpresse geliehen hatte, der am Ende gar keinen Gebrauch davon machte. Doch nachdem Roni seinen Wohnwagen verlassen hatte, bekam Gabi Mitleid. Er fühlte sich ein bisschen schuldig, weil er lieber allein war. Und aus der Distanz fiel es ihm leichter zu sehen, wie desolat die Lage seines Bruders war, und zu verstehen, dass so das Leben der Brüder Kupfer-Nechuschtan war: Sie waren einander anvertraut und ausgeliefert, sie schützten einander, waren einander Familie – jeder Versuch von anderen, sich ihnen anzuschließen, endete mit einem kompletten Fehlschlag. Also kam Gabi fast täglich zu Besuch, schleppte Roni zu einem Spaziergang auf der Ringstraße, sprach mit ihm, zerrte ihn mit Gewalt aus seiner völligen Selbstversunkenheit.

Die Verzögerung

Regen peitschte heftig auf den kahlen Hügel ein. Als sie ankamen, rannten Otniel und seine beiden großen Kinder zum Haus, versuchten erfolglos, mit den Händen den Regen abzuhalten. Gittit machte Tee für alle drei, nachdem Otniel gesagt hatte, er werde bei einem solchen Wetter nicht zur Feldarbeit hinausgehen, und versuchte, den Vertriebslieferanten Moran am Telefon zu erreichen. »Schaut mal!«, rief Gittit plötzlich aus der Küche.

»Komm her, Jakir, komm und schau dir an, wie deine Freunde von der Armee uns schützen!«

Otniel und Jakir näherten sich und spähten aus dem Küchenfenster zu Omers Soldaten, die Mitteilungen an die Wohnwagen klebten. »Getilgt sei ihr Name«, zischte Gittit.

»Woher willst du wissen, was sie vorhaben?«, fragte Jakir aufgebracht. Otniel schmunzelte in seinen Bart. Er konnte sich gar nicht mehr erinnern, wie oft er schon Soldaten gesehen hatte, die Befehle und Ankündigungen an die Wohnwagen in der Siedlung hängten. Er drehte sich um und ging auf die Toilette.

Gittit und Jakir fuhren Schulter an Schulter fort, die Soldaten zu beobachten. Sie sahen, wie Neta Hirschson mit einer farbenfrohen Kopfbedeckung und einem langen Jeansrock herauskam und sie anschrie. »Wie zu erwarten«, lächelte Jakir.

»Was willst du, sie hat recht. Sie ist eine Gerechte«, entgegnete seine Schwester. Sie konnten sie nicht hören, doch das war nicht nötig. Die Hand- und Kopfbewegungen und vereinzelte Töne, die trotz Wind und Wetter durchs Fenster drangen, kündeten vom heiligen Zorn der Hirschson. Dann wandten die beiden ihre Aufmerksamkeit gemeinsam dem Brummen des Motors von Herzl Weizmann zu, der im knirschenden Schotter vor der Synagoge hielt.

»Das ist, als ob man einen Film sieht«, sagte Jakir, »ein Ereignis jagt das andere, eine Figur nach der anderen taucht auf dem Bildschirm auf, bis der Mann daherkommt, der den Gang der Handlung verändert.«

»Herzl Weizmann?«, fragte Gittit, und ihre Stimme verriet, was sie von der Möglichkeit hielt, dass der geschäftige Generalsanierer eine so wichtige Rolle haben sollte. Sie behielt recht: Noch ein Wagen kam langsam angerollt, glitt an dem Militärjeep und an Weizmanns Geländefahrzeug vorbei. Ein sauberer dunkler Wagen, mit Vorsicht gesteuert, wie die Fahrzeuge der respektablen Gäste, die von Zeit zu Zeit eintrafen. Der Wagen passierte die Spielplatzanlage und rückte in ihre Richtung vor, fesselte voll und ganz ihre Aufmerksamkeit. Er hielt neben ihrem Wohnwagen, die Tür ging auf, und eine Hand kam zum Vorschein, die einen großen, schwarzen Schirm aufspannte, und als Nächstes stach ihnen ein dunkler Anzug ins Auge, der einen hochgewachsenen, silberhaarigen Mann kleidete. Er ging durch das Tor und schritt den Pfad entlang. Gittit rief: »Papa?«

Otniel gesellte sich zu seinen Kindern, die ihn stumm ansahen. Dann öffnete er die Tür, noch bevor der Mann klopfen konnte, und einen Moment, nachdem die Worte: »Alles in Ordnung, Herr Asis?«, aus dem Mund des Mannes gedrungen waren, hatte Otniel schon begriffen, wer er war und wozu er kam. Es verstrichen ein paar lastende Sekunden, in denen er Erleichterung, Aufregung und Befürchtung empfand, eine Befürchtung, die immer größer wurde, je länger er die Augen des Gastes musterte, während er seine Hand ausstreckte, um die des Gastes zu drücken, und während jener lächelnd den Schirm zusammenklappte – die Befürchtung, dass ganz und gar nicht alles in Ordnung war.

Die Geschichte mit den Münzen hatte sich seit dem Sommer hingezogen. Dovid, Otniels Bekannter und Experte für Antiquitäten, war schon lange nicht mehr zum Hügel gekommen. Otniel hatte ihn am Telefon bedrängt. Schließlich, irgendwann im Herbst, hatte Dovid angerufen und berichtet, dass ein Großteil der Münzen nun aus dem Ausland zurückgekehrt sei. Die Untersuchung dort habe ergeben, dass die meisten Münzen allem Anschein nach aus der Zeit des Aufstands stammten. Es seien schlichte Bronzemünzen, die, wie es schien, keinen besonders hohen Wert hätten. Bezüglich zweier Münzen gebe es noch ein Fragezeichen, weshalb sie noch nicht zurückgegeben worden seien. Möglicherweise seien es Silberschekel aus der Zeit des Bar-Kochba-Aufstands, aber er warte darauf, den vollen Befund zu erhalten.

Otniel fuhr fort, ihm lästig zu fallen, und sein Bekannter, der Münzexperte, vertröstete ihn weiterhin unter diversen Vorwänden – noch eine Untersuchung, Warten auf eine Sendung, einen Experten, der eine Aussage dazu treffen müsse. Otniel wusste nicht mehr aus noch ein vor Frustration. Es war schon fast ein halbes Jahr vergangen, seit Debora die Münzen entdeckt hatte.

Warum war es so schwierig, eine Antwort zu bekommen? Bis eines Tages, vor knapp zwei Wochen, das Telefon geklingelt hatte und Dovid in der Leitung war.

»Willst du erst die guten oder erst die schlechten Nachrichten?«

»Natürlich erst die schlechten«, erwiderte Otniel beunruhigt.

»Vergiss es, fangen wir mit den guten an. Es gibt eine endgültige Antwort zu den beiden letzten Münzen. Es handelt sich tatsächlich um Silberschekel vom Bar-Kochba-Aufstand. Eine aus dem Jahre zwei, die bis zu zehntausend Dollar wert ist, und die andere – jetzt pass auf – aus dem Jahre vier. Vierzigtausend grüne, Otni, kannst du mir folgen?«

»Und die schlechten?«

Es herrschte sekundenlanges Schweigen, wonach sich Dovid räusperte und sagte: »Ähh … schau mal. Es hat ein kleines Missgeschick gegeben. Ein Versehen. Einer der Anrufe, die ich gemacht habe, war bei meinem Freund, einem Experten für Numismatik, also Münzkunde, und als er mich zurückrufen wollte, hat er aus Versehen bei irgendeinem David angerufen, von der Altertumsbehörde, und ihm eine Nachricht hinterlassen. Und so ist die Behörde deiner Sammlung auf die Spur gekommen.« Hier hielt Dovid inne.

»Was soll das heißen, die Behörden sind meiner Sammlung auf die Spur gekommen? Warum muss mich das interessieren?«

»Klartext gesprochen, das braucht dich nicht zu beunruhigen. Schau, im Prinzip müsste jeder, der Münzen findet, es bei ihnen melden, obwohl sie wissen, dass das kein Mensch macht. Aber wenn es durchsickert oder sie ein Gerücht hören, müssen sie kommen und die Sache überprüfen. Sie sind hauptsächlich an der Dokumentation interessiert – fotografieren, katalogisieren, bestimmen. Solche Sachen. Sie werden dir die Münzen nicht wegnehmen, glaube ich.«

»Glaubst du?«

»Ich habe mit meinen Leuten in der Behörde für Altertümer gesprochen. Wird schon alles gut gehen.« Für Otniel hörte sich das alles andere als beruhigend an.

»Also, was passiert dann jetzt?«

»Du wirst Besuch von der Behörde kriegen. Sie werden Fragen stellen. In der Höhle herumschnüffeln. Lass sie machen, was sie wollen, und ich sorge von hier aus dafür, dass es glattgeht.«

»Ein Glas Tee?«, schlug Otniel dem Mann in dem Anzug vor, der sagte, er sei von der Behörde für Altertümer, dem Ressort zur Verhinderung von Antiquitätenraub.

»Danke.« Der Mann setzte sich auf das Sofa und öffnete seine Dokumentenmappe. Er grub darin, brachte einige Papiere zum Vorschein und reichte sie Otniel.

»Was ist das?«, fragte Otniel.

»Ich muss diese Unterlagen mit Ihnen ausfüllen, in Sachen Münzschatz, den Sie in der Chermesch-Höhle entdeckt haben. Anschließend gehen wir zu der Höhle und schauen es uns an. Wir werden das Team und die Ermittler des Ressorts rufen, klären, ob es dort noch weitere Funde gibt, den Fundort dokumentieren und, falls nötig, den Ort sichern. Danach werden wir eine exakte Untersuchung der Münzen durchführen, die gefunden worden sind.«

»Man hat schon Untersuchungen gemacht. Sie können die Ergebnisse kriegen, von D…«

»Wir führen die Untersuchungen gern selbst durch, im Labor der Spurensicherung«, unterbrach ihn der Mann und lächelte mit geschlossenem Mund.

»Und dann geben Sie mir die Münzen zurück?«

Der Mann legte die Papiere auf den Tisch und blickte dann wieder Otniel an. »Es besteht eine gute Chance«, erwiderte er. »Das hängt von einigen Dingen ab. Wir werden in dieser Angelegenheit ganz bestimmt in Kontakt bleiben. Und jetzt«, er deutete mit einem dünnen Stift auf die Papiere, »lassen Sie uns bitte anfangen, die Formulare auszufüllen.«

Die Identifizierung

Herzl Weizmann war in den letzten Monaten zum Generalbauunternehmer von ganz Ma'aleh Chermesch 3 geworden – ein vielseitig talentierter Allrounder, die Adresse, die es einem ersparte, Schweiß-, Instandhaltungs- und Pflasterarbeiten, den Installateur und die restlichen Handwerker getrennt zu beauftragen, die immer das Gesicht verzogen und die Preise wegen der Fahrt zu dem abgelegenen und ihrer Behauptung nach gefährlichen Hügel hochschraubten.

Der Hügel befand sich in einer Phase des Baubooms, soweit das im Rahmen der Einfrierung möglich war, welche die schwankende Regierung auf Druck der Gojim seit Mitte Kislev, sprich November, erzwungen hatte: Gabi hatte sein Zimmer fertiggestellt, Herzl baute eine Erweiterung für die Caravilla von Chilik Jisraeli, ein Fertigbetonwürfel wurde in Teilen von Ma'aleh Chermesch hertransportiert, damit der Kindergarten eine eigene Bleibe bekam und die Synagoge ganz im Dienst am Heiligtum stehen konnte – und der Synagoge selbst wurde eine umfassende Renovierung vergönnt, die ein neues Dach, Steinwände, farbige Glasscheiben mit Tempelornamenten und eine Klimaanlage beinhaltete.

An jenem Tag konnten die Arbeiter von Herzl Weizmann nicht kommen. Beide lagen im Trainingsanzug mit vierzig Grad Fieber zu Hause im Bett. Und wenn man auf jüdischer Arbeit bestand, war es schwer, auf die Schnelle Ersatz zu finden, noch dazu an einem solchen Tag. Herzl rief von unterwegs an und setzte Chilik, der im Auftrag der Siedlung für die Baumaßnahmen verantwortlich war, das Problem auseinander. Chilik hatte gar nicht gewusst, dass Herzl heute kam, doch Herzl erklärte, dass er vor dem Schabbat noch ein bisschen an der Synagoge und auch am Kindergarten arbeiten wolle. Chilik rief Jehu an, der nicht antwortete – er antwortete nie; und Josh, der zwar ans Telefon ging, allerdings Erledigungen in Jerusalem machte; und schließlich Gavriel, der sagte, er helfe gern bei der Synagoge, kein Problem, er sei in fünf Minuten dort, es sei ohnehin unmöglich, bei dem Regen auf dem Feld zu arbeiten, und nein, es sei nicht nötig, ihn zu bezahlen, das sei heilige Arbeit, Dienst am Heiligtum.

Chilik war zufrieden. Ein guter Junge, der Nechuschtan. Solche Menschen gab es kaum noch, Menschen, die bereit waren zu geben und nichts dafür erwarteten. Wenn überhaupt, dann existieren sie nur bei uns, am Hügel, dachte er. Er schlurfte in Hausschuhen zum Wasserkocher, um auf den Knopf zu drücken. Einen Nescafé, den brauchte er jetzt. Im Warmen sitzen, bei dem Sturm draußen, und sich mit einem Nescafé, Keksen und einer CD von Gershwin verwöhnen. Er blätterte die CDs im Regal durch, zog die *Rhapsody in Blue* heraus und legte sie in das Gerät ein. Er hatte daran gedacht, zur Universität zu fahren, an der Doktorarbeit zu arbeiten, doch nicht einmal einen Hund jagte man an einem solchen Tag hinaus. Wie viele Gelegenheiten gab es schon für einen ruhigen Tag? Dem Herrn sei Dank, dass er so ein Regenwetter beschert hatte.

Das Telefon klingelte. Er sah am Display, dass es Otniel war. Antworten oder in Ruhe den Nescafé trinken? Chilik war im Zwiespalt. Er rückte die Kipa zurecht, streichelte seinen Schnurrbart. »Nu …«, seufzte er. Die Neugier siegte. Otniel belästigte einen nicht bloß so. Er drückte auf den grünen Knopf. »Ja, Otni?«

»Hast du gesehen, dass sie neue Befehle ausgehängt haben?«, schoss es aus dem kleinen Gerät wie ein vergifteter Pfeil, der geradewegs mitten in die Pläne von Nescafé und Keksen mit Gershwin traf.

Gabi traf Herzl in der Synagoge. »Gesegnet sollst du sein«, sagte der Generalsanierer, »alle Achtung, dass du helfen kommst.«

»Was für eine Frage«, antwortete Gabi und nahm seinen Hut ab. Die weiße Kipa auf seinem Kopf mit dem Bommel am Ende war groß und sein Lächeln breit. »Das ist Dienst am Heiligtum, und du bist ein Zaddik, dass du den ganzen Weg wegen unserem Schabbat gekommen bist. Ein wahrer Gerechter.« Zwar arbeiteten beide in der gleichen Branche und in derselben Siedlung, doch es war noch nie dazu gekommen, dass sie zusammen arbeiteten. Herzl hatte immer andere Arbeiter, Gabi war immer bei Otniel beschäftigt oder mit dem Zimmer, und außer einem »Schalom-Schalom« und ein- oder zweimal, da sie sich Werkzeug oder Zucker für den Kaffee geliehen hatten, hatten sie noch nie ein Wort miteinander gewechselt.

Auch an jenem Vormittag, als sie zu arbeiten anfingen, wurde zunächst nicht viel geredet. Die Arbeit war simpel: Herzl stieg auf die Leiter, ging mit Hilfe eines Schraubenziehers und eines Schwedenschlüssels alle neuen Verbindungsstellen durch und setzte die restlichen zusammen. Gabi reichte ihm Schrauben und Muttern, und dazwischen räumte er den Saal der Synagoge von Material und Werkzeug frei, das er in einer Ecke zusammenstellte und dann nach draußen brachte, als der Regen aufhörte. Schließlich montierten sie gemeinsam die oberen Holzbalken, die der Decke eine angenehm ländliche Anmutung verliehen, abgesehen von der Stützfunktion.

In der ersten Pause sagte Herzl: »Du arbeitest gut. Gebe Gott, ich hätte immer Arbeiter wie dich.«

Gabi nahm lächelnd einen Schluck Tee. »Es gibt viel Arbeit, gelobt sei der Herr. Aber danke. Wenn ich frei bin, immer gern.«

Es trat Schweigen ein. Der Tee dampfte. Der Regen trommelte weiter mit ununterbrochener Gleichförmigkeit aufs Dach.

Herzl sagte: »Weißt du, beim ersten Mal, als ich dich hier gesehen hab, bist du mir echt so was von bekannt vorgekommen.« Gabi hob den Blick. Sie sahen einander eine lange Weile an, braune Augen kreuzten sich in der kalten Luft.

»Wirklich?«, sagte Gabi.

»Hast du mal bei Jerusalem, in Mevasseret oder so gewohnt?«

Gabi schüttelte den Kopf. Warum lag Spannung in der Luft? Vielleicht hatten es die Augen vor dem Verstand begriffen und sandten Signale in die Luft aus. »Ich bin im Oberen Galil aufgewachsen, im Kibbuz. Warst du vielleicht mal ...?«

Herzls Kopf bewegte sich von einer Seite auf die andere. Ein halbes Lächeln bildete sich in seinem Mundwinkel. Dann hob er seine Tasse hoch und trank mit einem Geräusch, das durch ein Zusammenwirken von Zunge, Lippen, Flüssigkeit und Luft entstand und dazu bestimmt war, die heiße Flüssigkeit auf dem Weg in den Rachen zu kühlen. Als Gabi in den Vereinigten Staaten gewohnt hatte, hatte ihm ein asiatischer Spender einmal von der Kunst des Suppentrinkens im Fernen Osten erzählt. Er nahm ihn in ein authentisches chinesisches Restaurant mit und sagte: »Hören Sie zu.« Gabi hörte zu. Ein Meer von Schlürfgeräuschen umgab ihn, und als er sich umschaute, konnte er die Technik beobachten, das Zusammenziehen der Lippen, wodurch ein enger Kanal erzeugt wurde, das Sammeln der Luft und Hineinschlürfen der Suppe. In einem westlichen Lokal wurde das als unhöflich, vulgär angesehen. Doch als Gabi ein Taschentuch herauszog und sich laut die Nase putzte, bedachten ihn die Chinesen mit einem angeekelten Blick. Jede Kultur definiert ihre Vulgarität auf eigene Art.

»Wo warst du in der Armee?«, fragte Herzl, und gleich darauf weiteten sich Gabis Pupillen, ein dünner Schleier überzog seine Augen, ein paar Tropfen Tee gerieten ihm in die falsche Kehle, er hustete wild und senkte den Kopf. Ja. Er erkannte ihn. Klar. Allmächtiger. Allmächtiger Gott. Ein sehendes Auge und ein hörendes Ohr, die macht beides der Herr. Er schloss die Augen und sagte in seinem Herzen, Allmächtiger, Mann, du stellst mich auf die Probe, du hast ihn zu mir geschickt, was soll ich machen, o Herr. Der Hustenanfall legte sich, und er öffnete die Augen, und Herzl Weizmann blickt ihn lächelnd an, neigte den Kopf und fragte: »Was?« Dann zog er eine Schachtel LM Light heraus, entnahm ihr eine Zigarette und ein Feuerzeug, und in der Rauchwolke, mit zusammengekniffenen Augen, fuhr er fort: »Alles in Ordnung, mein Bruder?«

Ich konnte nicht schlafen. Ich machte den Spind von Misch'ali auf und holte zwei glatte, große Schockgranaten heraus, braun-violett wie Auberginen. Die Köche waren Tiere, keine Menschen. Ich erkannte das Zimmer, zog eine große, schwere Holzbank heran, um die Tür zu blockieren. Dann ging ich außen herum, fand das Fenster, und es gelang mir, es aufzumachen. Ich entfernte die Sicherungen, streckte die Hände ins Innere, ließ die Granaten los, machte das Fenster zu und schoss wie der Blitz in mein warmes Bett, wobei ich auf dem Weg die gewaltige Detonation hörte…

Gabi signalisierte, alles in Ordnung, nur ein plötzlicher Hustenanfall, die falsche Röhre. Weizmann sog an der Zigarette, betrachtete ihn und fragte: »Also, wo warst du in der Armee?«

Gabi antwortete rasch: »Bei den Golanis.«

Doch er spürte unfehlbar, er wusste, dass Herzl sich in Kürze erinnern würde. Er wartete, sagte im Kopf zu Gott, dass er bereit sei, er solle ihm geben, was er verdiente, wandte seine Augen zum Fenster und spürte Herzls Blick. Wieso hatte er sich nicht sofort erinnert? Herzl, einer der Köche, die sich geweigert hatten, spätabends Essen zu machen, die seinem Kommandeur ins Gesicht gelacht und ihn geschlagen hatten. Die in ihrem warmen Zimmer seelenruhig geschlafen hatten, bis die Schockgranaten sie in die Gefilde von Trauma und Panik und ins Krankenhaus befördert hatten. Er wartete schicksalsergeben, doch Herzl sagte nur: »Komm, mein Bruder, wir arbeiten weiter.«

Der Regen beruhigte sich, und sie gingen nach draußen, um die Steinverkleidung der Synagoge zu überprüfen. Zusätzlich zu dem behauenen gelblichen Jerusalemer Stein hatte Herzl zwischen Stein und Gipswänden eine Schicht Holzplatten eingefügt, um die Isolierung zu verbessern. Herzl trat einen Schritt zurück und betrachtete stolz sein Werk. »Das hat mal wie zwei Wohnwagen ausgeschaut, eh?«, lachte er. Die Synagoge wirkte nun wie ein richtiges Steingebäude, mit starken Mauern und beeindruckendem Dach. »Du bist ein Zaddik«, sagte Gabi und glaubte von ganzem Herzen daran – Dienst am Heiligtum ist es, zu bauen und zu schmücken den Tempel des Gebets –, doch in seinem Inneren tobte ein Sturm, und er führte eine fieberhafte Debatte mit seinem Gott, was er tun sollte.

Sie rührten Zement in der manuellen Betonmischmaschine an und vervollständigten die letzte Wand. Gabi reichte die Steine und rührte den Zement, Herzl setzte sie, vermörtelte und säuberte sie und klopfte mit dem Holzhammer darauf. Stück für Stück kamen sie etwas ins Reden. Herzl erzählte Gabi von seinem Leben. Er war zweimal geschieden. Beim zweiten Mal hatte sich seine Frau sehr unschön benommen. »Ich will nicht in die Einzelheiten gehen, du bist ein gläubiger Mensch, du musst solche Sachen nicht hören, aber sehr, sehr unschön.« Als Herzl entdeckte, wie sie sich benahm, hatte er einen Koffer gepackt, war in den Zug gestiegen und zu der Grundschule gefahren, in der sein Sohn in der dritten Klasse war, hatte die Pause abgewartet, sich seinen Sohn gegriffen, ihm gesagt, er solle seine Tasche holen, sie würden einen Ausflug machen. »Brüderchen, ich hatte keine Chance«, seufzte Herzl.

»Keine Chance wozu?«, fragte Gabi.

Der Regen fing wieder an, und Herzl sagte: »Komm, wir gehn schnell wieder rein.«

Er setzte noch einmal Wasser auf dem Gaskocher auf. »Was für ein Wetterchen, bei allen Heiligen«, lächelte er und goss ein Glas Tee für Gabi auf. »Was ist mit dir? Zum Glauben bekehrt?« Gabi nickte, und Herzl sagte: »Man sieht's dir an.« Gabi wollte wissen, was man ihm ansah, doch in dem Augenblick war ein Klopfen an der Tür zu hören. Die beiden Männer wandten den Kopf und sahen eine hochgewachsene, blonde Frau mit großem Busen, die das Gebetshaus betrat.

»Ich sehe euch jeden Tag arbeiten im starken Regen. Menschen mit goldenem Herz. Ist etwas zu essen verdient, ja?« Jenia Freud trug ein Tablett, auf dem sich zwei belegte Brote und zwei Stück Apfelkuchen befanden, und auf ihren Lippen lag ein entschuldigendes Lächeln.

»Jenia, danke! Du bist eine Zaddika, das kannst du mir glauben«, rief Herzl aus und stellte das Tablett auf dem Steinblock ab, der ihnen als Teetisch diente. »Grad hab ich dran gedacht, einen Abstecher in den Laden zu machen und was zu besorgen.«

»Nein, wieso denn fahren, in solchem Regen … esst, esst. Fleischig ist in Ordnung?«

Gabi lächelte schmal und sagte: »Danke, Zaddika.«

Sie ging, Gabi segnete das Essen, und sie aßen die mit Pastrami belegten Brote. Gabi erzählte, wie Jenia das Vertrauen der Hügelbewohner von Neuem gewonnen hatte, nachdem sie als Maulwurf des Schabak entlarvt worden war. Herzl fand, dass sie es klug angestellt hatte. Mit einer Entschuldigungstour von Haus zu Haus hatte sie unter Tränen und Flehen auf die Gefühle gesetzt, hatte die Verantwortung auf den Geheimdienst abgewälzt, der Kapital aus ihr geschlagen und ihre Naivität ausgenutzt habe, und hatte sich seither mit Hilfe großzügiger Wohltaten wie gerade eben Sympathie erworben.

»Wer will schon was Böses zu ihr sagen, wenn sie sich so brav benimmt?«

»Es gibt hier genug Leute, die etwas Böses sagen, keine Sorge«, erwiderte Gabi. »Sie haben gesagt, dass sie gehen muss. Dass sie sie schon immer in Verdacht hatten. Dass sie außerdem bestimmt eine Schickse ist, du weißt schon, wegen der Größe und den Haaren …«

»Ja, und wegen den … wie hat sie es dann geschafft zu bleiben?«

»Otniel. Seine Entscheidung. Und ich denke, auch deswegen, weil Elazar Freud, ihr Mann, ihr verziehen hat, also haben sich die Leute ihm angeschlossen. Sie wollen keinen Krieg. Da hat sie eben mal einen Fehler gemacht, nu.«

»Sag mal, weißt du, wie man den Fehler von jemandem nennt, dessen Name Freud ist, eh?« Ein törichtes Lächeln breitete sich auf seinem Gesicht aus, während er mit seinen farblosen Wimpern zu Gabi linste. »Ein Freudscher Fehler!«, jubelte er dann, hochzufrieden mit sich.

Gabi spürte sein Herz immer noch im Hals pochen. Er aß sein belegtes Brot auf und sagte während der letzten Bissen zu Herzl: »Arbeiten wir weiter?«

»Moment, ganz langsam, mein Bruder. Wir rauchen eine Zigarette. Wir gehen austreten. Du kannst *mincha* beten, wenn du willst.«

Erst am Abend, in seinem Zimmer, vor dem Schlafengehen, während er in eine Essiggurke aus der Dose biss, würde Gabi in der Rückschau begreifen, dass Herzl ihn gelenkt hatte. Herzl, der Zaddik mit dem guten Herzen, der im strömenden Regen gekommen war, damit die Siedlungsbewohner am Schabbat in einer ordentlichen, sauberen und komfortablen Synagoge beten konnten, der im Regen gekommen war, um Gabi zu einem besseren Menschen zu machen, um ihm zu helfen, die Sünden der Vergangenheit zu bewältigen, gelobt sei sein Name, danke, o Herr, dass du ihn mir geschickt hast, in deiner Weisheit behütest du mich und errettest mich, und ob ich schon wanderte im finstern Tal, fürchte ich kein Unglück, denn du bist bei mir.

Herzl ging für längere Zeit hinaus, und Gabi blieb und betete *mincha*, das Nachmittagsgebet. Er fragte den Heiligen, gelobt sei er: Was tun mit einem Menschen, der mich jederzeit als den Verbrecher identifizieren kann, der einmal eine Schockgranate in sein Zimmer geworfen hat, während er schlief, und ihm ein geschädigtes Gehör, Angstzustände und Kontrollverlust über die Schließmuskeln beschert hat, und nun ist er ein Zaddik, der hilft, die Siedlung, den Kindergarten und ein Dach für Familien zu bauen, und der das Gebetshaus saniert. Der Heilige, gelobt sei er, gab ihm die harte, aber einzig richtige Antwort darauf, und Gabi beendete das Gebet, dankte ihm und küsste das Buch der Thora. Er arbeitete weiter, mit schwacher Kraft, jedoch feurigem Glauben, bis Herzl zurückkam und frohlockend sagte: »Mein Bruder, jetzt setzen wir zum Endspurt an, und dann richten wir euch ein Zuckerstückchen von Synagoge für den Schabbat her!« Gabi schwieg. Herzl fragte überrascht: »Was ist los, dein Gesicht ist ganz grün, Gavriel?«

Wie so oft an den Nachmittagen im Winter begann der Wind heftig zu pfeifen. Betonwürfel, Container und Wohnwagen bewegten sich, Gurte und Seile peitschten gegen Wände. Sogar die mit grobem Jerusalemer Stein verkleidete Synagoge zitterte.

Herzl und Gabi arbeiteten schweigend an den letzten Balken, bis Herzl sagte: »Ich hätte ja irgendein kleines Radio mitgebracht, aber vielleicht ist das nicht passend im Gotteshaus.« Er erzählte von einer Kleinkinderkrippe, die er gebaut hatte, bezeichnete sie als »saubere Arbeit«. Dann herrschte wieder Schweigen, und Gabi versuchte, sich an seinen Schöpfer zu wenden, schwach und feige, wissend, was er zu tun hatte, jedoch unfähig dazu.

Ein paar Minuten darauf sagte Herzl: »Das war's.« Und dann:

»Komm noch mit in den Kindergarten, die Kleinen sind heimgegangen. Ich will ein paar Sachen richten, um die mich Nechama gebeten hat.«

Sie stapften durch die großen Schlammpfützen, die den Hügel überzogen. An den Wohnwagen waren die ausgehängten Verwaltungsbefehle zu sehen. Die Kälte war grimmig, keine Menschenseele war draußen. Gabi fragte sich, ob das der richtige Zeitpunkt sei, und er beschloss, ja, das war der Augenblick. Er öffnete schon den Mund, doch da klingelte das Telefon mit der Nokiamelodie. Nathan Eliav, der Sekretär von Ma'aleh Chermesch, wollte Herzl ein paar Aufträge geben. Herzl erwiderte: »Sicher, Bruder, red mit dem Doktor Chilik, ob er mich nächste Woche für dich freigibt.« Zu Gabi sagte er: »Du liebe Zeit, ich muss noch hierherziehen mit der ganzen Arbeit, die ihr mir gebt.«

Im Fertigbauwürfel des Kindergartens nahmen sie sich der Türen und Steckdosen an, schlossen ein Loch, das unter der Eisentreppe gähnte. »Ich schulde dir das Ende der Geschichte«, sagte Herzl auf einmal, »wo waren wir?«

Gabi antwortete: »Deine Frau hat sich unschön benommen. Du hast deinen Sohn aus der Schule abgeholt. Aber du hattest keine Chance.«

»*Wallah*, du hast zugehört, eh? Also dann. Ich hatte keine Chance. Die Brüder meiner Frau haben mich am gleichen Abend erwischt. Ich hab keine Ahnung, woher sie gewusst haben, wo ich hingefahren bin. Sogar ich hab ja nicht mal gewusst, wo ich hinfahre, ich bin einfach bloß nach Norden gefahren, bin bis in den Galil gekommen, *ana aref*, was weiß ich, hab ein Schild für ein Zimmer gesehen und bin rein. Nach zwei Stunden waren sie da. Haben den Jungen weggebracht, und dann sind sie mit Schlagstöcken gekommen und haben mir die Hände geschreddert. Weißt du, was das ist, geschreddert? In Stücke zerschmettert, Kleinholz gemacht. Sie haben gesagt, damit ich nicht dran denken würde, Kinder zu klauen oder ihre Schwester zu schlagen, als ob ich sie je geschlagen hätte, ich hab sie nie angerührt. Sie war diejenige, die sich unschön benommen hat. Jedenfalls, sie haben den Jungen mitgenommen, er hat geweint, ›Papa, Papa‹, aber die hatten kein

Herz, die haben mich auf dem Boden liegenlassen, Säure über mich geschüttet, die mir Löcher in die Kleider gebrannt hat und mir die rechte Wimper und Augenbraue weiß gemacht hat – hier, da, siehst du?« Als ob er das zeigen musste. »Ein Glück, dass ich das Auge ganz fest zugelassen hab und das Zeug nicht ins Auge rein ist, ich wär blind geworden. Ich erinnere mich fast nicht, wie ich ins Krankenhaus gekommen bin, ich erinnere mich an kaum was, aber der Gips, der ist offenbar permanent.« Er blickte auf seine Arme, stellte sie zur Schau, und seine Augen wanderten zu der großen Armbanduhr, die sein Handgelenk genau am Gipsrand umschloss. »Wow, wow, schon vier, ich muss los, bevor es dunkel wird, komm her, Mann.« Er zog einen ansehnlichen Packen Geldscheine aus der Tasche und begann langsam Hunderter abzuzählen.

»Nein«, sagte Gabi mit schwacher Stimme und legte seine Hand auf die Hand mit den Scheinen. »Für Arbeiten in der Synagoge will ich kein Geld. Das ist Dienst am Heiligtum.«

Draußen standen sie in ihren Jacken voreinander. Der Bommel von Gabis weißer Rabbi-Nachman-Kipa, der vielgeliebte Na-Nach-Nachma-Nachman-aus-Uman auf den Stickern und Aufklebern, schien im Wind fast strammzustehen. Herzl umarmte ihn, und Gabi tat zögernd das Gleiche. »Du bist ein guter Junge«, sagte Herzl, und Gabi blieben die Worte im Hals stecken. Jetzt fasste ihn Herzl an den Schultern und grub seinen Blick in ihn hinein. Zwei Männer auf einem Hügel im Regen. Gabi brachte es nicht fertig, schlicht und einfach nicht fertig, ich enttäusche dich, Herr, flüsterte er seinem Gott aus seinem feigen Herzen zu, ich enttäusche dich, verzeih mir, leite mich, und Herzl näherte sein Gesicht, Gabi spürte, wie sein Atem über die Haut seines Gesichts und die Barthaare strich, während der Generalsanierer mit leiser und harter, schroffer Stimme sagte: »Ich hab mir geschworen, mich zu rächen, Mann. Aber du bist wirklich ein guter Junge. Du hast zur Religion zurückgefunden, du hast dich wirklich bekehrt, du glaubst. Du hast deine Taten gebüßt. Auch ich hab so einiges gemacht, gelobt sei der Herr.« Herzl drückte Gabis Gesicht zwischen seine rauen Handflächen, fühlte den schütteren Bart, die blasse Haut. Er gab ihm einen Kuss auf jede Backe und umarmte ihn noch einmal.

»Ich habe gesündigt«, sagte Gabi. »Ich bin ohne Heilung.«

»Es gibt immer eine Besserung. Auch ich hab gesündigt, Gavriel, mein Bruder. Ich hab euch kein Essen gemacht.«

»Verzeih.«

»Ich hab verziehen, Zaddik, ich hab verziehen.«

Und damit beendete Herzl seine Umarmung, stieg in sein Geländefahrzeug, drehte den Schlüssel um und ließ den Motor ein paar Mal aufheulen. Gabi blieb mit den Händen in den Taschen stehen, ihm war kalt, doch in seinem Herzen brannte ein lichterlohes Feuer. Der Wagen fuhr los, Gabi wandte sich ab und ging langsam zu seinem Zimmer. Gleich würde es dunkeln. Er würde sich einen Tee machen. Etwas zu essen. Abendgebet. Danke, Herr, du hast mir geholfen, du hast mich behütet. Danke, dass du mir Herzl Weizmann, den Zaddik, geschickt hast. Ich bin dein Sohn.

Die Tränen kamen, überspülten ihn. Er war glücklich.

Die Marranos

Während Gabi auf den Lichtwellen der Vergebung zu seinem Haus schwebte, machte Joni einen Routinerundgang auf der Ringstraße. Er stand vor seiner Entlassung, nächste Woche war es so weit. Was er tun würde, wusste er nicht. Er überlegte, einen Beruf zu erlernen, mit einem der Kurse, die das Wohlfahrtsamt ausgemusterten Soldaten anbot – er hatte eine Werbung auf der Militärwelle im Radio gehört, und einer der Berufe, die erwähnt wurden, hatte ihm gefallen, doch als er jetzt die pelzbesetzte Kapuze seiner Montur über seinen kleinen Kopf zog, gelang es ihm nicht, sich an den Beruf zu erinnern. Seine Ray-Ban-Brille steckte zusammengeklappt in der vorderen Tasche des Overalls, ein Bügel ragte heraus.

Er würde sich nach dieser Stille sehnen, wenn er auf einer belebten Straße in Netanja mit seinem besten Freund Ababa Kohen sitzen würde. Sowohl nach der Stille als auch nach dem Durcheinander. Auch nach den Abenden und auch nach den Siedlern. Sogar nach denen, die ihn anschrien – Otniel und Neta Hirschson. Und nach Gittit natürlich. Nach ihr sehnte er sich jetzt schon, seit man sie in die religiöse Mädchenschule in Schomron geschickt hatte. Er warf einen traurigen Blick in Richtung des Wohnwagens ihrer Eltern. Ja, in Netanja würde er Sehnsucht nach Ma'aleh Hachermesch haben, wie er den Ort irrtümlich in seinem ersten halben Jahr hier genannt hatte.

Ihm fiel der merkwürdige Zwischenfall ein, der sich am Morgen mit Neta Hirschson ereignet hatte. »Geht weg, ihr Schurken!«, hatte die Kosmetikerin die Soldaten angeschrien. »Schämt euch! Böse Gewalt!«

Der neue Fahrer von Kommandeur Omer Levkovitsch richtete einen erschreckten Blick auf sie.

»Nicht beachten«, sagte Omer zu ihm, der mitten in einem Telefongespräch mit dem Hauptquartier war, während seine und Jonis Soldaten die Befehle aushängten.

Doch Neta lokalisierte die weiche Stelle und richtete ihre geschliffenen Pfeile darauf: »Du! Haben sie dich so erzogen? Menschen aus ihrem Haus zu vertreiben? Familien? Kinder? Du schaust mir aus, als ob du in einem guten Haus aufgewachsen bist. Lass dich von ihnen nicht in diese Verbrechen reinziehen. Verweigere den Befehl!«

Der Fahrer versuchte, die kleine Frau, die ihn anschrie, nicht anzusehen. Hauptmann Oren sagte wieder: »Nicht reagieren, die ist immer so.« Der Regen fiel, die Befehle wurden nass und rissen ein, der Wind war eisig, und Neta, in ihren Mantel eingewickelt, brüllte ein letztes »Widersacher!«, fiel plötzlich auf die Knie und erbrach sich. Der verstörte Fahrer machte seinen Vorgesetzten darauf aufmerksam. »Immer so?«, fragte er. Omer eilte zu ihr, legte eine Hand auf ihre Schulter und fragte, ob alles in Ordnung sei, und als sie nicht kratzbürstig reagierte, begriff er, dass sie nicht immer so war, und begleitete sie zum nahen Wohnwagen.

Joni erwog, zum Wohnwagen von Jean-Marc und Neta zu gehen, um nachzuschauen, wie es ihr ging, aber er beschloss, dass der Tag für solche Höflichkeitsbesuche zu sehr belastet war. Keine Menschenseele war draußen, und die Dämmerung senkte sich herab. Sassons Kamelstute vertiefte sich in ein paar Gräser, und die Hündin Kondi schloss sich Joni auf der Runde an, wedelte mit dem Schwanz und genoss sein Streicheln. »Auch nach dir werde ich Sehnsucht haben«, flüsterte ihr Joni zu, doch da fing er im Augenwinkel eine Bewegung ein, hob den Kopf und rief: »Hallo! Was machst du da? Also wirklich!«

»Vergiss es, nu, du wirst in einer Woche entlassen. Drück ein Auge zu«, versetzte Josh.

»Wir haben diese Befehle nicht im Regen ausgehängt, damit du nachher kommst und sie wieder runterreißt. Es ist egal, wann ich entlassen werde. Das sind Befehle mit der Unterschrift des Staates Israel.«

»Genau«, lächelte Josh. »Bloß Befehle des Staates Israel. Es gibt stärkere Befehle als das, von höherer Stelle.«

»Das ist verboten, das darfst du nicht machen«, erwiderte Joni, nicht sicher, was der Amerikaner meinte.

»Verboten?«, grinste Josh verächtlich. »Verboten ist es, Leute aus ihren Häusern zu vertreiben. Deine Armee wird uns nicht sagen, dass wir nicht in unserem Haus wohnen können. Und du schon gar nicht. Ich bin nicht nach Nine Eleven aus Boro Park gekommen, damit so einer wie du mir sagt, wo ich hingehen muss. Ist dir das klar? Also jetzt, kusch …!« Josh endete mit ein paar schnellen englischen Worten, die über den Kopf und die Pelzmontur des kleinen äthiopischen Soldaten hinweggehen sollten. Doch Joni kannte die Worte, die der Rothaarige benutzt hatte. Und ganz sicher das Wort »kusch …«, das im ganzen Land modern geworden war, seit es dem Sicherheitsminister letzten Sommer am Hügel herausgerutscht war.

Joni rief Omer an und berichtete ihm von Josh. Joni wusste das Schweigen am anderen Ende der Leitung zu deuten, kannte den langsam hochbrodelnden Zorn des Kommandeurs. Meistens war er wie ein Dampftopf, der nach dem Kochen geschlossen blieb und dann abkühlte, doch unter den richtigen Bedingungen – wenn er zum Beispiel ein misslungenes Date hinter sich hatte, einen platten Reifen im Regen repariert, im stürmischen Wind Räumungsbefehle angebracht hatte, hörte, dass ein respektloser Rowdy einen Soldaten, der ihn schützte, verflucht und beleidigt hatte – war es gut möglich, dass Hauptmann Omer Levkovitsch explodierte.

Als Joni die Verbindung trennte, provozierte ihn Josh: »Was ist los, Baby, hast du Papa gerufen, damit er zu Hilfe kommt? Papa ist beschäftigt und kann nicht kommen?« Josh griff nach einem weiteren Befehl, an der Seitenwand des Wohnwagens von Scha'ulit Rivlin, und riss ihn herunter. Joni setzte seinen Weg fort und ignorierte die selbstberauschten Siegesschreie Joshs hinter ihm.

Omer traf mit seiner Mannschaft im Jeep ein, dahinter ein Panzerfahrzeug, beladen mit weiteren Soldaten und Arbeitsgerätschaften. Joni wartete mit seinen Soldaten am Eingang, stieg auf das Trittbrett des Panzerwagens und fuhr im Stehen mit. Die Wagen rollten mit dramatischer Langsamkeit in den Ort, so als wollte man verkünden, passt auf, wir sind da, schaut her, was wir jetzt machen. Als die Fahrzeuge anhielten, spuckten sie Soldaten und Ausrüstung aus, ihre extraleistungsstarken Frontscheinwerfer wurden auf Gabis Zimmer am Rande des Felsens gerichtet, Lichtkanäle, die die Dunkelheit zerschnitten, die sich inzwischen vertieft hatte. Omer Levkovitsch versammelte die Einsatzsoldaten und instruierte sie kurz. Danach schwang ein Teil von ihnen zugespitzte Brecheisen, der andere Teil Fünf-Kilo-Hämmer. Omer ging voran und klopfte an die Tür des Zimmers, an der ein kleines »Willkommen«-Schild hing. Es kam keine Antwort. Gabi war beten gegangen.

Josh tauchte von irgendwoher auf, und aus seinem Mund sprudelten die Worte: *»What the hell…«* Sie wurden fast umgehend mit einem Schlag des Brecheisens von Omer beantwortet, der die Tür des Zimmers zertrümmerte.

»Ho ho ho!«, kreischte Josh. »Was macht ihr? Hallo?!!« Die

Soldaten reagierten nicht. Sie gingen einer nach dem anderen in den Raum, bis sie drinnen dicht an dicht standen. Josh versuchte, sich ebenfalls hineinzudrängen, doch es gab keinen Platz mehr; in seiner Not drückte er hektisch auf die Knöpfe seines Telefons. Drinnen war die Aufgabe klar und einfach, die Hämmer klopften an die Wände und gegen das Holzdach, zertrümmerten, zerlegten alles. Joni schwang den Fünf-Kilo-Hammer in seiner Hand in alle Richtungen, schwitzte vor Anstrengung und Hitze, die die vielen Leiber in dem kleinen Raum entwickelten, jedoch nur für wenige Minuten, denn mit der Beseitigung der Wände und des Dachs klaffte er in alle Himmelsrichtungen auf, und zurück blieb nur der Stein- und Betonrahmen, über den Joni ebenfalls zornentbrannt herfiel. Omer betrachtete mit einer Mischung aus Staunen und Stolz diesen wunderbaren Soldaten, der in Kürze gehen würde, den dünnen Schweißfilm auf seiner glatten Stirn. So musste es sein, den Jungen zeigen, was Entschlossenheit ist. Joni entlud seinen Frust von Monaten. Er hatte diese Menschen mit seinem Körper und der Macht seiner Waffe geschützt, und sie vergalten es ihm mit Groll und bösen Gesichtern. Es stimmte, dass ein Teil von ihnen, vielleicht die meisten, ihn zum Schabbatessen eingeladen hatten, ihm Kuchen gebracht und gefragt hatten, wie es ihm ging, doch Worte wie die von Josh verletzten, diskriminierten, und er wusste, dass noch andere sie in ihren vier Wänden murmelten, vor allem seit die Geschichte mit Gittit herausgekommen war.

Josh kreischte hysterisch in sein Telefon. Wo ist der aufgeplusterte Pfau von vorher, dachte Joni kurz und unterdrückte den Drang, ihn anzugrinsen. Josh versuchte, das zu betreten, was einmal Gabis Zimmer gewesen war, und einen der Soldaten an der Hand zu packen, doch das Gelenk des Soldaten schnellte nach hinten, traf Joshs Kiefer und setzte ihn außer Gefecht. Er zog sich zurück, versuchte, etwas zu schreien, doch ihm entfuhr nur ein Wimmern.

Neta Hirschson traf ein mit Gebrüll. »Wer ist der Verantwortliche hier? Ich verlange, mit dem Verantwortlichen zu reden! Mit welchem Recht zerstört ihr ein jüdisches Haus? Was würdet ihr sagen, wenn ich zu eurem Haus komme und anfange, es mit dem Hammer zu zerschlagen? Faschisten! Widersacher! Schergen des Bösen! Die Nazis wären stolz auf euch!« Die Soldaten fuhren fort, ohne zu antworten. Sie waren fast fertig – das Zimmer war so klein, und obwohl Gabi fast ein Jahr gebraucht hatte, um es zu bauen, machten Omer und seine Soldaten es in weniger als fünfzehn Minuten dem Erdboden gleich.

Neta barg das Gesicht in den Händen und wiegte es von einer Seite auf die andere. Josh neben ihr, kümmerlich und schmerzgepeinigt in seinem Parka, hielt einen undefinierbaren Gegenstand in der Hand, den er aus der Hütte gerettet hatte. Otniel und seine Kinder kamen an, dann Chilik und andere, die aus ihren geheizten Wohnwagen in die Kälte hinaustraten. Die Soldaten verließen die Reste des Zimmers mit dem Werkzeug in ihren Händen. Eine eigenartige Stille herrschte nun an dem Platz. Es gab keinen Protest, kein Geschrei mehr, nur die Soldaten in den dunklen Uniformen auf der einen Seite, die Bewohner auf der anderen, und die Ruinen des Gebäudes am Rande des Felsens.

Otniel sagte: »Omer.«

»Ja?«, erwiderte der Offizier und trat näher auf ihn zu.

»Wozu war das gut? Mit welchem Recht habt ihr das gemacht?«

»Otniel, stellen Sie sich nicht blöd. Hier, mit diesem Recht.« Er zog ein Dokument aus seiner Tasche. »Der Befehl zur Einstellung der Bautätigkeit von der Zivilverwaltung, den die teuren Hausherren, die jetzt so ungeheuer überrascht sind, oft genug erhalten haben, in aller Nettigkeit, mitsamt einer glasklaren Erklärung, dass die Geduld nicht mehr lange andauern wird. Man hat nicht nur ohne Genehmigung und ohne zu fragen gebaut, ohne ein Besitzrecht und den ganzen Rest der grundlegenden Dinge nachzuweisen, die jeder gesetzestreue Bürger zu beschaffen hat, bevor er anfängt, ein Haus zu bauen, Otniel, man sitzt auch noch im Naturschutzgebiet. In Naturschutzgebieten ist es verboten, Häuser zu bauen. Die Hälfte dieser Siedlung steht auf dem Areal des Nachal-Chermesch-Naturschutzreservats. Nebenbei bemerkt, ist dieses Verbot eine Initiative der Naturschutzbehörden im ganzen Land, um die Naturschutzgebiete zu säubern. Das ist keineswegs politisch, sondern um unsere Natur zu schützen…«

»Aber warum so, im Frontalangriff?«, sagte Chilik. »Kann man nicht darüber reden? Vielleicht hätten wir eine gewaltfreie Lösung gefunden? Warum kommt ihr wie die Diebe in der Nacht? Der Hausherr ist nicht mal da.« Er wandte sich seinen Gefährten zu. »Ist jemand Gabi suchen gegangen? Ich hab ihn vorher in der Synagoge gesehen.«

»Reden? Mit wem denn reden?«, ereiferte sich Neta.

»Reden?«, stimmte Omer zu. »Ihr wollt reden? Fahrt nach Beit-El und redet mit der Verwaltung. Warum wolltet ihr nicht reden, als wir heute Morgen die Befehle ausgehängt haben? Wolltet ihr reden? Ihr wolltet sie zerreißen, ihr wolltet uns ins Gesicht lachen, und als…«, Omer lief rot an, schwitzte, seine Halsschlagader pochte, »…als ein Soldat, der euch schützt, diesen unverschämten Kerl gefragt hat, was er da macht, hat er es gewagt, ihn zu beleidigen und mit Flüchen zu beschimpfen!«

»Wer hat geschimpft?«, fragte Otniel.

»Wer?! Josh!« Omer deutete auf den Amerikaner, der sich immer noch sein schmerzendes Kinn rieb. »Man könnte meinen, er sei der Einzige. Hat uns diese unverschämte Person nicht vor zwei Minuten Nazis genannt.« Er drehte sich zu Neta Hirschson um. »Ihr habt alle den Verstand verloren!« Den letzten Satz schrie der Offizier beinahe, mit heiserer Kehle. Normalerweise war er bemüht, besonnen zu sein und gute Beziehungen zu wahren. Doch heute war das Maß überschritten, ein Damm war gebrochen. »Wer das war, fragt er mich«, sagte er noch einmal, fast zu sich selbst. »Wie kann man sich nur so dumm stellen.« Die Siedler blickten einander verblüfft an. Was war los mit Omer? Alles, weil Josh einen Neger »Neger« genannt hatte? War ein närrischer linker Geist in ihn gefahren? Oder hatte ihn vielleicht eine Freundin abserviert, oder seine Beförderung war verzögert worden?

Plötzlich rollte ein Donner, und eine Stimme klang auf, die zunehmend an Stärke gewann und das stürmische Gewirr der Stimmen übertönte, die miteinander wetteiferten, wer es dem

Offizier am besten heimzahlen würde – es war Josh, tränenüberströmt im Aufruhr seiner Gefühle, mit den Händen fuchtelnd. Er schrie: »Du kommst nicht in mein Haus und sagst mir, was ich reden soll. Alles, was ich hier mache, ist, unsere Häuser zu verteidigen und den Schwachsinn eurer Befehle zu stoppen. Ich bin durch das Feuer der Thora gegangen und ins Land gekommen nach Nine Eleven, weil man etwas tun muss, es ist Zeit geworden, nicht mehr zu schweigen, und jetzt sagt uns die Armee, dass wir gehen sollen und die Arabs bleiben? Du kommst daher und zerschlägst ein Haus, das wir mit eigener Hand über ein Jahr lang gebaut haben? Du sagst mir, wo ich sein darf? Das Land gehört uns, wie die Thora es sagt, ohne den Bullshit, dass man mir sagt, was ich tun darf und was nicht« – seine Stimme wurde höher und kippte in das Gekläff eines Hundes um, der einen Tritt erhalten hat, das Gegenstück zu Omers Geschrei einen Augenblick zuvor –, »und jetzt krieg ich hier auch gesagt, was ich machen muss? Meine Familie ist von den Marranos, den spanischen Zwangsgetauften, weißt du, was das heißt? Hast du Geschichte gelernt? Du erzählst mir was von Naturschutzgebiet? Aus Spanien haben sie uns vertrieben wie die Hunde, und meine *ancestors* sind nach New Mexico gekommen, sind Christen geworden, hatten Angst, Juden zu sein. Cowboys sind wir geworden, aber die Bräuche sind geblieben – eines Tages werd ich's dir erzählen, wenn du wieder ein bisschen *sense* in deinem Kopf hast –, und wir sind wieder Juden geworden, ich bin in die Jeschiva gegangen, ich hab die Thora gelernt, ich bin nach Israel gekommen, ich fürchte mich vor niemandem, und da erzählst du mir gequirlte Scheiße von einem Naturschutzgebiet?«

Drei Soldaten überwältigten Josh und legten ihn in Handschellen. Er fuhr fort, sich zu wehren, und ein paar seiner Gefährten versuchten sich einzumischen, doch die Soldaten reagierten darauf, indem sie in ihre Richtung vorrückten. »Marranos! Zwangsgetaufte! Vergewaltigte! Das waren wir, und das sind wir jetzt! *Don't touch me you piece of shit…!*«

»Unverschämtheit!«, brüllte Omer den jungen Amerikaner an, der in das Panzerfahrzeug verfrachtet wurde. »Ich dulde keine solchen Reden über meine Soldaten und die Armee und über den Staat! Es gibt hier Gesetze, jawohl, wir werden euch sagen, dass ihr ihnen zu gehorchen habt, und ihr werdet zuhören. Und jetzt gehen wir an die Arbeit und kleben neue Befehle anstelle von denen hin, die ihr zerrissen habt, und ich warne euch. *Dir balak*, passt bloß auf, wenn jemand auch nur einen Befehl anrührt! Denn dann komme ich und fange an, die Häuser auseinanderzunehmen, und es interessiert mich nicht, ob auf den Befehlen steht, dass das erst in zehn Tagen passiert. Ich entscheide hier, und in ein oder zwei Jahren, wenn auf diesem Hügel nichts mehr ist, wird das hier nur ein schönes, ruhiges Naturschutzgebiet sein – und keiner wird sich erinnern, ob wir die Häuser zehn Tage früher oder später abgerissen haben.« Omer schwenkte wütend die Faust. »Ich werde keine Flüche und kein Geschrei mehr dulden. Wir werden euch einen nach dem anderen wegen Behinderung eines Soldaten in Ausübung seiner Pflicht verhaften …«

Auf einmal war ein bekanntes Klappern von weitem zu vernehmen, das immer näher kam. Der langsame Galopp Killers war jedem auf dem Hügel vertraut, und da tauchte der weiße Rhombus auf der braunen Stirn des Pferdes auf, das in leichten Trab fiel, bis es mit einem Ruck am Zügel zum Stehen gebracht wurde. Auf seinem Rücken saß Jehu und hinter ihm Gabi, mit weit aufgerissenen Augen angesichts der Ruine seines Zimmers, der Soldaten in Bereitschaft und seiner Siedlergefährten, und ein lauter Schrei entrang sich seiner Brust, stieg aus dem Käfig seiner Rippen und der Kammer seines Herzens empor, hoch und höher durch Zwerchfell und Hals, bis er sich aus seiner Kehle befreite – ein ungeheurer Verzweiflungsschrei, der mit einem Echo aus der Wüste, Hyänengeheul und Hundejaulen, Weinen von Kindern und Frauen und einem Wiehern von Killer, der sein Bein hochwarf, beantwortet wurde.

Omer schnaufte schwer, Schweiß glänzte auf seiner Stirn, und seine Wangen verfärbten sich rosa. Er war noch nicht zu Ende mit dem, was er sagen wollte, doch Gabis Schrei ließ ihn auf seinem Platz gefrieren. Neben ihm stand Joni, auch er schweißbedeckt und mit hämmerndem Herzen, während die restlichen

Soldaten zu ihrem Fahrzeug zurückkehrten, die Ausrüstung einluden und neue Befehle herausholten. Einer von ihnen brachte sogar an der Seite des Steins, der die Grundmauer des Zimmers gewesen war, einen Zettel an. Ein eisiger Windstoß ließ Papiere in dem offenen Raum herumflattern, kippte den Heizspiralofen um, wehte einen Stoffstreifen auf.

Joni stand wie angewachsen neben seinem Kommandeur. Wenn er nicht in einer Woche aus dem Militärdienst entlassen worden wäre, wäre er wahrscheinlich gezwungen gewesen wegzugehen. Nach diesem Vorfall hätte er nicht mehr bleiben können. Er war durcheinander und aufgewühlt, dankbar und bewegt von Omers Unterstützung, fand auch, dass das Wasser am Überlaufen war, bis zur Seele reichte, doch gleichzeitig war sein Herz schwer angesichts der entsetzten Siedlungsbewohner, vielleicht hätte es doch einen Weg gegeben? Was sollte aus Gabi werden, der seine Seele dem Zimmer verschrieben hatte? Er fühlte schon eine gewisse Verantwortung für die Bewohner, und als sein Blick zu ihnen wanderte, spürte er einen Stich der Sehnsucht nach Gittit, deren Gesichtszüge und Haarfarbe er in ihrer jüngeren Schwester Emuna wiederfand, und die Wehmut war wie ein Klumpen in seinem Hals.

Der Denunziant

Jeden Freitag machte sich Nir Rivlin von seinem neuen Zuhause in Ma'aleh Chermesch zu Fuß auf den Weg, um seine Töchter und seinen Sohn in Ma'aleh Chermesch 3 zu besuchen. Seit der Trennung von Scha'ulit ließ er den Unterricht am Freitagvormittag im Zentrum für koschere Kochkunst in Jerusalem ausfallen. Auf ein Abschlusszeugnis hatte er ohnehin so gut wie verzichtet – er würde die Anwesenheitspflichtquote bereits nicht mehr zustandebringen, die Abschlussprüfungen nicht bestehen und kein Praktikum machen. Er nahm sich eine Auszeit. Mit der Gitarre auf dem Rücken durchquerte er die Felder, stieg in die

Rinne von Nachal Chermesch hinunter und auf dem Sandpfad durch die Pfützen wieder hinauf zur Siedlung.

An diesem Morgen war es heiter. Die schweren Wolken waren verschwunden und hatten eine spröde frische Luft zurückgelassen, die Nir liebend gern zwischen den Zähnen einsog. Der Verkehr auf der Straße war lebhaft. Er lehnte mit einem Abwinken Mitfahrangebote ab. Er dachte an den Wochenabschnitt *schemot*, aus dem Buch Exodus, an Moses und den brennenden Dornbusch, an die Lektion des Rabbiners, die er vorgestern gehört hatte. Er fuhr sich mit einer Hand durch seine roten Haare, die er seit kurzem wachsen ließ, drückte die neue Kipa fester, die bunter war als die vorige, streichelte seinen Bart, den er zu stutzen und zu pflegen begonnen hatte. Er dachte an das Lied, das er Amalia, Tchelet und dem kleinen Zebuli vorsingen würde, und freute sich schon darauf, sie zu sehen. Er legte den Kopf in den Nacken und lächelte zum Himmel hinauf – das Leben war schön! Wenn nur Scha'ulit einverstanden wäre, dass er nach Hause zurückkäme, würde alles perfekt sein; im Grunde war er sich sicher, am Ende würde sie einwilligen. Für die Kinder. Sie hatte recht gehabt, als sie ihn hinausgeworfen hatte – er trank, war faul, half ihr nicht, war unsensibel, verlor die Beherrschung. Aber sie würde die Veränderung sehen. Wie er sich der Kinder annahm. Er hatte seit über einem Monat keinen Tropfen mehr getrunken, mit den Joints hatte er auch fast ganz aufgehört. Sie würde nachgeben, sie hatte schließlich keinen Scheidungsbrief verlangt, und der Rabbiner seinerseits hatte versprochen, ihr zuzureden. Vielleicht würde sie ihm heute verzeihen? Ein Monatsanfang stand vor der Tür, ein neuer Thoraabschnitt, Sonne am Himmel – ein vollkommener Schabbat für neue Anfänge. Oder Erneuerungen. Er gelangte zu dem letzten steilen Hang, stürmte ihn in einem Ausbruch von Energie hinauf, steuerte zwischen den Schlammpfützen hindurch und lief – seine Waden rannten seinem Körper fast voraus – nach Hause.

Nir war nach einer Nacht des Zorns aus dem Haus geworfen worden, in der er ein Bier zu viel getrunken und die Faust einen

Zentimeter vom Ohr seiner Frau entfernt geschwungen hatte. Die Faust hatte die Wand ihres Schlafzimmers getroffen und eine Mulde darin hinterlassen, die immer noch deutlich zu sehen war. Scha'ulit betrachtete sie jedes Mal, wenn Nir sie anflehte, ihm noch eine Chance zu geben. Die Delle gab ihr Kraft, standhaft zu bleiben. Worum ging es bei der Faust? Nir erinnerte sich nicht, vielleicht hatte er es schon gar nicht mehr gemerkt, dass er sie schwang, wegen des Alkohols, der in seinem Kopf schwappte, aber Scha'ulit erinnerte sich sehr gut: Zebuli hatte an diesem Tag ständig geweint, weil ihm anscheinend ein Zahn wuchs, oder vielleicht hatte er auch Bauchweh. Er klammerte sich an Scha'ulit. Und dann fingen Tchelet und Amalia im anderen Zimmer wegen eines Haargummis zu streiten an. Scha'ulit schrie hinüber, konnte aber nicht eingreifen, da sie Zebuli stillte. Sie hörte die misstönenden Akkorde aus der Hängematte im Garten und rief immer wieder nach ihrem Mann, bis sie schließlich schrie. Zuletzt kam er mit roten Augen daher und knallte die Tür hinter sich zu. »Was? Was? Was?! Was??! Hörst du nicht, dass ich versuche, an einem Lied zu arbeiten?«

Scha'ulit ignorierte seine vierfache Fragelitanei. »Geh zu den Mädchen und schau nach, was los ist.« Die beiden plärrten, zogen einander an den Haaren, und Zebuli löste sich, vielleicht aus Solidarität, von der Brust seiner Mutter und stimmte in das allgemeine Geheul mit ein. Nir ging zu den Mädchen und trennte sie gewaltsam. Als er sich umdrehte, ging die Schlacht erneut los.

Er drehte sich wieder zu den beiden um, brüllte: »Schluss!!!«, und zog Amalia vehement von Tchelet weg, stieß sie hart auf die eine Seite des Zimmers und ihre Schwester auf die zweite.

Die zwei Mädchen verstärkten ihr Geheul. Auch Zebuli. »Was machst du denn?«, schrie Scha'ulit. »Spinnst du?!«

»Sei still. Bleib im Zimmer, das geht dich nichts an.«

»Was soll das heißen, es geht mich nichts an?« Scha'ulit versuchte, zu Tchelet zu gelangen, die in den höchsten Tönen brüllte.

Nir stellte sich ihr in den Weg. »Ich hab gesagt, bleib drüben!«, knurrte er und stieß sie in das Zimmer, mit einem wilden, unvergesslichen Blick in seinen roten Augen. Die Mädchen heulten weiter, Zebuli schrie wie am Spieß, und Scha'ulit versuchte nochmals durchzukommen. Nir versetzte ihr einen Stoß, sie schrie, er drückte sie an die Wand und schlug mit der Faust zu, einen Zentimeter neben ihrem Ohr. Und dann, dem Herrn sei Dank, drehte er sich um und ging hinaus.

Bei jedem Besuch bat Nir um Verzeihung und sagte, er habe einen Fehler gemacht. Erklärte, dass er eine Phase der Anspannung durchgemacht hatte. Wies auf die Entlarvung des Maulwurfs, Jenia Freud, hin. »Ich hab was für den Hügel getan, als ich das Geheimnis aufgedeckt habe«, sagte er einmal, »und dafür verjagt man mich von hier?« Scha'ulit warf einen Blick auf die Mulde in der Wand und gab keine Antwort.

In der Nacht, in der die Mulde entstand, schlief er auf dem Spielplatz. Mitten in der Nacht schlug er plötzlich die Augen auf und sah einen Stern fallen, und ein verstörender, beängstigender Gedanke lähmte ihn: Alles ist so fließend, alles kann in einer Sekunde aus und vorbei sein. Nicht nur hier. Überall auf der Welt. Aber hier besonders. Alles, was du hast, kannst du verlieren. Aber unser heiliger Rabbi Nachman von Brazlaw lehrt uns, in die Natur hinauszugehen, unter den Bäumen zu sitzen mit Vogelgezwitscher, im Wind, die Sterne anzuschauen, den Mond, mit dem Herrn zu reden, ihm alles zu erzählen, zu schreien, zu singen, zu tanzen und ruhig, fröhlich und voll Liebe nach Hause zurückzukehren. Er schlief mit einem Lächeln ein, und am Morgen kam er voll Reue und guten Willens nach Hause.

Scha'ulit sagte, sie wolle sich trennen. Er versprach, nicht mehr zu trinken. Sie sagte, es spiele keine Rolle, was er mache, sie wolle ihn nicht mehr im Haus haben. Als er beharrlich blieb, drohte sie, sich an den Rabbiner, die Nachbarn zu wenden, zu erzählen, was er getan hatte. Er bat um eine Gnadennacht. Sie sagte, pack deine Sachen und geh. Er packte schleunigst zusammen und ging, trug einen Koffer zu seinem verbeulten blau-metallic lackierten Subaru.

Er fuhr auf der Ringstraße, aufgewühlt und gedemütigt, und hielt am Haus der Familie Asis. Gittit war mit einem ihrer kleinen Brüder im Hof. Nir ließ das Fenster herunter und winkte sie mit gekrümmtem Finger zu sich. Als sie sich näherte, schlug er vor, sie solle einsteigen, eine Rundfahrt mit ihm machen. Sie begriff nicht, wieso Auto, wieso denn Rundfahrt.

»Brauchst du Papa?«, fragte sie.

»Nein, dich.« Nir Rivlin blickte sie, die Kipa in die Stirn gerutscht, von unten herauf lächelnd an. Und dann sagte er: »Ich weiß was über dich.«

»Was?«

»Das mit dem Äthiopier.«

Ihre Augen weiteten sich. Sie versuchte, ihren Schrecken zu kaschieren. »Was? Wovon redest du?«

Ein paar Minuten nachdem er bei seiner Frau gescheitert war, versuchte Nir erneut, seinen Willen zu erzwingen: »Wenn du nicht willst, dass ich es Papa erzähle, dann komm mit mir auf eine Rundfahrt.«

»Wieso denn Rundfahrt? Von was redest du? Bist du verrückt geworden?«

Noch eine, die ihn fragte, ob er verrückt sei. Vielleicht war er wirklich verrückt geworden? Allmächtiger Herr der Welt.

Er fuhr. Schlief ein paar Nächte im Haus seiner Eltern in Beit-El. Rief Scha'ulit täglich an. Schließlich kam er zurück und fand ein Zimmer mit eigenem Eingang in Ma'aleh Chermesch. Versprach dem Hauseigentümer, dass es nur vorübergehend, vielleicht für einen Monat sei. Lebte dort schon seit ein paar Monaten. Eines Nachmittags, nachdem er wieder versucht hatte, Scha'ulit zu überreden, heftete sie einen distanzierten Blick auf ihn, den er an ihr nicht kannte, und sagte mit kalter, selbstsicherer Stimme: »Nir, ich will nicht mit dir leben, warum verstehst du das nicht?« Er verließ das Haus, ging zum Nachbarhaus und sah Gittit. Er schlug ihr vor, ihn zu heiraten als Gegenleistung für sein Schweigen. Sie interessierte sich dafür, ob die Möglichkeit bestehe, dass ihm der Verstand abhandengekommen sei. Er erklärte, dass es ihm ernst sei, worauf sie kicherte. Als er einen letzten Anlauf unternahm: »Nu, was sagst du?«, drehte sie sich um und ging. Er betrat das Haus ihres Vaters.

Gittit wurde in die religiöse höhere Mädchenlehranstalt Eschet chajl – das »biedere Weib« – in Samaria geschickt.

Der Befehlshaber des Zentralkommandos, Giora, erhielt einen hektischen Anruf von seinem Freund und versprach, den unbotmäßigen Soldaten zu bestrafen und aus der Siedlung zu entfernen. Doch der Termin von Jonis Entlassung stand ohnehin kurz bevor, und sein Kommandeur, Omer Levkovitsch, überredete den Generalmajor dazu, Joni bis zu seiner Abmusterung in der Siedlung zu behalten, und versprach, jede Möglichkeit eines Kontakts zwischen Gittit und Joni zu unterbinden – wenn sie an den Wochenenden in den Stützpunkt käme, würde er Joni nach Hause schicken.

Gittit erzählte ihrem Vater nichts von Nirs unzüchtigen Vorschlägen, doch an einem der kalten Freitagabende, an denen sie aus ihrer Lehranstalt zurückkam – es wurde der Wochenabschnitt *vajigasch* gelesen –, fragte Scha'ulit sie draußen vor der Synagoge, wie es ihr gehe. Das gleichmütige »in Ordnung«, verbunden mit einem Achselzucken und einem traurigen Lächeln, ließ viel Raum für Deutungen. Scha'ulit legte ihre schmalgliedrige Hand auf Gittits Arm und meinte fragend: »Vielleicht kommst du nach dem Abendessen mal zu mir?« Gittit lächelte, ohne zu antworten. Allein der Gedanke an die Fragen, die ihr Vater stellen würde, sein Misstrauen. Sie zog es vor, bis zur Fahrt nach Jerusalem am Montagmorgen nicht aus dem Haus zu gehen. Aber später, als es still geworden war im Haus, als ihre Geschwister eingeschlafen waren, auch ihre Eltern sich ins Bett zurückgezogen hatten und sich die Schabbatstille herabsenkte; als die automatisch vorprogrammierte Schabbatuhr das Licht im Wohnzimmer abstellte und sie im Dunkeln zurückließ, fiel ihr Scha'ulits Einladung ein. Sie hatte keine Lust zu schlafen, zu viele Gedanken und Gefühle tobten in ihr. Leise verließ sie das Haus vor dem dunklen Hügel. Beilin begleitete sie ein Stück des Wegs, bellte dann zum Abschied, die klare Winterluft des Tevet, sprich Dezember, erfüllte sie mit Gedanken und Erinnerungen, mit Sehnsucht und Begehren, und sie atmete sie tief ein. Als sie Scha'ulits Haus passierte, sah sie Scha'ulit auf der Schaukelbank draußen sitzen. Scha'ulit sagte: »Gut, dass du kommst, ich habe gerade eine Kanne Tee gemacht.«

Sie hatten in den Jahren ihrer Nachbarschaft nicht viel miteinander geredet, doch etwas an ihrer neuen Situation verband sie nun. Ein Bund der Ausgestoßenen. Die Frauen, die getan hatten, was man nicht tat – die eine hatte ihren Ehemann davongejagt, die andere hatte die Sünde verbotener Beziehungen begangen. An jenem ersten Abend erzählte Gittit von ihrem Leben danach: Es war schwer für sie in der Eschet chajl, doch sie spürte, dass sie Gott näherkam und in ihrem Glauben und ihren Meinungen erstarkte, erwärmt von dem Gemeinschaftsgefühl der Mädchen, wenn sie zusammen sangen oder chassidische Tänze tanzten – bezaubernde Mädchen, auch die Äthiopierinnen, obwohl sie Erinnerungen weckten. Scha'ulit nickte, bemerkte die abgeknabberten Fingernägel des Mädchens.

Beim nächsten Mal, als die Schülerin aus ihrer Lehranstalt zum Schabbat nach Hause kam, ging sie wieder zu Scha'ulit, und wieder schaukelten sie draußen in dicken Pullovern und langen Röcken, doch diesmal erzählte sie von Joni. Bevor sie ging, sagte sie: »Du bist die Erste, der ich die ganze Wahrheit erzählt habe.« Und Scha'ulit lächelte und streichelte sie. Die Woche darauf regnete es, und als Scha'ulit ihr in der Synagoge zulächelte, wartete Gittit schon auf den Moment, in dem ihre Familienmitglieder schlafen gehen würden. Diesmal, beide in der engen Küche, ein Glas Tee zwischen den Handflächen und darauf bedacht, die Kinder nicht zu wecken, erzählte sie Scha'ulit von Nirs abseitigem Heiratsvorschlag.

Scha'ulit schwieg. Sie stand auf, um Wasser aus dem Kocher nachzugießen, und schnitt dann einen Kuchen auf. Gittit beobachtete sie. »Oi, tut mir leid. Das war falsch von mir«, sagte sie, »ich hätte es dir nicht erzählen sollen. Ich glaube, er hat nur Spaß gemacht, er hat es nicht so gemeint …« Ihre Stimme erstarb. Scha'ulit setzte sich wieder auf ihren Platz, trank langsam den Tee, starrte in die Luft.

»Ich glaube nicht, dass er Spaß gemacht hat«, erwiderte sie schließlich. »Vielleicht hat er nicht wirklich heiraten gemeint, aber er wollte etwas. Tatsache ist, in dem Moment, wo du nein gesagt hast, ist er zu deinem Vater und hat geredet.« Zebuli murmelte, wimmerte dann, und die beiden spitzten die Ohren, doch er verstummte wieder. »Es braucht dir nicht leidzutun, dass du es erzählt hast«, fuhr Scha'ulit fort. »Es ist wichtig, dass ich das weiß. Er kommt ständig her und bittet um Entschuldigung und Vergebung. Manchmal überlege ich, ob ich ihm noch eine Chance geben soll.« Sie hob die Augen. »Na gut, ich bin schrecklich müde.«

Sie umarmten sich an der Tür, und Gittit ging. Scha'ulit legte sich ins Bett, schlang ihre Arme um das Kopfkissen und weinte. Nir war ein guter Vater. Er erzählte ihr jedes Mal, dass er sich geändert habe, den Fehler einsehe, den er gemacht habe, dass um der Kinder willen … Es fiel ihr nicht leicht, dem unaufhörlichen Druck zu widerstehen. Sie wollte sich nicht an den Rabbiner oder an Otniel wenden, denn sie wollte ihn nicht noch mehr verletzen. Sie wollte ihn nicht von den Kindern fernhalten, denn sie brauchten ihn und er sie. Auch sie brauchte ihn. Sie hatte bis jetzt widerstanden, und als sie im Bett in ihr Kissen schluchzte, wusste sie, dass sie es weiterhin tun würde. Es war schwer allein, aber nicht unmöglich, ihre Mutter hatte das mit sechs Kindern geschafft. Und jetzt hatte sie es endgültig begriffen, Nir war nicht der Mann für sie. Sie wollte nicht in einem Bett mit ihm schlafen, wollte ihr Leben nicht mit ihm verbringen. Er würde immer der Vater ihrer Kinder sein, und damit würde er sich zufriedengeben müssen. In die Synagoge würde sie morgen ohne Kopfbedeckung gehen, beschloss sie, und ihre neue Situation ganz offen erklären, damit alle, auch sie selbst, wussten, dass es endgültig war.

»Mama«, erklang plötzlich die Stimme von Tchelet, ihrer mittleren Tochter, die dreieinhalb Jahre alt war. Sie war aus dem Bett geklettert und näherte ihren Kopf jetzt dem ihrer Mutter. »Warum weinssu?«

Scha'ulit brach erneut in Tränen aus und zog das Mädchen an sich. »Oi, meine Süße.«

»Warum weinssu, Mama?«

»Es ist gleich wieder gut«, antwortete Scha'ulit und schniefte, während sie zu lächeln versuchte.

»Bissu taurig, weil Papa weg is?«

»Nein, meine goldige Tchelet. Es geht mir gut. Da, ich hör zu weinen auf, gut? Gib mir einen Kuss und eine Umarmung.«

Tchelet breitete ihre kleinen, warmen Ärmchen aus und schlang sie um den Hals ihrer Mutter, und danach kletterte sie wieder in ihr Bett und schlief ein.

Die Reaktionen

Nir kam an jenem frischen kalten Morgen an, den Gitarrengurt über der Schulter, im Kopf die Lieder, die er für die Mädchen und das Baby verfasst hatte, und schon unterwegs sah er Scha'ulit, die den kleinen Zebuli im Kinderwagen spazierenfuhr. Mit seinen zwei ersten Zähnchen und seinem blonden Kraushaar, ein Stückchen Gurke in der Hand, lächelte er spontan und vorbehaltlos beim Anblick seines Vaters. Nir küsste bewegt seinen Sohn, hob den Blick und bemerkte das offene, schöne Haar seiner getrennten Frau. Sein Herz zog sich zusammen, denn er begriff sofort, dass er jetzt nicht mehr der einzige Mann war, der sich an seinem Anblick erfreuen konnte. Und während er schwankte, was er sagen und wie er darauf reagieren sollte, entdeckte er die Ruinen des Zimmers am Felsrand. Ihm fiel die Kinnlade herunter, und er fragte: »Was ist das?!«

Dieselbe Frage hatte Mussa Ibrahim an dem gleichen Morgen mit offenem Mund gestellt. Er war kurz vor Sonnenaufgang aufgestanden, hatte gebetet, drei Löffel Olivenöl und ein Glas Tee zu sich genommen, etwas gegessen und sich auf den Weg gemacht. Der Geruch hatte ihn als Erstes stutzen lassen. Was war da verbrannt? Er traf in seinem Olivenhain ein und stand sekundenlang da, ohne zu erfassen, was er sah, war so perplex, dass es ihm schwerfiel, sich auf die Veränderung einzustellen, die in einem Teil der Landschaft seines Lebens vor sich gegangen war. Schließlich schaltete sich sein Gehirn wieder ein, er zog das Mobiltelefon heraus, drückte auf die Tasten und sagte zu seinem verschlafenen Sohn: »Nimr, komm in den Olivenhain.« Er tat gar nichts, während er wartete. Er wollte nicht näher herangehen. Diese Bäume, dachte er, waren Hunderte Jahre vor ihm hier gewesen und hätten noch Hunderte Jahre nach ihm überdauern sollen, Bäume der Erde, nicht von Palästina und nicht von Israel, Bäume, denen es egal war, wer sich dort befand, wer regierte und wer auf dieser Erde baute. Das waren Nichtigkeiten für sie, die wahre Welt befand sich unter der Erde, wo sie tief und breit wurzelten.

Nimr kam mit einem grauen Sweatshirt mit der Aufschrift »Kommando 13 – Die Raubtiere« an – eindeutig der Sonderdruck einer fröhlichen Golani-Einheit –, und gemeinsam gingen sie zu den betroffenen Bäumen. Zwölf Olivenbäume waren verbrannt und abgeschlagen worden. Anschließend wurde bekannt, dass auch andere geschädigt worden waren: Bäume in anderen Hainen und Plantagen, aufgeschlitzte Autoreifen, eingeworfene Fenster. Nimr und Mussa arbeiteten stumm, machten sauber, räumten Äste weg, kühlten Stämme, die noch glühten, mit Wasser, holten Säcke und hüllten die Stümpfe darin ein. Eine Trauerzeremonie.

Als sie fertig waren, sagte Nimr zu seinem Vater: »Geh nach Hause und ruh dich aus, Papa. Ich säge die Zweige zusammen und räume hier fertig auf.«

Mussa fragte seinen Sohn: »Meinst du, das war Roni?«

Nimr dachte kurz nach und erwiderte: »Wer kann es sonst gewesen sein? Wer soll sich an uns rächen wollen?«

»Aber warum jetzt? Es ist viel Zeit vergangen, seit wir mit den Japanern abgeschlossen haben. Die Ernte war schon vor ein paar Monaten, viele Oliven, viel Geld von den Japanern. Vielleicht war er wütend. Aber die Saison ist längst vorbei.«

»*Ana aref*, was weiß ich? Wir haben darüber geredet, oder? Wie er uns damals auf die Nerven gegangen ist. Nicht aufgehört hat anzurufen. Mit dem Vertrag kam und herumgeschrien hat, dass du unterschrieben hast … und dann, haben sie gesagt, ist er depressiv geworden … Der Jude ist eine Schlange, wie kann man sich auf ihn verlassen?«

Mussa sagte nichts. Streichelte nur traurig einen der Säcke. Dann schritt er langsam auf den Resten der kurzen Asphaltstraße aus, die unlängst von der Zivilverwaltung zu Schotter zermahlen worden war, da sie ohne Genehmigung angelegt wurde. Mussa dachte, dass Roni im Innersten seines Herzens ein anständiger Kerl war. Er sagte das nicht zu seinem Sohn, als Nimr über Roni und die Siedler redete und dass eine Reaktion nötig sei, aber er war nicht sicher, dass es Roni gewesen war. Mussa war alt genug, um zu wissen, dass in diesem Leben, an diesem Ort, überhaupt nichts sicher war und nur wenige Dinge eine Logik hatten.

Säcke spielten im weiteren Verlauf dieses Morgens auch auf der Dringlichkeitssitzung eine Rolle, die auf der neuen, breit verglasten Sonnenveranda von Chilik Jisraelis Caravilla einberufen wurde, welche übrigens fast allen Teilnehmern Komplimente entlockte. Jemand schlug ein Sack-und-Asche-Gebet vor, um die Zerstörung zu betrauern, was vielleicht die Aufmerksamkeit des Herrschers der Welt erheischen würde hinsichtlich der Ungerechtigkeit, die sich unter seiner Nase abspielte, oder wenigstens die der Einwohner und Bürger. »Wo haben wir uns getäuscht?«, lautete die Frage, auf die einige mögliche Antworten angeboten wurden: Man hätte die Befehle nicht demonstrativ zerreißen sollen; Josh hätte Joni nicht beleidigen sollen; es hätte sich gelohnt, sich an die Freunde in der Knesset, der Regierung und der Armee zu wenden und sich der Befehle auf diplomatischem Wege anzunehmen.

Doch langsam und allmählich begann sich der Wind wieder zu drehen. Selbstzweifel und Selbstbezichtigungen wichen Gekränktheit, Vorwürfen und Beschuldigungen. Joni war immer feindselig gewesen, und Omer Levkovitsch war überhaupt der Satan persönlich und der Sicherheitsminister ein einziger Unglücksfall, und auch die Leute vom Rat für die Gebiete führten letztendlich in den Untergang. Und überhaupt – die Linken, die Zivilverwaltung, die Regierung, der Gemeinderat, die Medien, die Amerikaner, die Palästinenser, die Polizei, die Armee –, alle sind gegen uns. Diesmal war es eine echte Eskalation, zum ersten

Mal in der Geschichte der Siedlung war ein Haus zerstört worden, die Armee hatte die rote Linie überschritten und den Status quo verletzt. Und warum triezen sie nur uns und nicht die Araber, die munter ohne Genehmigungen bauen und auf alle pfeifen? Jean-Marc forderte, ihnen eine Lektion zu erteilen, damit der Status quo auch gegenüber den Arabern verletzt würde: »Er wird an seinen Feinden Rache nehmen und entsühnen das Land seines Volks!« Die Anwesenden wechselten Blicke. Aber da klopfte sich Otniel mit dem Finger unters Auge und sagte: »Das Auge sieht mit, Leute.« Worauf sie das Thema nicht mehr erwähnten.

Otniel versuchte, seinen Freund, den Befehlshaber des Zentralkommandos, anzurufen, doch er erwischte ihn nicht. Der sinnesverwandte Knessetabgeordnete Uriel Zur war weniger zugänglich geworden, seit er zum Stellvertreter des Tourismusministers ernannt worden war. Die Sitzung endete mit einer Reihe von Beschlüssen: eine Massendemonstration organisieren; eine Broschüre drucken lassen, die erklärte, wie die Regierung jahrelang die Siedlung unterstützt hatte, weshalb sie nicht illegal sein konnte; Spenden sammeln und Gabi helfen, das Zimmer neu aufzubauen, um zu zeigen, dass man weitermachte; und vor allem unbedingt Kontakt mit sämtlichen Faktoren und Kreisen herstellen, um den Zerstörungs- und Flächendemarkationsbefehl aufheben zu lassen oder ihn wenigstens für eine Weile infolge der entstandenen Krise hinauszuschieben, und im Fortgang neue Baugenehmigungen für das Zimmer und weitere dringende Gebäude erhalten.

Nachdem er die abgehackten Äste auf einen Haufen geschichtet und zwischen den eingehüllten Baumstümpfen aufgeräumt hatte, setzte sich Nimr Ibrahim zwischen die Bäume. Man musste sich beschweren. Die Armee rufen. Roni hat sich an unseren Bäumen gerächt, weil wir seinen Plänen nicht gefolgt sind. Man muss der Armee sagen, dass sie ihn verhaften sollen. Bestimmt haben die aus dem Dorf ihm geholfen. Bald wird die Armee kommen, und dann sagen wir ihnen alles. Man muss es dem Muchtar sagen, er soll mit der Armee reden. Man muss vielleicht jemanden anrufen.

Oder in ihr Dorf gehen, dahin, wo der dünne schwarze Soldat ist, und ihm sagen, dass er es der Armee sagt. Oder vielleicht zu Roni selber und ihn fragen, was das sollte. Er lehnte sich an einen der sackverhüllten Baumstümpfe, wartete darauf, dass etwas passieren würde als Reaktion auf den gewalttätigen Angriff. Doch es geschah nichts. Er kauerte sich in seinem Sweatshirt »Kommando 13 – Die Raubtiere« gegen den kalten Wind zusammen, der zu blasen begonnen hatte. Alles, was es gab, war der Brandgeruch, Ameisen, die sich an der aufgewühlten Erde ergötzten, und der Ruf des Muezzins zum zweiten Gebet, der ihn auf die Beine brachte und zur Moschee führte. Auf dem Weg ging er zu Hause vorbei, um sich zu vergewissern, dass es seinem Vater gut ging. Er traf ihn an, während er eine Zigarette in der Filterspitze rauchte. »Ich habe Roni angerufen«, sagte Mussa, bevor Nimr den Mund aufgemacht hatte. »Er ist seit gestern in Tel Aviv. Ich habe den Lärm drumherum gehört, die hupenden Autos. Er ist dort, Nimr. Ich glaub nicht, dass er den Brand gelegt hat.«

Roni hatte am Tag zuvor im Stützpunkt gesehen, wie die Soldaten mit ihren Fahrzeugen ankamen, wie sie ihre Ausrüstung im Regen ausluden. Als die Zerstörung des Zimmers begann, war er in seinem Wohnwagen. Er beugte sich zum Fenster und verfolgte den Aufruhr: Scheinwerfer, Soldaten, Geschrei und Lärm von schweren metallischen Geräten, die auf Holz schlugen. Je weiter die Zerstörung des schönen, neuen Zuhauses seines Bruders fortschritt, desto mehr verfestigte sich in Roni der Entschluss, der während des Geschirrspülens gestern in ihm aufgekeimt war – zu machen, dass er von hier fortkam. Er brauchte eine andere Luft, Alkohol, Meer. Er wollte nach Tel Aviv.

Roni trat mit gebeugtem Kopf hinaus. In dem heftigen Aufruhr der Gefühle, der unten am Felsrand tobte, schenkte ihm kein Mensch Beachtung. Jetzt oder nie. Die Jacke hatte er an, die Brieftasche war in der Jacke, in der Brieftasche hatte er ein bisschen Bargeld. Eine Tasche brauchte er nicht.

Der Lieferwagen von Moran, dem Vertriebslieferanten von

Otniels Hof, hielt neben ihm. »Dich hab ich lang nicht gesehen«, sagte er zu Roni. »Jerusalem?«

»Noch was Besseres«, erwiderte Roni und stieg ein.

»Endlich macht die Armee mal was«, sagte Moran zu Beginn der Fahrt und warf Roni einen vorsichtigen Blick zu. Er wusste, dass er Gabis Bruder war, aber er kannte seine Ansichten nicht.

»Ich bin nicht ... das interessiert mich nicht so wahnsinnig«, murmelte Roni.

»Mich auch nicht. Ich bin zum Arbeiten da. Komme her, lade Kisten auf, fahre weg. Wechsle kaum ein Wort mit ihnen. Sag mal ...«, da war sie, die Frage, von der Roni wusste, dass sie kommen würde, »... was ist eigentlich aus dem Olivenöl geworden? Ich meine, ich weiß, dass die Japaner den Betrieb aufgezogen haben und so, aber damals habt ihr mit mir über was Kleines geredet, eine Erzeugerboutique, also ich meine, ist das passé? Habt ihr's aufgegeben? Fährst du jetzt zu diesem Freund von dir?«

Roni wollte nicht darüber reden. »Vergiss es, die Japaner ... die Japaner haben's ...«, sagte er vage und drehte den Kopf auf die Seite der Straße. Er dachte, schade, dass ich mich nicht geduscht habe, bevor ich gegangen bin. Wann habe ich mich das letzte Mal geduscht? *Shit*.

»Schade«, bemerkte Moran. »Das hätte ein nettes Projekt sein können. Ihr hattet eine gute Idee. Kooperation. Traditionelles Öl auf hohem Niveau. Eine kleine Nische, aber ...« Moran redete weiter, doch Roni hörte nicht zu. Sie fuhren durch Jerusalem, wo er ebenfalls seit langen Monaten nicht mehr gewesen war. Wie einfach das ist, dachte er. Du steigst in ein Auto und fährst. Ein Jahr lang hatte er es nicht fertiggebracht, das zu tun. Unglaublich. Es war so leicht hängenzubleiben. Er fühlte sich schwindlig von der Menge der Autos, von den grünen Feldern neben der Schnellstraße, von den neuen Straßenkreuzen und den frisch verlegten Bahngleisen. Es begann zu regnen, und die Scheibenwischer quietschten mit jeder Bewegung. Die Irritationen in der Haut, die gepressten Atemzüge, der Druck im Magen, alles signalisierte ihm, dass er aufgeregt war.

»Sag mal«, sagte Moran, nachdem er aggressiv gehupt und

einem Fahrer, der ihn an der Latrun-Kreuzung geschnitten hatte, »Nuttenbastard!« nachgeschrien hatte. »Das hat mich schon immer interessiert. Diese Siedlerinnen, gibt es dort… ich meine, es gibt ein paar, die schauen gut aus, eh? Das große Mädel von Otni, und auch, du weißt schon…«

Roni half Moran nicht. Er war immer noch etwas ärgerlich, dass er ihm vor ein paar Minuten nicht erlaubt hatte, eine Zigarette zu rauchen.

»Also, du bist ja ein Säkularer, stimmt's? Gabi ist ein Neo-Orthodoxer, aber du nicht, stimmt's? Gabi ist übrigens ein guter Kerl. Arbeitet gut, ruhig, ich hab öfter mit ihm… jedenfalls, gibt's denn irgendeine *action*? Wenn du verstehst, was ich meine.«

Roni verspürte Müdigkeit. »Nichts, glaub mir.« Roni hatte in letzter Zeit fast aufgehört, an Sex zu denken, überraschenderweise. Er fragte sich, warum. Vielleicht die Depression, vielleicht erstickte etwas am Hügel den Trieb. Am Anfang war er noch mit seiner vertrauten Geilheit herumgelaufen, hatte Signale verstreut und auf eine Reaktion gewartet. Da war die sexy linke Demonstrantin, da war Scha'ulit Rivlin, auf die er ein Auge geworfen hatte, und als sie ihren Mann aus dem Haus warf, hatte er einen kurzen Moment gedacht, es bestehe eine Chance, und natürlich die hübsche Gittit Asis, die etwas mit dem Äthiopier laufen hatte. Letztendlich war das eine weitere müßige säkulare Phantasie – dass sich unter der Oberfläche einer traditionellen, religiösen und züchtigen Gemeinschaft wüste Triebe tummelten, man musste nur ein bisschen daran kratzen, und schon hatte man sie. Schließlich hatte sich Roni der erloschenen Atmosphäre ergeben, und nur hin und wieder flackerte eine punktuelle Sehnsucht nach einem weiblichen Körper auf – eine gerundete, weiße Wade, die glatte Mulde einer Achselhöhle.

»Was du nicht sagst. Gar nichts? Lass dich nicht so betteln, Bruder.«

Es war merkwürdig. Roni verstand genau, was Moran wissen wollte. Doch zum ersten Mal in seinem Leben betrachtete er es von der anderen Seite, der Seite, die die infantile Begeisterung an Geheimnissen nicht verstand, dieses Bedürfnis, eine andere

Wahrheit zu entdecken als die, die offensichtlich war, denn natürlich hatten die Menschen Triebe und gaben ihnen nach, jeder auf seine Weise.

Eine rhythmische Melodie erklang im Raum des Wagens und ließ Roni erstarren.

»Hi, meine Süße«, sagte Moran.

»Papa«, hörte man eine kleine, niedliche Stimme. »Ich bin da. Bin zu Hause.«

»Schön, May, Schätzchen. Was hast du heute gemacht?«

Wie viel Zeit vergangen ist, nahm Roni seinen Gedankengang von vorher wieder auf, schon 2010, *ja Allah*. So viel Zeit, dass er sich kaum an das Gefühl erinnerte und nicht einmal mehr Selbstmitleid empfand. Roni Kupfer ein Mönch, wer hätte das geglaubt. Die Religion, setzte Roni sein Selbstgespräch fort, während Moran mit seiner achtjährigen Tochter telefonierte, ist ein interessanter gesellschaftlicher Versuch, die Tatsache zu bewältigen, dass alle Männer süchtig nach Sex und Gewalt sind. Im letzten Jahr hatte er gelernt, dass sie es, zumindest was den Sex anging, schaffte, den Trieb zu knebeln.

Ihm fiel auf, dass sich ein neues Denken seines Gehirns bemächtigte, je weiter er sich von dort entfernte. Neu oder vielleicht das alte. Die Schlichtheit des Lebens im Stützpunkt, die klaren Gesetze und die Ordnung, die sie diktierten – zeitweilig hatte ihn das bestochen. Aber auf der Fahrt nach Tel Aviv, während sein Körper vor Erwartung fieberte, als, wie um es auf den Punkt zu bringen, die Gedanken über Sex aus der Dunkelheit des Kellers, in dem sie die ganze Zeit über eingekerkert gewesen waren, hervorbrachen, da erkannte er: Dieses Leben war nichts für ihn.

May erzählte ihrem Vater von ihrer Lehrerin, und dann spielte sie auf dem Klavier ein Lied, das Roni mit Mühe identifizierte. Danach übernahm Morans Frau das Telefon und berichtete, dass May von der Klavierlehrerin sehr gelobt worden sei. Moran sagte, er würde bald da sein, und pustete Küsse in die Luft des Wagens. Dann trennte er die Verbindung und sagte zu Roni: »Nu, was ist mit dieser Tochter von Otni, ist da gar nichts? Sie schaut mir aus wie eine, die unter diesen langen Jeansröcken explodiert. Sie schaut mir nach Feuer aus, echt Feuer!«

Die Kindergärtnerin

Gavriel Nechuschtan kleidete sich in feierliches Weiß, hüllte sich in den Gebetsschal, schloss die Augen, schaukelte vor dem Fenster hin und her, das auf die Rinne von Nachal Chermesch hinausschaute. Die Schabbatnächte waren immer gut, doch diese besonders, die Synagoge schöner denn je, einladend – mit den rustikalen Holzbalken und dem Dach, das gegen den dünnen Regen abgedichtet war, der unablässig fiel. Die Liebe, die Unterstützung und die Hilfsangebote, die er von allen erhalten hatte, bewegten ihn. Natürlich hatte er auch von allen Seiten viel Lob für die Renovierung der Synagoge bekommen, und obgleich er versucht hatte, es auf Herzl Weizmann zu lenken, war er der Held des Tages, und es wurde ihm ein Ehrenplatz bei der Thoralesung am nächsten Tag bestimmt.

Es gab Schabbats, an denen sich das Empfinden der Heiligkeit vertiefte, und dies war einer davon: ein neues Buch, der Wochenabschnitt *schemot*, Exodus, der brennende Dornbusch. Die Atmosphäre in der Siedlung war angespannt, das Trauma des zerstörten Zimmers hing in der nassen Luft, und während des Gebets standen den Leuten Tränen in den Augen. Gäste trafen ein aus den beiden anderen Ma'aleh Chermesch und von weiter weg, um Sympathie und Unterstützung auszudrücken, die Synagoge war voll und warm. Widersprüchliche Gefühle von tiefem Schmerz, gemischt mit Erhabenheit, durchwogten Gabis weiches Herz, er wiegte sich heftig hin und her, klatschte in die Hände, die Augen geschlossen, ein Leuchten auf seinem Gesicht, gelobt und gerühmt, verherrlicht und erhoben sei der Name des Heiligen, er ist der Erste, und er ist der Letzte … Und mit einem Mal wurde ihm auch klar, was diesen Schabbat noch auszeichnete: Es war ein Schabbat ohne Roni. Ohne seine säuerliche, mürrische

Anwesenheit. Es kostete ihn eine Weile, sich einzugestehen, dass es eine große Erleichterung war, dass sein Gebet freier und tiefer war.

Mitten im Gebet verließ er die Synagoge, ging die paar Dutzend Meter zum Rande des Felsen und setzte sich auf den nassen Steinzahn. Dünner Regen fiel sanft auf seinen Nacken, durchfeuchtete seinen Bart, die Tränen rollten ihm aus den Augen. Du bist der einzig Wahre, Herr, du bist der Gerechte, du hast mich kleinen Menschen genommen und mich vor diese riesige Wüste gestellt und mir den Weg gezeigt, wie bist du gütig zu mir. Und wenn du mir mein Haus genommen hast, so wie du mir meinen Sohn genommen hast, hattest du einen guten Grund. Er stand auf, um im Stehen zu beten. Du bist mächtig in Ewigkeit, Herr, du lässt den Wind wehen und den Regen fallen, du bist heilig und dein Name ist heilig. Gabi sprach den Segen und »Der Herr ist mein Hirte, mir wird nichts mangeln«, und danach kehrte er in die Synagoge zum Ausklang von Lob und Preis zurück.

Nach dem Gebet, nach Schulterklopfen, Handküssen und Schabbatgrüßen ging er allein den Pfad entlang. Gestern, nachdem er ohne Obdach zurückgeblieben war, hatten ihn mehr oder weniger alle eingeladen, bei ihnen zu übernachten, und er hatte die Nacht im Wohnwagen von Josh und Jehu verbracht. Jetzt fiel ihm ein, dass Roni nicht in seinem Wohnwagen war, und er überlegte für einen Augenblick, dort zu schlafen, und noch während er seine Schritte erwog und den Kopf zum Himmel hob, aus dem es wieder zu tröpfeln begann, hörte er ein Schniefen. Er hielt auf der Stelle inne und spitzte die Ohren. Die weiche, schwarze Nachtluft hüllte ihn ein. Noch ein Schniefen. Und ein klitzekleines Glucksen. Und dann: »Friede mit euch, Engel des Dienstes, Engel des Höchsten …«

Er zog die Brauen zusammen. Es war nicht überraschend, das war die übliche Zeit, nach der Synagoge diesen Betgesang zu hören, wenn die Familien um den Tisch saßen und den Schabbat empfingen. Aber die Stimme klang hell, nah. Kam nicht aus einem Haus, sondern aus einem Hof. Jemand saß im Hof und sang das Lied mit glockenreiner, hypnotisierender Stimme. Er sollte und wollte seine Nachbarn nicht heimlich belauschen und einer Frauenstimme zuhören, wollte sich nicht ablenken lassen aus der Einheit mit seinem Herrn und von seinem Weg zur eigenen Schabbatweihe. Doch etwas an der Stimme nagelte seine Füße am Boden fest und ließ ihn gespannt lauschen. Sie hatte nicht die Absicht, ihre Stimme in der Öffentlichkeit hören zu lassen, sie sündigte nicht, sie sang mit einer kleinen, süßen Stimme, wie für ein Baby. Er blickte sich um in der tiefen Dunkelheit und schloss sich im Herzen dem Gesang an.

Es war das Haus der Rivlins, und es war Scha'ulit, die wahrscheinlich Zebuli etwas vorsang. In der Synagoge war ihm aufgefallen, dass sie anders aussah, doch er hatte nicht erfasst, dass es das gelöste Haar war, der Verzicht auf die Kopfbedeckung der verheirateten Frauen. Er sagte sich, genug, geh jetzt nach Hause, doch in diesem Augenblick ertönte ein Schrei aus dem Haus und danach: »Mami! Mami!«, und dann erfolgte ein zweiter Schrei: »Mami, Hilfe! Wo bist du?!«

Scha'ulits Töchter weinten und brüllten, und ihre Mutter schrie: »Amalia? Tchelet? Was ist los? Was ist? Kommt her, ich bin draußen!«

»Mami, komm her, Hilfe!« Lautes Weinen.

»Was ist denn los? Ich kann nicht, ich stille Zebuli draußen, nur einen Moment. Beruhigt euch und erklärt mir, was passiert ist.«

»Mamimami«, kam wieder das doppelte Geheul von drinnen, und dann steigerte es sich um einen weiteren, spitzen Schrei.

»Oi«, sagte Scha'ulit, und nun fing Zebuli zu weinen an. Scha'ulit beruhigte ihn, das Geschrei dauerte an. Gabi blickte sich in der ruhigen Siedlung um, die schläfrig den Schabbat empfing. Er ging durch das Hoftor hinein.

»Schschsch… Zebuli, nur einen Moment…«, versuchte Scha'ulit das Baby zum Schweigen zu bringen. Sie hörte ein Geräusch und hob überrascht den Kopf. Gabi murmelte: »Schabbat schalom«, und eilte schnurstracks zu den brüllenden Mädchen hinein.

Beim zweiten Mal, als Gavriel »Friede mit euch, Engel des

Dienstes« an jenem Abend zu hören bekam, war Scha'ulits Stimme nicht scheu und bescheiden, sondern stark und gefühlvoll, unterstützt von den Stimmen ihrer lächelnden Töchter und der seinen. Er schloss die Augen, um all seine Sinne auf die schönen Stimmen zu fokussieren, die weitersangen vom König aller Könige und seinen Engeln, und als er sie wieder aufschlug, gewahrte er, wie hübsch Amalia und Tchelet waren, sie hatten genau die gleichen Augen wie ihre Mutter, und als sie bei »Wer ein biederes Weib gefunden« ankamen, konnte er nicht mehr an sich halten und richtete seinen Blick direkt auf jene Augen. Sie hatte darauf bestanden, dass er blieb. Gesagt, dass es einen freien Platz am Kopfende des Tisches gebe und dass man den Wein und das Brot segnen müsse, und wenn er keine anderen Pläne habe, wenn man nicht auf ihn warte – die Mädchen seien noch aufgewühlt von dem Insekt und bestimmt froh über seine beruhigende Gegenwart.

Das Insekt: eine haarige, vielbeinige Kreatur von der Länge eines Fingers und leuchtend phosphorgelb. Der Hügel war voll von eigenartigen Lebewesen, jedes Kind wusste das, doch dieses war wirklich außergewöhnlich – Gavriel war in all seinen Jahren auf dem Hügel noch nie auf so etwas gestoßen, und sogar er, Männlichkeit hin oder her, schreckte zurück. Das Insekt scharrte in einer Ecke des Zimmers, zu nahe an der Puppe Schoschanna, die an der Wand lehnte und wirkte, als wäre sie in seine Fänge geraten. Seine Fühler tasteten hysterisch umher, und ab und zu setzte es zu Fluchtbewegungen an, die mit einer Salve von Schreien der beiden Schwestern vom Bett aus beantwortet wurden, die mit Tränen in den Augen ihre Kissen umklammerten. Gavriel hatte die Kreatur mit einem ausholenden Tritt zerquetscht, und als Erretter aus Lebensgefahr war er zum Schabbatabend gebeten worden. Nun war er bewegt von der bescheidenen und warmherzigen Familienatmosphäre. Er war in der Vergangenheit des Öfteren bei Familien am Hügel eingeladen gewesen, hatte bei Chilik und Nechama Jisraeli, bei Otniel und Rachel Asis sowie bei anderen Familien gegessen, von denen ein Teil schon nicht mehr am Hügel war, doch seit Roni gekommen war, war er nicht mehr als alleinstehender Junggeselle betrachtet worden, den man einladen musste, und um ehrlich zu sein, es war ihm lieber so. Scha'ulit entschuldigte sich, dass der Fisch zu lange im Ofen gewesen sei, doch Gabi sagte, der Fisch sei ganz wunderbar, und lobte Amalia für den Salat, den sie geschnipselt hatte.

Alles dank eines haarigen Insekts und einer kleinen Engelsstimme. Nach dem Essen gab es Kuchen und nach dem Kuchen Kaffee. Die Töchter verschwanden, um in ihrem Zimmer zu spielen, und die Unterhaltung plätscherte dahin, und als Zebuli gestillt werden wollte, drehte Gavriel ihnen den Rücken zu und konzentrierte sich auf *Der Meister und Margarita*, *Gaza Blues* von Etgar Keret und *Die chinesische Küche – koscher;* immer glichen sich die Bücherregale in ihrer religiösen Literatur und unterschieden sich in der profanen.

Scha'ulit legte Zebuli in die Wiege und fragte: »Möchtest du draußen sitzen?« Sie kehrten zur Hofschaukel zurück. Sie hatte das nicht geplant; der Abend, wie ihr Leben in letzter Zeit, entrollte sich von einem Ereignis zum nächsten, vom Löschen eines Brands bis zur Lösung eines Problems, ein unendliches, selbsttätiges Geschehen. Später jedoch, bevor sie einschlief, dachte sie, dass die Entscheidung, ihr Haar aus seinem Käfig zu befreien, bei ihr mehr als nur ihr Haar befreit hatte.

Gabi und Scha'ulit sprachen vorsichtig miteinander. Nie wechselten sie mehr als ein oder zwei Sätze. Sie lobte ihn für die Synagoge. »Endlich tropft es nicht mehr in die Frauenabteilung hinein«, lächelte sie. »Und der Kindergarten. Alle Achtung. Du bist sicher sehr stolz.«

»Das war nicht ich«, erwiderte er. »Herzl Weizmann und seine Arbeiter haben die meiste Arbeit gemacht. Er hat die Komplimente verdient, und der, der ihm die Aufgaben übertragen und sie finanziert hat, der Gemeinderat, das Komitee oder ich weiß nicht…«

»Was du nicht sagst. Diesen Ort mit deinen eigenen Händen zu bauen ist sicher ein besonderer Stolz.« Bei diesen Worten dachten beide sofort an sein Zimmer, und Scha'ulit legte zwei Finger auf seine Hand, nahm sie wieder weg und flüsterte: »Oi, tut mir leid.«

»Das braucht dir nicht leidzutun«, sagte er zu ihr, erregt von der Geste.

»Der Herr erbarme sich …«

Ein Augenblick der Stille zum Gedenken an das Zimmer. Sie erwogen, eine politische Diskussion anzufangen: Murren über die Armee, die Regierung, die Lage, die fortwährende Benachteiligung der Siedler. Doch es schien, dass die Stille genügte, und sie ließen es fallen.

»Weißt du«, sagte Scha'ulit, »du musst den Schabbatabend nicht allein verbringen. Du kannst hierherkommen, wann immer du willst.«

»Danke, du bist eine Zaddika, Scha'ulit«, antwortete er und hob scheu die Augen zu einer rötlichen Locke, die ihr in die Stirn fiel, zwei Minuten dort blieb und dann hinters Ohr gestrichen wurde, mit einem dünnen Finger, an dem noch der Ring steckte, gepflegt von Neta Hirschsons Maniküre. »Normalerweise bin ich nicht allein. Mein Bruder ist hier.« Eine Last beschwerte seine Stimme. »Er ist einfach nur heute weggefahren. Oder gestern …«

Gestern. Moran wich von der Strecke zu seinem Moschav in der Scharongegend ab und fuhr ihn in die Stadt hinein. Roni stieg an einer belebten Ecke aus und schaute sich verwundert um, überließ sich seinen schwindelerregenden Empfindungen: die Aufregung, die Merkwürdigkeit, die Größe und der Lärm, Allmächtiger, die befreiten Brüste! Hüpften vor seinen Augen, bettelten um Aufmerksamkeit, stachen unter Woll- und Baumwollgeweben hervor. Er ging in Richtung Meer, halb abwesend in Gedanken.

Das Schrillen einer Fahrradklingel weckte ihn aus der Träumerei, und ein Schrei folgte: »Du Wichser, schau doch, wo du hinrennst, du Hirnie!«

»Halt's Maul!«, reagierte Roni instinktiv mit ausgefahrenen Krallen, doch der Radfahrer hatte sich schon von ihm entfernt, sein rotes Rücklicht blinkerte, zunehmend kleiner, neurotisch.

»*O my god*, diese Radfahrer sind lebensgefährlich, alles in Ordnung mit Ihnen?«, fragte eine weibliche Stimme, und Roni vollführte eine halbe Drehung und sah einen Engel. Okay, ein bisschen füllig, aber das Haar war so braun, glatt und glänzend, die Lippen waren so voll. Na gut, die Nase war eine Spur groß, doch die Augen, ein schmelzender Blick, ein heller Braunton, in dem er Traurigkeit, Hoffnung und Flirtbereitschaft zu entdecken meinte. Er stellte sie sich auf allen vieren vor, ihr Hinterteil in Erwartung in die Luft gereckt …

»Was für ein Irrer«, stimmte er ihr zu und versuchte, ihren restlichen Körper möglichst unauffällig zu erfassen. Auf der Fahrt hatte er noch darüber nachgegrübelt, wie sehr er am Hügel sexuell erloschen war, und nun brauchten Tel Aviv und seine Bewohnerinnen weniger als zehn Minuten, um das Tier aus seinem Schlummer zu wecken.

»Hauptsache, es ist alles in Ordnung«, sagte sie. Und er:

»Sagen Sie, wollen Sie irgendwo einen Kaffee trinken, zur Beruhigung?« Sein Blick schweifte bereits auf der Suche nach einer Örtlichkeit umher. »Wo sind wir überhaupt? Ah, Ben Gurion …« Doch sie setzte ihren Weg fort, nicht bevor sie ihn aus ihren Karamellaugen mit einem Schimmer der Verachtung angeblickt hatte.

Nu, zu füllig, tröstete sich Roni, und der Zinken – du meine Güte. Wie snobistisch die Tel Aviverinnen waren! Während er sich aufrappelte und seinen Weg zum Meer fortsetzte, dachte er, *ja Allah*, früher hätte ich das anders gemacht. Ich hätte es wenigstens geschafft, ein paar Minuten mit ihr zu reden. Ich erinnere mich gar nicht mehr, wie man das macht. Bin völlig eingerostet. Am Sheraton-Strand setzte er sich in einen Liegestuhl, den er für zehn Schekel mietete, und schaute auf die Wellen. Die Mädchen waren rar und nicht allein, doch die klaren Konturen ihrer Brüste waren eine Überraschung, fast ein Schlag. Seit Monaten hatte er nicht einmal annähernd ein solches Schauspiel gesehen, und es gelang ihm nicht, die Augen davon zu lösen. Das Meer war stürmisch.

Vielleicht ist es gut, eingerostet zu sein, sinnierte er. Der Rost schützt dich, hüllt dich ein. Rost ist nicht nur Schmutz, sondern bewahrt auch. Er nickte ein, und als er von der Kälte erwachte, waren die Menschen, die vorher am Strand gewesen waren, verschwunden und hatten Dunkelheit hinterlassen. Er ging in die Bar Barabush. Setzte sich an die Theke. Kannte niemanden. Er musterte den Ort, hielt sich bei den Veränderungen auf – neue Stühle, ein Regal mit Flaschen, ein Hahn für deutsches Fassbier. Was für einen großen Teil meines Lebens habe ich hier verbracht, dachte er, und nach einer Weile: Ich sehne mich ein bisschen nach Stille. Vielleicht habe ich genug von Städten. Vielleicht sehne ich mich nach meinem Wohnwagen, dem miesesten aller Wohnwagen in den besetzten Gebieten.

In der Bar traf er Rina, die Kindergärtnerin. Sie fing an, mit ihm zu reden. Und fuhr fort zu reden. Stundenlang. Draußen regnete es, und drinnen hatte es niemand eilig, wegzugehen. Sie war nicht sein Geschmack, nicht vom Aussehen, nicht vom Beruf, nicht vom Charakter her. Doch er fühlte sich wohl dabei, mit ihr zu reden. Sie erzählte ihm von Teesorten. Yogaarten. Kinderliedern. Sie analysierte den Wohnungsmarkt in Tel Aviv. Er trank Bier, ging zu Kaffee über und beschied sich dann mit lauwarmem Wasser aus dem Hahn. Jedes Mal, wenn er hinausging, um zu rauchen, wartete sie drinnen auf ihn, bis der Regen stärker wurde und er aufhörte zu rauchen und bei ihren Geschichten sitzen blieb, über Väter von Kindern im Kindergarten, die etwas von ihr wollten, über den neuen Bioladen im Zentrum, in der Shopping Mall Gan Ha'ir, über eine himmlische Eisdiele, die er ausprobieren müsse. Von ihr wollten Väter was?, wunderte er sich im Stillen.

Als er zu ihr sagte, dass er keinen Platz zum Schlafen habe, lud sie ihn zwar nicht zu sich ein, bot ihm jedoch an, er könne in ihrem Kindergarten übernachten, wenn er verspreche, sich um sechs aus dem Staub zu machen. Und so verbrachte Roni mitten in einem Kindergarten in der Schlomo-Hamelech-Straße, auf der Höhe zwischen der Ben Gurion und der Arlozorov, seine erste Tel Aviver Nacht seit Ewigkeiten in süßem Schlaf auf ein paar zusammengeschobenen Kindermatratzen. Er erwachte von ihrem Anruf um sechs Uhr morgens, als ihre belegte, aber liebenswürdige Stimme sagte: »Guten Morgen, bitte mach dich aus dem Staub.« Er hielt sein Versprechen, räumte auf und ging, und den Freitag verbrachte er mit Spazierengehen, auf Bänken in den Alleen, am Meer und, vor allem, staunend – wo war die fieberhafte Vorbereitung auf den Schabbat? Wo waren die Kochgerüche, das Eintauchen des Geschirrs in der Mikve? Wo waren die staubaufwirbelnden Autos im letzten Moment? Wo war die Stille, die langsam alles eroberte? Die Dunkelheit, die weißen Gewänder, das Lächeln in der Synagoge?

Er wusste genau, wo. Er würde am Sonntag dorthin zurückkehren, nach zwei weiteren Tel Aviver Nächten. Am Freitagabend traf er Rina noch einmal, ungeplant, obwohl sie in der Nacht davor ihre Telefonnummern ausgetauscht hatten. Diesmal begannen sie von einer anderen Position aus, nicht mehr wie ein Mann und eine Frau, die sich zufällig an einer Bar treffen, ein paar Stunden miteinander plaudern und dann vielleicht wer weiß was noch machen. Diesmal redeten sie in einem größeren Zusammenhang, diesmal redeten sie von der Vergangenheit und über die Gegenwart, ohne Versuche, einander zu beeindrucken, wie: »Ich wohne in einem Wohnwagen auf einem Hügel in den Gebieten«, oder: »Ich bin eine Kindergärtnerin in der Schlomo Hamelech.« Dieses Mal gaben sie zu: »Mein Wohnwagen ist der mieseste Wohnwagen in den Gebieten, und ich weiß nicht, was ich dort mache«, und: »Die Stadtverwaltung stranguliert mich, ich weiß nicht, ob ich am Ende von diesem Jahr noch eine finanzielle Rechtfertigung oder die Energie habe weiterzumachen.« Die Zeit verging schnell, das Bier floss, es tauchten sogar einige alte Gäste in der Bar Barabush auf, die sich an Roni erinnerten. Einer von ihnen erzählte ihm, dass Ariel an einer neuen Geschäftsinitiative arbeite, etwas, das mit Eisgetränken zu tun hatte, mit einer Kreuzung süß-saurer Geschmacksrichtungen. Das erinnerte Roni daran, dass er schon lange nicht mehr mit Ariel gesprochen hatte.

Am Ende des Abends schickte ihn die Kindergärtnerin wieder zum süßen Schlaf in ihren geschlossenen Kindergarten in der Schlomo Hamelech, bis in die späten Morgenstunden des Schabbats. Das Treffen am Samstagabend war bereits eine Verabredung, bei der sie es wagten, ein bisschen von der Zukunft zu reden.

Die Kipa

Seit der Sprengung der Moschee in *Second Life*, nach seinem denkwürdigen Brechanfall, war Jakir nicht mehr dorthin zurückgekehrt. Sowohl aus Angst vor einer Entlarvung durch die interne Polizei des Spiels, als auch aus Reue und Verachtung der Taten und Worte von King Meir und seiner Gefährten des jüdischen Untergrunds, zudem aus Zeitmangel, denn er betrieb die Internetbestellseite des Hofes, führte eine archäologische Recherche durch und befand sich mitten im Schuljahr. Ganz zu schweigen von Gebeten, gelegentlicher Feldarbeit und Mithilfe bei der Versorgung seiner kleinen Geschwister. Doch trotz seiner zahlreichen Beschäftigungen war Jakir immer noch ein Junge von fünfzehneinhalb Jahren, vor dem sich die Welt auftat, mit ungeheurer Neugier und großen Zweifeln, ganz und gar aufgeregt angesichts neuer Entdeckungen und Möglichkeiten, neuer, anderer Meinungen und Gedanken. Er wusste, dass das, was in *Second Life* passiert war – die Aggressivität, das Eindringen in die Privatsphäre und die Demütigung anderer, die Überlegenheitsgefühle, die quasi eine Lizenz zum Randalieren verliehen –, ihn dazu gebracht hatte, sich sehr unbehaglich zu fühlen. Das war nicht er selbst. Was er genau war, wusste er nicht. Aber wenn du fünfzehn Jahre alt bist und deine Finger dich stundenlang durch die Tiefen des Internets führen, dann gibt es eine Menge Dinge, die du entdecken kannst und die dich verändern.

Es fing bei der Musik an, vom eher konformen Avitar Banai zu schwarzen Rappern, Clips auf YouTube, Blogs und Radioprogrammen im Internet (mit Kopfhörern, da sich seine Mutter über »diesen Krach« beschwerte), und es setzte sich fort zu einem Jom Kippur voller Gedanken über eine Million Dinge, die überhaupt nichts mit dem *kol nidre* und all den anderen Gebeten zum Versöhnungstag zu tun hatten. Es gab Gespräche mit Moran, »Was denkt ihr Säkularen über uns«, ging weiter mit einem Forum ökologischen Gemüseanbaus, zu Foren über grüne Bewegungen und Yoga und zu Webseiten liberaler Religiöser. Führte zu weiteren Unterhaltungen mit Moran über Säkulare und Linke, Überlegungen, was mache ich auf diesem Hügel ohne Freunde in meinem Alter, und von dort war es nur ein kurzer Schritt, sich in Jerusalem eine kleinere Kipa zu kaufen statt der ausladenden Wollkipa, wie sein Vater eine hatte. Seinem Vater fiel es nicht auf, Gittit jedoch schon. Sie grinste und fragte, ob er jetzt den Verstand eingebüßt habe, ob er jetzt einer von dieser Lightversion der Religiösen sein wollte, bei denen man die Kipa nicht sieht, ob er sich schäme? Wieso schämen? Er fuhr fort, eine Menge interessanter Dinge zu lesen. Er betrachtete Gittit, wenn sie aus ihrer Mädchenlehranstalt zurückkam, und plötzlich kam ihm das komisch vor, mit solcher Leichtigkeit zu wissen, was richtig war, und Schwierigkeiten zu haben, etwas in Zweifel zu ziehen.

Natürlich hörte sich vieles von dem, was Moran ihm erzählte, zu fremd für ihn an, eine Welt jenseits des großen Abgrunds, in der er sich wahrscheinlich nicht nur kaum zurechtfinden würde, sondern in der ihm auch viele der Lebensweisen phantastisch und sonderbar vorkamen. Alles in allem liebte er sein Leben, seine Familie, die Synagoge und die Gebete. Doch er liebte es genauso, Fragen zu stellen. Eines Abends loggte sich Jakir in das Forum der »Neo-Zweifler« ein, und als er seinen Kopf hob, war es zwei Uhr morgens und sein Gehirn gärte. Als Folge davon begann er, mit sich selbst ein Spiel zu spielen, bei dem er hier und dort ein paar kleine, unbedeutende Profanierungen des Schabbats beging: in ein Heft schreiben, den Ofen für zwei Minuten einschalten, einem Lied in den Kopfhörern lauschen… Gittit kam weiterhin durchdrungen von noch stärkerem Glauben, von noch mehr Sicherheit aus ihrem »Biederen Weib« zurück. Manchmal, wenn ihn die Zweifel quälten, beneidete er sie. Dachte, dass vielleicht auch er eine Erziehung erhalten sollte, die sich um die Zweifel kümmerte.

Jakir las in der Homepage der Behörde für Altertümer eine offizielle Mitteilung über zwei wertvolle Münzen aus der Epoche des Bar-Kochba-Aufstands, die in einer Höhle im Nachal Chermesch entdeckt worden waren. Er berichtete es seinem Vater, und

Otniel rief umgehend Dovid an. »Ja, stimmt«, bestätigte der Experte für Antiquitäten, »das sind deine Münzen. Diese beiden letzten.«

»Nu«, sagte Otniel aufgeregt, »also kann man sie verkaufen?«

»Was verkaufen?«

»Die Münzen natürlich!«

»Wo sind sie, bei dir?«

»Nein, der eine von den Altertümern hat gesagt, dass sie ihre eigenen Untersuchungen machen wollen, aber dieser Information entnehme ich, dass sie sie gemacht haben. Dann kriege ich jetzt die Münzen?«

Otniel hörte ein gedehntes Kichern am anderen Ende der Leitung. »Ja, ich glaube, dass du die Münzen kriegst. Lass mich probieren, mit jemandem dort zu reden.«

Otniel schloss mühsam beherrscht die Augen. Er war inzwischen schon auf alle wütend – auf die Altertumsbehörde, auf Dovid, auf sich selber, weil er sich überhaupt an ihn gewandt hatte. »Also, wann krieg ich sie zurück?«

»Woher soll ich das wissen? Warte. Bis jetzt hast du ja auch gewartet, oder?«

Otniel öffnete die Augen und blickte Jakir an. Er sprach in ruhigem Ton in das Gerät, doch darunter knisterte deutlich die Spannung. »Ich versteh nicht, wie du zulassen konntest, dass die Dummköpfe von unseren Münzen erfahren. Zuerst behältst du sie monatelang. Jetzt haben sie sie mitgenommen und erzählen uns das, was wir schon gewusst haben.«

»Ich habe es nicht zugelassen, ich hab's dir doch gesagt, es war ein Versehen …«

Otniel beendete das Gespräch, holte aus der Schublade die Visitenkarte des Herrn im Anzug und wählte die Nummer. Keine Antwort. Er probierte es wieder, erreichte eine Sekretärin. Sie stellte ihn zu einer anderen Sekretärin durch, die nicht wusste, wovon er sprach, und ihn wieder mit einer anderen verband, die zwar wusste, wovon er sprach, jedoch sagte, dass der betreffende Herr jetzt nicht im Büro sei und niemand anderer ihm helfen könne.

»Versuchen Sie es morgen«, schlug sie vor, »oder noch besser, nächste Woche.«

Otniel legte auf und ließ seinen Blick lange auf seinem Sohn ruhen. Schließlich stand er auf und sagte: »Komm, mein Sohn, wir fahren nach Jerusalem.«

Im windgeschüttelten Jerusalem suchten sie das Büro der Altertumsbehörde in der Sokolovstraße, die von der Keren Hajesod abging, denn Otniel erinnerte sich an das Gebäude aus seiner Jugendzeit. Sie wanderten von Haus zu Haus – keine Spur mehr davon.

»Papa, warum hast du mir nicht gesagt, dass du nicht weißt, wo es ist, ich hätte es in einer Sekunde im Internet gefunden.«

»Aber ich weiß doch, wo es ist. Es ist hier. Irgendwo.«

Sie forschten in der Parallelstraße, der Mendele-Mocher-Sfarim, nach, kehrten zur Sokolov zurück und fragten Passanten. Schließlich fand sich einer aus der Nachbarschaft, der sagte, dass die staatliche Gesellschaft für Münzen und Medaillen früher einmal hier ansässig gewesen sei, aber vor vielen Jahren.

»Siehst du?«, sagte Otniel.

»Was genau soll ich sehen?«, gab Jakir zurück.

Der alte Nachbar wusste die neue Adresse nicht, weder von der Münz- und Medaillengesellschaft noch von der Behörde für Altertümer. Nach ein paar Anrufen fuhren sie zum Areal von Neu-Mamilla. Fast zwanzig Minuten saßen sie draußen vor dem Büro, bis Otniel einen Aufstand machte. Das half. Es wurde ihnen gesagt, dass sie sich an das Ressort zur Verhinderung von Antiquitätenraub wenden müssten, das sich mit den Münzen aus der Chermesch-Höhle befasse. Aber diese Abteilung habe kein Büro, es gebe nur das Museum für Altertümer, dort seien Büros, wobei aber nicht klar sei …

Otniel entfesselte einen weiteren Aufstand. Wenn es irgendeinen Vorzug am Anblick eines Siedlers mit der großflächigen Kipa und dem Bart, den Schaufäden und den schlammverkrusteten Arbeitsstiefeln geben sollte, dann ist das der: Wenn er einen Aufstand macht, behandelt man ihn mit gebührender Ehrfurcht.

Sie gelangten schließlich und endlich zu dem Herrn, der sie in der Siedlung aufgesucht hatte. Er trug immer noch Anzug, war bebrillt, höflich und angegraut geblieben. »Ah, Schalom, meine Herren«, lächelte er. »Ma'aleh Chermesch 3, richtig?«

Otniel nickte. Er blickte nicht freundlich drein, nur erwartungsvoll. Dann sagte er: »Ich brauche meine Münzen.«

»Die Münzen befinden sich nicht hier«, erwiderte der Herr.

»Was soll das heißen, nicht hier?«

»Sie sind nicht bei uns. Sie waren in der Behörde für Altertümer. Die letzten Untersuchungen sind gemacht worden, und man hätte sie an uns übergeben sollen und wir zurück an Herrn …«, er blätterte in Papieren auf seinem Schreibtisch, »… Dovid. Aber wir haben sie noch nicht von der Behörde zurückerhalten.«

»Was heißt, wir haben sie von der Behörde nicht erhalten? Wo ist die Behörde? Sagen Sie's mir, und ich geh hin und hol sie. Was soll diese Verschleppung? Das sind meine Münzen. Ihr habt gesagt, ihr seid mit den Untersuchungen fertig, habt die Echtheit und das Alter bestätigt, eine Info im Internet veröffentlicht. Jetzt gebt sie den Besitzern zurück. Was soll dieser Unsinn?«

Es half alles nichts.

Auf dem Rückweg, bei der Ausfahrt von Jerusalem, entdeckten sie Roni Kupfer, der den Daumen hob, und nahmen ihn mit.

»Danke, Zaddikim«, sagte er und biss in ein Begele mit Za'atargewürz.

»Eine Ehre, eine Ehre, mein Lieber, gelobt sei sein Name.«

Am Schnellstraßenkreuz bogen sie in Richtung der Wüste und der gelblichen Hügel ab, passierten ein neues Viertel, das sich, noch im Bau befindlich, wie eine Riesenkrake ausdehnte, anschließend noch mehr gelbliche Hügel, gesprenkelt mit Olivenbäumen und Häusern eines nicht feindlichen oder exfeindlichen arabischen Dorfes, und nach ein paar Kilometern kam die Straßensperre der Armee, die verkündete: Ab hier sind die Gebiete. Und ab da wurde die Luft grauer, die Taxis färbten sich gelblich, die Nummernschilder der Lastwagen weißlich, und die Landschaft schien weiter wegzurücken.

Otniel fragte Roni: »Jetzt sag mir doch mal, Brüderchen, was ist am Schluss aus der Geschichte mit dem Olivenöl geworden?« Und wie immer lieferte Roni, fast unbewusst, die Antwort, die für die Zeit, den Ort und vor allem für den Fragesteller die passende war. Information ist wie Plastilin: Die Masse bleibt die gleiche, doch die Art, wie sie geformt wird, lässt sich verändern, kneten, verflachen oder aufblähen.

»Was soll schon sein damit«, antwortete Roni. »Die Geschichte ist, dass man sich auf die Araber nicht verlassen kann, das ist es.«

Otniel spähte vorsichtig in den Rückspiegel. Machte er Witze?

Roni fuhr fort: »Die Sache ist, dass ich einen wunderbaren Vorschlag für den Araber hatte, ich hab seine Olivenpresse genommen, die seit Jahren nicht mehr in Benutzung war, und zu ihm gesagt, komm, wir fangen an, hier wieder neu zu produzieren, du bringst deine Oliven, die von deinen Nachbarn, wir machen ein original altes, echtes Öl mit dem Staub und dem Rauch der Wasserpfeifen wie früher, die Tel Aviver sind ganz gierig danach, machen wir ein bisschen Geld zusammen. Am Anfang hat er mir die Füße geküsst, gesagt, dass sein Großvater sich vor Freude im Grab umdrehen wird, dass ich ein Zaddik bin. Alles war arrangiert, die Läden in Tel Aviv, die Investition, Vermarktung, Design der Etiketten auf den Flaschen mit dem Symbol von Mahlsteinen wie in Italien, damit die Leute wissen, was für ein reines und exzellentes Öl sie kaufen ...«

»Eine hübsche Idee«, sagte Otniel. »Ich bin nicht gerade scharf drauf, dass du Geschäfte mit Arabern machst und ihnen hilfst, auf eigenen Beinen zu stehen, ja? Aber die Idee ist gut.«

»Und dann sind diese Japaner gekommen, wir hatten schon unterschriebene Vereinbarungen und das Ganze ...«

Otniel blies zischend die Luft zwischen den Zähnen aus: »Tsss ...«

»Und der Irre hat sich einen Dreck um mich geschissen und ist zu ihnen übergelaufen. Ohne mit der Wimper zu zucken. Warum, weil sie Japaner sind? Weil sie Geld haben? Aber was verstehen die von Olivenöl, die Japaner, kannst du mir das sagen? Was wissen die, wie man es vermarktet und verkauft? Die ganzen linken Furzer von Tel Aviv hab ich in der Hand gehabt, sie sind gekommen, um bei mir Bier zu trinken, als sie zwanzig, dreißig waren, und sie wären gekommen, um bei mir Olivenöl zu trinken, jetzt wo sie vierzig, fünfzig sind. Aber nein, da kommen irgendwelche Japaner mit großen Schlitten an, und er ist geblendet, wie soll er auch nicht, ein Araber ...«

Ronis Gedanken wanderten: Die dritte Nacht in Rinas geschlossenem Kindergarten, wo er sich fast schon zu Hause gefühlt hatte, und in der Früh hatte er die Matratzen und die Decken aufgeräumt und war um sechs, wie sie ihn gebeten hatte, auf die Schlomo-Hamelech-Straße hinausgeschlüpft, und sogar die Sonne blinzelte zwischen den Wolken heraus und führte ihn in ein Café auf der Allee. Dass er zwar überrascht war, wie schnell er sich wieder an Tel Aviv gewöhnt hatte, aber trotzdem zum zentralen Busbahnhof gefahren und in den Bus nach Jerusalem gestiegen war, während er Rina und die Nächte in ihrem geschlossenen Kindergarten im Kopf hatte – und wie in seinem Kopf die Idee aufzukeimen begonnen hatte.

»Pfff ...«, schnaubte Otniel. Jakir dachte bei sich, was hättest du gemacht, wenn eine internationale japanische Firma dir eine Olivenpresse hingebaut und vorgeschlagen hätte, dir die Oliven abzukaufen – wärst du bei einem komischen Kauz geblieben, der dir die Yuppies von Tel Aviv verspricht?

»Konntest du ihn nicht verklagen?«, fragte Otniel. »Andere Olivenbauern finden? Hör mal, ich will irgendwann Oliven anbauen. Das wird ein paar Jährchen dauern, bis sie Frucht tragen, mit Hilfe des Herrn, aber ...«

»Mit Hilfe des Herrn«, sann Roni. »Ich weiß nicht, bei mir ist irgendwie die Luft raus.«

»Tsss ...«, resümierte Otniel und dachte, wie können uns die Gojim und die Araber alles wegnehmen, was der Heilige, gelobt sei er, uns versprochen hat, und die Welt schweigt dazu. Laut sagte er: »Mit Hilfe des Herrn wird es schon werden, mach dir keine Sorgen. Wie du gesagt hast, was verstehen Japaner von Olivenöl?« Und in dem Schweigen, das anschließend herrschte, fiel Jakir der Artikel ein, den er auf einer Wirtschaftsseite im Netz über Matsumata gelesen hatte. Er erinnerte sich nicht an die Einzelheiten, doch so viel wusste er noch: Die Japaner verstanden so einiges von dem, was sie machten.

Die Schwangerschaft

Nach langen Tagen regnerischen Wetters kam die Sonne zum Vorschein, und die Leute von Ma'aleh Chermesch drehten sich ihr zu wie die Sonnenblumen, ließen sich von ihrem Licht und ihrer Wärme verwöhnen, obgleich es noch Winter war. Purim stand vor der Tür. Joni streckte sich an diesem Morgen auf der Schwelle seines Wohnwagens, und sein Militärhemd, an dem zwei Kragenknöpfe offen standen, entblößte eine magere, dunkelhäutige Brust, glatt wie ein Fischteichspiegel, und seine weißen Zahnreihen öffneten sich zu einem breiten Morgengähnen. Seine letzte Militärdienstwoche in Ma'aleh Chermesch 3 begann, und der Zorn einiger Bewohner über die Ereignisse in der vergangenen Woche war noch nicht verraucht. Doch ein Stachel von Sehnsucht trieb ihn, er wollte noch einen Blick auf sein Mädchen werfen, bevor er fortging. Heute würde er anfangen, seine spärlichen Habseligkeiten zu packen, dachte er, und dabei fiel ihm ein, dass er sich von den Siedlern noch die kugelsichere Weste zurückholen musste, die er seinem besten Freund Ababa Kohen versprochen hatte, der wegen veruntreuter Ausrüstung vor Gericht kommen sollte.

Die Kindergartenkinder kamen zur ersten Runde nach dem Regen heraus. Die größeren Kinder, Amalia und Boaz, halfen der Kindergärtnerin Nechama, den Wagen zu schieben, in dem die Kleinsten, Jemima-Me'ara und Zebuli, saßen, und der Rest lief ringsherum mit. Ein paar Kinder sind größer geworden, dachte Joni, ich erinnere mich an Schuv-El Asis, dieser Kleine mit dem Haarschwänzchen in dem Bimba-Car, wie er gerade erst kahl im Kinderwagen lag, und an Nefesch Freud, im Tragegurt an die prachtvolle Brust seiner Mutter gedrückt, vor gar nicht allzu langer Zeit.

Die großen Kinder waren in der Schule, die Väter und Mütter bei der Arbeit, und Herzl Weizmann erledigte eine Kleinigkeit an der Terrasse von Chilik Jisraeli, der seinen Nescafé in der Sonne trank, die im Fenster funkelte, und sich dachte, vielleicht werde ich zur Hebräischen Universität nach Jerusalem fahren, ich muss endlich das Kapitel schreiben, wie die Kibbuze von der Führung des Jischuv unter dem britischen Mandat verhätschelt worden sind, und dann wird es mir vielleicht gelingen, dazu zu kommen, wie sich die Bewegung ihrer ideologischen und realen Werte entäußert hat. Jenseits des großen Fensters mümmelte Sassons Kamelstute an den zarten Trieben einer gewöhnlichen Wüstenpflanze, und ein wenig unterhalb hatte Gabi Nechuschtan von irgendwoher neue Holzbalken, Zementsäcke, Kies und die restlichen nötigen Zutaten organisiert, um noch einmal die gleiche Suppe zum Kochen zu bringen, die in der Woche zuvor von der israelischen Verteidigungsarmee sattsam vertilgt worden war.

Kondi und Beilin wedelten mit dem Schwanz, als ein Wagen auf der Straße vorbeifuhr, und Elazar Freud telefonierte in seinem bescheidenen Hof, während Klänge von »Radio Breslau« aus dem Wohnwagen drangen. Das Wassertankfahrzeug traf nahezu ungesehen ein, koppelte an den weißen Behälter mit dem schlampigen Davidstern am Siedlungseingang an, fast gegenüber der Tür Jonis, der, mit einer Hand seine Stirn gegen die Sonne beschattend, den Fahrer des Tanklasters beobachtete und dachte, ohne die durchsichtige Flüssigkeit, die gerade in den Turm fließt, gäbe es hier kein Leben. Die Kinder kamen zur Spielplatzanlage Sheldon Mamelstein und zerstreuten sich fröhlich im Gelände. Die Hügel der Wüste winkten gelblich am Horizont, die Siedlung Jeschua zog sich jenseits des Wadis hinauf, und die Olivenbäume von Charmisch schwiegen im Sattel zwischen den Siedlungen. Und dann stieg ein Schrei hinter den Wohnwagen auf, in dem sich Entsetzen und Überraschung, Erbarmen und Liebe, Dank für den Schöpfer der Welt und allumarmender Glaube drängten: der Schrei Neta Hirschsons, die in der Hocke über das Teststäbchen von Super-Pharm urinierte, das stumm in ihr sommersprossiges Gesicht sagte: Ja!

Zu Otniel sagten sie nein. Nach dem Aufruhr, den er in Jerusalem entfesselt hatte, wurden Klärungen vorgenommen, und es kam die offizielle Antwort: Die Münzen, die man gefunden hatte, waren Eigentum des Staates Israel und würden bis zu neuerlicher Verfügung in dessen Besitz bleiben. Wie in den Dokumenten ausgewiesen, die Otniel unterschrieben hatte, waren das Land, seine Mineralien und archäologischen Funde – die festen und die beweglichen – Staatseigentum. Jede mündlich abgegebene Erklärung bezüglich einer eventuellen Privateigentümerschaft des Münzschatzes lag in der Verantwortlichkeit des Erklärenden und stelle keine offizielle Verpflichtung oder Gültigkeit im Namen des Staates dar. Die Behörde danke dem Bürger für seine Funde und würde alles in ihrer Macht Stehende tun, um einige Münzen als Andenken in seinen Besitz zu überführen und ihn dabei zu unterstützen, in Zukunft Grabungsgenehmigungen zu erhalten.

Otniel öffnete die Haustür, ließ sich im Angesicht der schönen Januarsonne auf einem Liegestuhl nieder, blinzelte mit den Augen, schloss sie, fasste sich an den Bart und blieb eine ganze Weile reglos erstarrt auf seinem Platz sitzen.

An den Traum, den er an jenem Morgen geträumt hatte, erinnerte sich Gabi nicht. Er erinnerte sich fast nie an seine Träume, und wenn, dann nur an ein paar surrealistische, zusammenhanglose Einzelheiten. Doch er glaubte, dass Scha'ulit in seinem Traum vorgekommen war und dass er etwas stürmisch gewesen war, denn in seinem Körper spürte er urtümliche Reste wilder, frischer Erregung, und daher fügte er, als er spät aufstand und in die Synagoge eilte, zu den üblichen Morgengebeten, *schma jisrael* und *schmone-esre*, zur Sicherheit das *tikun haklali* des Rabbi Nachman zur allgemeinen Heilung und Abbitte hinzu.

Als er die Synagoge verließ, schritt Scha'ulit mit wallend rötlichem Haar ihm direkt entgegen. Nicht gerade eine außergewöhnliche Fügung des Zufalls: Scha'ulits Haus war das der Synagoge am nächsten gelegene, und Gabriel betete fast jeden Morgen *schacharit* in der Synagoge. Ähnliche Begegnungen hatten sich bereits in der Vergangenheit ereignet, ohne sich einzuprägen. Diesmal trat auf beider Gesichter ein lichtes Staunen und ein kleines erkennendes Lächeln, und in dem Sekundenbruchteil vor dem »Schalom« wusste Gabi, dass auch in Scha'ulits Gedanken der letzte Schabbatabend präsent war.

Er fragte sie nach der Insektenlage im Haus. Sie fragte nach seiner Arbeit. Die Überreste des Traums machten ihn leicht verlegen, und auch sie bewegte sich etwas unbehaglich, so ganz ohne Kinder, die normalerweise die Aufmerksamkeit ablenkten und die Spannung lösten. Sie lud ihn zum Tee ein, und für sich selbst machte sie schwarzen Kaffee in einem echten Glas, pustete auf die Körnchen, die in einem Strudel von Bläschen emportrieben und trank vorsichtig. Sie fragte, ob er heute Morgen auch kein warmes Wasser gehabt habe. Sie sei nicht imstande, so aufzuwachen, ohne warmes Wasser, könne sich nicht die Zähne putzen, und ohne Zähneputzen fange der Tag nicht richtig an. Das falle ihr am schwersten an dem Leben hier, das mit dem warmen Wasser. Er sagte, er brauche am Morgen eiskaltes Wasser. Wenn er sein Gesicht nicht mit kaltem Wasser wasche, werde er den Schlaf nicht los, auch im Winter, und es störe ihn, dass das Wasser im Sommer nicht kalt genug sei, um aufzuwachen. Er ging und sah sich den Boiler an, fand jedoch kein Problem, das Wasser war warm. Nach einer kalten Nacht, erklärte er, dauerte es manchmal seine Zeit, bis es ankam.

Nachher versuchte er zu rekonstruieren, wie sie auf Miki zu sprechen gekommen waren. Er war über sich selbst erschrocken, aber vor allem vor ihr – einfach so, an einem gewöhnlichen Wintertag mit Tee auf der Schaukel im Hof des Hauses von Scha'ulit Rivlin. Sie hatte gefragt, weshalb er nicht bei irgendeiner Hochzeit gewesen war, die in Ma'aleh Chermesch stattgefunden hatte. Er freute sich innerlich, dass ihr seine Abwesenheit aufgefallen war, und erklärte, dass er sich auf Hochzeiten unwohl fühle. Die Tänze, die Kreise, die Lieder, die scheinbar unbeherrschte Freude – er hatte manchmal das Gefühl, so von der Seite aus, dass sie durchaus sehr kontrolliert, fast erzwungen war, und hatte gemerkt, dass er sich meistens nicht als Teil davon empfand. Von Hochzeiten kamen sie irgendwie auf Geburtstage zu sprechen. Sie erzählte, dass der Geburtstag ihres seligen Vaters in diese Woche falle. Sie sagte, dass ihr mit jedem seiner Geburtstage der Schmerz größer zu werden schien. Ausgerechnet am Geburtstag, nicht an dem Tag, an dem ihn die Terroristen, getilgt sei ihr Name, von ihr genommen hatten. Gut, sagte Gabi, am Todestag verzeichnet man das Ende, den Anfang eines Lebens ohne ihn. Das ist eigentlich ein Erinnerungstag, wo man seiner selbst gedenkt. Aber am Geburtstag denkt man an die Zeit, die er hätte leben sollen, an sein Leben, das nicht mehr war. Der Geburtstag erinnere an ihn.

»Woher weißt du das?«, fragte sie ihn, als ob der warme Wasserstrom auf einmal bei ihr angekommen wäre.

»Ich weiß es eben«, erwiderte er. Auch sein Geburtstag nähere sich, erzählte er. Er lächelte, und das Lächeln entblößte seine großen Zähne, verengte seine warmen Augen, dehnte den Junggesellenbart, der Pflege nötig gehabt hätte.

»Aber woher kennst du diesen Unterschied zwischen Geburtstag und Todestag?«, beharrte sie. Und da erzählte er ihr von Miki. Er war zwar nicht tot, dem Herrn sei Dank, doch Gabi vermerkte in jedem Jahr den Tag der Trennung, den Tag, nach dem er seinen Sohn nicht mehr wiedersah, wie einen Todestag. Er erklärte nicht, warum er ihn nicht sehen oder mit ihm sprechen konnte, schob die Schuld auf seine Geschiedene, sagte, sie sei auf die andere Seite der Welt geflüchtet, dass sie ein bisschen komisch sei und nicht einmal eine Kontaktaufnahme zulasse. Und er erzählte, wie er sich jedes Jahr, wenn Mikis Geburtstag zu Ende des Herbsts näher rückte, wenn die Welt düster und die Tage dunkler wurden, entsetzlich fühlte. Dieses Jahr würde Miki acht Jahre alt werden, sagte er Scha'ulit, die mit glänzenden Augen zuhörte, die Erste der Hügelbewohner, die von ihm von Miki erfuhr. Wie bei Gittit – es gab etwas an Scha'ulit, das einen öffnete, dazu verleitete, die intimsten Geschichten zu erzählen. Er redete über Miki, und ein scharfer Schmerz lähmte ihn, doch er hörte nicht auf. Es sei unmöglich, sich von dem Schmerz um ein Kind freizumachen. Die Sehnsucht. Die Reue über jeden Streit, über jede Weigerung. Dieser so abgrundtiefe Mangel, ein nicht enden wollender Alptraum. Er versuche, Anna nicht die Schuld zu geben. Sie habe nicht den Glauben an den Herrn der Welt, der ihr die Kraft zur Überwindung gäbe.

»In einer Lehrstunde, die ich einmal gehört habe«, sagte Scha'ulit, »sagte der Rabbiner, dass die Sehnsucht der Antrieb der Welt sei. Der Anfang und das Ende. Man kann vor lauter Schmerz, den die Sehnsucht enthält, zerbrechen. Was wir auch immer tun, wir sind Gebrochene. Rabbi Nachman hat aus der Sehnsucht Musik hervorgebracht. Das Herz zieht sich zum Schlag zusammen und löst sich. Sehnsucht kommt und geht.«

Das Telefon klingelte im Haus, und Scha'ulit verschwand im Inneren. Gabi hörte: »Ja, Chedwa«, und: »Was für ein wahnwitziger Tag, was?« Dann Schweigen, für die ungefähre Dauer von drei Sätzen, und schließlich: »In Ordnung, Chedwa, aber sicher, ich komme.« Gabi erhob sich und trat auf den Eingangspfad, und dort erblickte er Joni, der etwas trug. Eine Welle von Zorn schlug über ihm zusammen, man hatte ihm erzählt, mit welcher Inbrunst Joni die Zerstörung des Zimmers betrieben hatte. Gabi drehte sich um und sah Scha'ulit, die mit einem Tablett mit einer Kanne Tee und Halwakeksen aus dem Haus kam. Sie sagte, dass sie am Mittag eine Personalsitzung in der Schule habe – hörte er Enttäuschung in ihrer Stimme? Rührte die Enttäuschung daher, weil ihre Unterhaltung abgeschnitten worden war? Das fragte er sich, doch die Kekse sagten ihm – wir haben noch ein bisschen Zeit zusammen.

Sie setzte sich wieder neben ihn und erzählte von der Sehnsucht nach ihrem Vater, von dem Schmerz. Sie schenkte noch einmal Tee ein. Bot ihm noch einen Keks an, verzog genervt das Gesicht, als das Telefon erneut klingelte. Nach jeder Unterbrechung erinnerte sie sich, an welcher Stelle er stehengeblieben war, hatte jedes Wort gehört. Und verstanden. Sie hatten das Gefühl, vom gleichen Stamm zu sein.

»Ich denke immer an die Entscheidungen, die wir treffen«, sagte er. »Letztendlich ist nichts zufällig, es muss etwas Lenkendes geben, wie würden sich die Dinge sonst regeln. Alle Entscheidungen, die bei Anna und mir dazu geführt haben, an jenem

Bahnsteig in der New Yorker Untergrundbahn im gleichen Augenblick anzukommen – und alles, was seitdem passiert ist, das Zusammensein, die Rückkehr nach Israel, das Kind …« Ständig wiederhole er diese Gedanken, wälze sie hin und her, frage sich, ob eine andere Ereigniskette, die anderen Entscheidungen seinerseits entsprungen wäre, anders geendet hätte.

»Du kannst dich nicht mit den Entscheidungen martern, die du getroffen hast. Wir sind so winzig klein. Wir haben nicht die Fähigkeit, Dinge zu beeinflussen. Auch Rabbi Nachman hat Söhne in seinem Leben verloren. Das ist segensreiche Bestimmung. Und eines Tages wird er zu dir zurückkehren, du wirst sehen.«

Er nickte. »Das stimmt. Ich habe begriffen, dass jemand die Dinge lenkt. Anders kann es nicht sein. Anders kann man unmöglich leben. Und in dem Moment, in dem ich das verstanden habe, hat sich plötzlich alles in ein Muster eingefügt. Ich habe auf mein Leben zurückgeschaut und überall die göttliche Vorsehung gesehen … Und ob ich schon wanderte im finstern Tal, fürchte ich kein Unglück, denn du bist bei mir. Der Schmerz lässt nicht nach, aber man begreift, dass er Teil einer Logik ist. Und so überwindet man ihn. Denn ich bin nicht umsonst hier. Ich habe eine Aufgabe in der Welt. Nicht umsonst hat mich der Herr der Welt vor diese Prüfung gestellt …«

»Das ist ja so richtig«, bestätigte Scha'ulit, als Neta Hirschson den Pfad betrat und auf sie zuging. Ihr Gesichtsausdruck ließ klar erkennen, dass sie nicht auf die Situation, die Intimität, die Traurigkeit achtete, in die sie eindrang, auf das Treffen der beiden, das zwar weder heimlich noch ungebührlich war, aber dennoch nicht unbedingt erwünscht und das möglicherweise zu hochgezogenen Brauen hätte führen können – Neta zog keine Braue hoch, sondern sagte: »Freunde, ein Fest!« Und angesichts der versiegelten Gesichter des zerstörten Augenblicks fuhr sie fort: »Es ist vorbei mit Weinen, Leiden und Trauern. Gleich ist Purim, und ich organisiere ein Fest. Wir werden das Fest bei uns feiern, und auch fünf Jahre Besiedlung des Bodens. Und um uns zu einen gegen die Vertreibungen, Zerstörungen und die Befehle. Und um allen zu zeigen, dass wir fröhlich und alle zusammen sind. Und« – auf ihrem Gesicht breitete sich ein Lächeln aus, sie ließ ihren Blick zwischen den beiden Zuhörern hin und her wandern, schloss dann die Augen und reckte den Kopf empor – »ich bin schwanger, gelobt sei sein teuerer und großer Name.«

»Viel Glück! *Mazl* und *bruche*! Gelobt sei sein Name«, sagte Scha'ulit. »Sag nur, wann es so weit ist, und wir werden da sein!« Sie blickte auf ihre Uhr und stand überstürzt auf, um Zebuli zu holen.

Auch Gabi erhob sich und sagte zu Neta: »Viel Glück, gepriesen sei sein Name.«

Auf dem Heimweg verspürte er eine Mischung aus Erleichterung, Staunen und Aufregung sowie bereits eine aufkeimende gewisse kleine Sehnsucht nach Scha'ulit, nach ihrem rötlichen Haar, ihren verständnisvollen Augen und nach ihrer überragenden Begabung zuzuhören. Er fragte sich auch, ob sie nur ihre Familie gemeint hatte, als sie sagte: »Wir werden da sein«, oder auch ihn mit eingeschlossen hatte.

Die Pause

Die Dunkelheit stahl sich von unten herauf. Zwischen Dornen und Felsspalten, aus den Tiefen des Ostens, vom Grunde des Salzmeers, aus den Abgründen von Nachal Chermesch kroch sie heran und schnappte nach dem armen, ratternden, holpernden Generator. Der grüne, rechteckige Kasten, dem Licht, Wärme und Kälte entsprangen, der zugleich die Seele der Computer, Telefone, Öfen und Fernsehgeräte war, der aus China stammte und jahrelange Katastrophen, Vernachlässigung, Verschmutzung und Treibstoffsorten überlebt hatte, die kein Diesel waren, da es ausgegangen war, der Hitzewellen und Schnee widerstanden und sogar ein paar Steine abgekriegt hatte – diesmal, wie soll man es anders sagen, dieses Mal ging er kaputt.

Ma'aleh Chermesch 3 versank in schwarzer Finsternis. Die meisten Einwohner schliefen. Gavriel Nechuschtan hörte die

Stille, das Ende des Ratterns, mit geschlossenen Augen während seines Mitternachtsgebets vor dem Heiligen, gelobt sei er, und schlug die Augen auf. Er sah nichts, und über dem Nichts ein paar Sterne, die Mondsichel und das Lichterfunkeln von Jeschua jenseits von Nachal Chermesch. Er ging hinunter zu dem alten Generator und drückte den Schalter, überprüfte alles, wartete, füllte Diesel nach und drückte noch einmal. Trotz seiner Wut auf ihn ging er zu Joni und klopfte an die Tür, und der Soldat schlüpfte in seine Montur, mit klappernden Zähnen, aber ohne Murren, und kam, gegen den Wind eingewickelt, mit zu dem Generator, drückte den Schalter, überprüfte, wartete, füllte Diesel nach und drückte noch einmal. Dann sagte er: »Vielleicht ist er endgültig hinüber.«

Frostigkeit sickerte ganz langsam zwischen die Decken, die Kühlschränke waren verstummt, die Leuchtspiralen der niedlichen Nachtlämpchen in den Kinderzimmern erloschen, und hier und dort hörte man das Greinen von Babys, erschrockene Rufe, beruhigende Worte und das Pfeifen des Windes. Zusätzliche Decken wurden ausgebreitet, Umarmungen ausgeteilt, und die kommenden Generationen krochen in die Betten ihrer Altvorderen. Einige Männer tasteten im Dunkeln herum, schnappten sich Socken und Schuhe aus den Zimmerecken und Jacken von Garderobenhaken und brachen auf in die große Finsternis, erstolperten sich ihren Weg zum Generator, während sie in ihren Schnurrbart knurrten, das sei unmöglich, wie viele Jahre sollte man denn noch auf einen Stromanschluss warten, wie konnte es sein, dass noch keine Leitungen von der Muttersiedlung hierhergespannt worden waren und die Irren von der Stromversorgungstruppe in der Zivilverwaltung es nicht genehmigten, und die Armee, diese Schufte, und der Wind, dieser Satansbraten … Sie drückten den Schalter und überprüften und warteten, füllten noch mehr Diesel nach und drückten wieder. Dann sagten sie: »Vielleicht ist er diesmal endgültig hinüber.« Sie kehrten zurück, zogen sich aus, schlüpften ins Bett, drückten und schmiegten sich hinein, streichelten, schlossen die Augen.

Roni erfror beinahe. Klar, dass er nicht unter seiner Steppdecke herauskroch. Es war zu kalt, außerdem gab es sicher genügend Freiwillige. Was verstand er von Generatoren. Was mache ich hier, grübelte er. Im letzten Jahr war ihm diese Frage Tausende Male durch den Kopf gegangen und noch viel öfter, seit er aus Tel Aviv zurück war. Alles in allem hatte er dort auf Kindermatratzen in einem geschlossenen Kindergarten geschlafen, in ungenügend warme Decken gewickelt, war dort herumgelaufen, hatte jemand Nettes getroffen, fast hübsch, nur eine Kindergärtnerin. Keine Höhepunkte seines Lebens, doch er hatte sich zu Hause gefühlt. War zu sich selbst zurückgekehrt. Tel Aviv hatte in ihm die Fähigkeit ausgelöst, für einen Moment von außen zu betrachten, was er am Hügel machte: Er lungerte untätig herum, konnte sich nicht aufraffen, irgendetwas zu arbeiten. Ihm war zu kalt, ihm war zu heiß. Er verblödete. War frustriert. Hörte Transistorradio. Versank in Depression. Es gab eine Phase, in der er sich davon zu überzeugen versuchte, dass es besser so sei. Warum schwer arbeiten, wenn man nicht musste, wenn es möglich war, auf einem Hügel zu sitzen und über eine schöne Landschaft zu schauen, die Augen zu schließen und einfach zu sein. Doch jetzt floh ihn der Schlaf in einer neuen, ungekannten Klarheit, und er öffnete weit die Augen, ohne etwas zu sehen, und dachte, sie ist zu schwer, diese Welt von Ma'aleh Chermesch 3, zu finster. Wenn er bleiben wollte, würde er sich darauf einlassen und ein Teil davon werden müssen. Und das konnte er nicht. Er hörte sich Predigten, Interpretationen und Kommentare, Lehrstunden an – er verstand es nicht. Er betrachtete seinen Bruder, seine leuchtenden Augen. Sah, dass er erregt war, das Licht sah, doch er selbst sah genau das, was er jetzt sah: nichts.

Er erinnerte sich, wie ihm bei einer der Zufallsbegegnungen in Tel Aviv jemand die Kopfhörer eines iPods gegeben und gesagt hatte: »Hör mal.« Irgendein Akustikstück. Gitarre. Eine schöne Melodie. Er bekam Gänsehaut am ganzen Körper. Auch hier gab es Gitarrenakkorde und schöne Melodien, aber als die Klänge aus den weißen Kopfhörern in sein Gehirn gesickert waren, hatte er es anders empfunden. Das war ein Trost. Einer von der Herde zu sein, wenn auch allein innerhalb der Herde, das konnte er am besten, und das war gut genug, wenn es seine Herde war. Er lächelte erheitert, als er den Druck der Luft in seinen Eingeweiden aufsteigen spürte, und drückte einen donnernd rollenden Furz heraus, von dem er hoffte, dass er ihn ein wenig wärmen würde. Er erinnerte sich an einen Ausdruck aus seiner Jugendzeit und fragte laut ins Dunkel hinein: »Wer hat eine Taube losgelassen?« Er gab sich selbst mit einem hohlen Auflachen die Antwort in der Stille des trüben Wohnwagens.

Währenddessen, sozusagen eine Geschichte von Liebe und Dunkelheit: Nachdem die Versuche, den bejahrten Generator zu therapieren, einer nach dem anderen fehlgeschlagen waren und nachdem sich der eisige Wind etwas gelegt hatte, verließ Gavriel Nechuschtan den Platz und beschloss, den längeren Weg zurück zu nehmen, um an Scha'ulits Wohnwagen vorbeizukommen. Er hatte nicht vor hineinzugehen, wollte nur von weitem, mit einem Blick, überprüfen, ob alles ruhig war, und sich vergewissern, dass der Stromausfall das Leben im Hause Rivlin nicht beeinträchtigt hatte. Als seine Schuhe auf dem Schottergefälle neben dem Eingangstor knirschten, hörte er, wie sich eine Tür öffnete und schloss und Schritte im Dunkeln.

»Ah, du bist das«, sagte Scha'ulit mit rissiger Stimme. »Was ist passiert?«

»Nichts. Wir haben Stromausfall. Der Generator ist ausgefallen, und sie haben es nicht geschafft, ihn zu reparieren, das wird die ganze Nacht so sein. Ich wollte nur … kommt ihr zurecht? Geht das mit den Kindern? Hast du genug Decken?«

Sie lächelte, was er nicht sah, gab ein kleines Kichern von sich, das er hörte, und flüsterte: »Danke. Ja, ich glaube schon. Wenn ich sie im Dunkeln finde …« Er lachte mit ihr. Und suchte mit ihr die Decken im Schrank. Roch ihr Haar, schläfrig und warm vom unterbrochenen Schlaf. Hatte die zarten, stetigen, beruhigenden Atemzüge der Kinder im Ohr. Stieß gegen ihren Fuß und hörte, wie sie eine Welle hemmungslosen Gelächters erstickte, und es zu einer Reihe hastiger Atemzüge drosselte.

Kerzen fand sie nicht, Zündhölzer schon. Sie machte Tee auf

dem Gasherd. Er saß auf dem Sofa und sie im Sessel im Licht einer blauen, geduckten Flamme unter dem Wasserkessel. Sie sprachen im Dunkeln von der Finsternis: ägyptische Finsternis; die Dunkelheit, die sich über die Welt draußen senkt, und das Licht, das drinnen leuchtet; der andauernde Konflikt zwischen Innen und Außen; die Plage der Finsternis, die Tod über das ganze Land brachte, eine solche Finsternis, dass man sie greifen kann – man konnte die Finsternis mit Händen greifen. Gavriel sagte, nach einer zwar nicht sichtbaren, aber gut spürbaren Gähnserie: »Willst du nicht schlafen gehen?«

»Liebend gern … es ist zu kalt hier … aber ich will auch weiterreden … Möchtest du mitkommen?«

Die Pulsschläge zwischen einem Satz und dem andern. Die kalte Luft erwärmte sich mit jedem Wort, jedem Mundhauch. Das Pochen in Gabis Handgelenk, in der Pulsader. Sicher wollte er mitkommen. Sie schlüpfte unter die Steppdecke, und er setzte sich auf den Bettrand, aufgeregt und verschämt. Sie redeten leise, nahmen sich in Acht, die Kinder nicht zu wecken, deren rhythmischer Atemwettlauf keinen Moment anhielt.

»Gut, das bringt nichts«, sagte sie schließlich.

»Was bringt nichts? Du fühlst dich nicht wohl, du möchtest, dass ich gehe. Natürlich, entschuldige …«

Er stand von der Bettkante auf, doch sie sagte: »Nein, du Dummerchen, das bringt nichts, dass du nicht zugedeckt bist. Komm unter die Decke. Das Bett ist groß genug. Jeder auf seiner Seite. Meinst du, das ist erlaubt? Vielleicht sollten wir eine Frage an den FRANS von Rabbi Aviner schicken? Schick eine SMS: Ist es einem Geschiedenen erlaubt, das Bett mit einer Geschiedenen zu teilen, an zwei getrennten Enden, ohne Berührung, ohne dass einer den anderen sieht …« Sie unterbrach ihre Worte, weil sie lachen musste, hüpfend und voller Freude. Gabi konnte sich ihre Zähne und Augen dabei gut vorstellen, und vielleicht weil es ihr nicht gelang, sich diesmal leise zu verhalten, wachte Zebuli mit einem abrupten Wimmern auf. Scha'ulit fütterte ihn und summte ihm etwas vor, bis er wieder einschlief.

»Wenn du weiter so summst, schlafe ich am Ende auch ein.«

»Dann schlaf ein.«

Doch er schlief nicht ein, denn sie sagte etwas, und er antwortete, und so fuhren sie fort für wer weiß wie lange – eine Stunde? Länger? Gabi spürte eine Süße im ganzen Körper unter der Steppdecke und die Wärme der Luft zwischen ihnen beiden, und es gab Augenblicke der Stille, vielleicht schliefen sie ein und erwachten, ohne zu reden, atmeten nur. Und dann berührten Finger seine Hand. Sein Körper erschauerte. Sie streichelte mit ihren Fingern seinen Handrücken, so unendlich wohltuend, obgleich verboten, doch es gibt Dinge, die erlaubt sind, auch wenn sie verboten sind, wenn die Absichten rein und guten Glaubens sind.

Und als er wieder einmal die Augen aufschlug, begann das Licht fahl heraufzudämmern, und das schien ihm nun nicht mehr in Ordnung, also erhob er sich behutsam und lenkte seine Schritte zur Tür hinaus.

Die Operation

Es gibt Tage von einer solchen Schönheit im Winter, dass sogar die kältesten Nächte darin schmelzen und fast in Vergessenheit geraten. Eine glorreiche Sonne lächelte auf den Hügel hinab, spottete beinahe der Unbill der Nacht – der Wetterbericht hatte nahenden Frost vorhergesagt, doch der Planet pfiff darauf. Kein Windhauch regte sich, die Temperaturen kletterten nach oben. Roni Kupfer saß auf der Türschwelle, die Füße auf der von getrocknetem Schlamm verdreckten Eisentreppe, zwischen den Fingern die erste Morgenzigarette, ein Glas Nescafé zu seinen Füßen, und die ohnehin wegen des Sonnenlichts zusammengekniffenen Augen verschmälerten sich noch mehr, als er die Nokiamelodie hörte, die vom Bettende her aus dem Wohnwagen drang.

»Hallo?«

»Hier ist Rina.«

»Rina!«

Und bereits als der Nachmittag noch in den Windeln lag, war er auf dem Weg nach Tel Aviv.

Hauptmann Omer Levkovitsch lud sich selbst ein und kam zu einem Rundgang, in der Hand eine Vorladung für Josh zur Vernehmung im Jerusalemer Amtsgericht wegen Störung der öffentlichen Ordnung und Behinderung eines Soldaten bei der Pflichtausübung. Omer wusste, dass Josh nicht zum Verhör erscheinen und niemand darauf beharren würde, sein Kommen zu erzwingen, aus Zeit- und Personalmangel, doch er gab vor, ihn zu suchen, ging zu dem zerstörten Zimmer hinunter, registrierte die neuen Holzbalken und die Spuren des erneuten Baubeginns, ignorierte es – was sollte er schon machen? –, und dann kam er zu Joni, gab ihm die Vorladung und sagte: »Wenn du mal Zeit hast, find ihn und gib's ihm. *Ja Allah*, ich glaub's nicht, dass du bald nicht mehr da bist, mir ist zum Heulen.«

Joni hatte keine Zeit, Josh zu suchen. Er sollte in zweiundsiebzig Stunden in der Hauptbasis zur Ausmusterung antreten, und was ihn im Moment am meisten beunruhigte, war, dass ihm wegen einer Fehlberechnung eine Unterhose fehlte und es zu spät war, um zu waschen. Also hatte er eine lange Unterhose ohne Unterhose darunter angezogen und für die nächsten beiden Tage zwei Paar Unterhosen in verhältnismäßig gutem Zustand an die Luft gehängt. Was ihn als Nächstes quälte, war der Gedanke an Gittit und die Frage, ob er es schaffen würde, sich von ihr zu verabschieden. Er wusste, dass sich Purim näherte, und er fragte sich, ob sie zu Ehren des Festes nach Hause kommen würde. Die dritte Sache, die Joni beschäftigte, war die Rührseligkeit seines Vorgesetzten, Omer, der immer wieder vor sich hin murmelte, dass er nicht glauben konnte, dass Joni fortging, was würde er nur ohne ihn machen, und warum verpflichtete er sich nicht, sogar nur für ein paar Monate, und am liebsten würde er heulen. Die vierte und im Moment letzte Sache, die dem jungen äthiopischen Soldaten Kopfzerbrechen bereitete, war das Unternehmen »Bigtan und Teresch«, über das ihn sein Kommandeur instruierte.

Hinter dem launigen Namen der beiden Türhüter des persischen Königs Ahasver – die, am Rande bemerkt, gehängt wurden –, zu Ehren Purims der Esterrolle entnommen, verbarg sich die Geheimoperation zur Räumung des Stützpunktes Ma'aleh Chermesch 3, und zwar sämtlicher Bewohner und Häuser. Der festgesetzte Termin war in zwei Tagen, an Jonis letztem Tag in der Armee. Tatsächlich war sie für den Tag danach geplant gewesen, doch der Befehlshaber des Zentralkommandos hatte die Vorziehung angeordnet, da es ein Missverständnis in der Koordination mit der Sondereinheit der Polizei gegeben hatte. Die Operation »Bigtan und Teresch«, so erläuterte Omer, würde einen Zusammenfluss massiver Kräfte grüner, blauer und schwarzer Uniformen mit Hummers und Panzerfahrzeugen beinhalten, eine Techniktruppe mit Planierraupen zur Zerstörung der Gebäude, ein Psychologenteam, zwei Armeeambulanzen und einen Helikopter, in dem der Befehlshaber des Zentralkommandos und der Sicherheitsminister kreisen würden. Im Gefolge der gelungenen Zerstörung des Zimmers war beschlossen worden, dem Unfug ein Ende zu setzen. Die scharfe Reaktion hatte sich bewiesen. Zackzack rein, zerstören, evakuieren, und raus. Ohne Verhandlungen, ohne Schwachsinn im Kopf. Man hatte genügend Jahre Schwachsinn verzapft, und alle hatten es satt: das Gericht, der Befehlshaber des Zentralkommandos, der Sicherheitsminister, der Präsident der Vereinigten Staaten. Der Stützpunkt war nicht aus den Schlagzeilen verschwunden und galt immer noch allen als Beweis für die Ohnmacht des Sicherheitsministers gegenüber der Armee, der Regierung gegenüber den Siedlern, der amerikanischen Regierung gegenüber der israelischen und so weiter und so fort. Genug. Allen reichte es.

Wenn Omer in Begeisterung geriet, röteten sich seine Wangen. Er erklärte Joni, weshalb er es satthatte: der Ort, die Menschen, die Lachnummer, die sie aus ihm machten. Früher mal, als er gerade erst in der Gegend eingetroffen war, hatte er gedacht, wenn er die Interessen der Siedler verteidigte und kooperierte, würde ihm das, eine Hand wäscht die andere und so, helfen, in der Armee voranzukommen, aber er sei sich nicht mehr sicher, ob das stimmte. Er hatte Offizier zu sein, kein Politiker. Er habe eine Aufgabe auszuführen: eine durchgreifende, erfolgreiche Evakuierung.

Joni verstand nicht, wieso ihm an seinem letzten Tag beim Militär eine komplizierte militärische Operation aufgehalst werden musste, warum man es nicht um einen Tag verschieben und ihn in Ruhe nach Hause gehen lassen konnte. Doch er blieb seiner Armee und seinem Kommandeur treu. Er versprach, die erforderlichen Vorbereitungen durchzuführen, es konnten jedoch nicht allzu viele sein, denn die Truppen würden überraschend eintreffen. »Na ja, vielleicht wird es keine Überraschung sein, denn sie haben die Zerstörungsbefehle für dieses Datum. Andererseits haben sie eine Menge solcher Befehle in der Vergangenheit gekriegt, also glauben sie garantiert nicht, dass es wirklich passieren wird.«

Während sie in Jonis Wohnwagen, auf dem Eisenbett sitzend, miteinander sprachen, waren draußen die Pieptöne eines großen Lastwagens im Rückwärtsgang zu hören. »Was ist das?«, fragte der Offizier. Feldwebel Joni zuckte die Achseln.

»Was wird das, Herzliko?«, wollte Omer eine Minute später von Herzl Weizmann wissen, der draußen stand und mit seinen Gipsarmen einen Lastwagen mit einem riesigen Kran darauf dirigierte. Auf der Seitenwand des Lasters stand »Die Stromgesellschaft Israels«. Omer erhielt keine Antwort und wiederholte: »Was soll das werden?«

Herzl drehte sich um. »Ah, der ehrenwerte Herr Offizier«, lächelte er. »Wie geht's?«

Omer versuchte ein drittes Mal zu fragen, diesmal pantomimisch.

»Stromgesellschaft«, lautete Herzls Antwort, was natürlich offensichtlich war.

»Ist mir aufgefallen«, entgegnete Omer. »Aber was machen sie?«

»Mir scheint, sie hängen die Siedlung endlich ans Stromnetz. Ist Zeit geworden, oder?«

»Aber…« Omer wollte und konnte die Tatsache, dass die Siedlung sehr bald keinen Strom mehr brauchen würde, nicht offenbaren, und Herzl Weizmann war sowieso nicht der geeignete Mensch für diese Konfrontation mit der Wahrheit. »Woher kommt das? Ich meine, wer …«

»Hören Sie«, erwiderte Herzl, »ich weiß bloß, was ich weiß.«

»Und was wissen Sie?«, fragte Omer.

»Dass Nathan Eliav angerufen und mich gebeten hat, heute früh zu kommen und den Kameraden von der Stromgesellschaft zu helfen und für sie den Unterbau zu machen.«

Omer drehte sich um und entfernte sich, während er auf die Tasten seines Mobiltelefons drückte. Ein kleiner Menschenauflauf entstand um den Lastwagen, und Freudenbekundungen waren zu hören. »Wie passend, an Purim!«, sagte Neta Hirschson, unter deren Achselhöhlen zusammengerollte Kartonpapiere steckten. »Für die Juden aber war Licht und Freude! Sagt mal, warum können die von Bezek die Leitungen hierher nicht auf dem Weg verlegen? Cellcom ist am Boden, und die Palästinenser mit ihrem Pal-tel dominieren die ganze Zeit den Empfang, ganz zu schweigen vom Preis …«

Der Regimentskommandeur, der Brigadekommandeur, der Divisionskommandeur und der Befehlshaber des Zentralkommandos zeigten sich überrascht. Der Sicherheitsminister wusste von nichts. Sein Assistent Malka dachte, er habe etwas von Strom in irgendeinem Stützpunkt läuten hören, aber sicher war er sich nicht. Der Leiter des Schabak, des Nachrichtendienstes, tappte im Dunkeln. Ein schneller Telefonrundruf erbrachte für Omer folgende Information: Uriel Zur, inzwischen stellvertretender Touristikminister, hatte sein ganzes Gewicht geltend gemacht bei seinem Parteifreund, dem Energieminister – und Mitglied der Synagoge im gleichen Jerusalemer Viertel, mit dem er vor Jahren zusammen in der Jeschiva gewesen war –, der gerade an jenem Morgen mit dem Infrastrukturminister in ähnlicher, wenngleich anderer Sache zusammenkam, und ihn davon überzeugt, die vorläufige Genehmigung zu unterschreiben, eine Stromleitung von der Siedlung Ma'aleh Chermesch zum Stützpunkt Ma'aleh Chermesch 3 zu legen, der seinen Generator eingebüßt hatte.

»Wissen diese ganzen Leute, dass der Stützpunkt in zwei Tagen geräumt wird?«, fragte Omer seinen Brigadekommandeur.

»Sicher«, erwiderte der Brigadekommandeur. »Aber es wird eine Kältewelle in den nächsten Tagen erwartet. Sie wollten sie nicht ohne Strom lassen. Es ist unmöglich, israelische Staatsbürger so den Härten der Natur auszusetzen. Wir sind schließlich keine Unmenschen, nicht wahr? Es ist einfacher, eine Leitung zu legen, als einen neuen Generator hinzubringen. Niemand hat Geld für einen Generator. Und Genehmigungen, jetzt einen Generator aufzustellen, mit der Einfrierung, daran glaubt kein Mensch. Außerdem, das wird ihre Wachsamkeit einschläfern. Sie werden zwei Tage nach dem Stromanschluss keine Evakuierung erwarten. Oder etwa nicht?«

»Aber wissen es die Minister und der Befehlshaber des Zentralkommandos?«, machte Omer noch einen Versuch.

»Ja, ja, alle wissen es. Das heißt, wer es wissen muss …«

Omer beendete das Gespräch und drehte den Kopf wieder der Versammlung zu. Joni neben ihm sagte: »Jetzt fällt ihnen ein, Strom zu legen? Schschsch-scheibenkleister.« Neta Hirschson trat an die Anzeigentafel in der Spielplatzanlage.

Omer folgte ihr mit seinem Blick, kniff die Augen zusammen. »Komm, Joni, gehen wir mal nachschauen, was sie dort macht.«

Sie hängte ein großes Kartonpapier neben den Zerstörungsbefehl, der sich gut behauptet hatte. Sie bemerkte, dass Omer und Joni hinter ihrer Schulter standen, und ignorierte sie zuerst, doch dann bat sie Joni, mit einem Finger draufzudrücken, damit sie einen Reißnagel befestigen konnte.

»Was ist Adlojada?«, fragte der Soldat. Neta überging die Frage, aber Joni las den Rest der Ankündigung. »Ah! Das ist an meinem letzten Tag hier. Du machst ein Fest zu meinem Abschied?«

Neta beschäftigte sich weiter mit den Reißnägeln und gab keine Antwort. Doch dann entschloss sie sich, den Boykott zu beenden und wandte sich Joni zu. »Sicher, komm, warum nicht, vielleicht verkleidest du dich auch mal als Mensch.« Anschließend wandte sie sich an Omer. »Und du kannst dich ja vielleicht als Soldat der israelischen Verteidigungsarmee verkleiden, der die Bürger seines Staates vor den Arabern schützt, statt sie zu vertreiben? Schäm dich, diese Woche ist Schabbat Zachor – denke daran, was die Amalekiter Israel angetan haben. Du bist Amalek, der Hass.«

Omer, der verdutzt mit den Augen blinzelte ob der Einladung, grinste. »Wollen Sie das hier am Spielplatz machen? Mitten im Winter? Sind Sie verrückt geworden? Haben Sie nicht gehört, dass Frost erwartet wird?«

»Schaut mal an, wer da fragt, ob ich verrückt geworden bin. Ich hab's gehört. Ich hab keine Angst. Die Wärme in unseren Herzen wird uns warm halten. Komm, freu dich, es wird Überraschungen geben, es wird lustig sein. Misch dich ein bisschen unter dein Volk, was ist?«

Neta hatte es geschafft, ein bescheidenes Budget von Nathan Eliav und Otniel bewilligt zu bekommen. Sie schickte Jenia Freud los, um Hamantaschen zu backen und andere Happen zuzubereiten, rief eine Jerusalemer Tonfirma an, um einen Discjockey und ein Soundsystem zu bestellen, organisierte ein freies Fahrzeug und einen Fahrer, der sie nach Jerusalem fahren würde, um Preise für den Kostümwettbewerb und Rasseln für die Verlesung der Esterrolle einzukaufen. Dann hatte sie sich des Unterhaltungsteils des Abends angenommen: Sie rief Coco an – der Gerüchteküche nach ehemals Platz 2 für Frankreich in irgendeiner Eurovision in den Siebzigerjahren –, die neo-orthodox geworden und nach Israel eingewandert war, sich in Ma'aleh Chermesch niedergelassen hatte und hin und wieder als Countrysängerin mit einem Nachbarn auftrat, der phantastisch Banjo spielte. Coco jedoch, der Herr erbarme sich, war an Krebs erkrankt, unterzog sich Behandlungen im Hadassa-Krankenhaus und würde, mit Hilfe des Herrn, erst in einigen Monaten wieder auftreten, also schloss Neta mit der Hochzeitsband Die Kolonisatoren aus Ma'aleh Chermesch ab, die versprachen, dass es fröhlich zugehen würde, und ihr einen Rabatt »zu Ehren des Geburtstags von Gimel«, Ma'aleh Chermesch 3, gaben.

Omer betrachtete die große Ankündigung mit anerkennendem Staunen. »Adlojada! Ein großes Purimfest!«, verkündete sie. »Tage von Gastmahl und Freude! Fünf Jahre Ma'aleh Chermesch 3! Vereinen wir uns gegen Haman, den Bösewicht, und das Vertreibungsurteil! Für die Juden sei Licht und Freude im Lande Israel! Kostümwettbewerb! Die Gruppe Die Kolonisatoren!« Omer ließ seinen Blick ein paar Zentimeter nach links gleiten, von der Einladung zu dem Zerstörungsbefehl: Das Datum war dasselbe, der 28.2.2010, auch das hebräische Datum, der 14. Adar 5770, um Missverständnisse zu vermeiden, die Botschaft allerdings ein bisschen anders. Was für eine Schizophrenie, dachte er. Er schüttelte verwundert den Kopf.

»Kommt, kommt nur«, milderte Neta ihren Ton. »Wir feiern auch den Stromanschluss und den Abschied von Joni, wenn ihr wollt. Und auch …« Sie streichelte stolz ihren Bauch. Es würde noch eine Weile vergehen, bis er sich herauswölbte, doch der ganze Hügel wusste schon Bescheid über die Schwangerschaft, von der Erfüllung ihrer Gebete durch den Heiligen, gelobt sei er, von der Quittendiät, die ihr die Heilerin angeraten hatte, von der Empfehlung der Rabbinerin, den Namen ihres Mannes in Israel zu ändern und ihrem Namen noch Bracha, die Gesegnete, hinzuzufügen, nach derjenigen Bracha, die mit dem Wasser aus dem Jordan gesegnet wurde. Neta murmelte: »Gepriesen sei sein Name«, und hob die Augen zum Himmel, und die beiden Soldaten folgten instinktiv ihrem Blick. Dann straffte sie die Kapuze auf dem Kopf und ging weg.

Das Fest

Der Frost landete im Laufe der Nacht auf dem Hügel, und am Morgen jenes Tages funkelte er in millionenfacher Brechung zwischen Erdschollen, Arbeitsgerät und Kakteen, auf umgekippten Kinderfahrzeugen und Autofensterscheiben. Der Tag schlug mit breitem Gähnen die Augen auf, und es sollten Stunden vergehen, bevor er den Frost abstreifen würde. Neta Hirschson schnitt sich, nach dem morgendlichen Erbrechen, behutsam eine Birne auf, trank Apfelsaft in winzigen Schlückchen, und bevor sie hinausging, führte sie letzte Nachbesserungen an ihrem Kostüm durch und schaffte es sogar noch, ein aufgebrachtes Talkback in den zu linkslastigen Raum des Internet zu versenden. Ihr Mann Jean-Marc erinnerte mit dem Segen über seiner Mahlzeit an die Rettung der Juden durch Ester, an das Purimwunder, stellte dem morgendlichen *schmone-esre* den Zusatz *al hanissim*, von den Wundern, voran, und dann verschlang er ein Frühstück mit Eiern und Toast, einem Croissant mit Butter und Marmelade und hatte noch Platz für Cornflakes mit Milch.

»Ich hab gedacht, ich bin diejenige, die Essattacken haben sollte«, bemerkte Neta.

»Ich bin noch vom Fasten gestern Abend erledigt«, redete sich Jean-Marc heraus.

Die Synagoge war voll und festlich. Chilik amtierte als Vorbeter. Er sprach den Dankessegen des Achtzehngebets und fuhr fort mit »In den Tagen von Mordechai und Ester«, ging dann zur Thoralesung über, dem Abschnitt aus Exodus »Da kam Amalek«, sprach den Segen »Der du uns geheiligt durch deine Gebote und uns befohlen, die Megilla zu lesen … der du Wunder erwiesen … der du uns hast Leben und Erhaltung gegeben …«, und dann wurde die Megilla, die Esterrolle, vorgelesen, die Rasseln klapperten in den Köpfen der Betenden, schlugen den Amalek-Nachkommen Haman und seine zehn Söhne, die Lippen murmelten vereint, die konzentriert dichtgedrängten Leiber ließen die frostige Luft tauen, die von draußen hereinkroch, und danach folgte »Der du unseren Streit führst« und am Schluss »Jakobs Rose jauchzte und freute sich …«

Otniel flüsterte mit Chilik unter vier Augen am Ausgang der Synagoge. In den letzten Tagen herrschte vollkommene Stille aus Richtung der Armee. Otniel war, seiner Natur gemäß, darüber beunruhigt und Chilik seiner Art nach ermutigt. »Sie wagen es nicht, an Purim etwas zu machen, und noch dazu, ohne es anzukündigen«, meinte Chilik.

»Schau dir das Datum an, das hier eingetragen ist«, versetzte

Otniel und deutete auf den Zerstörungsbefehl, der an der Synagogenwand hing. Der 14. Adar war dort als endgültiger und unwiderruflich letzter Termin für die Bewohner verzeichnet, ihre Häuser zu räumen. »Das ist heute. Diese Stille von ihrer Seite, ich weiß nicht. Ich hab versucht, Giora gestern anzurufen, um ihm ein frohes Fest zu wünschen, mich ein bisschen umzuhören. Er hat mich noch nicht zurückgerufen. Das passt nicht zu ihm.«

»Sie werden es nicht wagen«, stellte Chilik entschlossen fest. »Sie haben nicht darauf geachtet, dass das an Purim ist, weil sie dumm sind, das ist nicht das erste Mal. Und falls sie es wagen, Purim ist ein Tag der Wunder, der Aufhebung von Urteilen.«

»Es gefällt mir nicht.« Otniel Asis nestelte mit der Linken an seinem Bart und legte seine Rechte liebevoll auf den Nacken des Knaben, der ein Schalom-Achschav-Hemd und eine Glatzkopfperücke aus Gummi trug, ein rundes Brillengestell und einen Ohrclip von seiner Mutter, und an einer Friedenspfeife nuckelte, die in seinem Mundwinkel hing. Sein Sohn Jakir, als Linker verkleidet. Er hielt eine Speisekarte in der Hand, die ihm Moran aus einem Tel Aviver Café mitgebracht hatte. Unter den Gerichten waren auch völlig unkoschere Shrimps und Meeresfrüchte. Kinder und Erwachsene wollten es sehen, blätterten in der Speisekarte mit belustigter, bestürzter Gier. »Sie haben es gewagt, Gabis Zimmer zu zerstören«, erinnerte Otniel, »auch damals hast du gesagt, sie würden es nicht wagen, oder nicht?« Seiner Meinung nach war es unmöglich, sich auf den Status quo oder auf die Logik zu verlassen, denn die waren bereits aufgehoben.

»Das war eine andere Geschichte. Naturschutzgebiet. Die Landschaftsbehörde. Außerdem, was denn, würden sie Strom legen vor einer Räumung?«, wandte Chilik ein.

Otniel war nicht überzeugt: »Ich sag dir, die brüten was aus.« Er kannte die Behörden und Instanzen seit zu vielen Jahren, um nicht zu wissen, dass man sich auf nichts verlassen durfte, dass man sich von ihnen nie einlullen lassen oder nie ein Auge zutun durfte.

Eine Idee keimte in seinem Gehirn auf. Er erinnerte sich an einen außergewöhnlichen Vorfall, der sich in Samaria einige Jahre zuvor ereignet hatte. Er sah Roni aus dem Augenwinkel, mit Lockenperücke und runder Plastikbrille, und trat zu ihm. Ohne weitere Einleitung trug er ihm die Idee vor. Roni kicherte, als hätte er eine amüsante Purimgeschichte gehört, und trank aus seiner Bierflasche. Otniel sagte, es sei ihm ernst. Roni nahm noch einen Schluck und dachte nach. Otniels Idee klang abgefahren, doch das konnte die Gelegenheit sein. Es war sein letzter Tag, und er wollte sich von allen im Guten verabschieden, also warum nicht auch von Mussa Ibrahim? Immerhin hatten sie ein paar Monate gemeinsamer Arbeit, gemeinsamer Hoffnungen hinter sich gebracht, eine Art Freundschaft, könnte man sagen. Stimmt, er war von dem hässlichen Ende seines Geschäftsprojekts enttäuscht gewesen und hatte sich verraten gefühlt, aber *jalla*, es war Purim. »Aber allein geh ich nicht«, sagte er zu Otniel.

»Vielleicht mit deinem Bruder?«, schlug Otniel vor.

»Ausgeschlossen«, gab Roni zurück.

Otniel dachte nach, und dann sah er die Antwort direkt vor seinen Augen. »Hier, nimm diesen Schalom-Achschavnik mit. Ideal!« Er legte die Hand auf den Arm seines Sohns Jakir.

»Deinen Jungen?« Roni hob eine Braue nach Harry-Potter-Manier. »Du lieber Himmel, hast du keine Angst um ihn?«

»Es ist eine Menge Militär in der Gegend. Es wird schon gut gehen. Außerdem, nehmt das mit, zur Sicherheit.« Otniel hob seine Hemdzipfel hoch und enthüllte die Desert Eagle VII, die in seinem Hosenbund steckte.

Die gegensätzliche Herangehensweise von Otniel Asis und Chilik Jisraeli präsentierte mehr oder weniger die geteilte Seele fast eines jeden Hügelbewohners: Furcht vor der Macht, Blindheit und Opportunismus oder vielleicht auch Hinterhältigkeit des Sicherheitsministers und seiner Heerscharen auf der einen Seite, und auf der anderen der Glaube an die Rechtmäßigkeit des Weges und an den Heiligen, gelobt sei er, der uns am Festtag aus ihrer Hand erretten wird, ganz sicher doch nach dem Fasten, den Bußgebeten, den Segenssprüchen und der Spende an die Armen. Daher zeigten sich jedes Mal, wenn das Tuckern eines Motors jenseits des Torpostens aufklang, besorgte Blicke, die auf das Auftauchen des Fahrzeugs und die Botschaft warteten, die seine Identifizierung bereithielt.

Als Erster traf Herzl Weizmann mit seinem großen Gefährt ein und begann umgehend, mit zwei Arbeitern die Spielplatzanlage für das Fest zu präparieren: eine Bühne, Ständer für Beleuchtung und Lautsprecher, Stromkabel, vorübergehende Demontage aller abbaubaren Installationen, und in der Mitte des Spielplatzes wurde ein Laken zur Unterteilung von Männern und Frauen aufgezogen.

Als nächste in der Reihe kamen vier quicklebendige, fruchtbare Ziegen, ein Neuzugang für Otniels Hof. Vor lauter Aufregung hatte er die Lieferung beinahe vergessen, doch siehe da, hier waren sie in voller Pracht mit ihren Dutzenden Kilos, ihrer spärlichen Wolle und den vollen Eutern. Und nicht nur das, dem Fahrerhäuschen entstieg auch noch eine holländische Schönheit, mit Holzpantinen, eine glänzende blonde Perücke auf dem Kopf, schwer geschminkt, mit künstlichen Wimpern, in einem puppenhaften, europäischen Kleid. Die Augen brauchten einen Moment der Angleichung und Justierung, eine feine Bilanzierung zwischen der Erinnerung an die Gesichtszüge und der Erkenntnis, dass Purim war – Gittit!

Joni erlitt fast einen Herzinfarkt beim Anblick der glatthäutigen, holländischen Schönheit, und gleichzeitig war er verstört. Die Truppen sollten seit dem Morgen hier sein, doch Omer antwortete nicht am Mobiltelefon, und alle hier waren in ihren Kostümen und in Feierstimmung, und die Kälte fraß sich trotz der gefütterten Montur, der Pudelmütze, der doppelten Schicht Unterhemden und den langen Unterhosen in seine Knochen. Ein weiteres Motorbrummen war zu hören, Joni hob den Blick, und von der Höhe seiner ein Meter siebenundsechzig aus erspähte er den Wagen der Jerusalemer Tonfirma, deren Mitarbeiter rasch Kisten ausluden, Lautsprecher und Beleuchtung montierten und anschlossen. Nach ihnen trafen Die Kolonisatoren ein, vier bebrillte Siedler mit Häkelkipas in harmonisch abgestuften Farben, billigen schwarzen Jacketts und schmalen Klavierkrawatten aus den Achtzigerjahren, führten einen schnellen Soundcheck durch und gingen etwas trinken.

Musik brach aus den Lautsprecherboxen, die in den Ecken des Spielplatzes aufgestellt worden waren. »Wenn Adar kommt«, aus irgendeiner Sammlung von Purimliedern. Silbrige Wolken sammelten sich am Himmel. Omer antwortete endlich und brachte Joni auf den aktuellen Stand. Man wartete auf die finale Genehmigung. Es hatte eine Dringlichkeitssitzung beim Generalstabschef gegeben – während des Fests evakuieren oder nicht, einen Hubschrauber aufsteigen lassen, ja oder nein. Als ob man diese Operation nicht tagelang geplant hätte. Als ob sie nicht gewusst hätten, dass es ein Feiertag ist und dass die Gültigkeit der vom Obersten Gerichtshof des Staates Israel ausgestellten Befehle auslief. Omer bat Joni, sich keine Sorgen zu machen. »Ich mach mir keine Sorgen, Kamerad«, sagte Joni mit klappernden Zähnen. »Morgen bin ich in der Hauptbasis zur Entlassung, mit oder ohne Aktion.«

»Was für eine Aktion?«, fragte ihn ein großer Pinguin. Es war Scha'ulit Rivlin, die in Begleitung einer orangefarbig bezopften, sommersprossigen Pippi, ihrer ältesten Tochter Amalia, zum Militärwohnwagen gekommen war, um bunte Purimgeschenke zu verteilen.

»Bloß so, es gibt da irgendeine Sonderaktion für eine Stereoanlage, die ich kaufen will, ein Entlassungsgeschenk.« Sein zögerndes Lächeln gab seine weißen Zähne frei.

»Warum bist du noch nicht verkleidet?«, schimpfte ihn Amalia, und er antwortete: »Ähh … ich verkleide mich gleich …«

»Als was?«, hakte das Mädchen nach.

»Amalia, das ist ein Geheimnis!«, warf die Pinguinin ein und zwinkerte ihm aus ihrem Fellkopf heraus zu. Sie entfernten sich Hand in Hand zum Spielplatz, von dem jetzt »Kleiner, netter Clown« plärrte.

Die Spielplatzanlage füllte sich zunehmend. Wein- und Bierflaschen standen auf dem Tisch in einer Ecke neben Tellern mit Bissli Grill und Chipsletten, denn wie die Amoraim, die talmudischen Weisen, sagen – der Mensch muss sich an Purim berauschen, *ad-delo-jada*, bis er zwischen dem gelobten Mordechai und dem verfluchten Haman nicht mehr zu unterscheiden weiß.

Die Kolonisatoren stiegen auf die Bühne und eröffneten mit »Jakobs Rose«. Der elfeinhalbjährige Chanania Asis hatte sich mit Hilfe einer Menge Kartons und Silberpapier in ein schnittiges Raumschiff verwandelt. Zu seiner Enttäuschung erreichte er nur den dritten Platz beim Kostümwettbewerb. Bigfoot dagegen, der Schneemensch, als der sich der fünfjährige Boaz Jisraeli verkleidet hatte, indem er sich in ein Laken mit Augenlöchern und aufgenähten Wattestreifen wickelte, sollte mit seinem vierten Platz durchaus zufrieden sein. Gavriel Nechuschtan war Kareem Abdul-Jabbar im grünen Trainingsanzug mit Sportsocken und hohen Basketballschuhen, ein Schweißband um den Kopf und Gelenkschützer an den Händen, mit einem platten Ball unterm Arm, der einmal Schimi Gottlieb gehört hatte. Sein Bruder Roni antwortete den Kindern, die ihn fragten, als was er sich verkleidet hatte, mit »Harry Potter«, und Elazar Freud stellte Herzl im schwarzen Anzug mit schwarzem Bart dar – bis kurz bevor er das Haus verließ, hatte er gedacht, er sei König David, doch er hatte kein Zepter oder einen roten Bart gefunden. Jean-Marc Hirschson war ein israelischer Armeeoffizier – hatte seine Reservedienstuniform aus dem Schrank gezogen und auf seine Brust eine mosaikartige Palette von Nadeln von Kriegsveteranen geheftet sowie silbergeflügelte Spangen von Kommandoeinheitskämpfern.

Ein weiteres Fahrzeug knatterte herauf, und alle drehten die Köpfe. Es handelte sich nur um den Subaru von Nir Rivlin – »was für ein Zaddik ist mein Herr«, flüsterte Neta jedes Mal, wenn sie erkannte, dass es sich nicht um feindliche Horden handelte. Allerdings saß nicht Nir Rivlin hinterm Steuer, sondern Rambo mit seinen blutigen Narben, aufgepumpten Muskeln und zerrissenen Kleidern, einem Plastikmaschinengewehr und einem Patronengürtel. Zwei Dreijährige verstärkten ihn als bewaffnete Kohorte: Nefesch Freud, der Polizist, und Schuv-El Asis, der mit Knallern reichlich ausgerüstete Cowboy, der einen Bamba-Riegel unter seinem aufgemalten Schnurrbart aß. In diese Liste konnte man auch Josh mit aufnehmen, als arabischen Terroristen, die rötliche Haarfülle von einer Kafija bedeckt und den zwingenden großen Schnurrbart, aus Plastik, über seinen Lippen. Die Kolonisatoren gingen zu einer fröhlichen Melodie der Chabad-Chassidim über und anschließend zu einer Rockversion von »Ich bin Purim«.

Gabi-Kareem-Abdul-Jabbar verfolgte angespannt die Begegnung von Nir-Rambo und Scha'ulit, der Pinguinin. Er fühlte sich wie ein kleiner Junge in einer Ecke des Fests, der jede Bewegung seiner Liebsten beobachtet, in banger Erwartung auf einen Slow. Was ist los mit mir, fragte er sich. Wenn die Pinguinin an ihm vorbeiging oder ihm einen ansatzweise lächelnden Blick zuwarf, wurden ihm die Knie weich.

Rachel Asis war Schneewittchen und ihr Mann Otniel – mit Hilfe einer widerspenstigen Locke, einem schwarzen Hut, der der eines Rabbiners hätte sein können, einem roten Glitzeranzug und Schminke um die Augen – Michael Jackson. Und außer ihrer Tochter, der Holländerin, und ihren Söhnen – dem Linken, dem Silberraumschiff und dem Cowboy – hatten sie in der Familie eine vierzehnjährige Archäologin in Khakimontur mit Vergrößerungsglas – Debora – und eine rote Paprikaschote, mit einer weichen Spezialgummihaut überzogen, die maßgeschneidert und feuerrot gefärbt war und der sechsjährigen Emuna den zweiten Platz im Wettbewerb bescherte.

Joni fand ein braun-weiß gestreiftes Sweatshirt und zog aus dem Kasten mit der Sicherheitsausrüstung echte Stahlhandschellen, die er an seine eine Hand fesselte – ein Häftling. Jehu war Königin Ester, geschminkt mit dicken Seitenlocken, und sein Pferd Killer trug eine Nikolaushaube aus Bethlehem. Jenia Freud hatte sich als Supermarktkassiererin verkleidet, mit einem weißen Kittel, ausladender Brille, zusammengesteckter Frisur und dem Mantra »Haben Sie eine Kundenkarte?«. Chilik, Nechama und Schneur hatten sich im Pulk als Bräute verkleidet. Die Babys Zebuli Rivlin und Jemima-Me'ara Jisraeli hatten klitzekleine Sonnenbrillen und Spielzeuggitarren bekommen und wurden als Rockband definiert. Und Neta Hirschson hatte von zu Hause ihr professionelles Kosmetikset mitgebracht und geholfen, die Kinder zu schminken, und anschließend übernahm sie die zeremonielle Leitung: segnete die Ankömmlinge und schmähte die Obrigkeit, riet dazu, zu essen und zu trinken, und dankte den am Werk Beteiligten. Sie selbst war als orangefarbene Tigerin verkleidet, mit Pelz und scharfen Krallen.

Den ersten Platz gewann: Tchelet Rivlin, drei Jahre alt, als Maiskolben verkleidet, über und über mit Noppen bedeckt, die von Scha'ulits geduldiger Hand im Laufe von Wochen angenäht worden waren, ein blassgelbes, echtes Maiskleid. Die Idee stammte von Tchelet, die Arbeit gemeinsam von ihr und ihrer Mutter, einschließlich der Kopfbedeckung aus wärmendem Fleece, die in der richtigen Form und der passenden Größe mit Schlitzen für Augen, Nase, Ohren und Mund genäht worden war. Perfekt, wie Neta Hirschson bei der Verleihung des Preises zugab – ein Thorabuch, eine feierliche Geschenksendung und zwei Karten für die zentrale Adlojada-Feier in den Binjanei Ha'uma, den Kongressgebäuden in Jerusalem am gleichen Abend, mit Auftritten von Avraham Fried und Mordechai Ben David mit chassidischen Liedern.

Ausgerechnet den Jeep von Omer hörten sie nicht. In diesem Stadium hatte das Fest seinen Höhepunkt erreicht, die Band spielte nach dem Kostümwettbewerb und den Reden wieder mit erhöhter Lautstärke. Leere Weinflaschen häuften sich am Rand, Wolken verfinsterten den Himmel, die durchdringende Kälte war dank der dampfenden Körper der beiden kleinen, zusammengedrängten Grüppchen, hier die Frauen, da die Männer, fast in Vergessenheit geraten. Roni-Harry-Potter erzählte seinem Bruder Gabi-Kareem-Abdul-Jabbar, dass er beschlossen hatte, die Siedlung zu verlassen, aber Kareem konzentrierte sich mehr darauf, Scha'ulit-Pinguinin zum Sieg ihrer Tochter beim Kostümwettbewerb zu beglückwünschen, worauf ihm die Pinguinin dankte und zuflüsterte, dass Nir-Rambo Tchelet-Maiskolben zu der Vorstellung in den Jerusalemer Kongressgebäuden heute Abend mitnehmen würde, vielleicht wollte Kareem also auf einen Sprung bei ihr vorbeischauen? Am Trennlaken tuschelte Jehu-Königin-Ester mit Josh-Araberterrorist, Joni-Häftlings Blicke hingen an Gittit, der üppigen Holländerin, die unter der strengen Aufsicht von Otniel-Michael-Jackson stand, und Elazar-Freud-Herzl separierte sich mit Jean-Marc-Armeeoffizier, beglückwünschte ihn zu Neta-Tigers Schwängerung und nahm Nefesch, den Polizisten, auf den Arm, der bitterlich weinte. Tränen würgten auch im Hals von Chanania-Asis-Silberraumschiff, der sicher gewesen war, dass er den ersten Platz gewinnen würde, und nur den Trost von Rachel-Schneewittchen gewann. Purimstimmung vom Feinsten.

Und da kamen die Soldaten.

Das Feuer

Ein Hubschrauber stand am Himmel. Aller Augen wandten sich ihm zu und auch dem David Jeep Hauptmann Omer Levkovitschs. Besorgte Blicke wurden ausgetauscht.

Otniel machte Roni ausfindig und sagte zu ihm: »Es wird Zeit. Macht euch auf den Weg.«

Harry Potter schenkte Michael Jackson, der da zu ihm sprach, einen blanken Blick, die, wie an Purim verlangt, wer weiß wievielte Bierflasche in der Hand. Dann fiel es ihm ein. »Ah! Stimmt! War das dein Ernst, ja?«

»Ja«, erwiderte Otniel.

»Nein, nur weil Purim ist und so, und woher soll man wissen, was …«

»Mein Ernst«, stellte Otniel fest.

Roni fand Jakir, den Schalom-Achschavnik-Friedensaktivisten, und sagte zu ihm: »Komm, wir gehen.«

Jakir, der auch paar Gläschen getrunken hatte, erwiderte: »*Jalla.*«

Otniel sagte: »Apropos *jalla*, nehmt auch den Araber mit.« Er deutete auf den maskierten Kafijaträger.

»Josh?«, fragte Jakir.

Das Trio machte sich auf den Weg.

Nach Omers Jeep trafen Hummers ein. Und Panzerfahrzeuge. Und Planierraupen. Eine lärmende, schwere Kolonne. Das Soundsystem der Jerusalemer Tonfirma mischte die Instrumentierung des Purimlieds »Und auch Charbona« von den Kolonisatoren etwas überraschend in ein Lied der Rockgruppe Maschina.

Michael Jackson fragte, wie kann das sein? Eine männliche Braut aus dem Dreiergrüppchen sagte, das sei unfassbar. Die Tigerin brüllte: »Hamas!«, und Schneewittchen schrie: »Was? Am Fest? Schämt ihr euch nicht?« Michael Jackson zog sein Telefon heraus und rief seinen Freund, den Befehlshaber des Zentralkommandos an. Kein Ton, keine Antwort. Die Kolonisatoren sangen nun: »Er ritt nach Palästina, auf einem zweihöckrigen Kamel.« Rambo stellte fest: »Was für ein Chaos«, wobei unklar war, ob er weinselig oder besorgt über die Entwicklungen war. Kareem Abdul-Jabbar suchte seine Pinguinin, und der Häftling erhielt Order, bei seinem Vorgesetzten anzutreten, doch auch er hatte etwas getrunken, verdammte Scheiße, das war sein letzter Tag beim Militär, er durfte doch feiern. Die Hunde bellten, die Kolonne hielt, und Soldaten und Polizisten der Sondereinheit stiegen mit versiegelten Gesichtern aus den Fahrzeugen.

Zum arabischen Dorf marschierten Harry Potter, ein rothaariger Araber und ein Linker, der in seiner Hand eine festliche Ladung Purimgeschenke trug, eine knisternde Zellophantüte mit Gummibonbons, vier Mini-Waffeln, Kokos-Schokolade-Keksen von Jenia Freud und noch ein paar Highlights für die Dorfbewohner. Jakir und Josh unterhielten sich leise über irgendein technologisches Thema, und Roni stapfte schweigend voraus, rauchte, spann Gedanken über Rina, die Kindergärtnerin, und ihren geschlossenen Kindergarten, in dem er seine Tel Aviver Nächte verbracht hatte. Sein Blick wurde von einer Wüstenlerche gefangen genommen, die überraschend über den dürren Hügeln aufstieg – flog sie in heißere Länder? –, und er erinnerte sich an sein letztes Gespräch mit Mussa. Mussa hatte angerufen und erzählt, dass sie ihm Bäume im Olivenhain verbrannt hatten. Roni spürte, dass er ihn im Verdacht hatte und anrief, um auszukundschaften, wo er war, doch er befand sich in Tel Aviv. Er versprach Mussa, Nachforschungen anzustellen. Er hatte es auch wirklich versucht, war jedoch auf eine Mauer des Schweigens gestoßen, die ihn an den Kibbuz erinnert hatte – es schien, als wüssten alle, wer was getan hatte, doch da sei Gott davor, dass jemand außerhalb darüber redete. Und Roni stand außerhalb. Sogar Gabi gab ihm dieses Gefühl: Vergiss es, steck deine Nase nicht da rein, lass uns unsere Angelegenheiten regeln. Roni fragte sich, inwieweit sein Bruder selbst Teil des inneren Zirkels am Hügel war, was er wusste. Er warf den Zigarettenstummel auf die weiche Erde und lächelte bitter. Er war ja nicht blöd. Ein Jahr lebte er nun hier, er kannte die Personen, die am Werk waren. Es war unschwer zu verstehen, wer der Mann am Hügel für solche Sonderaufgaben war, ob eigenmächtig oder im Auftrag der Gemeinde. Der schweigsame Junge auf dem Pferd namens Killer: Jehu.

Doch Roni erriet nur einen Teil der Wahrheit – Jehu war dort nicht allein gewesen.

Im Dorf Charmisch war es ein verschlafener Wintertag, der nur von der lautstarken Musik der Juden beeinträchtigt wurde. Irgendeine Frau blickte aus dem Küchenfenster und sah das Trio anrücken. Sie rief ihren Bruder, der ebenfalls aus dem Küchenfenster spähte und einen Freund anrief, und innerhalb weniger Minuten versammelte sich trotz der Kälte eine Gruppe Interessierter, die neugierig und verblüfft, belustigt und irritiert die drei Juden beobachteten, oder die zwei Juden und den Araber, die sich ihnen näherten.

Am Spielplatz Sheldon Mamelstein in Ma'aleh Chermesch 3 sagte jemand: »Oha, schaut euch das mal an.«

Damit gemeint war die Ausrüstung zur Auflösung von Demonstrationen – Helme, Schlagstöcke, große transparente Plastikschutzschilder. Die Soldaten und Polizisten erhielten die Befehle und nahmen Aufstellung gegenüber der Gruppe der kostümierten Gestalten. Nefesch Freud, der Polizist, zupfte am Ärmel seines Vaters und fragte: »Wer sind die, die sich auch als Polizisten verkleidet haben?«

Hauptmann Omer stieg auf die Bühne und verlangte das Mikrophon. Erst da hörte die Band auf, die langsame Walzerversion einer aramäischen Variante von »Adlojada« zu spielen.

Schweigen herrschte, während sich Omer räusperte und dann begann: »Hallo… guten Abend Ihnen allen. Ich bedaure, Sie beim Purimfest stören zu müssen. Aber die Regierung des Staates Israel hat beschlossen, diesen illegalen Stützpunkt zu räumen. Die Zerstörungsbefehle wurden vor zehn Tagen hier ausgehängt und haben jedem die Möglichkeit gegeben, in aller Ruhe und ohne Konfrontationen abzuziehen. Heute Morgen haben wir Befehl erhalten, herzukommen und denen behilflich zu sein, die noch nicht geräumt haben. Ich bitte Sie, zu kooperieren und uns zu helfen, die Evakuierung ruhig und mit Würde durchzuführen. Sollten Sie sich dafür entscheiden, nicht zu kooperieren, werden wir entsprechend reagieren. Und ich sage es Ihnen jetzt, damit Sie nicht behaupten können, nichts gewusst zu haben – wir sind stärker, wir sind vorbereitet, und es wird uns gelingen. Danke.«

Das Schweigen hielt noch einige Sekunden an. Und dann begann das Geschrei. Und das Spucken. Die Leute rannten in alle Richtungen. Das Trennlaken zwischen Frauen und Männern wurde heruntergerissen und zertrampelt. Panische Telefonanrufe. Tränen. Und wieso denn. Und warum gerade jetzt. Was für eine Gefühllosigkeit. Und was für eine hässliche Provokation. Und wieso fallen sie ausgerechnet über uns her, wo doch die Araber wie die Tobsüchtigen bauen.

Der Hubschrauber stand am Himmel, beobachtete. Eine Planierraupe zog langsam ihre Bahn am Hang des Hügels, vorbei an der Spielplatzanlage, und näherte sich dem ersten Wohnwagen, der sich gerade rechts von ihr befand.

»Moment, Moment, Moment mal, warum kann man denn nicht eine Sekunde reden?« Bei Chilik Jisraeli, mit dem Rouge auf den Wangen und der Wimperntusche, fiel der Groschen. Er stolperte auf Absätzen und im Brautkleid los, immer noch einen Blumenstrauß in der Hand, und versuchte, dem großen Bulldozer hinterherzurennen. Doch der Bulldozer hörte nicht zu. Neta-Tigerin und Rachel-Schneewittchen hielten sich die Hand vor den aufgerissenen Mund, konnten nicht glauben, was sie sahen, während der Schaufelteller der Planierraupe die Decke des Wohnwagens mit einem kreischenden, gellenden, herzzerreißenden Geräusch traf und das Dach zertrümmerte.

»Was soll denn das??!!«, heulte die Tigerin auf, bis ins Mark getroffen. »Verweigert sofort den Befehl! Verbrecher!« Jehu-Königin-Ester galoppierte auf seinem Pferd Nikolaus-Killer los, versuchte einen Ausfall in der Flanke, um den Bulldozer von vorn zu erreichen, doch dieser ließ sich nicht stören. Hauptmann Omer stand mit verschränkten Armen da und beobachtete das Geschehen.

»Hast du kein Herz? Ein verfluchter Haman bist du!«, schrie ihn eine Frau unter ihrer Verkleidung an. Nein, antwortete er sich selbst, ich habe kein Herz. Ich habe kein Mitleid. Ich hab's satt. Für eine Sekunde kreuzte sich sein Blick mit dem des Fahrers der Planierraupe, und er befahl ihm mit einer knappen Handbewegung, mach weiter, weiter. Und der Bulldozer machte weiter, zerstörte den Wohnwagen mitsamt Inhalt. Es hörte sich an wie die gewaltigen Schmerzensächzer eines Elefanten.

Der Häftling ergriff die Hand der Holländerin und zog sie gewaltsam mit, und sie, mit nachgebenden Knien, in völliger Verwirrung, ließ es geschehen. Ihr Vater war mit Versuchen beschäftigt, den Befehlshaber des Zentralkommandos zu erreichen, der die Operation vom Hubschrauber am Himmel aus leitete, und ihre Mutter konzentrierte sich darauf, Augenkontakt mit ihren kleinen Geschwistern zu bewahren. Sie folgte dem Häftling. Er gelangte zum Wachturm, stieg die Stufen hinauf und sie hinterher, ihre Hand immer noch in seiner. Oben am Turm drehte er sich um und nahm sie in die Arme, küsste sie auf die Lippen und sagte. »Ich bin verrückt, verrückt, verrückt geworden ohne dich.« Sie gab keine Antwort, erwiderte nur seinen Kuss, und mit einem dünnen Finger zeichnete sie eine Linie an seinem Hals nach. Er berührte mit ausgestreckter Hand ihre üppige holländische Brust. Sie erstarrte, hielt ihn nicht auf, konnte nicht. Sie war in einem Traum. Sie war gereinigt – am Morgen, in der Lehranstalt, war sie in die Mikve gegangen, hatte sich sogar auf Menstruationsblut hin untersucht, ohne besonderen Grund, wie sie dachte. Unten Geschrei, Aufruhr, angestrengter Motorenlärm, splitterndes Fiberglas, Tränengas, doch sie war ein üppiges holländisches Mädchen, das von einem Häftling auf einen hohen Turm entführt worden war. Sein kleiner Lockenkopf war zwischen ihren Brüsten, er schob ihren Büstenhalter weg, keuchend: »Ich bin verrückt, verrückt«, und sie hielt ihn nicht auf, hielt ihn nicht auf.

Jakir Asis war der Erste, der die Menschenansammlung bemerkte, die das Trio empfing, das auf Charmisch zuging, und lenkte hastig die Aufmerksamkeit seiner Marschgefährten darauf. Roni versuchte, friedliche Absicht zu signalisieren, indem er die Hand hob, lächelnd winkte und anschließend die zweite Hand hob. Aber als die Dorfbewohner Roni unter der Lockenperücke und hinter der Spielzeugbrille erkannten und neben ihm noch einen Juden, der als Araber verkleidet war sowie noch einen, der ganz komisch aussah, begann es zu brodeln. »Das ist Roni«, sagte einer, »was meint dieser Scheißer, was er da macht, wieso kommt er hierher? Bringt einen mit, der sich als Hadschi verkleidet hat? Spinnt der?«

Roni Kupfer war nicht sehr populär in Charmisch seit dem Anschlag auf die Olivenhaine des Dorfes. Er war der unmittelbare Verdächtige, weil er mit den Oliven zu tun hatte, wegen seines Geschäftsprojekts, das fehlgeschlagen war. Die Ermittlung der Abteilung zur Vereitelung staatlicher Unterminierung im Schabak hatte sich in einer einzigen Patrouille in den Olivenhainen und einer kurzen Befragung von Mussa Ibrahim erschöpft, und die Bewohner von Charmisch hatten keinen Grund gefunden, jemand anderen als Roni zu verdächtigen. Zwar hatte Mussa ihn angerufen, und er hatte behauptet, in Tel Aviv zu sein. Doch vielleicht war das ein inszeniertes Alibi? Vielleicht war er gefahren, um den Verdacht von sich abzulenken? Vielleicht hatte er gedungene Handlanger an seiner Stelle geschickt? Es war doch bekannt, dass er frustriert und deprimiert darüber war, dass das Geschäft geplatzt war.

»Wir brauchen keine Juden hier«, sagte Nimr. Wie so viele im

Dorf hatte er Roni sein Alibi nicht abgekauft. Er wollte auf die Aggressivität der Siedler reagieren. Sein Vater Mussa, der neben ihm stand, dachte, man könne abwarten und sich anhören, was Roni zu sagen habe. Roni hatte ihm schließlich versprochen, er würde nachforschen, wer die Bäume zerstört hatte, vielleicht kam er jetzt mit einer Antwort?

»Wir brauchen keine Juden, die sich als Hadschi verkleiden«, sagte ein anderer Junge und warf einen Stein in einer langen Flugbahn, die ungefähr einen Meter hinter Josh endete und die israelische Delegation aufschreckte.

»Ganz ruhig«, befahl Roni, das Haupt der Delegation. »Alles in Ordnung. Sie werden gleich kapieren, dass wir im Guten kommen, in dem Moment, in dem sie mich erkennen, ist alles in Ordnung. Zeig es ihnen, zeig ihnen die Geschenksendung.« Er winkte mit den Händen. »Mussa! Mussa!«, schrie er. »Ich bin's, Roni! Keine Steine schmeißen …« Ein weiterer Stein landete etwa zwei Meter links von ihnen. »Nein! Salam!«

»Soll ich die Pistole rausholen?«, fragte Jakir. Sein Herz schlug so hart, dass er es im Hals pochen spürte.

»Nein! Wieso das denn?«, rief Roni. Aber Josh hob einen Stein auf und warf ihn zurück.

»Getilgt sei euer Name, ihr Bastarde«, schrie er. »Fickt euch ins Knie, Araber! Da braucht ihr euch nachher nicht wundern, wenn wir euch niederknüppeln!«

»Josh, beruhig dich. Das ist ein Irrtum. Wirf keine …« Ein Hagel von Steinen landete ringsherum als Reaktion auf Joshs Stein, und es wurden Rufe laut, unter denen Roni die Worte *ruch*, hau ab, und *jahud*, Jude, erkannte. Josh hob noch einen Stein auf und warf ihn mit aller Kraft. Ein plötzlicher Windstoß von hinten trug Explosionslärm und ein paar Takte des alten Lagerfeuerlieds »Der Wind weht kühl« heran und – was war das? – ein paar verirrte Schneeflocken?

Jehu gibt mir eine Säge. Er schüttet Benzin aus. So soll man es tun einem jeden Mann. Herr, du prüfst uns. Willst sehen, woraus wir gemacht sind. Schickst Soldaten, um mir das Haus zu zerstören, meiner Hände Werk. Hier, da habt ihr's, Schufte. Ihr werdet lernen, wer wir sind. Ich rieche das Holz von dem Zimmer, das ich mit eigenen Händen ein ganzes Jahr gebaut habe, und da sind sie gekommen und haben es gewagt… Ich schließe die Augen und säge. Da habt ihr es. Jehu bückt sich mit dem Feuerzeug. Josh ist losgegangen, um Fensterscheiben einzuwerfen und Reifen aufzuschlitzen. Nir hat Wache gehalten, dass keiner kommt. Jehu hat uns heimlich organisiert, auf den Ruinen des Zimmers. Otniel hat gesehen, dass wir uns treffen, und sicher gewusst, worüber wir reden. So wird es gemacht. Da habt ihr's, betrügerische Araber, man meint es gut mit euch, und ihr rammt einem ein Messer in den Rücken. Roni hat euch Geld gegeben – mein Geld – und ihr habt ihn beschissen. Ihr habt das Geld in den Müll geschmissen, Roni in den Müll geschmissen, meine Reise nach Uman in den Müll geschmissen. Ihr unverschämten Kerle. Und danach zerstören sie mir auch noch das Haus? Ich säge und säge mit geschlossenen Augen, mit Gewalt. Der Dornbusch brennt. Du bist heilig, und heilig ist dein Name. Ich berühre meinen schwitzenden Nacken, mein nasses Hemd, die Sägespäne. Uns schädigt man nicht. Uns bescheißt man nicht. Denn uns hast du erwählt, und wir sind erhaben. Ich berühre mein Gesicht und rieche die brennenden Bäume.

Der Stein, den Josh schleuderte, traf ein Kind, das am Rand des Haufens stand, und das Grollen, das aus Richtung der arabischen Gemeinde zu hören war, verhieß nichts Gutes. Weitere Jugendliche kamen aus den Häusern, mit Stöcken bewaffnet. Steine flogen von allen Seiten. Roni blickte irritiert nach hinten zum Hügel, von wo aus unklare Geräusche von kreischendem Metall und gelegentliche Detonationen zu hören waren. *»Fuck«*, sagte er und duckte sich. Mit der Geschenksendung würde es nichts mehr werden. »Kommt, wir kehren um, bevor sie anfangen durchzudrehen. Josh, jetzt hör auf zu werfen!«

Der Lärm auf dem Hügel war so laut, dass niemand das Drama mitbekam, das sich bei Charmisch abspielte. Sogar Otniel, der vor einigen Minuten noch die drei Gestalten beobachtet hatte, die am Hang verschwunden waren, war jetzt voll und ganz darauf konzentriert, gegen Omer und den Bulldozer anzuschreien – nicht dass sie ihn gehört hätten. Diesmal gab es niemanden, der auf die Schaufel gesprungen wäre – Neta war schwanger und kniete abseits mit einem entsetzlichen Brechreiz, Roni war auf Mission in der feindlichen Etappe und Mussa zu Hause. Beilin und Kondi bellten in rasendem Zorn die Soldaten an.

Pippi rannte hierhin, das Silberraumschiff dorthin und Bigfoot dahin, der kostümierte Armeeoffizier wollte zwar, fühlte sich aber äußerst merkwürdig dabei, gegen die echten Soldaten der israelischen Verteidigungsarmee zu kämpfen, Herzl wiegte ungläubig den Kopf über die Zerstörung des Traums, die Babyrockband brach in eine aufeinander abgestimmte Heulsymphonie aus, und dem betrunkenen Rambo gelang es nicht, einen Entschluss zu fassen, ob er seiner Familie helfen oder den Soldaten gewaltsamen Widerstand leisten sollte, weshalb er sich als einstweilige Kompromisslösung an den Tisch mit dem Wein stellte, fortfuhr, aus seinem Plastikbecher zu trinken, und mit dem Kopf zu der Rapmusik wackelte, zu der sich der Discjockey plötzlich entschlossen hatte. Der Wind blies kalt, und die Tigerin erhob sich vom Übergeben, um mit rissiger Stimme zu brüllen: »Nein! Nein! Nein! Schämt ihr euch denn nicht!! Kalifenbande! Despoten!« Kareem fragte die Pinguinin, ob alles in Ordnung sei mit ihr, der verrückt gewordene Häftling saugte an der holländischen Brust auf dem Turm, und auf einmal setzte sich Rambo mittendrin hin und zupfte traurige Akkorde auf der Gitarre. Weiteres Tränengas wurde abgefeuert, erschreckte die Kleinen und würgte die Großen, der Bulldozer beendete die Zertrümmerung des ersten Wohnwagens, schob ab, planierte und machte sich daran, sein nächstes Ziel in Angriff zu nehmen, bewegte sich ganz langsam auf seinen Raupengliedern, gefolgt vom Publikum. Tchelet Rivlin, die Maiskolbin, weinte beleidigt am Spielplatz, denn sie hatte ihre Eltern verloren und das Thorabuch fallen lassen, das sie gewonnen hatte, das festliche Purimgeschenkarrangement hatte sich in alle Richtungen zerstreut, und niemand beachtete die Miss Siegerin der Kostüme.

Etwas erschütterte den Wachturm. Vielleicht der große Bulldozer, der den Boden erzittern ließ, oder ein verirrter Stein, aber es reichte aus, um die Holländerin aus ihrem Traum zu katapultieren. Nein, unmöglich. Nicht mit einem Soldaten der Vertreibungsarmee, und schon gar nicht, während diese Armee gerade Häuser von Juden zerstörte. Sie stieß den kleinen Lockenkopf des Häftlings weg, schloss ihren Büstenhalter und die Blusenknöpfe, stieg vom Wachturm hinunter, während sie auf ihren Brustwarzen noch seine kleine, eifrige Zunge spürte, den nassen Speichel, die Erregung ihres Körpers, doch sie sperrte all das hinter Schloss und Riegel, wo es für lange Zeit eingeschlossen bleiben sollte, und beendete die Geschichte ohne auch nur einen letzten Blick zurück.

Der Maiskolben, Tchelet Rivlin, hatte Mutter und Vater wiedergefunden. Ihre kleinen Fußsohlen erwärmten sich in ihren Händen, und sie lächelte zum Himmel hinauf. Feine, weiche Flocken landeten auf ihrem hübschen Gesicht.

Die Dorfbewohner von Charmisch hatten sich warmgelaufen, gewannen an Sicherheit und nahmen die Verfolgung der ungerufenen Gäste auf. Die Explosionen und der Rauch aus Richtung des Hügels erzählten ihnen, dass etwas passierte, und wenn etwas passierte, besagte das stets, dass die Araber etwas abkriegen würden, auch wenn vorher die Siedler dran waren. Sie näherten sich dem Trio. Jemand neben Nimr schoss zwei Feuerwerksknaller zur Einschüchterung in die Luft ab. Und Nimr selbst zog seine Pistole heraus und feuerte zweimal in die Luft. Warum ist einer von denen ein Hadschi? Und warum hat der da eine Gummiglatze und Roni eine Lockenperücke und leere Brillengläser? Machen sie sich lustig über uns? Sind sie betrunken?

Sie waren betrunken. Sie stolperten und versuchten zu fliehen. Sie hatten so schreckliche Angst. Jakir standen vor Angst und Wut auf seinen Vater die Tränen in den Augen. Roni versuchte schon gar nicht mehr, irgendjemanden von seinen friedlichen Absichten zu überzeugen. Josh fuhr fort, Steine zu werfen und zu fluchen. Sie rannten in Richtung Stützpunkt. Als Jakir die Schüsse und Explosionen hörte, warf er die Geschenksendung endgültig weg, zog die Desert Eagle heraus, entsicherte sie und schoss in die Luft. Der Knall ließ Roni zusammenfahren, er schrie: »Was machst du denn? Esel!« Die Verfolger spritzten nach allen Seiten auseinander – ähnlich Jenias Keksen aus der zerrissenen Tüte –, aber dann nahmen sie die Verfolgungsjagd mit erneuter Kraft auf. Roni schwitzte, doch aus irgendeinem Grund dachte er nicht daran, die Perücke und die Brille abzunehmen. Auch Josh behielt seine Kafija und Jakir seine linken Accessoires – man denkt nicht an solche Sachen, wenn man um sein Leben rennt. Jakir schoss wieder in die Luft, und der Schuss ließ die palästinensischen Verfolger für einen Moment zurückscheuen, doch dann waren auch von ihrer Seite weitere Schüsse und Knaller zu hören.

»Genug, genug mit der Schießerei«, krächzte Roni heiser und atemlos. »Wir sind fast da.« Josh drehte sich um und warf noch eine Handvoll Steine. Die Araber sammelten sich mit erneuten Kräften und erhöhtem Adrenalinpegel. Von irgendwoher tauchten Reifen auf, die in Brand gesetzt wurden, und schwarzer, stinkender Rauch stieg in die kalte Luft auf. Josh brüllte: »Schieß sie in den Kopf!«, und Roni gab zurück: »Bist du wahnsinnig geworden?« Jakir zielte, gab einen letzten Schuss zum Himmel ab und dachte mit stotterndem Herzen: Das ist es nicht wert, ich will nicht für diesen Blödsinn sterben.

Und dann hörte der Schnee zu tändeln auf und begann wirklich richtig zu fallen: mit dicken, langsamen, weichen, majestätischen Flocken.

Soldaten, Polizisten und Siedler drehten den Kopf den Schüssen zu, die im Süden zu hören waren, und sahen eine wütende Menge Palästinenser aus der Richtung Charmischs daherstürmen und schwarzen Rauch aufsteigen. *»What the fuck?«*, murmelte Omer Levkovitsch genau in dem Augenblick, als die Planierraupe den Strommast traf. Die Musik riss ab, die Beleuchtung erlosch, eine Reihe kleiner Explosionen war zu hören, und Funken stoben von den Stromleitungen. Entsetzensschreie und Hilferufe wurden laut, alle rannten durcheinander in alle Richtungen, schrien und weinten, und nur der

Schnee fiel seelenruhig weiter, so majestätisch wie Mordechais Purpur.

Das Ende

Der Schnee ruhte drei ganze Tage lang auf Ma'aleh Chermesch 3, deckte es zu, ließ es verstummen. Die Stille fror alles ein, die Ruhe verlangsamte jede Bewegung, die Hügel ringsherum blinkten in ihrer Weißheit, und die entfernten, niedriger gelegenen Wüstenlandschaften trugen zu der eigenartigen Atmosphäre in einem noch helleren Beige als gewöhnlich bei, und der fast weiße Himmel bleichte die Sonne, die schließlich schwächlich herausschaute, mit bescheiden gesenktem Haupt.

Und in der Stille war nur ein kleiner Hammer zu hören, der tak-tak-tok klopfte: Gabi erweckte sein Zimmer wieder zum Leben. Und das Jauchzen der Kinder, die Schneebälle in der Mamelsteinanlage rollten und auf dem Hintern den Hügelabhang hinunterrutschten.

Roni Kupfer verbrachte die erste Nacht nach dem Purimfest im Junggesellenwohnwagen von Josh und Jehu, der auch Gabis vorübergehendes Zuhause war. Er war in Gedanken an die Aufregung der Ereignisse der letzten Tage befangen, an Telefongespräche mit Rina und den Blitzbesuch in Tel Aviv, an den zertrümmerten Wohnwagen, der in den letzten Monaten sein Heim gewesen war, an die Friedensdelegation nach Charmisch, die danebengegangen und ins Chaos abgestürzt war – letztendlich aber, wie er inzwischen begriff, exakt das Ziel erreichte, das Otniel von vornherein ins Auge gefasst hatte.

Trotz des Adrenalins und der sich überschlagenden Gedanken schlief er in dem Moment ein, in dem er den Kopf auf die Matratze legte, und erwachte am Morgen auf einem weißen Hügel, in Bewunderung seiner reinen Schönheit. Rina rief an, und sie brachten die Tage des Schnees in einem langen Seelengespräch zu, und in dem Moment, in dem wieder Fahrzeuge den Hügel verlassen konnten, fuhr er nach Tel Aviv. Als sie sich trafen, teilten sie eine unbeholfene Umarmung miteinander und einen zögernden Kuss auf die Wange. Beim Mittagessen entwickelten sie ihre Idee weiter: eine Nachtklub-Bar, die »Geschlossener Garten« heißen und während der Nachtstunden in Rinas geschlossenem Kindergarten in der Schlomo-Hamelech-Straße betrieben werden sollte. Rina betonte immer wieder – als versuchte sie, es sich selbst einzureden –, dass die Verbindung zwischen ihnen rein geschäftlich sei. Sie brauchte verzweifelt Geld, denn die Stadtverwaltung hatte sie im Würgegriff, Kinder verließen den Kindergarten, doch die Ausgaben reduzierten sich nicht, und sie war in einen Strudel von Schulden geraten, wollte aber nicht schließen, denn sie liebte die Arbeit, das war es, was sie konnte, und sie machte es gut. Roni war sicher, dass der Geschlossene Garten ein Hit werden würde. Die Kunden würden ganz versessen auf die Kindergartenkulisse sein, denn es war keine Kulisse, sondern die natürliche Umgebung des Orts. Die Leute liebten Authentizität. Er würde eine kleine Bar in einer der Ecken einrichten. Er würde dafür sorgen, dass die Räumlichkeit nach jeder Nacht sauber, ohne Stummel und Bierflecken, wohlriechend und ordentlich wäre. Er dachte sogar, dass er es mit ein paar Beziehungen aus der Vergangenheit schaffen könnte, eine halboffizielle Genehmigung von der Stadtverwaltung zu bekommen. Er war aufgeregt, denn er wollte es unbedingt. Das war das Passende für ihn. Ja, versicherte er Rina, nur geschäftlich, klar. Doch sie trennten sich mit einem langen Blick und einer ausgedehnten Umarmung, und als Roni nachher in den Straßen der Stadt herumlief, wusste er, dass er nicht nur wegen des Geschäfts und der Rückkehr nach Hause erregt war, sondern auch, vielleicht hauptsächlich, wegen der Wärme ihres Körpers und ihren braunen Augen.

Bei seinem nächsten und letzten Besuch in Ma'aleh Chermesch 3 – nach dem Schneefall, nachdem sich die Gemüter beruhigt hatten, nach der endgültigen Entscheidung, nach Tel Aviv zurückzukehren – kam er mit einem kleinen, schwarzen Hundewelpen an, den die Hündin von Rinas bester Freundin geworfen hatte. Ein bezaubernder Welpe, still, ganz klein und plüschig, und Roni hatte beschlossen, dass er ein wunderbarer Gefährte und Freund für seinen Bruder sein würde. Ein Abschiedsgeschenk.

Gabi lächelte. Er kraulte den Welpen unterm Kinn und beeilte sich, eine Schale mit Wasser und eine weitere mit Frischkäse hinzustellen, die der Hund mit seiner kleinen, rauen Zunge ausleckte. Amalia und Tchelet werden verrückt nach ihm sein, dachte Gabi. Er wusste, dass sein Bruder meinte, er bräuchte einen Freund, um die Einsamkeit zu mildern. Nu, soll er es denken, wohl bekomm's. Wenn er nicht verstanden hat, dass ich nie einsam bin mit dem Herrn der Welt, dann wird er es auch nicht mehr kapieren. Der Hund ist wirklich süß. Er wird ein gutes Leben hier haben. Man muss einen Namen für ihn finden, wir werden mit den Mädchen überlegen. Gabi sagte zu Roni, dass ihm der Geschlossene Garten wie auf den Leib geschneidert sei. Er wünsche ihm nur Gutes. Und sein Bruder antwortete ihm: »Weißt du, was? Dieser Brazlawer Chassidenlook, mit dem Bommel am Ende, passt dafür dir wie angegossen. Diesmal wirst du es schaffen durchzuhalten, und auch das neue Zimmer ist schnell wieder aufgebaut. Leb wohl, Bruderherz.« Sie umarmten sich lange, und Gabi fühlte sich leicht, leicht wie ein Luftballon.

Roni begnügte sich mit dem Besuch bei seinem kleinen Bruder. Auf dem Weg nach draußen blieb er stehen, und sein Blick ruhte auf den Olivenhainen Mussa Ibrahims. Was gestorben war, war tot. Sein Blick wanderte zu dem, was von seinem einstigen Wohnwagen übrig geblieben war, dem Wohnwagen der Familie Gottlieb, die vorbeigeschaut hatte und geschädigt worden war, dem Wohnwagen, der eines Tages irrtümlich eingetroffen und stehen geblieben war, der kommunalisiert und geplündert worden war, bevölkert und verlassen und wieder bevölkert und wieder verlassen worden war und am Schluss von der technischen Ausrüstung der israelischen Verteidigungsarmee zerstört wurde. Ein schlechtes Karma hatte er, dieser Wohnwagen.

Vielleicht war es aber auch gut, dass er ein solches Schicksal hatte.

דכל

Der junge Mann von der Stromgesellschaft erklärte, es sei ein Kurzschluss gewesen, der dem alten Generator den Garaus gemacht hatte. Offenbar habe er in dem Wohnwagen angefangen, der zerstört wurde und der voller improvisierter Elektrik steckte. Der Elektriker verstand nicht, was für eine Art Anschluss man ihnen da gemacht hatte, völlig dilettantisch und gefährlich, und es sei ein Glück, dass sie glimpflich davongekommen seien. Er installierte eine neue Platine und einen hochmodernen Sicherungskasten, eine neue Dreiphasenwelt auf dem Hügel: ohne Stromausfälle und Spannungsschwankungen, ohne ständig über Boiler und Wasserspeicher, Klimaanlagen und Öfen nachdenken zu müssen und ohne Computerabstürze. »Sagt bloß dem Typen von dem zerstörten Wohnwagen«, bat der Mann Otniel Asis und Chilik Jisraeli, die ihn begleiteten, »er soll sich mal zurückhalten mit offenen Leitungen und improvisierten Anschlüssen und den Heizspiralofen nicht die ganze Zeit laufen lassen.«

»Machen wir, machen wir«, versprach Otniel und klopfte dem Elektrotechniker auf die Schulter. Sie sagten natürlich kein Wort zu Roni Kupfer, denn Roni würde den Strom auf dem Hügel nicht mehr benützen. Würden sie überhaupt etwas zu Roni sagen, dachte Otniel, so wäre es ein riesiger, doppelter Dank hoch zwei von ganzem Herzen: einmal für die offen liegenden Leitungen, die Improvisationen und die dauerbrennenden Spiralen, die nun zur Installierung eines phantastischen Stromnetzes führten; und ein zweites Mal für die naive Expedition der Purimgeschenkdelegation nach Charmisch, die den gottgesandten Aufstand der Araber auslöste, mit Steinen, brennenden Reifen und Schüssen in die Luft, was die Verlagerung der militärischen Ressourcen vom Stützpunkt nach Charmisch und den Aufschub der Räumung auf einen unbekannten Termin bewirkte, der, wie versprochen wurde, »in der nächsten Woche« festgelegt würde.

Doch in ebenjener nächsten Woche kam die Regierung über ein Misstrauensvotum zu Fall, das von den Parteien der Mitte und der Linken infolge eines Korruptionsskandals initiiert wurde. Der Sicherheitsminister fokussierte seine gesamte Energie auf den Konkurrenzkampf um die Führung der Partei und andere interne Kämpfe (das populäre Schlagwort, das dabei gegen ihn gerichtet wurde, war »Kusch!«). Als ihm Malka, sein getreuer Assistent für Siedlungsangelegenheiten, so ganz nebenbei ein Papier zur Unterschrift vorlegte, das den Bau einer Asphaltstraße zwischen Ma'aleh Chermesch 2 und 3 genehmigte, als Erleichterung für die Sicherheitskräfte, die in dem Gelände manövrierten, unterschrieb er und machte sich nicht einmal die Mühe zu fragen, worum es sich handelte.

Der Befehlshaber des Zentralkommandos wurde in der Generalsrunde bei der Postenrotation zu einer hochrangigen Aufgabe beim Nachrichtendienst beordert. Er nahm Omer Levkovitsch mit, der im Laufe der Ereignisse Eindruck bei ihm hinterlassen hatte, verlieh ihm die Streifen eines Majors, und sie verbrachten ihre Tage in einem ruhigen Büro in einem gepflegten Viertel irgendwo im Zentrum des bourgeoisen Israel, im Herzen des Konsensus, mit klimatisierten Dienstwagen und bequemen Dienstzeiten.

Auch in den Vereinigten Staaten rückte der Termin irgendwelcher regionaler Wahlen näher. Die Umfragen prophezeiten der Partei des Präsidenten eine Niederlage, und als die Wahlen vorbei waren – in der Tat eine Niederlage –, erbebte Kaliforniens Erde mit Vehemenz, und bis alle wieder aus den Trümmern aufgestanden waren und den Staub aus den Kleidern geschüttelt hatten, erinnerte sich kein Mensch mehr an Ma'aleh Chermesch 3 und den Bericht in der *Washington Post*. Sogar der Zeitungsredakteur, der geplant hatte, Jeff McKinley zu einer Reportage »Ein Jahr danach« loszuschicken, ließ die Idee wegen Kürzungen im Auslandsressort und der Direktive von oben, sich auf die Inlandsnachrichten zu fokussieren, fallen, und McKinley beendete seine Mission im Heiligen Land ohnehin, da er eine lange Reise nach Myanmar antrat, sich in eine verheiratete junge Einheimische verliebte, in Schwierigkeiten verwickelt wurde und sich seiner Aufgabe sozusagen selbst enthob.

Kein Mensch hatte Zeit, sich mit einem kleinen, unbedeutenden Stützpunkt abzugeben.

Die sechsunddreißig Münzen aus der Periode des Bar-Kochba-Aufstands, die in der Höhle von Nachal Chermesch gefunden worden waren, würden in den Archiven der Behörde für Altertümer verrotten. Von den beiden wertvolleren Silberschekeln wurde einer dem Israelmuseum übergeben und der zweite bei einer öffentlichen Versteigerung in New York für 42 000 Dollar verkauft. Otniel schlug sich voll Reue an die Brust, weil ihm dieses Geld entgangen war, aber, gelobt sei der Herr, er hatte ja noch fünf Münzen in seinem Arsenal. Nu, aber sicher, was denn sonst. Er war ein zu ausgebuffter alter Fuchs, um nicht zu wissen, dass man sich niemals von seinem ganzen Schatz trennt. Als er mit Debora in die Höhle gegangen war, noch vor Dovids erstem Besuch, hatte er ein paar Münzen, auf denen er jüdische Symbole und eine Inschrift mit dem Namen des heiligen Jerusalem identifizierte, gereinigt und für sich behalten. Als Dovid anfing, zu einer Enttäuschung zu werden, hatte Otniel beschlossen, ihm nichts von den zusätzlichen Münzen zu erzählen. Zum Glück. Er aktivierte andere Kontakte, diesmal mit äußerster Vorsicht, und geriet an den richtigen Mann, einen Antiquitätenhändler, der wusste, was er tat. Drei dieser fünf Münzen waren Silberschekel aus der Zeit des Bar-Kochba-Aufstands, zwei aus dem Jahre zwei und eine aus dem Jahre vier. Das Vermögen, das er damit verdiente, kam genau zur rechten Zeit.

Der große Schnee an Purim führte zu Einbrüchen im ökologischen Anbaubetrieb. Der Frost vernichtete die Ernten von Spargel, Pilzen, Rucola und Cherrytomaten. Fast parallel dazu vermeldeten Moran – aus dem Gelände – und Jakir – aus dem Internetportal – einen extremen Anstieg der Nachfrage nach biologischen Ziegenmilchprodukten. Und wie um den Prozess abzurunden, beschloss Gabi, dass er genug davon hatte, als Mädchen für alles zu dienen. Er bat Otniel um Klärung seiner Position, seines Lohns und seiner beruflichen Abgrenzung.

Am Ende der Sitzung, die die vier in Otniels Haus bei Chipsletten und Tee einige Wochen nach Purim abhielten, wurde beschlossen, sich auf die Entwicklung des Ziegenbetriebs und der Molkerei zu konzentrieren, und es wurde sogar ein mehrstufiger Fünfjahresplan in groben Zügen skizziert, der mit den Profiten der Münzen unterstützt werden sollte, mit dem Ziel, den Stall auf zweihundert Tiere und mehr aufzustocken. Otniel kümmerte sich um die Reduzierung der Anbauflächen und in der Folge um ihren Verkauf oder ihre Auflösung – wenngleich er weiterhin für den Eigenbedarf anbauen würde, um den Rucola und die Cherrytomaten für den knackfrischen Salat seiner Frau Rachel zu liefern. Gabi wurde zu einem Fortbildungskurs in einen Ziegen- und Schafhaltungsbetrieb geschickt, der Otniel auch neue Zicklein liefern sollte. Jakir schränkte das Ausmaß seiner Internetaktivitäten ein, und Moran ging dazu über, die Geschäfte direkt zu beliefern, hauptsächlich in der Landesmitte. Gabi war für die Krönung des Ganzen verantwortlich: Aufrüstung der Molkerei, Anschaffung neuer Geräteausstattung und Kreation einer neuen Produktlinie erlesener Käse – frisch, weich gereift, halbreif, hart, Joghurt und Labane, mit Gewürzkräutern, mit Bakterienkulturen und Schimmelarten. Er überwachte sämtliche Stadien der Herstellung, vom Pasteurisieren bis zum fertigen Käselaib plus Verpackung. Sein Gehalt stieg beträchtlich, einschließlich Boni, Gratifikationen und Fortbildungen.

Der »Käseria Gittit« würde dank der Listeria-Hysterie, die Israel im weiteren Verlauf des Jahres überfallen sollte, ein Aufschwung beschert werden: Im Gefolge eines nicht eindeutigen Falles des Abgangs eines Fötus, der eventuell mit der Listeria-Bakterie zu tun hatte oder auch nicht, schwärmten die Inspektoren des Gesundheitsministeriums über alle Teile des Landes aus, in große wie kleine Molkereien, und entdeckten in vielen davon nachgerade erschreckende Konzentrationen dieser Bakterien. Tonnen von Käse wurden aus den Regalen entfernt, was anfangs zu einer Strömung in der Öffentlichkeit führte, die den Kauf biologischen Käses von privaten Höfen propagierte. Doch infolge einer Recherche von einer der großen Zeitungen, die vor unpasteurisiertem biologischem Käse warnte, der den erforderlichen Reifungsprozess nicht durchlaufen hatte, gab die Öffentlichkeit verwirrt auf und blieb lieber hungrig. In dieses Vakuum schlüpfte der Käse der »Käseria Gittit« – eine kleine, ökologische Molkerei-Boutique mit Direktvermarktung, die tatsächlich sogar pasteurisierte Milch verwendete, auf Grund einer Entscheidung, die Otniel am Anfang des Weges getroffen hatte, noch bevor alle möglichen selbsternannten Experten feststellten, dass die Pasteurisierung die guten Enzyme abtötete und den Geschmack zerstörte. Otniel hatte diese schöngeistigen Dummschwätzer schließlich immer wie die Pest gescheut, schon seit den Tagen, als er mit jenem überheblichen Winzer aus Ma'aleh Chermesch die Auseinandersetzung um das Stückchen Land hatte – der Konflikt, dessen Folge in der Praxis zur Erschaffung von Ma'aleh Chermesch 3 geführt hatte. Wie auch immer, die Nachfrage stieg um tausend Prozent, und der Gittit-Käse sollte allerorts im Land zu einem Begriff werden, auch nachdem sich die Wogen der Listeria-Hysterie gelegt hatten.

Wenn er sich im Stall und in der Molkerei eingesperrt fühlte und sich nach Weite sehnte, zog Gabi los, um die Herde zu weiden. Früher einmal, vor langer Zeit, hatte er sich mit den Ziegen gelangweilt, doch jetzt genoss er jeden Augenblick mit ihnen. Er liebte es, aus der Schlucht hinaus in den Wind zu treten, sich leichtfüßig zu fühlen und nicht dem Ort untertan zu sein. Vielleicht würde er irgendwann das Gefühl haben, dass es an der Zeit sei, den Horizont zu erweitern. Wie Abel, wie unser Urvater Abraham, wie unser König David und Moses, unser Mosche Rabeinu. Auf der Weide, in Gesellschaft der altansässigen Ziegen, der jungen Zicklein und des namenlosen Hirtenhunds – Amalia hatte »Kuschi«, Schwarzer, vorgeschlagen und Scha'ulit »Cosby«, doch Gabi kam das nicht passend vor – fand er Ruhe und Frieden, fühlte sich behütet, zog sich zurück und plauderte mit seinem Gott, betete, sang und freute sich, denn mit Freude zieht dein Gebet ein in des Königs Palast.

Mit ständiger Freude? Vielleicht nicht immer, denn die Sehnsucht ist unendlich, doch die Leiden sind große Wohltaten, denn die Absicht des Herrn, gepriesen sei er, gereicht sicher nur zum Guten. Jeden Tag ging er zwischen den Hügeln, Feldern und dem Brachland spazieren, ruhte im Schatten und knabberte süßliche Knollen des haarigen Storchenschnabels, liebte seine Tiere, und sie liebten ihn, und am späten Abend würde er, mit Hilfe des Herrn, Scha'ulit umarmen, und der namenlose Hund würde mit seiner kleinen Nase schnaufen und sich mit geschlossenen Augen zu ihren Füßen einkuscheln, sie würde ihm mit ihrer bezaubernden Stimme etwas vorsingen, ihr rotes Haar würde ihn an der Nasenspitze kitzeln, und das Herz würde ihm weit werden in seiner Brust.

Wind würde vorüberstreichen, Tage fänden ihr Ende, und das Leben ginge weiter: Die Kinder wüchsen heran, die Gläubigen beteten, die römischen Olivenbäume, zumindest der Großteil, würden überleben, so wie sie es jahrtausendelang getan hatten – lange vor und lange nach allen Menschen, die hier für begrenzte Zeit weilten. Die alten Araber, die alles gesehen hatten, begännen ihre Tage wie immer mit zwei Löffeln Naturhonig und drei Löffeln Olivenöl – zu mild und zu klar, dem japanischen Geschmack angepasst –, und die Soldaten würden weiterhin kommen und gehen, hinauf und hinunter, abgelöst werden und wiederkehren, und am Morgen würden die Augen aufgeschlagen, die Sonne ginge über der Wüste auf und versänke am Abend hinterm Berg, bis die Lider sich schlössen, und dazwischen – Arbeit, Gebet, Ruhen und Liebe.

Ein Schlussbild also in Moll, aus den Tagen nach dem Schneefall – Winter am Hügel, kalt und still draußen, ein paar Kinder auf Fahrrädern, Beilin bellt gelangweilt, nur ein einziges monotones Geräusch kehrt immer wieder: tak-tak-tok, Gabis Hammerschläge, der gemächlich Nägel in die Holzbalken einklopft, die einer auf den anderen gefügt und zu Wänden werden und sein Zimmer wieder ins Leben zurückbringen, das einst war, nicht mehr ist und wieder sein wird. Er klopft und klopft, mit Geduld ohne Ende, und vor dem Hintergrund des Klopfens kommen die Gedanken, tauchen die Erinnerungen auf, an Menschen, die waren und nicht mehr sind, die ihres Weges zogen, die ihre Aufgaben beendet haben; Gedanken an den einen großen, mächtigen, heiligen Gott, der alles sieht und weiß; an einen kleinen Hügel, mitten im Nirgendwo und inmitten von Überall, mit ein paar Felsen und ein paar Dornen und ein paar Menschenseelen darauf.

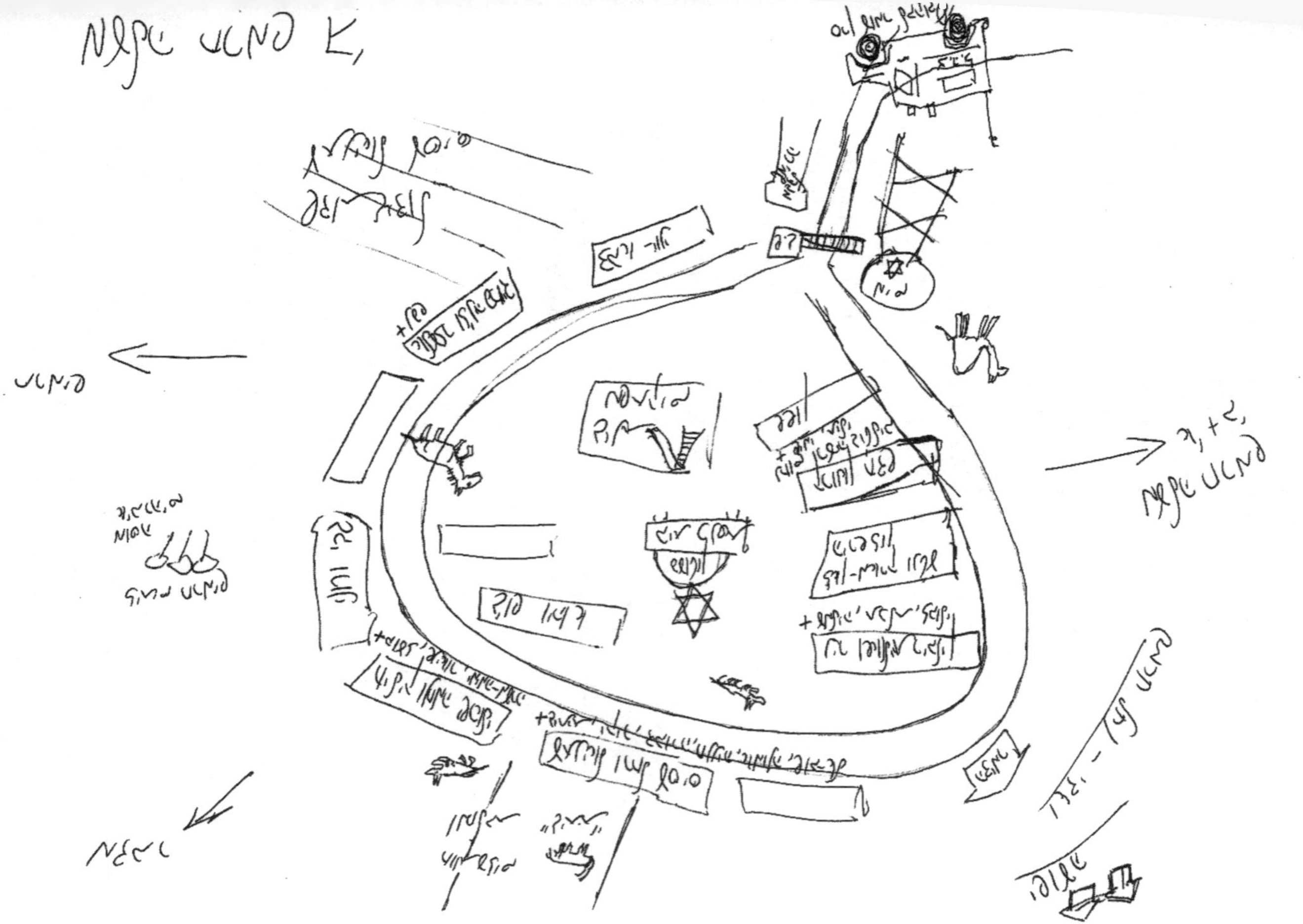